國家古籍整理出版專項經費資助項目

朱曉海　撰

顏光祿詩注釋

中州古籍出版社
·鄭州·

圖書在版編目(CIP)數據

顏光祿詩注釋 / 朱曉海撰. —鄭州：中州古籍出版社，2024.3

ISBN 978-7-5738-1369-5

Ⅰ.①顏… Ⅱ.①朱… Ⅲ.①古典詩歌－注釋－中國－南朝時代 Ⅳ.①I222.739.1

中國國家版本館CIP數據核字(2024)第064013號

YAN GUANGLU SHI ZHUSHI

顏光祿詩注釋

出 版 人	許紹山
策劃編輯	盧欣欣
責任編輯	石　丹　李阿芳
責任校對	劉麗佳
美術編輯	曾晶晶

出 版 社	中州古籍出版社（地址：鄭州市鄭東新區祥盛街27號6層　郵編：450016　電話：0371-65723280）
發行單位	河南省新華書店發行集團有限公司
承印單位	河南瑞之光印刷股份有限公司
開　　本	710 mm×1000 mm　1/16
印　　張	44
字　　數	676千字
版　　次	2024年3月第1版
印　　次	2024年3月第1次印刷
定　　價	238.00元

本書如有印裝質量問題，請聯繫出版社調換。

前　言

　　蕭齊、蕭梁士林、文壇祭酒沈約認為："延之與陳郡謝靈運俱以詞彩齊名。"①拓跋魏宗室元暉業嘗云："江左文人，宋有顔延之、謝靈運。"②無論南人、北人，都肯定顔延之在文學方面的成就。無怪乎南朝中期的劉勰會説出"顏、謝重葉（世）以鳳采"③這般夸飾的話。初唐李延壽的記述則樸實得多："江右稱潘、陸，江左稱顏、謝焉"，"謝靈運……文章之美與顏延之爲江左第一"④。顏、謝同享桂冠，固然不假，只是還應再參看一些史料。蕭齊高帝第五子蕭曅有次與諸王讌集，"共作短句詩"，他"學謝靈運體"。事後，將這次衆作上呈御覽時，高帝批示：

　　　　見汝二十字，諸兒作中最爲優者，但（謝）康樂放蕩，作體不辯（辨）有首尾。（潘）安仁、（陸）士衡深可宗尚，顏延之抑其次也⑤。

蕭梁簡文帝尚居東宫時，寫信給七弟湘東王蕭繹，批評當時京師文壇"時有效謝康樂、裴鴻臚（子野）文者"，是拜錯了偶像：

　　　　何者？謝客吐言天拔，出於自然，時有不拘，是其糟粕……是爲學謝則不屆其精華，但得其冗長⑥。

---

① 沈約：《宋書》，卷七三《顔延之傳》，頁918。
② 魏收：《魏書》，卷八五《文學列傳·温子昇傳》，頁933。
③ 范文瀾：《文心雕龍注》，卷九《時序》，頁24b。
④ 分見李延壽：《南史》，卷三四《顔延之傳》，頁412；卷十九《謝靈運傳》，頁253。
⑤ 以上引文並見蕭子顯：《南齊書》，卷三五《高祖十二王列傳·武陵昭王曅傳》，頁298。
⑥ 以上引文並見姚思廉：《梁書》，卷四九《文學列傳上·庾於陵傳附弟肩吾傳》，頁338。

蕭道成雖然起家行伍,然而他少年時期可是從當世大儒雷次宗受業,"治《禮》及《左氏春秋》"⑦的,更非不懂詩的人,否則鍾嶸《詩品》就不會論及他,還説他"詞藻意深,無所云少"⑧。蕭綱"七歲有詩癖,長而不倦"⑨,自謙"雖是庸音,不能閣筆,有慚伎癢,更同故態"⑩,事實上,卻成為影響達百年的宫體詩開宗掌門。似乎顔延之的詩較謝靈運的還要略高一籌,因為"放蕩"就是"不拘",指涉的是結構不工整精密,"下筆"表述常"不能自休"⑪,以致出現不少贅疣。有如一位標緻的女人臉龐、身上長了不少贅疣,不論原本的樣貌、體態再怎麽秀麗,也會將本應有的美破壞盡淨。其實,如果仔細翫味蕭子顯對"今之文章作者""略有三體"的評點,就可嗅出其中異味。第一體"疎慢闡緩,膏肓之病","酷不入情,此體之源出靈運而成也"。第三體"猶五色之有紅、紫,八音之有鄭、衛,斯鮑照之遺烈也"。至於第二體"緝事比類","博物可嘉,職成拘制","頓失精采",與鍾嶸對顔延之的非責:

> 吟詠情性,亦何貴於用事……顔延、謝莊尤為繁密,於時化之⑫,故(劉宋孝武帝)大明(457—464)、(明帝)泰始(465—471)中,文章殆同書抄……遂乃句無虛語,語無虛字,拘攣補納(衲),蠹

---

⑦ 《南齊書》,卷一《高帝紀上》,頁11。
⑧ 曹旭:《詩品集注(增訂本)》,下《齊高帝 宋征北將軍張永 齊太尉王文憲》,頁568。鍾嶸曾"為國子生",當時領國子祭酒的乃王儉,二人之間存在著名義上的師、生關係(見《梁書》,卷四九《文學列傳·鍾嶸傳》,頁340),所以鍾氏不直接稱名道姓,而以王儉的諡號當之,以全名教禮節。
⑨ 《梁書》,卷四《簡文帝紀》,頁58。
⑩ 仝注6。
⑪ 李善注:《文選》,卷五二《論二》曹丕《典論·論文》,頁733。
⑫ 《詩品集注(增訂本)》,下《齊黄門謝超宗 齊潯陽太守丘靈鞠 齊給事中郎劉祥 齊司徒長史檀超 齊正員郎鍾憲 齊諸暨令顔測 齊秀才顧則心》,頁575;"大明、泰始中,鮑、休美文殊已動俗,唯此諸人""祖襲顔延","固執不移",與此處所説明顯有出入,可見:此乃鍾氏有所針對的激切之言,不能照單全收。

文已甚。

（顏詩）動無虛發，一句一字皆致意焉，又喜用古事，彌見拘束⑬。

頗接近，蕭子顯卻沒有說這是顏延之詩作模式的餘毒，而是溯源，歸咎於"雖不全似，可以類從"⑭的傅咸、應璩身上。早在孝武帝大明三年（459）顏竣見誅，竣子辟彊於流放交州途中被殺⑮之後，顏延之這房就中落了，所以於蕭梁天監年間撰史⑯的蕭子顯未將顏延之視為"蠹文"的"禍首"⑰，斷非因為他世故，不願開罪巨室而諱言，應當視為當時文壇黜陟的通論。誠然，各家的品鑑尺度不盡一。以《文選》而言，如果將無名氏的古詩擱置一邊，入《選》的詩人共六十五位。謝靈運以四十首居亞，顏延之與謝朓同以二十一首排名第五⑱，可是綜觀整部《文選》，在賦、序、誄、哀、祭文五類中，顏延之各有一篇入《選》，與顏氏對自己乃文、筆通人⑲的品評正相印合。謝氏則否，無論他是否自詡足膺一代"大手筆"⑳，除了詩，在其他各文類中，無一篇見賞。如果謝靈運的詩值得關

---

⑬ 以上引文分見《詩品集注（增訂本）》，中《序》，頁220、228；《宋光祿大夫顏延之詩》，頁351。

⑭ 以上引文並見《南齊書》，卷五二《文學列傳·史臣曰》，頁420。

⑮ 《宋書》，卷六《孝武帝紀·大明三年》，頁67："四月……竟陵王誕有罪，貶爵，誕不受命，據廣陵城反"；卷七五《顏竣傳》，頁948："及竟陵王為逆，（帝）因此陷之"。

⑯ 浦起龍：《史通通釋》（臺北：世界書局，1970），卷十二《外篇·古今正史》，頁169。

⑰ 吳士鑑、劉承幹：《晉書斠注》，卷一百一《載記·序》，頁1729。

⑱ 羅志仲：《〈文選〉詩收錄尺度探微》（新竹：臺灣清華大學中國文學系博士論文，2008年9月），《附錄·表三·入選作者量統計表》，頁261—264。

⑲ 《宋書》，卷七五《顏竣傳》，頁944："太祖（文帝）問延之：'卿諸子誰有卿風？'對曰：'竣得臣筆，測得臣文……'"

⑳ 《晉書斠注》，卷六五《王導傳附孫珣傳》，頁1173。

注,則早已經在古詩發展史中被南朝人肯定的顏延之的詩不也應若是嗎？實則不然。

權衡前,先檢點比較的基數。除了《文選》所收二十一首,《玉臺新詠》基於"非詞關閨闥者不收"㉑的體例,僅選錄了兩首:《秋胡詩》與《文選》重,《為織女贈牽牛》這首不見於《文選》。《樂府詩集》也限於但收樂府歌辭、樂府詩的體例,僅選錄了五首,卷一《郊廟歌辭一》的《夕牲歌》、《迎送神歌》、《饗神歌》,卷三二《相和歌辭七·平調曲三》的《從軍行》,卷三六《相和歌辭十一·清調曲四》的《秋胡行》,三首與《文選》重,《饗神歌》、《從軍行》兩首不見於《文選》,以致顏延之首尾俱完的詩僅二十四首傳世。

以純粹選本而言,朱乾《樂府正義》(京都:株式會社同朋社,昭和五五年、1980)卷一、卷二《郊廟歌辭》不收顏氏三首郊祀歌辭,卷六《相和歌辭·平調曲·從軍行》不收顏氏的《從軍行》。曾國藩《十八家詩鈔》(臺北:臺灣中華書局,1965)選謝靈運六十五首、鮑照一百三十一首,完全略過顏延之。相對於此的另一極乃王闓運《八代詩選》(上海:商務印書館,1919)。其卷二《晉至隋一·四言第二》選了兩首,卷八《宋第一·五言第六》選了十六首,卷十八《漢至隋·郊廟樂章及頌德樂詞》選了兩首,除了《夕牲歌》,囊括顏氏其他所有入《選》之作。但通觀全書,例如卷七《晉第三·五言第五》連無一首入《選》的支遁詩都收了十六首,卷八《宋第一·五言第六》選了於文學界了無文學名實的劉宋文帝三首、江夏王義恭兩首,就可知:湘綺樓樓主不過以馮惟訥《古詩紀》為本,撇去殘章斷句,既欲"買菜""求益"㉒,又故假不取,好似也講究菜的品質,

---

㉑ 紀容舒:《玉臺新詠考異》,卷九《沈約古詩題六首》題下按語,頁23。
㉒ 王先謙:《後漢書集解》,卷八三《逸民列傳·嚴光傳》章懷《注》引皇甫謐《高士傳》,頁986。

以示非蹈襲。他於顏詩並非真有賞心之晤。

論到顏詩的注解,善《注》自然是首當措意的。從《文選集注》殘卷面世之後,可以顯示:相較於《鈔》等諸家,善《注》確實居上;但平心而論,善《注》精妙者十分之三,平平者十分之二,注了等於没注的十分之二㉓,拙劣的十分之三。這種狀況當然也表現在入《選》的顏詩注釋上。五臣就不必提了,難得有幾處是注解得當的。劉履《風雅翼·選詩補注》僅及《還至梁城作》、《始安郡還都與張湘州登巴陵城樓作》、《五君詠》、《秋胡詩》八首,五分之四的注釋襲自善《注》,竟侈言曰補。王士禛《古詩選》選了十一篇顏詩,將最能代表顏詩特色的"侍宴"之作悉數割棄,而聞人倓的箋注除了九處用到五臣注,其餘皆節襲善《注》,了無發明。方廷珪評點、陳雲程增補的《增訂昭明文選集成詳注》以一聯為

㉓ 如《文選》四八《符命》班固《典引·序》,頁695:"詔因曰:'司馬遷著書,成一家之言,揚名後世'",善《注》:"《孝經》卷一《開宗明義章》曰:'揚名於後世'",多一"於"字與否,有何相干?東漢明帝或其代筆人豈意在綜緝成文以入詔書,冀示典雅博學?至於"揚"當如何訓解,反而似乎以為乃通識而從略。卷五十《史論下》范曄《逸民傳·論》,頁714:"荀卿有言:'志意修,則驕富貴,道義重,則輕王公也'",善《注》:"《荀卿子》卷一《修身》曰:'志意修,則驕富貴矣;道義重,則輕王公矣,内省,則【而】外物輕矣'",善《注》重點若為闡發前兩現象之原委,依其體例,大可逕云:"此《孫卿子》文也,言'内省,則外物輕矣'"。同卷沈約《恩倖傳·論》,頁717:"劉毅所云'下品無高門,上品無賤族'者也",善《注》:"臧榮緒《晉書》曰:'劉毅為尚書左僕射,上疏陳九品之弊,曰:"上品無寒門,下品無勢族"',言勢族之人不居下品,衣冠以外皆同下科",稱引原文,已為多餘之舉,申"言"以下,更屬贅語,真正該注釋者:幾品算上品,則啞然。卷五四《論四》劉孝標《辯命論》,頁767:"夫神非舜、禹,心異(堯子丹)朱、(舜子商)均,才絓(音卦)中庸,在於所習,是以素絲無恆,玄、黃代起;鮑魚、芳蘭,入而自變",善《注》:"舜、禹,二帝也","言在於所習也",童蒙始學,即知舜、禹為帝,何勞崇賢學士動用牛刀?"是以"以下正係假成例說明"在於所習",今於後半注文伊始,即重複正文已明言者,何不嫌辭費之甚?以上揭三例而言,第二例最蠢。從卷三八《表下》任昉《為蕭揚州薦士表》,頁550:"勢門上品"善《注》,知沈約所用乃謝靈運《宋【晉】書·序》文。只為坐實"劉毅所云",乃轉而訴諸臧氏之史。

單位,半以淺近的文言文疏述每聯之義,半則為字詞的注解,而那些注解泰半襲自善《注》,卻不時將出處刪去,居然以"集成詳註"為名,厚顏之至也。清代《文選》文獻學者㉔中,汪師韓最致力於字詞、名物訓解,可是居然沒有一條涉及顏詩,真是咄咄怪事。許巽行雖然有三十五條論及顏詩,但幾乎一半與梁章鉅般,均在考訂異文,又由於迷信《說文》,十之八九乃無謂之說。至於孫志祖的《文選考異》,顧名思義,就更不必提了,而且僅有六條關乎顏詩。朱珔則只有四條。張雲璈有二十五條。更令人扶額的是:由於各家多為各自筆記讀《選》刈穫,導致這些筆記至少有三分之一的部分重複,於顏詩詩句、詩義的解惑實無多少裨益。至於今人李佳《顏延之詩文選注》選了十八首詩,只有《從軍行》、《五君詠》、《為織女贈牽牛》、《饗神歌》九首是完詩,卻將僅餘一聯的兩首納入,誠不知所為。因係普及本,注釋簡略㉕。賞析、評點者著重全首與單句的結構、技巧解析、文義撮取、優劣評斷,對於領悟顏詩的佳處不乏貢獻,但在每首詩的字詞注釋則多付闕如㉖,何況某些評斷不允不中,例如

㉔　梁章鉅:《文選旁證》,胡紹煐:《文選箋證》,朱珔:《文選集釋》,許巽行:《文選筆記》,張雲璈:《選學膠言》,汪師韓:《文選理學權輿》,孫志祖:《文選考異》、《文選李注補正》、《文選理學權輿補》。

㉕　這份塗鴉於 2017 年粗定。於 2020 年 1 月 7 日,將全稿交付中州古籍出版社,正式簽署出版合同,以便其申請 2021 年度古籍整理出版基金的補助。後得見王學軍:《顏延之集編年箋注》(北京:人民文學出版社,2021)。因彼此取徑不同,加以年暮心瘁,不克鼓其尸居餘氣採擷之。苟有片羽之善而合轍者,率歸諸該編。

㉖　如方回:《文選顏鮑謝詩評》,吳淇:《六朝選詩定論》,何焯:《義門讀書記》。陳祚明:《采菽堂古詩選》,頁 504,認為:"四言淺質,都無佳句",故僅《應詔讌曲水作》一首入選,五言則捨《應詔觀北湖田收》,取《從軍行》、《歸鴻》,凡十九首。張玉穀:《古詩賞析》,卷十五《宋詩》,僅分析《北使洛》、《五君詠》、《秋胡詩》七首(張氏將《秋胡詩》九章誤為九首)結構,其注釋部分五分之四用善《注》。方東樹:《昭昧詹言》將顏延之附於卷五《大謝》後,共十四條,七條為總評,七條就單篇評,其中《五君詠》,頁163,竟以"每篇有警策可取"一句帶過。陳沆:《詩比興箋》(臺北:鼎文書局,1979)乾脆一首顏詩也不取不論。

方東樹說：

> 顏比於謝，幾於"山無草木，樹無煙霞"之病㉗。

這些評斷當然源自撰者所持的審美觀，而其審美觀往往犯了文學審美偏食症，"論甘而忌辛，好丹而非素"㉘。若以謝詩具有開創性，顏詩延續傳統，保守程度濃厚，是以後者不及前者，更屬於被世俗成見障目、未嘗細品顏詩的無識妄言。目睹顏詩被如此糟蹋，爰乃奮袂染翰注之，庶幾"性既褊激"的"顏彪"㉙於九泉之下得略息其怒，弗肆其狂。

近現代每以文學與小學、經學燕、楚殊途，甚至以粗糙且謬誤的二分論式，認為：前者秀逸滋味，感性為其本質；後者質樸㉚乏趣，理性為其本質。此度塗鴉則上稟乾、嘉主流，下承史語所、臺大中文系沾溉，拆除二者間不必要的藩籬，以治小學、經學的方式注顏詩，然須臾未敢或忘文學的特性、特色，所冀毋乃合之則雙美，離之則兩傷㉛。顏延之嘗云：

> 圖載之意有三：一曰圖理，卦象是也；二曰圖識，字學是也㉜；三

㉗ 《昭昧詹言》，卷五，頁160。

㉘ 江淹：《雜體詩三十首·序》，《江淹集校注》，頁92。

㉙ 仝注4，頁411。

㉚ 王先謙：《漢書補注》，卷八八《儒林列傳·歐陽生傳》，頁1548："上（武帝）曰：'吾始以《尚書》為樸學，弗好。'"

㉛ 反用李善注：《文選》，卷十七《賦壬·論文》陸機《文賦》，頁247，語。

㉜ 顏延之所言之"圖"不當理解為繪畫，當以"線條"、"線條表現"釋之。圖畫非文字，縱使象形字亦非圖畫。詳參龍宇純：《中國文字學》（香港：崇基書店，1968），第二章，第三節，頁70—73、82—85。在此之外，尚可補充一區分要點：任何一漢字都僅以一音綴與之配合，絕大多數之一幅圖畫均非一音綴所能表述，而且言人人殊。以現代漢語為例，"日"只能讀為"ㄖˋ"或"rì"，不能讀為"ㄊㄞˋㄧㄤˊ"或"tài yáng"，與這兩個音綴相應之文字乃"太陽"，而非"日"，但一個周邊有放射線條的圓圈圖畫，可以將之說成"日頭"、"大明"、"東君"、"星星"、"發光體"、"太陽神"、"豔陽高照"。古稱日為大明或東君，分見孔穎達：《禮記注疏》，卷二四《禮器》，頁471："大明生於東"，鄭《注》；《漢書補注》，卷二五上《郊祀志》，頁544："晉巫祠五帝、東君、雲中君"，顏《注》。

曰圖形,繪畫是也㉝。

從他一段文章末所説"子長愛奇,本不類此"㉞,可確定他籀閲過《法言》,則《法言》卷八《問神》的名言:

> 言,心聲也;書,心畫也,心聲、畫形……君子、小人之所以動情乎?

他應該也不會陌生。因此,假如説:詩乃以字學為基礎,如同假鉛黛、毫素,描繪外在的形景、內在的情境,除了力求詩中有畫,更以藴含象外之意為上,則筆者這種注釋方式或許遙契光禄言而未盡之意邪?

㉝ 張彥遠:《歷代名畫記》,《畫史叢書(一)》(臺北:文史哲出版社,1983),卷一《敘畫之源流》,頁5。

㉞ 僧祐:《弘明集》,卷三,顔延之:《重釋何衡陽》,頁196。此語本諸汪榮寶:《法言義疏》,卷十八《君子》,頁747。

凡　　例

一，顔詩二十四首完篇之外，所注殘篇止於二聯四句，凡三十二首。

二，顔詩可繫年者約三分之二①，故依撰著年時先後序列。所餘三分之一，或臆附於某篇之後，毫無可臆度之資者則殿末。

三，胡刻本善注《文選》實即尤刻本善注《文選》。二者雖有些許參差，均無關大體。市面不易覓得尤刻本，為便於讀者覆按，故顔詩凡出自《文選》者皆以通行之胡刻本為據。

四，《文選》版本不在少數，今僅取明州六家本、贛州六臣本代表南宋時期之刻本，朝鮮李氏王朝世宗十一年，即明宣宗宣德三年(1428)奎章閣六家本、茶陵六臣本代表明代之刻本，輔以南宋陳八郎五臣本、《玉臺新詠》、《顔光禄集》及類書引文，比對顔詩正文之異文，出校記。楊守敬手抄日本室町初鈔本白文《文選》前半殘缺，詩的部分前止於卷十"祖餞"沈約《別范安成》，後則為卷十五《雜詩》、卷十六《雜擬》，止於江淹《雜體詩卅首》"休上人別怨"，故可資比對之顔詩不過兩首，然其既為宇内孤本，姑亦擷取，以饗好事者。

五，顔氏之樂府歌辭、樂府詩及《為織女贈牽牛》則分別以《宋書》、《樂府詩集》、《玉臺新詠》為本，以他書所引比對。

六，善《注》為求詞彙出處，又欲簡約，故引文每橫空出世。為期讀者籀閱時，知其本，故凡省略之書名、卷數、篇名、引文於見存故籍可得

---

① 繆鉞：《顔延之年譜》，《繆鉞全集》(石家莊：河北教育出版社，2004)第一卷(下)《冰繭庵讀史存稿》，頁458—486；曹道衡、沈玉成：《中古文學史資料叢考》(北京：中華書局，2003)，頁272—280，均可參酌。

悉者,均適當補足,外加□以區隔之;衍者加暗底;正誤者加【 】;古今字、通假字而非訛誤者,或欲令讀者籀閱通暢易曉而補充者、原詩所用字詞與語釋相應者均加( )以示之。筆者注釋引據之史料亦如是。

七,《文館詞林》乃許敬宗於唐高宗顯慶三年(658)奏上,與李善恭奉《文選注》同年;《初學記》乃徐堅等於唐玄宗開元十六年(728)進呈;《太平御覽》乃李昉等於北宋太宗太平興國八年(983)竣工,均非李善所得悉。另方面,自《隋書·經籍志》觀之,雖數經兵燹之厄,兩漢已降典籍大多猶存。李善注《選》,尤其注《選》詩時,動輒稱引"《集》曰",當係根據寓目之原書而來,恐尚未窘迫至須訴諸在此之前,如《北堂書鈔》、《藝文類聚》等已編就之類書。簡言之,其所援引必皆當時可見之書,然筆者於善《注》引文仍標此等出處,實因史料散佚嚴重,欲令讀者知悉彼等猶有吉光片羽遺存於天壤間,故不忌時代先後錯置,或張弁李戴,仍冠以此等書題。類此者,均比照之。

八,於古文字形構意義解析及其引申,幾乎盡屬前修今賢研究成果:若非歷年來古文字領域之大多學人早已有共識者,即為長期嘗試解析,經由不斷修正、補充,甚至新變,而成為目前較具說服力者,實難視為純屬一家之孤明獨詣。未免挂一漏萬,或治絲愈棼,除特殊狀況,率不標明說者及出處。

九,注,灌也②,以水加入器皿中,器皿中苟已有濃稠物,可令其轉為

---

② 段玉裁:《說文解字注》,十一篇上二,頁560。甲文"注"作"🖐"(合18544)。《毛詩》,卷十七之三《大雅·生民之什·泂(音窘)酌》,頁622:"挹彼注茲(此)"。參照"🖐"〔甲3337(甲)〕、"🖐"〔前6.43.1(甲)〕,乃象雙手捧一大器皿,或持其耳柄,將其中之液體傾入另一較小器皿中。

稀薄；釋，解也③，令某物由堅硬狀態化分開，是注釋本應令讀者曉悟"縟旨星稠，繁文綺合"④之正文，唯事實往往不然，反令認真讀者愈加困惑。尤可鄙者，乃稱引者於其引文意義並不盡通曉，以胥抄冒濫博聞，殊屬欺天罔人。因此，筆者盡量說明注釋中艱澀、陌生之處。加以各版本之善《注》不乏異文，有待斟酌。為免行文窒礙，乃出補述，以彌綸⑤之。

十，音、義相倚相生。近現代多從俚俗，發音乖謬。如"千里走單騎"之"騎"，竟與動詞用法相混，濫讀為"其"，不辨此處乃名詞，音當為"記"。將"中興"之"中"讀為陰平，乃因昧於詞義，不知"中"當讀去聲，乃"仲"之假借，"中興"猶言"再興"、"復興"。縱使詞性依然，也不改字讀，屈原名下《漁父》"眾人皆醉我獨醒"的"醒"須音"星"；曹操《短歌行》"憂思難忘"的"忘"須音"亡"，斷乎不能以平素習讀之上聲、去聲為聲調。復因筆者期盼儻有文學興趣，而略具古典基礎之高中、大學生亦便利通讀，故於破音字、非常見字皆以直音加於後。所以不採注音符號或漢語拼音，乃顧及非嫻於該系統者亦可辨其讀音。

十一，甲、金文中某些字如何楷定，尚有歧意，況於後世該等字多為死字，音讀為何，不乏異聲，故僅能以其較通行者標示。無可推度者，從闕。

十二，上古韻部凡二十二〔之、幽、宵、侯、魚、佳（支）、脂、微、祭

---

③ 《說文解字注》，二篇，頁50。甲文"釋"作"⿰"（合5923），藉左、右雙手分別與原方向背反，以象自銬鎖刑具（幸）中鬆脫。《老子》，第十五章，頁33："渙兮若冰之將釋"。

④ 《宋書》，卷六七《謝靈運傳·史臣曰》，頁861。

⑤ 孔穎達：《周易注疏》，卷七《繫辭上》，頁147："《易》與天地準，故能彌綸天地之道"，《釋文》，頁205，引京房云："彌，遍"，"綸"當改讀為"論"，相假例證詳參高亨、董治安：《古字通假會典》（濟南：齊魯書社，1997），《文部第五·侖字聲系》，頁134。裘錫圭主編：《長沙馬王堆漢墓簡帛集成》，第三冊《周易經傳·繫辭》，頁63，正作"論"。

（月）、歌、蒸、東、中（冬）、陽、耕、真、文、元、侵、談、葉、緝]。某些學人將陰聲部中之入聲分開，成三十部，筆者不敢苟同⑥，然顧及士林習俗，每逢言及某陰聲部之入聲字，均於該陰聲部名後，標示其入聲"部"名。另方面，六朝已降，包括詩在內的韻文押韻時，確實有入聲字自行相諧之傾向，是以說明顏詩用韻時，不諱以入聲韻"部"之名名之。

十三，四言、五言詩一般兩聯畢，始顯示出韻腳⑦。再者，正如《文心雕龍》卷七《章句》所云："章總一義，須意窮而成體"，唯文義結束後，才可用句號。以李商隱《柳枝》之一為例："花房與蜜脾，蜂雄蛺蝶雌，同時不同類，那復更相思"，首聯是內對的四個名詞，全無述語，若"雌"後斷句，簡直不知所云。以上厭黷俗式之處，望讀者措意。

十四，校記之序號以[1]、[2]等標示；注釋之序號以（一）、（二）等標示；補述之序號以（1）、（2）等標示，以期較然。

十五，節省篇幅，並便於閱讀流暢計，注釋中，引文出處之頁碼一律從略。

---

⑥ 詳參董同龢：《漢語音韻學》（臺北：學生書局，1970），第十章，第六節，頁260—261。

⑦ 所以說"一般"，因為秦始皇巡狩時諸刻石均為三個四言句方一韻腳。據《御覽》，卷五八六《文部二·詩》所錄顏延之《庭誥》，頁2769："秦勒望岱、漢祀郊宮，辭著前史者，文變之高制也……弘麗難追矣"，這段話是在簡述詩歌發展史的脈絡中出現的，可見：顏氏將秦始皇諸刻石銘文視同詩。所以僅說"四言、五言詩"，因為七言詩慣例句句韻。是以或人若辯稱：韻腳後即應打句點，將導致如《文選》卷二七《詩戊·樂府上》曹丕《燕歌行》，頁399，通篇每句後即一句點。

引用書目

凡於校記、注解、補述中已標明前修今賢論著出版資訊、論文卷期數及年份者,概不列入。

李善注:《宋尤袤刻本文選》(北京:國家圖書館出版社,2017),簡稱尤刻本。

李善注:胡刻本《文選》附胡克家《文選考異》(臺北:藝文印書館,1998),簡稱胡刻本。

呂延濟、劉良、張銑、李周翰、呂向注:陳八郎本《景印宋本五臣集注文選》(臺北:"中央圖書館",1981),簡稱五臣本。

《日本足利學校藏宋刊明州本六臣注文選》(北京:人民文學出版社,2008),簡稱明州六家本。

《奎章閣所藏六臣注本文選》(首爾:正文社,2004),簡稱奎章閣六家本。與明州六家本一致處,則合稱六家本。

《文選》,《日本宮內廳書陵部藏宋元版漢籍選刊》(上海:上海古籍出版社,2012),第153—160冊,稱贛州六臣本。

《增補六臣註文選》(臺北:華正書局有限公司,1980),簡稱茶陵六臣本。與贛州六臣本一致處,則合稱六臣本。

楊守敬手抄:日本室町初鈔本白文《文選》(臺北:臺北故宮博物院藏),簡稱室町本。

張溥編:《漢魏六朝百三名家集》(臺北:文津出版社,1979),第四冊《顏光祿集》。

劉履:《風雅翼・選詩補注》,《景印文淵閣四庫全書》(臺北:臺灣商務印書館,1983),第1370冊。

方廷珪評點、陳雲程增補:《增訂昭明文選集成詳注》(北京:國家圖書館出版社,2015)。

陳景雲:《文選舉正》〔北京:國家圖書館藏,清咸豐七年(1857)抄本〕。

孫志祖:《文選考異》、《文選理學權輿補》,《選學叢書》(臺北:廣文書局,1966)。

張雲璈:《選學膠言》,仝上。

朱珔:《文選集釋》,仝上。

胡紹煐:《文選箋證》,仝上。

梁章鉅:《文選旁證》,仝上。

許巽行:《文選筆記》,仝上。

聞人倓:《古詩箋》(上海:上海古籍出版社,2010)。

方回:《文選顏鮑謝詩評》(上海:上海古籍出版社,1993)。

陳祚明:《采菽堂古詩選》(上海:上海古籍出版社,2008)。

何焯:《義門讀書記》(北京:中華書局,2006)。

吳淇:《六朝選詩定論》(揚州:廣陵書社,2009)。

張玉穀:《古詩賞析》,《續修四庫全書》(上海:上海古籍出版社,1995),第1592冊。

方東樹:《昭昧詹言》(北京:人民文學出版社,1984)。

李鼎祚:《周易集解》(臺北:臺灣學生書局,1970)。

孔穎達:《周易注疏》(臺北:藝文印書館,1977),簡稱《周易》。

孔穎達:《尚書注疏》,仝上,簡稱《尚書》。

孔穎達:《毛詩注疏》,仝上,簡稱《毛詩》。

賈公彥:《儀禮注疏》,仝上,簡稱《儀禮》。

賈公彥:《周禮注疏》,仝上,簡稱《周禮》。

孔穎達:《禮記注疏》,仝上,簡稱《禮記》。

孔穎達:《左傳注疏》,仝上,簡稱《左傳》。

徐彥:《公羊傳注疏》,仝上,簡稱《公羊傳》。

楊士勛:《穀梁傳注疏》,仝上,簡稱《穀梁傳》。

邢昺:《論語注疏》,仝上,簡稱《論語》。

皇侃:《論語義疏》(臺北:廣文書局,1968)。

孫奭:《孟子注疏》,(臺北:藝文印書館,1977),簡稱《孟子》。

唐玄宗:《孝經注疏》,仝上,簡稱《孝經》。

鄧仕樑、黃坤堯:《新校索引經典釋文》(臺北:學海出版社,1988)。

孫星衍:《尚書今古文注疏》(臺北:臺灣中華書局,1966)。

吳汝綸:《尚書故》,《續修四庫全書》(上海:上海古籍出版社,1995),第50冊。

屈萬里:《尚書集釋》(臺北:聯經出版事業公司,1983)。

朱熹:《詩經集傳》(臺北:世界書局,1972)。

戴震:《毛鄭詩攷正》,《安徽叢書》(臺北:藝文印書館,1971),第31冊。

胡承珙:《毛詩後箋》,《安徽叢書》(合肥:黃山書社,1999)。

馬瑞辰:《毛詩傳箋通釋》(臺北:臺灣中華書局,1980)。

朱右曾:《詩地理徵》,《詩經要籍集成》(北京:學苑出版社,2002),第32冊。

朱熹:《四書集註》(臺北:世界書局,1985)。

屈守元:《韓詩外傳箋疏》(成都:巴蜀書社,1996),簡稱《韓詩外傳》。

陳立:《白虎通疏證》(北京:中華書局,1997),簡稱《白虎通》。

胡厚宣主編:《甲骨文合集》(上海:中華書局,1982),簡稱"合"。

劉釗等:《新甲骨文編(增訂本)》(福州:福建人民出版社,2014)。

容庚:《金文編》(北京:中華書局,1989)。

董蓮池:《新金文編》(北京:作家出版社,2011)。

"中研院"歷史語言研究所金文資料室:《殷周金文暨青銅器資料庫》(臺北:"中研院"歷史語言研究所,2017),稱引時,僅標其器號,器名亦從之。

人文電算研究中心:《漢語多功能字庫》(香港:香港中文大學,2018)。

何琳儀:《戰國古文字典》(北京:中華書局,1998)。

湯餘惠:《戰國文字編(修訂本)》(福州:福建人民出版社,2001)。

邢昺:《爾雅注疏》(臺北:藝文印書館,1977),簡稱《爾雅》。

段玉裁:《説文解字注》(臺北:黎明文化事業股份有限公司,1995),簡稱《説文》。

徐炫:《宋刊本唐寫本説文解字》(臺北:華世出版社,1982),簡稱徐炫《説文》。

徐鍇:《説文繫傳》(臺北:華文書局股份有限公司,1971)。

王念孫:《廣雅疏證》(上海:新華書店,1989),簡稱《廣雅》。

阮元:《經籍籑詁》(臺北:宏業書局,1993)。

王先謙:《釋名疏證補》,仝上,簡稱《釋名》。

周祖謨:《方言校箋》(北京:中華書局,1993),簡稱《方言》。

顧野王:《大廣益會玉篇》(北京:中華書局,2004),簡稱《玉篇》。

張自烈:《正字通》,《續修四庫全書》(上海:上海古籍出版社,1995),第234册。

玄應:《玄應一切經音義》(臺北:"中研院"歷史語言研究所,

1962）。

慧琳：《一切經音義》，《大正新修大藏經》（臺北：新文豐出版股份有限公司，1985），第 54 冊。

慧苑：《新譯大方廣佛華嚴經音義》，《高麗大藏經》（臺北：新文豐出版股份有限公司，1982），第 32 冊。

陶宗儀：《古刻叢鈔》，《百部叢書集成·知不足齋叢書》（臺北：藝文印書館，1966）。

洪适：《隸釋·隸續》（北京：中華書局，2003）。

趙超：《漢魏南北朝墓志彙編》（天津：天津古籍出版社，1992）。

毛遠明：《漢魏六朝碑刻校注》（北京：線裝書局，2008），第一、第二、第四冊。

荊州市博物館：《郭店楚墓竹簡》（北京：文物出版社，1998）。

李學勤主編：《清華大學藏戰國竹簡》（壹）、（貳）、（叁）、（陸）〔上海：上海文藝出版（集團）有限公司　中西書局，2010、2011、2012、2016〕，簡稱《清華簡》。

裘錫圭主編：《長沙馬王堆漢墓簡帛集成》（北京：中華書局，2014），第三、第四册，稱引時，僅稱馬王堆某書。

顏真卿：《顏真卿書法全集》（北京：羣言出版社，1993）。

陳彭年等：《校正宋本廣韻》（臺北：藝文印書館，1970），簡稱《廣韻》。

瀧川龜太郎：《史記會注考證》（臺北：藝文印書館，1972），簡稱《史記》。

王先謙：《漢書補注》（臺北：藝文印書館，1977），簡稱《漢書》。

王先謙：《後漢書集解》，仝上，簡稱《後漢書》。

盧弼：《三國志集解》，仝上，簡稱《三國志》。

吳士鑑、劉承幹:《晉書斠注》,仝上,簡稱《晉書》。

沈約:《宋書》,仝上。

蕭子顯:《南齊書》,仝上。

姚思廉:《梁書》,仝上。

姚思廉:《陳書》,仝上。

魏收:《魏書》,仝上。

李百藥:《北齊書》,仝上。

令狐德棻:《周書》,仝上。

長孫無忌等:《隋書》,仝上。

李延壽:《南史》,仝上。

李延壽:《北史》,仝上。

薛居正:《舊唐書》,仝上。

宋祁、歐陽修:《新唐書》,仝上。

脫脫:《宋史》,仝上。

吳樹平:《東觀漢記校注》(鄭州:中州古籍出版社,1987)。

何清谷:《三輔黃圖校釋》(北京:中華書局,2006)。

王先謙:《(合校)水經注》(成都:巴蜀書社,1985)。

許嵩:《建康實錄》(上海:上海古籍出版社,1987)。

章鈺:《新校資治通鑑注》(臺北:世界書局,1972),簡稱《通鑑》。

韋昭解:《國語》(臺北:藝文印書館,1974)。

黃懷信、張懋鎔、田旭東:《逸周書彙校集注》(上海:上海古籍出版社,1995),簡稱並正名為《周書》。

王貽樑:《穆天子傳匯校集釋》(上海:華東師範大學出版社,1994),簡稱《穆天子傳》。

劉向集錄:《戰國策》(臺北:里仁書局,1982)。

梁端校注:《列女傳》(臺北:臺灣中華書局,1981)。

袁康、吳平撰:《越絕書》(臺北:藝文印書館,1977)。

周生春:《吳越春秋輯校匯考》(上海:上海古籍出版社,1997),簡稱《吳越春秋》。

向新陽、劉克任:《西京雜記校注》(上海:上海古籍出版社,1991),簡稱《西京雜記》。

湯用彤校注:《高僧傳》(北京:中華書局,1992)。

杜佑:《通典》(北京:中華書局,1996)。

呂兆祥等重修:《陋巷志》,《四庫全書存目叢書》(臺北:莊嚴文化事業有限公司,1996),史部第79冊。

長孫無忌等:《故唐律疏議》(上海:商務印書館,1919)。

徐松輯:《宋會要輯稿》(北京:中華書局,1987),第2冊。

郝懿行:《山海經箋疏》(臺北:藝文印書館,1974),簡稱《山海經》。

樂史:《太平寰宇記》(北京:中華書局,2007)。

張敦頤:《六朝事迹編類》(南京:南京出版社,1989)。

周應合撰、馬光祖編:《景定建康志》,《景印文淵閣四庫全書》(臺北:臺灣商務印書館,1983),第488—489冊。

盧憲撰:《嘉定鎮江志》,《中國地方志叢書·華中地方》(臺北:成文出版社有限公司,1983),第492號。

王先謙:《荀子集解》(臺北:世界書局,1981),簡稱《荀子》。

皮錫瑞:《尚書大傳疏證》,《續修四庫全書·經部》(上海:上海古籍出版社,1995),第55冊,簡稱《尚書大傳》。

閻振益、鍾夏:《新書校注》(北京:中華書局,2000),簡稱《新書》。

蘇輿:《春秋繁露義證》(臺北:河洛圖書出版社,1974),簡稱《春秋繁露》。

趙善詒：《說苑疏證》（上海：華東師範大學出版社，1985），簡稱《說苑》。

范望注：《太玄經》，《景印文淵閣四庫全書》（臺北：臺灣商務印書館，1983），第803冊，簡稱《太玄》。

汪榮寶：《法言義疏》（臺北：藝文印書館，1968），簡稱《法言》。

王聘珍：《大戴禮記解詁》（臺北：世界書局，1974），簡稱《大戴記》。

黃暉：《論衡校釋》（北京：中華書局，1995），簡稱《論衡》。

王肅注：《孔子家語》，《景印文淵閣四庫全書》（臺北：臺灣商務印書館，1983），第695冊，簡稱《家語》。

《孔叢子》（臺北：臺灣中華書局，1970）。

蕭繹：《金樓子》（臺北：世界書局，1959）。

王通：《文中子》（上海：商務印書館，1919）。

王卡點校：《老子道德經河上公章句》（北京：中華書局，1993），簡稱《老子》。

樓宇烈：《王弼集校釋·老子道德經注》、《周易略例》（臺北：華正書局，1992），亦簡稱《老子》。

郭慶藩：《校正莊子集釋》（臺北：世界書局，1971），簡稱《莊子》。

王利器：《文子疏義》（北京：中華書局，2000），簡稱《文子》。

陸佃解：《鶡冠子》，《百部叢書集成·子集》（臺北：藝文印書館，1966）。

楊伯峻：《列子集釋》（北京：中華書局，1996），簡稱《列子》。

王明：《抱朴子內篇校釋》（北京：中華書局，1985），簡稱《抱朴子內篇》。

楊明照：《抱朴子外篇校箋》（北京：中華書局，1997），簡稱《抱朴子外篇》。

王京州:《陶弘景集校注》(上海:上海古籍出版社,2009)。

孫詒讓:《定本墨子閒詁》(臺北:世界書局,1972),簡稱《墨子》。

吳則虞:《晏子春秋集釋》(臺北:鼎文書局,1977)。

劉昞注:《人物志》(臺北:臺灣中華書局,1971)。

戴望:《管子校正》(臺北:世界書局,1990),簡稱《管子》。

王先慎:《韓非子集解》(臺北:世界書局,1983),簡稱《韓非子》。

陳奇猷:《呂氏春秋校釋》(上海:學林出版社,1995),簡稱《呂覽》。

劉文典:《淮南鴻烈集解》(臺北:臺灣商務印書館,1969),簡稱《淮南子》。

王利器:《風俗通義校注》(臺北:明文書局股份有限公司,1988),簡稱《風俗通義》,古籍稱引時,唯做《風俗通》。

章學誠:《文史通義》(臺北:漢聲出版社,1973)。

僧祐:《弘明集》(臺北:新文豐出版股份有限公司,1986)。

智顗:《淨土十疑論》,《大正新修大藏經》(臺北:新文豐出版股份有限公司,1985),第47冊。

道宣:《廣弘明集》,(臺北:新文豐出版股份有限公司,1986)。

王冰注:《黃帝內經素問》,《景印文淵閣四庫全書》(臺北:臺灣商務印書館,1983),第733冊,簡稱《素問》。

秦選之:《匡謬正俗校注》(臺北:臺灣商務印書館,1970),簡稱《匡謬正俗》。

瞿曇悉達:《開元占經》(長沙:岳麓書社,1994)。

李匡乂:《資暇錄》,《叢書集成初編》(臺北:新文豐出版股份有限公司,1985),第十一冊。

沈括:《元刊夢溪筆談》(北京:文物出版社,1975),簡稱《夢溪筆談》。

洪邁:《容齋四筆》,《筆記小說大觀》(臺北:新興書局,1979),第二十九編。

李冶:《敬齋古今黈附拾遺》(上海:商務印書館,1935)。

桂馥:《札樸》(北京:中華書局,1992)。

程瑶田:《九穀考》,《安徽叢書》(臺北:藝文印書館,1971),第12冊。

錢大昕:《十駕齋養新錄》(臺北:臺灣中華書局,1970)。

王念孫:《讀書雜志》(南京:江蘇古籍出版社,2000)。

汪中:《述學內外篇》(臺北:臺灣中華書局,1971)。

王引之:《經義述聞》(臺北:廣文書局有限公司,1979)。

王引之撰、孫經世補:《經傳釋詞/補/再補》(臺北:漢京文化事業有限公司,1983)。

齊治平校注:《拾遺記》(臺北:木鐸出版社,1982)。

楊勇:《世說新語校箋(修訂本)》(臺北:正文書局有限公司,2000),簡稱《世說》。

李昉等:《太平廣記》(臺北:新興書局,1958)。

王明清:《揮麈錄》,《景印文淵閣四庫全書》(臺北:臺灣商務印書館,1983),第1038冊。

鄧安生:《蔡邕集編年校注》(石家莊:河北教育出版社,2002),簡稱《蔡邕集》。

黃節:《阮步兵詠懷詩註》(臺北:藝文印書館,1975),簡稱《詠懷詩八十二首》。

張溥:《漢魏六朝百三名家集》(臺北:文津出版社,1979),第二冊《阮步兵集》。

戴明揚:《嵇康集校注》(臺北:河洛圖書出版社,1978),簡稱《嵇康集》。

黃葵點校:《陸雲集》(北京:中華書局,1988)。

陶澍:《靖節先生集》(臺北:臺灣中華書局,1965),簡稱《陶潛集》。

顧紹柏:《謝靈運集校注》(臺北:里仁書局,2014)。

錢仲聯:《鮑參軍集注》(上海:上海古籍出版社,1980),簡稱《鮑照集》。

俞紹初、張亞新:《江淹集校注》(鄭州:中州古籍出版社,1994),簡稱《江淹集》。

洪順隆:《謝宣城集校注》(臺北:臺灣中華書局,1969),簡稱《謝朓集》。

倪璠:《庾子山集注》(臺北:臺灣中華書局,1968),簡稱《庾信集》。

洪興祖:《楚辭補注》(臺北:臺灣中華書局,1978),簡稱《楚辭》。

金開誠:《屈原集校注》(北京:中華書局,1996)。

范文瀾:《文心雕龍注》(臺北:臺灣開明書店,1974),簡稱《文心雕龍》。

曹旭:《詩品集注(增訂本)》(上海:上海古籍出版社,2011),簡稱《詩品》。

吳兆宜箋、程琰刪補:《玉臺新詠》(臺北:臺灣中華書局,1969),簡稱《玉臺》。

紀容舒:《玉臺新詠考異》,《百部叢書集成‧畿輔叢書》(臺北:藝文印書館,1966)。

羅國威:《日藏弘仁本文館詞林校證》(北京:中華書局,2001),簡稱《文館詞林》。

章樵注:《古文苑》(臺北:鼎文書局,1973)。

李昉等:《文苑英華》(臺北:新文豐出版股份有限公司,1979)。

郭茂倩:《樂府詩集》(臺北:里仁書局,1981)。

嚴可均:《全上古三代秦漢三國六朝文》(臺北:世界書局,1982)。

逯欽立:《先秦漢魏晉南北朝詩》(臺北:木鐸出版社,1988)。

陳夢雷主編:《古今圖書集成・明倫彙編》(上海:中華書局,1934),第 267 冊、第 353 冊。

虞世南:《北堂書鈔》(臺北:宏業書局,1974),簡稱《書鈔》。

歐陽詢:《藝文類聚》(臺北:文光出版社,1977),簡稱《類聚》。

徐堅等:《初學記》(臺北:鼎文書局,1976)。

李昉等:《太平御覽》(臺北:臺灣商務印書館,1997),簡稱《御覽》。

目　　錄

北使洛／《文選》卷二七《詩戊·行旅下》 …… 1

還至梁城作／《文選》卷二七《詩戊·行旅下》 …… 33

三月三日詔宴西池／《類聚》卷四《歲時中·三月三日》 …… 49

直東宮答鄭尚書／《文選》卷二六《詩丁·贈答四》 …… 65

始安郡還都與張湘州登巴陵城樓作／《文選》卷二七《詩戊·行旅下》 …… 89

歸鴻／《類聚》卷九十《鳥部上·鴻》 …… 110

和謝監靈運／《文選》卷二六《詩丁·贈答四》 …… 115

應詔觀北湖田收／《文選》卷二二《詩乙·遊覽》 …… 151

應詔讌曲水作／《文選》卷二十《詩甲·公讌》 …… 173

五君詠／《文選》卷二一《詩乙·詠史》 …… 223

夏夜呈從兄散騎車長沙／《文選》卷二六《詩丁·贈答四》 …… 262

為織女贈牽牛／《玉臺新詠》卷四 …… 272

辭難【離】潮溝／《類聚》卷三四《人部十八·哀傷》 …… 283

侍東耕／《類聚》卷三九《禮部中·籍田》 …… 287

登景陽樓／《類聚》卷二八《人部十二·遊覽》 …… 296

皇太子釋奠會作／《文選》卷二十《詩甲·公讌》 …… 300

天地郊夕牲歌／《文選》卷二七《詩戊·郊廟》，《宋郊祀歌》之一 …… 351

天地郊迎送神歌/《文選》卷二七《詩戊·郊廟》,《宋郊祀歌》之二 …………… 366

天地饗神歌/《宋書》卷二十《樂志二》,《郊廟歌辭》之三 ………………… 381

為皇太子侍宴餞衡陽南平二王應詔/《類聚》卷二九《人部第十三·別》……… 398

拜陵廟作/《文選》卷二三《詩丙·哀傷》 ………………………………………… 409

車駕幸京口侍遊蒜山作/《文選》卷二二《詩乙·遊覽》 ………………………… 436

車駕幸京口三月三日侍遊曲阿後湖作/《文選》卷二二《詩乙·遊覽》………… 456

除弟服/《類聚》卷三四《人部十八·哀傷》 ……………………………………… 475

挽歌/《御覽》卷五五二《禮儀部三一·挽歌》 …………………………………… 483

贈王太常/《文選》卷二六《詩丁·贈答四》 ……………………………………… 492

從軍行/《樂府詩集》卷三二《相和歌辭七·平調曲三》 ………………………… 509

秋胡詩/《文選》卷二一《詩乙·詠史》 …………………………………………… 524

附錄一:論顏延之 | 571

附錄二:論《赭白馬賦》 | 622

附錄三:《文選》三峯並峙的后妃哀誄文 | 644

後記 | 660

《文選》卷二七《詩戊·行旅下》

北使洛

　　善《注》：沈約《宋書》卷七三《顏延之傳》曰："延之為後將軍、吳國內史劉柳以為行參軍，因轉主簿，豫章公(劉裕)^(一)世子、中軍(將軍)行軍參軍。義熙十二年(416)，高祖北伐，有宋公之授^(二)。(豫章公)府遣一使慶殊命^(三)、參起居。延之與同府王參軍俱奉使至洛陽，道中作詩一【二】首^[1]，文辭藻麗，為謝晦、傅亮所賞。"《集》曰："時年三十二。"

【校記】

　　[1]**海按**：尤刻本、六家本、六臣本"二首"均作"一首"，非是。蓋緣善《注》此段引文置於《北使洛》題下，誤解"道中"為赴洛途中，不悉《宋書》此段引文本非單就此詩而發，"道中"指往返"洛陽"、建康⁽¹⁾途中，故李氏於《還至梁城作》題下從省無注，顯然以此段引文概括二首之背景說明。

【注釋】

　　(一)《晉書》卷十《安帝紀·義熙二年(406)》："冬十月，論匡復之功⁽²⁾，封車騎(音記)將軍劉裕為豫章郡公。"

　　(二)《宋書》卷二《武帝紀中·義熙十二年(416)》："三月，加公中外大都督。初，公平齊⁽³⁾，仍有定關、洛之意"，"欲以義聲懷遠，奉琅邪王（司馬德文）北伐（後秦姚泓）"，"八月丁巳，率大眾，發京師"，"十月，眾軍至洛陽"，"修復晉五陵，置守衛[4]"，而後[5]朝廷下旨："進位相國，總百揆，揚州牧，封十郡為宋公，備九錫之禮[6]"，"位在諸侯王上"，《義熙十三年（417）》："十月，天子詔……進宋公爵為王"，《義熙十四年（418）》："公……固讓進爵，六月，受相國、宋公、九錫之命"。

（三）以官而言，《宋書》卷三九《百官志上》已指出："自魏、晉以來，（相國）非復人臣之位矣。"以爵而言，西漢文帝已降，雖皇子封王，亦止為一郡之王。今封異姓之臣為公，竟以十郡封之，自然一人之下，"位在諸侯王上"。以儀制而言，《漢書》卷六《武帝紀·元朔元年（前128）》："乃加九錫"，《集解》："應劭曰：'此皆天子制度'……臣瓚曰：'九錫備物，伯者之盛禮，齊桓、晉文猶不能備'"，是以自王莽始，凡權臣正式架空天子，成為實際之最高領袖，九錫乃公然宣示之標誌。結合三者，可知：當時鼎革之局勢業啟動矣。《宋書》卷六十《范泰傳》："復為尚書、常侍如故。兼司空，與右僕射袁湛授宋公九錫，隨軍到洛陽。"相對於此公家使臣，顏、王乃私府代表。此篇乃見存顏詩撰成時代最早者。

【補述】

（1）《三國志》卷四七《吳主孫權傳·建安十六年（211）》："權徙治秣陵。明年（212），城石頭，改秣陵為建業。"《晉書》卷五《孝愍帝紀·建興元年（313）》："孝愍皇帝諱鄴"，"秋八月……改建鄴為建康"，是建康之名既然乃避諱所致。據《晉書》卷六《元帝紀》、卷三八《宣五王列傳·琅邪王傳》，東晉元帝乃"宣帝曾孫"，琅邪武王伷（音冑）之孫，"琅邪恭王覲之子"，承武帝為嗣，於惠帝乃從兄弟，於愍帝為從叔，故東晉已降即不復諱，建康、建業皆可稱用。

(2)《晉書》卷十《安帝紀·元興二年(403)》:"十二月壬辰,(桓)玄篡位","帝蒙塵于尋陽",《元興三年(404)》:"二月……乙卯,建武將軍劉裕帥沛國劉毅、東海何無忌等舉義兵","五月……壬午,(益州)督護馮遷斬桓玄於貊(音莫)盤洲,乘輿反正"。《史記》卷九《呂后本紀》:"滕公迺召乘輿車,載少帝出",《集解》:"蔡邕曰:'天子至尊,不敢渫瀆言之,故託於乘輿也。乘猶載也,輿猶車也。天子以天下為家,不以京師宮室為常處,則當乘車輿以行天下也,故羣臣託乘輿以言之也,故或謂之車駕'"。對照《後漢書》卷五《安帝紀·永初元年(107)》"廄馬非乘輿常所御者皆減半食"章懷《注》,知:此乃蔡氏《獨斷》中語。

(3)《晉書》卷十《安帝紀·義熙六年(410)》:"二月丁亥,劉裕攻(南燕)慕容超,剋之,齊地悉平。"

(4)《文選》卷三八《表下》傅亮《為宋公至洛陽謁五陵表》:"今月十二日,次故洛水浮橋,山川無改,城闕為墟,宮廟燹(音灰)頓,鍾簴(音巨)空列,觀宇之餘,鞠為禾黍,廛(音蟬)里蕭條,雞、犬罕音,感舊永懷,痛心在目。以其月十五日,奉謁五陵,墳塋(音迎)幽淪,百年荒翳,天衢(音渠)開泰,情、禮獲申,故老掩涕,三軍悽感,瞻拜之日,憤慨交集。行河南太守毛脩之等既開翦荊棘,繕修毀垣(音原),職司既備,蕃衛如舊。伏惟聖懷遠慕兼慰,不勝下情,謹遣傳詔殿中中郎臣某奉表以聞。"善《注》:"郭緣生《述征記》:'北邙東則乾(音干)脯(音府)山,山西南晉文帝(司馬昭)崇陽陵,陵西武帝(司馬炎)峻陽陵,邙之東北宣帝(司馬懿)高原陵、景帝(司馬師)峻平陵,邙之南則惠帝(司馬衷)太陽陵也。'"後繼者懷帝司馬熾、愍帝司馬鄴先後被匈奴族劉氏建立之前漢割據政權所擄,且均未幾遇害,故無陵。《周禮》卷十《地官·大司徒》:"辨其……丘陵墳衍",鄭《注》:"土高曰丘,大阜曰陵",而《廣雅》卷九下《釋丘》:"小陵曰丘",

故《周禮》卷十七《春官·序官·冢人》賈《疏》:"秦、漢已下,天子之丘亦謂之陵也"。

(5)《南史》卷一《宋本紀上·武帝紀·義熙十二年(416)》:"十二月壬申,晉帝加帝位相國……為宋公,備九錫之禮。"據陳垣:《二十史朔閏表》,《陳援菴先生全集》(臺北:新文豐出版股份有限公司,1993)第14冊,十二月甲辰朔①,則壬申乃十二月二十九日。因此,前修認為:顏氏於義熙十三年(417)北使洛,且別有使命,非為慶宋公之授,或仍持北使源由之舊說,然均以顏氏時年三十三。《宋書》卷四二《王弘傳》:"前鋒已平洛陽,而未遣九錫,弘銜使,還京師,諷旨朝廷。時劉穆之掌留任,而旨反從北來,穆之愧懼。"無論穆之如何未即時反應,殊命之詔亦不致拖延二月多之久,況王弘已傳達劉裕之意向,下旨之權穆之悉數在握?《南史》所記月份或有誤。

(6)《文選》卷三五《冊》潘勖《冊魏公九錫文》題下善《注》引《韓詩外傳》:"一錫車馬,再錫衣服,三錫虎賁(音奔),四錫樂器,五錫納陛,六錫朱戶,七錫弓矢,八錫鈇(斧)鉞,九錫秬鬯(音句唱)。"《毛詩》卷十六之

---

① 《晉書》卷十《安帝紀·義熙十二年(416)》:"十月己丑,遣兼司空、高密王恢之修謁五陵。"從上文所引《為宋公至洛陽謁五陵表》,可知:"己丑"乃十五日,此年十月朔乃乙亥。假設義熙十二年十月乃大月,三十日為甲辰。南、北曆算有別,北朝若閏十月,乙巳朔,十一月甲戌朔,《魏書》卷三《太宗明元帝紀·泰常元年(416)》:"十月壬戌,幸犲山宮","十一月甲戌,車駕還宮"安排得宜。南朝若不閏十月,依上述之推算,《南史》所記之"壬申"乃十一月二十八,顏氏《北使洛》之年份及歲數不復可疑。陳《表》以義熙十二年十月朔為乙巳,與史籍多處記載齟齬,恐待商兑。

三《大雅·文王之什·旱麓》"瑟彼玉瓚(音贊),黃流在中①",《禮記》卷一《曲禮上》"夫為人子者三賜不及車馬"孔《疏》引《禮緯·含文嘉》,"樂器"作"樂則",然《漢書》卷九九上《王莽傳》"為九命之錫"顏《注》所引同一《禮緯·含文嘉》,作"樂懸"。王夢鷗當年授課時,早已指出:"則"乃"縣(懸)"壞爛形近之訛。卷九九上《王莽傳》"納陛"顏《注》:"孟康曰:'納,內也,謂鑿殿基際為陛,不使露也'",即指將原本自地面上至堂前平面、顯露於外之臺階退縮至堂基內,以致臺階兩側皆有堂基

---

① 《旱麓》鄭《箋》:"瑟,絜(潔)鮮貌……圭瓚之狀:以圭為柄,黃金為勺,青金為外",《周禮》卷四一《考工記·玉人》:"祼圭尺有二寸,有瓚,以祀廟",鄭《注》:"瓚如盤,其柄用圭,有流前注",柜鬯自勺口往外注液體之部分曰流,如毛《傳》所云,以黃金飾之,故曰黃流。祼圭有二種:"以圭為柄"者曰圭瓚;以璋為柄者曰璋瓚。以考古材料而言,尤其是洛陽北窰 M155 之墓葬發掘,可以整理出陪葬酒器乃爵、觚(同)、斝(音甲)、鬶(音規)為成套者〔《說文》三篇下:"鬶,三足釡(音府)也,有柄,喙。《周禮》卷四十《考工記·㮚(音力)氏》:"深尺,內方尺,而圜其外,其實一鬴",鄭《注》:"四升曰豆,四豆曰鬴,鬴六斗四升也。卷十四《地官·均人》"凡均力政,以歲上、下豐年"鄭《注》:"豐年人食四鬴之歲也;人食三鬴為中歲;人食二鬴為無歲,歲無贏儲也。"〕,其中以爵、觚為核心組合。觚之器形乃喇叭狀敞口、束腰、淺凹底座,近底部處有一中空之圓形片,插入一柄形桿,該柄形桿乃瓚。詳參嚴志斌:《漆觚、圓陶片與柄形器》,《考古研究》第 1 期(2020 年)。由於大河口 M1 墓葬出土材料正式公布,從四把提梁卣上之銘文:"囗(匽)侯旨作姑妹寶尊彝",可知乃匽(燕)侯旨因小姑姑將嫁往霸國,為夫人,於是製作一批豐盛之滕器,中有一件銅木觚,底座部位之銘文為"囗(匽)侯作囗(瓚、瓚)",愈加可證實。詳參山西省考古研究院、臨汾市文物局、翼城縣文物旅遊局聯合考古隊、山西大學北方考古研究中心:《山西翼城大河口西周墓地一號墓發掘》,《考古學報》第 2 期(2020 年)圖七九、五六。按照古代巫術信仰,柄形器與中空圓形片蓋牡、牝性器之象徵,前者插入後者,乃陽、陰結合,生命之本及延續之源。按照巫術信仰中之交感觀及模擬觀,如此之部件設計可令其接觸、浸潤者具有返本而重新啟動之神祕功能。依學者目前主流意見,將爵中之秬鬯注入觚內,再將觚中之酒悉數斛出,沃於地面,以吸引祖先降臨,此即祼禮。此種瓚與上述之圭瓚乃兩種,不當混為一談。由於《考古與文物》第 2 期(2010 年)公布一觚形器:西周早期《內史毫豐觚》(NB1199),上有銘文"作祼囗(同)",學者根據此自名,認為:宋人命名之"觚"應更正為"同"。

之石壁遮擋。《穀梁傳》卷五《莊公元年》"王使榮叔來錫桓公命"楊《疏》:"納陛謂從中階而升也",則再無東(阼)階、西(賓)階可與之平行相抗,與唯天子可從中門出入同屬一類。

改服飭徒旅^(一),首路跼_(音局)險難^{[1](二)},振檝_(音及)^(三)發吳州^(四),秣_(音莫)馬^(五)陵楚山^(六),塗出梁、宋郊^(七),道^(八)由周、鄭閒_(音尖)^(九),前登^(十)陽城路^(十一),日夕^[2]望三川^(十二)。在昔輟期運^(十三),經始闊聖、賢^(十四),伊、穀^[3]絕津濟^(十五),臺、館無尺椽_(音船)^(十六),宮陛^[4]多巢穴^(十七),城闕生雲煙^(十八)。王猷_(音由)升八表^(十九),嗟行方暮年^(二十),陰風振涼野^(二一),飛雪瞀^[5]_(音茂)窮天^(二二),臨塗未及引,置酒慘無言^(二三),隱憫徒御悲,威遲_(音疑)良馬煩^(二四)。遊役去芳時,歸來屢徂愆_(音千)^(二五),蓬心既已矣^(二六),飛薄殊亦然^(二七)。

【校記】

[1]《類聚》卷二七《人部十一·行旅》所錄、五臣本、六臣本、六家本"難"作"艱"。首先,"艱險"本為六朝成詞,如《宋書》卷四二《王弘傳·世祖大明五年(461)增封詔》:"經營艱險",《江淹集》上編《詩·雜三言·鏡論語》:"世艱險而多阻",以劉宋文壇多喜作怪及顏氏措辭之好尚,易"艱險"為"險艱",實屬尋常,況《宋書》卷二一《樂志三·楚詞鈔·陌上桑》:"天路險艱獨後來",已見此用法。其次,"艱"乃劉宋時期的先部韻,而本篇乃寒、先通韻,個中講究詳參《秋胡詩》"聊用申苦難"注。結合上述二點,作"險艱"亦有其理據。艱,難也,乃古代通訓。無論作"難"或作"艱",均於文義無礙。

[2]《類聚》"日"作"旦",非是。"旦夕"猶言"朝夕",下文固曰"臨

塗未及引",然焉有鎮日於山巔停滯俯望,而不顧使命之舉?再者,從"振楫發吳山"一連五句乃動態描述,一路馬不停蹄,好不容易"登"上"陽城",卻已日暮途窮,而後以殘陽(時)與遠眺所及之荒涼舊京(空)交融,形成孤寒、凋傷之氛圍。作"日",則將破壞此等高明處。

[3]《類聚》"榖"作"洛",洵如是,依善《注》惡習,極可能會稱引《楚辭》卷十六《九歎·愍命》"迎宓妃於伊、洛(雒)"矣。伊水在洛水之南,榖水在洛水之北,乃自南、北入京雒者所必經。藉由南伊、北榖此兩處不復使用,夾擠出:無論從政治、商業、文化等往來而言,雒陽均業成廢墟。若用"洛"字,則失色矣。六家本、六臣本正文,《顏光祿集》"榖"均作"瀔";明州六家本外,上述諸本之注文亦作"瀔"。加水字邊,不過使作為河川名之"榖"專字化。清人崇信《說文》,又多不明《說文》底細,故呶呶於此辨。五臣本即逕作"榖",作"瀔"當屬後世淺人自以明辨而易之。試問伊、睢等水,贛、閩等江是否均要加水字邊?縱有字書、辭典以逞博而備具,實際無人從之。況且從善《注》"伊、榖,二水名也",可知其所據本絶無水字邊。

[4]《類聚》"陛"作"階",乃形近之訛。《後漢書》卷七二《董卓傳》:"馳齎(音基)赦書,以令宮陛内外",鮑照《從過舊宮》:"宮陛留前制",《南齊書》卷二三《王儉傳·贊》:"期寄兩朝,綢繆宮陛",《類聚》卷五三《治政部下·奉使》蕭繹《鄭眾論》:"豈不酸鼻痛心,憶雒陽之宮陛","宮陛"乃六朝成詞。

[5]五臣本、六家本、六臣本、《顏光祿集》"雪"作"雲",非是,乃不明"瞀"義而形近致訛。據善《注》:"《爾雅》卷六《釋天》曰:'霧謂之晦'",正文"瞀"似應作"霧",實則不然,故胡紹煐以為:"當有'瞀與霧古字通'六字,今脫去"。善《注》所引之《爾雅》"霧"字確實當如胡氏之

北使洛　7

說改讀為"瞀",相假例證詳參《古字通假會典・幽部第十七(下)・矛字聲系》。至於胡氏下文:"《廣韻》卷四《去聲・十遇》:'瞀同霧'",乃其自我作古。《廣韻》原文乃:"霧,《爾雅》卷六《釋天》:'地氣發,天不應,曰霧',《釋名》卷一《釋天》:'霧,冒也,氣蒙亂,冒覆地之物也'。霚,上同(霧),見《説文》十一篇下。"

【注釋】

(一)善《注》:《左氏傳》卷二六《成公三年》曰:"晉侯享齊侯。齊侯視韓厥,韓厥曰:'君知厥也乎?'齊侯謂韓厥曰:'服改矣'",杜預曰:"戎、朝異服也"。

海按:甲文"改"均从手持直木之"攴"(音扑),"巳"聲:"🖊"(合36418);金文從同,如西周晚期《改盨》(04414)。參照甲、金文中,"教"从"攴"、"子"、"爻","爻"亦聲:"🖊"(合31621)、"🖊",如戰國《燕侯載器》(10583),《尚書》卷三《舜【堯】典》:"扑作教刑",偽孔《傳》:"扑,榎(音甲)、楚也";《禮記》卷三六《學記》:"夏(榎)、楚二物收其威",鄭《注》:"所以撲(扑)撻犯禮者",可知:"改"乃以體罰令人改過為其本義。至於甲、金文从"巳",小篆已降从"己",二字作為偏旁聲符時,無別。引申之,任何更動變易皆可曰改。顏氏由居內之幕僚為出外之使者,因任務及環境而換易穿著,故曰改服。

《周易》卷九《雜卦》:"蠱則飭也",韓《注》:"飭,整治也";《家語》卷七《五刑第三十》:"簠(音府)、簋(音鬼)不飭",王《注》:"飭,整齊也"。

《公羊傳》卷二二《昭公八年》:"簡車徒也",何《解詁》:"徒,眾";《左傳》卷四二《昭公四年》:"旦而皆召其徒",杜《注》:"徒,從者"。

甲文"旅"本象二側面人形排列於一旌旗飄揚之軍旗下,面向或背向旗桿，如"🚩"《合5823》，偶或僅從一人，如"🚩"（合27875），商代晚期《牵(音孽)旅尊》(05579)從三人，如："🚩"，右向二，左向一，均象軍士於軍旗之引導下出征。許多金文中，除了延續甲文者，或另加"車"："🚩"，如西周早期《作冊虎(音呼)卣(音友)》(05432)、西周中期《仲作旅鼎》(01922)，以強調行軍車戰之義。至戰國，"㫃(音眼)"之上部方訛變爲"止"："🚩"（包2·116），此所以《說文》七篇上："旅，軍之五百人……衣。古文旅"。由此引申之，《左傳》卷四二《昭公三年》："敢煩里旅"，杜《注》："旅，眾也"；《國語》卷五《魯語下·公父文伯之母論勞逸》："師尹維旅"，韋《解》："旅，眾士也"，足見："徒旅"乃同義複詞，猶言"徒眾"，亦即後文之"徒御"。其間每有職司武衛者，如《文選》卷六十《祭文》謝惠連《祭古冢文》："司徒御屬領直兵令史、統作城錄事、臨漳令、亭侯朱林……僉摠徒旅"，《類聚》卷二九《人部十三·別上》所錄宋孝武帝《與廬陵王紹別》："飛旌背爾邑，悄擾徒旅戒，團欒流景入"。至於武衛人員所佔比例多寡，端視上下文而定。《宋書》卷一《武帝紀上·元興元年》："孫恩自奔敗之後，徒旅漸散，懼生見獲，乃於臨海投水死"，士卒頗多。謝靈運《七里瀨》："孤客傷逝湍，徒旅苦奔峭"，護衛則偏少。

（二）善《注》：謝承[1]《後漢書·序》曰："徐俶(音休)戎車首路。"《毛詩》卷十二之一《小雅·節南山之什·正月》曰："謂天蓋高，不敢不跼(局)；謂地蓋厚，不敢不蹐(音及)"，毛萇《詩傳》曰："跼(局)，曲也；蹐，累足也"，鄭玄曰："跼(局)、蹐者，天高而有雷霆，地厚而有陷淪也，此民疾苦王政，上下皆可[2]畏懼【怖】之言也"。

海按：《文選》卷五七《誄下》顏延之《陶徵士誄》："首路同塵，輟塗殊軌者多矣。"首路猶言啟程，開始（"首"）上"路"。

(三)**海按**:《孟子》卷十上《萬章下》:"金聲而玉振之也",趙《注》:"振,揚也";《漢書》卷五五《霍去病傳》:"卒乏糧,或不能自振",顏《注》:"振,舉也"。《周易》卷九《繫辭下》:"剡(音演)木為楫",《釋文》:"本又作'檝'";《毛詩》卷十三之一《小雅·谷風之什·大東》:"舟人之子",毛《傳》"舟人,舟檝之人"《釋文》:"檝……字又作楫","檝"乃"楫"之異體字。《釋名》卷七《釋船》:"在旁撥水曰櫂(音兆)……又謂之楫,楫,捷也,撥水使舟捷疾也。"凡划船,必先揚起槳,再順勢下降,令槳入水,往後推撥。

(四)善《注》:阮籍《詠懷詩八十二首》之二八曰:"朱鱉躍飛泉,夜飛過吳州。"(3)

海按:甲文中,"水"僅中間一道(有時為兩道)為連貫之曲折線,左、右兩邊均為斷開之兩或三條短線:"〔〕"(合34166)、"〔〕"(合5810),見知金文均從前者。"州"為了與"水"區分,三道均為連貫之曲折線,於中間曲折線之腰部,增一彎筆,形成橄欖形,以象水流中小塊乾地或沙洲:"〔〕"(合18103),見知金文亦然,故《說文》十一篇下:"水中可尻(居)者曰州。水匊(周)繞其旁,从重川"。建康在江南丹陽郡(昔稱吳郡),故出京,首需乘船渡江。水運渡江乃平面挪移,陸路登山乃縱向提升,其對仗之精密,庸眼焉識?

(五)善《注》:《毛詩》卷一之三《周南·漢廣》曰:"言秣其馬。"《左傳》卷二八《成公十六年》:"秣馬利兵",杜預曰:"粟食馬曰秣,穀馬也"。

海按:《漢廣》,《釋文》:"《說文》五篇下云:秣(䬴),食(音四)馬穀也";《後漢書》卷二八下《馮衍傳·顯志賦》:"秣吾馬於潁滸",章懷《注》:"秣謂食馬以粟"。

(六)善《注》:《韓子》⁽⁴⁾卷四《和氏》曰:"楚人和氏得璞玉【玉璞】於楚山之中。"

海按:傳說中,和氏獻璧乃春秋楚武王、文王時事,時楚都在湖北江陵一帶,《善》注引此,徒表明"楚山"一詞之出處,甚無謂。戰國末楚懷王、頃襄王時,秦破楚軍,佔據郢都,楚乃遷都壽春,今安徽一帶,故顏氏渡江後,北上,即至戰國晚期故楚之丘陵地。"振楫",水路;"秣馬",陸路,乃水陸對。

(七)**海按**:從此聯並列之"宋"、"周"可知:出句之"梁"自然指戰國時期之魏,因魏後來遷都大梁,故於《孟子》中,魏惠王、魏襄王均稱梁惠王、梁襄王。至於對句之"鄭",究竟是指春秋時之鄭,抑指戰國時滅鄭、遷都新鄭,因而又名鄭之韓,則難以確定。東晉末,早已無梁、鄭之國,此自然指昔日梁、鄭所處之地。

(八)善《注》:《漢書》卷一上《高帝紀》曰:"(楚懷王心)……遣沛公西收陳王、項梁散卒,乃道碭(音蕩)",《漢書音義》引孟康⁽⁵⁾曰:"道由碭也"。

海按:古今漢語特質之一即名詞兼動詞,反之亦然。"道"確實可為動詞,如《荀子》卷七《王霸》:"故古之人有大功名者必道是者也",楊《注》:"道,行也";《史記》卷四四《魏世家》:"伐楚,道涉谷",《索隱》:"道猶行也。涉谷是往楚之險路",然此處之"道"既與"塗"相對,"塗"即"途",相假例證詳參《古字通假會典·魚部第十九(上)·余字聲系》,故《論語》卷十七《陽貨》:"遇諸塗",《集解》:"孔(安國)曰:'塗,道也,於道路與相逢'",則"道"必為名詞用法。善《注》不當。

(九)**海按**:金文"閒"從門從月,或從夕,象月光自門縫隙中照射進來:"閒",如《鼓(音胡)鐘》(00260),故《說文》十二篇上:"閒,隙也,從

北使洛　11

門、月"。苟將"☽"由鉤弧形改寫成正方形，即易令人誤以為"日"。此所以戰國早期《閒右庫戈》（10974）已見從門從日者，然直異體字耳，所表之義仍舊貫。實則將鉤弧形之"☽"上下兩端拉長作"⌒"，並擺正，則適為此字初從之"月"。由此可知：相對於此字早先形構，當以"閒"為正，後世反以"閒"為假借字，殊可笑。

（十）**海按**：前修指出："前"乃從止於盤中洗足之貌[6]。對照"㊣"（合8618）、"㊣"（合8619）、"㊣"（合8620），正象倒水洗足，以盤狀器承水，此點從上揭第二例器物兩旁有可供手把之雙耳，尤為明著。此字乃後世"湔（音尖）"之本字，與倒水洗手，以皿承水之"盥"適可對照。甲文表示前進意義者作"㊣"（合2910）、"㊣"（合15123），乃形聲字。金文省卻水滴，且將下半之盤狀器寫成類似"舟"者，如西周中期《追簋蓋》（04222）："㊣"、西周晚期《兮仲鐘》（00068）："㊣"，作為前後意義之前，純屬假借。所揭金文二例為後世所本，故一方面《說文》二篇上將之解析為："歬，（人之足）不行而（隨舟沿水流推）進謂之歬，從止從舟"，另方面後世將其下部訛寫為習見之"月"。至於"㊣"加"刂（刀）"為"前"，本乃一形、聲結構之新生字，《說文》四篇下："前，齊斷也"，然實際使用時，"前"均仍與"歬"同，作為表示先後意義者，是以後世乃再加"刀"而成"剪"，"剪"實為緟益字。甲文中之"㊣"（合17505）象雙手（廾）捧一"豆"："㊣"，為進獻之義。甲文有上象左、右二止之"㊣（音波）"：下從"㊣"，"㊣"亦聲之"㊣"（合4641），象人足踩於外形部分類似"豆"之某物而向上步行，省略象雙手之"廾"，即成"登"，是其本義即升、進、往上。所踩之某物當即古籍所言墊腳以便上車之乘石[7]；原本所以從象雙手之"廾"，因乘石之安放處視人、車所在之地點而定，僕從須隨地點之變動，兩人合力以雙手移動此沈重之物[8]，故《說文》二篇上："登，上車也，從址、豆,象登車形"。並上聯而觀之,"塗"、"道"、"路"同義,顔氏卻不斷換用詞面,其練字之工可窺一斑。

(十一)善《注》:《漢書》卷二八上《地理志》曰:"汝南郡……縣三十七……有陽城縣。"

海按:《晉書》卷十四《地理志上·司州》河南郡所轄陽城縣自注:"此邑是爲地中,夏至,景尺五寸。有陽城山、箕山,許由墓在焉。"

(十二)善《注》:《漢書》卷一上《高帝紀·秦二世二年(前208)》:"斬三川守李由",《音義》:"應劭曰:'三川,今河南郡也',韋昭曰:'有河、洛、伊,故曰三川也'"(9)。

海按:甲文"夕"乃半月形:"☽"(合33696),與"☾(合30014)"本無別,後分工,以半月中無一點者爲"夕",多一點者爲"月"。月之出現自然在傍晚以至日落之後,故《説文》七篇上:"夕,莫(暮)也,從月半見"。

《國語》卷一《周語上·西周三川皆震伯陽父論周將亡》:"幽王二年,西周三川皆震……是歲也,三川竭,岐山崩",韋《解》:"西周,謂鎬京也……三川,涇、渭、洛,出於岐山也",此所以李氏必須下注以釐清。《史記》卷六《秦始皇本紀》:"東至滎陽,滅二周,置三川郡",《漢書》卷二八上《地理志·河南郡》自注:"故秦三川郡,(漢)高帝更名",可知:顔氏此處以"三川"代言雒京。《史記》卷四八《陳涉世家》:"李由爲三川守",《索隱》即云:"三川,今洛陽也"。對照後二聯的出句,可知:若就顔氏撰此詩時,心目中的"三川"實際指謂而論,則不然。

既言"登",則所處必爲一地勢較高之丘坡,故"望"乃俯視之。所視自屬空間景象,然此種景象乃由歷史事故形成,故空際轉身,進入時光隧道彼端追述。

北使洛

(十三)善《注》:《毛詩》卷二十之三《商頌·那》曰:"自古在昔,先民有作。"《文選》卷六《賦丙·京都下》左思《魏都賦》曰:"迴時世而淵默,應期運而光赫",卷五八《碑文上》蔡邕《陳寔(太丘)命[10]碑》曰:"含元精之和,應期運之數"。

海按:《說文》十四篇上:"輟,車小缺復合者也,從車叕(音卓)聲",非是,"叕"乃義符,亦聲。金文中,西周晚期《交君子叕簠》(04565)乃一正面人形(大)四肢末端皆有四短劃:"𢄿",蓋象手足盡被綁住,停止乃其本義。由於四肢被束縛,彼此受牽絆、影響,方引申出聯繫、連及之義。為表此義,乃加"系"成"綴",然"輟"猶保持其本義,唯僅限於運行方面。期運,時運也。

(十四)善《注》:《抱朴子》曰:"聞之前志:聖人生,率闊五百歲。"[11]

海按:《毛詩》卷十六之五《大雅·文王之什·靈臺》:"經始靈臺,經之營之",孔《疏》:"乃經理而量度,初始為靈臺之基趾也",以為"經始"乃"始經"之謂[12]。顏氏於此處不但用古典措辭,其詞意也確實當依"經始"而解,然"始"非原始出處作動詞用者,乃動名詞,指維新、中興。《文選》卷二十《詩甲·公讌》陸機《皇太子宴玄圃宣猷堂有令賦詩》:"皇上纂隆,經教宏道",善《注》:"經猶理也"。

《說文》十二篇上:"闊,疏也。"《文選》卷二四《詩丙·贈答二》陸機《贈尚書郎顧彥先》之一曰:"形、影曠不接,所託聲與音,音聲日夜闊,何用慰吾心。"有寬廣之距離方曰闊,則其間必有空曠不接之處,故《漢書》卷九七下《外戚列傳·孝成趙皇后傳》:"朝請希闊",顏《注》:"闊猶闕也"。此句猶《文選》卷三十《詩己·雜詩下》謝朓《和伏武昌登孫權故城》所言:"聖期缺中壤。"張玉穀:"闊,少也",非是,"少"不等同"無"。

古人認為包括世間在內之氣運有週期,週期長短,說法不一[13]。為世俗所熟悉者乃《新書》卷一《數寧》:"聖王之起,大以五百為紀",《法言》卷八《五百》:"五百歲而聖人出,有諸",《孟子》卷十四下《盡心下》趙《注》:"五百歲聖人一出"。

此聯意指:在以往中朝都雒之時,隨天道之運轉,典午政權到達告終("輟")之"期",故北方淪陷,成為少數民族割據、混戰之地。若欲董理("治")重開("始")政治之新紀元,可惜當時實缺乏("闕")聖、賢[14]。

(十五)善《注》:伊、穀,二水名也。鄭玄《論語》卷十八《微子》"使子路問津焉"《注》曰:"津,濟渡處也。"

海按:《論語義疏》卷九《微子》皇《疏》:"津,渡水處也";《尚書》卷六《禹貢》:"又東至于孟津",孔《疏》:"津是渡處"。《毛詩》卷二之二《邶·匏有苦葉》:"濟有深涉",《公羊傳》卷十二《僖公二十二年》:"楚人濟泓而來",毛《傳》、何《解詁》並云:"濟,渡",由此可知:善《注》所引鄭《注》之"濟渡"乃同義複詞。

(十六)善《注》:《文館詞林》卷六九五《令下·毀廢》曹植《毀鄄(音卷)城故殿令》曰:"周之亡也,則伊、洛無隻椽;秦之滅也,則阿房無尺椽【杝】。"

海按:雒陽既廢棄,南、北又處於敵對狀況,政務、商業、文化等活動往來俱息,故伊、穀等川流之渡口("津")均不復為舟船載客越過深水("濟")、來往對岸使用,原先碼頭皆消失("絕")。帝京既被廢棄,加以兵燹,無人整修,是以俯觀之時,但見城中屋頂盡毀之亭"臺"樓"館",殘破至連一根架在屋樑上用以承接瓦片和屋面之短短("尺")圓木條("椽")都沒有,可直視建築內部,所餘唯斷垣殘壁耳。"伊、穀"與"臺、

北使洛　15

館"乃水、陸對。

（十七）**海按**：甲文中，"宮"作"㊉"（合29167），象屋頂下、兩牆內（"宀"）兩個空間（"口"），偶將二部分交疊："㊉"（合36542），以象諸空間（如房室等）相連，商代晚期或西周早期《執簋》（05391）則作兩菱形交疊；西周金文多易作兩圓圈："㊉"，如西周早期《舍父鼎》（02629）。後二"口"或二圓圈與"呂"相混，乃成習見之字形。陛，升高之臺階也。《漢書》卷四八《賈誼傳·治安策》："陛九級上，廉遠地，則堂高；陛亡（無）級，廉近地，則堂卑"，顏《注》："廉，側隅也"。

甲文中，不見單獨使用之"巢"，於"㊉（澡）"（合28095）此形聲字之部件中，"巢"乃一"木"上有"㊉"者。金文"巢"作"㊉"，如西周早期《班簋》（04341）。後世將"㊉"周圍之弧形改作直折，下半乃訛為"田"，又將上半出頭之三直筆曲折書之，即成"甾（音災）"形，連同"木"，即"巢"。

（十八）**海按**：甲文之"云"上從意謂天上之"二"，下從一或向左，或向右的曲鉤線條："㊉"、"㊉"（合20985），蓋象雲朵捲曲，曲鉤線條後訛變為"厶"。因"云"被久假為"言說"意義之動詞而不歸，乃加"雨"，以存其本義。《說文》十一篇下："云，古文省雨"，"象回轉之形"，是也[15]。承平歲月，雙闕亦高聳干雲、凌雲，不待帝京蒙塵之世，是以"闕生雲"當自其他角度理會。《周易》卷一《乾·文言》："雲從龍"，孔《疏》："雲是水氣"；《素問》卷二十《五常政大論篇第六十九·委和之紀》："風、雲並興"，王《注》："雲，濕氣也"，由此可知：雲，霧也，"雲煙"即煙霧、霧氣。

此聯中，"宮"、"城"皆所有格之名詞，分別界定下面一低一內（"陛"）、一高一外（"闕"）此二物，對仗可謂工巧。表面視之，此兩聯乃就具體人文地理景象鋪描，實則以"伊、穀絕津濟"四幅畫面共同指出一點:無人。換言之,雒陽皇城乃一座死城。此乃文學筆法,未必屬實。

(十九)善《注》:言王道被於八荒,余行屬於歲暮也。《類聚》卷四八《職官部四‧尚書令》所錄摯虞《尚書令箴》曰:"補我袞闕,闡我王猷(繇)。"

海按:《尚書》卷十三《大誥》:"王若曰:猷,大誥爾多邦",《毛詩》卷十二之三《小雅‧節南山之什‧巧言》:"秩秩大猷",《釋文》、鄭《箋》皆曰:"猷,道也",故善《注》以"王道"訓讀"王猷"。從西周中期《史牆盤》(10175):"乙祖弼匹厥辟,遠猷腹心",西周晚期《㝬鐘》(00260):"朕猷有成無競",西周晚期《毛公鼎》(02841):"雍我邦小大猷",可知:甚早已見"形容詞+猷"這種措辭模式。誠欲追索"王猷"出處,乃《毛詩》卷十八之五《大雅‧蕩之什‧常武》:"王猶允塞",《文選》卷十九《詩甲‧補亡》束晳《補亡‧崇丘》:"王猷允泰",李氏即引上揭《詩》句為注,並云:"猶、猷古字通"。二字相假例證詳參《古字通假會典‧幽部第十七(上)‧酉字聲系》,實則二者本即一字,"犬"置於右或左,無別,類乎"和"之於"咊"、"綿"之於"緜"、"夠"之於"够"、"障"之於"鄣"、"鵔"之於"鵕"。是以金文"猷"作"𤝞",如《㝬鐘》,而小篆作"猶",《說文》十篇上云:"猶,玃(音決)屬,从犬酋聲",作為謀略、方法用,乃假借也。因此,乃有加"心"之專字:"𢡃(憖)",如春秋晚期《王孫誥鐘》(NA0418)。

李氏所以捨《常武》而取摯虞之文,蓋重在"補我袞闕"。《周禮》卷二一《春官‧司服》:"王之吉服:祀昊天上帝,則服大裘而冕……享先王,則袞冕","公之服,自袞冕而下,如王之服"。既然服"袞"者可概括天子與三公,則可將"袞闕"視為天子之缺失,王猷得闡歸諸劉裕,吕延濟即直言:"言宋高祖之德",張玉穀亦曰:"為宋葉日隆也"。參照《宋書》卷二《武帝紀中·義熙十二年·進豫章公為宋公詔》:"及阿衡[16]王猷,班序內外",非為無據。劉裕北伐,期建曠世之勛,以便移晉鼎,路人皆知,然以門面而言,當時猶為典午當阼,則方廷珪曰:"王猷是指晉",又未有不當。《類聚》卷四八《職官部四·尚書令》潘勗《尚書令荀彧碑》:"於是百揆時序,王猷允塞",足為佐證。顏氏於此處含糊其詞,可謂識大體,知分寸也。善《注》高明處之一亦可見矣!

所以用"升",蓋以《易》學爻位乃由下而上,再由上而下之推移,譬擬時運之往返變遷,所謂剝極而復、貞下起元。此際王道不但從沈淪中再興,為雒陽皇城這死城帶來生機,且日盛高揚,將趨大明。

"八表"乃從《尚書》卷二《堯典》"光被四表"演變而來。"表"與"裏"相反,外也,"八表"指疆域八方邊境之外,故善《注》以八荒訓讀。從《周禮》卷三《天官·宮伯》"授八次八舍[17]之職事"鄭《注》、賈《疏》,可知:八方指東、西、南、北四中(四方)及東南、東北、西南、西北四角(四維)。

(二十)善《注》:《毛詩》卷六之二《唐·杕(音地)杜》曰:"嗟行之人,胡不比焉",卷十三之一《小雅·谷風之什·小明》又曰:"昔我往矣,日月方除,曷云其還,歲聿(音欲)云暮(莫)"。

海按:《文選》卷三《賦乙·京都中》張衡《東京賦》:"方其用財取物",卷二二《詩乙·遊覽》江淹《從冠軍建平王登廬山香爐峯》:"方學松、柏隱,羞逐市井名",薛《注》、善《注》均以"將"訓"方",卷三十《詩庚·雜擬上》謝靈運《擬魏太子鄴中集·序》:"不誣方將","方將"顯然乃同義複詞。

甲文"莫"從"茻"(或"艸")從日,象望向地平線,日落於草叢中:"〔字形〕"(合28822),即夕陽之謂;金文"莫"字形多亦然:"〔字形〕",如西周晚期

《散氏盤》(10176)。後世下面之"屮"訛變為似"大"之形。因"莫"假借為否定意義之用法喧賓奪主,乃於其下再加"日",成"暮",以復原義。善《注》以歲末解"暮年",蓋一方面顧及下文於冬景之描繪,期令前後句義銜接順暢,另方面顧及作此篇時,顏氏年方三十二,然古代文人素喜歡老嗟窮。如《文選》卷四二《書中》曹丕《與吳質書》,寫作時,不過"三十餘",而自認"已成老翁"。"暮年"恐為雙關語。

此聯意謂:顏氏固樂見天下光明在望,故有此慶賀收復失土之"行",惜啟程時月與大局革新之運勢不相應,正當隆冬,凋零之氣正盛,同時感慨王道復興也晚,自己卻正將("方")步入"暮年",未能及早於故土重見漢家威儀。

從詞面論,"升"為進行式,"方"亦然,詞義相當。"八表"論空間,"暮年"論時間,乃時、空對。若鳥瞰之,出句論大我,前言"輟期運","闊聖、賢",如今一陽復始,且勢將逐年蓬勃,是期運再啟,命世聖賢出;對句則論小我,黃金歲月已過,將進入陰暗"暮年",兩下尖銳對照,何其傷懷又無奈?其氣勢之大開驟闔、情緒之陡漲速墜,非尋常文士所能望其項背,而其字面完全不對仗,實則鮮明反對,正合乎《文心雕龍》卷七《麗辭》所言駢體之核心:"偶意"也。

(二一)善《注》:《文選》卷二八《詩戊・樂府下》陸機《苦寒行》曰:"北遊幽朔城,涼野多險(嶮)難。"

海按:甲文中,"風"絕大多數以"鳳":"𩾈"(合13339)當之,蓋於古人觀念中,"鳳"乃"天史(使)",為傳遞訊息者。時或加"凡"此聲符:"𩿨"(合30234)[18]。金文基本一致,如西周早期《中鼎》(02752):"𩿨"、《鳳簋》(03712):"𩿨"。至戰國,始見從"凡"從"虫"者:"風",如《楚帛書》,秦系文字作"風"(睡・效42),即成今所習見者。後世據

"𧕙"的義類歸屬,將此字改為從鳥之"鳳",類化以簡便書寫,可理解,但為何會以今人觀念中物種歸屬全然非一類之"虫"取代之?據《呂覽》卷一《孟春紀》:"其蟲鱗",卷四《孟夏紀》:"其蟲羽",卷七《孟秋紀》:"其蟲毛",卷十《孟冬紀》:"其蟲介",可知:先秦觀念中,"蟲"猶動物之謂,是以《大戴禮》卷二《夏小正》曰:"白鳥謂閩蚋也",《説文》十篇上曰:"鼠,穴蟲之總名也"。簡言之,以"虫"取代"鳥",乃《荀子》卷十六《正名》所説之以"大共名"涵蓋小共名(19)。依五行間架,自西、秋始,為陰當令之時,至北、冬而盛極,故陰風猶言北風、寒風。"振"當改讀為"震",相假例證詳參《古字通假會典·文部第五·辰字聲系》。阮籍《詠懷八十二首》之九:"寒風振山岡"、之五七:"驚風振四野",鮑照《發長松遇雪》:"振風搖地局",《文選》卷十四《賦庚·鳥獸下》鮑照《舞鶴賦》:"涼沙振野,箕風動天",可知:"振"乃"搖"、"動"之意。

措辭有其時代差異,《舞鶴賦》:"涼沙振野",《文選》卷三一《詩庚·雜擬下》范雲《効古》:"寒沙四面平";鮑照《還都口號》:"蕭瑟涼海空",《玉臺》卷七蕭衍《代蘇屬國婦》:"似從寒海湄",由此可知:齊、梁漸轉以"寒"代"涼",而"涼"本當訓"寒",亦不待言而可知也。

(二二)善《注》:《爾雅》卷六《釋天》曰:"霧謂之晦",郭璞《注》曰:"言昏【晦】冥也"。武賦切。窮天,謂季冬之日、月窮盡也。《呂氏春秋》卷十二《季冬》曰:"季冬是月也,日窮于(於)次,月窮于(於)紀,星迴於天。"

海按:《荀子》卷三《非十二子》:"世俗之溝猶瞀(音冒)儒",楊《注》:"瞀,闇也";《楚辭》卷四《九章·惜誦》:"中悶瞀之忳忳",王《注》:"瞀,亂也"。"窮天"之善《注》不當,因其所引《呂覽》該段文字原意,高《注》曾詳解之:"次,宿也","十二次窮於牽牛,故曰窮于次也。紀,道也,月窮於故宿,故曰窮于紀。星迴于天,謂二十八宿更見於南方,是月迴於牽牛"。雪能使空間視線不清,無法令歲時早晚難辨。顏氏又非癡人,豈會不知自己一行出發時已入冬、今夕是何夕?窮,盡也,窮天,整個天空。上文曾言十月收復舊京,及顏氏至,蓋已歲末。北方冬季尤寒,雒陽復處黃淮平原,故寒刺骨之"陰風"呼嘯,一路狂嘯,橫掃無阻,大地似乎皆為之震("振")動,而"飛雪"隱天蔽目,視線不及一臂前。

此聯鍛鍊甚精。上聯論及"玉猷升八表",意謂一陽復起,光明漸旺,然此乃從宇宙之觀點論之,我等微渺生物所能直接、切身感受者乃此宇宙中極小之部分集合:北方泰半仍淪於異族統治下。以此而論,至少目前"陰"氣仍當道肆虐,不見"天"日。換言之,"陰"乃雙關語,既呼應上文隱形筆墨之"陽",意謂黑暗勢力,同時為季節(冬)及其徵候(寒)之代詞。作者將"陰"、"涼"、"雪"、"瞀"、"窮"此等詞彙集於一聯內,成功塑構出晦冥危險之圖象及氛圍。

(二三)善《注》:引猶進也。《漢書》卷一下《高帝紀·十二年(前195)》曰:"上還,過沛,留,置酒沛宮。"

海按:金文"臨"作"🝤"〔《孟(音于)鼎》(02837)〕、"🝥"〔《叔臨父簋》(03760)〕,乃一側面人形俯首睜大眼睛("目",後寫作"臣")於水邊臨視川流之形,"品"乃聲符。戰國之後省去水形,故秦簡作"臨"(睡·為51),《說文》八篇上所載小篆作"臨"。"臨"與"監"結構相近,一為臨川視水,一為臨"皿"(鑑)視"皿"中之水。是"臨"伊始即表人居高俯視之貌,自然引申出貼近之義。《毛詩》卷十七之二《大雅·生民之什·行葦》:"以引以翼",鄭《箋》:"在前曰引";《後漢書》卷四十下《班彪傳附子固傳》:"又作《典引》篇",章懷《注》:"引猶續也"。於此,意謂前行,繼續征途。"塗"即"途",已詳本文注(八)。

此聯意謂:雖面"臨"猶存之荒廢道路("塗"),因"風""雪"過大,未到("及")上路前行("引")的時機。於等待時刻,不論有意或無意,殘破、朽敗之舊京景象均深烙於心中,以致悲愴至極("慘"),正因悲愴至極,顏氏反而沒有抱怨("無言")、哭泣等情緒發洩,唯飲"酒"以圖麻痺自我而銷憂。

(二四)善《注》:《楚辭》卷十四《哀時命》曰:"然隱閔(憫)[20]而不達兮,獨徙倚而彷徉。"《韓詩》曰:"周道威遲。"《文選》卷十九《賦癸·情》曹植《洛神賦》曰:"日既西傾,車殆馬煩,爾迺稅駕乎蘅皋。"

海按:《毛詩》卷二之一《邶·柏舟》:"如有隱憂",《國語》卷一《周語上·祭公諫穆王征犬戎》:"勤恤民隱",毛《傳》、韋《解》俱訓:"隱,痛也",此即《孟子》卷三下《公孫丑上》"惻隱之心"之"隱",故孫《疏》以"痛忍之心"訓讀。語釋之,心疼憐"憫"隨從之僕役("徒")及包括駕車者("御")在內之諸執事人員,因彼等亦受此外在景象而"悲"感。此處論及"徒御",甚佳。蓋或人可將顏氏之悲歸諸文士多愁善感,然如今連文化程度不高之基層勞力者亦然,則此"悲""慘"乃凡有情有識者莫不然也。引發"悲""慘"之主因皆為撫今懷古所致,外緣則為嚴冬的蕭條荒涼景象。

"威遲"乃上古微、脂通韻之疊韻詞,即委蛇、逶迤、倭遲、威夷。《秋胡詩》:"行路正威遲";隱、憫雖然都是上古文部韻,但並非疊韻詞,與"威遲"僅屬於形式上之對仗。良馬總欲馳騁,如今徘徊不進("威遲"),故有刨地、甩頭等"煩"躁之表現。鮑照《代白紵舞歌詞》之一:"車怠馬煩客忘歸"與此同一義類。《洛神賦》之"馬煩"乃奔走終日,疲勞而厭煩;此處之"馬煩"乃不得奔走,空等待而不耐煩,二者意義迥別,李氏但顧追索詞彙出處,不究實際而妄引,殊屬無謂。方廷珪:"煩,勞也",即受善《注》誤導。

(二五)善《注》:言當歸來,而更數(音朔)有所往而愆本期。

海按:遊役,外出辦差。因歲末奉命北使,故錯過隔年初春("芳時")。《說文》二篇上:"歸,女嫁也,从止、婦省,𠂤(音堆)聲。婦,籀文省",段《注》:"《公羊傳》卷二《隱公二年》"伯姬歸于紀"、《毛詩》卷一之二《周南·葛覃》"言告言歸"毛《傳》皆云:'婦人謂嫁曰歸。'……凡還家者假婦嫁之名也"。甲文中,"帚"經常作為"婦"使用,為強調此表女性,乃有加女者:"𣫞"(合14025),可見:"歸"之部件"帚"非省形。從籀文可知:歸回之義確實藉婦("帚")出外("止")會意。甲文"歸"從"帚""𠂤"聲[21]:"𣦼"(合21644)、"𣦸"(合27796)。"歸"乃上古見母(k)微部字,"止"乃上古章母(tɕ)之部字,韻部懸隔,"止"斷非聲符。若從上古端母(t)微部之"𠂤",上古端系與見系尚有部分關係,如"唐"之於"庚"、"隤"之於"貴"。金文承甲文,或加"彳":"𢓊",如西周中期《𧽙(音蠻)簋》(04195),與後世楷書之形甚近;或於"彳"之外更加"止"而成"辵":"𨒌",如西周中期《應侯見工鐘》(00107),然甲文"歸"之"𠂤"已因形近而訛變為"𠂤(師)"。《毛詩》卷十六之二《大雅·文王之什·緜》:"自西徂東",《尚書》卷四《偽大禹謨》:"汝徂征",鄭《箋》、偽孔《傳》均曰:"徂,往也"。

《說文》十篇下:"愆,過也……僁,籀文",《左傳》卷五二《昭公二十六年》:"至于幽王,天不弔周,王昏不若,用愆厥位",杜《注》:"愆,失也";《周易集解》卷十一《歸妹·九四》:"歸妹[22]愆期,遲歸有時",虞翻曰:"愆,過也"。善《注》以"往"訓讀"徂",是也,然釋義則未明允。"歸來屢徂愆"乃云:回程時,恐怕因錯失("愆")路線而經常("屢")走

北使洛　23

回頭路("徂")。

　　"去芳時"乃時間方面之遺憾,"屢徂眷"乃空間方面之失誤,後者係北使未至洛前之逆料,非北使事後之追記。以全篇觀之,"在昔輟期運"一聯乃歷史(時間)追憶,"伊、穀絕津濟"至"城闕生雲煙"乃地理(空間)描繪,至此聯,則將時、空二者收束於一,結構誠緊密也。

　　(二六)善《注》:言己[23]有蓬心,事既已矣,而身飛薄亦復同之,自傷之辭也。《莊子》卷一上《逍遙遊》謂惠子曰:"夫子[24]固拙於用大矣……則夫子猶有蓬之心也夫",郭象《注》曰:"蓬非直達者也"。

　　海按:《逍遙遊》,《釋文》:"向(秀)云:'蓬者短不暢,曲士之謂'",王先謙《集解》:"言惠施以有用為無用,不得用之道也",皆為不得其確切意義之泛說或瞽說。《左傳》卷四七《昭公十六年》:"比耦以艾殺此地,斬之蓬、蒿、藜、藋,而共處之",可悉蓬為荒蕪地之雜草;《禮記》卷十四《月令·孟春》:"孟春行夏令……藜、莠、蓬、蒿並興",由鄭《注》"惡物茂",可知其為惡草;卷五九《儒行》:"蓬戶甕牖",可見其為賤草,故為窮人所用。《孟子》卷十四上《盡心下》:"山徑之蹊間介然,用之,而成路為間;不用,則茅塞之矣。今茅塞子之心矣。"六朝士人對《莊子》熟諳之程度遠過於《孟子》,是以用事,自然慣性地使用前者。《文選》卷四十《牋》謝朓《拜中軍記室辭隨王牋》:"朱邸方開,効蓬心於秋實",《廣弘明集》卷二七下《戒功篇》王融《淨住子淨行法門·善友勸獎門十九·頌》:"蘭室改蓬心,栴(音沾)崖變伊草"。既明"蓬心"即"茅塞"未開之心,則知:"蓬心"指為雜草("蓬")蔽塞,愚蒙之心,不能齊興亡、通盛衰,竟為外境所牽累而情傷。

　　(二七)善《注》:曹植《吁嗟篇》曰:"吁嗟此轉蓬,居世亦然之。"[25]

海按："飛薄"指自身外放或駐京亦僅能由外在環境左右。故籍中"飛薄"之"薄"雖當改字讀,但每改讀為"迫"。如《玉臺》卷九傅玄《歷九秋》之四:"逸響飛薄梁塵",《文選》卷十二《賦己·江海》郭璞《江賦》:"駭浪暴灑,驚波飛薄"、卷十四《賦庚·鳥獸下》鮑照《舞鶴賦》:"偉胎化之仙禽",善《注》引《相鶴經》:"七年飛薄雲漢",然此處之"薄"當改讀為"泊",相假例證詳參《古字通假會典·魚部第十九(下)·甫字聲系》,故《楚辭》卷四《九章·哀郢》:"忽翱翔之焉薄",王《注》:"薄,止也";《漢書》卷八七下《揚雄傳》:"方草《太玄》,有以自守,泊如也",顏《注》:"泊,安靜也"。"飛薄"乃"飄泊"之刻意變造,乃道地之反義複詞,意謂或飛或泊,即或飄盪或靜止。《文選》卷二九《詩己·雜詩上》李陵《與蘇武》之二:"風波一失所,各在天一隅",善《注》:"以喻人之客遊,飛薄亦爾"。《匡謬正俗》卷八:"殊死,絕死,謂斬刑也","云殊死者,身首分離",故引申出絕對、斷然、分異之義。對參《拜陵廟作》"未殊帝世遠"注。

此聯出句論内心思想不能將古今興亡都付一哂中,固已("既")止("已")於此,無法改變;對句論外在身軀行止更加如是("然"),即始終受命於人,不由自己。呂延濟:"言己隨俗之心久已除矣,而猶被牽制於時,尚勞於行役,而當此窮歲之節,如蓬之性,非自直達,復為飄迫,殊不得成我志也",於首句固屬妄解,於末句亦屬敷衍申講,非真正明徹之説。

此篇押劉宋時期先部平聲韻。

【補述】

(1)《隋書》卷三三《經籍志·史·正史》著錄"《後漢書》一百三十

卷",自注:"無帝紀。吳武陵太守謝承撰"。兩《唐書》從同。謝氏事蹟見《三國志》卷五十《妃嬪列傳·吳主權謝夫人傳》及裴《注》,乃謝夫人之弟。因係會稽山陰人,又嘗撰《會稽先賢傳》七卷。詳參《三國志》卷一《武帝紀·初平元年(190)》"河内太守王匡"盧弼《集解》。

(2)奎章閣六家本"可"上衍一"曲"字。

(3)此處即可見李氏之顓頊無聊,所引阮《詩》乃用《越絕書》卷十一《越絕外傳記寶劍第十三》之典故:"闔廬無道,子女死,殺生以送之。湛盧之劍去之如水,行秦過楚。楚王卧而寤,得吳王湛盧之劍。""吳州"指姑蘇,如今僅顧字面相同,將蘇州與南京混同為一。《漢書》卷六二《司馬遷傳·報任少卿書》:"出則不知所如往",顏《注》:"如亦往也"。

(4)李善循六朝已降慣例,稱《韓非子》為《韓子》。各本善《注》中僅卷五《賦丙·京都下》左思《吳都賦》"危冠而出",卷二十《詩甲·祖餞》沈約《別范成安》"夢中不識路,何以慰相思",卷三五《七下》張協《七命》之"水截蛟、鴻"、"樵夫恥危冠之飾"四次稱引時,作《韓非子》。對照《御覽》卷四三七《人事部七六·勇五》,可知:第一、第四處"解其長劍,釋其危冠",第三處"負長劍,赴榛(蓁)薄,折兕、豹,搏熊、羆,獵徒之勇也;負長劍,赴深淵(泉),斷【折】蛟龍,搏黿鼉,漁人之勇也",均為《胡非子》文。俗人淺陋,但知韓非,不聞胡非,乃妄改。第二處曰"六國時",明顯非戰國時人之作。

(5)《〈前漢書〉敘例》:"孟康,字公休,安平廣宗人。魏散騎常侍、弘農太守,領典農校尉、勃海太守、給事中、散騎侍郎、中書令,後轉為監,封廣陵亭侯。"

(6)詳參李孝定:《甲骨文字集釋》(臺北:"中研院"歷史語言研究

所,1965),第二卷。

(7)詳參屈萬里:《說乘石》,《書傭論學集》(臺北:臺灣開明書店,1969)。

(8)甲文尚有作"🖐"(合28180)、"🖐"(庫1334)者,下所從者近乎《禮記》卷三《曲禮上》所言"為君尸者……乘必以几"之"几"此類物件,因乘石下無支撐之雙足,而此字下所從者象石凳。

(9)明州六家本無"韋昭"以下諸字,蓋緣列於前之張銑已曰:"三川,河、洛、伊",中土書傭為節省篇幅而刪;奎章閣六家本則完具。

(10)陳景雲已指出"命"乃衍文。

(11)此乃《抱朴子》佚文。

(12)"始"作為時間副詞,皆置於動詞前,無置於其後者。"始"當改讀為"治",二字相假例證詳參《古字通假會典·之部第十一(上)·台字聲系》。《莊子》卷十上《漁父》"吾請釋吾之所有而經子之所以"《釋文》引司馬云:"經,理也"。《史記》卷六《秦始皇本紀·二十九年·之罘東觀刻石》:"經理宇內",是"經始"乃同義複詞,猶言治理。

(13)詳參劉增貴:《曆數與漢代政治》(稿)。

(14)徒從字面觀之,甲文中之"聖"乃一側面人形,突出其耳,旁有一口:"🖐"(合14295),故卜辭中均用作"聽"或"聲",實則蘊含巫、覡竭力聽聞他界神靈所告知之訊息貌,是以日後每以"聖"為先知之義。金文中,多於足下加一象地之一橫:"🖐",如西周晚期《邢人妄鐘》(00109)。後世將之改為一側面人形挺立於土堆上:"🖐",如春秋晚期《王孫遺者鐘》(00261),以致此字下半變為"壬(音廷)"。金文中,"賢"作"🖐",如西周中期《賢簋》(04104),上所從之"臤",《說文》三篇下:"臤……古文以為賢字"。"臤"於甲文中有兩種形象,一為從"又(手)"

取"目(臣)"之狀:"⿱目又"(合1590)、"⿱目又"(合8461),金文有時將象瞳孔之一點寫為一短橫:"⿱目又",類乎"民",如商代晚期《仲子觥(音工)》(08613);一為从"又(手)"取一表示空間之圓形:"⿰又○"(合9367),西周早期《胙(音作)伯簋》(NA0076)作"⿰又○",其字形蓋表示俘虜敵人或取得某地區,詳參楊寬:《"射禮"新探》,《古史新探》(臺北:坊間本,1964)。因具功勞,得蒙上司賞賜,如錫貝,後乃加"貝"。所以得有此表現,自然蘊含當事人勇猛、戰技高。儒家將"聖"、"賢"二詞道德轉化,乃成為品性、德行傑出者之稱謂,然其才能之義仍在此二詞之中。

(15)某些學人認為"云"下所從者乃"旬"之初文,象蚯蚓"螾(音引)"之屈曲狀,"旬"亦聲,然甲文中"旬"十分之九均出頭,如"♂"(合9012)或"♂"(合6063),與"云"下所從的曲鉤線條不出頭迥別,是以此說待商兌。

(16)此處之"阿衡"與《三國志》卷四五《楊戲傳·季漢輔臣贊·諸葛丞相》:"受遺阿衡,整武齊文",《晉書》卷九《簡文帝紀·褚太后以會稽王昱入承大統詔》:"阿衡三世,道化宣流",《文苑英華》卷六七七《書十一·贈答上》徐陵《為王太尉僧辯答貞陽侯書》:"阿衡帝載,誠所推揖"用法一致,既為動詞,又為名詞,意謂以阿衡一樣的身份輔佐。《尚書》卷十六《君奭》將伊尹屬諸成湯時,"保衡"屬諸太甲時,古今均曾為二者是否同指一人而議論,但古代主流意見認為伊尹即阿衡,至少認為伊尹子孫繼續擔任阿衡一職。是以於太甲時,伊尹等於攝政王,他說的就形同商王說的。況且於伊尹放逐太甲三年期間,誰發佈最高指令?使用的又是誰的名義?綜言之,"阿衡"非天子當陽之正常狀況下,人臣堪當之詞。《晉書》卷九九《桓玄傳·即位告天文》:"投袂剋清之勞,阿衡撥亂之績",卷十《恭帝紀·劉裕矯稱安帝遺詔》："方憑阿衡,惟新洪業",堪為明證。觀《宋書》卷二《武帝紀中·晉安帝進劉裕為宋公詔》："旗旘首塗,則八表響震",《晉安帝進宋公爵為王詔》："固已道窮北面,暉格八表者矣",足見:顏氏作此詩時,阿衡之猷猶王猷。

(17)《宮伯》鄭《注》："次,其宿衛所在;舍,其休沐之處。"

(18)甲文"鳳"亦有從"戉"或者說從"戉"聲者:"𩴲"(合 30251)、"𩴲"(合 30256)。"戉"或"戉"蓋由"𠙴(凡)"逐漸訛變:"𠙵"(合 30254)、"𠙶"(合 30251)、"𠙷"(合 30251)、"𠙸"(合 30256)而成。王子揚:《甲骨文舊釋"凡"之字絕大多數當釋為"同"——兼談"凡"與"同"之別》(復旦簡帛網 2011 年 7 月 14 日)注 50,已言及。"戉"乃上古喻三〔ɣ(j)〕祭部字,全然無法作"鳳"之聲符。若說從上古明母(m)幽部字之"戉"聲,不只聲母懸隔,以韻母而言,"幽"、"中"固可對轉,尚須旁轉為東部,未免牽強。

《儀禮》卷四三《士虞禮》："中月而禫(音但)",鄭《注》："古文'禫'或為'導'";《禮記》卷四五《喪服大記》："禫而內無哭者",鄭《注》："'禫'或皆作'道'",而《說文》三篇上:"𦥑(音天去聲),古文𦥑,讀若三年導服之導",因"禫"乃上古定母(dˊ)侵母,"導"乃上古定母幽部字,或人據此認為:"幽"、"侵"有通韻之例,進而疑"鳳"或可從"戉"聲。按:從《說文》九篇上,可知:"首,古文𦣻",與"𦥑(𦥑)"形近,"道"從"首"聲,而古今漢語名詞同時具動詞詞性,"道"、"導"相假例證詳參《古字通假會典·幽部第十七(下)·道字聲系》,是"道服"、"導服"均為"𦥑(禫)服"形近之訛而後出現之假借現象,不得視為幽部與侵部相假之例證。《說文》六篇上:"棪(音演)……從木炎聲,讀若三年導服之導",可為佐證。"棪"乃上古喻四(Φ)談部字,眾所周知,上古某些定母字在演變過

北使洛

程中,方失去聲母,歸入喻四,而談部與侵部可旁轉,是以"棪"讀若"導"實乃"棪"讀若"圅(凾)"。許氏所據隸定後之古文《禮》、《記》形誤而音不誤。兩漢諸經生祖師爺之傳本即有誤,彼等自身辨識古文之能力又低劣[①],如《尚書》卷九《盤庚下》:"心腹腎腸",據《三國志》卷十一《管寧傳》裴《注》,三家本作"優賢揚","優"字明顯乃"心"、"腹"二字之混合且訛,豈能無視此謬,而以侵部之"心"與幽部之"憂"可相假借?《尚書》卷十三《大誥》將"文王"一律誤為"寧王",是否因此即克推論:文部與侵部某些字可相假借? 一般所説之假借誠然包括寫别字在内,好比近現代某些人將"年輕"寫成"年青",然若將"年輕"寫成"年軽",則是寫錯字,二者迥别,不容混為一談。

(19)《説文》十三篇下:"風,从虫凡聲,風動蟲生,故蟲八日而匕(化)",蓋循戰國末葉已降、流行於兩漢之説,如《淮南子》卷四《墜形》:"八主風,風主蟲,蟲故八月而化",然風之來臨豈獨與虫相關? 又從何得悉此風乃令蛹孵化為蟲之暖風,而非致蟲於死地之寒風? 其實,以上古並母(b')侵部之"凡",為上古並母東部之"鳳"之聲符,此現象本身即不易索解,因為東部與侵部絶難相通。若以"虫"乃上古定母(d')中部"蟲"之簡寫,於音理,仍窒礙難通。羅常培、周祖謨:《漢魏晉南北朝韻部演變研究(第一分部)》(北京:科學出版社,1948)曾列出有限的"東、侵"、"冬、侵"合韻;周祖謨:《魏晉南北朝韻部之演變》(臺北:東大圖書股份有限公司,1996)上篇第二章則逕言:兩漢時期,"風"字韻尾已由"m"變成"ng",是以經常可見:原被歸屬於侵部

---

① 《儀禮》卷五《士昏禮》:"媵、御餕(音俊)姑",鄭氏知"古文'姑'為'姞(音摻)'"乃形近隸定之訛,故棄而不從;《禮記》卷五五《緇衣》引《尹吉》,鄭氏因見過孔壁所出《咸有一德》,知其字誤,是以校讀為"告(誥)",則不僅形誤,音亦誤。

之"風"等字與蒸、東、中部押韻的情形,三國已降更成定式。此所以《玉篇》卷二四《鳥部第三百九十》曰:"鳳,浮諷切","諷"以"風"為聲符乃無疑之事,而卷二十《風部第二百九十九》曰:"風,甫融切","融"於上古乃中部韻。面對上述現象,有幾種假設性之解釋:①殷商、西周時期官話中之"鳳"、"凡"讀音一致,至少極接近;②古人取聲符,如後世音譯時,所選對音之字但求部分髣髴,不以整體逼似為要;③為區別作為神禽之"鳳"與假借為"風"之"鳳",乃於後者加一"凡",令二者聲音隨詞義之不同而有別。

(20)洪《補注》:"憫,一作閔",是以作"閔"或作"憫",根本無別。

(21)詳參唐蘭:《釋帚婦🗚🗚🗚🗚🗚🗚🗚🗚🗚🗚🗚🗚》,《殷虛文字記》(北京:中華書局,1981)。甲文中之"🗚"(合19756)或"🗚"(合891)象臀部。或逕加人形:"🗚",如西周中期《永盂》(10322),以表明此乃與人體相關者;或作"🗚"(合20582),以一畫指示其部位;或作"🗚"(合20830),以象形突出該部位;或於側面人形下加一《説文》五篇上訓"下基也"之"丌(音基)":"🗚",如西周晚期《師袁(音袁)簋》(04313),以義符表明其於身體中之位置;楚系文字一則將"丌"訛為"几",再則增飾,形成為"🗚(屍)"(曾13),此即《説文》八篇上所云"脽(音屯)"之異體字。許氏以"脾也"訓"尻(音考陽平)",段《注》:"今俗云屁股是也"。"脾"實即"膗(音屯)",故《説文》四篇下云:"膗,尻也"。

(22)《歸妹》王《注》:"妹者,少女之稱也",即《毛詩》卷十六之二《大雅·文王之什·大明》"大邦有子,俔(音欠)天之妹"之"妹"。鄭《箋》理解為"如天之有女弟",大謬。

(23)尤刻本"己"作"巳",下文"既已矣"之"已"亦然,顯為手民粗疏,因形近而致訛。

(24)六家本、六臣本"夫"下均未脱"子"字。

(25)《三國志》卷十九《陳思王傳》裴《注》引作"植常為琴瑟調歌":"居世何獨然",《樂府詩集》卷三三《相和歌辭八·清調曲一》所載之樂府辭亦同裴《注》。郭氏引《樂府解題》:"曹植擬《苦寒行》為《吁嗟》。"

《文選》卷二七《詩戊·行旅下》

還至梁城作

海按：《宋書》卷二《武帝紀中·義熙十二年（416）》："八月丁巳，（劉裕）率大眾發京師"，以其最信任之心腹"尚書右僕射劉穆之為左僕射、領監軍、中軍二府軍司，入居東府，總攝內外"。孰料晉師甫入關中，滅後秦，《義熙十三年（417）》："十一月"辛未，"劉穆之卒"。劉裕擔心後方政局生變，"十二月庚子，發自長安，以（次子）桂陽公義真為安西將軍、雍州刺史，留腹心將佐以輔之。閏月，公自洛入河，開汴渠以歸"。前往洛下"參起居"之府史顏延之自亦不復逗留，隨大軍而返。此即本首寫作之背景。卷三六《州郡志二·司州》："武帝北平關、洛，河南厎（音只）定，置司州刺史，治虎牢，領河南、滎陽、弘農實土三郡。河南領洛陽、河南、鞏、緱氏、新城、梁……凡十一縣。"《晉書》卷九五《藝術列傳·戴洋傳》："時梁國人反，逐太守袁晏。梁城峻嶮，（祖）約欲討之……果平梁城"，卷一百四《石勒載記上》："石季龍襲乞活[1]王平于梁城，敗績而歸"，《魏書》卷三《太宗明元帝紀·泰常元年（416）》："司馬德宗相劉裕泝河伐姚泓，遣其部將王仲德為前鋒，從陸道至梁城"，是梁城實有其具體地點，非梁地城邑之泛稱。日後，此城陷於南、北交戰爭執之地。如《魏書》卷七下《高祖孝文帝紀下·太和二十三年（499）》："三月庚辰，車駕南伐，癸未，次梁城"，卷八《世宗宣武帝紀·正始三年（506）》："（正月）乙丑，平南將軍陳伯之破蕭衍徐州刺史昌義之於梁城"。又，《晉書》卷一百六《石季龍載記上》："名犯太祖廟諱，故稱字焉"。太祖指唐高祖李淵之祖、追尊為景皇帝者:李虎。因今本《晉書》乃唐太宗貞觀二十年(646)開史館重修之《晉書》,故須避唐諱。

【補述】

(1)以離鄉背井之并州人為主,具軍事勢力之流民組織。詳參周一良:《乞活考——西晉東晉間流民史之一頁》,《周一良集》(瀋陽:遼寧教育出版社,1998)第一卷。

眇默軌路長,憔悴征戍勤(一),**昔邁先祖師,今來**(1)**後歸軍**(二),**振策睠東路**(三),**傾側不及羣**(四)。**息徒顧將夕**(五),**極望梁、陳分**(六):**故國多喬木,空城凝寒雲**(七),**丘壟**[1]**填郛**(音符)**郭**(八),**銘志**[2]**滅無文**(九),**木、石扃幽闥,黍苗延高墳**(十)。**惟彼雍門子,吁嗟孟嘗君,愚賤同堙滅,尊貴誰獨聞**(十一)?**曷為久遊客?憂念坐自殷**[3](十二)。

【校記】

[1]五臣本、六家本、六臣本"壟"均作"隴",根本無別,詳注釋。

[2]五臣本、六家本、六臣本"志"均作"誌",根本無別。

[3]尤刻本、明州六家本、贛州六臣本正文及注文"殷"字右下之"又"均無最後一捺;五臣本正文有最後一捺,其筆跡明顯可見係後補,從所引李周翰曰"殷,深也"之"殷"缺筆,可知本無。《贈王太常》"郊扉常晝閉"善《注》所引殷仲堪《誄》亦然,因彼等係宋刻,須避太祖之父、追尊為宣祖武昭皇帝弘殷者之諱,故敬缺末筆。五臣本注文亦然,至於正文,雖不缺一捺,然彼乃後人補墨,其跡明顯可見。奎章閣六家本、茶陵六臣本則回改,有最後一捺。

【補述】

(1)甲文"來"多作一有根之麥桿,其上端麥穗直挺,偶或下垂,兩邊麥葉呈彎垂之狀:"🌾"(合9173)、"🌾"(合9827)。甲文中已見上綴飾之一橫:"🌾"(合36394)或一斜筆:"🌾"(合36665)。西周金文亦然:"來",如《厚趞(音綽)鼎》(02730)、西周晚期《瑂(音刁)生簋》(04292)。"來"與"麥"乃同源分化,"麥"表示此乃天賜人間,降下來之嘉穀,故加腳趾向下之"夂(音崔)"以表明之。《毛詩》卷十九之二《周頌·清廟之什·思文》:"思文后稷,克配彼天,立(粒)我烝民……貽我來牟(䴦),帝命率育",毛《傳》:"牟,麥"。古今漢語名詞每兼動詞義,故"麥"除了表示天賜之物,亦表示自外而來此動作。古人蓋求簡便,乃逕用"來"字以代之,"麥"反而僅餘名詞用法。"麥"乃明母(m),"來"乃來母(l),此乃遠古雙聲母(ml),後世各取其中之一當之所致。

【注釋】

(一)善《注》:《楚辭》卷四《九章·悲回風》曰:"登石巒兮【以】遠望,路眇眇兮【之】默默",卷七《漁父》又曰:"顏色憔悴"。《左氏傳》卷五三《昭公三十二年》曰:"勤戌五年。"(1)

海按:"眇默"乃上古明母(m)雙聲詞,與"憔悴"上古從母(dz)雙聲詞對仗。眇默猶渺茫。方廷珪:"眇默,遠貌",則"長"成贅語。

甲文"正"作"🌾"(合31116),金文"正"則多將方框改為填實之橢圓形:"🌾",如西周早期《曡(音貝)簋》(04159)。方框或填實之橢圓形皆為"丁"字,既為城邑、聚落一類表空間之象,兼為"正"之聲符。加上"彳"(行之簡省):"🌾"(合37791)、"🌾",如西周早期《征人鼎》

(02674),令其足部("止")向一空間前進之象愈加顯明。因橢圓形契刻不便,西周晚期《鄂侯馭方鼎》(02810)已將之改為一橫:"𧾷"。是"征"原本即包括因出戰而遠行之義。甲文中,"戍"均為人負戈之形:"𠂣"(合28053);金文不過將"戈"刻得花俏些:"𢦏",如西周早期《肅(音姿)鼎》(03732),故《說文》十二篇下:"戍,守邊也"。西周早期《中甗(音演)》(00949):"百買父以厥人戍漢中州",西周中期《善鼎》(02820):"命汝佐胥𢑲(音絳)侯,監豳師戍"。《法言》卷十二《先知》:"或問民所勤",李《注》:"勤,苦";《毛詩》卷九之三《小雅·鹿鳴之什·采薇·序》:"《杕杜》以勤歸也",孔《疏》:"勤者,陳其勤苦"。

此聯出句論"行",言自身出使,所面對渺茫之返程("軌路")漫"長";對句論"留",言劉裕北"征""戍"守新光復疆土之部隊歷時頗久,因"勤"勞而"憔悴"。前者論長度,後者論密度。

由此聯及《北使洛》"置酒慘無言,隱憫徒御悲",可一窺顏氏之為人,於自己情緒滿懷之際,猶顧及他人。較之謝靈運山水詩中,雖然於其賞遊時,僕從眾多,然自始至終唯見其一人身影迥別。此與客兒自視甚高,而陷入孤獨無匹無干,乃其幼稚、自私之表露。

(二)**海按**:《說文》二篇下:"邁,遠行也。"《毛詩》卷十六之二《大雅·文王之什·緜》:"自西徂東",鄭《箋》:"徂,往也"。《左傳》卷四《隱公十年》:"取三師焉",杜《注》:"師者,軍旅之通稱";《後漢書》卷三八《馮緄(音滾)傳》:"將軍素有威猛,是以擢授六師",章懷《注》:"六師猶六軍也",是以得與對句之"軍"正對。"昔邁"、"今來"乃脫胎自《毛詩》卷九之三《小雅·鹿鳴之什·采薇》"昔我往矣"、"今我來思"。捨"往"而取"邁",不僅是避熟就生,乃練字也,強調此"往"乃長途之舉,匪同於赴鄰里者。既知其所胎源,則胎源原有之意涵即附隨而具:昔日之往如同進入另一完全陌生之世界,今日之歸看似歸回舊有之世界,然物非節異,猶如鵝黃嫩綠之畫面陡然被單一寂靜之漫天飛雪取代,顏氏此際心中之感可謂恍若兩世為人。"昔"、"今"涉及者乃時間,"邁"、"來"涉及者乃空間,"先"、"後"則將二者縮合於一,既論及腳程速度,復論及所在位置。一聯素常字詞,卻不獨形式矜嚴,所塑之意象更超麗,於平凡中見其才其力之不平凡。

此聯句法若調整為"昔邁先師徂,今來後軍歸",意思更清晰,然因整首乃押劉宋時期之文部韻,"歸"則為脂部中之微系,微、文固然可以陰、陽對轉,但以顏氏用韻之精細,連脂、微都細辨(2),則當然不取,以免蕪音累氣。劉履:"先謂行時,啟之於前;後謂歸時,殿之於後",字面寫得漂亮,然其表述則恐反映其思路不清不明,焉有軍隊尚在赴北半途,光復洛京尚不得而悉,公府即遣使慶賀?縱使洛陽已光復,然北伐之舉方開幕,故有後續增援部隊,此處之"師"乃就此類援軍而言。

此聯意謂:"先"於"徂"往前線增援之王"師","後"於隨劉裕班師"歸"京之"羣""軍"。

(三)善《注》:《文選》卷二六《詩丁·行旅》陸機《赴洛道中作詩》之二曰:"振策陟崇丘(3),案轡遵平莽。"

海按:"振"已詳《北使洛》"振楫發吳州"注。策,驅使坐騎前進之鞭也,故《說文》五篇上:"策,馬箠(捶)也","箠,所以擊馬也"。舉箠自然係為鞭馬,使之加快奔速。"睠"即"睘",省聲符所致,因漢字求方正美觀,若於"卷"下加"目",有過長之嫌。梁城位於建康之西,故"東路"指向東回京復命之歸途。

(四)善《注》:《楚辭》卷十四《哀時命》曰:"肩傾側而不容(4)兮,固陿(音俠)腹而不得息。"

還至梁城作

海按：《補注》："一云'不得容'。"一"傾"身、一"側"肩，乃瞬間之事，是以"傾側"猶言"須臾"、"剎那"。李氏但顧詞彙出處，而無視其與所注正文間之意義迥別，乃其大弊。劉履："群謂偕行者"，是也。

此聯意謂：雙眼注視（"睠"）以建康為目的地之向"東"歸程（"路"），舉（"振"）"策"鞭馬，以期緊隨班師之大部隊（"羣"），然究竟非行伍出身，體力及騎術均欠佳，而乘騎亦非馳騁慣之戰馬，是以顏氏一隊轉瞬（"傾側"）之間已"不及"見殿後者，恐怕連部隊末尾揚起之塵土業自視野中消失。

（五）善《注》：《文選》卷二四《詩丙·贈答二》嵇康《贈秀才入軍詩》之四曰："息徒蘭圃。"

海按：商、周金文中，如商代晚期《息鼎》（01225）、西周早期《息伯卣蓋》（05385）之"息"："𪔅"、"𪔆"，其上半無疑乃象鼻子之"自"；其左、右倆直線或斜線蓋象鼻翼下，口與兩頰間之紋路；其中直豎者象所出之氣。此字下半後訛變為"心"："𢖻"，如戰國晚期《中山王𧻚（音挫）壺》（09735）。《漢書》卷八七下《揚雄傳·長楊賦》："尚不敢惕息"，顏《注》："息，出入氣也"。一般之呼吸狀況均無聲，此後世所以每以無聲無息狀安靜，故由此引申出停止、休息之義。《禮記》卷三七《樂記》："著不息者，天也"，鄭《注》："息猶休止也"。此行顏氏若非正使，即為副使，隨行者進退行止自然以其馬首是瞻。因此，上聯"振策"側重顏氏，隱形筆墨為徒旅亦緊從之，策馬前奔；下聯"息徒"側重在隨行者，隱形筆墨乃顏氏既放棄趕上大軍，餘人亦勒馬停步。因日頭西落，而顏氏一行乃往東，故當暮色襲來，顏氏唯回"顧"，方確定時已"將夕"，故止行"息徒"。

（六）善《注》：《文選》卷二六《詩丁·行旅》陸機《吳王郎中時從

梁陳[作詩]》曰："[凤駕尋清軌]，遠遊越梁、陳。"

海按：甲、金文中，"分"均从"刀"居中，"刀"旁為兩道彎曲相背之線條："）（"（合10405），即"八"[(5)]。將物分開（不一定止於兩半，兩半僅以部分代表全體）為其本義，乃毫無疑問之事。

天上各星宿分列。上古已降，即慣以彼等對應下土之某地區，以某一星宿之變化，預示對應地區之禍福、變化，是謂（天）星（地）野説。因各有其份、所主之地，故曰"分"。《漢書》卷二八下《地理志》："魏地，觜、觿、參之分壄（野）也。其界自高陵以東，盡河東、河內，南有陳留及汝南之召陵、濦（音引）彊、新汲、西華、長平，潁川之舞陽、郾、許、傿（音胭）陵，河南之開封、中牟、陽武、酸棗、卷皆魏分也"，"韓地，角、亢、氐之分野也……陳、鄭之國與韓同星分焉"。"梁、陳分"蓋豫東南、皖西北之交。此處因居黃、淮大平原之西末，故放眼四"望"時，得以縱覽無遺，至此星野區域之盡頭（"極"）。

（七）善《注》：《論衡》[卷二十《佚文第六一》]曰："[望豐屋，知名家]；觀【睹】喬木，知舊都。"

海按：孫志祖認為：當引《孟子》卷二下《梁惠王下》："所謂故國者，非謂有喬木之謂也，有世臣之謂也"，此僅就詞彙出處而言，未探得李氏用意。據《左傳》卷二《隱公元年》："先王之制：大都不過參（三）國之一"，卷十一《閔公二年》："大都耦國，亂之本也"，是都、國有別，然一般行文非斤斤於禮制，都、國混通。如《尚書》卷二十《文侯之命》："簡恤爾都"，孔《疏》引鄭（玄）云："都，國都也"；《文選》卷七《賦丁·耕藉》潘岳《藉田賦》："居靡都、鄙，民無華、裔"，善《注》："都謂京邑也"。顏氏此處所過所見，如梁城者，既非京雒，亦非封國治所，乃城邑之謂。《公羊傳》卷十一《僖公十六年》："六鷁退飛，過宋都"，何《解詁》："人所聚曰都";《毛詩》卷十五之二《小雅·魚藻之什·都人士》:"彼都人士",鄭《箋》:"城郭之域曰都"。此所以李氏捨《孟子》,而選用《論衡》。古代乃城邦政治,一城即堪為一國,故此聯出句之"國"與對句之"城"相對仗。城市化之過程,首先之工序即伐木闢草萊。本當為人所聚居之所居然多參天之木,則隱形筆墨即此處已為不見人蹤之死城,故曰"空"。"空"自空間面而言,"故"自時間面而言,對仗工穩。

從植物學而言,喬木不必然高,灌木不必然矮,然此乃文學作品,故當依《毛詩》卷九之三《小雅·鹿鳴之什·伐木》:"出自幽谷,遷于喬木",毛《傳》所訓:"喬,高也"。依六朝慣例,此處之"木"與下聯"木、石"之"木"犯重。若貪"喬木"為古典詞彙,則宜將"木、石"易為"荊棘"或"松、柏"。

雲,煙也,可參《北使洛》"城闕生雲煙"注。所以為寒煙,非止於時當嚴冬,空氣中之水分自然容易"凝"聚成形,亦指鬼氣森森,似城中過往亡魂猶徘徊不去。

(八)**海按**:埋葬死者之墳乃堆土高若小丘者,詳下文,故丘與墳每相連言,如《宋書》卷二一《樂志三·相和》曹操《精列》:"周、孔聖徂落,會稽以(已)墳丘",卷二二《樂志四·鼓吹鐃歌》何承天《有所思》:"長懷永思託丘墳"。《說文》十三篇下:"壠,丘壠也。""土"置於"龍"旁或"龍"下,無別,猶"群"之於"羣"、"慙"之於"慚"、"期"之於"朞"、"晰"之於"晳"、"概"之於"槩"、"毗"之於"毘"、"蟆"之於"蠆"、"賸"之於"賫"、"鑑"之於"鑒"。《禮記》卷三《曲禮上》:"適墓,不登壠",鄭《注》:"為其不敬。壠,冢也";《荀子》卷十三《禮論》:"壙壠其須(貌)象室屋也",楊《注》:"壙,墓中;壠,冢也"。《方言》卷十三:"冢,秦、晉之間謂之墳……或謂之壠。"《禮記》卷二一《禮運》:"城、郭、溝池以為固",孔《疏》:"城,内城;郭,外城也"。《說文》六篇下:"郭,郭也",《公羊傳》卷十四《文公十五年》:"郛者何?恢郭也",何《解詁》:"恢,大也"。《白虎通》卷十一《崩薨》:"葬於城郭外,何?死、生別處,終、始異居。"

(九)**海按**:《國語》卷五《魯語下·孔丘論楛(音户)矢》:"故銘其楛(音天去聲)曰:'肅慎氏之貢矢'",韋《解》:"刻曰銘。楛,箭、羽之閒也";作為名詞用,卷七《晉語一·史蘇論獻公伐驪(音梨)戎勝而不吉》:"其銘有之曰:'嗛(慊音欠)嗛之德,不足就也……'",乃就器物上所刻之詞句而言,故《文心雕龍》卷三《誄碑》:"碑實銘器,銘實碑文"。"志"或"誌"亦即"識"、"記",相假例證詳參《古字通假會典·之部第十一(上)·己字聲系》、《之字聲系》。語釋之,城外"填"滿墳"壟",墳前之碑"文"皆因風雨侵蝕、人為破壞等而漶漫,甚至泯"滅",無復可由其曾所刻勒之記載識得死者何人、生平狀況。

其意一則緊承上聯,因戰爭、飢荒、疫病等死亡者之骨骸本應遍布滿城街巷、屋內,然百年歲月已令其灰飛煙滅,杳然無存。另則逼進深層,昔日磨肩接踵市朝滿之時,親友舊君故去,自有人為之封土立碑,故"郛郭"外充斥"丘壟",而如今碑上所刻("銘")之墓主生平記載("志")泯滅,墳成草堆,猶《文選》卷十一《賦己·遊覽》鮑照《蕪城賦》所言:"薰歇燼滅,光沈響絕",非但活人不復有,而且無論先亡者或後死者,其曾存在之痕跡亦悉數抹去,似乎彼等從未出現於歷史舞臺上,時間掃除力量之巨令人不寒而慄。

(十)**善《注》**:《說文》十二篇上曰:"扃,門【外閉】之關(關)也。"

海按:甲文中,以手持物("攴")敲擊三道系繩懸掛之器:"𧯕"(合317)、"𧯕"(合8035),乃象"磬",持以對照甲文作"𠂤"(合21050)、

"𠁁"(合6952)者,可知:其乃藉磬塊本身表達作磬之材質:"石"。金文省作"𠁁",如西周中期《己侯貉(音末)子簋蓋》(03977)。"口"或為綴飾,或表配合石磬之音而歌。段《注》:"關者,以木橫持門戶也。"《莊子》卷四中《胠(音區)篋(音妾)》:"將為……盜而為守備……唯恐緘、縢、扃、鐍(音決)之不固也",《釋文》:"扃……崔(譔音賺)、李(巡)云:關也",成《疏》:"鐍,鎖鑰也"。《漢書》卷九七《外戚列傳·孝成班倢伃傳·自悼賦》:"應門閉兮禁闥扃","扃"與"閉"為句中內對兼正對,則"扃"之意可知。

《太玄經》卷七《太玄瑩》:"終始幽明",范《注》:"幽謂陰也,明謂陽也"。在陰、陽二分宇宙圖像論式中,陰、幽衍伸出死亡及與死亡相關事物之涵義,故《禮記》卷九《檀弓下》:"復……望反諸幽,求諸鬼神之道也",鄭《注》:"復謂招魂……鬼神處幽闇,望其從鬼神所來";《楚辭》卷九《招魂》稱陰間為"幽都",王《注》:"后土所治也,地下幽冥,故稱幽都"。以見存史料而言,此種意義之"幽闥"最早見諸《類聚》卷十三《帝王部三·晉武帝》張華《武帝哀策文》:"幽闥長扃"。《漢書》卷三《高后紀·贊》:"女主制政,不出房闥",顏《注》:"闥,宮中小門";《後漢書》卷七八《宦者列傳》:"非復……閨牖房闥之任也",章懷《注》引《爾雅》:"小閨謂之闥"[6]。

《周易》卷八《繫辭下》:"古之葬者,厚衣之以薪,葬之中野,不封不樹",孔《疏》:"不積土為墳,是不封也;不種樹以標其處,是不樹也"。《禮記》卷六《檀弓上》:"孔子……曰:'吾聞之:古也墓而不墳。今丘也,東西南北之人也,不可以弗識也。'於是封之,崇四尺",鄭《注》:"高者曰墳"。

此聯意謂:墓側之"木"及墓前之"石"碑皆傾倒堆疊,擋住入墓之狹窄門道（"閨"），導致欲進入其內部搜尋墓誌，以期辨識亡者孰何，亦不可能；野生之穀類衆"苗"蔓"延"瘋長，將高聳之"墳"亦掩沒，不細察，或疑為草丘。凡此皆緣"空城"所致。無人居住，自無人掃墓料理。

（十一）善《注》：《三國志》卷四二《郄(音系)正傳》裴《注》所引桓(7)子《新論》曰："雍門周以琴見孟嘗君。曰：'先生鼓琴，亦能令文悲乎？'對曰：'……雖有善鼓琴，未能動足下也。'孟嘗君曰：'固然。'雍門周曰：'然臣竊為足下有所常悲：夫角帝而困秦者，君也；連五國而伐楚者，又君也。天下未嘗無事，不從(縱)，即衡(橫)。從(縱)成，則楚王；衡(橫)成，則秦帝。夫以秦、楚之彊，而報弱薛，猶磨蕭(蕭)斧，而伐朝菌也，有識之士莫不為足下寒心。天道不常盛，寒暑更進退，千秋萬歲之後，宗廟必不血食，高臺既已傾，曲池又已平，墳墓生荊棘，狐狸穴其中，行人見之【游兒牧豎踯躅其足而歌其上】，曰："孟嘗君之尊貴乃如【亦猶若】是乎？"'於是孟嘗君喟然太息，涕淚承睫而未下。雍門周引琴而鼓之，徐動宮、徵，叩角、羽，終而成曲，孟嘗君遂歔欷而就之曰：'先生鼓琴，令(田)文立若亡國之人也。'"《毛詩》卷三之三《衛·氓》曰："吁(于)嗟女(8)兮，無與士耽。"《史記》卷六一《封禪書【伯夷列傳】》曰："巖穴之士趣舍(取捨)有時，若此，類名堙滅而不稱。"《列子》卷七《楊朱》曰："伏羲以來，三十餘萬歲，賢愚、好醜、成敗、是非無不消滅。"

海按：甲文之"門"即如後世之狀："𨳇"（合22518），金文同。甲文有時且於上加門楣："𨳈"（合13606），其象兩扇對開之門扉更明顯。若僅單扇，再將最上一橫與中間一橫之連接短豎斷開，即成"户"，故《説文》十二篇上:"半門曰戶",門"從二戶,象形"。

《文選》卷三十《詩己·雜詩下》謝朓《和王著作八公山》:"平生仰令圖,吁嗟命不淑",善《注》:"薛君⁽⁹⁾《韓詩章句》曰:'吁嗟,歎詞也'"。至於"歎"之實際內涵,則隨上下文而各有側重。如謝朓該首之"吁嗟"乃惋惜扼腕之謂;曹植《吁嗟篇》:"吁嗟此轉蓬,居世何獨然",乃悲哀無奈之貌;《文選》卷四四《檄(音席)》陳琳《為袁紹檄豫州》:"兗、豫有無聊之民,帝都有吁嗟之怨",則為勞苦呻吟之聲,此處當同乎《陶潛集》卷二《詩五言·怨詩楚調示龐主簿鄧治中》"吁嗟身後名,於我若浮煙"之用法,乃夾有淡漠、蒼茫之感慨。"獨"對"同"而言。

此二聯意謂:人間唯一公平者乃死亡,"愚、賤"固不免均("同")"堙滅",然而"誰"曾"獨聞""尊貴"者得以倖免而不若斯?"惟"獨那位("彼")"雍門子",心識通透這點,方能令勢焰燻天、富貴俱全之孟嘗君"吁嗟":自身何其短視,迷而不覺。

(十二)善《注》:《毛詩》卷二之三《邶·北門》曰:"出自北門,憂心殷殷。"

海按:"曷"通"何",相假例證詳參《古字通假會典·歌部第十五·可字聲系》,《說文》八篇上:"何……誰也"。古籍中時用"誰何",《莊子》卷三下《應帝王》:"不知其誰何",《史記》卷九二《淮陰侯列傳》:"上曰:'若所追者誰何'",《御覽》卷四二八《人事部六九·正直下》所錄《說苑》:"秦皇帝仰天歎曰:'……誰何使代我後者'",《晉書》卷十一《天文志上·中宮》:"南一星曰軍南門,主誰何出入"。"誰何"乃同義複詞,簡化之,單用"何"。於此處,乃總括何人、何事、何物而言⁽¹⁰⁾。

《文選》卷十一《賦己·遊覽》鮑照《蕪城賦》:"驚沙坐飛",善《注》:"無故而飛曰坐飛"。殷,盛也、多也,其義之源由詳《夏夜呈從兄散騎車長沙》"慕類抱情殷"注。

此聯意謂：既然自歷史巨流宏觀之，無論"愚賤"、"尊貴"俱如白駒過隙，轉瞬即逝之"客"旅，包括人在內之世間存有，什麼（"何"）能為"久遊"者？《莊子》卷一上《逍遙遊》："上古有大椿者，以八千歲為春，八千歲為秋，而（八百歲之）彭祖乃今以久特聞，眾人匹之，不亦悲乎？"念及此，憂思（"念"）竟莫名地（"坐"）充斥（"殷"）心頭。方廷珪："二句言雖憂亦無益"，未通詩意。

此篇押劉宋時期文部平聲韻。

顏氏這兩首卓絕之處在：以背景而言，應該落於"慶殊命"之上，滿紙雀躍、歌頌；以內容而言，卻是一片蕭瑟、凋傷、沮喪，這與古人怯於遠行無關，因為其筆墨明顯不重在個人辛勞、不便。"昔年"永嘉風暴時，因為"闊聖、賢"而至山河變色，等待百年之後，方有命世人傑重開新紀元，何以要延擱如此之久，非人間世之概念、邏輯所能洞察、解釋。縱使中朝未傾覆，至終何嘗不是"宮陛多巢穴，城闕生雲煙"，"丘壟填郛郭，銘志滅無文"？作者不忌諱以孟嘗君為例，大膽暗示：莫看當今劉宋移鼎在即，將如日中天，最後仍難逃"愚賤同堙滅，尊貴誰獨聞"之命運，則在歷史洪流中，個人形同瞬間化為泡沫之"遊客"，焉能不"殷憂"？即使卑瑣至個人行止，均不由己。雖貌似上司指令在左右，然而只要誠實面對、深入思索，則不能不隱約感受到宇宙背後有一更大莫名之力量運作。人之渺小、可憐充分展露，再雄偉者亦不過一宇宙交響曲中之一個音符，所謂之下棋者其實均不過是棋子，唯見利用而不自覺矣。因此，這兩首絕世佳作可謂對世俗因無知（"愚"）及自大（"妄"）而放言人定勝天者狠狠刮上一記耳光。

從詩發展史之角度，作者毫不諱言己心乃"蓬心"，無法齊興亡、去情執,不似謝靈運尚在模山範水後,説些自身根本不能也不會實踐之玄言玄理。顏氏這兩首才算真正令"莊、老告退",重現建安"慷慨以任氣"之風骨。

【補述】

(1) 杜《注》:"謂二十八年晉籍秦致諸侯之戍,至于今。"《春秋》經文則書於二十七年十二月,孔《疏》為之圓解:"以十二月垂盡,去在十二月,至周則在二十八年,故云五年也"。

(2) 詳參周祖謨:《魏晉南北朝韻部之演變》,上篇,第二章《魏晉宋時期韻部的演變·(一)陰聲韻》。

(3) 明州六家本、六臣本善《注》所引陸機《赴洛詩》"振策陟崇丘"之"策"蓋涉下文而均誤作"徒",奎章閣六家本不誤。可笑者莫過於上述各本於同一子目前所刻載之陸機此詩,均作"策"。

(4)《哀時命》王《注》:"言己欲傾側肩背,容頭自入,又不見納",是此句中之"傾側"本指將改變身體姿勢,盡量縮減其所佔空間,以便通過狹窄之間隙。

(5)《説文》二篇上:"八,別也,象分別相背之形。"不少學人認為"分"之部件"八"亦聲。自音理而論,因上古唯有雙唇音(b、p),無唇齒音(f、v),誠無問題,然二者之韻母,"分"乃上古文部,"八"乃上古脂部,則勢必先以脂、微旁轉,再以微、文陰、陽對轉,未免迂曲牽合。若以"八"為"分"之初文,因前者久假為數目字而不歸,乃加"刀"以復其初。音異,則義殊,反之亦然,"八"、"分"義既已歧,不宜猶同音。簡言之,"八亦聲"之説恐不足取。

(6)《爾雅》卷五《釋宮》:"宮中之門謂之闈,其小者謂之閨,小閨謂之閣。"甲文"圭"乃下為方形短柄、上端為三角形之鋒利兵器："☉"(合11006),商代晚期《☉天斧》(NA0665)亦然。對照商代晚期《戈妣辛鼎》(01515)"🕈"、《戈辛觶(音至)》(06154)"🕈"、西周早期《戈觶》(06059)"🕈",可知:該武器上方具殺傷力的兵刃部位即"圭",唯於"戈"中為橫置;將此部分單獨寫為"圭"時,則豎立。《說文》四篇下訓"刺也"之"刲"即"圭"動詞用法時之專字。或因上端之三角鋒刃部分與甲文之"土(土)":"⚆"(合9753)、"△"(合32119),尤其是寫作"△"(合32118)、"▲"(合20576)者相似,如商代晚期《陶觥》(NB1284)"易(錫)圭一璧一"之"圭"已訛變為"土"。蓋為免與"土"混淆,西周金文乃均作二"土"相疊。至於《說文》十三篇下:"圭……上圜下方",蓋由兵器演變為標示身份之禮器時,伴隨而來之形製變化。《禮記》卷五九《儒行》:"儒有一畝之宮……篳(音必)門圭窬(音于)",鄭《注》:"圭窬,門旁窬也,穿牆為之,如圭矣"。為使此意義之"圭"專字化,乃加"門"為"閨",如《左傳》卷三一《襄公十年》:"篳門閨竇之人",杜《注》:"篳門,柴門。閨竇,小户,穿壁為户,上銳下方,狀如圭也",《釋文》:"閨……本亦作圭"。《說文》七篇下:"窬,穿木户也",謂"穿"牆,以木為單扇開闔之"户";"竇,空也",段《注》:"空、孔,古今語,凡孔皆謂之竇"。

(7)尤刻本、明州六家本、贛州六臣本"桓"右下邊均無一橫,此因北宋真宗名恆,避嫌名,故敬缺末筆。以下同此者皆不復出校記之。

(8)六家本、六臣本自作聰明,以為"女"當改字讀,故均誤作"汝"。

(9)薛君指薛漢,生平見《後漢書》卷七九下《儒林列傳·薛漢傳》。《隋書》卷三二《經籍志·經·詩》著錄"《韓詩》二十二卷",自注:"薛氏章句"。根據玄宗開元年間毋煚(音窘)《古今書錄》所撰之《舊唐書》卷四六《經籍志·甲部·詩類》著錄"《韓詩》二十卷",自注:"卜商序,韓嬰

還至梁城作

撰",不悉是否即薛氏章句本。

（10）古代漢語之疑問、反詰、否定句等慣以受詞置於動詞或介詞前,是以若依舊貫,"曷(何)為"即"為何"。如《漢書》卷五七下《司馬相如傳·難蜀父老》:"物靡不得其所,今獨曷為遺己",《御覽》卷四五七《人事部九八·諫諍七》所錄王景興(朗)《與鍾元長（繇）書》:"曷為一旦離析,以至於歸而不反乎",《文選》卷三十《詩庚·雜擬上》陸機《擬東城一以高》:"大䲧嗟落暉,曷為牽世務",然此處則不然:"為"非"因為"之"為",故不似彼等須讀去聲,乃"作為"之"為",讀陽平,是以訓解"曷為"時,不須倒乙詞序。

《類聚》卷四《歲時中·三月三日》

三月三日詔宴西池

海按：《晉書》卷二九《五行志下·雷震》："西池是（東晉）明帝為太子時所造次，故號太子池"，卷六七《溫嶠傳》："時太子起西池樓觀，頗為勞費。嶠上疏……應儉以率下"。暨劉宋，此東宮位置仍舊貫。《宋書》卷二九《符瑞志下·嘉蓮》："元嘉二十三年（446）六月辛丑，太子西池二蓮共榦"，《南史》卷三十《何尚之傳》："與太常顏延之少相好狎……同遊太子西池"可證。詩中既言"於赫有皇，升中納禪"，則此篇乃作於劉宋武帝時，且詩中指涉之太子乃日後廢為營陽王之少帝劉義符。《宋書》卷三《武帝紀下·永初元年（420）》："六月丁卯……即皇帝位"，則是年三月三日時，劉裕尚不可能以天子之身份"詔宴西池"。《武帝紀下·永初三年（422）》："正月甲辰朔。"假設二月甲戌朔，三月癸卯朔，"三月，上不豫，太尉長沙王道憐"等"並入侍醫藥，群臣請祈禱神祇"，可見：病情凶險，因而安排後事，於三月"丁未"，斷然出次子"司徒廬陵王義真為……南豫州刺史"[(1)]。無論其"不豫"乃驟至，抑漸臻，翫味相關史料，在此之前，劉裕於自身時日無多恐已有體會，則是年三月三日特別選定於東宮，或親臨，或由太子代為主持，賜宴款待親貴群臣，蓋有昭示滿朝文、武繼任者之意，則將此度詔宴置於永初二年（421）固屬較穩妥之法，然若置於永初三年，亦未嘗不合情理。謝靈運當時亦有《三月三日侍宴西池》之作，見《類聚》卷四《歲時中·三月三日》。

【補述】

（1）當時"東宮多狎羣小"，武帝有易儲之念，因謝晦以廬陵王"德輕於才，非人主也"而打消。雖如此，為防萬一，乃有"出（廬陵王）居于外"之舉。詳參《南史》卷十三《宋宗室及諸王列傳上·廬陵孝獻王義真傳》。《宋書》卷三《武帝紀下·永初三年》於"司徒廬陵王義真為……南豫州刺史"後，書"上疾瘳(音抽)，己未，大赦天下"，易滋誤會"疾瘳"與外放義真乃同一日，《南史》卷一《宋本紀上第一·武帝紀》則將"上疾瘳"置於"己未"下，雖有將武帝於己未始病瘳之嫌，然上述之誤會則不復存矣。

　　河、嶽曜圖⁽¹⁾，聖時利見⁽²⁾，於(音烏)赫有皇⁽³⁾，升中納禪⁽⁴⁾。載貞其恆，載通其變⁽⁵⁾，大哉人文⁽⁶⁾，至矣天睠⁽⁷⁾。

　　昭哉儲德⁽⁸⁾，靈慶攸繁⁽⁹⁾，明兩紫宸⁽¹⁰⁾，景物乾(音前)元⁽¹¹⁾。帝宗菴(音安)藹⁽¹²⁾，惟城惟蕃⁽¹³⁾，袞(音滾)衣善職⁽¹⁴⁾，彤弓受言⁽¹⁵⁾。

　　飾館春宮，稅鑣(音標)青輅(音路)⁽¹⁶⁾，長筵逶迤(音威宜)，浮觴沿(沿)沂⁽¹⁷⁾。

【注釋】

（一）**海按**："河"本與"淮"、"濟"、"洛"、"泗"等同為專有名詞，獨指後世所說之黃河，此處乃按秦、漢已降用法，係普通名詞⁽¹⁾。"嶽"即"岳"，相假例證詳參《古字通假會典·侯部第十·岳字聲系》，卜辭中，"岳"既為專有名詞，亦可為普通名詞，如後世然。此處乃後者。"河、嶽"即"河、山"之謂,乃自然界之簡稱。"圖"亦不限於讖、緯、圖、候,乃告示劉宋應運當王諸種祥瑞之代詞。即《管子》卷八《小匡》:"昔人之受命者,龍、龜假(格),河出圖,雒出書,地出乘黃",或《禮記》卷二二《禮運》:"天不愛其道,地不愛其寶……天降膏露,地出醴泉,山出器車,河出馬圖,鳳凰(2)、麒麟皆在郊棷"之撮述。

(二)**海按**:《周易》卷一《乾·九五》:"飛龍在天,利見大人",《釋文》:"王肅云:(大人,)聖人在位之目",《文言》:"聖人作而萬物覩",是以《九五》孔《疏》曰:"飛龍在天……猶若聖人……居天位……為萬物所瞻覩"。

此聯意謂:上天顯明("曜")諸多徵兆("圖"),以啟示萬方:現下乃"聖"人躋居皇位,為眾庶所"見"之最佳("利")"時"刻。

(三)**海按**:《毛詩》卷二十之三《商頌·那》:"於(音烏)赫湯孫。""於赫"且詳《應詔讌曲水作》"於赫王宰"注。

古籍中之"有"若不做動詞,訓為有無之有,又不做介詞,訓為于,置諸形容詞、副詞前,當訓"然","有秩"即"秩然","有俶"即"俶然","有杕"即"杕然";若置諸名詞前,乃指示代名詞,當訓"此"、"此等"或"彼"、"彼等",須視上下文而定。以往將這類"有"當成詞頭之詞綴,恐不足取。甲文"皇"或但作"☒"(合6354),象孔雀或傳說中鳳凰省略羽翮兩側羽毛之翎羽,對照西周中期《瘋(音興)壺》(09726)器身第一層之紋飾:"☒",中間作類似眼睛狀,尤其逼真。或於左側加一後來寫作"王"之"戉(鉞)":"☒"(合6961),並以之為聲符。至金文,則去掉羽翮,將此物置於平放之"戉(王)"上,如西周早期《作冊大鼎》(02759):"☒"(3),無怪乎《周禮》卷二三《春官·樂師》:"有皇舞",鄭《注》:"故書作'䍿'",《禮記》卷十三《王制》:"有虞氏皇而祭",鄭《注》:"玄

【皇】,冕屬也,畫羽飾焉"。不論翎羽之冠飾或鉞,蓋均為領導權之象徵物。《說文》一篇上:"皇,大也",《廣雅》卷一上《釋詁》:"皇,美也",均由配戴者身份之高及此等物件本身之盛飾、張揚自然衍生而來。《毛詩》卷十二之一《小雅·節南山之什·正月》"有皇上帝"之"有皇",即卷十六之四《大雅·文王之什·皇矣》之"皇矣",毛《傳》:"皇,大"。上引《說文》、《廣雅》、毛《傳》訓解之"皇"乃形容詞,當改讀為"煌",相假例證詳參《古字通假會典·陽部第九(上)·皇字聲系》。此處僅係字面相同,乃名詞,"皇"如字讀,指皇帝。

(四)**海按**:《禮記》卷二四《禮器》:"因天事天……因名山,升中于天。"[4]在古代宇宙圖象中,上天與下土間最重要之管道曰"中",上天福分均透過該管道傾注下土萬民,《周禮》卷十《地官·大司徒》:"地中,天地之所合也,四時之所交也,風雨之所會也,陰陽之所和也",是以建都必擇中,《尚書》卷十五《召誥》:"其作大邑,其自時(此)配皇天,毖祀于上下;其自時(此)中乂"。神話學稱此"中"之所在為宇宙山,《禮器》猶存其遺跡,故曰須"因名山"。天子乃神、人交感所生,兼具神、人二性,故唯有天子可憑依其神性部分通天、祭天、祈天,是以天子必須"求(追)中"、"得中"、"執(持)中"[5],如此方能自天佑之,光被四表,兆民太平。"禪"或作"嬗(音扇)",例證詳參《古字通假會典·寒部第六(下)·旦字聲系》。《淮南子》卷七《精神》:"以不同形相嬗也",高《訓》:"嬗,傳也";《漢書》卷四八《賈誼傳·服(鵩)鳥賦》:"變化而嬗",《集解》:"蘇林曰:'(嬗,)相傳與也'"。

此聯意謂:功、德如此"赫"赫的這位"皇"帝(劉裕)於上天特定之處:"中",升天受命,乃於下土接"納"司馬氏傳與("禪")之帝位。

(五)**海按**:《毛詩》中每見"載……載……"此類句式,其義乃

"既……且……"、"又……又……"。《周易》卷八《繫辭下》:"天下之動貞夫一者也","黃帝、堯、舜氏作,通其變,使民不倦;神而化之,使民宜之。易,窮則變,變則通,通則久,是以自天祐(佑)之,吉无不利","變通者,趨時者也"。傳統《易》學家每以"正"訓"貞",如《周易》卷一《乾》:"元亨,利貞",孔《疏》引子夏《傳》:"貞,正也",卷二《師·彖》:"貞,正也",然而實多不愜。此處之"貞"當改讀為"定",相假例證詳參《古字通假會典·青部第三·正字聲系》。定則不移,通則流暢遷轉。《説文》十三篇下:"恆,常也","恆"之於"變"類乎"經"之於"權"。以《論語》卷二《為政》所云:"殷因於夏禮,所損益可知也","貞其恆"為"因","通其變"為"損益"。

此聯意謂:劉宋創業者既("載")能洞悉萬古不容更易之常("恆")道,而堅定("貞")不移,又("載")能於體現常道之實際措施方面,順隨時勢之貿遷,而有所損益("變"),使常道於現世中依然能暢行無礙("通")。

(六)**海按**:《論語》卷八《泰伯》:"大哉!堯之為君也……焕乎其有文章",朱《注》:"文章,禮、樂、法度也";《禮記》卷五三《中庸》:"優優大哉!禮儀三百,威儀三千,待其人然後行,故曰:苟不至德,至道不凝焉"。《周易》卷三《賁·彖》:"觀乎天文,以察時變;觀乎人文,以化成天下",孔《疏》:"觀察人文,則《詩》、《書》、禮、樂之謂"。

(七)**海按**:《論語》卷六《雍也》:"中庸之為德也,其至矣乎。"甲文中,"天"作"𠀡"(合36542)、"𠂇"(合14191);西周金文常作濃重之筆畫:"𠀤",如西周早期《大御獸尊》(05687)、"𠀤",如西周中期《天作從尊》(05688),看似象人頭部,但對照"𠀤"(合22077)、"𠀤"(合22097),最上一筆應非綴飾,乃指示人身最上之部位。《説文》一篇上:"天,顛也。"其所循聲訓解說,固不當,但意義則正確。後乃引申為在高居人頭頂上之天。《尚書》卷四《偽大禹謨》:"皇天眷命。""目"置於右側,作"睠",與置於下,作"眷",實同一字,詳參《古字通假會典·寒部第六(下)·卷字聲系》。且詳《還至梁城作》"丘壟塡郛郭"注。唯因漢字造字原則講究方正美觀,故置於下時,省去"卩(音結)",以免字形過長。與"縶"、"餐"將"系"、"食"移至右邊時,分別省去"夂"、"又",作"緐"、"飱",雖然部件移置之方向相反,以免字形過寬之原理則一致。《説文》九篇上:"卷,厀(膝)曲也",即大、小腿相連結、關節部位之反面,可彎曲處,與厀(膝)蓋正相對。段《注》云:"引申為凡曲之稱",因此,自可指頸部向後側彎曲,故《説文》四篇上:"眷,顧也"。伴隨頸部彎曲,面部所朝方向亦變,故《廣雅》卷四上《釋詁》:"眷、顧……嚮也"。

此聯意謂:承上聯,因劉宋創業者知常知變,是以在其損益下,為"人"世間制訂之禮、樂、法度("文")及所成就者何其"大"。其施政既符合天衷,故蒙上天"睠"顧庇佑,全面傾向劉宋王朝之程度堪謂達到極"至"。

以上押劉宋時期先部去聲韻。

(八)**海按**:《毛詩》卷十六之五《大雅·文王之什·下武》:"應侯順德,永言孝思,昭哉嗣服。"[6]《晉書》卷三八《文六王列傳·齊王攸傳·太子箴》:"儲德既立,邦有所恃。"《應詔讌曲水作》:"三妃儲隸",《皇太子釋奠會作》:"伊昔周儲,聿光往記",《類聚》卷四《歲時中·九月九日》沈約《為臨川王九日侍太子宴》:"鏘鏘群彦,思媚儲猷",《文選》卷四六《序下》任昉《〈王文憲集〉序》:"皇朝軫慟,儲、鉉(音炫)傷情",可知:不待加一所有格之名詞,如"皇儲"、"國儲",或動名詞,如"儲貳"、"儲后",單用"儲",即指皇太子,故玄應《一切經音義》卷二《大般涅槃經》第六卷"儲君"、卷十九《佛本行集經》第十二卷"儲宮"均引蔡邕《勸學》:"儲,副君也"。

(九)**海按**:《楚辭》卷十六《九歎·遠逝》:"合五嶽與八靈兮",王《注》:"八靈,八方之神也";《毛詩》卷十六之五《大雅·文王之什·靈臺》:"經始靈臺",孔《疏》:"靈是神之別名"。靈慶,神慶也,蓋"天慶"之變造[7]。《孟子》卷十二下《告子下》:"入其疆,土地辟(闢),田野治,養老尊賢,俊傑在位,則有慶",趙《注》:"慶,賞也";《毛詩》卷十三之二《小雅·谷風之什·楚茨》:"孝孫有慶",鄭《箋》:"慶,賜也"。《周易》卷一《坤》:"君子有攸往",《左傳》卷三一《襄公十一年》:"福祿攸同",《釋文》、杜《注》均訓"攸"為"所也"。

此聯意謂:身為劉宋皇朝"儲"君之皇太子"德"行"昭"著,此其蒙天上神明祝福、賞賜("慶")所("攸")以"繁"多之因由。

(十)**海按**:傳統《易》學家認為伏羲最初"畫卦",共八個,每卦皆三爻,而後以此為基礎"重卦",於每一三爻之卦之上,重複包括本身在內之八個三爻卦,乃形成六十四個六爻之卦。上(外)、下(內)卦一致者,謂之純卦,僅有乾、坤、震、巽、坎、離、艮、兌八個。《周易》卷九《說卦》:"離為火,為日",自然蘊含照明之義。六爻之《離》既為兩個象徵光明之三爻《離》卦構成,故卷三《離·象》:"明兩作離,大人以繼明,照于四方"。皇帝被設定為明君,則繼承此明君之未來明君乃皇太子,是以古籍中"明兩"作為名詞使用時,均為皇太子之代稱,然此處採藏詞格用法:字面寫某句之上(下)半,實際意義在其下(上)半,若"友于"實指"兄弟","弱冠"實指"二十",是以"明兩"之實際意義落於"離"。"離"每或作"麗",例證詳參《古字通假會典·歌部第十五·离字聲系》。《論衡》卷十一《說日第三十二》:"《易》曰:'日月星辰麗乎天,百果草木

三月三日詔宴西池

麗於土'，麗者，附也"，故《周易》卷三《離·彖》："離，麗也"，王《注》："麗猶著也"，孔《疏》以"附著"申釋之。"宸"每或作"辰"，相假例證詳參《古字通假會典·辰字聲系》。《應詔讌曲水作》："儀辰作貳"，善《注》："辰，北辰也"；《文選》卷三十《詩己·雜詩下》謝朓《始出尚書省》："宸景厭照臨"，善《注》："宸，北辰，以喻帝位也"。《史記》卷二七《天官書》："中宮，天極星，其一明者，太一常居也"，《索隱》引《春秋·合誠圖》云："北辰，其星五，在紫微中"，"紫微，大帝室"，《正義》："太一，天帝之別名也"；《後漢書》卷四八《霍諝傳·奏記梁商》："呼嗟紫宮之門"，章懷《注》："天有紫微宮，是上帝之所居也。王者立宮，象而為之"。

（十一）**海按**：《周易》卷七《繫辭上》："《易》有太極，是生兩儀"，《周易集解》卷十四所引虞翻曰："太極，太一也"，"兩儀謂乾、坤也"，卷八《繫辭下》曰："乾，陽物也；坤，陰物也"，故兩儀即陰、陽。卷七《繫辭上》："大衍之數五十，其用四十有九"，孔《疏》引馬融云："'《易》有太極'，謂北辰也；'太極生兩儀'，兩儀生日、月"。陰、陽以符號呈現，乃《乾》、《坤》；於天象上之表徵則為日、月。甲、金文中，"元"本乃一側面人形，突出其頭部，作"·"狀："𠂂"，見商代晚期或西周早期《狽元卣》（05278）。因鑄刻圓形不便，乃改為一橫。若楷定，則與"兀（音物）"一致。唯自甲文，即於象首之一橫上，再加一短橫為綴飾。因此，其原意即如《左傳》卷十七《僖公三十三年》："狄人歸（先軫）其元，面如生"，《孟子》卷六上《滕文公下》"勇士不忘喪其元"之"元"，杜、趙《注》均云："元，首"，是以《周易》卷一《乾·彖》曰："大哉乾元，萬物資始，乃統天"。皇帝乃北辰或曰太極、太一之象徵，皇太子則為其所化生兩儀中群陽之首，故曰乾元。古今漢語名詞每兼具動詞詞性，反之亦然。以名詞而言，《說文》七篇上："景，日光也"；以動詞而言，《廣雅》卷三上《釋詁》："景，照也"。是以此句實乃"乾元景物"之倒裝句。

此聯意謂：當今皇帝如同天庭中位居"紫"微天宮之北辰（"宸"）星，即太一上帝（大帝、天帝），身為他繼承人之皇太子如同太一所生群陽之首（"乾元"），緊緊依附（"離"）其父皇，其動靜舉措莫不踵武稟承（"明兩"）其父皇光明之至德，是以皇太子之德行光照（"景"）庶民萬有（"物"）。

（十二）**海按**：甲文"帝"作"🙽"（合14307）、"🙾"（合10169）、"🙿"（合30298），象捆束柴薪以祭。"帝"作為動詞，祭祀對象雖不限於上帝，但作為名詞時，僅用於上帝及殷王直系亡父、亡祖。至周，加"口"成"啻"，即"嫡"，如西周中期《晉伯卣》（NB1302）之"啻宗"、西周晚期《買簋》（04129）之"啻考"[8]。《禮記》卷四《曲禮下》："天王崩……措之廟，立之主，曰帝"，後則擴大使用範圍，人間最高統治者，不論存歿，亦皆曰帝。甲文中，"宗"均為象廟屋（宀）中放置神主牌位："丅"（合7668）或"𠀀"（合1285）；金文中，神主排位則於牌位左、右加對稱之兩點綴飾，演變為"示"形。"宗"既指祭祀之所，故西周中期《虎簋蓋》（NA0633）："夙夕享于宗"，《師𤔔鼎》（NA1600）："享孝于宗"，西周晚期《士父鐘》（00145）："用享于宗"。宗廟中祭祀，有主祭者，有陪祭者，因此，"宗"引申為同一家族中類分之稱。《毛詩》卷十七之四《大雅・生民之什・板》："大邦維屏，大宗維翰，懷德維寧，宗子維城，無俾城壞"，孔《疏》："禮有大宗、小宗。為其族人所尊，故稱宗子。天子則天下所尊，故謂之大宗也"。從《毛詩》卷十六之一《大雅・文王之什・文王》："文王孫子，本、支百世"，毛《傳》："本，本宗也；支，支子也"，《禮記》卷五《曲禮下》："支子不祭，祭必告于宗子"，可知："支子"乃對"宗子"而言。《儀禮》卷二九《喪服·斬衰》："何如而可以為人後？支子可也"，賈《疏》："庶子，妾子之稱"，"支者，取支（枝）條之義，不限妾子而已"，是元配所生嫡長子以外之諸子均可稱支子。支子亦可稱別子。《禮記》卷三四《大傳》："別子為祖，繼別為宗"，鄭《注》："別子謂公子若始來在此國者，後世以為祖也。別子之世適（嫡）也，族人尊之，謂之大宗，是宗子也"。以天子與同姓諸侯間而言，天子為大宗，同姓諸侯為小宗；以封國而言，諸侯始封者（別子）"為祖"，"繼別（子）"之一系為大宗，其餘歷世諸弟、諸子，命為本國大夫者乃小宗，是以唯天子及其繼承人一系乃絕對之大宗；諸侯則兼具大宗、小宗身份，端視相對者為何而言；大夫乃絕對之小宗。按照《大傳》所言之禮制，一朝之創業主及一國之始封者其宗廟為"百世不遷之宗"，後之繼承者其宗廟乃"五世則遷之宗"。上文既已言及太子，則此處之"帝宗"之"宗"當指小宗。

"菴藹"乃上古影母（?）雙聲詞。既為雙聲詞，乃以音表義，自然不講究所寄寓之字形，故即《楚辭》卷一《離騷》"揚雲霓之晻藹兮"之"晻藹"，王《注》："翁鬱陰貌"；《文選》卷四《賦乙·京都中》張衡《南都賦》"杳藹翁（音翁上聲）鬱於谷底"之"杳藹"，善《注》："茂盛貌也"；卷七《賦丁·郊祀》揚雄《甘泉賦》"儐暗藹兮降清壇"之"暗藹"，卷八《賦丁·畋獵中》揚雄《羽獵賦》"登降闇藹"之"闇藹"，善《注》："眾盛貌"。晻、杳、暗、闇與菴之反切上字均為影母之"烏"。

（十三）**海按**：《毛詩》卷十八之三《大雅·蕩之什·崧高》："維申及甫，維周之翰，四國于蕃，四方于宣（垣）。""惟"、"維"互通，均當改讀作"為"，相假例證詳參《古字通假會典·齊部第十三（上）·隹字聲系》。不論"蕃"或"藩"，均當改讀為"樊"，通假例證詳參《古字通假會典·寒部第六（下）·番字聲系》、《棥字聲系》，因於金文中，"樊"下從背向雙手(彐)或兩隻向上之手,上從兩木。兩木之間或無其他部件:"𣎴",如西周早期《小臣氏樊尹鼎》(02351),或有一乂狀物:"𣎴",如西周晚期至春秋早期《𤳅(音壺)叔樊鼎》(02679),或為兩個乂形交叉、類乎菱形之物:"𣎴",如春秋早期《樊夫人龍嬴盤》(10082),對照下無雙手、春秋早期《樊君盆》(10329):"𣎴",其為枝條編圍籬笆之狀,當無疑,故《說文》三篇下說:"棥,藩也"。"蕃"、"藩"均為後起之形聲字。《毛詩》卷十四之三《小雅·甫田之什·青蠅》:"營營青蠅,止於樊",毛《傳》:"樊,藩也";《左傳》卷五九《哀公十二年》:"藩衛侯之舍",杜《注》:"藩,籬"。方鎮諸侯之於京師,猶樊籬之於居室及其中所居者,具有阻遏侵入者、護衛內地者之使命,《周書》[9]卷八《職方》:"又其外方五百里為藩服",孔《解》:"藩服,屏四境也"。圍籬尚如是,況四面皆高牆之"城"乎?

此聯意謂:皇("帝")室近親之小"宗"成員眾多("菴藹"),均能如"城"堉、屏"蕃"一般,作為("惟")捍衛中央之外圍堅強屏障。

(十四)**海按**:《禮記》卷十一《王制》:"制:三公一命卷",鄭《注》:"卷,俗讀也,其通則曰袞"。《毛詩》卷八之三《豳·九罭》:"袞衣繡裳",毛《傳》:"袞衣,卷(蜷)龍也"。"袞衣"乃王(天子)與三公之服,已詳《北使洛》"王猷升八表"注。周朝最高統治者曰王、天王;《周禮》既假託為周代官制之陳述,居最高位者自亦為王,次王一等即為公,唯此時之"公"既為爵稱,亦為官稱。秦已降,最高統治者稱皇帝,若猶部分保存封建諸侯之制,以爵而言[10],次皇帝一等者乃諸侯王;以官位而言,皇帝超乎百官之上,而三公乃一人之下、百官之首者。此所以《通典》卷三六《職官十八·秩品一》曹魏以諸國王與三公並為一品。

《淮南子》卷二《俶真》:"大夫安其職",高《訓》:"職,事";《禮記》卷四《曲禮下》:"典司六職",孔《疏》引干寶云:"凡言職者,主其業也"。

《文選》卷五八《碑文上·陳太丘碑文·序》："每在袞職,羣僚賀之",善《注》："袞職謂三公也"。

（十五）**海按**：《毛詩》卷十之一《小雅·南有嘉魚之什·彤弓·序》："天子錫有功諸侯也",正文曰："彤弓弨（音抄）兮,受言藏之",毛《傳》："弨,弛貌",鄭《箋》："言者,謂王策命也"[11]。《尚書》卷二十《文侯之命》："（周平）王曰：'父義和,其歸視爾師,寧爾邦,用賚爾……彤弓一、彤矢百,盧弓一、盧矢百'",意思即授權晉文侯攻伐北境之諸不庭方。

此聯意謂：這些近親皇室允文允武,在中央朝廷,擔任穿著"袞衣"之三公大員時,均能"善"盡其"職"；當其出鎮外藩時,皇帝皆賜以"彤弓",接"受"可以逕行征討不臣者之任命（"言"）。

以上押劉宋時期先部平聲韻。

（十六）**海按**：依照五行間架之搭配,木德空間居東,時間為春,色澤為青,故"春宮"即"東宮","青輅"即"東宮之輅",不直言"東宮"乃避熟濫也。

甲文中,"兌"作"🜲"（合28067）；金文亦然："🜲",如西周晚期《師兌簋》（04275）,象一側面人形上有口,口上有表示聲氣之"八",故《說文》八篇下："儿,古文奇字'人'也","兌,說也",徐炫等曰："從口從八"。因此引申之,得抒氣,可謂解"脫"；得暢所欲言,可以喜"悅"。"稅"當改讀為"脫",相假例證詳參《古字通假會典·泰部第十四·兌字聲系》。"稅鑣"乃習用"稅駕"之變造,避熟就生耳。《毛詩》卷三之二《衛·碩人》："四牡有驕,朱幩鑣鑣",《釋文》："鑣……馬銜外鐵也。一名扇汗,又曰排沫"。馭馬之韁繩於馬首部位曰轡首,除了環其頸、項,其中一段須橫勒於馬嘴角之底處,故曰"銜",如此方能按馭者意願,調轉馬首,以改變路向、行進速度。該馬銜兩端與馬嘴角相接處,外加一金屬短桿,此即"鑣"。既便於馬奔跑時,張口排熱,亦可使馬口因不得合攏,唾液得以隨此桿而導之外流。今已至東宮,息駕,則韁繩自然鬆弛,且可脫去轡首,飲馬秣馬。甲文中,"各"作"⌣"(合20985);金文作"⌣",如西周早期《厚趠方鼎》(02730),象腳趾向下之足部("夂")朝一洞穴或居處("凵"或"口")而來,不時於左邊加一"彳"為偏旁,如合6388之"⌣"、西周中期《師虎簋》(04316)之"⌣",以明示此字關乎於路上行走。《方言》卷一:"假(音駕)、徦(古格字)……至也",卷二:"儀、徦,來也",然古籍多以"格"此假借字為之[12],《毛詩》卷十八之一《大雅·蕩之什·抑》:"神之格思",毛《傳》:"格,至也";《禮記》卷五二《中庸》引此句,鄭《注》:"格,來也"。引申之,感動對方使之來,亦謂之格,《尚書》卷二《堯典》:"格于上下"。至於"各"下邊加"止":"⌣",如西周早期《庚嬴卣》(05426),固屬繁益,加"足"為"路"亦然。古今漢語,動詞每兼具名詞詞性。"路"作為名詞用,指道路,《說文》二篇下:"路,道也"。引申之,行走於道路上之車輛因而亦曰"路",故《周禮》卷二七《春官·御史》、《典路》所掌王及王后之五種車駕皆作"五路";《禮記》卷二五《郊特牲》告知:天子祭天所乘者曰"大路",而《毛詩》每以"路車"連言,如卷十八之四《大雅·蕩之什·韓奕》:"乘馬路車"、卷十之二《小雅·南有嘉魚之什·采芑(音起)》:"路車有奭"、卷六之四《秦·渭陽》:"路車乘黃"。加"車"此偏旁,使意謂車乘之"路"得以專字化;去原有之部件"足",以免字形過寬,悖乎漢字要求方正美觀之習慣。"輅"、"路"相假例證詳參《古字通假會典·魚部第十九(中)·各字聲系》)。

(十七)**海按**:"筵"之訓解詳見《皇太子釋奠會作》"正殿虛筵"。

"迤迆"乃上古微、脂旁轉之雙聲詞,不得望文生義,分為二詞訓解,故《說文》二篇下:"迤,迤迆",乃迂曲綿延之貌。

《呂覽》卷十四《義賞》:"斷其頭以為觴",高《注》:"觴,酒器也"。《禮記》卷二三《禮器》:"此以小為貴也",鄭《注》據《韓詩說》:"觴一升曰爵,二升曰觚,三升曰觶,四升曰角,五升曰散",孔《疏》:"摠名曰爵,其實曰觴。觴者,餉也"。《說文》十一篇上二:"沿,緣水而下也,從水㕣聲",二篇上:"㕣⋯⋯讀若沇(兖)州之沇";按字形解析,"浴"當從公聲,而《廣韻》卷二《下平·二仙》於"沿"字下即"浴",曰:"同上",可知:"浴"乃"沿"之俗寫異體字。《玉篇》卷十九《水部第二百八十五》:"泝,逆流而上也,或作溯。"既言曲水,則此人工河道走勢盤迂,忽下忽上,與"迤迆"之狀一致,是以"沿泝"與"迤迆"對仗精巧。順流而下,須顧及水面浮觴不會因流速過猛而傾覆;逆流而上,更須精準把握水流有足夠力道及坡度,由此可見曲水水道之設計極精巧。

以上押劉宋時期魚部去聲韻。

【補述】

(1)詳參屈萬里:《河字意義的演變》,《書傭論學集》(臺北:臺灣開明書店,1969)。

(2)甲文中有"凰":"𩙿"(合20815)、"𩙿"(合27459),從"鳳""兄"聲。"凰"乃上古影系匣母[ɣ(ɦ)]陽部字;"兄"乃上古影系曉母(x)陽部字,聲韻貼切。以上古影系匣母陽部之"皇"取代"兄"為聲符,恰當無比。後世將"凰"歸入"几"部。"几"乃上古見母(k)脂部字,不論聲母或韻母,"凰"與"几"皆懸隔。"几"既不可能為"凰"之聲符,又毫不見意義上之任何關連,而古籍中不時見此詞書為"鳳皇",《廣雅》卷十下《釋鳥》收錄此字時，猶如是，由此可推知："皇"之作"凰"乃因與"鳳"連言，偏旁同體化卻又未盡使然。《毛詩》卷十七之四《大雅·生民之什·卷阿》："鳳皇于飛"，毛《傳》："雄曰鳳，雌曰皇"。古人對風有個種區分，""之於""猶《文選》卷十三《賦庚·物色》宋玉《風賦》所言"雄風"之於"雌風"。

（3）西周中期《蔡姞(音及)簋》（04198）、《申簋蓋》（04267）均作四枝羽翎："![]"、"![]"，《彔(音路)伯威(音冬)簋蓋》（04302）則作五枝："![]"，於表義並無差別。

（4）鄭《注》："謂巡守至於方獄（嶽），燔柴祭天，告以諸侯之成功也"，乃就封禪而言，非此處所言之禪讓。

（5）《清華簡·保訓》："昔舜……恐求中……既得中……身茲備，惟允……帝堯佳之，用授厥緒"，"追中于河，(上甲)微寺（持）弗忘，傳貽子孫，至于成湯……用受大命"。《論語》卷二十《堯曰》："允執其中。"

（6）應侯乃武王之子而封於應者，詳見《左傳》卷十五《僖公二十四年》。今有多件出土器物堪為證，如西周中期《應侯見工鐘》（00107）、《應侯再盨》（NA0065）、西周晚期《應侯鼎》（NA0061）、《應侯盤》（NA0077）。其見委以重任，地位甚高，如同西周伊始之管、蔡，故有西周早期之《應監鼎》（01975）、西周晚期之《應監甗》（NB1627）。《下武》鄭《箋》："服，事也"，"嗣服"指繼續效忠於周天子之職事。

（7）《儀禮》卷三《士冠禮》："承天之慶，受福無疆。"古代言及"天"，多將其視為具位格者，故《春秋繁露》卷十五《郊義》："天者，百神之君也"，《文選》卷三《賦乙·京都中》張衡《東京賦》："允矣！天子者也"，薛《注》："天子言是天帝之子也"。

(8)周人以"帝"為唯一之至上神,從西周晚期《猷鐘》(00260):"唯皇上帝、百神保余小子",即可知。至於以"帝"稱其直系始祖,僅有一例:春秋早期《應公鼎》(NB0005):"霝(音店)斌帝日丁"。詳參陳絜:《應公鼎銘與周代宗法》,《南開學報(哲學社會科學版)》第6期(2008年)。

(9)《漢書》卷三十《藝文志・六藝略・書類》所著錄之《周書》,後世每稱為《逸周書》,不盡明允。詳參黃沛榮:《周書研究》(臺北:臺灣大學中文研究所博士論文,1976年7月),《前言》。

(10)《孟子》卷十上《萬章下》:"周室班爵祿……嘗聞其略也:天子一位,公一位,侯一位,伯一位,子、男同一位,凡五等也。"《白虎通》卷一《爵・天子為爵稱》:"天子者,爵稱也。"

(11)《毛詩》中,連動式詩句中的"言"當訓解為"而"。詳參梅廣:《詩三百篇"言"字新義》,丁邦新、余藹芹:《漢語史研究:紀念李方桂先生百年冥誕論文集》(臺北:"中研院"語言學研究所,2005)。

(12)"格"之本義乃《廣雅》卷七上《釋宮》所說之"柂(音籬)也";乃以眾多木棍交叉,編組成之阻擋物,即今言之拒馬。《史記》卷五八《梁孝王世家》:"竇太后義格",《索隱》:"張晏云:'格,止也'";《素問》卷一《四氣調神大論篇第二》:"反順為逆,是謂內格",王《注》:"格,拒也",因此,以肢體或器物相衝突曰"格鬥"。至於從"各"得聲之"胳"、"閣"、"骼"、"客"、"恪"均為上古見母(k)或溪母(k')字;同從"各"得聲之"洛"、"烙"、"絡"、"賂"、"路"、"酪"、"駱"均為上古來母(l)字,乃因"各"本為複聲母(kl),後各取其一所致。

《文選》卷二六《詩丁·贈答四》

直東宮答鄭尚書

善《注》：沈約《宋書》卷六四《鄭鮮(音顯)之傳》曰："鄭鮮之字道子(1)……高祖踐祚，遷太常、都官尚書。"

海按：《鄭鮮之傳》："永初二年（421），出為丹陽尹，復入為都官尚書"(2)，"出為豫章太守，秩中二千石"(3)。元嘉三年（426），王弘入為相，舉鮮之為尚書右僕射，四年（427，三月戊子），卒，時年六十四"。《顏延之傳》："宋國建，奉常(4)鄭鮮之舉為博士，仍遷世子舍人。高祖受命（永初元年，420），補太子舍人"，"徙尚書儀曹郎、太子中舍人"。永初三年（422）五月，"少帝即位，以為正員郎"，高祖駕崩一年半後，始外放始安太守。文帝元嘉三年，"（徐）羨之誅後"，"徵為中書侍郎，尋轉太子中舍人"。依善《注》之意，似以此篇作於永初元年，劉良亦持此觀點，故曰："延年時為太子舍人"，然亦可能作於高祖永初二年至三年初之間。以筆者對詩意之揣度，後者或為是。無論如何，撰寫本篇非元嘉三年時事，因按鄭氏當時官職，顏氏須稱對方為"鄭僕射"。

【補述】

（1）東漢初葉已降，約百分之九十以上，某人之名與字之間均有明顯之意義關連。《毛詩》卷四之四《鄭·揚之水》："終鮮兄弟"，鄭《箋》："鮮，寡也"，《周易》卷七《繫辭上》："百姓日用而不知，故君子之道鮮矣"，《釋文》："師說云：'盡也'……馬、鄭、王肅云：'少也'"。《老子》

第四八章:"爲道日損,損之又損,以至於無爲。"鄭氏之名與字意義關連應本諸此。

(2)據《宋書》卷十九《樂志一》永初元年(420)七月有司奏請宗廟所用雅樂時,鄭鮮之任太常。據卷三《武帝紀下》、卷四三《徐羨之傳》,是年六月劉裕踐阼,大封佐命功臣爵位,徐羨之時任尚書僕射、鎮軍將軍、丹陽尹,永初二年(421)正月進位尚書令、揚州刺史,接丹陽尹之任者蓋即鄭鮮之。羨之"兄(欽之)子佩之輕薄好利,高祖以其姻戚,累加寵任,爲丹陽尹、吳郡太守。景平初,以羨之秉權,頗豫政事",則徐佩之接任丹陽尹不得晚於永初三年(422)五月高祖駕崩之後。由此可知:鄭鮮之兩任都官尚書之時日均短促,首度尤其不過數月。

(3)據《通典》卷三六《職官十八·秩品一》,兩漢之九卿爲中二千石,郡太守爲二千石。卷三七《職官十九·秩品二·宋》,劉宋諸卿、尹爲第三品,郡太守爲第五品。鄭鮮之已爲九卿之首,且嘗任京師所在首長:丹陽尹,而此度外放又非因獲罪,故特加榮祿以别之。

(4)《漢書》卷十九上《百官公卿表》:"奉常,秦官,掌宗廟禮儀……景帝中六年(前144),更名太常。"劉宋因之未改,詳《宋書》卷二九《百官志上》。稱奉常,乃沈氏統理舊稿時,疏忽所致。

皇居體寰[1]**極,設險祇**(音之)**天工**[2](一)**,兩闕阻通軌,對禁限**[3]**清風**(二)**。跂**(音器)**予旅東館**(三)**,徒歌屬南墉**(四)**,寢興鬱無已**(五)**,起觀辰、漢中**(六)**。流雲藹青闕,皓月鑒丹宮**(七)**,跼蹐清防密**(八)**,徙倚恆**[4]**漏窮**(九)**。君子吐芳訊,感物惻**[5]**余衷**(十)**,惜無丘園秀,景行彼高松【嵩】**[6](十一)**。知言有誠貫**[7]**,美價難克充**(十二)**,何以銘嘉貺**(音況)**,言樹絲與桐**(十三)**。

【校記】

[1]《初學記》卷十一《職官部上·諸曹尚書》所錄、《顏光祿集》"寰"作"宸"。從善《注》,知其所見本必作"寰",故引《西京賦》"譬眾星之環極"以訓讀之。其次,五臣本、六家本、六臣本"寰"均作"環",二者均從"睘(音夐)"得聲,可相通假。第三,此句蓋本諸《論語》卷二《為政》:"為政以德,譬如北辰,居其所,而眾星共(拱)之",若作"宸(辰)",則僅能訓解為北辰,所指乃獨一之所,與包括大小宮殿館閣在內之"皇居"不協。以後世之語喻之,焉能以乾清宮指整片皇宮,令象徵大小宮殿館閣之"眾星"蹈空?

[2]《類聚》卷三一《人部十五·贈答》"祇天工"作"協天功"。《尚書》卷三《舜【堯】典》:"欽哉!惟時亮天功",《史記》卷一《五帝本紀》訓讀為"敬哉!惟時相天事",是以"功"當讀為"工","功"、"工"二者本相通假,例證詳參《古字通假會典·東部第一·工字聲系》,意思本身雖一致,然從下一聯兩度強調"阻""禁"森嚴,並無形之風亦不容通過,則以"祇"字較宜。

[3]《類聚》"限"作"阻",大謬。出句方用"阻",對句焉容重出?顯為涉上文而誤。

[4]尤刻本、五臣本、明州六家本、贛州六臣本"恆"右下均缺最後一橫,因北宋真宗名恆,須避諱,故敬缺末筆。茶陵六臣本亦缺,乃沿襲舊版,未回改所致。

[5]《初學記》"惻"作"側",大謬。"物"指鄭氏所贈之詩,讀罷,有感,將之置於內心角落,不予理會、面對,則何來下文之反響?文義全然不通,"側"字顯因形近致訛。

[6]《初學記》"松"作"嵩",是也。從善《注》所引《車𨍭(音峽)》,可知:按照顏氏所處時代,當依鄭《箋》,以"高山"喻"景行"[(1)],無由復牽及松、栢,何況以顏氏喜鎔鑄古典詞彙,《毛詩》卷十八之三《大雅·蕩之什》之"崧高"正可為其所用,而加以變造,且適可協韻。"崧"即"嵩",相假例證詳參《古字通假會典·東部第一·公字聲系》,是以《文選》卷二二《詩乙·遊覽》沈約《鍾山詩應西陽王教》"少室邇(音耳)王城"善《注》所引戴延之《西征賦【記】》:"嵩,中嶽也……嵩高,總名也"。校讎基本假定之一項原理即:唯罕見字錯成常見字,反之,則鮮有可能。以常態而言,"松"常見之比率遠高於"嵩",更高於"崧"。蓋"嵩"或寫作"崧",無知者訛為"松"。李氏所見本已誤,故除了申釋句意:"高松喻守節而不移也",復引《論語》:"子曰:'歲寒,然後知松、栢之後彫也'",以見其所本。詳參注釋。

[7]《初學記》"貫"作"實",非是。《晉書》卷九一《儒林列傳·范弘之傳》:"志厲秋霜,誠貫一時",《宋書》卷二《武帝紀中·義熙十三年·進宋公爵為王詔》:"誠貫三靈",卷六九《范曄傳·為彭城王義康與徐湛之書》:"盡心奉上,誠貫幽、顯",可見:"誠貫"乃當時成詞。不僅因"貫"、"實"形近,且因"誠實"乃日常用語,故為淺人所誤。《古刻叢鈔·宋故散騎常侍護軍將軍臨澧侯劉使君墓誌》:"義超終古,誠冠當今","冠"、"超"正對。《全上古三代秦漢三國六朝文》第六冊《全宋文》卷六十《闕名》收錄此篇時,作"貫"。"冠"、"貫"均係劉宋時期見母寒部韻,近代音仍一致,故訛誤,令文義失允。

【注釋】

(一)善《注》:《文選》卷三七《表上》孔融《薦禰衡表》曰:"帝室

皇居。"卷二《賦甲·京都上》張衡《西京賦》曰："若夫長年、神仙（僊）、宣室、玉堂、麒麟、朱鳥、龍興、含章，譬眾星之環極，泮（叛）赫義（戲）以輝（煇）煌"⁽²⁾。《周易》卷三《坎·彖》曰："王公設險以守其國。"《尚書》卷四《皋陶謨》曰："天工，人其代之。"

海按：從善《注》可知："皇"猶"帝"，乃名詞之所有格。

金文"凥（音居）"作"𩑋"，如西周中期《𠻹（音乎）鼎》（02838），上從"虎"為聲符，下象一側身曲膝、兩手平放膝上、標示其足部之人，而右下方有可憑倚之"几"，且多突出其臀部："𩑋"，如西周晚期《邢人妄鐘》（00109），後簡化為"𨿽"，如戰國中期《鄂君啟車節》（12110）。同時亦有屈膝而坐之人形（"尸"），省卻"几"，加"古"為聲符之"居"："𨒌"，如西周早期《散卣》（NB1551）。《說文》八篇上："居，蹲也，從尸古聲。踞，俗居從足"，十四篇上："凥，處也，從尸、几，尸得几而止也"，段《注》："今字用蹲居字為凥處字，而凥字廢矣，又別製踞字為蹲居字，而居之本義廢矣"⁽³⁾。五臣本張銑："皇居，太子居"，大謬，六家、六臣本張銑注文中之"太"作"天"，方是也。

《西京賦》薛《注》："環猶繞也"，《素問》卷十三《奇病論篇第四十七》："環齊（臍）而痛"，王《注》："環謂圓繞如環也"。引《西京賦》之"環極"該小節，既指明其出處，且藉此訓讀顏詩之"寰極"，更經由一詞彙於先、後不同作者筆下之異動，以見其新變，此乃李氏高明處。至於顏氏用"寰"，則為刻意僻奧所致。

《爾雅》卷六《釋天》："北極謂之北辰。"若自其位格言之，據《史記》卷二七《天官書》"中宮"《索隱》所引《春秋緯·文耀鉤》、卷二九《封禪書》"天神貴者太一"《索隱》所引《樂緯·汁（叶）徵圖》、《春秋緯·佐助期》，乃指居於紫微此中宮、名為曜魄寶之大帝，或曰天皇。對照《禮記》卷十六《月令·季夏》"以共(供音工)皇天上帝"鄭《注》："皇天,北辰耀(曜)魄寶",可知:即神祇(音其)界之獨一至高者。

此聯意謂:"皇"帝之"居"處以眾星"寰(環)"繞之北極星(北辰)為藍本,將其在人間"體"現[4],而皇宮中"設"置之"險"要警衛,乃敬("祇")法上"天"作為("工")而成。

(二)善《注》:兩闈謂東宮及中臺也。《方言》卷五曰:"𨍏(音碎)車[5]……東齊、海、岱之間謂之道軌。"【《廣雅》卷七上《釋宮》】:"軌,道也。"各有禁守,謂禁中也,故曰對也。胡廣《書》曰:"建洪德,流清風。"[6]

海按:《和謝監靈運》:"秉筆侍兩闈",善《注》亦如此訓釋。《爾雅》卷五《釋宮》:"宮中之門謂之闈,其小者謂之閨。"用"闈"或"閨",均強調出入不便,深隱於內,是以世俗謂深宮門後之情況為宮闈秘事,然此處之"闈"非指門戶,"兩闈"乃指四周有牆"壛"之兩個區塊,說詳《應詔讌曲水作》"幨帷蘭甸"注。呂向:"兩闈謂皇宮、皇太子宮",道地瞽說。

風無隙不入,甚難阻絕。所以特別標明"清風",因人厭污濁之氣、沙塵之風,總會想方設法阻擋之,然如今清風亦都受查"禁""限"制,遑言人?此極言之。

(三)善《注》:《毛詩》卷三之三《衛·河廣》曰:"誰謂宋遠,跂予望之。"

海按:《河廣》鄭《箋》:"我跂足,則可以望見之。"《荀子》卷一《勸學》:"吾嘗跂而望之",楊《注》:"舉足也"。跂、企相通,見《古字通假會典·支部第十二·支字聲系》。甲文中,"企"本為一側面人形,特別畫出其足部:"𠱁"(合11651),其用意蓋為表示踮起腳尖、抬起腳踵之狀,故《說文》八篇上:"企,舉踵也,從人、止",引申出渴盼、欲望之義。遠在賓組卜辭中,已見足與人身分開之書寫形式:"🦶"(合18981),是以當將側面人形隸定為"人",則後世習見之"企"即形成。

(四)善《注》:賈逵《國語》注[7]曰:"旅,客也。"《爾雅》卷五《釋樂》曰:"合樂曰歌[8],徒歌曰謠。"鄭玄《儀禮》卷六《士昏禮》"酌玄酒,三屬于尊"《注》曰:"屬,注也",謂意注之也。尚書為中臺,在南,故[9]曰南墉。

海按:今人上班,多為早八晚五,然古制,官吏必須於任職之部署留守值班。《初學記》卷二十《政理部·假》:"休假亦曰休沐。《漢律》:'吏五日得一下沐',言休息以洗沐也",如《史記》卷一百三《萬石張叔列傳》所云:"每五日洗沐歸謁親"。因此,相對於自宅而言,"館"即公家提供之臨時住處,猶客"旅"暫寓之所也。此句實即"予""旅"居於"東館","跂"而望之,或"予""跂"於"東"邊暫居之宿舍("旅""館")。

甲文中,"徒"作"🦶"(合8656)、"🦶"(合7658),從"止"從一土塊,周邊數點象塵土飛揚,其本義若係動詞,則為步行,"徒步"乃近義複詞;若係名詞,則為步卒,"徒兵"即此用法。金文中,至晚於西周晚期,如《禹鼎》(02833)"徒"、《揚簋》(04294)"徒",已將土塊正式寫為"土",且加表示道路之"彳",彰明其義。"徒"既無車、馬,故引申出僅有之義,如"徒手"、"徒具"。擁有之資源既如此有限,則果效亦必隨之銳減,是以進而引申出"空"、"白"之義。在官署,心有所感而歌詠,豈會有樂隊在側伴奏?縱可自以箏、琴和歌,然顏氏出身寒微,少時未必能有此膏腴子弟之雜藝訓練,史書中亦無任何線索暗示其能此道。蓋緣是,特標明己歌為"徒歌"。試觀其摯交陶淵明"不解音律,而畜(蓄)無絃素琴一張。每酒適,輒撫弄以寄其意","曰:但識琴中趣,何勞絃上聲",可為旁證。

《應詔觀北湖田收》:"和惠屬後筵",善《注》引《尚書》卷六《禹貢·雍州》"涇屬渭汭"偽孔《傳》:"屬,逮也";卷七《賦丁·郊祀》揚雄《甘泉賦》:"封巒石關施靡乎延屬",善《注》引《儀禮》卷三四《喪服》"袂屬幅[10]"鄭《注》:"屬猶,連也"。蓋因"屬"從尾蜀聲,《說文繫傳》卷十六徐鍇曰:"屬,相連續,若尾之在體",乃引申出連及之義及附屬、親屬等表示關係之詞。

《毛詩》卷十三之二《小雅·谷風之什·鼓鍾(鐘)》:"笙、磬同音,以雅以南[11]",《禮記》卷二十《文王世子》:"胥鼓南",鄭《注》:"南,南夷之樂也"。甲文"南"作"㕯"(合965)、"㕯"(合20576)、"㕯"(合8741)、"㕯"(合20549);金文作"南",如西周早期《啟卣》(05410)、"㕯",如西周中期《無㠱(忌)簋蓋》(04228)、"㕯",如西周晚期《兮甲盤》(10174)。其實早於西周早期《小子生尊》(06001)之"㕯",已經與後世寫法一致。對照西周晚期《南宮乎鐘》(00181):"司土(徒)㕯宮乎",《禹鼎》(02833):"噩(鄂)侯馭方率㕯淮尸(夷)、東尸(夷),廣伐㕯或(國)",可斷言:絕不能將此字楷定為"㕯(音卻)"。"㕯"為上古見母(k)侯部字;"南"為上古泥母(n)侵部字,聲韻懸隔,兩者根本不可能出現假借關係。復對照"㕯"(合743)、"㕯"(合6460),"南"應象一可敲打、繫懸之樂器。作為表示方向之詞,乃假借也。甲文中,"墉"乃一方形城而兩邊有瞭望臺:"㕯"(合21306),偶有四面均有者,如"㕯"(京都3241);見知金文均從前者,楷定則為"㕯",即《說文》十三篇下所收之"古文墉",乃藉四方均有嚴密之守衛建築,以突出城之壁壘。《毛詩》卷一之四《召南·行露》:"何以穿我墉",毛《傳》:"墉,牆也";《尚書》卷十四《梓材》:"既勤垣墉",《釋文》:"馬(融)云:'卑曰垣,高曰墉'"。

此句意謂:雖無樂器伴奏,藉由歌聲傳達,將自己所居之"東館"與鄭鮮之所居之"南墉"、本被間隔之兩處公家宿舍內連結（"屬"），以期達到溝通二人之目的。結合上句，此聯之隱形筆墨乃指：渴望以歌聲引起對方注意，因而打開窗戶露面，甚至步入庭院中現身，使顏氏得以望見對方，且透過自己之面部表情及肢體語言向鄭氏表達心意。

（五）善《注》：《毛詩》卷六之三《秦·小戎》曰："言念君子，載寢載興。"鄭玄《周禮》卷四十《考工記·鳧氏》"鍾……弇（掩）則鬱"《注》曰："鬱【聲】不舒散【揚】。"

海按：《小戎》該聯本指婦人掛念其夫在軍旅中之生活起居，然李氏斷章取義則頗佳，使人關注點落於"念君子"上。其意猶《毛詩》卷一之一《周南·關雎》所言之"求之不得，寤寐思服，悠哉悠哉，輾轉反側"。"寢"指已躺下闔眼欲眠，但因心中情緒"鬱"結，抑止不住（"無已"），故淺眠，或根本無法入眠。甲文中，"興"作四手共舉一物件："𢍁"（合270），或下加一"口"："𢍬"（合 31780），蓋若《禮記》卷三《曲禮上》所言：鄰里無喪事時，"舂"有"相（音向）"，鄭《注》："相謂送杵聲"，以聲助力，故"起"乃其本義。金文已將上半之"𢍏"與上邊雙手相連："𢍰"，如西周中期《興鼎》（01962），日後"口"上移，與"𢍏"結合，令人誤識為"同"，致《說文》三篇上解析為"从舁、同"。此處之"興"非指起身下牀，否則，對句之"起"將成贅語。《周禮》卷四二《考工記·弓人》："下柎（音府）之弓，末應將興"[12]，鄭《注》："興猶動也"；卷十二《地官·舞師》："凡小祭祀，則不興舞"，鄭《注》："興猶作也"。"寢興"指於牀上翻來覆去，或於牀上坐起身。

（六）善《注》：辰，大辰也。《爾雅》卷六《釋天》："大辰，房、心、尾也"，郭璞《注》曰："龍星明者，以為時候，故曰大辰"。毛萇《詩》卷十三之一《小雅·谷風之什·大東》"維天有漢，監亦有光"《傳》

曰:"漢,天河也。"

海按:甲文中,"辰"之字形多樣:"𠨷"(合137)、"𠩺"(合20646)、"𠩃"(合31652)等,金文亦然。《淮南子》卷十三《氾論》:"古者剡耜(音演四)而耕,摩蜃(音甚)而耨",高《訓》:"蜃,大蛤,摩令利,用之耨。耨,除苗穢也",故前人認為"辰"乃"蜃"之初文,今賢則以為乃"辱(耨)"之初文,其為某種農具,則無疑。作為星、地支、計時名稱之一、日月交會區塊等稱謂,均純屬假借。房、心、尾乃東方七宿自西向東依序排列之三星,再向東,則為東方七宿之末:箕星。"大辰"乃概括此三星之總名,其中以心星最亮,故心星又曰火星。《公羊傳》卷二三《昭公十七年》:"大辰者何?大火也",何《解詁》:"大火謂心",徐《疏》:"天所以示民時早晚,天下所取正,故謂之大辰。辰,時也"。

不僅大火,隨夜色之深淺、季節之推移,從地上觀之,銀河之運轉亦然。《文選》卷二七《詩戊·樂府上》曹丕《燕歌行》:"星漢西流夜未央",卷二九《詩己·雜詩上》曹丕《雜詩》之一:"仰看明月光,天漢迴西流"。

《禮記》卷三三《喪服小記》:"妾祔(音父)於妾祖姑,亡[13],則中一以上而祔",卷三十《玉藻》:"士中武"[14],鄭《注》、孔《疏》均云:"中猶閒也"。星羣與星羣之中自有間距,此即本句所說之"中"[15]。"辰、漢"乃天上最耀眼者,"起觀辰、漢中"即自臥榻上"起"來,仰望"辰、漢"間之星空。其隱形筆墨乃起身步出房外。

(七)善《注》:《廣雅》卷三上《釋詁》曰:"鑒(鑑),照也。"

海按:此聯緊接上聯"觀辰、漢中"而來,具體說明所"觀"之景象為何。劉良:"流雲,行雲",是也。藹藹,盛貌,此處轉為動詞,乃遮蔽、覆蔭之義[16],與意謂照明、使之格外亮眼之"鑒"反對。闕,皇宮前聳峙之雙闕,因甚高,故顏氏於內廷仍可不受館、閣遮蔽而得見。

《文選》卷二十《詩甲·公讌》謝靈運《九日從規宋公戲馬臺集送孔令》:"雲旗興暮節,鳴葭戾朱宮",《鮑照集》卷二《河清頌》:"朱宮潛耀;紫閣陰鮮",《文選》卷三一《詩庚·雜擬下》江淹《雜體詩三十首·陳思王贈友》:"雙闕指馳道,朱宮羅第宅","丹宮"不過是"朱宮"之新變,以示異耳。

雲未移動之前,顏氏視野處於陰黝狀況,待雲過月見,則皇城諸"宮"朱("丹")瓦櫛比鱗次之屋頂光鮮如水銀鋪覆。此種一明一暗之描繪,與《文選》卷三四《七上》枚乘《七發》所形容:"梧桐、并閭……亂於五風,從容猗(音以)靡,消息陽陰",乃同一類手法,於景況之動態變化極為精細、生動。

(八) 善《注》:《毛詩》卷二之三《邶·靜女》曰:"搔首踟躕。"夏侯沖《答潘岳詩》曰:"相思限清防,企佇誰與言?"《爾雅》卷一《釋詁》曰:"密,靜也。"

海按:"雲"縱有蔽"青闕"之時,然終究可有"月"照"丹宮"之刻,相通無礙,因而聯想到己身與鄭鮮之之間卻始終受阻。

《玉篇》卷七《足部第七十六》:"踟躕,行不進也。"其具體表現無外乎甫欲抬腳跨出,又因心有顧慮而收回;欲放棄折返,卻不甘心,又掉轉身軀,打算向外等,然此處恐側重其內心狀態而言,因心中猶豫,而有上述"行不進"之表現。

《文選》卷二三《詩丙·贈答一》劉楨《贈徐幹》:"拘限清切禁。""清"與"濁"相反。"切"與"和緩"、"含蓄"相反。從《論語》卷十九《子張》:"切問而近思",《文子》卷十二《上禮》:"為政以苛為察,以切為明……大敗大裂之道也",《漢書》卷六五《東方朔傳》:"直言切諫",可知:"切"有直接、迫近、深刻之意,於劉、顏詩句中,乃取其嚴峻、不假情面之引申義。結合第四句之"禁限",意謂排除冗雜、無干人等交通之規章苛刻,檢查一絲不苟,"禁"止"限"制一切未得允許者蒙混,逾越雷池半步。

善《注》將"密"改讀為"謐",因而訓"静",不當。《國語》卷五《魯語下·子服惠伯從季平子如晉》:"以魯之密邇於齊",韋《解》:"密,比也";《周禮》卷四一《考工記·廬人》:"刺兵同強,舉圍欲重[17],重欲傅(附)人,傅人則密",鄭《注》:"傅,近也;密,審也"。比近幾乎至無隙,故與"窮"相對,是"密"猶言嚴密。

此句意謂:始終欲前往,然亦始終猶豫不前("跼躅"),乃因"防"範嚴"密",不敢造次。

(九)善《注》:《楚辭》卷五《遠遊》曰:"步徙倚而遥思。"漏窮言曉也。

海按:從《三國志》卷二一《王粲傳》"吳質,濟陰人,以文才為文帝所善……封列侯"裴《注》引《(吳)質別傳》:"文帝崩,質思慕,作詩曰:'……徙倚不能坐,出入步跼躅'",《文選》卷二三《詩丙·哀傷》潘岳《悼亡》之三:"徘徊不忍去,徙倚步跼躅",可知:"徙倚"不同於"跼躅",乃狀"步"履之"徘徊"往來。"跼躅"乃上古端系[18]雙聲詞,而出句之"徙倚"乃上古歌部疊韻詞,對仗相宜。

《說文》十三篇下:"恆,常也。"《周禮》卷七《天官·閽(音昏)人》:"以時啟閉",鄭《注》:"時,漏盡";卷三十《夏官·挈(音妾)壺氏》:"分以日、夜",鄭《注》:"異晝、夜漏也。漏之箭,晝、夜共百刻",賈《疏》:"縣(懸)壺於上,以水沃之,水漏下入器中,以没刻為准法"[19]。《莊子》卷二上《養生主》:"指窮於為薪",向、郭《注》:"窮,盡也"。

此句意謂：整晚一直來回踱步（"徙倚"），直至夜"漏"終止（"窮"），而此種狀況並非某一夜如是，乃值東宮時，經常（"恆"）每晚皆然。徙倚時，心中所思不外乎焦慮如何能通過禁制、萬一被察覺違禁，其間得失如何等。似此等皆隱形筆墨，不勞作者一一訴諸文字。

（十）善《注》：《文選》卷五五《連珠》陸機《演連珠》之二三曰："臣聞：絕節高唱，非凡耳所悲；肆義芳訊，非庸聽所善。"《文選》卷二七《詩戊·樂府上》古詩【辭】[20]曰："感物懷所思，泣涕忽沾裳。"

海按：王逸《離騷·敘論》："《離騷》之文依《詩》取興，引類譬諭，故善鳥、香草以配忠貞"，"虯龍、鸞鳳以託君子"，則"君子"發言，猶香草"吐"芬"芳"。甲文中，"訊"作"🈶"（合36389），象雙手被反縛之跪坐人接受審問，作為名詞用時，指俘虜。金文側面人形則作立姿，增添足部，如西周中期《衛鼎》（02832）"🈶"、西周晚期《晉侯蘇鐘》（NA0872）"🈶"，後乃擴大為各種詢問。《禮記》卷三六《學記》："今之教者呻其佔畢[21]，多其訊"，鄭《注》："多其難問也"。上文一再強調顏氏急於見到鄭氏，莫非二人友情深刻，一日不見，如飢似渴，或有要事相託？至此即將謎底揭開，原來乃因對方（"君子"）來詩有責備意味之勸告（"吐芳訊"），因而轉至下文。

甲文中，"余"作"🈶"（合11582），西周金文從同，象一樑柱撐住屋頂及屋樑，乃"舍"之初文。春秋早期《邾大（太）宰簠》（04623）已於樑柱兩側加上對稱之一撇一捺："🈶"為綴飾，遂成後世習見之字形。"🈶（舍）"引申為居舍主人之義，乃成為第一人稱代名詞，是以後世"舍兄"、"舍下"之"舍"均蘊含"我"之義。在此句中，"物"既與"余"相對，則凡我以外之人、事、物皆可謂之物，而此亦本為"物"所指涉之範圍，觀《莊子》卷九上《外物》可知。"感物"乃六朝成詞，如《文選》卷二四《詩丙·贈答二》曹植《贈白馬王彪》其四："感物傷我懷"，卷二六《詩丁·行旅上》陸機《赴洛》之二："感物情悽惻"，卷三十《詩己·雜詩下》謝靈運《南樓中望所遲客》："感物方悽戚"，卷三一《詩庚·雜擬下》江淹《雜體詩三十首·鮑參軍戎行》："感物聊自傷"。李氏所引直此詞最早出處，與所注正文意義並不貼切。感物，有感於鄭氏此舉及其來詩中所"吐"之"芳訊"。

《説文》十篇下："惻，痛也"，《廣雅》卷三上《釋詁》："惻、愴、愁、感，悲也"。"衷"即"中"，相假例證詳參《古字通假會典·東部第一·中字聲系》）。其選用"衷"，較能顯示突破長期處世而形成之偽裝、自我防衛外殼，觸及靈魂深處之意。此由《説文》八篇上："衷，裏褻衣"，尤可顯示此字詞之特殊義藴。

結合下文，此句意謂：吾公撇棄世故，不諱規勸，此番善意、誠摯文句（"物"）不僅觸動（"感"）在下，並衝擊到"余"之靈魂深處（"衷"），不禁引起自傷（"惻"）。

（十一）善《注》：賈逵《國語注》曰："惜，痛也。"《周易》卷三《賁·六五》曰："賁于丘園，束帛戔(音尖)戔。"《文選》卷五五《連珠》陸機《演連珠》之三曰："丘園之秀，因時則揚。"《毛詩》卷十四之二《小雅·甫田之什·車舝》曰："高山仰止，景行行止[22]。"高松喻守節而不移也。《論語》卷九《子罕》："子曰：'歲寒，然後知松、栢之後彫也。'"

海按：既言對方來詩"感""余衷"，因此進而具體陳述自己所感。

"秀"本指花，《文選》卷三五《七下》張協《七命》："方疏含秀，圓井吐葩"，善《注》："秀謂華也"。花自然耀眼，因而引申出特殊之義。《楚辭》卷九《招魂》："獨秀先些"，王《注》："秀，異也"，《廣雅》卷一下《釋詁》:"秀,出也"。

"景"本指日光,《車舝》鄭《箋》引申之:"景,明也",日光普照萬方,故《毛傳》據此再引申曰:"景,大也"。既然"行止"即"行之"、"行此",則不能將"景行"視為藏詞格用法,否則,"行此彼高松【嵩】"中之"之"或"此"與"彼"相衝突,不成文句矣。因此,此聯十字當一氣直貫而下。

此聯意謂:自身可"惜"沒有隱於"丘園"那般傑出("秀")之質,以致缺乏像"彼"等"嵩"山一般巍然不動,"高"尚偉岸("景")之操"行"。

方廷珪:"高松……況鄭",胡說。鄭鮮之早仕於朝,何容比況為"丘園"之士？今雖不得見鄭鮮之贈詩,但從其曾為顏氏舉主,則贈顏氏之詩斷乎不可能勸其不為貧賤所移,退處弗仕。從《宋書》卷六一《武三王列傳·廬陵孝獻王義真傳》可知:"義真聰明,愛文義,而輕動,無德業,與陳郡謝靈運、琅邪顏延之、慧琳道人(23)竝周旋異常,云:得志之日,以靈運、延之為宰相,慧琳為西豫州都督。徐羨之等嫌義真與靈運、延之暱狎過甚",而義真又素"與少帝不協",鄭氏蓋規勸其於舊主、新君交替之際,高尚其志,不事王侯,力避結黨之名,以免可能滅頂之禍。顏氏則答以知其用心良苦,然既無丘園之節,涉足宦海,則不能不有所依附,冀得蔭庇。陳述個人所感時,雖不無辯解之意,然從其自愧之詞氣,認可對方之勸告無誤,則難掩,因而轉至下聯對鄭氏來詩之品評。

(十二)善《注》:知汝之言有誠實舊貫,美價難以克充。《漢書》卷六《武帝紀·元朔元年(前128)》:"武帝詔書曰:'……《詩》云:九變復貫,知言(24)之選。'"《論語》卷九《子罕》:"子貢曰:'有美玉於斯,韞櫝【匵】而藏諸,求善價(賈)而沽諸。'"

海按:《武帝紀》《集解》引應劭曰:"逸詩也……言變政復禮,合於先王舊貫……選,善也",顏《注》:"貫,事也";《論語》卷十一《先進》:

"閔子騫曰:'仍舊貫'",《集解》:"鄭(玄)曰:'貫,事也'",然非此處用法。"誠貫"之"貫"乃《論語》卷四《里仁》"吾道一以貫之"之"貫",貫穿也,故朱《注》曰:"貫,通也"。

甲文中,"美"乃一正面人形,頭上戴有類似羊角、四方披散之羽毛裝飾:"㐅"(合3101)、"㐅"(合22044)、"㐅"(合36816);金文基本從之:"㐅",如西周早期《美爵》(09087),故有華麗、好看之義。甲文中,"克"有二形:"㐅"(合15)、"㐅"(合20576);金文從後者:"㐅",如西周早期《沈子它簋蓋》(04330),或"㐅",如西周早期或中期《師旂(音其)鼎》(02809)。由於《說文》七篇上:"克,肩也",學者多認為此字形象人以肩承荷重物,由此引申出勝任、能夠之義。正因以肩,非以頭承荷,故象重物之"凹"擋住側面人形之頭部,徒見軀幹。《漢書》卷八七上《揚雄傳·校(羽)獵賦》:"充庖廚而已",《後漢書》卷四十下《班彪傳附子固傳·典引》:"宜亦勤恁旅力,以充厥道",顏《注》、章懷《注》並云:"充,當也"。

此聯意謂:自己洞曉("知"):鄭鮮之來詩中所言從頭至尾均有真摯"誠"懇之心意"貫"穿其間,如此不避嫌惡之言乃無價之寶,再好("美")之"價"錢亦難以能("克")與其心意之價值相當("充"),即千金難買逆耳之忠言。

於善《注》所引《子罕》文中,"美玉"與"善價"乃相對之兩極。套入此句,與"美價"相對,而在字面上隱去之"美玉"其所譬喻者乃鄭氏之"言",尤其是"貫"穿其間之"誠"摯。不論"價"或"玉"之美均非指顏氏品格、行為之美。李氏如此理解是否正確,唯有反諸文本,方可裁斷之。苟如呂向:"我之才薄,不能充所贈詩之美價",以及方廷珪暗襲呂向之說,以"美"謂"鄭詩以美顏者",將整句"美價難克充"釋為顏氏"謙詞",

"謂己不能充其所美之聲價",彼等之說首先將與上文"惻余衷"、"惜無""景行"之意牴牾。因如筆者於上文所示,鄭氏來詩絕非勸其守貧隱居,則顏氏所愧而未明言者乃個人因無"丘園秀"而入仕後所引發之表現,而此當亦為鄭氏來詩所告誡者。其次,作者於末聯表示欲將鄭作被之聲曲折,以垂長久,顯然係將鄭詩視同箴、銘之屬。否則,鄭氏來詩苟為譽顏之作,而顏氏欲"銘"其"嘉貺",則形同將他人稱讚自身之辭裝裱,炫示他人,無乃炫己厚顏之甚哉?由此可見:呂、方乃夢中說夢也。

(十三)善《注》:言[25]樹絲、桐,欲播之琴、瑟也。《文選》卷四二《書中》魏文帝《與鍾大理書》曰:"嘉貺益腆[26],敢不欽承。"《爾雅》卷一《釋詁》曰:"貺,賜也。"《毛詩》卷三之三《衛·伯兮》曰:"焉得諼(音宣)草,言樹之背(北)。"《史記》卷四六《田敬仲完世家》曰:"騶忌子以鼓[27]琴見齊威王……王又勃然不說(悅)曰:'……若夫治國家而弭人民,又何異【為乎】絲、桐之間(閒)哉。'"

海按:"何以"乃受詞置於動詞前之語法,即"以何"。《詩》中動詞前之"言"為轉接語詞,此處當訓"乃"。甲文"嘉"从"豆"、"來(麥)"、"力":"𠭰"(合36839)。金文"嘉"由从"力"改从"加",如西周晚期《伯嘉父簋》(03679):"𠭰"、春秋早期《陳侯作嘉姬簋》(03903):"𠭰"。甲文"力":"𠃌"(合22370),金文作"𠃌",如春秋晚期《叔尸鐘》(00276),乃象以腳踏農具下方橫木,以農具尖端發土,因此舉有賴全身之力道,故有力氣之義。加"口"蓋發土時之呼喝聲,以助用力使勁,則"加"既係義符,亦為聲符。緣是,"嘉"蓋欣喜力耕有獲,以致食器中有穀物,生活無虞之義。"來"原本象根、葉之部分寫直,乃訛為"士",乃成習見之"嘉"。《漢書》卷二五上《郊祀志》:"神降之嘉生",《集解》:"應劭曰:

'嘉,穀也'";《禮記》卷五《曲禮下》:"稻曰嘉蔬",鄭《注》:"嘉,善也";《說文》五篇上:"嘉,美也",均係由上述"嘉"之本義引申而來。《後漢書》卷三四《梁統傳附玄孫冀傳》:"宮衛近侍並所親樹,禁省起居纖微必知",章懷《注》:"樹,置也"。"絲"為樂器之絃,"桐"為製作樂器之材質,以部分代表全體:樂器本身。上聯既言鄭鮮之來詩所誨無比珍貴,故此聯續言當如何對待之。

此聯意謂:用("以")"何"種方式,才得以將"嘉"美厚賜("貺")之詩中訓誨牢記,如"銘"刻於心板,恐怕唯有以樂器("絲與桐")譜以旋律,將之形成為歌曲,方不至或忘。

此篇押劉宋時期魚部去聲韻。

【補述】

(1) 鄭《箋》將"景行"訓解為"明行",以"行"乃行為之謂,非是。行,道也,景行,大路、馳道也,詳參馬瑞辰《毛詩傳箋通釋》卷二二《小雅‧甫田‧車舝》。如此,方能與下文"四牡騑騑,六轡如琴"相銜接。

(2)《西京賦》薛《注》:"叛猶煥也;赫戲,炎盛也。""叛煥"即《毛詩》卷十七之四《大雅‧生民之什‧卷阿》"伴奐爾游矣,優游爾休矣"之"伴奐"、卷十九之三《周頌‧閔予小子之什‧訪落》"將予就之,繼猶(猷)判渙"之"判渙",乃上古元部疊韻詞。馬瑞辰《毛詩傳箋通釋》卷三十已指出其義為"大也"。毛《傳》尚且不識,按字面分開訓解:"判,分;渙,散也",況文士或因好奇,或因無知,將"判渙"妄省為"叛"。"赫戲"乃上古魚部疊韻詞,亦不容分開訓解。"戲"、"義"相假例證詳參《古字通假會典‧歌部第十五‧義字聲系》。

(3) 西周中期《農卣》(05424)有一"广（音演,屋宇）"下之地上("一")

站著一正面人形("大"),即"立":"🈳",或如《師虎簋》(04316)易"广"為"宀(音棉)":"🈳",乃象周王巡行時臨時駐留休廡之處。

(4)《史記》卷六《秦始皇本紀》:"焉作信宮渭南。已,更命信宮為極廟,象天極",即一實例。

(5)《說文》十三篇上:"縴,箸(著)絲於筝(音夫)車",五篇上:"筝,筳(音聽)也","筳,縴絲筦也",段《注》:"絡絲者必以絲耑(端)箸於筳"。粗言之,縴車即有伸展絲線設備之紡車。

(6)《文選》卷十《賦戊·行旅》潘岳《西征賦》"皆揚清風於上烈"、卷二一《詩乙·詠史》張協《詠史》"清風激萬代"、卷二四《詩丙·贈答二》陸機《贈顧交阯公真》"清風肅已邁"、卷五七《誄下》潘岳《夏侯常侍誄》"清風載興"善《注》亦引此二句,唯"洪"作"鴻";卷四七《贊》袁宏《三國名臣序贊》"振起清風"善《注》則與此處同,作"洪"。"鴻"當改讀為"洪",相假例證詳參《古字通假會典·東部第一·工字聲系》,訓"大"也,是以作"鴻"根本無區別。"建洪德"即"立德"之夸稱。

(7)賈逵生平見《後漢書》卷三六。《隋書》卷三二《經籍志·經·春秋》著錄賈逵注《春秋外傳國語》二十卷、(孫吳)虞飜(翻)注《春秋外傳國語》二十一卷、(曹魏)王肅撰《春秋外傳章句》一卷(梁二十二卷)、(魏晉)孔晁注《春秋外傳國語》二十卷、(孫吳)唐固注《春秋外傳國語》二十一卷;據韋昭《〈國語解〉敘》,尚有東漢章帝時"鄭大司農(眾)為之訓注",然唯有韋昭注《春秋外傳國語》二十二卷存留至今。此書"采(採)摭(音直)所見,因賈為主,而損益之",曾引用鄭、虞、唐三家注。

(8)演奏音樂之樂器有金(鐘)、石(磬)、竹(簫)、匏(笙)等,故以"合樂"此總稱概括,甚是。《論語》卷十七《陽貨》:"子之武城,聞弦(絃)歌之聲",《禮記》卷三九《樂記》:"弦歌《詩》頌",孔《疏》:"謂以

直東宮答鄭尚書

琴、瑟之弦歌此《詩》頌也",均僅以一類樂器伴奏歌聲。

(9)茶陵六臣本脱"故"字。

(10)《喪服》賈《疏》:"凡用布爲衣物……皆去邊幅一寸爲縫殺(音煞),今此屬連其幅,則不削去其邊幅,取整幅爲袂。"殺,將衣料末端減少一小部分,往内折疊,而縫之,故《論語義疏》卷五《鄉黨》"非帷裳,必殺之"皇《疏》逕云:"殺謂縫之也","以殺縫之面置裏,不殺之面在外"。如此,則不虞袖口、下裳末端織線解散成鬚狀。

(11)"雅"當改讀爲"夏",詳參王念孫《讀書雜志·荀子雜志第一·榮辱·君子安雅》,而"夏"與"西"意義相關,王引之《經義述聞·春秋名字解詁下》首先注意到,然解説謬,吴汝綸《尚書故》卷三《君奭》則但陳述現象耳。二詞的意義所以相關,乃因商欲取代夏原本在關東地區諸邦國的共主地位時,夏的勢力範圍位於商之西,故《禮記》卷五五《緇衣》曰:"《尹吉【誥】》曰:惟尹躬天見【敗】于西邑夏",《清華簡·尹至》亦曰:"湯往征……自西捷西邑,戡其有夏",而商人這觀念延續至後世。可參蔡哲茂:《夏王朝存在新證——説殷卜辭的"西邑"》,《中國文化》第44期(2016年10月秋季號)。周人及其城邦、部落聯盟來自西,故《尚書》卷十一《牧誓》記載武王伐商前,誓師之詞曰:"逖矣!西土之人",是以此聯盟於東土建立之大、小邦國曰諸夏。後則延伸到周朝勢力範圍下諸邦國。"南"乃周南、召南之"南",即銘文中所説之"南國"。如西周早期《中甗》(00949):"王令中先省南國貫行,埶居在曾。史兒至,以王令曰:余令汝使小大邦",西周中期《應侯見工鼎》(NA1456):"用南夷艿敢作非良,廣伐南國,王令應侯見工曰:征伐艿",西周晚期《禹鼎》(02833):"鄂侯馭方率南淮夷、東夷廣伐南國、東國,至于歷内。王迺命西六師、殷八師曰:撲伐鄂侯馭方,勿遺壽幼"。"南國""小大邦"在周天子使者巡視範圍内,與"南夷"、"南淮夷"處於敵對關係,則南國非南方蠻夷之邦。

(12)《弓人》鄭《注》:"末猶簫也……弓柎卑,簫應弦,則柎將動。"《儀禮》卷十二《鄉射禮》:"右執簫,南揚弓",鄭《注》:"簫,弓末也"。"柎"又寫作"拊"、"弣"。《禮記》卷二《曲禮上》:"右手執簫,左手承弣（音府）",鄭《注》:"弣,把中";而《弓人》"於挺臂中有柎焉",鄭《注》:"柎,側骨"。由此可知:"柎"指射手所握弓身正中凹陷且往外伸張之處;"簫"猶捎,指弓身兩端向上隆起以繫弦之處。隨所射之對象遠近、高低等,弓身之柎、弦、簫三者相互影響。

(13)孔《疏》:"亡,無也……若夫祖無妾,則又間曾祖而祔高祖之妾也","每徙,足間容一足地"。

(14)《毛詩》卷十六之五《大雅·文王之什·下武》:"繩其祖武",卷十七之一《大雅·生民之什·生民》:"履帝武敏,歆",毛《傳》並云:"武,迹也"。

(15)《尚書》卷二《堯典》:"日永星火,以正仲夏",偽孔《傳》:"永,長也,謂夏至之日"。《大戴記》卷二《夏小正·五月》:"初昏,大火中。大火者,心也。"《毛詩》卷八之一《豳·七月》:"七月流火",孔《疏》:"於七月之中,有西流者,是火之星也"。《類聚》卷三《歲時上·秋》夏侯湛《秋可哀》:"火迴景以西流",據《禮記》卷十七《月令·季秋》:"鴻鴈來賓","霜始降",而《秋可哀》下文云:"壤含素霜,山結玄霄","密葉搣（音色）以隕疏,雁擢翼於太清",可見:所描寫者乃九月景象。《左傳》卷五九《哀公十二年》:"冬十二月,螽……仲尼曰:'丘聞之:火伏而後蟄者畢。今火猶西流,司厤(歷)①過也'",杜《注》:"火,心星也。火伏在今十月"。古人此類敘述固然均屬事實,然不能不明辨其具體指謂。至於李周翰:"中,正南也",尤待商榷。因為隨著觀察者之時日、地點不同,則某一地區、某時段位於某處之某星,於其他時段,該星位置已移易,遑言於另一地區,縱使同一時段,該星位置更不可能一致。以《毛詩》卷三之一《鄘·定之方中》為例。位置在楚丘,時間在魯僖公"二年春王正月",定星方於"昏中而正"。若時為三月,地在臨淄,則該地人士所視天上定星之位置鮮難相同。《夏小正》撰者當時究竟處於何日何地,俱不得而悉。假設顏氏所處時、地與《夏小正》撰者一致,初昏乃晚上七點一刻至七點半。若九、十點就寢,則"起"時所見之大"辰"當已自天空正中位置略挪移,不可能猶居正南。本首詩中無其他物色可參照,不悉顏氏此詩究竟作於何季節。

(16) 蓋秦、漢書吏造出一"藹"字,《説文》一篇下:"藹,蓋也"。

(17)《廬人》鄭《注》:"刺兵,矛屬","刺兵堅者在前",賈《疏》:"(兵器)本、末及中央皆同堅勁,故云同強","云刺兵堅者在前者,以向前推之","刺兵執處欲得麤而勁,則手穩也",是以矛等兵器尾端宜依附於兵士之身。兵器偌長之柄身滾圓,似輪轉,故曰圈。

(18)《廣韻》卷一《上平聲·五支》,"踟"乃"直離切";《十虞》,"躕"乃"直誅切",以反切上字之歸屬而言,二者乃知系澄母(ɖ)字,然上古時期知系併於端系中,中古始分出,故本文以端系名之。

(19)《初學記》卷二五《器物部·漏刻》所録張衡《漏水轉渾天儀

---

① 《説文》六篇下:"厤,治也",二篇上:"歷,過也、傳也,从止厤聲","厤"與"歷"乃二字。因現世所用者多屬清代刻本,清高宗名弘曆,而"厤"、"歷"、"曆"素來相通,例證詳參《古字通假會典·支部第十二·厤字聲系》,故須避嫌名。今當回改。

制》:"下各開孔,以玉虬吐漏水入兩壺,右為夜,左為晝","鑄金銅仙人居左壺,為金胥徒居右壺","左手把箭,右手指刻,以別天時早晚"。

(20)《文選》名之為《傷歌行》古辭,《樂府詩集》卷六二《雜曲歌辭二》亦然,且指出乃側調曲,唯《玉臺》卷二則作曹叡樂府詩二首之一。歌辭未必具有詩作之藝術手法,更未必有詩意;許多詩入樂,由於其措辭、語法迥別於口頭語言,聽眾於欣賞旋律之餘,將不知所云,是以《文選》將《樂府》下之"古辭"與《雜詩》下之"古詩"截然二分。前者之所以收入"詩"這大範疇內,端因撤去其歌曲,單就歌辭而言,合乎詩之標準。至於以樂府舊歌名為題,然純粹按作詩之法而作、毫無入樂企圖者,可謂之樂府詩。綜言之,樂府詩斷乎不容與樂府歌辭混為一談,古辭亦不容等同古詩。

(21)鄭《注》:"呻,吟也。佔,視也。簡謂之畢。訊猶問也。言今之師自不曉經之義,但吟誦其所視簡之文。"

(22)《釋文》:"'仰止'本或作'仰之'",可知:"止"當改讀為"之",而"之"乃指示代名詞,即"是"、"此",相假例證分別詳參《古字通假會典·之部第十一(上)·止字聲系》、《之字聲系》,《支部第十二·是字聲系》。"高山仰止,景行行止"猶言"仰此高山,行此景行"。古、今漢語每將受詞置於動詞前,如"功課做完,再玩"、"藥吃了嗎"。

(23)慧琳生平見《宋書》卷九七《蠻夷列傳·天竺迦毗(音皮)黎國傳》、《高僧傳》卷七《義解四·宋京師彭城寺釋道淵傳》。"道人"乃六朝人對佛教僧人之稱謂,非道教之道士。詳參錢大昕:《十駕齋養新錄》卷十九《道人道士之別》。

(24)若必欲尋"知言"之出處,當以《孟子》卷三上《公孫丑上》"我知言,我善養吾浩然之氣"為本,然此處詞義與之截然不同。

（25）明州六家本、六臣本均無"言"字，奎章閣六家本則有，當補。

（26）《左傳》卷三二《襄公十四年》："我先君惠公有不腆之田，與女（汝）剖分而食之"，《公羊傳》卷二四《昭公二十五年》："寡人有不腆先君之服，未之敢服"，杜《注》、何《解詁》均曰："腆，厚也"。

（27）明州六家本、贛州六臣本"鼓"作"皷"，無別，後者不過係前者之異體字耳。

《文選》卷二七《詩戊·行旅下》

始安郡還都與張湘州登巴陵城樓作

善《注》：沈約《宋書》卷七三《顏延之傳》曰："少帝即位，以為正員郎，兼中書，延之為【尋徙】員外常侍，出為始安太守……延之之郡，道經汨(音密)潭，為湘州刺史張邵祭屈原文，以致其意……元嘉三年(426)，羨之等誅，徵為中書侍郎。"《集》曰："張劭。"

海按：邵，古但作"召"，即"召公"、"召南"之"召"。後為求區別，乃加"邑"部，以顯示為專有名詞。於兩周銅器銘文中，"邵"近半用為"昭"之假借字。暨以地為氏、姓，即成"邵"日後最通行之義。據《宋書》卷四六《張邵傳》，其人字茂宗。《毛詩》卷五之一《齊·還》："子之茂兮"，《周書》卷八《祭公》："咸茂厥功"，毛《傳》、孔《解》均曰："茂，美也"。依照字與名之間絕大多數意義相關之舊貫，四庫館臣於《人物志》提要中認為：此書作者字孔才者，其名當作《說文》九篇上訓解為"高"、《切韻》【《法言》卷十三《重黎》李《注》】訓解為"美"之"卲"，即右邊部件乃從"刀"者。將表刀刃之一撇寫直且拉長，即成"卲"。由於"卲"罕見，因此形近而訛為"邵"，或《說文》十三篇下訓為"勉也"之"劭"。苟依館臣之說，則東漢末葉被譽為"學海"[1]的何休其表字、劉宋文帝字休遠之太子、拓跋魏字子才之著名文士，當分別作"卲公"、"劉卲"、"邢卲"，既不從"力"，亦不從"邑"。唯先秦已因假借而混用，西周中期《幽公盨》(NA1607)："用厥卲(邵)好"，該"邵"字無疑當改讀為"卲"，"卲好"，美好也。

《宋書》卷三《武帝紀下·永初三年（422）》："二月……分荊州十郡，還立湘州，左衛將軍張邵為湘州刺史"，卷五《文帝紀·元嘉五年（428）》："五月己卯，以湘州刺史張邵為雍州刺史"。《宋書》卷三七《州郡志三·湘州》："晉懷帝永嘉元年（307），分荊州之長沙、衡陽、湘東、邵陵、零陵、營陽、建昌，江州之桂陽八郡立，治臨湘"。東晉時或立或省。"宋武帝永初三年（422），又立；文帝元嘉八年（431）省，十六年（439）又立。""吳孫皓甘露元年（265），分零陵南部都尉立始安郡，屬廣州。晉成帝度荊州。宋文帝元嘉二十九年（452）度廣州，三十年（453）復度湘州。"既言"復度"，可見：元嘉二十九年前，曾屬湘州。對照《州郡志三·荊州》："宋初領郡三十一，後分……湘川十郡為湘州"，與前文所引《武帝紀下》之言相合，則延之外放始安時，蓋為張邵屬下。始安郡治始安相當於今桂林市，湘州州治臨湘相當於今長沙市，均臨湘水。

《宋書》卷三七《州郡志三·郢州》："巴陵太守，文帝元嘉十六年（439），分長沙之巴陵、蒲圻、下雋、江夏之沙陽四縣立，屬湘州"，則顏氏作此詩時，所登之巴陵城樓乃該縣城樓。巴陵相當於今岳陽市。

從《文選》卷六十《祭文》顏氏為張邵所撰《祭屈原文·序》："有宋五年月日，湘州刺史吳郡張邵恭承帝命，建旆舊楚，訪懷沙之淵……弭節羅潭，艤舟汨渚"，《水經注》卷三八《湘水》："汨水又西為屈潭，即汨羅淵也"，自注："淵北有屈原廟"。《楚辭》卷四《九章·抽思·亂》"沂江潭兮"王《注》："楚人名淵曰潭。"汨羅位於巴陵至臨湘中間，則顏氏"之郡，道經汨潭"之年份可確定。古代交通縱不便利，從建康至湘北亦不可能耗時半載以上，則顏氏離京不得早於少帝景平元年（423）季冬。[2]

【補述】

（1）《拾遺記》卷六《後漢》。

（2）從謝靈運《永初三年七月十六日之郡初發都》，則顏氏外放較之至少晚一年半。前修以為二人同時段外放，因而以"有宋五年"之"五"乃"三"之訛，全然不顧及正史明文：顏氏於少帝朝先後任"正員郎"、"員外常侍"。《通典》卷二二《職官四·歷代郎官》自注："歷代所稱正員郎者，即散騎侍郎耳，謂非員外、通直者。"《隋書》卷二六《百官志上》："散騎常侍、通直散騎常侍、員外散騎常侍舊並為顯職，與侍中通官。宋代以來，或輕或雜，其官漸替。（蕭梁武帝）天監六年（507）革選，詔曰：'在昔晉初……常侍、侍中並奏帷幄，員外常侍特為清顯'"，可知：於少帝朝在京之時，顏氏縱非光顯，亦斷非落拓。進而得推知：廬陵王義真"與少帝不協"，身為東宮僚屬之顏氏雖與之過從頗密，但似乎並未因此遭少帝嫌惡斥退。沈玉成：《關於顏延之的生平和作品》，《沈玉成文存》（北京：中華書局，2006）據《文選》卷五七《誄下》顏延之《陽給事誄·序》："惟永初三年十一月十一日，宋故寧遠司馬、濮陽太守彭城陽君卒"，"景平之元"，"有詔""可贈給事中"，及善《注》所引《宋書》卷九五《索虜傳》："追贈"詔書之後，敘"文士顏延之為之誄焉"，以證少帝時顏氏尚在京，似忽略《陽給事誄·序》後文："逮元嘉廓祚"，"旌錄舊勳"，"末臣側聞至訓"，"而為之誄"。簡言之，朝廷嘗兩度褒獎陽瓚，此誄撰於文帝時，非少帝時。繆鉞以《陽給事誄》撰於元嘉，是也。

江、漢分楚望^(一)，衡、巫奠南服^(二)，三湘淪洞庭，七澤藹荊牧^(三)。經塗延舊軌，登闉_(音因)訪川、陸^(四)：水國周地嶮，河、山信重復[1]^(五)，却倚雲夢林⁽六⁾,前瞻京【荆】[2]臺囿⁽七⁾,清氛【雰】[3]霽岳陽⁽八⁾,曾暉薄瀾澳⁽九⁾。悽矣自遠風,傷哉千里目⁽十⁾,萬古陳往還,百代勞起伏⁽十一⁾,存没竟[4]何人⁽十二⁾,炯介在明淑⁽十三⁾,請從上世人,歸來藝(音易)桑、竹⁽十四⁾。

【校記】

[1]六臣本、《顔光禄集》"復"均作"複",尤刻本、六家本甚至將"衤"誤為"礻"。《説文》八篇上:"複,重衣也,从衣复聲",乃由"復"衍生之專字,為符合漢字要求方正之原則,乃於加"衤"後,去"彳"。段《注》:"複與復義近,故書多用'復'為'複'",是也,例證詳參《古字通假會典·幽部第十七(下)·复字聲系》。

[2]尤刻本、五臣本、六家本、六臣本、《顔光禄集》均作"京"。甲文中,"京"多作上有宮觀,下有杆欄式建築狀:"䅟"(合8034);金文則多作"䅟",如西周早期《小臣傳簋》(04206),是"京"原本即有高大之義,故《文選》卷二《賦甲·京都上》張衡《西京賦》:"聚以京峙",薛《注》:"京,高也"。若為"京臺",則係普通名詞,與專有名詞"雲夢"對仗,殊不宜。況參以善《注》"《説苑》曰:'楚昭王遊於荆臺'",顯然當作"荆",而《後漢書》卷八十下《文苑列傳·邊讓傳·章華賦》:"楚靈王既遊雲夢之澤,息於荆臺之上",更可為證。據《廣韻》卷二《下平聲·十二庚》,"荆"、"京"二者同為"舉卿切",作"京"蓋係音同致訛。

[3]五臣本、六家本、六臣本、《顔光禄集》均作"雰"。從善《注》先引《説文》一篇上曰:"氛亦雰字也",全然不詞,可知:李氏所見本亦當作"雰",故聞人倓改為"雰亦氛字也"。否則,李氏即不勞贅言"雰"乃"氛"之異體字,而所以言"雰亦氛",蓋因彼時既有古注解、辭典中無針

對此處之"雰"之恰當訓釋,甫改讀為"氛",續引杜預《左氏傳注》曰"氛,氣也"以釋之。循此行文脈絡,可見李氏該節注解實針對"雰"而發。後世手民蓋因習見"氛",較少見"雰",乃緣下文而誤,以致出現如同"跳亦跳字"此等怪異之注解。

[4]贛州六臣本"竟"無最後一豎彎鉤"乚",尤刻本、五臣本、六家本、茶陵六臣本均有。宋太祖趙匡胤之祖追尊為翼祖簡恭皇帝者名敬,故須諱嫌名,對照《廣韻》卷四《去聲·四十三映》,清楚可證。尤刻本等乃蓋因簡恭皇帝已世逾七代,業入毀廟之列,故不避;贛州本則沿襲舊版,故避。

【注釋】

(一)善《注》:《左氏傳》卷五八《哀公六年》曰:"楚昭王有疾,卜曰:'河為祟。'……昭王曰:'三代命祀,祭不越望。江、漢、睢(音綏)、漳,楚之望也。禍、福之至,不是過也。不穀雖不德,河非所獲罪也。'遂弗祭。"

海按:杜《注》:"四水在楚界。"甲文中,"望"清楚為一側面人形立於土塊上:"𦣻"(合6182),省去土塊者亦經見:"𦣻"(合6497),然而均突出其"目",居高遠眺乃其本義。側面人形寫成"壬",古文字中之"目"後世多寫作縱目狀之"臣"。合在一起,即《說文》八篇上所保存之"古文䑣":"䑣"。金文所以加"月",成"朢",蓋因移作月相之一使用,然而早在西周中期《走馬休盤》(10170)已妄刪"目",而加"亡"為聲符:"",西周晚期《亡叀(音專)鼎》(02814)猶延續,終乃奪"䑣"及"朢"而成為世所習見之"望"。望,祭名也。《公羊傳》卷十二《僖公三十一年》:"天子有方望之事,無所不通。諸侯山川有不在其封內者,則不祭也。"《史記》卷二八《封禪書》:"天子祭天下名山大川","諸侯祭其疆內名山大川"。《禮記》卷二一《禮運》:"男有分",鄭《注》:"分猶職也";《淮南子》卷八《本經》:"各守其分,不得相侵",高《訓》:"分猶界也"。此處之"分"乃動詞。

此句直譯乃:"江、漢"劃"分"出楚國"望"祭之界線,實際在表達:楚地州、郡職分範圍乃江、漢流域。

(二)善《注》:衡、巫,二山名。《尚書》卷六《禹貢》曰:"奠高山大川",孔安國《傳》曰:"奠,定也"。

海按:《周禮》卷三三《夏官·職方氏》將天下分為九個區塊,各有其鎮山。"正南曰荊州,其山鎮曰衡山,其澤藪(音曳)曰雲瞢(音蒙),其川江、漢。"巫山遠在荊州西北,去湘州最北之巴陵不啻數百里,但確實屬於《弔屈原文·序》中所言"南"國"舊楚"範圍內,何況湘州本自荊州分割而來?若以巴陵為中心,則二山一南一北。

甲文中,"㕟"乃象一手("右")壓於一跪坐人形身上,所壓位置多偏向其頭部:"㕟"(合753),與一爪前按一側面人形,使其蹲下之"印":"㕟"(合20757)[1]均表壓制、降伏之義。金文中,"㕟"左邊增一象盤之"凡",如西周早期《作册魖(音乎)卣》(05432):"㕟",以表服事之義。因為"凡"、"舟"字形過於相近,前者乃訛變為後者,以致《說文》八篇下云:"从舟从㕟"[2]。後世"舟"更訛變為"月",即成習見之"服"。此句中之"服"即《尚書》卷六《禹貢》五服,或《周禮》卷三三《夏官·職方氏》九服之"服"。《拜陵廟作》:"早服身義重",善《注》:"服,服事也";《職方氏》:"其外方五百里曰侯服",鄭《注》:"服,服事天子也"。至於應效勞朝廷之事,依據離王畿遠近,土地肥瘠等而不同。因此引申出地理位置之意。南服,位居南方服事天子之地區。簡言之,南疆也。

此句意謂："衡、巫"兩山為南疆之鎮（"奠"）山。

（三）善《注》：盛弘之《荊州記》[(3)]曰："湘水北流二千里，入于洞庭。"《文選》卷七《賦丁·畋獵上》司馬相如《子虛賦》曰："臣聞：楚有七澤，嘗覩【見】其一，未見【覩】其餘。"[(4)]郭璞《山海經》卷五《中山經》《注》曰："巴陵縣有洞庭陂，江、湘、沅水皆共會巴陵，故號三江口也。"《爾雅》卷七《釋地》曰："邑外謂之郊，郊外曰【謂之】牧，牧外謂之野。"

海按：依善《注》，莫非其所見《選》本"湘"作"江"，否則，注文與正文全然不相應。苟如是，則其所見本非是。三湘有數説，如《太平寰宇記》卷一一六《江南西道十四·全州·清湘縣》："湘源、湘潭、湘鄉是謂三湘"。真正關鍵在："三湘"既與"七澤"對仗，"七澤"直言其多耳，全然不能實指，則"三"亦僅宜視為多數，不當具體論列以坐實，此處不過代言整個湖南。藹乃藹藹之省，引申義為遮蓋、遍布。張銑："牧則陶牧，池【地】名"，胡説，蓋以《文選》卷十一《賦己·遊覽》王粲《登樓賦》"北彌陶牧，西接昭丘"為臆測所本，然善《注》亦未允。《尚書》卷三《舜【堯】典》："肇十有二州"，立"十有二牧"以治之，即《堯典》上文"覲四岳、羣牧"之"羣牧"，是以若泥於字面，"荊牧"指荊州之最高首長，實際即"荊州"之謂。《文選》卷四一《書上》孔融《論盛孝章書》："九牧之人所共稱嘆"，善《注》："九牧猶九州也"；鮑照《從臨海王上荊初發新渚》："梁珪分楚牧，羽鶡指全荊"，"楚牧"即"全荊"，然此處之荊州非劉宋時行政規劃之荊州，乃楚地之謂。自古荊、楚指謂為一，《毛詩》卷二十之四《商頌·殷武》："維女（汝）荊楚"，《穀梁傳》卷五《莊公十年》："荊者，楚也"。因首聯出句已有"楚望"，故此處不宜重出"楚"字。此聯乃交錯對，"洞庭"對"七澤"，"三湘"對"荊牧"，則後者必為與前者相印之處,即今湖南地區。

此聯極言湘州乃水鄉澤國,"洞庭"湖面積、容量之大似乎可吞没("淪")整個"三湘"之地,沼"澤"遍覆("藹")整片南楚("荊")轄區("牧")。出句言納入,對句言散布,對仗精密。

(四)善《注》:《周禮》卷四一《考工記·匠人》曰:"國中九經九緯,經塗(涂)九軌。"《說文》二篇下曰:"延,長行也",十二篇上又曰:"闍(音督),城曲重門也"。舊軌謂張劭也。《文選》卷四《賦乙·京都中》左思《蜀都賦》曰:"經途所亘,五千餘里",鄭玄《周禮》卷二六《春官·男巫》"男巫掌望祀望衍,授號,旁(普)招以茅"《注》曰:"玄謂衍讀為延,聲之誤也……延,進也"(5)。《文選》卷二八《詩戊·樂府下》陸機《豫章行》曰:"川、陸殊塗(途)軌,懿親將遠尋"。

海按:鄭《注》:"經、緯謂涂(途)也。經、緯之涂皆容方九軌。軌為轍廣。乘車六尺六寸,旁如七寸,凡八尺,是謂轍廣",賈《疏》:"王城面有三門,門有三涂",是以一面一門即有三條八尺之車行大道("軌"),三門則九條。《說文》十三篇上:"經,織從(縱)絲也。"《周禮》"經塗(途)"之"經"乃由名詞轉化之形容詞,然本詩中之"經"既與"登"相對,必為及物動詞。再者,"經塗(途)"乃六朝成詞,均指城外之路徑,與《周禮》指城內之通途迥別。六朝人使用"經塗(途)"一詞時,或指長途,如《晉書》卷七八《丁潭傳·陳時事損益》:"經塗遠舉,未獻大捷";或指所經歷之路徑,即名詞意義之距離,如《陳書》卷二六《徐陵傳·與北齊尚書僕射楊遵彥書》:"去我尋陽,經塗何幾";或指往來頻繁之官道,如《宋書》卷五《文帝紀·元嘉二十六年(449)·徙民實京口詔》:"經塗四達,利盡淮、海"。此詩所用之"經塗"乃《類聚》卷二一《人部五・友悌》所錄陸景《與兄書》："嚴寒向隆，經塗轒輵"、謝靈運《歸塗賦・序》："反身草澤，經塗履運"之儔，乃動詞加受詞。《孟子》卷十四下《盡心下》："經德不回，非以干祿也"，趙《注》："經，行也"；《文選》卷二三《詩丙・哀傷》任昉《出郡傳舍哭范僕射》："與子別幾辰，經途不盈旬"，善《注》："經猶歷也"。

甲文中，"延"乃人之足（"止"）步行於象道路（"行"）而省形之"彳"上："彳"（合 34477）。楷定為"征"。春秋晚期，如《蔡侯申鐘》（00217），"彳"下半之一豎往右側拉長："𢑚"，乃逐漸訛變為"廴"。至於"止"上之一撇，至秦方見："延"（睡・法 160），蓋綴飾也。《說文》二篇下："延（音攕），安步延延也。"簡言之，許氏"延，長行也"之"行"斷不可或缺，段《注》已指出："專訓長"乃引申之義。舊軌猶言老路、故道。方東樹："'經塗'句言仍昔時道路也，善《注》非"，是也。"曲重門"即一般所說之甕（音翁去聲）城，以城之正門兩側城牆為始點，朝外加築一半圓形之城牆及門。

《後漢書》卷六五《皇甫規傳・上疏自訟》："移書營、郡，以訪誅、納"，章懷《注》："訪，問也"。由此引申出探究、尋索之義，如《宋書》卷五五《臧燾傳・高祖與燾書》："明發搜訪，想聞令軌"，《文選》卷十四《賦庚・鳥獸下・赭白馬賦》："訪國美於舊史，考方載於往牒"，卷二二《詩乙・遊覽》沈約《鍾山詩應西陽王教》："淹留訪五藥"，《玉臺》卷六《相逢行》："憑軾日欲昏，何處訪公子"。

此聯意謂：踏上（"經"）返都之長途（"塗"），選擇行走（"延"）以往（"舊"）由湘北赴南裔任所時之路線（"軌"）。抵巴陵縣後，進而與湘州刺史張邵一同"登"上城之最外圍（"闉"）眺望，探究（"訪"）這一帶之地理形勢（"山"、"川"）。

（五）善《注》：《文選》卷二四《詩丙·贈答二》陸機《答張士然詩》曰："余固水鄉士,悤(音總)彎臨清淵。"《呂氏春秋》卷二二《求人》"羽人、裸民之處,不死之鄉"高《注》曰："鄉亦國也。"地嶮,已見上文。《左傳》卷十六《僖公二十八年》："子犯曰:'戰而捷,必得諸侯;若其不捷,表裏山河,必無害也。'"

海按："上文"蓋指《文選》卷十二《賦己·江海》郭璞《江賦》："所以作限於華裔,壯天地(6)之嶮介(7)",善《注》引《周易》卷三《坎·象》："天險,不可升也;地險,山、川、丘、陵也,王公設險以守其國",可見："嶮"即"險",二字通假例證詳參《古字通假會典·談部第八·僉(音千)字聲系》。純從所從偏旁而言,甲文"阜"作" "（合40775）,"山"作" "（合5949）,一豎置,一橫置,前者強調向上延伸,後者強調岡巒起伏,基本意義一致,"嶮"乃由"險"衍生之專字。《玉篇》卷二二《阜部第三百五十四》："險……難也、危也、阻也。"六臣本將"地嶮,已見上文"改為"盛弘之《荊州記》:'魯陽縣其地重險,楚之北塞也'",此乃卷二七《詩戊·行旅下》江淹《望荊山》"奉義至江、漢,始知楚塞長"之善《注》,可謂失檢妄補。此類問題詳見《和謝監靈運》"跂予聞衡嶠"之補述。

甲文"重"作:" "（村中南483）,象一側面人形後負囊袋（"東"）,藉由上半身前傾,以示囊袋分量之多,壓迫負囊袋者必須彎腰;晚商金文中,則藉由側面人形曲膝蹲居以示之:" ",如《重鼎》（01003）,或藉由人需跪坐,方能將囊袋加於背:" ",如《重父丙觶》（06249）,而無法直身,以手逕行提起攜帶並運送,則可想見囊袋體積或分量甚大,沈重之本義於焉顯矣！對照甲文一側面人形伸直下身,下有橫置之囊袋:" "（合17950）,蓋為卸重負之象。遠在西周早期《榮作周公簋》（04241）,已將側面人形象腿之直線與改置下方之"東"上面直線連貫為一,共用一直筆,即二部件重合為一體:"󰀀"。於戰國早期《□外卒鐸》(00420),當其作為銘文"󰀀(鍾)"之右邊部件時,更於其下加"土",以示人立於地,並將側面人身上半象手者置於頭頂上:"󰀀",以整齊之,楷定後,即成"重",从人从東,東亦聲[8]。重(音仲)乃因背負量多,故引申出多重(音崇)之義,乃為破音字以區別。甲文中,"復"乃一具南、北通道之空間,下有一足端向外之倒"止":"󰀀"(合20315)。金文中,雖偶爾將"止"誤刻為"又",如西周中期《曶鼎》(02838),但絕大多數正確無誤,而且加一代表道路之"彳":"󰀀",如西周早期《復尊》(05978)。西周晚期《散氏盤》(10176),另加一正面之"止":"󰀀",似表往返。此後之"復"字多從此形。參照《周易》卷二《小畜・初九》:"復自道",卷三《復・初九》:"不遠復",《六四》:"中行獨復","复(音扶)"蓋如《說文》五篇下所言:"行故道也",因而引申出反復、重複之義。

此聯意謂:湘州既為水鄉澤國,邊境環繞("周")著許多可阻擋入侵者之天然"地"形。稍一瀏覽,誠然("信")可見此處有"重復"之"河、山",足以為屏障。"河"與上聯之"川"呼應,"山"與上聯之"陸"呼應,既不重出,意義復銜接,"河、山信重復"正乃"訪川、陸"之結論。

(六) 善《注》:《尚書》卷六《禹貢》曰:"荊及衡陽惟(為)荊州……雲土夢作乂",孔安國曰:"雲夢之澤在江南"。

海按:孔《疏》:"雲夢一澤而每處有名者,司馬相如《子虛賦》云:'雲夢者,方八、九百里',則此澤跨江南、北,每處名存焉",《左傳》卷四二《昭公三年》:"(楚)王以田江南之夢",杜《注》:"楚之雲夢跨江南、北",前修認為:雲在江北,夢在江南,恐待商榷[9]。

(七) 善《注》:《文選》卷一《賦甲・京都上》班固《西都賦》曰:"舍櫺(音玲)檻[10]而却倚。"《文選》卷十六《賦辛・哀傷》潘岳《懷舊賦》曰："前瞻太室，旁眺嵩丘。"(11)《說苑》卷九《正諫》曰："楚昭王遊於[欲之]荊臺游，司馬子期(綦)進諫曰：'荊臺之游，左洞庭之波，右彭蠡之水，南望獵山，下臨方淮，其樂使人遺老而忘死，人君游者盡以亡其國。'"荊或為京。囿，于有切。

海按：甲文"囿"乃一方形地區（"囗"），中為一橫分隔為二，上、下兩區各有二"屮"或二"木"："🈸"（合17221）、"🈸"（合9490），或以"十"分割為四區，每一區各有一"屮"，《說文》六篇下所保存之"籒文囿"："🈸"即此形，乃象草木茂盛，足供鳥、獸棲息之所。至金文，或求簡便，改寫為從"有"之形聲字："🈸"，如春秋中期《秦公簋》(04315)。"囿"於銘文中雖改讀為"佑"，然就其從囗（音唯）從有之字形而言，即後世習用慣見者。傳統賦寫一地點、建築（如都城、宮殿、苑囿、山川等）時，每有恢張之四至之文。《文選》卷十一《賦己‧遊覽》王粲《登樓賦》："挾清漳之通浦兮，倚曲沮之長洲，背墳衍之廣陸兮，臨皋隰之沃流"，已將傳統四至之文遞減至四句，至《文選》卷十一《賦己‧遊覽》鮑照《蕪城賦》，則僅留二至："南馳蒼梧、漲海，北走(12)紫塞、鴈門"。顏氏此處所採之文體乃詩，講求精鍊，自不宜挪用《登樓》之格式，故僅取"倚"、"臨"二部分，且異動為"却倚"、"前瞻"，實為恰當之奪胎換骨。《漢書》卷三一《項籍傳》："秦軍數卻（却）"，顏《注》："卻，退也"；《文選》卷三《賦乙‧京都中》張衡《東京賦》："却走馬以糞車"，薛《注》："却，退也"，方廷珪："却，背也"。

（八）善《注》：《說文》一篇上曰："氛【雰】亦氛字也。【氛，祥氣也，從气分聲，雰，氛或從雨。】"(13)杜預《左氏傳》卷三八《襄公二十七年》"楚氛甚惡，懼難"《注》曰："氛，氣也。"毛萇《詩》

卷一之四《召南·殷其靁》"殷其靁,在南山之陽"《傳》曰:"山南曰陽。"

海按:甲文中,"岳"乃象重巒疊嶂,高大之山脈:"☒"(合33850)。《玉篇》卷二二《山部第三百四十三》:"嶽……五嶽也……岳,同上",《文選》卷十五《賦辛·志中》張衡《思玄賦》:"二女感於崇岳",舊《注》:"岳,五岳也"。此處之"岳"則為普通名詞。方廷珪:"岳陽後來皆作地名(14),此作活字用",參照《陸雲集》卷一《賦箴·愁霖賦》:"劾豐隆於岳陽兮,執赤松於神館",與"岳陽"正對者乃泛稱之"神館",可知:方説甚是,岳陽猶言山陽。《説文》十一篇下:"霽,雨止也。"

(九)**善《注》**:《爾雅》卷七《釋丘》:"澳(隩),隈也,厓內為隩,外為隈。"

海按:"曾暉"即"曾光",《江淹集》上編《詩·侍始安王石頭》:"結劍從深景,撫袖逐曾光",下編《文·建平王慶王太后正位章》:"今日淑辰,曾光樞景"。從"曾"與"樞"內對,可知:此當據《初學記》卷一《日第二》所錄《淮南子》:"日出於暘谷,浴於咸池,拂於扶桑,是謂晨明。登於扶桑之上,爰始將行,是謂朏明。至于曲阿,是謂朝明。臨于曾泉,是謂早食(15)"而來,此處及上引江氏二處之"曾"均當改讀為"層",故《初學記》自注曰:"曾,重也"。"曾光"此類特殊措辭法又見諸《文選》卷二十《詩甲·公讌》謝瞻《九日從宋公戲馬臺集送孔令》:"扶光迫西汜",卷十三《賦庚·物色》謝莊《月賦》:"擅扶光於東沼",善《注》:"扶光,扶桑之光也"。此與後世據前引《淮南子》尾句"日西垂景在樹端",稱人生暮年為"桑榆晚景",簡稱"榆景"一致。從內容而言,"曾"乃所有格之名詞,與"清"並不一致,然從形式而言,單獨視之,"清"與"曾(層)"均為形容詞,駢偶工整,簡言之,"曾"兼具雙重作用。如徐陵《〈玉臺新詠〉序》以"西施"對"東鄰",既取字面上"西"、"東"對仗,復以實際内容相儷。此乃南朝文士玩弄文詞極致之一端。"薄"當改讀為"迫",相假例證詳參《古字通假會典·魚部第十九(下)·甫字聲系》,近也。《説文》十一篇上二:"大波為瀾",《釋名》卷一《釋水》:"風行,水波成文曰瀾。瀾,連也,波體轉流相及連也"。《説文》十三篇下:"隩,水隈厓也","隈,水曲也"。段《注》已指出:《毛詩》卷十七之三《大雅·生民之什·公劉》:"芮鞫(音瑞居)之即",鄭《箋》:"芮之言内也。水之内曰隩,水之外曰鞫"。申釋之,河川兩岸罕平直,而多彎曲,不論兩岸為平緩之坡地,或峻拔之山崖,必然形成突出與凹陷兩者相倚相生之狀,突出部位曰鞫或隈,凹入部位曰隩,此乃就岸邊地形而言。若以流水而言,則前者曰溾,後者曰澳。《爾雅》卷五《釋宫》:"西南隅謂之奥",邢《疏》引孫炎云:"古者為室,户不當中,而近東,則西南隅最為深隱",是"奥"本指室内光線最暗、隱蔽之處,故以此名凹入部位,甚允當。加"水"或加"阜"字偏旁,均不過令其專字化。

此聯由出句之"曾暉",可知乃一大早登"岳陽"樓;由"霽"可知:起初尚有霏霏細雨。至此刻雨止("霽"),尤其因居高處,空氣("氛")"清"新,金烏顯露,況本已至太陽盡出之時("曾泉"),光線("暉")普射,故見日光貼臨("薄")湖水沖蕩至山涯涯壁内凹("隩")處所激起之波"瀾"上。隨著波瀾進退、起伏,反射之光點粼粼跳躍。

(十)善《注》:《文選》卷二六《詩·行旅上》潘安仁《在懷縣作詩》之一曰:"涼颸自遠集,輕襟隨風吹。"《楚辭》卷九《招魂》曰:"湛湛江水兮河(16)上有楓,目極千里兮傷春心。"

海按:"悽矣"、"傷哉"對仗,猶《宋郊祀歌》之二:"皇乎備矣",《皇太子釋奠會作》:"超哉邈猗",《從軍行》:"遶矣遠征人,惜哉私自憐",

足見:顏氏措辭確實精雕細琢,並形容詞加感歎詞之比偶亦講究。"風""自遠"而至身,"目"自身而及"千里",一由外而內,一由內而外,形式上不見妃黃儷白,實則仍為工嚴之對仗,因具"偶意"也。

此聯意謂:風從遠方吹來,令自己清醒;目窮千里,直至天海一線之處,令自己視野廣闊,視野開闊、清醒後的領悟就如《陶潛集》卷二《詩五言·形影神·形贈影》所言:"天地長不沒,山川無改時,草木得常理,霜露榮悴之,謂人最靈智,獨復不如茲。適見在世中,奄去靡歸期,奚覺無一人,親識豈相思",所以引發的情緒乃"悽矣""傷哉"。

(十一)善《注》:起伏即倚伏也。

海按:從下文"請從上世人",可推知:此處之"代"非避唐諱。甲文中,"伏"乃一側面人形微蹲、曲俯上半身之狀:"〔字形〕"(合14295);金文中,則為一"犬"趴伺於一側面人形之後:"〔字形〕",如西周早期《史伏尊》(05897),均有低隱身軀之義。"起伏"與《老子》第五八章:"禍兮福之所倚,福兮禍之所伏"所言無關,善《注》非是,其意等於浮沈,乃指各個("百")世"代"的人都爭相冒出頭("起"),做人上人,只可惜白忙("勞")一場,未幾即壽終,甚至被歷史洪流淹沒("伏"),杳然無痕。猶言"滾滾長江東逝水,浪花淘盡英雄,是非成敗轉頭空"。若結合"清氛【雰】霽岳陽,曾暉薄瀾澳",則豈非"青山依舊在,幾度夕陽紅"?出句所言亦此意,"萬"載自"古"已降,"百代""陳"列的共象乃沒有一逕向前("往"),而不歸回("還")原點者,各時代絕大多數人均為富、貴等世間價值辛"勞",於此過程中或順遂或挫折,頭出("起")頭沒("伏"),然而無論此生掙得多少,赤條條地來,至終該等身外之物或早或晚均會失去,一樣亦帶不走。

(十二)海按:"存沒"乃偏義複詞,"沒"係虛設,實際僅落於"存"

上。《後漢書》卷二四《馬援傳·誡兄子嚴敦書》:"好論議人長短,妄是非正法,此吾所大惡也",揚人之善、肯定良法,有何可憎惡？可知:"長"、"是"係虛設,實際意義僅在"短"、"非"。

(十三)善《注》:《蒼頡篇》曰:"熲,明也。"劉熙《孟子》卷十三下《盡心上》"柳下惠不以三公易其介"《注》(17)曰:"介,操也。"(18)《楚辭》卷一《離騷》曰:"彼堯舜之耿介兮,既遵道而得路",王逸曰:"耿,光也;介,大也"。耿與熲同,古迥切。

海按:古今對"耿介"之訓釋均失允。"耿介"乃上古見母雙聲詞,即《文選》卷三《賦乙·京都中》張衡《東京賦》:"聘丘園之耿絜(音結)"之"耿絜",《宋書》卷八《明帝紀·泰始二年》:"十一月……壬辰……又詔曰:'……若乃林澤貞栖,丘園耿潔……可明書搜揚,具即以聞'"之"耿潔",更多作"梗概"。梗、絜、概聲母俱為上古見母(k)。後世或作"梗介",如《揮麈錄·後錄》卷五:"(晏)元獻自初梗介,蔡(伯俙音西)最柔媚";或作"耿槩",如《太平廣記》卷二五七《嘲誚五·馮渭》所引王氏《見聞錄》:"性耿槩不屈",乃有稜有角貌,指有原則、立場,故引申出堅定、強硬之意。於此處指堅毅不拔,即一般所謂不朽之意。《毛詩》卷一之一《周南·關雎》:"窈窕淑女"、卷四之一《王·中谷有蓷(音推)》:"遇人之不淑矣",毛《傳》、鄭《箋》均云:"淑,善"。

此句意謂:"萬古""百代"已降,不僅身外之物勢必撒手,任之他去,縱人本身,能不被時光淘洗盡淨而"存"留下來究"竟"有哪些"人"(19)？大概僅有那些品性光"明"善("淑")良者能於歷史洪流中屹立不朽("耿介")。

(十四)善《注》:《論衡》卷十八《齊世第五十六》曰:"語稱上世之人,質樸(朴)易化。"毛萇《詩》卷五之二《齊·南山》"藝麻如之何,衡(橫)從(縱)其畝"《傳注》曰："蓺,樹也。"

海按："蓺"之初文作"埶",象人採跪坐姿勢,伸出雙手種草木："🦌"(合28809)、"🌿"(合27382),至金文,如西周中期《盠(音梨)方彝》(09900),已於"木"下加"土"："埶"。後始於"埶"上加"艸",以凸顯其植圃之義。《尚書》卷十三《金縢》："多材多藝",《清華簡·周武王有疾周公所自以代王之志(金縢)》即但作"埶"。"埶"之末端象跪坐之腿部者漸訛化為"云",乃成今之"藝"字。《孟子》卷五下《滕文公上》："后稷教民稼穡,樹藝五穀",趙《注》："樹,種;藝,殖也"。

此聯意謂:既然唯有"明淑"者能不朽,故立志,欲從道家所稱許之上古("上世")高"人",不復於宦海浮沈,追逐名利,"歸來"之後,洗心革面,作一如長沮、桀溺般之"避人"耕者。

此篇之背景為自外放而被徵還,其間變動乃身為嫡長繼承人之少帝高居九五之尊,甫二載,即於宮城門外見戕;顧命傅亮、徐羨之等雖曾勢焰薰天,操縱廢立,一年半之後,亦繼之殞命。本篇後四聯之無盡感慨蓋即緣此而發。此篇前半論地理,後半論歷史,乃道地登臨懷古(雲夢林、荊臺囿)後,鳥瞰今古之作,是以吳淇曰："此是登覽題"。

此篇押劉宋時期入聲屋部韻。

【補述】

(1)《老子》第七七章："高者抑之,下者舉之",馬王堆帛書甲本、乙本《老子》"抑"均作"印",可見:甲文中,從爪從側面跪坐人形之"印",如"🦌"(合22148),當為"抑"之初文。"抑"乃將"爪"之三指省為二指,又加"手"以強調之使然。

(2)《說文》三篇下："𠬪,治也,从又从卪。"《說文》中所言之"卪"幾乎盡為跪坐人形之誤識,不能信取。

(3)《隋書》卷三三《經籍志·史·地理之書》著録"《荊州記》三卷,宋臨川王侍郎盛弘之撰",兩《唐書》已未著録。

(4)《史記》卷一一七、《漢書》卷五七上《司馬相如傳》所載亦如筆者所校改者。李氏所據何本,實令人困惑。

(5)此段善《注》稱引"經塗"一詞之兩種不同出處(一為《周禮》,一為《蜀都賦》),復兩度訓解"延"之詞義,而訓詁迥別(一為"長",一為"進"),更蠢至以"舊軌謂張劭",充分可見:胡刻本及其祖本尤刻本乃道地雜拼者,且多劣手摻入其中。

(6)戰國以前,習以"土"或"下土"與"天"相對。西周早期《縣改(音己)簋》(04269):"肆(音四)敢淨于彝",晚期《㱃簋》(04317):"㘴于四方",一般認為後者乃《説文》十三篇下保留之"地"之"籀文":"墬",從土隊(音段)聲,隊從阜象聲;前者為其簡省,然而二者均須改讀為"施",正與《説文》九篇下:"象……讀若弛"相呼應,因"施"與"弛"均從"也"得聲,有人則將之改讀為"惰"。無論如何,前人依據當時所見材料,認為金文無"地"字,亦不算盡非,因為以見存材料而言,戰國晚期《姧(音好)蚉(音次)壺》(09734):"敬命新㘴雨(霝)祠先王",方真正用其本義,而此時早已以"地"與"天"相對。唯《周易》卷四《明夷·上六》:"初登于天,後入于地",《毛詩》卷十二之一《小雅·節南山之什·正月》:"謂天蓋高,不敢不局;謂地蓋厚,不敢不蹐(音及)",《左傳》卷十五《僖公二十四年》:"《夏書》曰:'地平天成'",尤其《明夷》該條引文不悉當如何圓解。

(7)《江賦》善《注》:"《爾雅》卷三《釋言》:'繘(音離),介也',郭《注》:'介猶閡也'"。"介"改讀為"界",二字通假例證詳參《古字通假會典・泰部第十四・介字聲系》,別也。

(8)《廣韻》卷一《上平聲・一東》:"東……德紅切",卷四《去聲・二宋》:"重……柱用切",是東乃端系端母,重乃知系澄母,然上古知、端二系合一,至中古,始分為二。端(t)、澄($ɖ$)二聲母僅清、濁與送氣與否之別。至於二字之韻母均為上古東部。

(9)沈括《夢溪筆談》卷四《辯證二》。《楚辭》卷九《招魂・亂》:"與王趨夢兮課後先",王《注》:"夢,澤中也,楚人名澤中為夢中",孫星衍《尚書今古文注疏》據此認為:雲夢,雲澤也,"非二澤也"。《國語》卷十八《楚語下・王孫圉論國之寶》:"又有藪曰雲,連徒洲",韋《解》:"連,屬也。水中可居者曰洲,徒,其名也",孫星衍云:"徒、土音相近",屈萬里《尚書集釋》據此認為:"雲土者,雲澤與土洲也。以澤洲連屬,故合稱雲土"。至於《後漢書》卷八十下《文苑列傳・邊讓傳・章華賦・序》:"楚靈王既遊雲夢之澤",《尚書》卷六《禹貢・荊州》"雲土夢作乂"偽孔《傳》:"雲夢之澤在江南",《漢書》卷二八上《地理志・南郡》"華容"自注:"雲夢澤在南",《類聚》卷五五《雜文部一・史傳》所錄張正見《賦得①韓信》:"所悲雲夢澤,空傷狡兔情",均因前人不明方言,當以漢字紀錄時,音譯作"夢",後人遂誤以"夢"為專有名詞,乃於"夢(澤)"後復加"之澤"或"澤"字,致成贅詞。

(10)《西都賦》善《注》引《說文》六篇上:"櫨,楯(音吮)間子也",猶今言窗格;《後漢書》卷四十上《班彪傳附子固傳》章懷《注》:"櫨檻,樓上欄楯也"。

---

① 劉漢初:《蕭統兄弟的文學集團》(臺北:臺灣大學中國文學研究所碩士論文,1975年6月),《附錄一・論"賦得"》已指出:文士讌集時,將諸紙片投入囊中,各自拈鬮,以所得紙片上之題即席作詩,以為戲樂,並藉此一較才學高下。其題不外乎古代著名人、事,古今名詩句、辭句,習見之器物。定型於蕭梁,至李唐而大盛。

(11)善《注》:"《山海經》曰:太室之山,郭璞《注》曰:即中嶽嵩高山也……《西征記》曰:嵩高,中嶽也,東謂太室,西謂少室,摠名嵩也。"《隋書》卷三三《經籍志·史·地理之書》著錄"《西征記》二卷,戴延之撰","《西征記》一卷,戴祚撰"。《舊唐書》卷四六《經籍志·乙部史錄·地理類》僅著錄戴祚《西征記》一卷;《新唐書》卷五八《藝文志·乙部史錄·地理書》亦然,唯一卷改編為二卷。

(12)《呂覽》卷十五《權勳》:"齊王走莒",高《注》:"走,奔也",《釋名》卷三《釋姿容》:"疾趨曰走(走)。走,奏(湊)也,促有所奏至也"。

(13)"氛亦氛字也"固然不詞,尤刻本、奎章閣六家本作"氛亦氣字也",仍屬非是。姑不論"氛"、"氣"從字形而言,乃截然不同之二字,絕非古今字之關係;從音理而言,聲、韻母懸隔,斷乎不可能通假,李氏何不嫌詞費,續引《左傳》杜《注》以訓解"氛"義為"氣也"?

(14)《隋書》卷三一《地理志下·荊州·巴陵郡》:"湘陰",自注:"梁置岳陽郡",此所以蕭統之子蕭詧於梁武帝中大通三年(531)進封岳陽王,見《周書》卷四八《蕭詧傳》。由此亦可知:劉宋時期,岳陽尚非地方行政單位之名稱。

(15)"早食"即十二時辰中之"食時",乃上午七至九點之辰時。與下午三至五點申時之"晡食"相對。

(16)何焯、陳景雲已指出"河"乃衍文。奎章閣六家本不僅衍,且訛為"江"。

(17)《隋書》卷三四《經籍志·子·儒家》著錄劉熙《孟子注》七卷。卷三二《經籍志·經·論語類》著錄其所撰《釋名》八卷、《謚法》三卷。《經籍志·子·儒家》另著錄趙岐注《孟子》十四卷、鄭玄注《孟子》七卷。《後漢書》卷七九下《儒林列傳·程曾傳》:"作《孟子章句》。"高誘

《〈吕覽〉序》:"誘正《孟子》章句。"《孟子》若無人閱讀,何勞注解?而至中唐憲宗時,《荀子》始有楊倞為之注。由此可知:以兩漢時期,荀卿影響高於孟軻,乃道地無知瞽説。

(18)趙《注》:"介,大也……易其大量也",孫《疏》:"移易己之大志也",均屬添字解經,非是。甲文中,"介"乃一側面人形左右兩邊各有一或兩畫,以表居間之義:"𠆢"(合2096);金文僅將側立之人形改為坐姿:"𠆢",如西周中期《師𩱛(音在)鼎》(02830),如後世所云"介乎"者,故雙方見面時,居間使者曰介。無怪乎《説文》二篇上:"介,畫也",段《注》:"(三篇下)畫部曰:'畫,畍(介)也'……介、畍(界)古今字,分介,則必有閒"。因此,"不……易其介(界)",猶言不改變個人堅持之道德底線,故劉熙訓為"操守"之"操"。如果將"介"改讀為"砎",《周易》卷二《豫·六二》:"介于石",《釋文》:"古文作'砎'",堅也;于,如也,程頤《易傳》曰:"當豫之時,獨能以中正自守,可謂特立之操,是其節介如石之堅也。介于石,其介如石也","介(砎)"之訓"堅"仍然是由"界"衍生之義。

(19)李周翰:"言理有存没,其道竟施於何人也",蓋牛鳴鳥語也。

《類聚》卷九十《鳥部上·鴻》

歸　鴻

海按:《類聚》卷八一《藥香草部上·蜀葵》錄其《蜀葵贊》、卷八二《草部下·芙蕖》錄其《碧芙蓉頌》、卷八九《木部下·木槿》錄其《赤槿頌》、九一《鳥部中·鸚鵡》錄其《白鸚鵡賦》、卷九三《獸部上·馬》錄其《天馬狀》、卷九七《蟲豸(音至)部·蟬》錄其《寒蟬賦》,均為節錄之片段,不詳彼等是否有寓意。此篇則為詠物詩。以見有史料而言,純粹詠物之詩自永明始大啟。今假設顏氏因詔徵返京,覿物而感,姑附於此。

昧旦濡和風(一),**霑露踐朝暉**(二)。**萬有皆同奉【奏】**[1],**鴻鴈獨辭歸**(三),**相鳴去澗汜**(音四),**長引發江畿**(四)。**皦潔登雲侶,連綿千里飛**(五),**長懷河、朔路,緬與湘、漢違**(六)。

【校記】

[1]《顏光祿集》"奉"作"春"。"春"乃名詞,"歸"乃動詞,於對仗不協,而"春"又不宜改讀為"蠢",故知非是。

【注釋】

(一)**海按**:甲文中,"旦"從日丁聲:"🀄"(合29272);金文則將丁聲符"丁"之空框填實:"🀄",如西周《七年趞(音及)曹鼎》(02783)。日後蓋為簡省,乃將"丁"改為一直橫,致《說文》七篇上誤解析為:"從日見一上,一,地也",然其本義為日初出,則無疑。《左傳》卷四二《昭公三年》:"昧旦丕(丕)顯",杜《注》:"昧旦,早起也",注解粗疏。《公羊傳》卷二八《哀公十三年》:"見于旦也",何《解詁》:"旦者,日方出"。"昧旦"即"昧爽",《尚書》卷十一《牧誓》:"時甲子昧爽",偽孔《傳》:"昧,冥;爽,明,早旦",孔《疏》:"蓋雞鳴後也",指雖微露曙光,夜色尚濃之際,約當凌晨五點左右,故《毛詩》卷四之三《鄭·雞鳴》:"女曰雞鳴,士曰昧旦。子興視夜,明星有爛"。《荀子》卷十三《禮論》:"不沐則濡櫛",楊《注》:"濡,濕也";《淮南子》卷二《俶真》:"剝之若槁……割之猶濡",高《訓》:"濡,濡濕"。時氣已入春,故天雖未大明,晨風已溫"和",且濕潤("濡")度高。

(二)**海按**:《禮記》卷三一《明堂位》:"周公踐天子之位",鄭《注》:"踐猶履也";卷二《曲禮上》:"毋踐屨",孔《疏》:"踐,蹋也"。《說文》十一篇上:"沾,益也";十一篇下:"霑,雨䨡(染)也";《玉篇》卷十九《水部第二百八十五》:"沾……益也",卷二十《雨部第二百九十七》:"霑……濡也,漬也",均屬刻意劃分。"霑"即"沾",通假例證詳參《古字通假會典·談部第八·占字聲系》。因時當昧旦,露水尚未被日光所晞,故鴻鴈身上羽毛猶沾(霑)"露"水,然正因晨曦已見,故羣鴈雙足前行時,踏入("踐")灑於地表之"朝暉"中。此景象甚生動纖美。

(三)**海按**:以經驗界認知方式,無從領略道,故曰無,然其乃經驗界所有存在之本體,故《老子》第一章曰:"無名天地之始,有名萬物之母",感官能接觸、認知者方為存有,方為物,萬有即萬物。《毛詩》卷十之三《小雅·南有嘉魚之什·吉日》:"獸之所同",鄭《箋》:"同猶聚也",《說文》七篇下:"同,合會也",故《周禮》卷十八《春官·大宗伯》曰:"殷見曰同",賈《疏》:"六服眾皆……來見於王",與下句之"辭",適相反對。《墨子》卷一《三辯》:"秋斂,冬藏",《荀子》卷五《王制》:"秋收,冬藏",至春,則反之,動物出自窟穴,植物盡破土發芽,故曰"奏"。《說文》十篇下、《孔叢子》卷三《小爾雅·廣詁》皆曰:"奏,進也"。若將"奏"改讀為"湊",其義更顯。《淮南子》卷七《精神》:"衰世湊學,不知原心反(返)本",高《訓》:"湊,趨也"。

《毛詩》卷十一之一《小雅·鴻鴈之什·鴻鴈》:"鴻鴈于飛",毛《傳》:"大曰鴻,小曰鴈",此處則未必細分。"獨"乃相對於上句之"皆"而言。至於鴻鴈本身,乃群棲禽類,係複數,下文之"相鳴"、"雲侶"可為明證。《禮記》卷十四《月令·孟春》:"鴻鴈來",鄭《注》:"自南方來,將北反(返)其居",孔《疏》:"《季冬》:'鴈北鄉(嚮)',據其從南始北。正月來至中國,故此云'鴻鴈來',但來有先後,後者二月始來,故《通卦驗》二月節云:'候:鴈北'"。

此聯意謂:萬物"皆"喜趨暖之季節,紛紛從原先避寒之巢窟中露面,似相約聚集("同"),趨赴("奏")春光明媚、陽氣盎然之區域,唯"鴻鴈"天生體質適應西伯利亞溫度偏低之處,故捨此而赴彼。因北方為其故鄉,故曰"歸"。顏氏性行僻隘,乖於俗,不知此篇是否有自喻之意。

(四)**海按**:鴻鴈既為群棲禽類,呼朋引伴同行,故曰"相鳴"。甲文中,"引"作"弓(𢎘)"(合21339)前一傾向上方之短橫:"𢎘"(合16329);金文從同,象射箭時,手將弓幹向外推,故《說文》十二篇下:"引,開弓也",引申出拉、延展、長久之義。鴈群有領頭者,其餘依序排列而飛,故視鴈羣起飛,若拖長之隊伍,故曰"長引"。《說文》十一篇上二:"澗,山夾水也",《爾雅》卷七《釋山》邢《疏》:"山間有水者名澗"。《毛詩》卷一之五《召南·江有汜》毛《傳》:"決復入為汜",《爾雅》卷七

《釋水》邢《疏》："凡水決之岐【歧】流復還本水者名汜"。畿，疆域也，引申為土地之意，詳《秋胡詩》"結綬登王畿"注。江畿，江畔之地。"汜"與"畿"乃水、陸對；"相"乃東、西面，"長"乃南、北面；"澗汜"與"江畿"兩詞前同類而後異區，措辭精巧。

（五）**海按**：《毛詩》卷四之一《王·大車》："有如皦日"，毛《傳》："皦，白也"，《釋文》："皦，本又作皎"。時為孟春，溫度尚低，高處尤寒，飛於高空中之鴈群背部為水氣凝結之霜雪沾覆，是以曰"皦潔"。鮑照《歲暮悲》："皦潔冒霜鴈，飄揚出風鶴。"《禮記》卷四《曲禮下》："天王崩……告喪曰天王登假（霞）"，鄭《注》："登，上也"；《呂覽》卷十《異寶》："登太行而望鄭"，高《注》："登，升也"。侶乃後起字，故《說文》不收，徐炫《說文》卷八上《人部》方新附入。本當作"旅"，相假例證詳參《古字通假會典·魚部第十九（中）·炗字聲系》。"旅"之本義已詳《北使洛》"改服飭徒旅"注，後乃引申為：凡眾多均可曰旅。如《國語》卷四《魯語上·曹劌諫莊公如齊觀社》："今齊社而往觀旅"，《穀梁傳》卷十七《昭公八年》："搢禽旅"，韋《解》、楊《疏》皆曰："旅，眾也"。於此處，乃羣伙之謂。據《廣韻》卷三《上聲·二十九篠》，皦，古了切；卷五《入聲·十六屑》，潔，古屑切，"皦"、"潔"雖均為上古見母（k）字，然並非雙聲詞。"連綿"乃上古元部疊韻詞，不容分開訓解，意謂相續不斷，故下曰"千里"，言其竭力長途飛翔。形式上，"連綿"與"皦潔"確為雙聲對疊韻；實際上，則並非雙聲詞對疊韻詞，此乃南朝文士慣技。"登雲"乃自縱切面言鴈羣由下而上，"千里"乃自橫切面言其由南而北，對仗流暢卻工巧。

（六）**海按**："懷"呼應上文之"歸"，因鴻鴈以漠北為本鄉，故僅云渴思（"懷"）征途早日進入"河、朔路"，因逮彼處，離目的地即不遠矣。

歸　鴻　113

《國語》卷十七《楚語上·蔡聲子論楚材晉用》："緬然引領南望",韋《解》:"緬猶邈也";《穀梁傳》卷五《莊公三年》:"改葬之禮,緦,舉下緬也",《釋文》:"緬……遠也"。《說文》二篇下:"違,離也",《禮記》卷五二《中庸》:"忠恕違道不遠",鄭《注》:"違猶去也"。"長"狀鴈羣"懷"鄉之久,乃時間問題;"緬"狀群鴈速離客寓之所,形成之距離,乃空間問題,係時、空對仗。

此篇押劉宋時期脂部平聲韻。

《文選》卷二六《詩丁·贈答四》

和謝監靈運

善《注》：沈約《宋書》卷六七《謝靈運傳》曰："太祖登祚，〔元嘉三年（426）正月丙寅〕誅徐羨之等，徵靈運為秘書監也。再召不起，上使光祿大夫范泰與靈運書，敦獎之，乃出就職。使整理秘閣書，補足闕文；以晉氏一代自始至終，竟無一家之史，令靈運撰《晉書》。粗立條流，書竟不就。尋遷侍中……多稱疾不朝、直……出郭游行，或一日百六、七十里，經旬不歸，既無表聞，又不請急(1)。上不欲傷大臣，諷旨令自解，靈運乃上表陳疾，上賜假(2)東歸……靈運以疾東歸，而遊娛宴集，以夜續畫，復為御史中丞傅隆(3)所奏，坐以免官，是歲元嘉五年（428）。"沈約《宋書》卷七三《顏延之傳》曰："少帝即位（423），以為正員郎，兼中書，尋徙員外常侍，出顏延年[1]為始安太守……元嘉三年，羨之等誅，徵為中書侍郎。"(4)

海按：《宋書》卷五《文帝紀·元嘉四年（427）》："二月乙卯，行幸丹徒"，丹徒舊縣治所在為京口，《文選》卷二二《詩乙·遊覽》收錄謝靈運《從游京口北固應詔》，是此時謝氏尚未還舊園。從《文選》卷二五《詩丁·贈答三》謝靈運《還舊園作見（現）(5)顏、范二中書(6)》開篇云："辭滿豈多秩，謝病不待年，偶與張、邴合，久欲還東山"，中云："盛明盪氛昏"，"微物豫采甄，感深操不固，質弱易版纏"，末云："曾是反昔園"，"雖非休憩地，聊取永日閑"，"息陰謝所牽"，可推知：元嘉五年三月，謝氏"以疾東歸",詳《從軍行》解題,顏、范蓋曾勸其銷假返京,謝氏乃以《還舊園作見顏、范二中書》,告示二人無意復入朝。據顏氏本傳,其任中書侍郎後,"轉太子中庶子",而謝氏來詩稱顏氏為中書;謝氏若尚未拜除,或已因彈劾免官,則顏氏當稱對方為"謝侯",而顏氏此首稱"謝監",則謝氏此詩蓋作於元嘉五年中期。顏氏和詩當亦作於此際。前修循善《注》之隱意,以此篇作於元嘉三年,殆非。至於顏氏何以不稱對方為"謝侍中",較合理之解釋或乃"侍中"係加官。據《宋書》卷六三《王華　王曇首　殷景仁傳》,三人當時均有本職,兼為侍中,卷六七《謝靈運傳》云:王華等"並見任遇",靈運與彼等同僚,文帝卻僅與之"談賞而已",此所以"意不平"也。

【校記】

[1]尤刻本、六家本、六臣本"延年"作"延之",無別。

【補述】

(1)《初學記》卷二十《政理部·假》:"急、告、寧皆休假名也……《晉令》:'急假者……一年之中,以六十日為限。'……書記所稱曰歸休,亦曰……取急、請急。"

(2)《初學記》卷二十《政理部·假》:"《漢律》……賜告者,病滿三月,當免。天子優賜其告,使得印綬、將官屬,歸家理疾。"

(3)《宋書》卷五五《傅隆傳》:"太祖元嘉初,除司徒右長史,遷御史中丞,當官而行,甚得司直之體。"

(4)傅亮、徐羨之等當權時,謝靈運、顏延之分別且先後見出為永嘉、始安太守,官階皆五品。及文帝剷除在背芒刺之後,為鞏固帝位,乃採統一戰線之權術,凡曾與傅、徐等不協者均籠絡之,乃徵二人。據《通典》卷三七《職官十九·秩品二·宋》,秘書監第三品,中書侍郎第五品。由此可覘家世背景之影響。

(5)《廣雅》卷四《釋詁》:"程、見……示也",《漢書》卷四三《婁敬傳》:"兩國相擊,此宜夸矜見所長",顏《注》:"見,示也"。謝氏該首本身並非"還舊園作",乃是以此詩代信,告知二人自己過往內、外之變遷。至於所附還東山故墅,即"舊園"所"作"之詩,其内容則難以鑿言。

(6)據《宋書》卷六十《范泰傳》,其為中書侍郎,乃東晉安帝"會稽王世子元顯專權內外"之時。"(劉宋)高祖受命(420),拜金紫光禄大夫,加散騎常侍,明年(421),議建國學,以泰領國子祭酒。""(少帝)景平初(423),加位特進。明年(424)致仕,解國子祭酒。""(劉宋文帝元嘉)三年(426),羨之等伏誅,進位侍中、左光禄大夫、國子祭酒,領江夏王師,特進如故。"卷五《文帝紀·元嘉五年》:"秋八月壬戌,特進、左光禄大夫范泰卒",是終其於劉宋一朝,未嘗任中書令、監。其次,就敘齒而言,范氏本傳云:其卒"年七十四",較時年四十五之顏氏高一大輩;就敘官而言,特進乃二品,中書侍郎乃五品,依古代禮節,斷無將"顏"列於范泰之前。由此可推知:謝氏來詩中之"范"非范泰,乃某一與顏氏同任職中書之范姓者。前修泥於當初范泰奉敕"敦獎"謝氏出山一事,卻罔顧制度、禮俗,竟以前朝之官稱本朝之大員,指鹿為馬,以范某為范泰,甚不當。

弱植慕端操(一),**睿步懼先迷**(二),**寡立非擇方,刻意藉窮棲**(三)。**伊昔遘**[1]**多幸**(四),**秉筆侍兩闈**[2](五),**雖慙丹、膹**(音或)**施,未謂玄、素睽**(六)。**徒遭良時詖**(音必)[3],**王道奄昏霾**(七),**人、神幽、明絶,朋好雲、**

雨乖⁽⁸⁾。弔屈汀洲浦,謁帝蒼山蹊⁽⁹⁾,倚巖聽緒風,攀林結留荑[4]⁽¹⁰⁾,跂予閟衡嶠⁽音叫⁾,曷月瞻秦稽⁽¹¹⁾。皇聖昭天德,豐澤振沈泥⁽¹²⁾,惜無爵⁽音雀⁾、雉化,何用充海、淮⁽¹³⁾？去國還故里,幽門樹蓬、藜⁽¹⁴⁾,采茨⁽音詞⁾葺⁽音器⁾昔宇,薾棘開舊畦⁽音其⁾⁽¹⁵⁾。物謝時既晏,年往志不偕⁽¹⁶⁾,親仁敷情昵,興賦[5]究辭棲[6]⁽¹⁷⁾,芬馥歇蘭、若,清越奪琳、珪⁽¹⁸⁾,盡言非報章,聊用布所懷⁽¹⁹⁾。

【校記】

［1］尤刻本、五臣本、贛州六臣本"遘"之部件"冓"均作"冄",明州六家本則省略"冄"中間一短橫,因南宋高宗名構,須避嫌名,又不宜將"辶"之最後一捺省略,故只得用"冓"之異體字"冄"代之,或省略"冄"中間一短橫,達到缺筆之效。奎章閣六家本亦作"冄",乃沿襲舊版,未回改所致。以下凡從"冓"者,皆不復出校記。

［2］《初學記》卷十二《職官部下·秘書監》所錄"闈"作"闥"。《爾雅》卷五《釋宮》:"宮中之門謂之闈,其小者謂之闥",作"闈"或"闥"無甚差別,皆以部分代全體,指某一居處空間,然劉宋時期"闈"屬皆部,"闥"屬脂部,而本首通篇均押皆部韻,並無其他通韻現象,宜作"闈"。

［3］《初學記》所錄"詖"作"諷",大謬,文義全然不通,既處"良時",於"上以風化下"之情況下,"王道"何至"昏霾"？且此段憶往,將形勢惡化歸咎於外在環境,豈以自身"遭""諷"與否為巨變關鍵？蓋因"詖"右半之"皮"因形近而訛為"風"之行書體:"风",待改為楷書時,乃成"諷"。

［4］《顏光祿集》"荑"作"夷",無別,二字相假例證詳參《古字通假會典·齊部第十三(中)·夷字聲系》。

［5］五臣本、六家本、六臣本、《顏光祿集》作"玩"，殊謬。《陸雲集》卷一《賦箴·寒蟬賦·序》："切有感焉，興賦云爾"，《謝朓集》卷一《酬德賦》："登崇岡而興賦"，《初學記》卷三十《鳥部·鵲》徐勉《鵲賦》："入召(音少)南而興賦"，"興賦"乃六朝成詞。再者，"親仁敷情昵"主詞為謝靈運，則下句蒙上文而省，主詞依舊是謝靈運，焉有主詞突變為顏氏，成為顏氏興起玩味謝詩之理？

［6］五臣本、六家本、六臣本"棲"均作"悽"，呂延濟："可謂盡辭之悽切也"。謝靈運《還舊園作見顏、范二中書》開篇即表示"久欲還東山"，如今得遂所願"反昔園"，所以表示"語往實欵然"，認為"東山""昔園""雖非休憩地，聊取永日閑，衛生自有經，息陰謝所牽"，何處透露謝氏有自憐悽然之感？誠然，《宋書》卷六七《謝靈運傳》曾直言：謝氏"自以名輩才能應參時政，初被召，便以此自許，既至，文帝唯以文義見接……殷景仁等名位素不踰之，並見任遇，靈運意不平"，但那首詩將此歸咎於自己"操不固，質弱易版纏"招致之無明煩惱。簡言之，抵擋不住"豫采甄"之誘惑。贈詩中並無立功建業之志不遂之怨。箇中癥結出在上文"賦"見誤為"玩"。"悽"當是"棲"形近之訛。

【注釋】

（一）善《注》：《左氏傳》卷四十《襄公三十年》："鄭子產如陳涖盟，歸覆命，告大夫曰：'陳，亡國也，不可與也……其君弱植，公子侈，大子卑，大夫敖，政多門，以介於大國，能無亡乎？不過十年矣。'"王逸《楚辭》卷九《招魂》"弱顏固植，謇其有意些"《注》曰："植，志也。"《楚辭》卷五《遠遊》曰："內惟省(音醒)以端操兮，求正氣之所由。"

海按："植"、"志"相假例證詳參《古字通假會典·之部第十一（上）·之字聲系》[1]。所以捨"志"而用"植"，除了喜用古典之外，恐亦顧及下文"年往志不偕"之"志"，以免重出。《晉書》卷四八《閻纘傳·理太子第三疏》："賈謐小兒恃寵恣睢，而淺中弱植之徒更相翕習，故世號魯公二十四友"，《弘明集·序》："以小罔大……將令弱植之徒隨偽辯而長迷"。首注阮步兵詩者即顏氏，《詠懷八十二首》之十五："昔年十四五，志尚好《書》、《詩》，被褐懷珠玉，顏、閔相與期"，顏氏自然熟悉阮詩，緣是竊疑此"弱"具雙關語義。《禮記》卷一《曲禮上》："二十曰弱。"不僅指心志狀況，兼指生理時期。

《禮記》卷四七《祭義》："祭日於東，祭月於西，以別外、內，以端其位"，鄭《注》："端，正"，《說文》十篇下："端，直也"。

（二）善《注》：（《楚辭》）卷一《離騷》又曰："彼堯、舜之耿介兮，既遵道而得路，何桀、紂之猖披兮，夫唯捷徑以窘步[2]。"窘，求隘切。《周易》卷一《坤》："君子有攸往，先迷後得主"，《彖》曰："先迷失道，後順得常"。

海按：《毛詩》卷十二之一《小雅·節南山之什·正月》："又窘陰雨"，《漢書》卷三七《季布傳》："項籍使將兵，數窘漢王"，毛《傳》、顏《注》所引如淳並云："窘，困也"。甲文中，"步"作左右兩腳（"止"）一前一後："𣥂"（合20731）、"𣥂"（合21242），或加表十字路（"行"），或其省形（"彳"），將兩腳置於其間或其側："𧗟"（合19274）、"𧗟"（合39987），象行走之義。將"止"下半支曲折線改為一撇，即成"步"，故可知："步"下所從者斷非"少"。《老子》第六七章："我有三寶，持而保之……三曰不敢為天下先。"

"弱"對"強"而言。具備自身所短缺之優點者，每成為短缺者所歆羨之對象。是以此聯意謂：自身從年少起，即志節不堅（"弱"），是以每每仰慕具有"端"方正直之操守者，以致於政壇時，總放不開步伐（"窘步"），因擔心（"懼"）自己為求儘早升遷、權位在握，而"迷"失正道。

（三）善《注》：《孫卿子》⁽³⁾卷二《不苟》曰："君子寬而不僈，廉而不劌（音貴）⁽⁴⁾，辯而不爭，察而不激，寡立而不勝，堅強（彊）而不暴，柔從而不流，恭敬謹慎而容，夫是之謂至文。"《周易》卷四《恆·象》曰："君子以立不易方"，王弼曰："得其所久，故不易也"。孔安國《論語》卷六《雍也》"能近取譬，可謂仁之方也已"《注》曰："方，道也"，謂常道也。《莊子》卷六上《刻意》曰："刻意尚行，離世異俗，高論怨誹，為亢而已矣，此山谷之士、非俗【世】⁽⁵⁾之人，枯槁赴淵者之所好也。"韋昭《國語》卷二十《越語上·句踐滅吳》"越王句踐棲於會稽之上"《注》曰："山處曰棲。"

海按：金文中，"寡"作"𠈖"，如西周早期《寡子卣》（05392），从"宀"下一突出之目上有眉（百，《說文》九篇上："首，古文百也"）之側面人形，蓋象一人立於屋中⁽⁶⁾，因而引申出獨、少之義。因"首"與"頁"義類相近，故春秋晚期《杕（音地）氏壺》（09715）蓋為繁飾，改从二"頁"，並於兩側分別加裝飾性之撇、捺："𠈖"，此點從戰國晚期《中山王𰯼壺》（09735）作"𠈖"可覘。後因將側面人形之軀幹訛為"刀"，乃成後世慣見之字形："寡"。《墨子》卷一《辭過》："振孤寡"，《廣雅》卷三上《釋詁》："孤、寡、索（索）、唯、特，獨也"，寡立即孤立。"孤立"乃兩漢六朝成詞，如司馬遷《報任少卿書》："無兄弟之親，獨身孤立"，《三國志》卷二十《武文世王公列傳》裴《注》引《魏氏春秋》所載曹冏《六代論》："君孤立於上"，《文選》卷十六《賦辛·哀傷》潘岳《寡婦賦》："廓孤立兮顧

和謝監靈運　　121

影",《初學記》卷二八《果木部·桐第十六》沈約《詠孤桐》:"排雲少孤立",顏氏易為"寡立",乃避熟就生耳。《家語》卷四《六本第十五》:"君子……遊必擇方","擇方所以修道"。《後漢書》卷五三《周黃徐姜申屠列傳·序》:"及其止也,則窮棲茹菽,臧(藏)寶以迷國",范史撰成雖晚於此詩作期,然各自造車,出門竟合轍,可推想此詞非顏氏獨創,則方回以為"擇方"、"窮棲"二詞"無全出處",非是也。

此聯意謂:個人與俗不洽,孤("寡")立於宦海波濤中,經常"藉"由"棲"身於微末小官、陸沈下僚等"刻意"為之,自謙此種立身處世行徑乃性情怪僻所致,非選"擇"正道("方")使然。

(四)善《注》:《文選》卷二四《詩丙·贈答二》陸機《答賈謐【長淵】詩》曰:"伊昔有皇,肇濟黎蒸,先天創物,景命是膺,降及羣后,迭毀迭興。"《左氏傳》卷二四《宣公十六年》:"羊舌職曰:'……善人在上,則國無幸(倖)。民諺曰:民之多幸(倖),國之不幸也,是無善人之謂也。'"

海按:《皇太子釋奠會作》:"伊昔周儲,聿光往記。"凡追憶、追述過往時,於悠悠中深吁一氣,緩緩道來,每以"伊"表示此種意象及口氣。甲文"昔"作"🌊"(合3523)、"🌊"(合301),从日从巛(音災),"巛"(巜)豎寫橫寫無別;金文則多從甲文之簡省者,將三波省為二波,每波之三折省為二折:"🌊",如西周中期《卯簋蓋》(04327)。前修已指出:此乃象洪水滔天之災,因淹地沒嶺之神話源自遠古,故引申出以往之義[7]。甲文"冓"作"🌊"(合31883),或將二者前端共用,形成一交集:"🌊"(合33928);金文作"🌊",如西周早期《冓罕》(09239)。《說文》四篇下之小篆於二者間加一直豎:"冓",解說為"交積材也,象對交之形";近人則解為兩魚相對,均難饜人心,然其為兩物相交之義蓋無疑。由此義派生,加木以示木材接榫曰構,言語相交曰講,兩家婚姻、男女交合曰媾,買賣雙方接觸易物曰購;我與人、事、物相見,如《説文》二篇下所云:"遘,遇也"。

(五)善《注》:《國語》卷十五《晉語九·士茁謂土木勝懼其不安人》:"士茁謂智襄子對曰:'臣以秉筆事君。'"兩闡,謂上臺及東宮也。事二宫,已見《曲水詩》⁽⁸⁾。

海按:甲文中,"秉"乃"禾"右側或左側有一象右手之"又"或象左手之"ナ":"秉"(合 18142)、"秉"(合 4863),金文中,已將"又"與禾莖相交⁽⁹⁾:"秉",如西周早期《班簋》(04341)此所以《説文》三篇下曰:"秉,禾束也,从又持禾",然"禾"該部件恐僅係象徵性質之表義者。《毛詩》卷十二之三《小雅·節南山之什·小弁》:"君子秉心",鄭《箋》:"秉,執也",《廣雅》卷三下《釋詁》:"秉、握、攬、捉、把……,持也"。秉筆,執筆也。

《文選》卷二四《詩丙·贈答二》潘尼《贈陸機出為吴王郎中令》:"婉孌二宫,徘徊殿闥",卷三七《表上》陸機《謝平原內史表》:"身登三閣,官成兩宫",善《注》均曰:"兩宫,東宫及上臺也"。"兩闡"一詞既欠精確,又非習用者,此處乃不得已而然。因本首全篇押劉宋時期之皆部韻,若易為中部之"宫",則嚴重出韻,亦斷無冬、皆通韻之可能。縱使顛倒語序,易為"兩宫侍秉筆",或"兩宫秉筆侍","筆"乃入聲質部,"侍"乃之部,前者違反入聲獨自相協之通例,後者幾近罕例,均非所宜。以押韻而言,遠非"闡"妥貼。

(六)善《注》:丹臒喻君恩也,玄素喻別也。《文選》卷二五《詩丁·贈答三》盧諶《答【贈】劉琨書》曰:"蓋本同末異,楊朱興哀;始素終玄,墨翟垂涕,分乖之際,咸可歎慨。"《周易》卷九《序卦》曰:"家道窮必乖,故受之以睽,睽者,乖也;乖必有難,故受之以蹇(音減),蹇者,難也",苦圭切。《尚書》卷十四《梓材》曰:"若作梓材,既勤樸斲,惟其塗丹雘。"

海按:《梓材》孔《疏》:"雘是彩色之名,有青色者,有朱色者,故鄭玄引《山海經》卷一《南山經·首經》云:'青丘之山……其陽多玉,其陰多有青雘(䕶)。'此經知是朱者,與丹連文故也",《釋文》:"雘……馬(融)云:'善丹也'",然於本聯中,此詞既與"玄、素"對仗,則"丹"、"雘"當為二物。《文選》卷十四《賦庚·鳥獸》顏延之《赭白馬賦》:"具服金組,兼飾丹、雘",善《注》:"丹、雘,二色也。郭璞《山海經》《注》曰:'雘,勰屬'"[10]。李冶《敬齋古今黈(音投上聲)》卷七《集類》:"呂延濟、呂向以'丹、雘'為榮祿,而李善又以為君恩,皆非也。'丹、雘'所以為國家之光華也……顏意謂雖無文章可以華國為愧。"《三國志》卷二一《王粲傳》裴《注》引魚豢曰:"君子不責備于一人,譬之朱漆,雖無楨、幹[11],其為光澤,亦壯觀也",正是此句之意。

《莊子》卷六下《秋水》:"何少何多,是謂謝施",《淮南子》卷一《原道》:"施之無窮",《釋文》引司馬彪《注》、高《訓》皆云:"施,用也"。

金文中,"睽"從二"目""癸"聲:"𥄪",如《大簋蓋》(04298)。《説文》四篇上:"睽,目不相聽也。"既曰"相",可推知:從一"目"乃後來之簡省。段《注》:"聽猶順也",則許氏之意蓋謂:左、右二眼珠不能集中視線,共視一對象,表背離之義。《周易》卷四《睽》孔《疏》:"睽者,乖異之名",蓋根據卷九《序卦》"睽者,乖也"為說,故《彖》以"同居,其志不同行"、《象》以"同而異"申釋其含意。

此聯意謂:自己雖有愧於以微薄之才、學,盡到潤色鴻業("丹、雘")之功能("施"),然亦未逆料到會説("謂")竟被外放,與知交如黑

("玄")、白("素")一般乖背,遥遠分離("睽")。

(七)善《注》:謂少帝之日也。《文選》卷二六《詩丁·行旅上》潘岳《河陽縣作詩》之一曰:"徒恨良時泰,小人道遂消"。《蒼頡篇》曰:"詖,諂佞也",彼寄切。《方言》卷二曰:"茫、矜、奄,遽也。吳、揚曰茫;陳、潁之間曰奄;秦、晉或曰矜,或曰遽。"昏霾,喻世亂也。《爾雅》卷六《釋天》曰:"風而雨土為霾。"

海按:《禮記》卷七《檀弓上》:"徒使我不誠於伯高",鄭《注》:"徒猶空也";《國語》卷九《晉語三·秦侵晉止惠公於秦》:"吾豈將徒殺之",韋《解》:"徒,空也"。於此處,猶言憑空、平白無故。《說文》二篇下:"遭,遇也",《史記》卷十二《孝武【今上】本紀》:"遭聖則興",《正義》:"遭,逢也"。《尚書》卷十二《洪範》:"無偏無陂,遵王之義,無有作好,遵王之道;無有作惡,遵王之路",偽孔《傳》:"陂,不正"。用於人身,則作"頗",《說文》九篇上:"頗,頭偏也"。由此可知:此聯實乃"徒遭王道詖,良時奄昏霾"之刻意交錯易位。

西周早期《應公鼎》(02553、02554)中之"奄"乃從一正面人形("大")之上有一閃電("申"):"𢍜",其本義蓋以頭頂空中閃電之乍現、乍逝,表達迅速不及轉瞬之義,然而當閃電時,電光遍及其所現之處,人皆得見,則又同時包含普遍、全然之意。至秦簡中,將"大"移至"申"之上:"𡘹"(睡·秦181),即為後世習見之"奄"。東漢已降,不時以"奄"與"忽"或"然"連言,已見單以"奄"表示短暫之義者。如《類聚》卷三四《人部十八·哀傷》所錄蘇順《歎懷賦》:"奄彌留而永喪"、卷七九《靈異部下·夢》所錄王延壽《夢賦》:"奄霧消而光蔽"、《樂府詩集》卷四一《相和歌辭十六·楚調曲上·怨詩行》:"百年未幾時,奄若風吹燭"、《古文苑》卷八《詩·四言詩五首》王粲《思親為潘文則作》:"奄遘不造,殷憂是嬰"。《釋天》郭《注》:"《詩》卷二之一《邶·終風》云:'終風且霾'",邢《疏》:"孫炎曰:'大風揚塵土,從上下也'"。

此聯意謂:自己平白無故("徒")"遭"逢巨變:原本之"王道"竟然滑入偏途邪徑("詖"),導致朗朗乾坤("良時")驟然之間("奄")盡是"昏"天蔽日之塵埃("霾"),不復清净光明。

(八)善《注》:人、神幽、明絶,言時亂不獲祭享也。《曾子》曰:"天曰明,地曰幽。"《初學記》卷十八《人部中·離別》張載《詠懷詩》⁽¹²⁾曰:"跋涉山川,千里告辭,楊子哭歧,墨氏感絲,雲乖雨散【絶】,心乎愴而!"

海按:出句所本乃《尚書》卷十九《吕刑》、《國語》卷十八《楚語下》"絶地、天通"之負面用法。步入邪徑之人主及其影響下之黎庶既不敬天,也不法祖,於人,則自然廢棄祭祀;於神,則不關懷、降福世間,於是幽("神")、明("人")兩界隔"絶"。

甲、金文中,"朋"為一橫繩垂繋兩串各三貝或兩貝(均以橫視角度,作"一"之形):"拜"(合11438)、"玨"(合24951);金文則有各串四貝者:"玨",如西周早期《中鼎》(02458),因此引申出同類、比近之義。《毛詩》卷八之一《豳·七月》:"朋酒斯饗",毛《傳》:"兩樽曰朋",孔《疏》:"朋者,輩類之言"。《後漢書》卷五九《張衡傳·思玄賦》:"朋精粹而為徒",章懷《注》:"朋猶侣也"。某些甲、金文中,為顯示人際關係之"朋",乃於外加一側面人字("亻"):"佣"(合12),或叛:"佣",如西周中期《室叔簋》(NA1957)。《論語》卷一《學而》:"有朋自遠方來",《集解》:"包(咸)曰:'同門曰朋'";《周禮》卷十《地官·大司徒》:"五曰聯朋友",鄭《注》:"同師曰朋,同志曰友",明顯可見:"朋"僅論及外在關係,"友"則較之親密,涉及内在心態,是以準此,"朋好"猶言同僚交好。若認為文學作品措辭不得以經學拘泥之,則"朋好"即"友好",避熟就生耳。

"雲"在天上,"雨"落地下,二者懸隔。《文選》卷十三《賦庚·鳥獸》禰衡《鸚鵡賦》:"何今日之兩【雨】絕,若胡、越之異區",卷四四《檄》陳琳《檄吳將校部曲文》:"雨絕於天",《玉臺》卷二傅玄《苦相篇》:"垂淚適他鄉,忽如雨絕雲",《類聚》卷三四《人部十八·哀傷》所錄潘岳《哀詩》:"漼(音崔上聲)如葉落樹,邈若雨絕天","雨絕"乃六朝成詞,即"雲雨絕"。此處改用"乖",乃為協劉宋時之皆部韻。

《說文》四篇上:"𠦎(乖),戾也,从𠂇(音拐)、兆(音照),兆,古文別",二篇上:"兆,分也,从重八。《孝經說》曰:'故上下有別'"。許氏雖猶聞舊説,但僅得其依稀彷彿。《三國志》卷五七《虞翻傳》裴《注》引《(虞)翻別傳》:"《尚書》卷三《舜【堯】典》:'分北三苗',北,古別字",虞說亦未當。甲文中,"北"乃象二側面人形相背:"𠊻"(合7094);金文從同:"𠊻",如西周早期《北子宋盤》(10084),乃"背"之初文。因"北"久假為方向義而不歸,乃加"肉"以復其本義。戰敗或怯戰,轉身而逃,以背對敵人,故曰敗北(音背),否則,試問:何以不曰敗東、敗西,獨言敗北?"乖"所從之"兆"實乃"北"之訛變。

此聯出句論人與神間縱向之關係,對句論人與人間橫向之關係。

(九)善《注》:謂之始安郡也。賈誼有《弔屈原文》。《楚辭》卷二《九歌·湘夫人》曰:"搴汀洲兮杜若,將以遺兮遠者。"《文字集略》(13)曰:"汀,水際也。"《文選》卷二四《詩丙·贈答二》曹子建《贈白馬王彪詩》其一曰:"謁帝承明廬,逝將歸舊疆,清晨發皇邑,日夕過首陽。"《禮記》卷七《檀弓上》曰:"舜葬於蒼梧之野(14)。"

海按:《史記》卷八四《屈原賈生列傳》、《漢書》卷四八《賈誼傳》、《文選》卷六十《弔文》均收錄賈誼此文,然此處指《文選》卷六十《祭文》所收顏延之為湘州刺史張邵所撰之《祭屈原文》。賈誼該文與顏氏何干?李氏不過欲標明"弔屈"一詞有出處,捨實指而取虛表,善《注》顢頇無謂於此灼然可見。《湘夫人》王《注》:"汀,平也",洪《補注》:"汀……水際平地"。《說文》十一篇上二:"浦,水瀕也",十一篇下:"瀕,水厓,人所賓附也"。

曹植所謂之帝乃宮殿中之生人,顏氏所謂之帝乃廟宇中之死者,李氏引曹詩為注,蓋欲藉此以見同一句式於不同時代、不同作者筆下之變遷。《釋名》卷一《釋道》:"步所用道曰蹊",《莊子》卷四中《馬蹄》:"山無蹊隧",《釋文》引李頤云:"(蹊,)徑也"。"汀洲浦"、"蒼山蹊"乃道地之水、陸對。《文選》卷六十《祭文》顏延之《祭屈原文·序》:"湘州刺史吳郡張邵恭承帝命,建旟(音于)舊楚,訪懷沙之淵","弭節羅潭",據顏氏本傳,適逢延之"之(始平)郡,道經汨潭",乃為張邵撰該祭文"以致其意"。若夫蒼梧郡治,相當於今之梧州市,據《宋書》卷三八《州郡志四·廣州》,隸屬於廣州。張邵巡行轄內南方諸郡,不可能至該地今曰白雲山之蒼梧山,而由於"官守有限",更不容逾界。《類聚》卷十一《帝王部一·帝舜有虞氏》所錄有顏延之《為張湘州祭虞帝文》,其中有云:"職奉西湘,虔屬南雲",且既說已涉足山"蹊",則此處之"蒼梧"僅可能指今寧遠縣之蒼梧山,此處於劉宋時為湘州轄下之營陽郡。顏氏南赴任所前,可先經此地。

(十)善《注》:《楚辭》卷十六《九歎·憂苦》曰:"倚石巖以流涕兮,憂憔悴而無樂",卷四《九章·涉江》又曰:"乘鄂渚而反顧兮,欸【欸】(音矮)秋冬之緒風",卷一《離騷》又曰:"余既滋蘭之九畹兮,又樹蕙之百畝,畦(音西)留荑(夷)與揭車兮,雜杜衡與芳芷,冀枝葉之峻茂兮,願竢時乎吾將刈",王逸曰:"留荑(夷),香草也"。

海按:《尚書》卷十《說命·序》:"得諸傅巖",孔《疏》:"巖是山崖之名"。《涉江》王《注》:"欷,歎也;緒,餘也。"此聯甚佳。唯於閒暇、發怔之際,方得放鬆背倚山"巖",任由虛杳之"風"聲自耳際吹過,而出現信手"攀"引"林"枝、指繞草葉此等下意識之動作,然於其寫作時,回復意識層面,則本聯結合上二聯未嘗不具寓意:舉世滔滔,少數"朋好雲、雨乖",周邊多屬文化低落之少數民族,孤立無友,自己唯能尚友如屈原之古人,於惺惺相惜之際,且自針砭,耳聞昔日聖賢在位時流傳至今日之風,而嚮往之。以此回應開篇之"弱植慕端操","擇方"而"寡立"。

(十一)善《注》:跂予,已見上文(15)。衡,山名也。《爾雅》卷七《釋山》曰:"山銳而高,曰嶠。"《毛詩》卷四之一《王·揚之水》曰:"懷哉懷哉,曷月余(予)還歸哉。"孔曄《會稽記》(16)曰:"秦望山在州城正南。"《史記》卷六《秦始皇本紀·三十七年(前210)》曰:"十月癸丑,始皇出游……上會稽,祭大禹,登之望于南海。"《越絕書》卷八《越絕外傳記地傳第十》曰:"禹始也,憂民救水,到大越,上茅山,大會計,爵有德,封有功,更名茅山曰會稽。及其王也,巡狩大越……因病亡死,葬會稽。"

海按:《釋山》郭《注》:"言纖峻。""閒",世俗多寫作"間",隔也。此句或脫胎自《文選》卷十一《賦己·遊覽》王粲《登樓賦》:"平原遠而極目兮,蔽荊山之高岑。""荊山"、"衡岳"均為外在政治勢立之譬喻。

《毛詩》卷二之二《邶·雄雉》:"瞻彼日月,悠悠我思,道之云遠,曷云能來",毛《傳》:"瞻,視也"。秦望山在紹興、諸暨交界處,乃會稽山脈之一。據善《注》之理解，秦始皇望南海，即於此處，故此山曰秦望，會稽亦因而可稱"秦稽"，然此處實為顧及形式駢儷而生，因"會稽"乃一單詞，而與之對仗之"衡嶠"乃所有格之名詞加名詞，唯作"秦稽"，構詞法方相應。《宋書》卷六七《謝靈運傳》："出為永嘉太守……在郡一周，稱疾去職……靈運父、祖並葬始寧縣，并有故宅及墅，遂移籍會稽，修營別業……有終焉之志。"呂延濟："謂謝公隱此山"，是也。會稽乃譬喻有彼高岸景行之謝氏。

此聯意謂：我（"予"）雖企踵（"跂"）東望，聊慰對摯友之思，然而視線受到以"衡"山峯頂（"嶠"）譬喻之外在勢力阻隔，不知"曷月"能一睹（"瞻"）退居會稽別業之尊容（"秦稽"）。

（十二）善《注》：皇聖謂文帝也。《孫卿子》卷二《不苟》曰："誠心守仁則形，形則神，神則能化矣；誠心行義則理，理則明，明則能變矣，變化代興，謂之天德。"謝承《後漢書》曰："仁風豐澤，四海所宗。"《說文》十二篇上曰："振(17)，舉救之也。"葛龔《與張略書》曰："頑闇沈泥。"

海按：《弘明集》卷四《達性論》顏延之《釋達性論》："皇聖哀其若此，而不能頓奪所滯"，《類聚》卷二九《人部十三·別上》所錄顏延之《為皇太子侍宴餞衡陽南平二王應詔》詩："大儀在御，皇聖居貞"；《文選》卷二四《詩丙·贈答二》陸機《贈馮文羆遷斥丘令》："於皇聖世，時文惟晉"，《晉書》卷二二《樂志上》張華《宗親會歌》："於皇聖明后，天覆弘且仁"，可知："皇聖"非"聖皇"之刻意倒裝，"皇"乃用其本義，今多寫作"煌"者，輝煌偉大也，故與"豐"、"大"對仗，"皇聖"乃《宋書》卷二十《樂志二》王韶之《食舉歌》之二"皇皇聖后"之簡省。李周翰："皇，太祖也"，不識字之弊。《荀子》原文"天德"之"德"乃指道德，非此處用法。

《論語》卷十四《憲問》："何以報德"，何《注》："德，恩惠之德"；《呂覽》卷十五《報更》："張儀所德于天下者無若昭文君"，高《注》："德猶恩也"。此從下文曰"澤"，更可辨知。

甲文中，"沈"作一正面之"牛"或倒過來之"牛"没於水中："𤼵"（合780）、"𤼶"（合32915），乃祭河川之方式，《淮南子》卷十六《説山》："尸祝齊（齋）戒，以沉（沈）諸河"，高《訓》："祀河曰沉"。金文則改爲從"水""冘"聲之形聲字："𣸭"，如西周《沈子它簋蓋》（04330）。沈泥，自喻也。《文選》卷二三《詩丙·哀傷》曹植《七哀》："君若清路塵，妾若濁水泥"，而以夫、妻比配君、臣乃戰國已降通義，顏氏實暗用此名聯，且藉由"天德"、"沈泥"形成天、淵對，可謂至巧。善《注》死於字下，其愚拙於焉復見。

（十三）善《注》：《國語》卷十五《晉語九·竇犨（音抽）謂君子哀無人》曰："趙簡子歎曰：'雀入于海爲蛤（音葛），雉入于淮爲蜃（音甚），黿（音元）、鼉（音陀）、魚、鱉莫不能化(18)，唯人不能，哀夫。'"鄭玄《禮記注》曰："充，足也"，子喻切。

海按：五臣本、六家本、六臣本"爵"均作"雀"。善《注》引《國語》，而非《呂覽》卷九《季秋》："賓爵入大水爲蛤"，除了求簡省，一併表明此二項傳説之根據，且藉此以釋"爵"當改讀爲"雀"，此乃善《注》精妙處之一。甲文中，"爵"乃道地之象形："𩱬"（合14768）、"𩱭"（合21926），西周早期《爵丏父癸觥》（09285）蓋爲族徽者作"𤔲"，《爵父癸卣蓋》（04988）將便於手持之鋬（音判）改爲持鋬之手："𤔲"，《爵父癸壺》（NB1556）且以透視法，加上盛裝於内部之液體："𤔲"，撇開鋬或持鋬之手、盛裝於内部之液體，其字形與實際之爵甚逼真，且確實類鳥形：流之前半似鳥首與鳥頸，容受酒之器腹若鳥身，流之後端上翹若三角形者象

和謝監靈運

鳥尾,器身下三足(或因視角省為二足)類鳥足,器身上或有或無之雙柱象鳥振翅或戢翼,其本義毫無疑問乃與酒密切相關之器皿[19]。從西周中期《縣改簋》(04269):"⿱䇂貝"、西周早期《史獸鼎》(02778):"⿱爪鬯"、西周晚期《伯公父勺【爵】》(09935):"⿱爪鬯"[20],可看出:"爵"之下半雙足因交疊,逐步演化。至於此字之上半,原本以類似"个"者象器上之柱,因於柱旁兩側加上綴飾之點,以致類似"个",從而訛變為"爪";"四"則是將原先向左開口、中間有象液體流出者:"⿹"封口,進一步之嚴重訛變。由於此字於秦簡中有兩種寫法:一種作"爵"(睡‧雜37),一種作"爵"(睡‧秦153)。承繼前者而上端訛變為"爪",即為習見之"爵";延續後者,因下半左側訛變為"鬯(音唱)",即成《說文》五篇下之"爵"。卜辭中已見"雀方",因"爵"作"雀"形,以致鳩佔鵲巢,後世經常用為"雀"之假借字。如《儀禮》卷二《士冠禮》:"爵弁、服,纁裳","爵"乃指弁、服之色如雀頭赤而微黑之色;《呂覽》卷二十《長利》:"今使燕、爵為鴻、鵠、鳳、皇慮,則必不得矣",既與珍稀之大鳥相較,"爵"為小"雀"無疑。是以《說文》四篇上:"雀,依人小鳥也,從小、隹。讀與爵同。"《晉語九》韋《解》:"小曰蛤,大曰蜃,皆介物蚌類。"至於善《注》稱引之鄭《注》,今本不見。

此聯意謂:可惜自己未曾因這次外放之經歷有所變化、改進,將如何能身處人才如具備各種動、植物之"海、淮"之朝廷,充當一官職?《鮑照集》卷五《蜀四賢詠》:"渤渚水浴鳧,春【舂】山玉抵鵲,皇漢方盛明,羣龍滿階閣",二人狀朝中濟濟多士,皆取自《漢書》卷八七下《揚雄傳‧解嘲》:"天下之士……譬若江湖之雀【崖】、勃(渤)解(澥)之鳥【島】,乘雁集,不為之多;雙鳧飛,不為之少",唯顏氏蛻形他寄,愈形高妙。

(十四)善《注》:去國謂去始安也。《莊子》卷八中《徐无鬼》曰:

"子不聞夫越之流人乎？去國數日，見其所知而喜；去國旬月，見所嘗見於國中者喜；及期年也，見似人者而喜矣，不亦去人滋久，思人滋深乎？"《文選》卷二九《詩己·雜詩上》《古詩十九首》之十四曰："去者日以踈，生者日以親，出郭門直視，但見丘與墳。古墓犁爲田，松栢摧爲薪，白楊多悲風，蕭蕭愁殺人，思還故里閭，欲歸道無因。"《楚辭》卷十三《七諫·哀命》曰："處玄舍之幽門兮，穴巖石而窟伏。"《文館詞林》卷一五二《詩十二·人部九·贈答一·親屬贈答》陸雲《答兄機書》其八曰："華堂傾攘【構】，廣宅頹墉，高門降衡，脩庭樹蓬，感物悲懷，愴矣其傷。"

海按：李氏胡說。張銑："謂去職仕也"，亦然。《宋書》卷六《孝武帝紀·大明五年（461）》："八月戊子，立……第十一皇子子真爲始安王"，前此始安均爲郡，非國，此其一；上文已言見召還朝，不待贅言去始安，此其二。此乃顏氏自己請急，或文帝賜假，因此得以先返家，而後履新。《晉書》卷七七《陸曄傳》："求歸鄉里，拜墳墓。有司奏：舊制：假六十日"，《書鈔》卷三二《政術部六·急假》所錄范寧《啟衆官管假解故事》："一年令：賜假日，隨其所欲之適，任其取日多少"，《宋書》卷六十《王韶之傳》："舊制：羣臣家有情事，聽併急六十日"，是劉宋時仍沿晉令也。《毛詩》卷十七之四《大雅·生民之什·民勞》："惠此中國[21]，以綏四方"，毛《傳》："中國，京師也"；《禮記》卷三六《學記》："國有學"，孔《疏》："國謂天子所都"，此處之"國"即指京城。《文選》卷三一《詩庚·雜擬下》袁淑《効曹子建樂府白馬篇》："車徒傾國鄽（音蟬）"，謝朓《冬緒羈懷示蕭諮議、虞田曹、劉、江二常侍》："去國懷丘園"，"國"固此義，鮑照《還都口號》："君王遲京國，遊子思鄉邦"，江淹《建平王賀少帝登阼章》:"魂泣江郊,心汯京國",尤為昭著。《宋書》卷三五《州郡志一·南徐州》:"晉亂,琅邪國人隨元帝過江千餘户","丹陽雖有琅邪相而無土地。成帝咸康元年(335)""立郡",下轄臨沂、江乘二縣。顏氏乃"琅邪臨沂人",雖與建康緊鄰[22],然以行政區域劃分,終非一地,故可言"歸"。

從《嵇康集》卷一《述志》之二"玄居養營魂"及《晉書》卷五一《束晳傳》因或人質疑束氏"性沈退,不慕榮利","苦形骸於蓬室","茹藿餐蔬,終身自匿"而撰《玄居釋》以對客難,可知:"玄居"猶言幽居、潛處,則作為"玄居"出入處之"幽門",當屬與富貴人家光鮮之"朱門"相對者,"幽"乃一無漆彩、毫不起眼之意。與本傳言其"少孤貧,居負郭,室巷甚陋"之境遇協調。《荀子》卷二十《子道》:"耕耘樹藝",楊《注》:"樹,栽植"。此處之"樹"當然非人為栽種,乃是雜草自行生長,是以不若依《方言》卷七所云:"樹、植,立也"。《爾雅》卷八《釋草》:"蓬",邢《疏》:"《說文》一篇下云:'蓬,蒿也',草之不理者也",故形容髮亂且枯槁,如《毛詩》卷三之三《衛·伯兮》曰:"首如飛蓬"。《説文》一篇下:"藜,艸也",《漢書》卷六二《司馬遷傳》:"藜藿之羹",顏《注》:"藜,草似蓬也;藿,豆葉也"。此句極言故宅之貧寒荒蕪。

(十五)善《注》:鄭玄《周禮》卷三三《夏官·圉(音雨)師》"茨牆則翦闑"《注》曰:"茨,蓋也。闑,苦(音善)[23]也。"《廣雅》卷二下曰:"葺,覆也。"《左氏傳》卷三二《襄公十四年》:"戎子駒支對曰:'……賜我南鄙之田,狐狸所居,豺狼所嗥(音豪)。我諸戎除驅其狐狸,剪(翦)其荊棘,驅其狐狸、豺狼,以為先君不侵不叛之臣'。"《孟子》卷六下《滕文公下》曰:"曾子曰:'脅肩諂笑,病于夏畦'"[24],劉熙曰:"今俗以二十五畝為小畦"。

海按：甲文中，"采"象一"爪"於"木"上："𤓰"（合12812）；金文亦然："𤓰"，如西周早期《遺卣》（05402），摘擷乃其本義。後因假借為色彩之"采"，乃加"手"為"採"，以復其初。《說文》七篇下："宇，屋邊也"，以部分代表整個屋頂。《釋名》卷五《釋宮室》："屋以草蓋曰茨。茨，次也，次比草為之也"，次比草指將茅、葦依序接連排列。古今漢語之動詞每兼具名詞之詞性，故《荀子》卷十三《禮論》："屬茨倚廬"，楊《注》："茨，蓋屋草也"，與下句中無疑為名詞之"棘"對仗。《文選》卷四七《頌》王襃《聖主得賢臣頌》："生於窮巷之中，長於蓬茨之下"，《梁書》卷十三《沈約傳‧郊居賦》："因葺茨以結名，猶觀空以表號"，"茨"均明顯為名詞。此亦善《注》所以刪省原文中之"蓋也"，而逕以"苫"為訓，張銑亦曰："茨，茅"。

甲文中，唯見"棗"："𣐻"（合17444）。金文中，春秋晚期或戰國早期《蔡子□鼎》（02087）始見"𣐻（棘）"，均作木有刺狀。"棗"、"棘"實同類，為顯示後者乃較矮之灌木，故二"朿（音次）"並列。《說文》七篇上："棘，小棗叢生者，从並朿。"《說文》十二篇上保存之"𨳿，古文（開）"象雙手除去門閂，打通障礙、拓展之義。《文選》卷二六《詩丁‧行旅下》潘岳《在懷縣作》之一："薑芋紛廣畦"，善《注》："劉熙《孟子注》曰：'今俗以五十畝為大畦也'"，此所以《說文》十三篇下："畦，田五十畮曰畦"。

此句意謂：採（"采"）茅桿（"茨"），覆蓋（"葺"）於屋頂上，以修繕原來已破敗者（"昔宇"）。既然居處長滿（"樹"）"蓬、藜"，自當"剪"除荊"棘"，使可耕地（"畦"）被清理、顯露出來（"開"），以便為圃。

（十六）善《注》：言年既日往，志意已衰，不與子俱也。王逸《楚辭》卷四《九章‧橘頌》"願歲並謝，與長友兮"《注》曰："謝，去也。"

和謝監靈運　135

《楚辭》卷八《九辯》之七曰:"年洋洋而【以】日往兮,老嶚(音寥)廓而無處。"毛萇《詩》卷二之一《邶·擊鼓》"執子之手,與子偕老"《傳》曰:"偕,俱也",俱亦齊同之意也。

海按:原本凡我以外之人、事、物皆可曰物,此處專指周邊之物色。《說文》三篇上:"謝,辤(辭)去也",《漢書》卷四五《蒯通傳》:"婦晨去,過所善諸母,語以事而謝之",顏《注》:"謝謂告辭也"。於此處,"謝"意謂已成為過去,故與下句之"往"正對。

《說文》七篇上:"時,四時也",《周禮》卷十五《地官·鄙師》:"以時數(音黍)其眾庶",鄭《注》亦如此訓釋。金文中,"宴(晏)"從"宀"、"晏","晏"亦聲:"宀",如西周晚期《宴簋》(04118),或從"广"、"晏","晏"亦聲:"宀",如西周晚期《鄂侯馭方鼎》(02810)。銅器銘文中,不時可見以從"乚"、"晏"之"匽"(25)。"匽"乃日下之女子走入庭("廷")間邊界或角落("乚")之象,如《說文》十二篇下所云:"匽,匿也"。若"匽"係表示女子於日未西下,暫時收工,則為休息之義,《禮記》卷十六《月令·仲夏》:"以定晏陰之所成",鄭《注》:"晏,安也,陰稱安"。若"匽"係表示暮色襲來,而後返家,則與"宴(晏)"之從"宀"相同,均蘊含時辰向晚之義,《楚辭》卷一《離騷》:"及年歲之未晏兮",王《注》:"晏,晚"。此處之"晏"乃第二種用法。

善《注》引《九辯》該聯,並不允當。"年往"乃六朝成詞,如《宋書》卷二一《樂志三·清調曲》曹操《秋胡行》:"不戚年往,世憂不治",《文選》卷二六《詩丁·行旅上》潘岳《在懷縣作》之二:"歎彼年往馳",卷二八《詩庚·樂府下》陸機《長歌行》:"年往迅勁矢",謝靈運《曇隆法師誄》:"年往歡流",顏氏於其《秋胡詩》中亦云:"年往誠思勞"。唯從《九辯》該聯王《注》:"歲月已盡,去奄忽也",可知:"年"乃顏氏就自己一生之歲月而言。

　　金文中，"志"唯見於戰國晚期《中山王譽壺》(09735)，从"止"从"一"："𢖶"，"止"結合"一"即"之"，往也，故《毛詩》卷一《大序》："詩者，志之所之也，在心為志，發言為詩"。日後"之"訛變為"士"，乃成今之習見字形。

　　此聯意謂：隨著四季（"時"）推移，如一天光陰向晚（"晏"），周邊"物"色必然呈現凋"謝"萎落之狀。身為萬物中之我雖然無法超拔於時間之流外，馬齒日長，但心中"慕端操"、"窮棲"之"志"猶在，不隨同"年"歲而俱（"偕"）"往"矣。否則，上文何以自嘲"惜無爵、雉化"？從形式上而言，自身之"年往"與身外之"物謝"適相對仗，實際此聯乃交錯對："時既晏"與"年往"正對，"物謝"與"志不偕"反對，誠可謂"綜緝""錯比"。

　　善《注》以"不偕"為顏氏不與謝氏（"子"）一致（"俱"），乃添字解經，非是。此乃顏氏就自身心志與歲月、生理變遷不偕而言。至乎鮑照《發後渚》："華志分馳年"，則"志"與"年"真正俱頹矣。

　　（十七）善《注》：親仁謂靈運也。《左氏傳》卷四《隱公六年》："往歲鄭伯請成于陳，陳侯不許，五父諫曰：'親仁善鄰，國之寶也，君其許鄭。'"《爾雅》卷二《釋詁》曰："昵【暱】，近也"，孫炎曰："親之近也"。《說文》十二篇上曰："㜤（嬹音幸），悅（說）也。"玩，愛也。

　　海按：善《注》徒引古典中與詩意無干之"親仁"出處，卻規避何以"親仁謂靈運也"，逃難取巧，甚可鄙也。《孟子》卷五下《滕文公上》："信以為人之親其兄之子，為若親其鄰之赤子乎"，趙《注》："親，愛也"；《禮記》卷三六《學記》："五年視博習親師"，孔《疏》："親師謂親愛其師"。《論語》卷六《雍也》："仁者樂山"，"仁者靜"，邢《疏》："樂謂愛好"。親仁猶言樂山愛靜者。顏氏所以用此詞,蓋因謝靈運外放為永嘉太守時,嘗枉道返家,作《過始寧墅》,詩中曾自許:"拙、疾相倚薄,還得靜者便",李氏即以上揭《雍也》"知者動,仁者靜"為注。《毛詩》卷十二之二《小雅·節南山之什·小旻(音民)》:"敷于下土",毛《傳》:"敷,布也";《尚書》卷三《舜【堯】典》:"敷奏以言",偽孔《傳》:"敷,陳",孔《疏》:"布散之言與陳設義同,故為陳也"。

李氏對"興"之訓解不當。"興賦"乃六朝成詞,指引發情懷而作賦,然顏氏已以舊酒瓶裝新酒,將之轉化。《說文》三篇上:"興,起也",《周禮》卷十二《地官·舞師》:"小祭祀,則不興舞",鄭《注》:"興猶作也",《釋名》卷六《釋典藝》:"興物而作謂之興"。賦,賦詩之省略。套入《文選》卷十三《賦庚·物色》潘岳《秋興賦》題下善《注》:"興者,感秋而興此賦",則此處之"興賦"乃"感物而興此詩"。《說文》七篇下:"究,窮也";《莊子》卷九下《盜跖》:"窮美究埶(勢)",《釋文》:"窮猶盡也……究,竟也";《漢書》卷二四上《食貨志》:"害氣將究矣",顏《注》:"究,竟盡也",與出句之"敷"正對,乃坦言不保留之意。辭,辭官;棲,隱退而山居。

此聯意謂:閣下這位樂山愛靜者竟然視尚於宦海中沈浮之我倆(顏、范)為"照情素者",合盤展示("敷")"昵"近者才有之"情"份,將舊作賜予觀之,並有感於我倆敦勸之言,寫作這首坦布己懷之詩("興賦"),將自己"辭"官,回會稽"棲"居之始末說得透徹("究")明白。

《說文》一篇上:"玩,弄也",四篇上:"翫,習獸也"。此乃因五臣本、六家本、六臣本之正文"賦"均作"玩",後學無知不辨,買菜求益,乃妄增"玩,愛也"。

(十八)善《注》:《文選》卷五《賦丙·京都下》左思《吳都賦》曰:

"光色炫晃,芬馥肸蠁(音細向)。"《説文》八篇下曰:"欻,息也。一曰,氣越泄也。"《禮記》卷六三《聘義》曰:"昔者君子比德於玉焉:溫潤而澤,仁也;縝密以栗,知也;廉而不劌(音貴),義也;垂之如隊(墜),禮也;叩之,其聲清越以長,其終詘然,樂也",鄭玄《注》曰:"栗,堅貌。劌,傷也……越猶揚也。詘,絕止貌"。

海按:明州六家本"肸"作"盻",無別。"肸蠁"乃上古曉母(x)雙聲詞,故《文選》卷四《賦乙·京都中》左思《蜀都賦》善《注》所引司馬相如《子虚賦》作"肸響",《類聚》卷六二《居處部二·宫》所録劉歆《甘泉宫賦》作"盻嚮"。《説文》三篇上:"肸,肸蠁,布也",《漢書》卷五七《司馬相如傳·子虚賦》:"肸蠁布(佈)寫(瀉)",最能傳達出此詞之意。《文選》卷二九《詩己·雜詩上》蘇武《詩》之四:"馥馥我蘭芳",善《注》:"《韓詩》曰:'馥(苾)芬孝祀',薛君曰:'馥,香貌也'"。

《説文》十三篇下:"圭,瑞玉也……珪,古文圭从王"[26],一篇上:"琳,美玉也"。《尚書》卷六《禹貢·雍州》:"厥貢惟球[27]、琳、琅玕",偽孔《傳》:"球、琳皆玉名;琅玕,石而似玉"。珪非樂器,蓋迫於協韻而用之。

此聯乃恭維謝詩,其芬芳令蘭蕙、杜若之香停"歇",朗誦時,足以"奪"去以琳、球等玉器演奏時,所發出"清"脆高亢("越")悦耳之樂之吸引力。此聯出句雖以嗅覺為譬擬之詞,實仍不脱聲、色對仗之舊模式。其意猶言女性之美足以閉月羞花。

(十九)善《注》:《易》卷七《繫辭上》曰:"子曰:'"書不盡言,言不盡意",然則聖人之意其不可見乎?'"報章,已見上文。《莊子》卷四下《在宥》曰:"大人之教,若形之於影,聲之於響,有問而應之,盡其

和謝監靈運

所懷。"《蒼頡篇》曰:"懷,抱也。"

海按:"盡言"乃針對謝詩"敷情昵"、"究辭棲"而言。

金文中,"布"從"巾""父"聲:"&",如西周早期《作冊嬛卣》(05407),後因"父"訛變為"ナ",乃成日後習見之字形。對照金文中之"市"(音福),即後世寫作"芾":"朮"者(28),如西周中期《七年趞曹鼎》(02783),"巾"應該是"市"前下垂者,甚至即"市"之省。西周中期《曶壺蓋》(09728)、西周晚期《師兌簋》(04274)即以"巾"為"市"。《說文》七篇下:"市,韠(音必)也。上古衣蔽前而已,市以象之",段《注》:"《禮記》卷三十《玉藻》'韠,君朱,大夫素'鄭《注》曰:'韠之言蔽也'"。《毛詩》卷十五之一《小雅·魚藻之什·采菽》:"赤芾在股",鄭《箋》:"芾,大(太)古蔽膝之象也"。既要蔽前遮羞,該"布"勢需舒展開,故引申為宣布、散布、鋪布之義。後世每每寫為"佈"。所謂"上文"指卷二六《詩丁·贈答四》顏延之《夏夜呈從兄散騎車長沙》"七襄無成文"善《注》。六臣本無此六字,復引該處善《注》。實際上,於《文選》中,"報章"一詞最早見諸卷四《賦乙·京都中》左思《蜀都賦》:"差鱗次色,錦質報章"。此處純用"報章"字面意思。

此聯意謂:自己答詩拙劣,並非用來回應("報")對方那般佳作("章"),只是既然我公坦誠相待,盡訴衷懷,在下也就直言無隱,姑且("聊")以("用")此詩表白一己"所懷"之感受。

讀者當追索者無乃顏氏"所懷"為何。顏氏表示:自己從年輕時即"慕端操",入仕後,也盡量"窮棲",並非貪圖富貴者,否則,何至於貧困到"年三十,猶未婚"?至今持"志"未移,並未隨著"年往""時既晏"而喪志。我相信你確實"久欲還東山",但也正如你坦承自己"操不固"。如果以往因為"聖靈昔迴眷,微尚不及宣","違志似如昨,二紀及茲年"⁽²⁹⁾,何以這次同樣"感深",卻一年多即告歸?難道不是因為"初被召",便"自許""名輩才能應參時政",但皇帝"唯以文義見接","意不平"所致?如果真要"敷情昵","究辭棲",就不要再將自己塑造為純粹的"親仁""靜者"角色了,講什麼"事躓兩如直,心愜三避賢"。再者,有無"端操"與是否隱退毫不相干,何況現實逼人,沒有官方那點俸祿,在下全家就得啜菽飲水了。你可以調門唱得如"琳、珪",高蹈山居,那是因為你"父、祖之資,生業甚厚",還擁有康樂侯之食邑,可曾想過缺乏你這般條件者如何自處?你回會稽,"故池不更穿,果木有舊行",那是因為你家"奴僮既眾,義故門生數百",始終有人維修、照料,更可以役使僕役,"鑿山浚湖,功役無已",而我回"故里",連破舊之屋頂都得自己修。就像當年我倆先後被外放,你可以"在郡一周",就不管親戚群起勸阻,使性子辭職,我卻只能認命安分地留在那邊陲之地,直待皇上起我於"沈泥"。一言以蔽之,飽漢不知餓漢飢。

此篇押劉宋時期皆部平聲韻。

【補述】

(1)《説文》二篇上:"特,牛也,从牛寺聲。"金文中,"寺"从"又""之"聲:"𠂇",如西周晚期《沃(音矢)伯寺簋》(04007),乃"持"之初文。戰國早期《鳳(音彪)羌鐘》(00161)已於"又"下加一斜劃,以求對稱:"𡴀",漸演變為"寸","之"後世又訛為"士",方成今習見之形。故籍中,"特"不時以"直"假借之,則"植"改讀為从"心"从"之","之"亦聲之"志",不足奇。

(2)《離騷》王《注》:"捷,疾也;徑,邪道也;窘,急也……欲涉邪徑,急疾為治。"《補注》則釋為:"以不由正道,而所行蹙迫",蓋據《説文》七篇下"寠,迫也"、《毛詩》卷十八之五《大雅·蕩之什·召(邵)旻》"今也日蹙國百里"毛《傳》"蹙,促也"為訓。前者以"寠步"為行走圖快速,後者以"寠步"為行走陷入困境,難以為繼。顏氏此處之"寠步"僅襲用詞面,賦予看似拙劣卻正面之新意義。

(3)從楊倞《〈荀子〉序》,可知:於唐憲宗元和十三年(818),他注解該書之後,始"改《孫卿新書》為《荀卿子》",是以李氏並五臣均只可能從眾,稱《孫卿子》,然《文選》卷四二《書中》曹植《與楊德祖書》"僕嘗好人譏彈其文"善《注》改寫卷一《修身》原文"非我而當者,吾師也……詔諛我者,吾賊也"為"有人道我善者,是吾賊也;道我惡者,是吾師也",居然冠於《荀子》名下,充分顯示:今本善《注》雜有多少中唐已降後學之附益。

(4)角謂之隅,角之兩邊謂之廉,故《廣雅》卷五上《釋詁》:"廉,棱(音冷陽平)也",《國語》卷八《晉語二·驪姬譖殺太子申生》:"弒君以為廉",韋《解》:"虞御史(翻)云:'廉,直也'"。《聘義》鄭《注》:"劌,傷也",《廣雅》卷五下《釋言》:"劌,利也"。此句意謂雖正直,有棱有角,但不會尖銳鋒利而傷人。

(5)"世"易為"俗",乃避唐太宗諱所致,斷非善《注》原貌。

(6)"宀"下加一跪坐之女子"𡜽"為"安";加一嬰孩"𡥀"為"字",苟欲顯示人處於屋中,加一側面或正面人形即可,因為並無其他字形與之近似,何須不嫌繁細,另作一揚眉瞠目之"百"形,以期避免混淆?由此似可揣想:此側面人形上端之"百"或許有其作用,然因無確據,不敢臆說。從西周中期《寠子卣》(05392)之"寠子"、春秋晚期《杕氏福及壺》(09715)之"多寠"、戰國晚期《中山王譽鼎》(02840)之"寠人",以及屢見諸其餘諸器,如西周早期《作册嗌卣》(05427)、西周晚期《四十三年遬(音賴)鼎(辛)》(NA0747)、春秋晚期《司馬懋鎛》(NB0429)之"鰥寡",均顯明:"寡"確實有無匹孤立之義。

(7)葉玉森:《釋契》,《學衡》第31期(1924年7月)。

(8)六臣本將"事二宮,已見《曲水詩》"易為:"沈約《宋書》曰:'高祖受命,延年補太子舍人……徙……太子中舍人……轉太子中庶子。'上臺謂文帝也,東宮謂太子也。又曰:'文帝立皇子劭為皇太子。'"其中"《宋書》曰"及"又曰"乃節取"三妨儲隸"及"帝體麗明"之善《注》而成。其自加之按語不當,因此聯乃追憶"徒遭良時詖"前之仕宦情況,"上臺"斷非指文帝時,乃武帝時之中書省。其次,根據上引注解之上下文,可知:其以"太子"指文帝太子劭,亦非是,乃指武帝時之太子義符,即日後見廢弒之少帝。整段蓋後世愚人自作聰明之妄增補。

(9)西周晚期《楚公豪(音家)戈》(11064)則作左手持禾:"⿱（秉）";西周中期《曶鼎》(02838)則作左、右兩手並持:"⿰"。

(10)今本《山海經》不見郭氏此注。《山海經》中丹臒凡四見,青臒凡十五見。

(11)《尚書》卷二十《費(音必)誓》①:"峙乃楨、榦",偽孔《傳》:"題曰楨,旁曰榦"。此乃營造土牆必備之工具。先樹立("建")四塊相銜接為長方形之木框,兩"旁"縱長之板曰榦,兩頭("題")短橫之板曰楨。

---

① 《說文》七篇上:"《周書》有《㰱(音必)誓》";《周禮》卷三六《秋官·雍氏》:"秋令塞阱杜擭(音或)",鄭《注》:"杜塞阱擭,收刈之時,為其陷害人也。《書·㰱誓》曰:'敜乃擭,敆乃阱'"。因上古無唇齒音,凡唇齒音皆讀為雙唇音,故《費誓》之"費"可藉從比聲之"㰱"假借之,而《費誓》《釋文》曰:"費音祕",因祕從必得聲。"費"作為姓、城邦、地名等專有名詞,斷不容讀為浪費之費。或人若猶強嘴,不懼丟人現眼,則請對方將《左傳》卷九《莊公十二年》"大夫仇牧"之"仇"唸為愁,而非裘;《史記》卷八《高祖本紀》"單父人呂公"之"單"唸為丹,而非善。

往此木框内倒土,以杵夯("築")之,於是框内土平均高度勢必低於框口,乃再倒土,復夯之,務使土融合,緊密無隙。待日曬風吹,框内土中之水分盡乾後,拆卸四版,即成一堵牆矣,是以後世稱此類工作曰建築。正因二者密切相關,故東漢建安時期之劉楨字公幹、由魏正始入晉之何楨字元幹。楨、幹之於土牆猶棟、梁之於房舍,具實際效用者,"無楨、幹"即於軍、政等方面,無具體貢獻之能耐。

(12)《初學記》所錄張載此篇作"述懷詩"。

(13)《隋書》卷三二《經籍志·經·小學》著錄"《文字集略》六卷",自注:"梁文貞處士阮孝緒撰"。其生平見《梁書》卷五一《處士列傳》。

(14)鄭《注》:"舜征有苗而死,因留葬焉……蒼梧於周,南越之地。"撰寫於戰國中期之《尚書》卷三《舜【堯】典》僅云:舜"陟方乃死",《檀弓》竟坐實為蒼梧之野。殷商、西周之軍政勢力均未踰越長江,最南不過至武漢市之北黃陂區、漢水東側之盤龍城。據《史記》卷六《秦始皇本紀·三十三年(前214)》,始將蒼梧所屬之地區納入統治範圍,設桂林郡。據《漢書》卷六《武帝紀·元鼎六年(前111)》,才發兵,"定南越",成立蒼梧郡。不論行政區域範圍如何變動、名稱怎麼改換,甚至設不設立行政區,蒼梧都在今之廣西省中西部。假設舜確有其人,且其政權遠在殷、周之前數百年,居然已經抵達到此處,簡直匪夷所思。詳參陳昭容、林農堯:《漢字何時過長江》,《數位典藏地理資訊論文集》(臺北:臺灣大學地理環境資源學系,2010年12月);拙稿《儒家所塑造堯、舜形象的檢討》。唯自古已降,傳說較歷史更真實,更具普及力。

(15)六臣本均刪去"跂予,已見上文",復引《直東宮答鄭尚書》"跂予旅東館"之善《注》:"《毛詩》曰:'誰謂宋廣?跂予望之'"。按《文選》編次,《文選》卷十二《賦己·江海》列於《直東宮答鄭尚書》之前,所收郭璞

《江賦》:"渠黃不能企其景",善《注》已云:"《毛詩》曰:'跂予望之',鄭玄曰:'我舉【跂】足,則可以望見之'。企與跂同"。從何可確知:所謂之"上文"乃指《直東宮答鄭尚書》該處之善《注》?參照《唐鈔本文選集注彙存》,凡已見者,均標明已見之篇目,即為避免此種不清不楚之狀況。注文誠不宜複沓,然卷十六《賦辛·哀傷》陸機《歎逝賦》"望湯谷以企予"善《注》卻不避冗贅,竟又引及。凡此皆足以顯示:尤刻本乃道地之雜拼本,而"已見某篇"省略為"已見上文",乃書僱吝於工本而妄刪。

(16)除此處外,李氏唯於《文選》卷三一《詩庚·雜擬下》江淹《雜體詩三十首·謝法曹贈別》"今行嶀(音禿)嵊(音聖)外,衔思至海濱",引用過一次孔曄《會稽記》。《御覽》卷四七《地部十二·會稽東越諸山》則常節引之。善《注》所以必注明撰者,因《隋書》卷三三《經籍志·史·地理之書》未著錄此書,所著錄者乃"《會稽記》一卷",自注:"賀循撰";《舊唐書》卷四六《經籍志·乙部史錄·雜傳類》、《新唐書》卷四八《藝文志·乙部史類·雜傳記類》均著錄朱育撰《會稽記》四卷(《隋志》作《會稽土地記》一卷);《後漢書》卷三三《鄭弘傳》:"會稽山陰人也",章懷《注》引孔靈符《會稽記》;《南齊書》卷五三《良政列傳·虞愿傳》曰:"會稽餘姚人也……撰《會稽記》"。據《文選》卷四四《檄》陳琳《檄吳將校部曲文》、《世說》中卷《賞譽》條85,可知:至晚自東漢中葉已降,孔、虞、魏、謝即為會稽四大豪族,孔曄、孔靈符、虞愿於故鄉自然、人文環境熟稔,撰寫表彰本地之作,乃人之常情。

(17)段《注》:"凡振濟當作此字,俗作賑。"

(18)《晉語九》韋《解》:"化謂蛇成鼈、黿,石首(魚)成鵄(鴨)之類。"《周易》卷一《乾·彖》:"乾道變化,各正性命",孔《疏》:"變謂後來改前,以漸移改","化謂一有一無,忽然而改"。

（19）從考古所得實物觀之，凡下有三足形者，蓋均為便於器身下端燃火，以令器中物溫熱，故三足爵當為溫酒器，故考古所得之三足爵器腹之下每有煙炱(音台)。酒溫熱後，將三足爵中之酒注入古人所説之"觚"，今人正名為"同"之器物中，故墓葬發掘，三足爵與觚(同)配套而出。唯西周中期之後幾乎不見三足爵，蓋為演化至商代末期之另一系陶爵取代。於演化過程中，流、柱、鋬均逐漸消失，甚至無足，類乎《儀禮》卷四二《士虞禮》及鄭《注》所述，由"有足"之"足爵"變為"無足"之"廢爵"，以致形若陶杯。西周中、晚期較樸素，大多僅加上既長且寬之曲折柄，形成斗形爵，東周已降，於容受酒液之器身前加上一鋬，進而將該鋬變化為一鳥頭、鳥頸之裝飾，於是此種寬柄斗形爵恢復象雀之形。此兩種爵名同而形異。詳參嚴志斌：《薛國故城出土鳥形小杯議》，《考古》第2期(2018年)。

（20）由於寬柄斗形器、以往名為《伯公父勺》(09935)之銘文自名為"■"，頗多學人將之釋定為"爵"，因此進而認為：該種形狀之器方得曰爵，用以宴饗或祭祀；傳統認為之三足爵非爵，應另名之曰"斝"，為祼器，如李春桃：《從斗形爵的稱謂談到三足爵的命名》，《"中研院"歷史語言研究所集刊》第89本第1分(2018年3月)。關於以"爵"為某字部件，或類似"爵"而為獨立一字者之釋讀，有賴專家討論，筆者僅以一外行人提出幾點困惑：首先，某種形器之功能並不止於一，而某種形器可因連帶關係而自名有異，詳參陳劍：《青銅器自名代稱、連稱研究》，《中國文字研究》第一輯(1999年)。三足爵未必止於祼鬯此功能。其次，《毛詩》卷十七之二《大雅·生民之什·行葦》："或獻或酢，洗爵奠斝"，孔《疏》："所奠猶一物也，而云'洗爵奠斝'，似是異器，故(毛《傳》)辨之云：'斝，爵也'。爵，酒器之大名……因洗、奠之别，更變其文耳"。"斝"無流，然有柱、三足(偶爾為四足)，且有柄，故商代晚期《斝器》

(10495)作"㧅"。時而可見三足上端之器腹分別鼓凸,類似三個相連之球狀,如商代晚期《㫃父乙斝》(09206)圖版:"🐂",故甲文作"🐂"(合19791)、"🐂"(合21504),則"爵"是否亦當為三足器?再次,《左傳》卷三五《襄公二十三年》:"(胥午)觴曲沃人,樂作……爵行",《禮記》卷五八《投壺》:"(司射)命酌曰:'請行觴。'……當飲者皆跪奉(捧)觴曰:'賜灌'……正爵既行,請立馬",《莊子》卷八中《徐无鬼》:"仲尼之楚,楚王觴之,孫叔敖執爵而立","觴"、"爵"顯然直"變其文耳"。連同《國語》卷十九《吳語·句踐滅吳夫差自殺》:"觴酒、豆肉、箪食未嘗敢不分也",《呂覽》卷十一《當務》:"齊之好勇者……卒然相遇於塗曰:'姑相飲乎?'觴數行"等,所言之"觴"均為飲酒器之名詞與動詞用法,毫無祼器或祼以降神、饗神之意義。不能因為上述之書撰成於戰國,而不足據以論西周狀況。撰成時代與事實發生時代乃兩截,後者可早於前者數百年之久,此乃治史者之基本常識。其四,洵如學弟周建邦博士所言,被今人新命名為"觴"之三足器既已於西周中期後見廢,何以戰國已降之史料中屢見"觴",莫非原為三足之"觴"其器形鉅變,好比變為耳杯狀,以致名同而形異?最後,《伯公父勺【爵】》器形無流、無柱,自名之字其形象卻依舊為有流、有柱者;若以"🐂"上端之類似"介"者象"鏊狀或鳥頭形",則更令人困惑,因《伯公父勺【爵】》完全無此部分,器形與自名字間之出入是否暗示:作器者知其本由三足器演變而來?或許當如某些學人所言,可將寬柄斗形器列入"爵"類,而不宜將三足器排出"爵"屬之外。

與本文最切要相關者無乃根本未見過該等出土器物之兩漢、六朝人如何理解。《毛詩》卷一之二《周南·卷耳》:"我姑酌彼兕(音四)觥",毛《傳》:"觥,角爵也",孔《疏》轉引《五經異義》中之《韓詩說》:"總名曰爵,其實曰觴";《史記》卷一二六《滑稽列傳·淳于髡傳》:"侍酒於前,時賜餘瀝,奉觴上壽,數起,飲不過二斗,徑醉矣",《隸釋》卷一東漢《史晨饗孔廟後碑》:"奉爵稱壽,相樂終日";《左傳》卷二一《宣公二年》"(提彌明)趨登曰:'臣侍君宴,過三爵,非禮也'",《史記》卷三九《晉世家》作"觴";《宋書》卷二二《樂志四》曹植《鼙舞歌·大魏篇》:"樂飲過三爵",而《法書要錄》卷十《右軍書記·蘭亭詩》其四:"三觴解天形";《文選》卷二《賦甲·京都上》張衡《西京賦》:"羽觴行而無筭",《玉臺新詠》卷二傅玄《西長安行》:"羽爵翠琅玕",《類聚》卷四《歲時中·三月三日》王濟《平吳後三月三日華林園》:"清池流爵",而同卷王羲之《三月三日蘭亭詩序》:"流觴曲水",可見:於西漢至東晉士人之認知中,"爵"、"觴"雖斷乎乃形、音迥別之二字,然以意義而言,二者均已成為飲酒器之泛稱,故作雀形或刻有雀翼裝飾之"羽爵"可用"羽觴"取代,曹植《鼙舞歌·亂曰》:"鳴鼓舉觴爵",將二者視為同義複詞,而非以"爵"可以或應當改讀為"觴"。

(21)甲文中有許多从一横向鋒刃之"𢦒(戈)"从"ㅂ(口)":"𢦏"(合33074)、"𢦒"(合142)者,楷定當為"或"。"口"下加一短横為綴飾,即成"或"。甲文中,代表領域空間者均契刻為"囗"(合32640)或"〇"(合35261),即後世寫為"丁"者,與"ㅂ(口)"清晰有別。甲文中此字僅一二例所从乃"丁"。雖知其於卜辭中用法,然不知當如何解說"𢦒"此形構。金文則从"𢦏(必)"①从一小圓圈(丁):"𢦓",如西周早期《或作父癸鼎》(02133)。金文"丁"絕大多數為填實之圓形或橢圓形圈,所以肯定此空心之圓圈義表空間,乃對照西周晚期《師𡇿簋》(04313)"國(國)"从

---

① "𢦏",如西周中期《走馬休盤》(10170),本作"𢦏"(合3335),其初更僅作"丨"(合25937)。學人多以其左、右兩點乃"八",表其聲,非也,因甲、金文中之"八"從未如此寫法,當純為綴飾。由於此字久假不歸,乃加"木"為"柲(音必)",以復其初。《周禮》卷四一《考工記·廬人》:"戈柲六尺有六寸",鄭《注》:"柲猶柄也"。

"邑"而來。"必"為戈之橫向鋒刃所依附之長柄器身,去掉"✝"中象橫向鋒刃之該橫,再將柄身向右傾斜,即為"𣎆",是以"𣎆"可視為"戈"之另類表示,則"㦰"蓋象以武器捍衛城邑。所以認為其有捍衛之義,乃因西周早期《保卣》(05415)於圓圈四邊均加一橫一豎:"㦰",所加之橫、豎非意謂外敵包圍,乃表示本區域自加防衛。西周早期《班簋》(04341)已簡省為僅於該圓圈上、下各加一短橫:"或"。日後,圓圈上面一短橫延長,與"必"身相連:"或"、"或",如西周晚期《禹鼎》(02833)、《琱生鼎》(04292),使"必"訛變為後世習見之"戈",當讀為"域"①。所以知此乃訛變,因為如西周晚期《兮甲盤》(10174)、《儕(音勝)匜(音宜)》(10285)猶作"或"、"或"。由於"或"假借為連接詞、副詞,乃有外加"囗",以表示疆界、地域之"國":"國",如西周中期《彔卣》(05420)。適巧"國"乃上古見(k)母之部;"或"乃上古匣母〔ɣ(ɦ)〕之部,以聲母諧聲而言,"國"之於"或",如"厷(音工)"之於"宏"、"交"之於"效"。《說文》六篇下:"國……从囗从或",十二篇下:"或……戈以守其一,一,地也",乃據小篆解析,巧而不允。西周早期《彔尊》(05419)、晚期《欒伯盤》(10167)、春秋早期《曾子斿(音幹)鼎》(02757)、晚期《蔡侯申鐘》(00210)等所用之"國"均就諸侯而言。除了春秋中期《晉公盆》(10342)用過"王國",天子所轄則曰"四方",如西周中期《㝬鐘》(00251);"四國",如西周晚期《訇鐘》(00260);"四國萬邦",如西周晚期《逨盤》(NA0757)。

---

① 謝明文:《"或"字補說》,《出土文獻研究》第15輯(2016年8月)認為:"𣎆"左側之小圓圈乃自長柄脫落之柲帽,小圓圈周邊之橫、豎純屬綴飾。按:相較於套有柲帽者:"𢦏"(合35913),去掉柲帽,已成另一字:"𣎆",何須保留柲帽,豈非贅疣?加一綴飾之點、劃,乃常態,如西周中期《宰獸簋》(NA0663):"或",可視為與"或"之於"或"為同類演變,僅有綴飾加於上或下之別;再加一點、劃,將之解釋為以期對稱,如前文所引《班簋》之"或",於理亦可通,然綴飾至四劃,則未免匪夷所思。若此論辨不誣,則小圓圈周邊之短劃當為實際表義者。

(22)《北齊書》卷四五《文苑列傳·顏之推傳·觀我生賦》:"經長干以掩抑,展白下以流連",自注:"長干,舊顏家巷。靖侯(顏含)以下七世墳塋皆在白下"。前修每據此賦自注,認為:顏氏所居在長干巷,恐待斟酌。襲爵之顏髦、顏琳長房居此,第三房重孫輩之顏氏則未必依然。至於白下之地理位置,《通鑑》卷一三十《宋紀十二·太宗明皇帝·泰始元年(465)》"帝因自白下濟江,至瓜步"胡《注》:"晉、宋都建康,新亭、白下皆江津要地,新亭在西,白下在東"。

(23)《儀禮》卷四一《既夕禮》:"寢苫枕塊",賈《疏》:"用藁為苫";《爾雅》卷五《釋器》:"白蓋謂之苫",郭《注》:"白茅,苫也,今江東呼為蓋",邢《疏》:"蓋即苫也,以白茅為之,故曰白蓋"。

(24)《滕文公下》孫《疏》:"竦縮其身,強容而笑",趙《注》:"言其意苦勞,極甚於仲夏之月治畦灌園之勤也"。

(25)如春秋早期《秦公鎛(音伯)》(00267):"以匽皇公,以受大福",春秋晚期《沇(音演)兒鎛》(00203):"以匽以喜,以樂嘉賓"。"匽"均作"宴"用。

(26)"圭(珪)"本為兵器,已詳《還至梁城作》"木、石扃幽闥"補述,後轉為識別身份之禮器,是以《說文》十三篇下以瑞玉為訓,且引《周禮》卷三七《秋官·大行人》五等爵所執圭之名稱、長短不同申釋之。總之,"圭(珪)"非樂器,然而此乃文士之文學用法,非經生之禮制陳述。

(27)《尚書》卷五《益稷【皋陶謨】》"戛(音夾)擊鳴球",偽孔《傳》:"球,玉磬";卷十八《顧命》"大玉、夷玉、天球、河圖在東序",《釋文》:"球……馬(融)云:'玉磬'",孔《疏》引王肅云:"天球,玉磬也"。

(28)由此可知:從"巿"得聲之"肺"、"沛"、"旆"、"狒(音吠)"等右邊一直豎不容點斷,從"市"得聲之"柿"方得寫為一點一直豎。

(29)謝靈運《過始寧墅》。

《文選》卷二二《詩乙·遊覽》

應詔觀北湖田收

善《注》:《丹陽郡圖經》曰:"樂遊苑,晉時藥園,元嘉中,築隄壅水,名為北湖。"《集》曰:"元嘉十年(433)也。"太祖改景平十二年[1]為元嘉。

海按:《建康實錄》卷十二《(劉宋)太祖文皇帝·二十一年(444)》:"七月,甘露降樂遊苑",自注:"按(陳顧野王)《輿地志》:縣東北八里。晉時為藥圃,盧循之築藥圃壘即此處也","宋元嘉中,移郊壇出外,以其地為北苑,遂更興造樓觀於覆舟山,乃築堤壅水,後曰後湖。其山北臨湖水,後改曰樂遊苑"。卷五《(東晉)中宗元皇帝·太興三年(320)》:"是歲,創北湖,築長堤以壅北山之水,東自覆舟山西,西至宣武城六里餘",《南史》卷二《宋本紀中·文帝·元嘉二十三年(446)》:"築北堤,立玄武湖於樂遊苑北"。《太平寰宇記》卷九十《江南東道二·昇州·上元縣》:"元武湖⑴在縣西北七里……徐爰《釋問》曰:'湖本桑泊,晉元帝大興中,創為北湖。宋築堤,南抵西塘,以肄舟師也。'"《六朝事迹編類》卷二《形勢門·真(玄)武湖》所引《輿地志》:"(劉宋)孝武大明五年(461),常閱武於湖西,七年又於此湖大閱水軍。"東北非西北,藥圃非桑泊,北苑非北湖。北苑乃樂遊苑前身,北湖乃玄武湖前身,元嘉十年時,後者尚未改名。善《注》未允。

皇家池苑所以有民眾田耕,蓋循假田與民之漢制。如《漢書》卷八《宣帝紀·地節三年(前67)》:"詔池籞(音玉)未御幸者,假與貧民",卷九《元帝紀·初元二年(前47)》:"宜春下苑、少府佽(音次)飛外池、嚴籞池田假與貧民"。既示人以不奢,復表仁惠於外。

吳淇據"歲功既成,故云'徂物'",指出:"'田收'非刈田,蓋田既刈畢,觀其收藏。"詩中言此次觀田乃"開冬"之際,而"立冬"乃陰曆十月節,約於陽曆十一月六至八日,則此詩當作於此時。

【校記】

[1]尤刻本、六家本、六臣本均作"十二年",胡克家已云:"'十'字不當有",蓋涉上文"元嘉十年"之"十"而衍,因據《宋書》卷五《文帝紀》,景平二年(424)"八月丁酉""即皇帝位","改景平二年為元嘉元年"。

【補述】

(1)《宋會要輯稿》卷一萬五千二百五十一《儀制一三·廟諱》:"大中祥符……五年(1012)……閏十月八日詔:'聖祖諱上字曰玄,下字曰朗,公私文字不得斥犯。'詳定所言:'上字如遇仙道事,即改為真……自餘並臨文取意,或元或明字。傳寫之時,並空闕點畫……今請改玄武為真武……。'從之。""玄武湖"涉仙道,對照下文所引《六朝事迹編類》,可知:此本《太平寰宇記》既然未遵宋制,"玄武"作"元武"蓋避清聖祖諱使然。《宋本太平寰宇記》(北京:中華書局,2000)卷一一八《江南西道十六·澧州·澧陽縣》:"嵩梁山……吳(景帝)永安六年(263)自然洞開,玄朗如門","玄"字缺筆順之最末一點,"朗"字右半僅作"㇆",均採"空闕點畫"之法,果循宋制。

周御窮轍跡⁽一⁾，夏載歷山川⁽二⁾，蓄軫⁽音枕⁾豈明懋？善遊皆聖、仙⁽三⁾。帝暉膺[1]順動⁽四⁾，清蹕⁽音必⁾巡廣廛⁽音蟬⁾[2]⁽五⁾，樓觀⁽音貫⁾眺豐穎，金駕映松山⁽六⁾，飛奔互流綴⁽七⁾，緹轂⁽音夠⁾代迴環⁽八⁾，神行埒⁽音肋⁾浮景，爭光[3]溢中天⁽九⁾。開冬眷徂物，殘悴盈化先⁽十⁾，陽陸團精氣，陰谷曳寒煙，攢素既森藹，積翠亦葱仟[4]⁽十一⁾。息饗報嘉歲，通急戒無年⁽十二⁾，溫渥浹⁽音夾⁾輿、隸，和惠屬後筵⁽十三⁾。觀風久有作，陳詩愧未妍⁽十四⁾，疲弱謝淩遽⁽音玲句⁾，取累非纆[5]⁽音莫⁾牽⁽十五⁾。

【校記】

[1]五臣本"膺"作"應"，按顏氏措辭尚奧雅之習慣，蓋用"膺"，且按校讎學之基本假設之一：罕見字錯成常見字方合理，"應"遠比"膺"常見，則"應"無由錯成"膺"。

[2]五臣本、六家本"廛"作"壥"。《說文》九篇下："廛从广⁽音演⁾、里、八、土"，可知："壥"乃"廛"之緟益字，"土"字偏旁本不須有。

[3]五臣本、六家本"爭光"均作"交映"，然從劉良："與日爭光，盈溢於中天"，可知："交映"乃後人妄改。

[4]五臣本、六家本、六臣本、《顏光祿集》"仟"作"芉"，於此處意義無別，詳注文。

[5]《顏光祿集》"纆"作"纏"，"纆牽"有其出典，不容改換，"纏"乃形近之訛。

【注釋】

(一)善《注》：《左氏傳》卷四五《昭公十二年》："右尹子革……對楚王曰：'臣嘗問曰：昔周穆王欲肆其心周行，天下將皆必有車轍⁽¹⁾馬跡焉。祭公謀父作《祈招》之詩，以止王心，王是以獲沒於祇宮⁽²⁾。"

海按：甲文中，"御"乃跪坐人形持杵做工之貌："🦴"（合19910），此所以古籍每見以"治"訓"御"。金文中，已加"辵"，拆解即成左側之"彳"、中間"午"下之"止"："🦴"，如西周中期《彧鼎》（02824）。除了治理本義外，多為抵禦、勸侑、使用之義。真正役使馬匹之字乃从夊（古文鞭）从馬之"馭"。至晚於戰國，上古疑（ŋ）母、魚部之"馭"已可假借為同一聲母、韻部之"御"。如戰國末期《䍣蚉壺》（09734）："馭、右和同。"此所以《說文》二篇下："馭，古文御从又、馬。"易言之，"御"從此亦可作為"馭"之假借字。《儀禮》卷四一《既夕禮·記》："御以蒲茢（音鄒）"，鄭《注》："蒲茢，牡蒲莖"，賈《疏》："御謂御車者"。

《漢書》卷四八《賈誼傳·治安策》："其轍跡可見也"，顏《注》："車跡曰轍"。《說文》二篇下："迹，步處也。从辵，亦聲。蹟，或从足、責⁽³⁾。速，籀文迹从朿。"對照金文"迹"："🦴"，如西周晚期《師寰簋》（04313），可知：籀文是。"朿"後訛變為"亦"，乃成後世習見之"迹"。無怪乎"亦"為上古喻四（ɸ）魚部（鐸部），"迹"卻為上古精母（ts）佳部，而"朿"乃上古清母（ts'）佳部，精、清二聲部僅有送氣與否之別，適可為其聲符，"亦"則根本不能諧聲。因於偏旁、部件中，从"辵"从"足"無別。"迹"既然無妨寫作"跡"，則可知：其本義為足跡。《呂覽》卷十四《必己》："不若相與追而殺之，以滅其迹"，高《注》："迹，蹤也"。至一處，豈僅於車上眺覽，往往會下車步行，留下足印。

（二）善《注》：《尚書》卷五《益稷【皋陶謨】》："禹曰：'洪水滔天，浩浩懷山襄陵，下民昏墊。予乘四載，隨山栞（刊）木'"⁽⁴⁾，孔安國曰："所載者四，謂水乘舟，陸乘車，泥乘輴（音春），山乘樏（音壘）"，樏，力追切。

海按：《說文》十四篇上："載，乘也"，古、今漢語動詞每兼名詞詞性，是以"載"於此處指"所"乘"載"者。"御"為能駕者，乃主詞；"載"為所駕者，乃受詞，對仗謹嚴。

此聯意謂："周"穆王之駕車者（"御"）將使天下盡（"窮"）是其天子車乘之軌痕（"轍"）足"跡"；"夏"禹利用各種交通工具（"載"），遍（"歷"）行天下"山川"。

（三）善《注》：蓄軫不行，豈是欽明懋德之后；善遊天下，皆是睿聖、神仙之君[5]。孔安國《尚書》卷十八《偽周官》"蓄疑敗謀"《傳》曰："蓄，積疑不決，必敗其謀也。"范曄《後漢書》卷六《順帝紀》："尚書令劉安【光】等奏言曰：'孝安皇帝聖德明懋（茂）[6]，早棄天下，陛下正統，當奉宗廟'。"聖謂夏禹，仙謂周穆。

海按：《說文》一篇下："蓄，積也。"軫指承荷車廂之整塊方形木板，《周禮》卷四十《考工記·輈（音舟）人》："軫之方也，以象地也；蓋之圜也，以象天也"。"任正者十分其輈之長"鄭《注》："任正者，謂輿下三面材，持車正者也"，"三面"指前、左、右三邊之木。以其負力最重，故有"任正"此別稱。為與任正區別計，故《說文》十四篇上："軫，車後橫木也"，是"軫"有廣、狹二義。此處乃以部分代表全體，指車乘而言。

古籍中，懋、茂二字相假例證詳參《古字通假會典·幽部第十七（下）·矛字聲系》。甲文中，"懋"从心矛聲："𢦚"（合29004），《說文》十篇下以"忞"為"懋"之省。因多假借作"茂"字用。為使此種假借用法意義清晰，乃於"矛"兩邊各加一"木"，即"林"。因眾多、茂盛，乃引申出"懋，勉也"之義，如《尚書》卷二《舜【堯】典》"惟時懋哉"偽孔《傳》所言。《尚書》卷八《偽仲虺之誥》："王懋昭大德"，偽孔《傳》以"勉明大德"訓讀之,顏氏以"明懋"易"懋昭",非直避熟就生之慣技耳,乃藉此改變"懋昭"一詞中"昭"之原本意義:"明"非發揚,乃英明,辨悉擾民與否、出巡耗資多少等之謂。

此聯意謂:鑾駕("軫")積置("蓄")於宮內不出,看似節儉自制,不願擾民破費,然如此"豈"果真顯示天子"明"哲、勤勉("懋")於政事?事實上,出"遊"本身乃中性者,端看是否"善遊"。

(四)善《注》:《周易》卷二《豫‧彖》曰:"天、地以順動,故日、月不過,而四時不忒;聖人以順動,則刑罰清而民[7]服,豫之時義大矣哉。"

海按:"膺"當改讀為去聲之"應",二字相假例證詳參《古字通假會典‧蒸部第二‧雁字聲系》。《呂覽》卷十三《應同》:"聲比則應",《淮南子》卷九《主術》:"莫不嚮應也",高氏均曰:"應,和"。《蔡邕集》卷一《讓高陽侯章表》:"今者聖朝遷都,應順天人。"

暉、輝、煇同源義通,《說文》十篇上:"煇,光也",《周易》卷六《未濟‧六五‧象》:"君子之光,其暉吉也",上言"光",下言"暉",故孔《疏》以"光暉著見"申講之。古代神話觀念中,聖天子在位,則正義、秩序之"光被四表",黑暗邪惡勢力悉數遠退,或受感化而返正。縱以後世實際狀況言,皇帝鑾駕外出"巡"省,必然有前導後從,儀仗繽紛,此等人、物皆飾綴以五金,下文即言"金駕",故於日光照射反映下,一隊人馬光"暉"耀目。金文中,"順"作"㸃",如西周早期《𢀩(音噫)尊》(06014),從"見"從"川"。何以從"見",不得而詳,日後訛為"頁"。從"川",乃取水必順流而下,故"川"非僅聲符,亦為義符。《周易》卷一《坤》《釋文》:"本又作巛",馬王堆帛書《周易》正如是,郭店楚簡《唐虞之道》:"教民大川(順)之道"。此所以《坤‧彖》一再曰:"乃順承天"、"柔順利貞"、

"後順得常",《坤·文言》亦曰:"坤道其順乎"。

(五)善《注》:《史記》卷五八《梁孝王世家》:"出言蹕,入言警",《索隱》引《漢舊儀注》[8]曰:"皇帝輦動稱警,出殿則傳蹕,止人清道"。《漢書》卷八七上《揚雄傳》曰:"楚、漢之興也,楊雄【氏】溯江上……而楊季……漢元鼎(前116—前111)間避仇,復溯江上,處岷山之陽曰郫(音皮),有田一廛(廛,音蟬),有宅一區",晉灼《注》曰:"《周禮》卷十五《地官·遂人》:上地夫一廛,一【田】百畝(畮)也"。

海按:《漢書》卷四七《文三王列傳·梁孝王傳》則為"出稱警,入言蹕",顏《注》:"警者,戒肅也;蹕,止人行也。言出、入者,互文耳。出亦有蹕。《漢儀注》曰:'皇帝輦動,左右侍帷幄者稱警,出殿則傳蹕,止人清道也'",《史記》卷九九《劉敬叔孫通列傳》:"孝惠帝為東朝長樂宮,及閒往,數蹕煩人",《索隱》引韋昭云:"蹕,止人行也"。

此聯意謂:文帝回應("膺")天道,"順"從其運行至此適宜之時,率領金碧輝("暉")煌之車隊而"動"。早有警衛人員將鑾駕行經途徑之行人、車輛"清"空,使彼等暫時停止往來("蹕"),令皇帝安全無虞,且得暢行"巡"視"廣"闊之一塊塊田畝("廛")。

(六)善《注》:孔安國《尚書》卷十三《歸禾·序》"唐叔得禾,異畝同穎,獻諸天子。王命唐叔歸周公于東,作《歸禾》"《傳》曰:"穎,穗也。"金駕,金輅(路)也。言上樓看穗也。映猶蔽也。

海按:《文選》卷十五《賦辛·志中》張衡《思玄賦》:"流目眺夫衡阿兮",舊《注》:"眺,視也",《漢書》卷二二《禮樂志·郊祀歌·練時日》:"眺瑤堂",《集解》所引應劭曰:"眺,望也"。

金文中,"金"从倒置之斧鉞,上有"今"省形後之"亼"為聲符,多於其左側,如西周早期《過伯簋》(03907),少部分於其右側,如西周早期《舍父鼎》(02629),有兩短橫:"☒"、"☒",對照金文"冶"字,當為兩金屬塊,整體蓋象"其利斷金"之義。於西周早期,如《小臣鼎》(02678)、《叔簋》(04132)等,已將斧鉞之頭部"☒"寫成一直線;《矢令方尊》(06016)、《矢令方彝》(09901)已將象兩金屬之兩橫槓以一撇一捺之形,寫進該直線與"人"下之隙間,置於鉞柄兩側:"☒",習見"金"之形已成。唯當時之"金"指銅,即銘文中慣見之"吉金",故《尚書》卷六《禹貢·揚州》:"厥貢惟(為)金三品",孔《疏》:"鄭玄以為……銅三色也"。《禹貢》誠然非虞、夏之交之實錄,然而在古人觀念中則是,自當以古釋古。準此,偽孔《傳》以"金、銀、銅"釋"三品",非是。春秋、戰國之交,凡五金逐漸皆謂之金。再晚,則如後世單指黃金。劉宋王朝不論多奢侈,斷不會但凡御用,皆以黃金飾之,遑言黃金其質地並不實用,此處乃上文所言歷史上"金"之第二階段用法。顏氏用此詞,乃夸飾也,以顯天家富貴。

《三月三日曲水詩序》:"金駕揔駟。"善《注》以"金路"釋本詩之"金駕",措辭失宜。《周禮》卷二七《春官·巾車》:"王之五路,一曰玉路……金路……象路……革路……木路",金路乃王者"以賓,同姓以封"時使用,非此處觀民風時之乘輿,此其一。五路皆王者獨乘,駕則不然,程大昌《雍錄》引蔡邕《獨斷》曰:"天子出車駕次第,謂之鹵簿,有大駕,有小駕,有法駕,則公卿奉引屬車八十一乘",是"駕"必非單一之車,此其二。《南齊書》卷十一《樂志》江淹《藉田樂歌·迎送神升歌》:"羽鑾從動,金駕時遊","羽鑾"若非全由羽毛製成之車駕,僅意謂車駕有羽飾,則與其對仗之"金駕"顯然亦非以黃金或金屬為全部材質者,僅意謂有黃金或金屬之裝飾。

此聯意謂:為了視野開闊清晰,皇帝登上離宮別館之"樓"臺("觀"),以便俯覽湖畔農地"豐"收,穀穗("穎")累累。於此際,侍駕、護駕羣臣自亦從之,然尚有部分禁衛嚴守於樓下,且鑾駕車輛皆停駐於下,禁衛與鑾駕車輛既有金屬裝飾,於日光照射下,此等金屬裝飾折射反"映"於多"松"之"山"上。從"松山"蒙上一層光輝,可曰光輝"蔽"松山。

(七)善《注》:飛奔,車也(9)。陸景《典語》(10)曰:"飛車策馬,橫騰超進。"《越絕書》卷十一《越絕外傳記寶劍第十三》曰:"(越)王(句踐)曰:然,巨闕初成之時,吾坐於露壇之上。宮人有四駕白鹿而過者,車奔馬騰【鹿驚】。吾引劍而指之,四駕上飛揚,不知其絶也。"

海按:《釋名》卷三《釋姿容》:"徐行曰步","疾行曰趨","疾趨曰奔(走)","有急變,奔赴之也"。甲文及早期金文中,"走"乃一正面人形(大),但原本正常下垂的雙臂改成上下劇烈擺動之狀:"𠦪"(合27939),金文乃於下加一象腳之"止":"𧺆",如西周早期《令鼎》(02803),本義為跑。為強調跑之速度甚迅猛,乃將一"止"增為三"止":"𢎥",如西周早期《盂鼎》(02837)。三"止"後訛變為三"屮",乃成《説文》十篇下所載小篆之"奔"。《毛詩》卷二十之四《商頌·長發》:"下國綴旒",鄭《箋》:"綴猶結也";《國語》卷六《齊語·管仲對桓公以霸術》:"比綴以度",韋《解》:"比,比其眾寡也。綴,連也";《漢書》卷一下《高帝紀·贊》:"世祠天地,綴之以祀",顏《注》:"綴言不絶也"。

(八)善《注》:緹騎,騎(音記)也(11)。《續漢書》卷二七《百官志四》曰:"執金吾一人……緹騎一【二】百人,屬執金吾。"(12)《文選》卷五《賦丙·京都下》左思《吳都賦》曰:"輶(音由)軒蓼(音路)擾(13),

縠騎煒(音偉)煌。"

海按：尤刻本、六家本、六臣本善《注》所引《吳都賦》"煒"均作"熤"。《說文》十篇上："煒，盛明兒(貌)也"，《玉篇》卷二一《火部第三百二十二》："熤……光兒"。《漢書》卷九九中《王莽傳》："青煒登平"，《集解》所引服虔曰："煒音暉"，而"煒"、"熤"二者均為上古喻三〔ɣ (j)〕微部字，是以不論"煒"或"熤"，均為"暉(輝)"之假借字，煒煌猶輝煌。

《周禮》卷五《天官・酒正》："四曰緹齊"，賈《疏》："其色紅赤，故以緹名之"，《毛詩》卷四之一《王・黍離》孔《疏》引《爾雅》卷六《釋器》："一染謂之緹"，今本作"縓(音全)"，郭《注》："今之紅也"。既曰"今之紅也"，對照《說文》十三篇上"帛赤白色也"，則"紅"原本乃粉紅，然詞義隨時代而變遷，"紅"早已與"朱"、"赤"混而不分，此處亦然。《說文》十二篇下："彀，張弩也"，《吳都賦》劉《注》："彀騎，張弓弩之騎"。"緹彀"乃以部分代表全體，且意謂各種武器均已達蓄勢待發之狀，以顯示高度警備。

西周早期《𢆶回父丁爵》(08906)，"回"作"ᓙ"，象旋轉回環之貌，是以於道路中步行打轉作"徊"、"迴"，水流迂漩曰"洄"，均為從"回"，"回"亦聲。金文中，"睘"多作上為一橫寫有瞳孔之"目"，象人首，下從衣及當胸一小圓圈："𧘇"，如西周早期《作冊睘卣》(05407)，此即"環"之初文。少數有已加"玉"者，如西周中期《師遽方彝》(09897)："環章四"、西周晚期《毛公鼎》(02841)："玉環、玉瑹(音途)、金車"，是"環"起初即蘊含圓轉、迴旋之義。五臣本"環"作"還"，不論"環"或"還"，均當改讀為"旋"，通假例證詳參《古字通假會典・寒部第六(上)・袁字聲系》。

此聯意謂:扈從之禁衛部隊手持各種蓄勢待發之武器("緹穀"),跨騎駿馬"飛奔",或緊緊伴隨著鑾駕旁,如川"流"之水相互連接("綴")不息;或更遞("代")"迴還(旋)"於乘輿周邊[14],以保證安全。"流"則一往向前,"迴"則原處旋轉,選詞、對仗極工巧。

(九)善《注》:《列子》卷二《黃帝》:"黃帝……晝寢而夢,遊於華胥氏之國,華胥氏之國在弇州之西、台州之北,不知斯齊[15]國幾千萬里,蓋非舟車足力之所及,神游而已……山谷不躓其步,其神行而已。"《史記》卷三十《平準書》"富埒天子"《集解》引孟康《漢書注》曰:"富與天子等而微減也,或曰:埒,等也。"《文選》卷二三《詩丙·哀傷》張孟陽《七哀詩》之二曰:"朱光馳北陸,浮景忽西沈。"《史記》卷八四《屈原賈生列傳》曰:"推此志也,雖與日月爭光可也。"《列子》卷三《周穆王》曰:"周穆王時,西極之國有化人來……化人以為王之宮室卑陋而不可處……穆王乃為之改築臺……而臺始成,其高千仞,臨終南之上,號曰中天之臺。"

海按:由張載該聯可知:"景"當如字讀,日光也。該聯善《注》引孔安國《尚書》卷九《盤庚中》"后胥慼,鮮以不浮于【於】天時"《注》曰:"浮,行也。"[16]甲文中,"益"作"皿"中充滿"水",且水之上部有漫出器口狀:"🙾"(合26790),乃"溢"之初文。金文則將象"水"者橫寫,且省為一點,上加"八"以象滿溢:"🙾",如西周中期《蓋方彝》(09899)。"中天"乃上古語法之措辭,將位置限定詞置於名詞前,是以"中天"即"天中",如同"中行"、"中林"、"中谷"即"行(道路)中"、"林中"、"谷中"。

此聯意謂:皇上此度出巡,其隊伍之行進如同"神"明出"行",光彩奪目之狀相當("埒")於空中太陽光線("景")之運行("浮"),令人無

應詔觀北湖田收

法逼視,其光芒四射,"溢"滿整個空中("中天")之狀態,可以與日"爭"輝("光")。

（十）善《注》：言開冬而視徂落之物雖已殘悴,而尚盈於殘悴之先,言可觀也。開冬猶開春、開秋也。《楚辭》卷四《九章・思美人》曰："開春發歲兮,白日出之悠悠。"《漢書》卷八七上《揚雄傳・校(羽)獵賦》曰："玄冬季月,天地隆烈,萬物權輿(17)於內,徂(殂)落於外。"孔安國《尚書》卷四《偽大禹謨》"皇天眷命,奄有四海"《傳》曰："眷,視也。"《白虎通》卷四《五行》曰："春【木在東方,東方者,陽氣始動,】萬物始生。"鄭玄《禮記》卷三七《樂記》"樂者,天、地之和也；禮者,天、地之序也。和,故百物皆化；序,故羣物皆別"《注》曰："化猶生也。"

海按：吳淇："'開冬'即初冬也。"甲文中,"冬"乃一線條,由中心點,讓兩半各自以弧形下垂,於線條尾端收束,形成一橢圓形空心狀,類似打結："𐅀"（合916）,義為至末告終。金文改為於下垂兩線中間打結："𐅀",如西周晚期《克鼎》（02799）。因鑄刻橢圓狀工序較繁,乃易為於兩線條中各畫一小橫："𐅀",如春秋晚期《臧(臧)孫鐘》（00095）,進而乾脆以一大橫貫穿兩條下垂之線條,如《說文》十一篇下保存之"古文終字"："𐅀"。後之書寫者將"𐅀"寫成類似"夂（音只）"。由於"𐅀"被引申指稱一年最末之季節,乃於"夂"下加兩短橫："冬"（睡・秦94）,此兩短橫蓋即《說文》十一篇下訓為"凍"凝之"冫（音冰）",後世習見之"冬"成形矣！所以加"系"："終"（秦・日乙239）,乃為存其初詣。正因"𐅀（冬）"乃"終"之初文,於金文中,"亡（無）終"、"永終"均寫作"亡（無）𐅀"、"永𐅀"。

《毛詩》卷十九之一《周頌·清廟之什·天作》："彼徂矣岐"，鄭《箋》："徂，往"；《爾雅》卷二《釋詁下》："薨、無禄、卒、徂落、殪，死也"，邢《疏》："徂為往也，言人命盡而往。落者，若草木葉落也"。《尚書》卷三《舜【堯】典》："帝乃殂落"，偽孔《傳》："殂落，死也"。徂、殂相假例證詳參《古字通假會典·魚部第十九（下）·且字聲系》）。徂物，故物、以往之物。

甲文，如合151，金文，如春秋《中子化盤》（10137），"化"均為二側面人形一正一反相依之狀："𠆢"，藉此顛倒，表翻轉、變化之義。善《注》所引鄭《注》乃順隨該段上下文，以"化"之引申義訓詁，不愜於此處文義。"盈化先"乃"先盈化"之倒裝。

此聯意謂：觀察（"眷"）初（"開"）冬時期田間作物，粢稼雖皆僅"殘"餘莖幹底部及部分葉片，且多憔"悴"枯黃，然此乃收割後之狀況，此之前（"先"），曾充分（"盈"）蒙受聖上恩澤之"化"，滿有生命力，否則，何來"豐穎"？於枯衰殘敗者，亦可逆向思考而美化之，顏氏頌聖可謂高明至極。

（十一）善《注》：《吳越春秋》卷八《句踐歸國外傳》："越王曰：寡人聞：崐崘(18)之山乃天地之鎮柱也，上承皇天，氣吐宇內；下處后土，稟受無外，滋聖生神，嘔（嫗）養帝會，故五帝處其陽陸，三王居其正地。"賈逵《國語》注曰："精，明也。"山北曰陰。《廣雅》曰："攢，聚也。"(19)

海按：陽陸，向陽之地。劉良："陽陸，天道也"，同乎癡人夢囈。金文中，"陰"從"阜"從"云"，"今"聲："阴"，如春秋早期《曩伯子㝬父盨》（04443），象雲遮蔽山丘，故暗而乏光，故《説文》十四篇下："陰，闇也，水之南、山之北也"。"攢"既與"積"正對，則攢素，積雪也。"葱仟"乃上古清母(ts)雙聲詞,以聲達義,不拘於字形,故或作"葱翠",如顏氏《三月三日曲水宴詩序》:"葱翠陰煙",或作"葱蒨",如《文選》卷三十《詩己·雜詩下》謝朓《和伏武昌登孫權故城》:"聲明且葱蒨";或作"葱青",如卷二二《詩乙·遊覽》沈約《鍾山詩應西陽王教》:"林薄杳葱青";亦不妨二字顛倒,如卷七《賦丁·郊祀》揚雄《甘泉賦》:"翠玉樹之青葱兮",茂盛、豐富之謂,然與之對仗之"森"為上古生母(ʃ)侵部,"藹"為上古影母(ʔ)祭部,"森藹"既非雙聲,亦非疊韻。《説文》六篇上:"森,木多皃",《文選》卷七《賦丁·耕藉》潘岳《藉田賦》:"森奉璋以階列",善《注》:"森,盛貌也"。卷十九《詩甲·補亡》束晳《補亡》之五:"瞻彼崇丘,其林藹藹",善《注》:"藹藹,茂盛貌";《楚辭》卷十六《九歎·逢紛》:"讒夫藹藹而漫著兮",王《注》:"藹藹,盛多貌……漫,污也",六朝文士行文時,多僅作"藹",則"森藹"乃同義複詞。

此聯乃與上聯相呼應:向"陽"之南邊"陸"地既"團"聚生命所需之"精"氣,故有茂密("葱仟")成堆("積")之樹木("翠");陽光照不到("陰")之山"谷",寒氣("煙")自然繚繞綿延("曳"),故處處積聚("攢")大量("森藹")之白雪("素")。此處之"積翠"又與上文"松山"之"松"相呼應。

(十二)善《注》:《禮記》卷二六《郊特牲》曰:"天子大蜡八……蜡(音炸)也者,索也,歲十二月,合聚萬物而索饗之也……蜡之祭,仁之至,義之盡也,黃衣黃冠而祭,息田夫也",卷十二《王制》又曰:"國無九年之畜曰不足,無六年之畜曰急,無三年之畜曰國非其國也。三年耕,必有一年之食;九年耕,必有三年之食。以三十年之通,雖有凶旱水溢,人【民】[20]無菜色,然後天子食,日舉以樂"。《周禮》卷十四《地官·均人》曰:"凡均力政,以歲上下:豐年,則公旬用三日焉;中年,則公旬用二日焉;無年,則公旬用一日焉"[21],鄭玄《注》曰:"豐年,人食四鬴(音府)之歲也;人食三鬴為中歲;人食二鬴為無歲[22],無歲無贏儲也"。急,要也。通百姓之急者,預戒於無年之時。

海按:《周禮》卷四一《考工記·梓人》:"王以息燕",鄭《注》:"息者,休農,息老物也",賈《疏》:"謂十月農功畢……以休農,止息之,老萬物也"。息饗近乎今日民俗酬神、酬員工之尾牙。據《郊特牲》後文及孔《疏》,蜡祭之八種對象一曰"先嗇(穡)",始耕田者,若神農者,又曰"田祖",二曰"司嗇",即掌管耕種五穀之神,蓋后稷之流,三曰"農"[23],謂古代教導、督導民稼穡而有功之官吏,所謂"田畯",四曰"郵表畷",田間阡陌及其上廬舍之神,五曰"貓、虎"之神,"迎貓,為其食田鼠也;迎虎,為其食田豕也",六曰"坊",七曰"水庸",為其不發水災,淹沒農田,八曰螟、螽等"昆蟲",以酬其不侵食粧稼。"嘉歲"與上文所觀之"豐穎"相呼應。

《爾雅》卷六《釋天》:"夏曰歲……周曰年。"甲文中,"年"作人負禾之形:"𠂤"(合9710),象稼穡收成。因遠古農業技術有限,一歲多僅一熟,故"年"亦代表一歲。因此,《穀梁傳》卷三《桓公三年》:"五穀皆熟,為有年也",《公羊傳》卷四《桓公三年》:"彼其曰大有年,何?大豐年也",則"無年"即無收成。

此聯意謂:農民於此時停"息"農務,並舉行蜡祭,以"饗"曾協助農耕、稼穡之諸神明、動物,回報豐收("嘉歲")之恩。官方則事先警惕("戒")到將來歉收之年("無年"),連同這種狀況也一併("通")考慮進去,計算各年平均收成量,收購、儲備餘糧,使豐年不因穀多餘而價賤傷農;荒年不因穀欠缺而飢民遍野,兩下於焉得以平衡。

（十三）善《注》：《説文》曰："溫，仁也。"毛萇《詩》卷二之三《邶·簡兮》"赫如渥赭(音者)，公言錫爵"，《傳》曰："渥，厚也。"《字書》(24)曰："浹，洽也。"《左氏傳》卷四四《昭公七年》曰："人有十等……王臣公，公臣大夫，大夫臣士，士臣皁(皂)，皁臣輿，輿臣隸，隸臣僚，僚臣僕，僕臣臺。"孔安國《尚書》卷六《禹貢》"涇屬渭汭(音瑞)"《傳》曰："屬，逮也；水北曰汭。"

海按：《説文》十一篇上："溫，溫水出楗爲符，南入黔水。"梁章鉅："(五篇上)《皿部》：'昷，仁也'"，"疑下有'昷與溫通'，而脱去耳"。此乃未悉善《注》改易注文原文以遷就正文此一體例之妄説。

甲文中，"龢"从"龠"，但無樂管之諸管孔，"禾"聲："龢"（合1240）。金文則增管孔："龢"，如西周中期《𪓣(音渣)鐘》(00092)，偶爾省去吹氣入管孔之倒口（"人"）："龢"，如西周晚期《益公鐘》(00016)。是無論甲、金文，"龢"均爲一人吹管樂器之狀。諸管音氣必須和諧，故此乃成爲其本義。簡省左下方樂器此部件，則成"咊"。將倒口移至"禾"右，即成日後習用之"和"。屬，連及也。

自古至今，講究級别，位卑微者，其跪坐之席（"筵"）自然在末尾（"後"），即"敬陪末座"之"末座"。《顔延之傳》："周續之隱居廬山，儒學著稱。永初中，徵詣京師，開館以居之。高祖親幸，朝彦畢至。延之官列猶卑，引升上席，上使問續之三義"，可爲佐證。李周翰："及後筵，延年自謂"，是也。

此聯乃恭維文帝仁厚：連最基層之賤民（"輿"、"隸"）均普遍（"浹"）以"溫""和"態度對待，自然亦延及（"屬"）包括自己在内敬陪末座（"後筵"）之低品官員，領受到皇上廣施之厚（"渥"）恩（"惠"）。

（十四）善《注》：《禮記》卷十一《王制》曰："天子五年一巡守；歲二月，東巡狩（守），至于岱宗，柴而望祀山川，覲諸侯，問百年者，就見之，命太（大）師陳詩，以觀民風。"

海按："久"當改讀為"舊"，相假例證詳參《古字通假會典·之部第十一（上）·久字聲系》。《素問》卷十九《天元紀大論篇第六十六》："久而不絕，易用難忘"，王《注》："久，遠也"。"陳詩"之前提為"採詩"，故《王制》鄭《注》："陳詩，謂采其詩而視之"，然顏氏此處僅取字面。

此聯意謂：為體察下情而"觀風"乃上古（"久"）往聖之舉（"作"），今聖復行此道，實應大加揄揚歌頌，可惜自身所作、"陳"列於御前之"詩"未能巧麗（"妍"），將皇上之德業全盤闡發。

（十五）善《注》：言己才疲弱而謝急遽，其所取累，非由縆牽。《文選》卷二《賦甲·京都上》張衡《西京賦》曰："百禽㥄遽，驣（音魁）瞿奔觸。"《戰國策》卷二八《韓策三·段干越人謂新城君》："段干越人謂新城君曰：'王良之子弟【弟子】駕【馬】(25)，云取千里之馬，過京【過造】父之弟子，造父之弟子曰："馬不千里。"王良弟子曰："駕【馬】，千里之馬也；服，千里之服也，而不能取千里，何也？"京父弟子曰："子縆牽長，故縆牽於事，萬分之一也，而難千里之行。"'"

海按：《文選》卷十四《賦庚·鳥獸下》顏延之《赭白馬賦》："妍蠻之態既畢，凌遽之氣方屬"，善《注》："凌遽，已見（卷二《賦甲·京都上》）《西京賦》"，薛《注》："㥄，怖也……驣瞿，走貌"。《國語》卷三《周語下·賓孟見雄雞自斷其尾》："遽歸告王"，韋《解》："遽猶疾也"；《文選》卷十九《賦癸·情》宋玉《神女賦》："神女稱遽"，善《注》："遽，急也"。凌遽意猶令人驚駭之飛快速度。

《廣雅》卷七下《釋器》："纆,索也",或曰二股,或曰三股繩。引申之,即劉良所云"牽馬纆也"。《周易》卷三《坎·上六》："係用徽纆,寘(音至)于叢棘,三歲不得,凶",《釋文》："劉云:三股曰徽",《周易集解》卷六引虞翻曰:"徽纆,黑索也"。徽、纆既乃同義複詞,則"纆"所從之"墨"並非止於聲符,亦義符也。甲文中,"黑"乃一正面人形("大"),特別突出其圓顱,於上加一貫穿整個顏面之直線:"𠆢"(合6976)。金文中,西周早期《庸伯𣪘簋》(04169)尚若是,但已於直線兩旁各加一點:"𠆢",至春秋早期《祝子叔黑匠(音宜)簋》(04570)則變成"十"字,四個象限各有一點,似"米"字般,且於雙臂之上、下空白處各加一點:"𠆢",導致日後圓顱以下訛變為"炎","炎"上半之"火"又訛為"土",方成習見之"黑"。毫無疑問,此乃象一面部被刺字塗墨之受刑者。《尚書》卷十九《呂刑》:"墨罰之屬千。"若夫"墨"於"黑"下加"土",乃因其多作地名、氏族名用。

　　此聯意謂:所寫此詩未克援筆立就("淩遽"),實非御者(皇帝)催促之失,乃自"取"其咎耳,即純屬受一己才力不足("疲")不強("弱")拖"累"所"牽"絆。《南史》卷三四《顏延之傳》:"與陳郡謝靈運俱以辭采齊名,而遲速縣(懸)絕。文帝嘗各勅擬樂府《北上篇》,延之受詔便成,靈運久之乃就",然此處竟言:頌聖之詩未能速成奏上,此非盡屬顏氏謙抑之辭,乃以個人撰寫速度相較而言。換言之,不得以此而推論:此詩作於累日逾旬之後。

　　此篇乃劉宋時期先部平聲韻與寒部平聲韻("環")通押。

【補述】

（1）奎章閣六家本將"轍"所從之"車"作"𠂆",或乃版面泐損所致。

（2）《家語》卷九《正論第四十一》作"文宮"，"文"顯係"支"形近之訛，蓋"衼"之假借字。"支"、"氏"相假例證詳參《古字通假會典·支部第十二·支字聲系》。加以《釋文》既言："衼音支，又音祇"，竊疑："衼"蓋"祇"形近之訛，祇宮，地宮也。

（3）《說文》六篇下："責，從貝朿(音次)聲"。後來"朿"被訛寫為一豎貫穿三橫："主"，方成習見之"責"。既然如此，則"蹟"當云"從足，責聲"。蹟、績與迹、跡相假例證詳參《古字通假會典·支部第十二·責字聲系》。

（4）《尚書》卷二《堯典》"蕩蕩懷山襄陵"，偽孔《傳》："懷，包；襄，上也"，卷五《益稷【皋陶謨】》孔《疏》："鄭(玄)云：'昏，沒也；墊，陷也'"。《漢書》卷二九《溝洫志》作"陸行載車，水行乘舟，泥行乘毳(音翠)，山行則梮(音局)"，《集解》所引孟康曰："毳形如箕，擿(音梯)行泥上"，韋昭曰："梮，木器，如今輿牀，人舉以行也"。對照西周中期之《豳公盨》(NA1067)，知："隨"當改讀為"墮"。《說文》六篇上："栞，槎識也……《夏書》曰：'隨山栞木'，讀若刊。栞，篆文從幵"，段《注》："槎，衺斫(音邪卓)也。槎識者，衺斫以為表識(記)也"。《禮記》卷四一《雜記上》："用桑長三尺，刊其柄與末"，鄭《注》："刊猶削也"；《左傳》卷一《序》："其教之所存，文之所害，則刊而正之"，《釋文》："刊……削也"。刊木，伐木也。

(5)《穆天子傳》卷三:"吉日甲子,天子賓于西王母,乃執白圭玄璧①,以見西王母",或許因此連帶以周穆王亦為仙。

(6)明州六家本、六臣本僅有"聖德明戀"四字,對照奎章閣六家本,蓋後人刪省所致。

(7)六家本沿襲舊弊,"民"作"人"。

(8)六家本、六臣本皆脫"舊"字,又皆衍"注"字。

(9)六臣本無"飛奔,車也",六家本則有,此蓋後學將李周翰注文補入。

(10)《隋書》卷三四《經籍志·子·儒》著録"吳中夏督陸景"撰《典語》十卷、《典語別》二卷。景乃陸抗第二子、陸機異母兄,"母張承女、諸葛恪外甥。恪誅,景母坐見黜,景少為祖母所育養",太康元年(280)二月壬戌,為晉"王濬別軍所殺"。見《三國志》卷五八《陸遜傳附子抗傳》及裴《注》。

(11)六臣本無"緹縠,騎也",六家本則有,蓋亦係後學將李周翰注文補入。

(12)明州六家本、六臣本均作"一",奎章閣六家本獨作"三","一"

---

① "璧"無疑乃从"玉""辟"聲。以目前所見甲文,"辟"絕大多數作"㕧"(合27009)或反寫之"㕧"(合20820),僅一例作"㕧"(合8108),而花東卜辭"璧"則一律作"㕧(辟)"。由此可推知:"㕧"蓋即小篆誤寫作"㢈(音西)"者。以"㕧(辟)"而言,該圓圈乃純粹聲符;以"㕧"而言,从"О","О"既為義符,且為聲符,从"㢈"省聲:"㢆"。此可從西周晚期《五年琱生尊》(NB0743)"兩璧"之"璧"遝以"㕧"假借之可證。換言之,"㕧"乃雙聲符,此蓋因單作一圓圈,根本不悉為何物、讀何音。西周金文中,與君上有關之"辟"幾乎一律有該圓圈,如早期《作册魃(音乎)卣》(05432)之"㕧"、中期《臣諫鼎》(04237)之"㕧"、晚期《克鼎》(02836)之"㕧",而"璧"則或作"㕧",如西周晚期《屍(殿)敔簋蓋》(04213);或作"㕧",如西周晚期《琱生簋》(04293);春秋晚期《洹(音桓)子孟姜壺》(09730)上文作"㕧",下文則省"О":"㕧"。"О"所以得省,蓋因已有"玉"所致。

無由陡增筆畫為"三",可推想:原本當為"二",後雕刻者或誤省,或誤增。尤刻本正作"二"。劉昭《注補》:"《漢官》曰……興服導從,光滿道路,群僚之中,斯最壯矣。世祖歎曰:'仕宦當作執金吾。'"《漢書》卷十九上《百官公卿表》:"中尉……武帝太初元年(前104)更名執金吾",顏《注》:"金吾,鳥名也,主辟(闢)不祥。天子出行,職主先導,以禦非常"。

(13)"蓼擾"乃上古幽部疊韻詞,即攪擾、絞繞、繚繞、騷擾,指往來頻繁,達到某種混亂程度。此句自然指外派邊裔、回報京師之使者及其車駕穿梭不息,冠蓋相望。

(14)李周翰:"或流散,或連綴",非是。

(15)《黃帝》張《注》:"斯,離也;齊,中也。"

(16)偽孔《傳》訓釋不當。"浮"當改讀為"符",相假例證詳參《古字通假會典‧幽部第十七(下)‧孚字聲系》、《侯部第十‧付字聲系》,合也。

(17)《羽獵賦》善《注》:"《爾雅》卷一《釋詁》曰:權輿,始也",《毛詩》卷六之四《秦‧權輿》:"于嗟乎不承權輿",毛《傳》:"權輿,始也"。《爾雅》卷八《釋草》:"其萌,虇(音犬)",郭《注》:"葦(音桓)、葦之類其初生者皆名虇";"蔩(音迂)、芛(音尾)、葟(音皇)、華,榮",郭《注》:"蔩亦華之貌";馬瑞辰《毛詩傳箋通釋》卷十二認為:"'權輿'即'虇蔩'之假借","本兼葭始生之稱","因而人之始事亦曰權輿"。

(18)贛州六臣本作"崑崙",奎章閣六家本作"崐崙",此猶"峰"之於"峯"、"峨"之於"峩",無別。

(19)今本《廣雅》不見。《文選》卷一《賦甲‧京都上》班固《西都賦》:"列刃鑽鍭",善《注》:"《蒼頡篇》曰:'攢,聚也',鑽與攢同"。《文選》他處，如卷二《賦甲·京都上》張衡《西都賦》"攢珍寶之玩好"、卷七《賦丁·郊祀》揚雄《甘泉賦》"攢并閭與茇葀（音拔闊）兮"、卷八《賦丁·畋獵中》司馬相如《上林賦》"攢立叢倚"、卷二五《詩丁·贈答三》謝靈運《登臨海嶠初發疆中與從弟惠連見羊何共和之》"悽悽久念攢"，李氏訓"攢"為"聚"，若標明依據時，所稱引者皆為《倉頡篇》，獨此處例外。又，《甘泉賦》善《注》："并閭，椶也；茇葀，草名也"。

（20）六家本、六臣本均沿襲舊弊，"民"作"人"。

（21）《均人》鄭《注》："政讀為征"，"旬，均也"，賈《疏》："（《禮記》卷十二）《王制》：'用民之力，歲不過三日'"，"公事也"，即後世習知百姓所服之徭役。

（22）《周禮》卷四十《考工記·㮚氏》："量之以為鬴"，鄭《注》："四升曰豆，四豆曰區，四區曰鬴，鬴六斗四升也"，卷十六《地官·廩人》："若食不能人二鬴，則令邦移民就穀"。

（23）甲文中，"農"作"𦭓"（合9498）；金文固有保持原形而加從"田"者："𦭒"，如西周早期《農簋》（03575），大多去掉"手"，且以"田"代"林"："𦭗"，如西周早期《令鼎》（02803），然其象持農具除薉草，以便耕作，則無疑。至晚，於西周晚期《散氏盤》（10176）已將原本在字形下端之手改為上端象雙手之"𦥑"："𦭗"。《說文》三篇上之"農"及保存之"䢉，籀文農"、"𧂴，亦古文農"頗存其舊。隸書、楷書上半作"曲"，乃"𦥑"、"田"拼合之訛變。

（24）《隋書》卷三二《經籍志·經·小學》著錄兩本《字書》，一本三卷，一本十卷，另有《古今字書》十卷，皆不知撰者姓名。

（25）六家本、六臣本"弟子"均未誤作"子弟"，贛州六臣本、奎章閣六家本之"馬"亦未誤作"駕"。

《文選》卷二十《詩甲·公讌》

應詔讌曲水[1]作

善《注》：《水經注》曰："舊樂遊苑，宋元嘉十一年（434），以其地為曲水，武【文】帝引流，轉酌賦詩。"裴子野[2]《宋略》曰："文帝元嘉十一年三月丙申，禊(音系)飲于樂遊苑，且祖道江夏王義恭、衡陽王義季，有詔會者賦詩。"

海按：此段《水經注》今本不見，見諸《景定建康志》卷十九《山川志三·諸水》所引，"文"亦誤作"武"。《晉書》卷二一《禮志下》："漢儀：季春上巳，官及百姓皆禊於東流水上，洗濯、祓(音扶)除去宿垢，而自魏以後，但用三日，不以上巳也。晉中朝公卿以下，至于庶人，皆禊洛水之側……陸機云：'天泉【淵】池南石溝引御溝水，池西積石為禊堂。'本水流杯飲酒。"古以天干地支計日，上巳指三月第一次逢地支為巳（如乙巳或丁巳、己巳等）之日，則每年祓禊之日皆不固定，猶自陽曆而言，舊曆除夕年年異日。緣此，乃固定於三日。皇帝既從眾，行此禮俗，一則為安全顧慮，以免人羣中有圖謀不軌者；再則為免禁衛、扈從、儀節妨礙官民祓禊之樂，故僅能於皇家園林內舉行。此度賦詩，"太子中庶子"顏氏嘗奉"詔作序"，記此盛事，見《文選》卷四六《序下》所收《三月三日曲水詩序》及善《注》所引裴子野《宋略》。《舊唐書》卷四七《經籍志·丁部集類·總集類》著錄顏氏所撰《元嘉宴會遊山詩集》五卷、《元嘉西池宴會詩集》三卷。西池位於東宮，非樂遊園，是以此度曲水讌之眾作不會收於後者中，或許會見諸前集內。

《左傳》卷四四《昭公七年》："公將往,夢襄公,祖",杜《注》:"祖,祭道神"。《風俗通義》卷八《祀典・祖》:"《禮傳》:'共工之子曰脩,好遠遊,舟車所至,足跡所達,靡不窮覽,故祀以為祖神。'祖者,徂也。《詩》卷十八之四《大雅・蕩之什・韓奕》云:'韓侯出祖','清酒百壺'……漢家盛於午,故以午祖也。"《文選》卷二十《詩甲・祖餞》題下善《注》引崔寔《四民月令》則曰:"祖,道神也,黃帝之子好遠遊,死道路,故祀以為道神,以求道路之福。"各地禮俗不盡同,且傳聞異辭,故或曰共工之子,或曰黃帝之子,不足異也,更不容愚妄試圖牽合為一。

據《宋書》卷六一《武三王列傳》,祖餞之二人皆武帝子,江夏王諡文獻,母乃袁美人;衡陽王諡文,母乃吕美人,均為胡婕妤所生、排行第三之文帝之同父異母弟。結合卷五《文帝紀》,元嘉九年(432)六月,"以撫軍將軍、荊州刺史、江夏王義恭為南兗州刺史"、征北將軍,"征虜將軍、衡陽王義季為南徐州刺史",此後再見彼等職任,乃元嘉十六年(439)正月庚寅,"征北將軍"、"南兗州刺史、江夏王義恭進位司空,刺史如故","二月己亥,以南徐州刺史、衡陽王義季為安西將軍、荊州刺史"。非特殊情況,皇子出鎮地方不可能長達七年,甚者留任"如故",其間必有遷轉。官職雖一致,然任職年份則異,如江夏王義恭於元嘉三年(426)、二十九年(452)兩度擔任南徐州刺史,二十八年(451)再任南兗州刺史。由此可推知:此次讌會應當確實兼具為二王履新而祖道之意。唯史闕有間,不悉其新職為何。《建康實錄》卷十二《太祖文皇帝》"二王來朝",或前修二王來京述職之說,殆俱非明允。

【校記】

[1]尤刻本、五臣本、六家本、六臣本目錄均作"曲水讌",正文題目

則作"讌曲水",意義無別,可置不論。

[2]茶陵六臣本脫"野"字。李氏凡九次稱引《宋略》,唯卷二一《詩乙‧詠史》謝瞻《張子房》"變歟歷頹寢"此句下之善《注》但曰《宋略》,餘者均標明撰者完整姓名,以此慣例,當有"野"字。

道隱未形,治彰既亂[1]⁽一⁾,帝迹懸衡,皇流共貫⁽二⁾。惟王創物,永錫洪筭⁽三⁾,仁固開周,義高登漢⁽四⁾。其一

祚融世哲,業光[2]列聖⁽五⁾,太上正位,天臨海鏡⁽六⁾。制以化裁,樹之形性⁽七⁾,惠浸萌生,信及翔、泳⁽八⁾。其二

崇虛非徵,積實莫尚⁽九⁾,豈伊人和,寔靈所貺⁽十⁾。日完[3]其朔,月不掩望⁽十一⁾,航琛越水,輦賮踰障[4]⁽十二⁾。其三

帝體麗明,儀辰作貳⁽十三⁾,君[5]彼東朝,金昭玉粹⁽十四⁾。德有潤身,禮不慝器⁽十五⁾,柔中淵映,芳猷蘭祕⁽十六⁾。其四

昔在文昭(韶)[6],今惟武穆⁽十七⁾,於(音烏)赫王宰,方旦居叔⁽十八⁾。有晬(音遂)睿[7]蕃,爰履奠牧⁽十九⁾,寧極和鈞,屏京維服⁽二十⁾。其五

胐(音匪)魄雙交,月氣參(音三)變⁽二一⁾,開榮灑澤,舒虹爍電⁽二二⁾。化際無間,皇情爰眷⁽二三⁾,伊思鎬飲,每惟[8]洛宴⁽二四⁾。其六

郊餞有壇[9],君舉有禮[10]⁽二五⁾,幙[11]帷蘭甸,畫[12]流高隒⁽二六⁾,分庭薦樂,析波浮醴⁽二七⁾,豫同夏諺[13],事兼出濟⁽二八⁾。其七

仰閱豐施,降惟微物⁽二九⁾,三妨儲隸,五塵朝(音巢)黻(音扶)⁽三十⁾,途泰命屯,恩充報屈⁽三一⁾,有悔可悛,滯瑕難拂⁽三二⁾。其八

【校記】

[1]五臣本、室町本"亂"作行書體"乱"。《正字通‧子集上‧乙

部》:"乱,俗亂字。"

［2］贛州六臣本"光"作"先",然東瀛批閱者已於眉批處指出後者乃形近之訛。

［3］尤刻本"完"無"乚"。北宋欽宗名桓,乃避其嫌名,敬缺末筆所致。

［4］五臣本、六家本、六臣本、《顏光祿集》"障"作"嶂",後者僅係前者之專字,於義無別,詳注文。

［5］《類聚》卷四《歲時部中·三月三日》所錄作"居",乃形近所致之訛。此不僅因尤刻本、五臣本、六家本、六臣本、室町本俱作"君",實因據《禮記》卷十四《月令·孟春》:"賞公卿、諸侯、大夫於朝",鄭《注》:"朝,大寢門外",孔《疏》以"路寢門外、應門之內","治事之朝"說明;《禮記》卷四《曲禮下》:"去國三世,爵祿有列於朝",孔《疏》以"立族為後,有朝者也"解釋,則"朝"必為處理公務之處。顏氏刻意用"朝",不用"宮",則所言背景斷非於"居"所之時。"君"誤為"居",西漢初典籍即然,詳參《尚書集釋》,《酒誥》,注23。

［6］五臣本、六家本、室町本"昭"均作"韶",是也。《文選》卷二七《詩戊·樂府上》石崇《王明君詞·序》:"王明君者,本是王昭君,以觸(晉)文帝諱,改焉。"諱"昭"為"韶"之例,詳參《古字通假會典·宵部第十八·刀字聲系》。從《文選》卷五八《哀下》顏延之《宋文皇帝元皇后哀策文》:"壼政穆宣,房樂韶理",及《漢魏南北朝墓誌彙編·北魏·魏黃鉞大將軍太傅大司馬安定靖王第二子給事君夫人王氏之墓誌》:"慧晒自幼,韶亮在蒙",《魏故使持節都督秦州諸軍事平西將軍秦州刺史孝王(元寶月)墓誌銘》:"譬彼文韶,倫斯武穆",《魏故先生寇(霄)君墓誌》:"韶起周文,穆舉康叔",可知:此乃某些文士喜作瑋詞所致,因本詩

作者顏氏乃劉宋人，編撰《文選》者乃蕭梁人，上揭諸碑作者乃北魏人，均斷無避晉諱之理。《史記》卷八七《李斯列傳·諫逐客上書》："《昭虞》、《武象》者，異國之樂也"，《索隱》："徐廣曰：'昭'一作'韶'"，而《文選》卷三九《上書》李斯《上書秦始皇》："《韶虞》、《武象》者，異國之樂也"，善《注》："徐廣曰：'韶'一作'昭'"，反用徐廣之說，直示或本異文耳。

[7]許巺行據善《注》："二蕃謂江夏、衡陽二王也"，認為："改'二'為'睿'，失之甚也"，既無版本依據，又違背校讎學原理："二"乃常見字，"睿"則較之少見，"二"無由錯成"睿"。遑言不論字形、聲韻皆懸隔，何從致訛？反之，善《注》"二蕃"之"二"恐方為涉下文而誤。

[8]《類聚》卷四《歲時中·三月三日》、《初學記》卷四《歲時部下·三月三日》"惟"作"懷"，非也。《三國志》卷五十《妃嬪列傳·吳主（孫）權步夫人傳·追贈皇后策命》："緣后雅志，每懷謙損"，《晉書》卷九一《儒林列傳·范弘之傳·與會稽王道子牋》："每懷憤發，痛若身首"，《文選》卷五八《碑文上》王儉《褚淵碑文》："亮采[1]王室，每懷沖虛之道"，"懷"均指蘊含、抱持某種心態，與懷念意義疏遠。此處既與出句之"思"正對，則以"惟"為上。

[9]《初學記》所錄作"壇"，是也。《類聚》、五臣本、六家本、室町本"壇"均作"疆"，乃為不明儀制之淺人鈔本所誤。《史記》卷九二《淮陰侯列傳》："今拜大將……擇良日，齋戒，設壇場，具禮，乃可耳"，《後漢書》卷二二《馬成傳》："拜揚武將軍……擊李憲，時帝幸壽春，設壇場，祖禮遣之"，《梁書》卷五五《武陵王紀傳》："世祖與紀書曰……結壇待將，褰帷納士，拒赤壁之兵"，《陳書》卷九《吳明徹傳》："詔遣謁者蕭淳風就壽陽冊明徹，於城南設壇……明徹登壇拜受，成禮而退"。《宋書》卷五

《文帝紀》、卷六一《武三王列傳》雖均未言及義恭、義季是年外放所任何職,然依當時慣例,出鎮者多兼管民政(刺史)、軍政(將軍、校尉),則文帝自當登壇拜將。

[10]室町本"禮"作"礼"。《皇太子釋奠會作》"禮屬觀盥"之"禮"亦然。《説文》一篇上:"禮……礼,古文禮。"

[11]《初學記》"幙"作"暮",乃因部件"巾"置於"莫"之左側("幙"),或下方("幕"),均無別。"幙"寫作"幕",導致與"暮"形近而訛。《文選》卷四六《序下》顏延之《三月三日曲水詩序》明言:"情盤景遽,歡洽日斜,金駕摠駟,聖儀載佇",然後"開爵園而廣宴"與會群臣,可見:禊飲舉行於傍晚之前。"帷"作"帳",不知:"帷幙"乃自古已降之成詞。《文館詞林》卷一五七《詩十七·人部十四·贈答六·雜贈答三》郭璞《與王使君》:"光贊岳謨,折衝帷幙",《類聚》卷四七《職官部三·司空》孫綽《庾司空冰碑》:"高挹帷幙,投迹藩屏",《宋書》卷六七《謝靈運傳·撰征賦》:"對園囿而不闚,下帷幙而論屬",《梁書》卷一《武帝紀上·中(音仲)興二年·封梁公詔》:"功參帷幙",顏氏刻意倒裝,以消解其原有之政軍含意。《文選》卷四六《序下》王融《三月三日曲水詩序》:"緹帷宿置,帘(音亦)幕(幙)宵懸",即將此詞拆開,以便對仗。

[12]《初學記》"晝"作"畫"。苟如是,如何與下句"析波"之"析"相銜?形近之外,亦因欲與"幕"所訛之"暮"對仗。

[13]五臣本、明州六家本、室町本"諺"均作"喭"。《車駕幸京口三月三日侍遊曲阿後湖作》之"夏諺",五臣本、六家本均作"諺";《論語》卷十一《先進》:"由也喭",《校勘記》:"⃞尚⃞書⃞卷⃞十⃞六《無逸》《正義》引作'諺'。《説文》有'諺'無'喭','喭'乃'諺'之俗字"。對《説文》之偶像崇拜乃清人大弊,實則作為古文字之部件時,从言从口無甚別,是

以《周書》卷五《商誓》即《商哲》。

【注釋】

（一）善《注》：《老子》第四一章曰："大音希(稀)聲,大象無形",又曰："道隱無名[2]"。王弼《注》曰："有形則亦有分,有分者不溫則涼,不炎則寒,故象而形者[3]非大象也",又曰："夫道,凡此諸善,皆是道之所成……物以之成而不見其成形,故隱而無名也";《同異章》河上公《注》曰："道潛隱,使人無能指名也"。《太玄經》卷九《玄文》曰："陰不極,則陽不生;亂不極,則治不形【形(型)不生】。"賈逵《國語注》曰："彰(章),著也。"

海按：《周易》卷七《繫辭上》："形而上者謂之道,形而下者謂之器","未形"即未衍化出經驗界。"道隱無名"非謂道刻意隱藏,不肯表露自身,實乃因經驗界的存有都可以感官接觸、認知,於形而上者則盡失效。超經驗之道無論如何主動竭力啟示,經驗界之存有都無從以其慣常之認知方式瞭解。又,所謂於人為"隱",並非限於不見,但可聞,或感覺得到氣息,但無法辨其顏色,《老子》第十四章："視之不見名曰夷,聽之不聞名曰希,搏之不得名曰微……是謂無狀之狀、無物之象"。呂向："形,見也","見"必須讀為"現",否則,即陷淺陋。

金文中,"章"作"𠦑",如西周早期《競卣》(05425),或"𠦑",如西周中期《萬簋》(04195)。《大戴記》卷三《保傅》："佩玉……上有雙衡,下有雙璜、衝牙;玭(音此)、珠以納其間,琚(音居)、瑀以雜之",盧《注》："衡,平也。半璧曰璜。衝在中,牙在傍。納其間,納於衡、璜之間"[4]。如此繁密之配件當屬後代踵事增華所致,非西周時期"章"之實際形狀[5]。金文絕大多數之"章"已上加一橫,乃裝飾筆畫;至戰國末期,延續至小篆,下加之一橫:"🀆"(包2·77),蓋亦然。《尚書》卷四《皋陶謨》:"天命有德,五服五章哉",所佩之章乃標示身份者,故引申出明顯之義。為突出此引申義,乃加象徵畫文之"彡(音山)"。

金文中,"亂"上從"爪",下從"又(手)",中從一樁狀物:"H","H"上有一"系"字上半之"幺":"🀆",如西周晚期《瑚生簋》(04292),清楚顯示:此乃以兩手理清樁狀物上之絲絮。其形楷定時,本當作"𤔔",因為將"爪"之肘部斷開,且拉長,方形成右側之"乚(音乙)"。由此可知:"亂"之本義乃"治"理混亂者,而所以需要治理,正因混亂。"亂"之訓"治"全然與反訓無干,此乃鄙人不明詞義範圍縮減變化之無稽妄言。

此聯意謂:道乃形而上之絕對者,無形無所,非若有形者可以經驗界感官及其觀念、邏輯等認知、接觸,故曰隱。暨道自混沌狀態化分為一陰一陽,形成經驗世界,凡經驗世界者莫不相對,乃有上下、清濁、治亂等之分,故曰"亂""既"形,乃反映"彰"顯"治"之狀態,猶黑呈現,而襯托出何謂白。

(二)善《注》:《春秋·合誠圖》曰:"黃帝有迹,必稽功務法"[6],宋均《注》[7]曰:"迹,行迹,謂功績也"。《類聚》卷五四《刑法部·刑法》所錄《申子》曰:"君必有明法正義,若懸權衡以稱輕重,所以一群臣也。"《文選》卷九《賦戊·畋獵》揚雄《長楊賦》曰:"逮至孝【聖】文[8],隨風乘流,方垂意於至寧。"孔安國《尚書》卷六《禹貢》"四海會同,六府孔修"《傳》曰:"四海之內會同京師,九州同風,萬國共貫,水、火、金、土、木、穀甚修治。"

海按:衡,秤桿;權,秤錘,使用以度量物之輕重時,必"懸"空持之。

唯此具雙重語義。五帝三皇去今久遠，其彰示後代領導者為政之標的，若高懸於上古之判準。雖然如是，五帝三王畢竟去今已遠矣，故對於後世，彼等當時之政績記錄下來者相對於其本真，僅如"足"之於"迹"、"源"之於"流"而已。"迹"、"流"水陸對。

金文中，"貫"从象二貝者，从"丨"，象一線穿起兩個扇狀貝："🐚"，如西周早期《中鼎》(02751)，近似《周易》卷二《剝·六五》所說之"貫魚"，因此引申出貫穿、串連、一統之義。將"🐚"橫寫："🐚"，且將兩個扇狀貝簡省為一個，即演變為"毌"，故《說文》七篇上："毌，穿物持之也，从一橫、田，田象寶貨之形……讀若冠"。《漢書》卷八七上《揚雄傳·校(羽)獵賦》："各亦竝時而得宜，奚必同條而共貫"，《類聚》卷十二《帝王部二·漢明帝》傅毅《明帝誄》："四方共貫，八極同軌"，《阮步兵集·賦·元父賦》："終始同貫，本末相牽"，《南齊書》卷二《高帝紀·建元元年》："異術同揆，殊流共貫"，《弘明集》卷六釋道恆《釋駁論》："海內融通，九州同貫"，謝朓《侍宴華光殿曲水奉敕為皇太子作》："升配同貫，進讓殊聲"。共貫、同貫乃兩漢六朝之成詞，猶一貫，即《孟子》卷八上《離婁下》所言"先聖、後聖其揆一也"。

此聯乃互文，意謂：五"帝"三"皇"雖係不同時期者，具體措施或有同異，然彼等所標示之為政最高最美之抽象標準（"衡"）均一致（"共貫"）。

（三）善《注》：《周禮》卷三九《考工記》曰："智（知）者創物。"《毛詩》卷二十之一《魯頌·駉之什·泮宮》曰："既飲旨酒，永錫難老。"鄭玄《儀禮》卷十《鄉飲酒禮》"無筭爵"《注》曰："筭，數也"，謂年數。

海按："惟"非語助詞，乃"僅"之意。《爾雅》卷一《釋詁》："帝、皇、王、后……君也。"上聯用"皇"、"帝"，此處改用"王"，義一致也，直避免重出耳。上聯之皇、帝乃上古者,此處之王指當今劉宋王朝之創業者。劉良:"王,文帝也",方廷珪已指出其非:"王,武帝","宋有天下,始於武帝也"。《毛詩》卷十八之三《大雅·蕩之什·烝民》:"有物有則",毛《傳》:"物,事";《禮記》卷四九《祭統》:"夫祭之為物大矣",孔《疏》:"物謂事物"。

《公羊傳》卷六《莊公元年》:"錫者何?賜也。"《易》、《書》、《詩》、《春秋經》均作"錫",不作"賜"。青銅器銘文中,作為賞予之辭者,除了極少數例外[9],餘者俱做"易"。前人已指出:上古喻四（Φ）支（錫）部之"易"乃由同一聲部、韻母之"益"省變而來[10]。"益"於金文有作"𤔲"形者,如西周早期《德簋》(03733),除去器底、器流嘴部分,僅保留飲器之右側、右側上提握之弧形鋬(把柄)、器中漫出之水,於是形成"𤔲",如(合22349)、西周早期《保侃母簋》(03744)。弧形鋬及所附器側不時倒過來在右,水在左,因古文字中,左、右向相反,故仍為同一字。因此,從注輸方而言,添加注入、給予他者為此字本義;從接受方而言,則為獲得、多出。由於將鋬那部分寫成似日非日之𤔲,又訛為日,甫形成小篆之"易"。後世固然多作"賜",實則加"金"或加古代用為貨幣、貴重物品之"貝",無別。

《尚書》卷二《堯典》:"湯(音商)湯洪水方(普)割(害)",偽孔《傳》:"洪,大";《後漢書》卷四十下《班彪傳附子固傳·典引》:"鋪觀二代洪、纖之度",章懷《注》:"洪、纖猶大、小也"。《說文》五篇上:"筭,長六寸,所以計歷數者,从竹、弄。""筭"猶"算",相假例證詳參《古字通假會典·寒部第六(下)·算字聲系》,即《周禮》卷十四《地官·保氏》"養國子以道,乃教之六藝"中之"數"。《鄉飲酒禮》中與"無筭爵"相匹配者乃"無筭樂",鄭氏以"無數"訓讀"無筭"。《禮記》卷九《檀弓下》:"辟

(擗)踴(音永)⁽¹¹⁾,哀之至也,有筭,為之節文",鄭《注》亦云:"筭,數也"。雖然算、數義通,然善《注》以"年數"訓"筭",仍非是,此乃指籌算治國之大經大法。方廷珪釋次句之意:"言天賜大筭使長久也","洪算"確實乃"洪範"之新變,但若以《尚書》卷十二《洪範》"天乃錫禹洪範九疇"為顏氏所本,則大謬。此句中之"永錫"者非天,乃上句之"王";所錫對象非劉宋創業者,乃其繼嗣守文之君。

此聯意謂:若朱熹《與陳同甫書》之六:"千五百年之間……只是架漏牽補過了時日。其間雖或不無小康,而堯、舜、三王、周公、孔子所傳之道未嘗一日得行於天地之間也。"移用於此,即形同表示:能達到"皇"、"帝"所"懸"標準者,"惟"獨劉宋創業者("王"),因其"創"建制度等諸事("物")時,具深謀遠略,非一時權宜之策,賜("錫")給後世子孫者乃長久("永")、宏大("洪")之治國策畫("筭")。

(四)善《注》:《毛詩》卷十七之二《大雅·生民之什·行葦·小序》曰:"行葦,忠厚也。周家忠厚,仁及草木。"《漢書》卷三六《楚元王傳附玄孫劉向傳》曰:"五星聚于東井,得天下之象也",卷二六《天文志》:"漢元年十月,五星聚於東井,以曆推之,從歲星也,此高祖【皇帝】受命之符也,故客謂張耳曰:'東井,秦地,漢王入秦,五星從歲星聚,當以義取天下⁽¹²⁾。'"

海按:甲文中,"義"作"𦍌"(合32892),从我,我亦聲。"我"象有鋸齒之長柄兵器。對照"𦫳(美)","我"此象兵器者其長柄上端似羊角之刻畫當亦為四披羽葆之屬。弧形不易契刻,改作尖銳之曲折狀,以致上半字形類似"羊":"𦍌",如西周中期《癲鐘》(00247)業然。"義"乃"儀"之初文。西周晚期《虢叔旅鐘》(00238):"帥井(型)皇考威義",春秋晚期《王孫遺者鐘》（00261）："㰠（淑）于威義"，"威義"即《尚書》卷十四《酒誥》"用燕喪威儀"、《毛詩》卷十八之三《大雅·蕩之什·烝民》"威儀是力"、《左傳》卷二七《成公十三年》"是以有動作禮義威儀之則，以定命也"之"威儀"。"義（儀）"既指儀仗及其所表現之威儀，因此引申出規矩、應然之義，是以銅器銘文中"義"每改讀為"宜"，如西周早期或中期《師旂(音奇)鼎》（02809）："戀父令曰：義播"，西周晚期《虢季鐘》（NA0001）："用義其家"。"仁"、"義"互文足義。《毛詩》卷十八之三《大雅·蕩之什·崧高》："登是南邦"，《尚書》卷十一《偽泰誓下》："以登乃辟"，毛《傳》、偽孔《傳》均訓："登，成也"。"固"既與"高"對仗，則當為形容詞。"周"代表三代王道政權，"漢"代表三代以下霸道政權。

此聯意謂：劉宋王朝之道德基礎比"開"創"周"朝、成就（"登"）"漢"朝政權時所仰仗之"仁"、"義"更堅"固"、層次更"高"。

以上押劉宋時期先部去聲韻。

（五）善《注》：《爾雅》卷一《釋詁》曰："融，長(音掌)也。"《毛詩》卷十六之五《大雅·文王之什·下武》曰："下武維周[13]，世有哲王。"《文選》卷六《賦丙·京都下》左思《魏都賦》曰："先王之桑梓，列聖之遺塵。"

海按："祚"當改讀為"阼"，相假例證詳參《古字通假會典·魚部第十九（下）·乍字聲系》。《說文》十四篇下："阼，主階也。"阼階又以其方位曰東階，《禮記》卷二《曲禮上》："主人就東階，客就西階。"因此天子登基，為天下之主，曰踐阼。《文選》卷一《賦甲·東都賦》："漢祚中缺"，善《注》引賈逵《國語注》曰："祚，位也"；卷五十《史論下》沈約《恩倖傳·論》："民忘宋德，雖非一塗，寶祚夙傾，實由於此"，善《注》："寶祚猶寶命也"。有寶貴之天命，方能有位，故《周易》卷八《繫辭下》："聖人之大寶曰位"。《左傳》卷四三《昭公五年》："明而未融,其當旦乎",杜《注》："融,朗也",孔《疏》："融是大明,故為朗也"。平旦時,僅見晨曦,光微弱;逮正午,麗日當空,光乃大耀。

"世哲"對"列聖",則"世"當訓解為世世代代,而非"大"。《皇太子釋奠會作》："思皇世哲",詞義一致。善《注》引《下武》以釋,當矣。甲文"折"作"⿳"(合7025),金文將"木"之斷裂下半多寫為"屮"："折",如西周晚期《多友鼎》(02835),均象以"斤(斧)"砍伐、析裂"木"。金文中,"哲"從"目"從"心""折"聲："",如西周晚期《克鼎》(02836),有時尚從"行"所簡化之"彳"："",如西周中期《史牆盤》(10175)。"木"後訛變為"才"。《說文》二篇上："悊,哲或從心",可謂乃""之簡省。其形構蓋表示:運用觀察("目")以及思慮("心")來分析、判斷所去所從之心理活動。《下武》鄭《箋》："哲,知(智)也。"

"光"當改讀為"廣",相假例證詳參《古字通假會典·陽部第九(上)·光字聲系》。"廣"與"融"乃正對。

此聯意謂:劉宋王朝的帝位("祚")基"業"在劉家後繼之諸"聖"列"哲"中,愈發顯耀("融")廣闊("光")。

(六)善《注》:太上謂文帝也[14]。《漢書》卷四四《淮南衡山濟北王列傳·淮南厲王長傳》:"時帝舅薄昭為將軍,貴重,上令昭予厲王書諫數之,曰:'……欲以親戚之意,望於太上,不可得也'",如淳[15]《注》曰:"太上,天子也"。《周易》卷四《家人·彖》曰:"女正位于[乎]內,男正位于[乎]外。"潘岳《魯公詩》曰:"如地之載,如天之臨。"孫綽《望海賦》曰:"因湛亮以靜鏡,俯遊目於淵庭。"

海按:對於臣民而言,凡統治之上司皆可謂之上。上中之上,乃太上。太上猶言萬王之王。如帝醫曰太醫,帝師曰太師,帝學曰太學。

《家人》乃離下巽上,第二、第五爻均為陰爻,爻質與爻位適相當,故王《注》"正位"曰:"謂二也"、"謂五也",然李氏徒顧字面出處,忽略皇帝當陽,豈陰爻之所象?"正位"指處於應居之位。

梁章鉅:"《夢溪筆談》卷十五《藝文二》載謝朓《齊海陵王墓銘》云:'於穆二祖,天臨海鏡。'"天臨"與"海鏡"乃句中内對,"鏡"必為動詞,斷不得如吕向訓讀為名詞性質之"天鏡"。《吕覽》卷二十《達鬱》:"孰當可而鏡",高《注》:"鏡,照";《漢書》卷八五《杜鄴傳》:"不自鏡見",顏《注》:"鏡,鑒照也"。

此聯意謂:今上乃以全然符合禮法之身份及卓絶才德"居"於最高統治者("太上")之"位",其德如"天"之無不籠罩("臨"),其明如"海"之無不明鑒("鏡")。與習言之天覆、地載乃同類型之誇譽詞。

(七)善《注》:《周易》卷七《繫辭上》曰:"形而上者謂之道,形而下者謂之器。化而裁之謂之變,推而行之謂之通,舉而錯之天下之民謂之事業。"《莊子》卷五上《天地》曰:"流(留)動而生物,物成生理,謂之形;形體保神,各有儀則,謂之性。"

海按:金文中,"制"從刀斯未,未象樹形:"𣂪"、"𣂒",如春秋晚期《王子午鼎》(02811)、戰國《子禾子釜》(10374)。前者尤其傳神,於"未"、"刀"之間尚有兩短撇,以示下刀處,《説文》四篇下所收"𠛛,古文制"即其狀,故其本義蓋於木材之寬窄去留、凹凸深淺等皆裁斷、削鑿之。《淮南子》卷九《主術》:"賢主之用人也,猶巧工之制木也",高《訓》:"制,裁也"。《論語》卷五《公冶長》:"吾黨之小子狂簡,斐然成章,不知所以裁之",《集解》所引孔安國以"裁制"訓讀之,皇《疏》則訓讀為"裁正"。

此聯意謂:百姓由内("性")而外("形"),都被劉宋皇帝整飭

("制"),乃以道德、禮樂等方式,無形間變"化",修正("裁")其過與不及之處,將道德理念及具體之大小規範深植("樹")於萬民之內在心"性"及其外在"行"為中。

(八)善《注》:《史記》卷十《孝文本紀·後七年(前157)》:"文帝遺詔曰:'朕聞:蓋天下萬物之萌生,靡有不死。死者,天地之理,物之自然者,奚可甚哀'。"翔、泳謂(16)魚、鳥也。《周易》卷六《中孚·象》曰:"豚魚,吉,信及豚魚也。"薛君《韓詩章句》曰:"文王聖德,上及飛鳥,下及魚鱉。"

海按:甲文中,有一"🝔"(合27395);金文畫得更逼真:"🝔",如《更作父戊卣》(05277),象三股絲線收束於一紡輪。卜辭中,多見於語首,作為喚起聽者注意之口氣詞,但周代銘文中已做動詞,如西周晚期《克鼎》(02836):"更于萬民",《毛公鼎》(02841):"虔夙夕更我一人",顯然當作"惠"使用。西周金文也確實出現了"惠",如西周晚期《鈇簋》(04317):"用康惠朕皇文剌(烈)且(祖)考",春秋晚期《王子午鼎》(02811):"惠于政德"。"更"之於"惠"應僅為聲符,並無意義上之引申關係。"惠"、"信"乃互文足義。《論語義疏》卷六《顏淵》:"浸潤之譖(音怎去聲)",皇《疏》:"浸潤猶漸漬也";《淮南子》卷一《原道》:"不浸于肌膚",高《訓》:"浸,潤也"。顏氏所以捨通用之"惠澤",因"惠澤"中之"澤"乃名詞,與此處所欲表述者不協,故改用動詞意義之"浸"。甲文中,"及"多為一右向(少數為左向)側面人形,象右手之"又"(人左向者則以"ナ"為部件)觸及其小腿近足部處:"🝔"(合20348)。從卜辭觀之,此形本義非僅謂觸及,乃捕抓到。金文中,則將小腿置於入手掌握中:"🝔",如西周早期《保卣》(05415),使其本義愈明。西周時,幾乎均另加代表道路之"彳(音赤)":"🝔",如西周晚期《鬲(音過)比盨》

(04466);東周以降,則將"彳"盡廢之,為小篆所本。由此可知:到達乃"及"必有之引申義。《儀禮》卷十四《燕禮》:"賓入,及庭,公降一等揖之",鄭《注》:"及,至也",《說文》三篇下:"及,逮也"。善《注》所引《史記》云云僅為"萌生"一詞之最早出處,於本句句義無當。"萌"當改讀為"氓",亦即"民"。相假例證詳參《古字通假會典・陽部第九(下)・亡字聲系》。"民生"即《毛詩》卷十七之一《大雅》之"生民"。"翔"於天,"泳"於川、湖、海,此乃天、淵對。於古人宇宙圖像中,一片浩瀚之深洋中,上有陸地,地中有一宇宙山(或樹),由此可登天界。

此聯意謂:文帝之恩澤、誠信如水般逐步拓展,深入億萬人民("萌生")心中,且普"及"宇宙萬有("翔"、"泳")。言下之意,在其治下,宇宙已進入《周易》卷一《乾・象》所說之"大(太)和"境界。

以上押劉宋時期庚部去聲韻。

(九)善《注》:言崇尚虛假,諒非有徵,積累成實,則莫能尚也。《文選》卷五五《連珠》陸機《演連珠》之九曰:"積實雖微,必動於物;崇虛雖廣,不能移心。"杜預《左氏傳》卷三八《襄公十七年》"子木歸以語王,王曰:'尚矣哉'"《注》曰:"尚,亦上也。"

海按:對照"飛"即"蜚",相假例證詳參《古字通假會典・齊部第十三(下)・非字聲系》,則《說文》十一篇下所云:"非……从飛下翄(翅),取其相背",以"非"本假兩翅左右異向表相乖之義,或可取。《莊子》卷一上《逍遙遊》:"知效一官,行比一鄉,德合一君,而(17)徵一國者,其自視也亦若此矣",《釋文》引司馬云:"徵,信也"。善《注》"諒非有徵"所言不貼切,顏氏之意乃指"虛"者無從取信於"萌生"。"尚"、"上"相假例證詳參《古字通假會典・陽部第九(下)・尚字聲系》。善《注》所引之《左傳》原文及杜《注》之"上"均為形容詞,猶言第一流、最佳,故李氏之訓讀即言没有較之更好者。"非徵"既與"莫尚"對仗,則"非"當如《荀子》卷一《勸學》"登高而招,臂非加長也,而見者遠"、"君子生非異也"之"非",無有也;"徵"亦當為名詞,信用度也。

(十)善《注》:言化之所感,豈止人和乎?實亦受天貺。《左氏傳》卷六《桓公六年》:"季良……對曰:'……於是乎人【民】和而神降之福,故動則有成。'"《春秋·元命苞(18)》曰:"通三靈(19)之貺,交錯同端也。"

海按:"伊"本為聲調悠長之感歎詞,然此處則不然。《儀禮》卷三《士冠禮》:"嘉薦伊脯",鄭《注》:"伊,惟也";《文選》卷二《賦甲·京都上》張衡《西京賦》:"豈伊不虔思于天衢",薛《注》:"伊,惟也",對照善《注》"豈止",可知:"惟"當訓為"僅"。據善《注》所引《左傳》,可知:顏氏以"靈"指"神"也。《毛詩》卷十之一《小雅·南有嘉魚之什·彤弓》:"中心貺之",毛《傳》:"貺,賜也";《儀禮》卷二十《聘禮》:"公當楣再拜",鄭《注》:"拜貺也,貺,惠賜也。楣謂之梁(樑)"。

(十一)善《注》:《漢書》卷二六《天文志》曰:"古人有言曰:'天下太平,五星循度,亡有逆行,日不蝕(食)朔,月不掩【食】望。'"

海按:《說文》七篇下:"完,全也。""朔"從"月"从"屰","屰"亦聲。甲文中,"屰"乃與"大"此正面人形恰恰顛倒者:"✦"(合27075);西周早期《屰目父癸爵》(08965)尤其明顯:"✦"。所以從"屰",蓋因每一月之月相均有鮮明相反之變化:從無月光逐漸成為截然相反之滿月狀態,復由此狀態反轉為無月光,顛倒往復。《禮記》卷六一《鄉飲酒義》:"月者三日則成魄",孔《疏》:"月明盡之後而生魄……若以前月大,則月二日生魄;前月小,則三日乃生魄",則每月初一時,雖有月,按理應有月光,實際卻無光,故藉此顛倒之人形,表達農曆每月初一此種相反之現象,因此乃有初一曰朔之義。"望"已詳《始安郡還都與張湘州登巴陵城樓作》"江、漢分楚望"注。《史記》卷十《孝文本紀·二年(前178)》:"十一月晦,日有食之",《正義》:"《説文》云:'日蝕則朔,月蝕則望'"[20]。古人雖知日、月蝕為必有者,然在古舊文化影響下,仍以日、月蝕乃不應有之天象,經常附會為上天對人世政治失宜之警戒,又以某些非常之現象,如五星連珠、老人星見等為上天對人世政治清明之嘉許。今則不但"朔"日日光"完"全,未被侵吞,且"望"日亦不見"月"被"掩"蔽,此乃消極狀其無災異,積極讚其得祥瑞,故善《注》引文以"天下太平"為説。此聯乃具體説明上聯"人和"、神"靈所貺"之表徵。

(十二)善《注》:言遠夷納貢也。《毛詩》卷二十之一《魯頌·駉之什·泮(音判)水》:"憬彼淮夷,來獻其琛",毛萇《詩傳》曰:"琛,寶也"。《孟子》卷四上《公孫丑下》曰:"將有遠行,行者必以贐(贐)。"《爾雅》卷七《釋山》曰:"上正,崝(章)也",郭璞《注》曰:"山上平"。

海按:上一聯論"大和"境界於天象方面之表徵,此聯論其於人事方面之例證。

《文選》卷四八《符命》司馬相如《封禪文》:"周躍魚隕航",善《注》:"應劭曰:'航,舟也'";卷五《賦丙·京都下》左思《吳都賦》:"汎舟航於彭蠡(音梨)",善《注》:"航,船別名"。《吕覽》卷一《本生》:"入則以輦",高《注》:"人引車曰輦";《後漢書》卷一下《光武帝紀·建武十三年(37)》:"益州傳送公孫述……輿輦",章懷《注》:"輦者,駕人以行"。"航"、"輦"均當動詞用,以舟船、人力車[21]運送"琛"、"賮"。《公孫丑下》趙《注》:"賮,送行者贈賄之禮也,時人謂之賮";《漢書》卷一上《高帝紀》:"蕭何為主吏,主進",顏《注》:"字本作'賮',又作'贐',音皆同耳。古字假借,故轉而為進"。《赭白馬賦》:"有肆險以稟朔,或踰遠而納賮。"

《毛詩》卷四之二《鄭·將仲子》："無踰我里",毛《傳》："踰,越";《國語》卷十九《吳語·句踐滅吳夫差自殺》："令右軍銜枚踰江",韋《解》："踰,度也"。《釋山》邢《疏》："正猶平也。言山形上平者名章。"朱珔認為："嶂"當依正文作"障",非是。按善《注》體例,固然會改動所引注文之原字樣,以遷就所欲注解之正文字樣,然此僅體例之一,善《注》最佳處之一即在引出處時,兼帶訓解正文,無形間亦顯示"障(嶂)"、"水"乃水、陸對。

此聯意謂:海外、邊疆民族、部落不遠千里,不畏辛苦、危險,跋山越嶺("踰障"),飄洋涉川("越水"),以各種交通工具運輸("航"、"輦")方物("琛"、"賮"),來朝貢,以報答中國聖王澤被四裔。如同《尚書大傳》等傳説:周公攝政時期,普天之下,風調雨順,越裳氏推測:中國有聖人出,乃重九譯來朝,獻白雉。

以上押劉宋時期陽部去聲韻。

(十三)善《注》:言太子附帝,故有明德也。帝體謂太子也。沈約《宋書》卷五《文帝紀·元嘉六年(429)》曰:"文帝三月丁巳,立皇子劭為皇太子。"《儀禮》卷二九《喪服傳》曰:"父為長子。《傳》曰:何以三年也?正體於上,又乃將所傳重也。"《周易》卷三《離·六二》曰:"黃離,元吉",鄭玄《注》曰:"離,南方之卦,離為火,土託位焉。土色黃,火之子,喻子有明德,能附麗於父之道,文王之子發、旦[22]是也"[23]。《毛詩》卷三之一《鄘·柏舟》:"實維(為)我儀",毛萇《詩傳》曰:"儀,匹也"。辰,北辰也。《後漢書》卷四十下《班彪傳附子固傳·典引》曰:"高、光二聖,辰居其位【域】。"《晉書》卷三八《文

|六王列傳·齊王攸傳》齊王攸《太子箴》曰:"尊以弘道,固以貳己[24]。"

海按:《禮記》卷四八《祭義》:"身也者,父母之遺體也。行父母之遺體,敢不敬乎?"《儀禮》卷六《士昏禮》:"父醮(音叫)[25]子",賈《疏》:"父禮女者,以先祖遺體許人,以適他族",是以《孝經》卷一《開宗明義章》曰:"身體髮膚受之父母,不敢毀傷"。子、女身體既為祖先、父母身體之延續,故以太子為帝體。"麗"之本義詳《為織女贈牽牛》"婺女儷經星"注。傳世《周易》假借"離"表示之,二字相假例證詳參《古字通假會典·歌部第十五·离字聲系》。《周易》卷三《離·彖》:"離,麗也",孔《疏》:"麗謂附著也";《論衡》卷十一《說日第三十二》:"麗者,附也"。傳統《易》學皆以起初僅有八個三爻之卦,然後每個三爻之卦分別疊加包括自己以及其他七個三爻之卦,所謂重卦,六十四個六爻之卦乃告成。因此,《周易》六十四卦中,有八純卦,即下三爻之內卦與上三爻之外卦一致者。《離》乃其中之一,內、外二卦皆上、下二陽爻,中夾一陰爻之三爻離卦。據《說卦》,於自然界,"離為火,為日",故"離也者"其性質乃"明也"。因此,六爻之《離》應用於人事,即以光明者(上三爻之離)繼承光明者(下三爻之離),是以《離·大象》曰:"明兩作離,大人以繼明照于四方"。"麗明",以明依附於明,即"繼明"也。

《文選》卷四八《符命》班固《典引》蔡《注》據《論語》卷二《為政》曰:"如北辰居其所,而眾星共(拱)之。"北辰即北極,居天之中,為上帝居處,因而亦為上帝之代稱。此處則譬喻上帝在人間之代理人:今上文帝。

此聯意謂:太子既為皇"帝"龍"體"之延續,自然遺傳其性質,所以其德光"明",能繼承象徵皓日之父皇之明德,如同六爻《離》卦上三爻之

《離》,緊密依附("麗")位於下三爻之《離》。正因殿下於皇上亦步亦趨,以如同居於北"辰"之父皇為表率("儀"),所以最適合"作"為皇帝之副手("貳"),即儲君。

方廷珪:"北辰前一星為太子",妄說。《史記》卷二七《天官書》:"東宮蒼龍……大星,天王,前、後星,子屬",《索隱》:"《鴻(洪)範五行傳》曰:'……前星,太子;後星,庶子'"。

(十四)善《注》:東朝,東宮也。《文選》卷二四《詩丙·贈答二》潘岳《為賈謐作贈陸機詩》曰:"昔余與子,繾綣東朝。"高誘《呂氏春秋》卷十八《審應》"魏昭王問於田詘曰:寡人之在東宮之時"《注》曰:"東宮,太子所居【世子也(26)】。"《毛詩》卷三之二《衛·碩人》曰:"東宮之妹,邢侯之姨",卷十六之三《大雅·文王之什·棫樸》又曰:"追琢其章,金玉其相"。《廣雅》卷五上《釋詁》曰:"粹,純也。"

海按:甲文中,"君"從尹(手持一杖)從口:"♪"(合24135);金文則將杖握於手中:"🦴",如西周早期《召器》(10360)(27)。"尹"象威權,"君"象發號司令者,是以卜辭中"君"、"尹"互用。甲文中,"東"均作以繩繫束裝有物品之囊袋兩端,兩端繩末均作同根而向左、中、右伸張之三道線:"🮲"(合21021),乃象繩之餘緒;金文亦然,如西周中期《效卣》(05433)。甲文中,"束"可作一個紮束之囊袋狀:"🮲"(合22344),亦可作多個紮束之囊袋狀:"🮲"(合21148),而不論甲、金文,"束"所象之紮束囊袋均僅止於一。除了囊袋多少,"東"與"束"之別主要在前者囊袋中間有一橫:"🮲"(合22344),偶而會有兩橫:"🮲"(合34069),後者則無。由此可知:"東"、"束"蓋一字之分化,以致卜辭中"束"可讀為

應詔讌曲水作

"東"。"東"作為方向名稱,純屬假借。《説文》六篇上所引官溥説:"從日在木中",乃道地望文生義,全然非是。"東"作為方向名既純屬假借,南、北作為方向名亦然,何以太子公、私所在地必以東為限定詞？因為按照《周易》卷九《説卦》,乾(天)父、坤(地)母陽、陰二氣交配所生之其餘六卦(六子),"震……為長子";若將八純卦配以方位,則"震,東方也";傳統向來以時間與空間相聯繫,春乃萬有之始,故曰"帝出乎震",是以太子宮曰東宮、春宮。按照五行間架,春、東所配之色為青,故又曰青宮,如《英華》卷一七九《詩二九·應令》于仲文《侍宴東宮應令》:"青宮列紺(音幹)幰(音顯)"。徐炫《説文》卷七下《新附》:"幰,車幔也",《釋名》卷七《釋車》:"所以禦熱也"。

李氏引《棫樸》為注,不當。《楚辭》卷一《離騷·敍》:"所謂金相玉質,百世無匹。"甲、金文中,"相"乃以目視木,表觀看之義,故為名詞時,乃外表之謂,是以世俗曰手相、面相、相片。內在品"質"純一,故曰如"玉"之純"粹";見諸表"相",風儀自然璀璨奪目,故曰如"金"之"昭"明。

此聯乃是讚美太子在東宮接見東宮僚屬,處理公務時,予人"金昭玉粹"之印象,類似《漢書》卷十《成帝紀·贊》所云:"臨朝淵嘿(默),尊嚴若神"。

(十五) 善《注》:《禮記》卷六十《大學》:"曾子曰:'十目所視,十手所指,其嚴乎？'(28) 富潤屋,德潤身,卷二三《禮器》又曰:"禮器,是故大備,大備,盛德也",鄭玄《注》曰:"禮器,言禮使人成器,如耒耜之為用也(29)"。

海按:《孟子》卷十二上《告子下》:"有諸內,必形諸外",故內在之"德"性造詣至某種程度後,自然會"有"溢現於形象、姿態("身")上之狀況，予人雍容、溫"潤"、高尚等感受。

《左傳》卷五二《昭公二十六年》："用愆厥位"，杜《注》："愆，失也"。李氏引《禮器》為說，不當。"成器"一詞今仍用之，猶成材。戰國已降，均以人臣當以某方面之才幹為"器"，君則當居"道"，君若下同於"器"，則失"道"矣。《人物志》卷上《九徵》："偏至之材以材自名，兼材之人以德為目……兼德而至謂之中庸，中庸也者，聖人之目也。"是以此處之"器"乃《老子》第二九章所說之"天下，神器"之"器"。方廷珪："《易》卷九《序卦》：'主器者莫若長子，故受之以《震》'"，極是。這位儲君動靜語默皆循"禮"，將來天下此神"器"在他手上能"不"失落（"愆"）。

（十六）善《注》：《周易》卷八《繫辭下》曰："柔之為道，不利遠者，其要无咎，其用柔中。"《文選》卷二十《詩甲・公讌》陸機《皇太子宴玄圃宣猷堂有令賦詩》曰："茂德淵沖。"《字書》曰："祕者，密也，蘭密"(30)謂蘭芳之幽密。"

海按：《周易》卷一《坤・文言》："陰雖有美，含之以從王事，弗敢成也，地道也、妻道也、臣道也。"太子之於皇帝兼臣、子雙重身份，故以陰"柔"居"中"、順從不首出為得。"淵"之本義及引申義詳《五君詠・向常侍》"探道好淵玄"注。"淵"既與"蘭"對仗，可知為名詞，當用其本義。淵映，如淵之映。言其才能、見識雖洞明"映"照一切，仍虛懷若"淵"，不炫耀於外。"芳"既為花草之香，引申為美好。《毛詩》卷十八之五《大雅・蕩之什・常武》："王猶（猷）(31)允塞"，毛《傳》："猶，謀也"，《爾雅》卷一《釋詁上》："圖……慮、謨、猷……謀也"。"芳猷"猶言美好之政策謀略。唯因居於臣子之位，故僅如幽谷之"蘭"，其優點（芬芳）含蓄（祕）在谷內，不見諮詢，則不會積極倡議。呂向："祕，積也"，乃不得其解之謦欬。

以上押劉宋時期脂部去聲韻。

（十七）善《注》：言昔者在高祖之子為王，同於文王之昭；今帝之子為王，又同武王之穆，言其成（盛）也。《左氏傳》卷十五《僖公二十四年》："富辰諫曰：'……管、蔡、郕（音成）、霍、魯、衛、毛、聃、郜（音告）、雍、曹、滕、畢、原、酆、郇（音荀），文之昭也'"，杜預曰："十六國皆文王子也"；"'邘（音于）(32)、晉、應、韓，武之穆也'"，杜預曰："四國皆武王子也"。《漢書》卷七三《韋賢傳附子玄成傳》："韋玄成等四十四人奏議曰：'父為昭，子為穆，孫復為昭，古之正禮也。'"昭、穆父子之迭號，千祀而一也。顏《注》："後以晉文王室諱昭，故學者改昭為韶。"

海按："惟"當改讀為"為"，例證詳參《古字通假會典·齊部第十三（上）·佳字聲系》。善《注》以"文"、"武"分別譬喻高祖、文帝，淆亂倫輩，非是。茶陵六臣本"諱"誤作"韋"。

此聯乃言：以往諸侯王鎮守各方、屏藩京師之重責均主要"在"被追尊為孝穆皇帝劉翹諸子（"文昭"），即武帝劉裕諸弟肩上，今則轉變為（"惟"）武帝劉裕諸子（"武穆"）、文帝劉義隆諸弟擔任。

（十八）善《注》：王宰謂王為宰輔，比之周旦，而亦居叔也。沈約《宋書》卷五《文帝紀·元嘉六年（429）·正月》曰："彭城王義康為司徒。"《毛詩》卷二十之三《商頌·那》曰："於赫湯孫，穆穆厥聲。"《韓詩外傳》卷三："成王封伯禽於魯，周公誡伯禽之曰：'往矣！子無以魯國驕士。吾，文王之子、武王之弟、成王之叔父也，又相天下，吾於天下，亦不輕矣，然一沐三握髮，一飯三吐哺，猶恐失天下之士。'"

海按:"於赫"之用法類乎《毛詩》卷十九之一《周頌·清廟之什·清廟》:"於穆清廟",卷十九之二《周頌·臣工之什·臣工》:"於皇來牟",卷十六之一《大雅·文王之什·文王》:"於昭于天"。甲文中,"赤"从大从火:"🔥"(合15679),金文亦然,如西周中期《彔(音路)簋》(04122):"🔥"。"大"與意謂成年男子之"夫"乃一字之分化,故與"小"相對之義本即蘊含其中。既如此,無怪乎《說文》十篇下"从二赤"之"赫"表示熾盛、烈火般鮮紅之義。《毛詩》卷十七之一《大雅·生民之什·生民》:"以赫厥靈",毛《傳》:"赫,顯也";《文選》卷十九《賦癸·情》宋玉《高唐賦》:"巫山赫其無疇(儔)兮",善《注》:"赫然,盛貌"。六臣本"於"作"烏"。《匡謬正俗》卷二《烏呼》:"古文《尚書》悉為'於戲'字,今文《尚書》悉為'嗚呼'字,而《詩》皆云'於乎'字","許氏《說文解字》及李登《聲類》並云:'於'即古'烏'字"。見知兩周銅器銘文,春秋晚期《鄭臧公之孫鼎》(NA1237-9)、《缶》(NB0678)作"烏乎",戰國晚期《中山王𰃮鼎》(02840)作"於虖(乎)",餘者,包括《中山王𰃮壺》(09735),均作"烏虖"。金文中,"於"本即一側面昂首張口之鳥形:"🐦",如西周早期《𠭰尊》(06014),或"🐦",如西周中期《彧鼎》(02824),以象呼叫及呼叫之聲。後世"嗚"从"口"此一部件,固可謂之專字化,實乃緟益,故後世注家多訓此類之"於"為"歎美之辭"。春秋、戰國之際,"於"因與"于"音近,乃由感歎詞假借為原本作介詞之"于",甚至取代之。何焯指出:"王宰"即當時習稱之"相王":由封王爵者擔任宰相。《漢書》卷五五《衛青霍去病傳·贊》:"票(驃)騎亦方此意",顏《注》:"方,比類也"。元嘉十七(440)年十月,江夏王義恭由司空轉為司徒,義康出為江州刺史,大將軍如故。作此詩時,義康尚在京。

此聯意謂:彭城王義康於公,任"宰"輔之位;於私,"居"太子"叔"

父之尊,其身份可與西周之周公"旦"相比("方")。歎美("於")有如此顯"赫"者秉鈞執政,實乃朝廷、萬民之幸也。

(十九)善《注》:謂諸王者蕃也。《孟子》卷十三上《盡心上》曰:"仁、義、禮、智根於心,其生色也,睟然見(33)於面,盎於背,施於四體。"二蕃謂江夏、衡陽二王也。爰履奠牧,謂於所履之地,能鎮定其郊牧也。《爾雅》卷一《釋詁》曰:"爰,於也。"《左氏傳》卷十二《僖公四年》:"管仲對曰:'昔召康公命我先君太公曰:"五侯、九伯,女實征之,以夾輔周室。"賜我先君履,東至于海,西至于河,南至于穆陵,北至于無棣(音地)'",杜預曰:"穆陵、無棣皆齊竟(境)也。履,所踐履之界也"。諸侯得祀名山大川,故曰奠牧。《尚書》卷六《禹貢》曰:"禹敷土,隨山刊木,奠高山大川。"《爾雅》卷七《釋地》曰:"邑外謂之郊,郊外謂之牧,牧外謂之野,野外謂之林,林外謂之坰(音窘陰平)。"

海按:《盡心上》趙《注》:"睟然,潤澤之貌也",非是,"睟"當改讀為"粹",通假例證詳參《古字通假會典·齊部第十三(下)·卒字聲系》,光耀貌。孟子此説並無任何怪異之處。人品聖潔端正,則相隨心轉,面容必然流露迥異於黎庶之樣貌。古今中外,號稱成神、成佛者之圖畫,頭後每有一滿月之光圈,孟子僅將之由頭後轉至面前。《玉篇》卷四《目部第四十八》:"睿……智也、明也、聖也。"《毛詩》卷十七之四《大雅·生民之什·板》:"价人維藩,大師維垣,大邦維屏,大宗維翰,懷德維寧,宗子維城",毛《傳》:"价,善也。藩,屏也。垣,牆也……翰,幹也"。

《文選》卷十五《賦辛·志中》張衡《思玄賦》:"爰整駕而亟行",《舊注》:"爰,於是也"。履,做名詞用時,為足部所穿著者,《孔叢子》卷三《小爾雅·廣服》:"在足謂之履",《漢書》卷七二《鮑宣傳附唐尊傳》:

"衣敝履空",《集解》所引服虔曰:"履猶屨也";做動詞用時,則為踐履、實行,《毛詩》卷十七之一《大雅·生民之什·生民》:"履帝武敏,歆",毛《傳》:"履,踐也",《呂覽》卷十四《孝行》:"禮者,履此者也",高《注》:"履,行"。天子既賦予新的任命,乃上任視事,即履新之謂。《禹貢》偽孔《傳》:"奠,定也。"二字相假例證詳參《古字通假會典·真部第四·奠字聲系》。善《注》"諸侯得祀名山大川,故曰奠牧",結合其上文"謂於所履之地,能鎮定其郊牧也",可知:其將"奠"訓為"定",是也,然將"牧"訓為"郊牧",則非。甲文中,"牧"本為手持鞭、棒類("攴")管束牛之狀:"𤘒"(合 493);金文亦然:"𤘒",如西周早期《小臣謎簋》(04238)。《孟子》卷四上《公孫丑下》:"今有受人之牛、羊而為之牧之者。"將照顧、管理無知百姓譬同牧養牛、羊,如《左傳》卷三二《襄公十四年》:"天生民,而立之君,使司牧之,勿使失性",此《孟子》卷一下《梁惠王上》所以有"天下之人牧"之說。既然選立世間代理人以執行天工,出自上帝之意,故《尚書》卷十九《呂刑》:"嗟,四方司政、典獄,非爾惟作天牧"。《尚書》卷三《舜【堯】典》:"肇十有二州","咨十有二牧,曰食哉惟時",《周禮》卷十八《春官·大宗伯》:"七命賜國,八命作牧,九命作伯"。"牧"指任官職者,非任所。

此聯意謂:品德深植,溫潤流於顏色("睟"然),且英明"睿"智之皇室近親素來是朝廷倚重之屏障,如同房室之外圍防護,阻遏欲侵入者之"蕃"籬,於是("爰")天子已發佈新任命,江夏、衡陽二王將"履"新視事,出任鎮守、安定("奠")一方之"牧"民官。

(二十)善《注》:和鈞謂王宰也,屏京謂蕃封也。《尚書》卷七《偽五子之歌》曰:"關石和鈞,王府則有。"《周禮》卷二《天官·大宰》曰:"一曰治典……二曰教典……三曰禮典,以和邦國,以統百官,以諧萬民;四日政典,以平邦國,以正百官,以均萬民……五曰刑典……六曰事典",卷三三《夏官·職方氏》又曰:"凡邦國大小【小大】相維"。

海按:甲文中,"寧"從象屋之"宀"下有一"皿"在一"丁"之置物器上:"𠖎"(合36480),蓋有穩妥、無災殃之義,故於卜辭中,表示平安、不出狀況。金文則於"皿"上加一"心":"寍",如《寧簋蓋》(04022)。從《左傳》卷七《桓公十八年》:"寡君畏君之威,不敢寧居",戰國晚期《舒盞壺》(09734):"潸潸流涕,不敢寧處",可推知:"寧"已引申出安心、放鬆之義,金文加"心"蓋強調此點,然過分安逸、鬆懈,則淪為《尚書》卷十六《無逸》、西周晚期《毛公鼎》(02841)所說之"荒寧"。銅器銘文中,"寧"不時由狀詞轉為動詞,安撫、慰藉、問候之謂,如西周早期《盂鼎》(09104):"王令盂寧鄧伯",西周中期《萬觶》(06515):"用寧室人"。此處即動詞用法。"極"對下句之"京"而言,指四極(四方)或八極(四方加東南、東北、西南、西北四隅,或曰四維)。張銑:"極,理也",乃不明其義之瞽說。《偽五子之歌》偽孔《傳》:"金鐵曰石,供民器用,通之,使和平,則官民足",孔《疏》:"關者,通也……《漢書》卷二一上《律歷志·權衡》云:'二十四銖為兩,十六兩為斤,三十斤為鈞,四鈞為石'……《傳》取金鐵重物以解言石之意,非謂所關通者惟金鐵耳。米粟則斗斛以量之,布帛則丈尺以度之,惟言關通權衡,則度量之物懋遷有無,亦關通矣,舉一以言之耳……其土或有或無,通使和平也"。簡言之,使包括金、鐵在內之物資多寡、有無相通,以致各地既不因物多產而價賤,亦不至因物稀有而價貴,如是日用經濟乃得穩定,"萬國咸寧"。

《呂覽》卷九《季秋紀》:"受車以級,整設于屏外",高《注》:"屏,樹垣也";《左傳》卷十五《僖公二十四年》:"封建親戚,以蕃屏周",孔

《疏》:"使與京師作蕃籬,屏,扞也"。西周早期《班簋》(04341):"屏王位",西周中期《逆鐘》(00063):"屏朕身","屏"皆毫無疑問乃庇護、輔助、捍衛之義,是以西周中期《史牆盤》(10175)說文王獲得"上帝降懿德大屏",故"匍(普)有四方"。善《注》引《職方氏》"相維"說"維",大謬。"維"當改讀為"為",相假例證詳參《古字通假會典·齊部第十三(上)·隹字聲系》。服,事也。距離王畿(京)遠近,劃分為諸服[34],各有不同性質之任務,命臣工出鎮於外,即以此等為其職事。

如善《注》所言,此聯出句乃上承於京中任王宰之彭城王義康而來,對句則就外放為藩鎮之江夏、衡陽二王而來。張銑以此聯"謂安理其斤兩、斛斗,為京室之蕃屏,維持五服之諸侯",全屬昧於文義之胡亂串講。此聯意謂:調度各方物資("和鈞"),以平準物價,安定("寧")天下("極")四民,乃居中樞者方堪為之,各地親蕃唯以鎮撫當地,以"屏"障"京"都之政權為("維")事("服")。

以上押劉宋時期入聲屋部韻。

(二一)善《注》:朏魄雙交,謂三日也。凡朏魄之交,皆在月三日之夕。今月未夕,故以前之文【交】唯止有二,故曰雙也。孔安國《尚書》卷十五《召誥》"越若來三月,惟丙午朏"《傳》曰:"朏,明也,月三日明生之名。"《說文》七篇上曰:"魄【霸】,月始生魄然也。"月氣參變,謂三月也。月氣每月一變,故曰參也。《周書》卷六《周月》曰:"凡四時成歲,歲有春、夏、秋、冬,各有孟、仲、季,以名十有二月,月有中氣[35],以著時應。"

海按:《呂覽》卷二六《務大》:"細、大、賤、貴交相為贊",高《注》:"交,更也";《孔叢子》卷三《小爾雅·廣詁》:"換、變、貿、交、更,易也",與下句之"變"適相正對。《尚書》卷十四《康誥》:"惟三月哉(才)生魄"[36]，《釋文》："馬（融）云：……謂月三日始生兆朏，名曰魄"，是以《漢書》卷二一下《律歷志·世經》所引古文《月采篇》逕曰："三日曰朏"。"魄"指月白部分，故春秋晚期《吳王光鑑》（10298）："唯王五月既字（孳）白期，吉日初庚"。方廷珪："黑處為魄"，乃誤信從《尚書》卷十一《僞武成》"旁死魄"孔《疏》"月之輪郭（廓）無光之處名魄也"之瞽說所致，可謂顛倒黑白。

"月氣"非謂月亮之氣，對照《隋書》卷十五《音樂志下》所引《東觀漢紀·馬防傳》防所奏："天子食飲必順于四時五味，而有食舉之樂……今……食舉樂但有太簇，皆不應月律，恐傷氣類，可作十二月均，各應其月氣"，可知："月氣"乃指十二月中消長變化之陰、陽二氣。《漢書》卷二一上《律歷志》："太族（簇）……言陽氣大……在正月；夾鐘，言陰夾助太族，宣四方之氣……在二月；姑洗……言陽氣洗物辜，絜之也……在三月；中呂，言微陰始起……在四月……""參"既與"雙"對仗，則必當改讀為"三"，呂向竟以"相參"為訓，是並之無亦不識。

此聯意謂：前此，已經歷一月三日、二月三日（"朏"）月相由晦暗而重生月白（"魄"）之兩度（"雙"）變化（"交"），至今，陰、陽二氣之消長即將屆臨第三（"參"）次"變"化之時。

（二二）善《注》：言時候也。《禮記》卷十五《月令》曰："季春之月……桐始華"，又曰："命司空曰：'時雨將降，下水上騰……修利隄防，道（導）達溝瀆'"，又曰："虹始見"，又曰："仲春之月……雷乃發聲，始電，蟄蟲咸動"。

海按：時候，四時各月之徵候也。金文中，"榮"多作"󰀀"，如西周早期《榮作周公簋》（04241）、西周中期《衛簋》（04209），象兩枝燃燒之木炬，即"炏"，乃"熒"之初文。戰國晚期《七年命氏韓化戈》（11322）始見从木之"榮":"🌟"。《説文》六篇上:"榮……从木,熒省聲"。或許可云"从木从炏,炏亦聲",以木炬上之火焰熾旺譬況樹枝上所開之花朵鮮明耀眼如火。《爾雅》卷八《釋草》:"木謂之華,草謂之榮",乃正名主義下之强分。善《注》以"始華"闡明"開榮"之本源,並藉此訓讀之,則"開榮"猶言"開華(花)",乃其高明處之一。《文選》卷十二《賦己·江海》郭璞《江賦》:"駭浪暴灑",善《注》:"灑,散也";卷五五《連珠》陸機《演連珠五十首》之六:"時風夕灑,程形賦音",善《注》:"許慎曰:'灑猶汎也'"。《漢書》卷八七上《揚雄傳·河東賦》:"澤滲灘而下降",顔《注》:"澤,雨露也";《文選》卷十三《賦庚·物色》謝莊《月賦》:"從星澤、風",善《注》:"澤則雨也"。灑澤,遍降沛雨,滋潤萬物。

《説文》四篇下:"舒,伸也",《廣雅》卷三下《釋詁》:"舒,展也"。甲文中,"虹"本形乃一雙頭拱形之妖物:"🌈"(合13442),故《山海經》卷九《海外東經》:"虹虹""各有兩首",郭《注》:"音虹"。爬蟲冬眠時蜷曲,今逢春雷驚蟄,乃伸展(舒)其軀,現於天空,即《文選》卷二《賦甲·京都上》張衡《西京賦》所云:"瞰宛虹之長鬐",薛《注》:"鬐,脊也"。因此,小篆改寫為後世通用字形時,从"虫"工聲,與"虹"成對之"蜺"則改寫成"霓"。《爾雅》卷六:"蝃蝀(音地東),虹也(37);蜺為挈(音妾)貳",邢《疏》:"《音義》云:'虹雙出,色鮮盛者為雄,雄曰虹;闇者為雌,雌曰蜺'"。虹由内自紅、橙、黄而至紫;蜺(霓)則反之,由内自紫、靛、藍而至紅。爍,徐炫《説文》卷十上《火部·新附》:"爍,灼爍,光也"。"爍"又可作"鑠",相假例證詳參《古字通假會典·宵部第十八·樂字聲系》。《方言》卷二:"宋、衛、韓、鄭之間曰鑠",自注:"言光明也",因以火銷融金屬,自然有刺目之光。於此處,當作動詞用,訓為閃也。甲文中,象曲折且有分枝爍芒之閃電:"⚡";金文亦然:"⚡",如西周早期《堇鼎》

（02703），初文乃"申"。因閃電多半隨雷雨，故西周晚期《番生簋蓋》（04326）乃加"雨"於上，而成"電"。《說文》十一篇下："電，霸（陰）、易（陽）激燿也……霭，古文電"，甚正確。

（二三）善《注》：言既太平，故春斯嘉節。《漢書》卷八七下《揚雄傳·解嘲（潮）》曰："纖(38)者入無間【倫】。"杜預《左氏傳》卷四六《昭公十三年》"叔向曰：諸侯有間矣"《注(39)》曰："間，隙也。"

海按：《說文》十四篇下："際，壁會也"，段《注》："兩牆相合之縫也。引申之，凡兩合皆曰際"。《說文》十四篇下："隙，壁際也。"學人嘗疑："隙"本當作左、右相對之二"皀"，中間乃"日"非"曰"；"日"之上、下與"小"無關，乃象陽光光線，故《說文》七篇下："窊，際見之白也"。後因字行過寬，乃省去右邊反對之"皀"(40)。縱不然，兩壁會合之處難免有細微中空，故際猶隙也。《說文》四篇上："眷，顧也"，《廣雅》卷四上《釋詁》："眷、顧……嚮也"。

此聯意謂：上天藉由陰、陽二氣消長起伏之變"化"廣被無垠（"際"），沒有遺漏任何細小之處（"間"），此現象觸動皇帝之心（"情"），於是（"爰"）留意（"眷"）法天廣佈恩澤。

（二四）善《注》：《楚辭》卷十五《九懷·尊嘉》曰："伊思兮往古，亦多兮遭殃。"《毛詩》卷十五之一《小雅·魚藻之什·魚藻》曰："王在在鎬，飲酒樂豈(41)。"東陽無（无）疑《齊諧記》(42)："束皙對武帝曰：'昔周公卜洛邑，因流水以汎酒，故逸《詩》曰：羽觴隨流波。'"

海按：《增修互註禮部韻略》："每，常也"。

此聯意謂：文帝無盡神往地（"伊"）遙想（"思"）昔年宗周盛事（"鎬飲"），經常（"每"）"懷"念流觴雅集（"洛宴"）。

以上押劉宋時期先部去聲韻。

（二五）善《注》：餞，已見上文。《左氏傳》卷十《莊公二十三年》："公如齊觀社……曹劌諫曰：'……君舉必書，書而不法，後嗣何觀。'"

海按：甲文中，"交"乃象一正面人形（"大"）兩腿交叉："𠳋"（合32509）；金文亦大體維持之："𠳋"，如西周晚期《圅（音含）交仲簠》（04497）[43]。小篆延續未變，故《説文》十篇下："交，交脛也"。古代乃城邦社會，兩城邦領域之間充斥森林、沼澤、荒地等，乃彼此外圍交會之處，故加從"邑"之"郊"，以表此義。因此，"郊"之部件"交"乃義符，"交"亦聲。此度禊曲水在樂遊苑，非臺城内，故相較於禁中，可謂郊，此所以下聯首句與之對仗者乃"甸"。《文選》卷二十《詩甲·公讌》謝靈運《九日從宋公戲馬臺集送孔令》"餞宴光有孚"善《注》引薛君《韓詩章句》："送行飲酒曰餞"，《儀禮》卷二四《聘禮》："出祖……乃飲酒於其側"，賈《疏》："處者送行人而飲酒，名曰餞也"。"已見上文"固非善《注》原貌，但六臣本於此處均重複"薛君"以下十二字，亦違反善《注》體例。

《周禮》卷十四《地官·師氏》："凡祭祀、賓客、會同、喪紀、軍旅，王舉則從"，鄭《注》："舉猶行也"；《國語》卷十三《晉語七·祁奚薦子午以自代》："非義不變，非上不舉"，韋《解》："舉，動也"。《禮記》卷五十《仲尼燕居》："以之朝廷有禮，故官爵序也"，然從下文"事兼出濟"，可知：此處之"禮"主體在祓禊，命江夏王、衡陽王出任外藩，謂之餞行，乃附帶為之。

此聯意謂：天子（"君"）在王城外（"郊"）祓禊，並藉此設"壇"拜將、委以方鎮重任，為之"餞"行，後者誠屬合乎聖賢禮儀之"舉"。

（二六）善《注》：《廣雅》卷七下《釋器》曰："幙（幕），帳也。"蘭甸,蘭生于甸,猶蘭皋也。畫流,分流也。

海按:從商代晚期金文,如《圍觚》(06638)、《子圍爵》(08090),得知:"圍"原本作四面均被以"止"代表之人眾環繞:"㊙"、"㊙"。以負面而言,乃被敵人包"圍";以正面而言,乃加強自我保"衛"。因漢字講求方正美觀,字形過寬,易侵入隔行,故於甲骨卜辭中,已簡省作"㊙(韋)"(合6856)。轉為名詞時,加"巾"以成專字。"幃"乃"幃"之形聲字,相通例證詳參《古字通假會典·齊部第十三(上)·佳字聲系》,故《釋名》卷六《釋牀帳》曰:"幃,圍也,所以自障圍也"。幃無頂部,帳方有,頂部之遮蔽物曰幕。

"蘭"品種甚多,花期遍佈於一年各月中。此處之"蘭"純屬狀其高尚、美麗之辭,非實指。上文已引《尚書》卷六《禹貢》天下劃分為五服,王畿之外分別為甸、侯、綏、要、荒,故六朝人每喜以最接近王畿之"甸"為郊外之代詞。若自金文,如西周晚期《克鐘》(00206)、《揚簋》(04295)觀之,"甸"從側面人形從田:"㊙",象人於田中勞作,與"佃"本為一字,後乃分化為二。楚系文字(包2·186)將側面人形之下半身與腿弧形化,演變為類似"勹"(音包)者,將"田"納於內。上古乃城邦林立之社會,每一城邦面積極小,其農耕地緊鄰於城外,是以"甸"確為近郊。

曲水既為人工所造,故於建造時,刻意令其水流自源頭處下行未幾,即分為數道,若一河川之支流,且控制一定之坡度、水流速度,使之迂曲前進。"畫流"即下聯之"析波"。如此,方能使流觴隨水流緩緩"浮"行,且不致使浮觴中及觴中之"醴"傾覆。《說文》十四篇下:"陛,升高陛也",段《注》:"自卑而可以登高者謂之陛。《漢書》卷四八《賈誼傳·治安策》曰:'人主之尊譬如堂,羣臣如陛,眾庶如地,故陛九級上,廉遠地,則堂高;陛亡(無)級,廉近地,則堂卑。'"陛,整座臺階也。

(二七)善《注》:《莊子》卷十上《漁父》曰:"萬乘之主、千乘之君,見夫子未嘗不分庭抗(伉)禮。"

海按:"庭"乃自"廷"演化而來。綜觀金文中之"廷",如西周早期《大師虘(音瘥)簋》(04252):"囗",乃从"匚"、从側面人形、从"土"或从表地面之一橫,如西周晚期《趞(音馬)⁽⁴⁴⁾鼎》(02815):"囗",至於側面人形手臂之下或有或無之兩撇或三撇"彡"——無者如西周晚期《無叀鼎》(02814):"囗",三撇者如西周早期《䚶尊》(06014):"囗"——其作用為何,不詳,然其本義乃象人立於堂前空地之邊界或角落("匚"),則無疑,是以銘文中每見"中廷"一詞,如西周早期《小盂鼎》(02839)、西周中期《師晨鼎》(02817)、西周晚期《楚簋》(04246)。將整個樂遊苑露天之處劃分為數個區塊,謂之分庭。所以要區分,《文選》卷四六《序下》王融《三月三日曲水詩序》曾指出:"賓儀式序,授几肆筵,因流波而成次",意即:一方面要使與會者皆能坐於曲水之側,以便參與;另方面須注意參與者之位階差異,依序排列。

《儀禮》卷四《士昏禮》:"贊者薦脯醢",鄭《注》:"薦,進";《左傳》卷四七《昭公十五年》:"故能薦彝器於王",杜《注》:"薦,獻也"。甲文中,"樂"作一"木"頂端分叉,每叉各繫由兩紐絲形成之雙絃,即楷書中之"幺":"囗"(合36904)。金文則將雙絃繫於"木"上端之雙枝杈上,另於"木"之頂端多出"白"此一部件:"囗",如西周中期《癲鐘》(00249)。"白"蓋象僅有兩節之拇指(其餘四指皆為三節),以表手指撥絃,是以"樂"之初文即表彈奏音樂,直接引申出音樂本身及令人快樂之義。"薦樂"即《三月三日曲水詩序》所描述之"三奏四上之調,《六莖》、九成之曲,競氣繁聲,合變爭節"。

《周禮》卷五《天官‧酒正》:"辨五齊(音紀)之名:一曰泛齊,二曰醴齊,三曰盎齊,四曰緹齊,五曰沈齊",此五種皆濁酒,未去糟。醴如今之酒釀,故鄭《注》:"汁、滓（音子）相將,如今恬（甜）酒矣",乃低酒精度之漿汁。"浮醴"即《文選》卷四六《序下》王融《三月三日曲水詩序》所言"蕙肴芳醴,任激水而推移"。此二處之"醴"當然是指裝有"醴"之觴,非"醴"本身。

（二八）善《注》:《孟子》卷二上《梁惠王下》:"夏諺曰:'吾王不遊,吾何以休?吾王不豫,吾何以助[45]?'"《毛詩》卷二之三《邶·泉水》曰:"出宿于濟（泲）,飲餞于禰。"

海按:《梁惠王下》趙《注》:"吾王不豫,我何以得見賑贍,助不足也。"毛《傳》:"泲（音己）,地名……禰,地名。"鄭《箋》:"泲、禰者,所嫁國適衛之道所經。"[46] 泲即濟,相假例證詳參《古字通假會典·齊部第十三（下）·齊字聲系》。"出濟"乃藏詞格用法:字面雖為"出濟",實際意指居下句之首之"飲餞",猶言"貽厥"、"願言",其意則在後面之"子孫"、"思子"。"事兼出濟"指此次曲水宴同時具備餞行之意。劉良以"兼同於古"訓解"兼出濟",全然昧於六朝文法。此聯出句乃是從縱切面立論,先聖、後聖其揆一也;對句則是就橫切面而言,譙曲水此"事"禮、俗"兼"備:不僅遵循社會習俗,且遵循人君對外放大臣應有之政治禮節。

此聯意謂:此度娛樂（"豫"）性質之曲水宴如"同"深得王道治下之"夏"朝民眾所樂見,不以為擾民、費貲,反以謠"諺"頌讚之,因可藉此仁君出遊,察及黎庶狀況,令民困得紓。這場宴會除了君、臣同樂,提倡高雅文化,同時"兼"具餞行（"出濟"）之目地,於私以示親親,於公以示尊賢。

以上押劉宋時期皆部上聲韻。

（二九）善《注》：閱猶數也。微物，自謂也。薛君《韓詩章句》曰："鳥，微物也。"

海按："惟"既與"閱"對仗，則當為動詞。《漢書》卷七三《韋賢傳·風諫詩》："不思守保，不惟履冰"，顏《注》："惟亦思也"。因"惟"及"唯"均从"隹"聲，乃上古喻四（ɸ）脂部字，故兩者每相通假，已詳《三月三日詔宴西池》"惟城惟蕃"注。《毛詩》卷十九之一《周頌·清廟之什·維天之命》題下《釋文》："維，《韓詩》云：'維，念也。'"

甲、金文中，"微"右邊為一右手（"又"）持一直且長之物（"夂"或"攴"）；左邊為一側面站立之人、頭髮向後偏上飄揚（兀），蓋象整飾頭髮[47]："𠂹"（合4562）。因髮細，又欲加工之，故引申出細、小之義。如《孟子》卷三上《公孫丑上》："冉牛、閔子、顏淵則具體而微"，趙《注》："微，小也"；《荀子》卷三《非相》："葉公子高微小短瘠"，楊《注》："微，細也"。微物猶言小人。

出句主詞乃顏氏。因身為臣下，於遍數（"閱"）高高在上之皇帝"豐"厚"施"恩時，故曰"仰"。自今上遍施之恩澤亦念（"惟"）及、澤被位卑不足算（"微"）之己身，故曰"降"。

（三十）善《注》：沈約《宋書》卷七三《顏延之傳》曰："高祖受命（420），延年補太子舍人……徙尚書儀曹郎、太子中舍人……少帝即位，以為轉正員外郎，兼中書，尋徙員外常侍，出為始安太守……元嘉三年（426），羨之等誅，徵為中書侍郎，尋轉太子中庶子。"

海按：《左傳》卷五四《定公四年》："社稷之常隸也"，杜《注》："隸，賤臣也"；《漢書》卷九四下《匈奴傳下》："難化以善，易肄（隸）以惡"，顏《注》："隸謂附屬之也"。《尚書》卷五《益稷【皋陶謨】》："藻、火、粉米，黼、黻，絺[48]繡。"論其形，偽孔《傳》："黼若斧形，黻為兩己相背"；論其色,《周禮》卷四十《考工記·畫繢》:"白與黑謂之黼,黑與青謂之黻"。甲文"黹"作"〿"(合5401),正爲"兩己相背"之形;金文變動甚大,作"〿",如西周早期《亾賓乃孫鼎》(02431),或"〿",如西周晚期《頌壺》(09731),已近似後世"黹"之字形。"甫"、"犮"均係聲符。此類幾何花紋多繡於領邊、袖口、裳擺。以部分代表整體,故"朝黻"指繡有此類花紋之正式官服。

此聯乃謙詞:自己"三"度擔任"儲"君僚屬("隸"。武帝時,爲太子舍人、太子中舍人;文帝時,爲太子中庶子),因佔住一員額,"妨"礙真正賢人進身;"五"次穿著"朝"服("黻"。尚書儀曹郎、正員郎、員外常侍、始安太守、中書侍郎),於天子麾下效勞,然實際才能與職銜不符,令朝廷官員選派之公正清明蒙"塵"。

(三一)善《注》:泰、屯,二卦名。《周易》卷九《序卦》曰:"泰者,通也",卷一《屯·六二》又曰:"屯(音諄)如(49)邅(音沾)如,乘馬班如,匪寇婚媾"。

海按:按照傳世《周易》之卦序,《屯》次於《乾》、《坤》之後,《屯·彖》乃云:"剛(乾、陽)、柔(坤、陰)始交而難生",以致後世沿襲,如《説文》一篇下、《屯》《釋文》均訓解"屯"爲"難也"。竊疑:"屯"所以有此義,蓋因將其改讀爲"頓"、"鈍"所致。

《楚辭》卷一《離騷》"蘇糞壤以充幃兮,謂申椒其不芳",王《注》:"蘇,取也;充猶滿也";《左傳》卷四十《襄公三十一年》:"寇盜充斥",杜《注》:"充,滿;斥,見言其多"。《淮南子》卷十四《詮言》:"聖人無屈奇之服",高《訓》:"屈,短;奇,長也,服之不衷",《禮記》卷三十《玉藻》:"君命屈狄",孔《疏》:"屈,闕也;狄亦翟也,直刻雉形,闕其采(彩)畫,故云闕翟也"。

言"途泰",表明王朝用人唯賢,仕"途"通暢("泰");言"命屯",則表明自己官階始終無多大進展,純屬個人"命"運不濟("屯")。因此,雖蒙"恩充"沛,能回"報"者有限("屈"),不足與所受之恩相稱。出句避開謗君無識才明哲之嫌,對句感戴君恩已甚厚,自愧不堪當之,然言下之怨望豈容掩?

據《通典》卷三七《職官十九·秩品二·晉》、《宋》,太子舍人七品,尚書郎、太子中舍人六品,正員郎、員外常侍、太守、中書侍郎、太子中庶子五品,是入宋至此十五年,八徙官而兩進階。較諸《文選》卷十六《賦辛·志下》潘岳《閒居賦·自序》所言:三十年間"八徙官而一進階,再免,一除名,一不拜職",已非拙宦矣。雖然顏氏本傳云:文帝對其"賞遇甚厚",但仕途是否窮通,主要繫於個人觀點及伴隨而來之感受。顏氏若非"意有不平",當不至激揚放言:"天下之務當與天下共之,豈一人之智所能獨了",更不至於犯權要劉湛,說出"吾名器不升,當由作卿家吏"此等胡亂責辱之辭。

(三二)善《注》:《周易》卷二《豫·六三·象》曰:"盱(音須)豫[50]有悔,位不當也。"孔安國《尚書》卷十一《泰誓上》"惟受罔有悛心"《傳》曰:"悛,改也。"《廣雅》卷二下《釋詁》曰:"瑕,穢(薉)也。"《毛詩》卷十七之一《大雅·生民之什·生民》"克禋克祀,以弗無子"毛萇《詩傳》曰:"拂(弗),去也。"拂亦作弗,古字通[51]。

海按:《國語》卷三《周語下·太子晉諫靈王壅穀水》:"氣不沈滯,而亦不散越",韋《解》:"滯,積也";卷四《魯語上·臧文仲如齊告糴(音迪)》:"敢告滯積,以紓執事",韋《解》:"滯,久也"。《禮記》卷六三《聘義》:"瑕不揜瑜",鄭《注》:"瑕,玉之病也",引申之,用於人之品行,《毛詩》卷八之三《豳·狼跋》:"德音不瑕",毛《傳》:"瑕,過也"。

甲文"弗"作:"弗"(合36518)、"弗"(合21897);金文亦然,如西周早期《旅鼎》(02555)、西周中期《盠尊》(06011)。前修每以兩道直豎象箭矢,以曲線象矯正箭桿之繩具。對照甲文中之"弗"(合1581)、"弗"(合29084),與前修之解析適相反。其形應表一箭,箭身呈S或反S形[52],環繞於二直立之木桿上。《說文》十二篇下:"弗,撟(矯)也",段《注》:"矯者,揉箭箝也,引申為矯拂之用",甚是。所從之雙木即《荀子》卷十七《性惡》"枸(鉤)木必將待檃栝烝矯,然後直"之"檃栝",楊《注》:"正曲木之木也"。後世加提手旁為"拂",乃強調矯正此作為。

言畢天,所謂"命屯",進而檢討人,即自身缺點部分。雖承認有可"悔"改之處,然恐多年積弊("滯瑕")難以矯正("拂")、革除。於此等處,見其強項,終不肯遷化從俗。

以上押劉宋時期入聲物部韻。

【補述】

(1)善《注》:"《尚書》卷三《舜【堯】典》:'使宅百揆,亮采惠疇'",偽孔《傳》:"亮,信;惠,順",以"誰"訓讀"疇",孔《疏》:"'惠,順',《爾雅》卷三《釋言》文"。偽孔顯然將"亮"改讀為"諒",非是,《爾雅》卷二《釋詁下》:"亮,導也"。卷二《堯典》:"疇咨若予采",偽孔《傳》:"采,事也,復求誰能順我事者"。"采"本即後世習用之"採",因而引申出"事"之義。"惠"當改讀為"惟",詳參唐蘭:《天壤閣甲骨文存并考釋》(北京:北京圖書館出版社,2000)第三十片。卷十二《洪範》:"不畀(音必)洪範九疇",偽孔《傳》:"疇,類也"。《堯典》此句乃言:按照政務之不同類別("疇")來領導("亮")諸事("采"),是以下文即推選、任命眾部門之官長。南朝《尚書》學雖多用偽孔《傳》,然於此處顯然不協,因為若係態度"信順",下文何須表示其"每懷""沖虛"?唯於"王室"乃重臣,主導大事,謙抑方為難得。

(2)甲文中,"名"均从"夕"从"口":"㚔"(合 19616);金文亦然:"㗊",如西周晚期《南宮乎鐘》(00181)。《說文》二篇上:"名,自命也夕者,从口、夕。夕者,冥也,冥不相見,故以口自名",顯示身份,以利辨識。

(3)六家本、六臣本"象者"後有"形者"。既以"象則有形","大象則無形"為區別,"象而無形,非大象也"猶"道而可道,非道也",則當以今本為是。

(4)引文所述之狀,以今語逐之,乃一玉佩分三層:上有兩道玉製短橫楧(衡),此乃第一層。兩短橫楧除了各自下垂一直線,且各有一向下垂之內斜線,兩線交叉於中,此部位乃第二層,繫綴琚、瑀。兩條直線、兩條斜線通過中層之琚、瑀之後,繼續下垂,左內斜線與右直線兩尾端綰合,右內斜線與左直線兩尾端綰合,此兩尾端各繫一半規形之玉(璜),開口處彼此朝內相對,中間始終直垂之一線尾端則繫一三角形之玉(衝牙),此為第三層。

(5)劉家莊殷墓發掘所得之殘斷玉片上有朱書文字,其中之一為"㗊",其中間部件"㗊"蓋即金文"㗊",可解析為從"辛"從"甲"或"㗊",某些學人認為:乃象鑿具治玉璞,詳參孫亞冰:《釋"㗊"與"㗊"》,《中國文字》新 31 期(2006 年)。無玉器不待雕琢,從鑿具與玉璞二象所會之意,何以即可推論其成品必為"章(璋)",此其一。"玉璞"下面之一直豎若被視為穿透玉璞之鑿具末端,有穿孔非"章(璋)"之必要條件,甚至可說:與自古已降對"章(璋)"特點、形狀之認知相去甚遠,此其二。若以此乃"瓚"之本字,考古見知之瓚其洞穿之圓形片乃平面者,無一作"V"形。因此,筆者對此字之形構解析及釋定持保留態度。至於天津博物館編:《天津博物館藏玉》(北京:文物出版社,2012)圖 27 所刊收《小臣䡇玉柄形器》銘文中之"𠭯",倒應釋讀為"瓚"。

(6)六家本、六臣本二"跡"字均作"迹",六臣本宋均《注》作"遊行功績"。"跡"乃"迹"之異體,已詳《應詔觀北湖田收》"周御窮轍跡"注。《春秋·合誠圖》蓋本作"遊",李氏依其注文配合正文之體例,乃改為"迹",後人轉寫為"跡"。庸人不解宋《注》應句讀為"遊,行;功,績",乃竄改為如今不知所云者。簡言之,六臣本是也。

(7)《孝經·御製序》:"宋均《詩譜序》云:'我先師北海鄭司農',則均是玄之傳業弟子",其與《後漢書》卷四一東漢初之宋均非一人。據《隋書》卷三二《經籍志·經·讖緯》,鄭玄注《易》、《尚書》、《尚書中候》、《禮》緯,《詩》、《樂》、《春秋》、《孝經》緯、《論語》讖乃嘗任魏博士之宋均注。其中《禮記默房》二家皆有注,鄭《注》三卷蕭梁時猶存,撰《隋志》時已亡。

(8)《漢書》卷八七下《揚雄傳》"孝文"亦作"聖文"。

(9)如西周中期兩件《生史簋》(04100、04101)、西周晚期《禹鼎》(02834)、戰國早期《越王者(諸)旨(稽)於賜鐘》(00144)、戰國晚期《中山王𩰬鼎》(02840)作"錫"。又如西周中期《申簋蓋》(04267)、西周晚期兩件《揚簋》(04294、04295)、春秋早期兩座《䣄公平侯鼎》(02771、02772)作"賜",《上䣄公敄(音屋)人簋蓋》(04183)作"喝"。

(10)郭沫若:《由周初四德器的考釋談到殷代已在進行文字簡化》,《文物》第 7 期(1959)。

(11)孔《疏》:"撫(拊)心為辟,跳躍為踊",即捶胸頓足。

(12)六家本、六臣本"天下"之下均衍一"也"字。

（13）《下武》鄭《箋》："下猶後也。"卷十七之一《大雅·生民之什·生民》："履帝武敏，歆"，毛《傳》："武，迹"，此所以《下武》毛《傳》云："武，繼也"，"下武"猶《楚辭》卷一《離騷》"忽奔走以先後兮，及前王之踵武"之"踵武"，追隨前人步伐。

（14）明州六家本、六臣本均無"太上謂文帝也"，奎章閣六家本則有，蓋五臣呂向《注》羼入。明州六家本"天"之上竟有一短橫，若非版面裂壞所致，即為手民誤刻遺痕。

（15）《〈前漢書〉敘例》："如湻，馮(音平)翊人，魏陳郡丞。"

（16）六家本、六臣本均無"謂"字，有或無均無礙理解。

（17）郭慶藩已指出："而"當改讀為"能"。

（18）六家本"苞"作"包"，無別。撰緯書者素喜用乍視之下僻冷不易索解之字眼，以增飾其神秘感。

（19）《漢書》卷八七上《揚雄傳·校(羽)獵賦》："上獵三靈之流"，《集解》："如淳曰：'三靈，日、月、星垂象之應也'"，然此處既云"通"，猶《直東宮答鄭尚書》校記所引《宋書·進宋公爵為王詔》"誠貫三靈"之"貫"，則不應止於在"上"者。《文選》卷四八《符命》班固《典引》："答三靈之蕃祉"，善《注》："三靈，天、地、人也"，億兆百姓乃蒙福祉者，豈賜多福者？當以古代宇宙圖象中之天、地、淵當之。

（20）日蝕若出現，確實幾乎均於朔，然因太陽軌道與月球軌道成59度交角，故並非每一朔日皆有日蝕。於某一固定地點觀之，平均每三年方可見一次日偏蝕，每三百多年方可見一次日全蝕。月蝕若出現，幾乎均在望（農曆每月十五至十七），然因地球公轉軌道（黃道）與月球公轉軌道（白道）並不重合，二者有5度交角，故大多數望日時，月球不在黃道面內，而是或偏北，或偏南，不居於日、月間之地球陰影內，以致並非每次望日均出現月蝕。至於《公羊傳》卷二《隱公三年》："(《春秋》經文)曰某月某日朔,日有食之者,食正朔也。其或(記載)日或不(記載)日,或失之前,或失之後。失之前者,朔在前也;失之後者,朔在後也",徐《疏》:"日行疾,月行遲,過朔乃食,失正朔於前也","日行遲,月行疾,未至朔而食,失正朔於後也",這種現象應乃司天者推演曆法有失所致。

(21)重巒疊嶂間未必有官道,無法以馬車為運輸工具而馳行,因此改以人拉車,於顛簸中,小心運送,其隱形筆墨則為彼等此舉出自誠摯本衷,故不辭艱辛,此等細微處顯示顏氏措辭謹嚴。

(22)《御覽》卷一四六《皇親部十二・太子一》所錄"子發、旦"作"太子發"。"火之子"並未限定於"火之長子",遑言誠欲按家庭象徵論,《周易》卷九《說卦》:"震一索而得男,故謂之長男","坎再索而得男,故謂之中男","艮三索而得男,故謂之少男",上震下震之《震》方為太子之象,是以不應從《御覽》。

(23)《周易集解》未稱引鄭玄此條注解,乃李氏自當時猶見之鄭注《周易》九卷中引取之。此段鄭《注》即《周易略例・明象》所譏:"互體不足,遂及卦變,變又不足,推致五行。"《史記》卷二八《封禪書》曾云:"騶(鄒)衍以陰陽主運顯於諸侯,而燕、齊海上之方士傳其術,不能通",故屈從數百年已降之習俗,採四季說,而非鄒氏獨創一年凡五季、每季七十二日之新則。既以四季配五行,則土無季可配,乃割裂居南方、五行配火之季夏以予之。又因《周易》卷九《說卦》中,已將八卦配八方,曾云:"離也者,明也……南方之卦也",故鄭氏曰:"離,南方之卦,離為火,土託位焉"。

(24)六臣本"己"均作"已",明州六家本更誤作"巳",蓋因"貳己"

絕大多數為負面詞彙，指有二心，不忠於己者，故以為乃"已"形近之訛，因而妄改，然此處實為正面用法，指諫諍己過，與個人意趣相反者。

(25)《儀禮》卷三《士冠禮》："若不醴，則醮用酒"，鄭《注》："酌而無酬、酢曰醮"，賈《疏》："夏、殷冠子之法"，結合此處善《注》引文，可知：此類之"醮"乃尊者(父)對卑者(子、女)所行之禮，因雙方倫輩非若賓、主間，處於平等關係中，故無酬、酢。女子初至夫家，卷五《士昏禮》："贊醴婦……贊者酌醴"，鄭《注》："以其婦道新成，親厚之"，縱如是，婦之舅、姑並酌亦不親為之，由贊禮者代勞。作為動詞，酌用醴曰醴，酌用酒曰醮。因此，婦女再嫁，既可名曰"再醮"，亦可名曰"再醴"，然約定俗成，均以前者稱之。

(26)《左傳》卷七《桓公九年》："曹伯使其世子射姑來朝"，孔《疏》："《經》作'世'字，《傳》皆為'大'，然則古者'世'之與'大'字義通也"。東漢以前，世子即太子，故《禮記》卷四《曲禮下》："不敢與世子同名"，鄭《注》："'世'或為'大'"。以天子之儲貳曰太子，諸侯之儲貳曰世子，乃後世嚴上下之劃分。

(27)以字形而論，甲文中之"尹"與"父"之差別既不在所持物之長短，亦不在手於所持物旁之位置高下，僅在二字所從之手是否可將該物持於手中："𝌀"（合 27011）。此點格外表現於金文中，晚商至周初之"父"其所持物雖幾乎均由上而下漸粗："𝌀"，如商代晚期《父戊鼎》(01259)，或"𝌀"，如西周早期《堇臨作父乙簋》(03647)，然當時已見所持物為一直線者："𝌀"，如商代晚期《木父壬鼎》(01665)，或"𝌀"，如西周早期《作父乙簋》(03509)，而西周中、晚期金文"父"字中之所持物上下粗細一致者更多，是以所持物之粗細亦非"尹"與"父"之差異所在，真正之差異乃在從未見"父"字有將所持之物握於手中者。古文字學界既未將"父"字手所持之物理解為筆,則"尹"字手所持者當亦非象筆。

(28)撰寫《大學》者稱引曾子"十目所視"三句,乃針對上文"小人閒居為不善,無所不至,見君子而後厭然,揜其不善,而著其善,人之視己,如見其肺肝然"而補強,如朱《注》所言:"引此以明上文之意,言雖幽獨之中,而其善惡之不可揜如此,可畏之甚也"。"富潤屋,德潤身"等乃撰寫《大學》者自身之言,乃針對"誠於中,形於外"而發。李氏誤將二者混為一口所出。鄭《注》:"厭讀為黶(音演),黶,閉藏貌也。"

(29)六家本、六臣本均無"如末耜之為用也",蓋後學所刪。

(30)依梁章鉅校補。

(31)《韓詩外傳》卷六引此句即作"猷"。"猶"猶"猷",已詳《北使洛》"王猷升八表"注。

(32)奎章閣六家本將左邊"于"字一直豎改為一撇,且無提鈎,易令人誤會為"邘(音韓)"字。

(33)六臣本善《注》所引《孟子》均有"見"字,縱無,亦無礙於文義。

(34)撰成於春秋末葉之《尚書》卷六《禹貢》:"五百里甸服……五百里侯服……五百里綏服……五百里要服……五百里荒服。"《周禮》成書於戰國中葉,其撰者世界觀大拓,故卷三三《夏官·職方氏》劃分天下為侯、甸、男、采、衛、蠻、夷、鎮、藩九服。

(35)《尚書》卷十二《洪範》:"四,五紀……四曰星辰",孔《疏》:"一歲……分為十二月,有二十四氣。一為節氣,謂月初也;一為中氣,謂月半也",《左傳》卷十二《僖公五年》:"春王正月辛亥朔,日南至",孔《疏》:"中氣者,月半之氣也"。由於每兩個節氣或中氣平均為30.4368日,而一個實際之朔望月為29.5306日,兩者將近一日之差距,而古人採取恆氣法,將每一節氣、中氣皆平均定為15日多,因此,節氣逐步下移,導致中氣持續延後,累積至一定月份後,某月將僅有節氣,若要設中氣,則將侵入下一月份,古人稱此現象為月無中氣。古人於此無中氣之月置閏月。

(36)青銅銘文中,提及"魄"此一與月相有關之詞時,均以從革從月之"霸":"霸"當之,如西周早期《小臣守簋》(04179)。《尚書》卷十八《顧命》:"惟四月哉生魄",《漢書》卷二一下《律歷志‧世經》引作"霸",而其所引《武成》,既有"既死霸",復有"旁生霸"之文,此二者顯然即《周書》卷四《世俘》之"既死魄"、"旁生魄"。《說文》七篇上:"霸,月始生魄然也",九篇上:"魄,陰神也,從鬼白聲",當云從白,白亦聲。

(37)《毛詩》卷三之二《鄘‧蝃蝀》:"蝃蝀在東",毛《傳》:"蝃蝀,虹也",《釋文》:"《爾雅》作'蠕蝀',音同"。

(38)《文選》卷四五《設論》揚雄《解嘲》"纖"作"細",蓋《文選》撰者所據《漢書》抄本不同所致。《梁書》卷二六《蕭琛傳》:"琛在宣城,有北僧南度,惟齎一葫蘆,中有《漢書》序傳……其書多有異今者……以書饟(音享)鄱陽王範,範乃獻于東宮",可為佐證。差異之多詳《南史》卷五十《劉虯傳附子之遴傳》。

(39)奎章閣六家本"注"作"註",於義固無別,然違反李氏稱引前修訓詁用字慣例。

(40)詳參龍宇純:《中國文字學》(香港:崇基書店,1968),第三章,第六節。

(41)六家本、六臣本"豈"均作"凱",無妨,因"豈"或"凱"均當改讀為"愷",三字通假例證詳參《古字通假會典‧齊部第十三(上)‧豈字聲系》,故鄭《箋》:"豈亦樂也"。鄭《箋》將"王在在鎬"第一個"在"訓為"處(音楚)"。

(42)《隋書》卷三三《經籍志二·史·雜傳》、《舊唐書》卷四六《經籍志上·乙部史録·雜傳類》、《新唐書》卷五九《藝文志三·丙部子録·小説家類》均著録東陽无(無)疑《齊諧記》七卷,吳均《續齊諧記》一卷。唯《隋志》標明前書撰者嘗任"宋散騎侍郎",餘則不詳;吳均生平則見《梁書》卷四九《文學列傳上》。顔氏《三月三日曲水詩序》題下善《注》所引遠詳於此處之注。相較於《晉書》卷五一《束晳傳》:"武帝嘗問摯虞三日曲水之義,虞對曰:'漢章帝時,平原徐肇以三月初生三女,至三日俱亡,邨人以為怪,乃招攜之水濱,洗祓,遂因水以汎觴。其義起此。'帝曰:'必如所談,便非好事。'晳進曰:'虞,小生,不足以知。臣請言之:"……又,秦昭王以三日置酒河曲,見金人奉水心之劍,曰:'令君制有西夏,乃霸諸侯。'因此立為曲水。二漢相緣,皆為盛集。"'帝大悦,賜晳金五十斤",幾乎一致,然冠於《續齊諧記》名下。從《文選》卷三十《詩己·雜詩下》謝惠連《七月七日夜詠牛女》題下善《注》嘗引《齊諧記》,是李氏二書並見,卻於束晳之奏對出處兩歧,難詳究竟何者為是。

(43)為了突出腿部,故於整個字形中,臀部以下所佔比例居泰半。外行人乍看之下,可能以其交叉部位乃象腹、胸,誤以為係"支"或"克"、"充"。商代晚期《交鼎》(02459),因將"大"上半之左、右兩手縮得極短,使得聯合頭部,看似箭鏃:"![]",甚至可能誤解為"矢"。

(44)《趞鼎》(02815):"宰訊右(侑)![]入門,立中廷,北鄉(嚮)",與西周中期《走馬休盤》(10170):"益公右(侑)走馬休入門,立中廷,北鄉(嚮)"對照,同一"冊錫"模式,與![]相當者乃"休"。再與春秋中期《宋公之孫趞亥鼎》(02588):"宋莊公之孫![]亥"對照,"走馬"亦作合文,與《趞鼎》同,則《趞鼎》之"趞"可能應理解為人名。

(45)六家本所引《孟子》文,乃"吾王不游,吾何以休",前者且曰

"善《注》同良《注》"。從東瀛批閱者於此處及《皇太子釋奠會作》兩處眉批,知所言不然。趙《注》:"豫亦遊也",用"豫"則不僅與文義相契,且顧及字面,此李氏高明處。

(46)朱右曾《詩地理徵》卷二《國風·邶鄘衛·沘》認為:沘、禰皆為水名。

(47)以往多認為人頭頂上為羽飾,對照頭髮向後飄揚之"彡",如"𠂤"(合36775),及頭髮向上三分之"若",如"𦮙"(合6497)、"老",如"𠂇"(合21054),可知此說未必然。

(48)《益稷【皋陶謨】》《釋文》:"絺……刺也。"

(49)王引之《經傳釋詞》卷七《如》:"如,詞助也",非是;"如猶然也",則當。孔《疏》:"屯是屯難,邅是邅迴",非是。此因古人不明"屯(迍)邅"乃上古端母(t)雙聲詞,不容分開訓詁,乃狀進退維谷、徘徊不進之貌。此種割裂用法猶《老子》第二一章:"恍兮惚兮",第十五章:"豫焉若冬涉川,猶兮若畏四鄰",乃古人任性造作之筆。《文選》卷十四《賦庚·志上》班固《幽通賦》:"紛屯邅與蹇(音減)連兮,何艱多而智寡",善《注》引曹大家曰:"屯、蹇皆難也",更係錯上加錯,因"蹇連"乃上古元部疊韻詞。

(50)《豫》孔《疏》:"盱謂睢盱,睢盱者,喜說(悅)之貌",《釋文》:"王肅云:'盱,大也',鄭云:'誇也'……姚(信)……云:'日始出'","《說文》四篇上云:'(睢,)仰目也'",均屬妄說。陸氏尤其荒唐,將《關雎》之"雎"誤識為睢陽之"睢"。《六三》此處之"盱豫"乃上古魚部疊韻詞,意即《九四》彼處之"由(猶)豫",前者"悔",後者"大有得",乃因爻質、爻位之異。如同女子處上位而不能果斷,則不利管理、營業;男子處下位,且不當位,凡事謹小慎微,則處事無錯失、蒙上司嘉許。

(51)六家本、六臣本"通"均作"同"。

(52)前人以弋射中所用絲、繩等,解説箭鏃後屈曲之部分,恐非是。絲、繩等本應柔軟彎曲,不待調整成畢直。

《文選》卷二一《詩乙·詠史》

五君詠

善《注》：沈約《宋書》卷七三《顏延之傳》曰："顏延年轉太子中庶子(五品)，頃之，領步兵校尉(四品)，賞遇甚厚，延之好酒疎誕，不能斟酌當時【世】。見劉湛、殷景仁專當要任，意有不平，常云：'天下之務當與天下共之，豈一人之智所能獨了？'辭甚激揚，每犯權要，謂湛曰：'吾名器不升，當由作卿家吏(1)。'劉湛[1]深恨焉，言於彭城王義康，出為永嘉太守(五品)。延年甚怨憤，乃作《五君詠》，以述竹林七賢。山濤、王戎以貴顯被黜(2)。詠嵇康，曰'鸞翮(音合)有時鎩(音煞)，龍性誰能馴'；詠阮籍，曰'物故不可論，途窮能無慟'；詠阮咸，曰'屢薦不入官，一麾乃出守'；詠劉伶，曰'韜精日沈飲，誰知非荒宴'，此四句蓋自序也。湛及義康以其辭旨不遜，大怒。時延之已拜(3)，欲黜為遠郡。太祖與義康詔曰：'降延之為小邦，不政(正)有謂其在都邑豈(4)動物情，罪過彰著，亦士、庶共悉？直欲選代，令思愆里閈。猶復不悛，當驅往東土。乃至難恕，自可隨事錄(5)治。'殷、劉意咸無異也，乃以光祿勳(三品)車仲遠代之。延之與仲遠世素不協。屏居里巷，不豫人間者七載"，"劉湛誅，起延之為始興王濬後軍諮議參軍"。

海按：元嘉十年(433)"開冬"，顏氏尚陪侍文帝，有《應詔觀北湖田收》之作；元嘉十一年（434）三月，與曲水宴，有《應詔讌曲水作》之作，且負責撰寫《三月三日曲水詩序》，可推知：撰《五君詠》不容早於元嘉十一年夏。據《宋書》卷五《文帝紀》，劉湛誅於元嘉十七年（440）十月戊午，並首、尾計，正符合其見黜後，"不豫人間者七載"。唯此中有待細辨者，據卷六九《劉湛傳》，元嘉十七年時，湛已逆料"今年必敗"，"禍至其能久乎"，文帝於是年十月下詔："收付廷尉"，然後劉湛"於獄伏誅"，而據卷五《文帝紀》、卷四一《后妃列傳·文元袁皇后傳》、《文選》卷五八《哀下》顏延之《宋文皇帝元皇后哀策文》，"惟元嘉十七年七月二十六（壬子）日"袁后崩"于顯陽殿"，"九月壬子（二十六日）葬元皇后於長寧陵"，"將遷座"之前，"詔前永嘉太守顏延之為哀策文"，則顏氏重蒙聖眷，乃在劉湛已確定倒臺，但尚未死之前，起復任官則如其本傳所言，在湛誅後。吳淇："此延年之託詠，分之，雖為五人之詩，而合之，實延年一人之詩也。"

【校記】

［1］奎章閣六家本"劉"下為一空格，無"湛"字。明州六家本、六臣本"湛"皆誤作"諶"。

【補述】

（1）《宋書》卷六九《劉湛傳》："父柳"，卷七三《顏延之傳》："後將軍、吳國內史劉柳以為行參軍，因轉主簿"。

（2）蕭統同屬顯貴，蓋出諸不甘並體恤，故因"顏生《五君詠》不取山濤、王戎，余聊詠之焉"。見俞紹初：《昭明太子集校注·詩》（鄭州：中州古籍出版社，2001）。

(3)此所以《類聚》卷五十《職官部六・太守》節錄其《拜永嘉太守辭東宮表》四句,而所以向太子辭職,非緣其多禮或世故,乃因其本職乃太子中庶子,步兵校尉乃權代兼領者。

(4)"豈"當改讀為"闓",即"開",相假例證詳參《古字通假會典・齊部第十三(上)・豈字聲系》。《漢書》卷二二《禮樂志・郊祀歌・青陽》:"青陽開動",陶弘景《發真隱訣序》:"頗復開動端萌,序導津流",字面意義固為發動,然於此處實際意謂挑撥、煽動。

(5)錄,收也,逮捕之義。《南史》卷四五《王敬則傳》:"使於高麗,與其國女子私通,因不肯還,被收錄,然後反(返)",《北齊書》卷三九《酷吏列傳・宋遊道傳》:"廣陽王為葛榮所殺,元徽誣其降賊,收錄妻、子",《史記》卷六八《商君列傳》:"事末利及怠而貧者,舉以為收孥",《索隱》:"糾舉而收錄其妻、子,沒為官奴婢"。

阮步兵

善《注》:袁宏《竹林名士傳》(1)曰:"阮籍以步兵校尉缺,廚中有數斛酒,乃求為校尉,大將軍(司馬昭)甚奇愛之。"

阮公雖淪跡,識密鑒亦洞(一),**沈醉似埋照,寓辭類託諷**(二),**長嘯若懷人,越禮自驚眾**(三),**物故不可論**(音倫),**途窮能無慟**(四)?

【注釋】

(一)善《注》:《廣雅》卷一下《釋詁》曰:"淪,沒也。"識,心之別名。湛然不動謂之心,分別是非謂之識。《廣雅》卷三上《釋詁》曰:"鑒(鑑),照也。"洞,深也。

五君詠

海按:《毛詩》卷五之三《魏·伐檀》:"河水清且淪猗",毛《傳》:"小風水成文,轉如輪也"。毛説是,當云"從水從侖,侖亦聲"。車乘圓轉而行之部件曰輪;以一人為中心,其周邊之關係曰倫;以某觀點為核心,推衍形成之文曰論;織綜經緯,編纂之綫曰綸。物沈入水中,水面方會起漣漪,故"淪"引申出"没"之意。《説文》十一篇上二即云:"淪……一曰没也。""淪跡"即《老子》第二七章"善行無轍跡",《莊子》卷二中《人間世》"支離其德者"向、郭《注》強調之"與物冥而無跡",卷五上《天地》"此之謂混冥"向、郭《注》所言之"混冥無跡"。好惡不形於色,臧否不見於言,連絲毫"跡"象均不顯露,足見城府之深,無怪乎《三國志》卷十八《李通傳》傳裴《注》所引王隱《晉書》記載:司馬昭許之為"天下之至慎"。

金文中,"密"從"山"上有"宓",而"宓"乃從"宀"從二"必",如西周中期《趠(音孩)簋》(04266):"⿱宀⿰必必"。"必"本象兵器之柄,春秋《高密戈》(11023)加"八"為聲符:"⿱宓八"。建於山上之高堂,且以兵器嚴防,故有秘密之義,且有空間稠密,距離有限之緊密、密近之義。《國語》卷十四《晉語八·趙文子為室張老謂應從禮》:"加密石焉",韋《解》:"密,細密文理"。《漢書》卷五七上《司馬相如傳·子虛賦》:"洞胷達掖",顔《注》:"洞,徹也";《文選》卷二《賦甲·京都上》張衡《西京賦》:"赴洞穴,探封狐;陵重巘(音崇演),獵昆駼",薛《注》:"洞穴,深且通也"。

(二)善《注》:臧榮緒《晉書》⁽²⁾曰:"籍拜東平相,不以政事為務,沈醉日多。善屬文論,初不苦思,率爾便成,作五言詩詠懷八十餘篇,為世所重。"班固《漢書》卷一百下《敘傳·述》曰:"文豔用寡,《子虛》、《烏有》,寓言淫麗,託諷(風)終始,多識博物,有可觀采,蔚為辭宗,賦頌之首,述《司馬相如傳》第二十七。"

海按:"沈"解詳見後文《宋郊祀歌》之二"沈熒深淪"注。承接上文"識密鑒亦洞",人每認為其好酒乃欲令自己神智不清,一則以免其如電目光("照")所日睹洞察世道之兇殘、醜惡、偽善,再則逃避表明立場或遭構陷賈禍,三則難以面對自身靈魂之日趨墮落,然究竟如何,實難鑿言,故以一"似"字表達。

《敘傳》顏《注》:"寓,寄也;風讀曰諷。"《毛詩》卷二之二《邶·式微·序》:"黎侯寓于衛",毛《傳》:"寓,寄也";《儀禮》卷三一《喪服·齊衰》:"寄公為所寓",賈《疏》:"失地之君也",故"寓"有託身、寄居之涵意。金文中,"辭"左從"䚘",右從"𠂇(丆音辥)"從"口":"䛐",如西周晚期《兮甲盤》(10174)。"䚘"乃治絲之意,詳《應詔讌曲水作》"治彰既亂"注;"𠂇(丆)"乃"乂"之初文[3],亦訓治。對照其異體字,如西周中期《師𡥆父鼎》(02813)之"䛐(嗣)",從"䚘"從"人"、"口"之"司",可見:重心在"口",本義乃發言以理複雜萬幾。西周晚期《儳匜》(10285)之"䛐","𠂇(丆)"下一橫本為裝飾筆畫,後遂混訛為"辛"[4],形成後世習見之"辭"。是"辭"本即含言辭之義,進而將言辭以文字書寫者亦稱為"辭"。"諷"非止於諷刺,乃以之代表諸般感知。茶陵六臣本《文選》卷二三《詩丙·詠懷》作者下善《注》:"臧榮緒《晉書》:'……籍屬文,初不苦思,率爾便作,成陳留八十餘篇。'""陳留"乃標其郡望,是此八十二篇本無題,"詠懷"乃後人所署。《詩品》上《晉步兵阮籍》:"頗多感慨之詞,厥旨淵放,歸趣難求,顏延注解,怯言其志。"《文選》卷二三《詩丙·詠懷》阮籍《詠懷十七首》之一善《注》:"嗣宗身仕亂朝,常恐罹謗遇禍,因茲發詠,故每有憂生之嗟。雖志在刺譏,而文多隱避,百代【世】之下,難以情測。"《國語》卷十九《吳語·吳欲與晉戰得為盟主》:"臣觀吳王之色,類有大憂",韋《解》:"類,似也"。阮籍滿腹波動,既不能以言、行表達,總須一宣洩管道,故只得暫用("寓")寫作("辭")當之。因此等作品本為內心獨白,且實際寫作時,心中感發與最初刺激之人、事、物已有相當距離,是以讀者翫味時,"類"似藉("託")此諷刺,然又難鑿言之。吳淇:"識之含於内者曰'照',識之發於外者曰'諷'。非無照也,以沈醉埋之;非無諷也,以寓辭託之。"

(三)善《注》:《魏氏春秋》[5]曰:"籍少時常遊蘇門山,有隱者,莫知姓名,籍從與談太古無為之道,及論五帝、三王之義,蘇門生蕭然,曾不經聽。籍乃對之長嘯,清韻響亮,蘇門生逌爾[6]而笑。籍既降,蘇門生亦嘯,若鸞鳳之音焉。"《毛詩》卷一之二《周南·卷耳》曰:"采采卷耳,不盈頃筐,嗟我懷人,寘彼周行。"孫盛《晉陽秋》[7]曰:"阮籍嫂嘗歸家,籍相見與別。或以[8]禮譏之,籍曰:'禮豈為我設邪?'"嵇康《司馬長卿讚》曰:"長卿慢世,越禮自放。"賈逵《國語注》曰:"越,踰[9]也。"

海按:金文中,"褱"從"衣"內一"眔","眔"亦聲:"⿳"(如西周早期《班簋》(04341)。"眔"乃一"目"下垂淚滴("水"),表淚灑衣襟之貌,故有內心傷感、思念之義。又因衣襟正當胸,固有胸襟之詞。後加"心"字偏旁,直使此意更形明確耳。甲文中,"眾"本象"日"下有三人:"⿳"(26894),本即表示多人也。"日"後訛變為"目"。《說文》八篇上所收之"众"即其簡寫。《卷耳》毛《傳》:"寘,置。"所"懷"之"人"乃脱俗、少有之人,所"驚"之"眾"乃世俗、眾多之螻蟻。善《注》泥於跡,不解此句之意,吳淇:"以賢者當吾之鑒,曰'人';以不肖當吾之鑒,曰'眾'。嘯者,世外之音,長嘯所以懷人;禮者,世中之法,越禮所以驚眾",近之。"長嘯若懷人"乃接續上聯"寓辭類託諷"而來,既須宣洩管道,則唯有仰首吶喊,以抒鬱懣。嘯聲無詞句,則不至落人把柄,其何以如是,顯非發狂疾,當有隱意,故曰"若"。《晉書》卷四九《阮籍傳》:"母終,正與人圍棋。對者求止,籍留與決","及將葬,食一蒸肫(音諄),飲二斗酒,然後臨訣"。"嫂嘗歸寧,籍相見與別。或譏之,籍曰:'禮豈為我設邪?'""兵家女有才色,未嫁而死。籍不識其父兄,徑往哭之,盡哀而還。""禮法之士疾之若讎。"

(四)善《注》:臧榮緒《晉書》曰:"阮籍雖放誕,不拘禮教,發言玄遠,口不評[10]論臧否人物。"《魏氏春秋》曰:"籍時率意獨駕,不由徑路,車跡所窮,輒慟哭而返。"

海按:"物故"本乃一成詞,《漢書》卷三六《楚元王傳附玄孫劉向傳》:"因之以饑饉,物故流離以十萬數",顏《注》:"物故謂死也",《釋名》卷八《釋喪制》:"漢以來謂死為物故,言其諸物皆就朽故也",然置於此上下文脈中,嫌突兀。物,現實周邊之人、事。劉履:"物,事也","見世道變故已甚,不可具論","正猶行者之遇途窮,能不為之深慟乎",非是。李冶《敬齋古今黈》卷七《集類》:"物故,世故也。一世之事舉不可論,情激之極,理勢窘蹙,不能無慟",亦屬強解。"故"當改讀為"固"。二字通假例證詳參《古字通假會典·魚部第十九(中)·古字聲系》。上文嘗引善《注》:"嗣宗身仕亂朝,常恐罹謗遇禍,因兹發詠,故每有憂生之嗟。"憂生即怕死。事實上,阮籍成年之後,始終面臨此項苦惱,是以此句乃言:於此亂朝,"故(固)"然不宜"評論臧否人物",以免授人把柄,賈禍喪命,然而凡存有皆有限有終之現實並不因其費盡心力而轉移,阮氏終究要面臨閃躲"途窮"之彼刻。據《晉書》卷四九《阮籍傳》、《世說》上卷《文學》條67,"會(文)帝讓九錫,公卿將勸進,使籍為其辭"。"臨詣府,使取之。""籍時在袁孝尼家","方據案醉眠"。"扶起","使者以告,籍便書案,使寫之"。阮籍雖一直與司馬氏虛與委蛇,但第一步既已妥協，此後僅有退第二、第三步。勸進文一事已至其人品滅頂之最後關頭，阮籍猶欲挣扎，故避處於外，復沈醉，然終究無法逃脫必須面對之"塗窮末路"。唯一能示"清白"狀者唯將此等背義失節之辭書於几案，不書於簡帛，好似取文之"使"照謄（"寫之"）非出自己意，乃他人抉擇，然其内心焉不知此純屬自欺欺天，從而為自己墮落至斯而大"慟"？

此篇押劉宋時期東部去聲韻。

【補述】

（1）袁宏生平見《晉書》卷九二《文苑列傳》。《世說》上卷《文學》條94："袁彦伯作《名士傳》成，見謝公，公笑曰：'我嘗與諸人道江北事，特作狡獪耳，彦伯遂以著書。'"從劉《注》可知：此書分正始、竹林、元康名士三部分。《隋書》卷三三《經籍志·史·雜傳》著錄"《正始名士傳》三卷，袁敬仲撰"。據《舊唐書》卷八六《高宗諸子列傳》，太子弘薨於高宗上元二年（675），謐為孝敬皇帝，而包括《經籍志》在内之《五代史志》於顯慶元年（656）已竣工，斷無因避嫌名而捨"宏"不用之理，《隋志》此處顯然昏亂。《舊唐書》卷四六《經籍志·乙部史錄·雜傳類》、《新唐書》卷五八《藝文志·乙部史錄·雜傳記類》均著錄袁宏所撰"《名士傳》三卷"。又，鄭學弢（音掏）《讀世說新語文學篇札記》，《徐州師範學院學報》2期（1982年）曾指出："狡獪"乃遊戲之意。

（2）《隋書》卷三三《經籍志·史·正史》著錄"《晉書》一百一十卷，齊徐州主簿臧榮緒撰"，兩《唐書》從同，僅未標舉官名。其生平見諸《南齊書》卷五四《高逸傳·臧榮緒傳》，本傳記載此書有"紀、錄、志、傳"，高帝建元（479—482）中，司徒褚淵啟入渠閣。

（3）詳參裘錫圭：《甲骨文考釋（八則）》，《裘錫圭學術文集·甲骨文卷》(上海:復旦大學出版社,2012)。

(4)甲文"辛"作"🔸"(合13475),且已屢見上加一綴飾短橫者:"🔸"(合38034),象某種鑿具。"🔸"之為"🔸",猶"丂"之為"亐"。"🔸"下半直豎中間加點,乃古文字書寫常態,故"辛"乃作"辛"。由於類化,从"亐"者幾乎均變為从"辛",進而从"辛"。

(5)《隋書》卷三三《經籍志·史·古史》著錄孫盛"《魏氏春秋》二十卷"。兩《唐書》已不復著錄。其生平見諸《晉書》卷八二《孫盛傳》。

(6)《史記》卷四三《趙世家》:"烈侯逌然",《正義》:"逌音由,古字與'攸'同"。"攸"猶"悠",通假例證詳參《古字通假會典·幽部第十七(上)·攸字聲系》。《文選》卷四五《設論》班固《答賓戲》:"主人逌爾而笑曰",善《注》:"項岱曰:逌,寬舒顏色之貌也";《列子》卷六《力命》:"北宫子……終身逌然",《釋文》:"逌然,自得貌"。

(7)《孫盛傳》稱《晉陽秋》詞直而理正,咸稱良史","寫兩定本寄於慕容儁"。《隋書》卷三三《經籍志·史·古史》著錄"《晉陽秋》三十二卷",自注:"訖哀帝"。傳統認為:東晉哀帝母弟海西公被廢之後,明帝大宗一脈絶嗣,改由明帝弟簡文帝小宗入承大統。據《晉書》卷三二《后妃列傳下·簡文宣鄭太后》,后名"阿春",雖卒於其子簡文帝踐阼(371—372)前,但於其孫孝武帝太元十九年(394)被追尊為太后,故諱其名。按照五行間架,春屬陽,故以"陽秋"代"春秋"。此説不當,因婦人之名不出閨庭,無從諱,況鄭氏從未臨朝聽政,以"陽秋"代"春秋",純屬文士好奇新變。

(8)奎章閣六家本"以"誤為"有"。蓋因某抄謄者按"以"之古典寫法,作"目",故因形近而譌為"有"。

(9)茶陵六臣本"踰"誤作"喻",明州六家本雖因挖改,字跡不清,然仍可辨識乃"踰"。

（10）茶陵六臣本"評"作"平"，非誤，因"評"不過乃"平"之專字耳。

嵇中散

中散不偶世，本自餐霞人^(一)**，形解驗默仙，吐論知凝神**^(二)**，立俗迕流議，尋山洽隱淪**^(三)**，鸞翮有時鎩，龍性誰能馴**^(四)**？**

【注釋】

（一）善《注》：孫盛《晉陽秋》曰："嵇康性不偶俗。"《呂氏春秋》卷二四《贊能》曰："孫叔敖、沈尹莖相與友。叔敖游於郢三年，聲問（聞）不知，修行不聞。沈君筮【尹莖】謂孫叔敖曰：'說義以聽，方術信行，能令人主上至於王，下至於霸，我不若子也。耦⑴世接俗，說義調均，以適主心，子不如我也。子何以不歸耕乎？吾將為子游。'"湌（餐）⑵霞謂仙也。《楚辭》卷五《遠遊》曰："餐六氣而飲沆瀣兮⑶，漱正陽而含朝霞。"《史記》卷一一七《司馬相如傳·大人賦》曰："呼吸沆瀣（音杭謝）兮湌朝霞。"

海按：《爾雅》卷一《釋詁》："偶、妃、匹、會，合也"，《廣雅》卷四下《釋詁》："儷、諧，耦（偶）也"；《文選》卷四三《書下》孔稚圭《北山移文》："偶吹草堂，濫巾北岳"，善《注》："偶，匹對之名"。意謂嵇康與世俗不相合，彼此無從配合相處。鮑照《詠史》"君平獨寂寞，身、世兩相棄"即此意。吳淇："偶者，合也，乃我與世同塵而處"，"我與世不並立，從世則迕我，從我則迕世，必至之勢也。而鄉愿之徒閹然媚於世，是謂'偶世'"。

（二）善《注》：顧凱之《嵇康讚》曰："南海太守鮑靚，通靈士也，東海徐寧師之。寧夜聞靜室有琴聲，怪其妙而問焉。靚曰：'嵇叔夜。'寧曰：'嵇臨命東市，何得在茲？'靚曰：'叔夜迹示終，而實尸解。'"桓(4)子《新論》曰："聖人皆形解仙去，言死，示民有終。"孫綽《嵇中散傳》曰："嵇康作《養生論》，入洛，京師謂之神人。向子期難之，不得屈。"《莊子》卷一上《逍遙遊》曰："藐姑射(音夜)之山，有神人居焉，……不食五穀，吸風飲露，乘雲氣，御飛龍，而遊乎四海之外。其神凝，使物不疵癘而年穀熟"，郭象《注》曰："行若曳枯木，心【止】若聚死灰，是以云其神凝也"。《廣雅》卷四上《釋詁》曰："疑（凝）(5)，定也。"

海按：甲文中，"解"從象雙手之"臼"、"牛"、"角"："𦥑"（陳97），是其本義即離析、掰開。西周早期《解子鼎》（02345）已將"臼"改變為手持工具之"攴"："𢼊"，戰國晚期《中山王譻鼎》（02840）改"攴"為"刃"："𦧸"，同時上端已演變似"刀"，而戰國中、晚期竹簡之"解"右邊偏旁雖仍有從"刃"者，然已不乏從"刀"之例，如"𧣧"（包2·144）、"𧣬"（望1·176），故《說文》四篇下："解，判也，從刀判牛角"。默仙，自知其本質，不自炫，不表白（"默"），隱藏其真實身份之仙人。《抱朴子內篇》卷二《論仙》："按仙經云：上士舉形昇虛，謂之天仙；中士遊於名山，謂之地仙；下士先死後蛻，謂之尸解仙。"

《廣雅》云云蓋非善《注》原貌。《廣雅》原文為"凝"，更近於義訓為"定"之通解，豈有改動原文之"凝"為"疑"之理？從善《注》引《莊子》云云，可知其未明顏詩之意。"凝"當改讀為"擬"，相假例證詳參《古字通假會典·之部第十一（上）·疑字聲系》。《漢書》卷五八《公孫弘傳》："侈擬於君"，顏《注》："擬，疑也，言相似也"；卷八六《何武王嘉師丹傳・贊》："董賢之愛疑於親戚"，顏《注》："疑讀若擬，擬，比也"。此句意謂：其所"吐"之"論"著理致完足，不被流俗意見所拘，可推"知"：其境界已達到類似（"凝"、"擬"）"神"之程度，此所以孫綽《嵇中散傳》曰"京師謂之神人"。一般用語中，"仙"、"神"每不細分，然神的位階實高於仙，故雖許嵇康為"仙"，卻僅曰"凝（擬）"似"神"。

（三）善《注》：《竹林七賢論》(6)曰："嵇康非湯、武，薄周、孔，所以迕世。"《爾雅》曰："迕、逆，犯也"，五故切。《漢書》卷六五《東方朔傳・非有先生論》曰："吳王怪而問之曰：'寡人……目不視靡曼之色，耳不聽鐘鼓之音，虛心定志，欲聞流議者，三年于茲矣。'"《神仙傳》(7)曰："王烈年已二百三十八歲，康甚愛之，數與共入山遊戲、採藥。"《文選》卷十二《賦己・江海》郭璞《江賦》"納隱淪之列真，挺異人乎精魄"善《注》："桓子《新論》曰：'天下神人五：一曰神仙，二曰隱淪，三曰使鬼物，四曰先知，五曰鑄凝。'"

海按：嵇康非薄之語採自其《與山巨源絕交書》，見《文選》卷四三《書下》。此聯出句承接上聯對句而來。甲、金文中，"立"本即一伸開兩臂之正面人形（"大"）站於地面（"一"）："𡘋"（合9525），或"𡗕"，如西周早期《史獸鼎》（02778）。後世為使其名詞（所站之處）專字化，乃綴加一"亻"。此所以《周禮》卷十九《春官・小宗伯》："掌建國之神位"，鄭司農云："古者'立'、'位'同字。古文《春秋經》'公即位'為'公即立'"。位、立相假例證詳參《古字通假會典・緝部第十六・立字聲系》。劉履："立猶處也"，不得顏氏措辭深意，顏氏用"立"乃強調嵇氏脊骨挺屹不屈，不似"流"俗脅肩諂笑之狀。此聯實呼應首聯"中散不偶俗，本自餐霞人"。既為另一世界中人，其"論"勢必"擬神"，神或類似神者自然超邁世俗,則其行,所謂"立"身處事,自亦"迕流"俗之"議",與"隱淪"所代表之另一世界者相融"洽",反之,則"從其類也"。"俗"與"流"、"山"與"隱"彼此相應,而二者適相背馳,藉由"迕"、"洽"之反對愈彰,措辭造句實屬精緻。吳淇:"中散所迕之'流議'即阮公所驚之'眾'",僅得其皮毛。善《注》所引《爾雅》非但不見諸今本,十三經中亦未有"迕"或"忤"。《說文》十四篇下:"啎,䇘(逆)也",《漢書》卷二四上《食貨志·賈誼貴粟疏》:"上下相反,好惡乖迕",顏《注》:"迕,違也"。《東方朔傳》顏《注》:"流,末流也,猶言餘論也。"於《非有先生論》中,本乃似為貶抑對方言論,實為自謙之詞,意謂自身不堪聞大道,僅能拾其吉光片羽。本詩之"流議"則為徹底負面者。李氏竟不顧語境,徒摘取其初用處,其拙劣惡習可見一斑。對照甲文中之"棄":"🖼"(合8451)、"㐬":"🖼"(合23192),金文中之"棄":"🖼",如西周晚期《散氏盤》(10176),"㐬":"🖼",如西周早期《呂仲僕爵》(09095),則"流"右邊"㐬"之上半應即《說文》十四篇下釋為"倒子"之"𠫓(音突)"。對照楚系文字:"🖼"〔上(2)·從甲·19〕,秦系文字:"🖼"(睡·封29),倒子頭頂下之三畫與甲文"棄"子旁、"㐬"子下之數點不同,非血水之類,當視為嬰兒之髮。此點可從《公羊傳》卷十七《成公五年》"梁山崩,壅河,三日不汱"《釋文》"汱音流",《隸釋》卷一東漢《濟陰太守孟郁脩堯廟碑》"永汱无窮"、《魯相韓勑造孔廟禮器碑》"以注水汱"、《史晨饗孔廟後碑》"脩通大溝,西汱里外"得知,因為既從"不","不"字下三畫均從一本而分出,斷非血水之狀,戰國晚期《𠭴螽壺》(09734)"湝湝🖼涕"之"流"右下作"〈",可為明證。嬰兒之髮誠然短少,然以分別連接頭部之數點示之,極不便書寫,又不宜作四點,因易與"火"混淆,故作"🖼",後類化為"儿"。全字乃象棄嬰於川溪中。棄嬰直部分代全體耳,順隨溪川之水一路向下者眾矣,則"流"自然引申出眾多、跟從趨勢之義。

甲文中,"尋"作"🄑"(合26184),乃將丈量對象豎直成"丨",並將原本正面之人形("大")省為僅餘斜張之兩臂、兩手手指分張為三,側寫於"丨"之右邊,兩臂之端或有一短直畫:"🄑"(合27310),或無:"🄑"(合24609),該短直畫蓋身軀之象意。非常清楚:此象乃以兩臂量距離,故《說文》三篇下曰:"度人之兩臂為尋,八尺也"。至金文,"🄑"此字形起劇變:一,分張之三指寫得類似"ヨ";其次,加上"口":"🄐",如春秋早期《為尋簋》(04120),日後篆文續加上"工",此與"又"、"ナ"分別加上"口"、"工"等羨筆,成日後習見之"右"、"左"乃同一趨化;三,或於原形構之下,加上倒寫向下之"手":"🄐",如西周晚期《五年琱生尊》(NB0743),亦有將該"手"朝上:"🄐",如春秋早期《尋仲匜》(10266),由後者進而演化為"寸"。將上述諸部件集合,省卻原有之短直豎及左手,"尋"之字形於焉形成,是以《說文》三篇下:"𢒫……从工、口,从又、寸……彡(音山)聲"。倒寫向下之"手"蓋即表示尋找、尋覓之義,其餘部件率不相干。《毛詩》卷十二之一《小雅·節南山之什·正月》:"洽比其鄰",卷十四之三《小雅·甫田之什·賓之初筵》:"以洽百禮",毛《傳》、鄭《箋》皆以"合"訓"洽"。《抱朴子內篇》卷十五《雜應》:"可以備兵亂危急,不得以而用之,可以免難也。鄭君云:'服大隱符十日,欲隱則左轉,欲見則右回也'",卷十七《登涉》:"避亂世,絕跡於名山,令無憂患者⋯⋯可以隱淪,所謂白日陸沈,日月無光,人、鬼不能見也",此處僅以部分神通代表修道有成者。"不偶世"從負面講,"洽隱淪"從正面講,乃一體兩面。

(四)善《注》:《嵇康別傳》曰:"康美音氣,好容色,龍章鳳姿,天質自然。"《淮南子》卷二《俶真》曰:"飛鳥[8]鍛羽【翼】,走獸擠腳",許慎

《注》[9]曰："鎩，殘羽也"。《左氏傳》卷五三《昭公二十九年》曰："古者畜(蓄)龍，故國有豢龍氏、有御龍氏……董父寔甚好龍，能求其耆(嗜)欲以飲(音印)食(飼)之，龍多歸之，乃擾畜龍以服事帝舜。帝賜之姓，曰董，氏曰豢(音換)龍，封諸鬷(音宗)川，鬷夷氏其後也，故帝舜氏世有畜龍。及有夏氏，孔甲擾于有帝，帝賜之乘龍，河、漢各二，各有雌、雄，孔甲不能食，而未獲豢龍氏。有陶唐氏既衰，其後有劉累學擾龍于豢龍氏，以事孔甲，能飲食之。夏后嘉之，賜曰御龍"，服虔[10]《漢書注》曰："擾[11]，馴也"。鎩，所例切。

海按：《說文》四篇上："鸞……赤色五采……頌聲作，則至"，《山海經》卷二《西山經·女牀山》："有鳥焉，其狀如翟，而五采文，名曰鸞鳥，見，則天下安寧"。頌聲未作，而鸞至，焉能撥亂反正？則鎩羽乃必然之果，猶世亂，而麟見獲。《俶真》高《訓》："(鎩翼，)飛鳥折翼。"卷六《覽冥》亦有此二句，但"擠"作"廢"，高《訓》："鎩翼，縱(搋音窗)翼也；廢腳，跂塞(音簡)也，言桀無道，田獵煩數，鳥獸悉被創夷也"。《玉篇》卷十八《金部二百六十九》："鎩……長刃矛。"按照漢語名詞往往兼動詞之通則，則"鎩"亦意謂為武器傷及。甲文中有"𢽎"（合31116），從"攴"、"虫"，"虫"旁有血點。又有一"𢽎"（合17705），從"攴"及一跪坐人形，然不見頭部，血點四濺。將二者併合，於倒寫之"虫"頭部下方加一側立人形："𢽎"，如西周晚期《斛攸比鼎》（02818），其形頗類似《說文》三篇下所收之"古文殺"："𢽎"。從《說文》三篇下所收"籀文殺"："𢽎"，可知：左上邊上半已訛變為"乂"，下半已與下面混合，訛變為"朮"。加"金"，蓋因隨時代演進，擊殺之工具已由木、石等改為銅、鐵製。《說文》四篇上："翮，羽莖也。"此處乃以部分代全體，指其羽翼。

《説文》十篇上:"馴,馬順也,从馬川聲。"《周易》卷一《乾·象》:"天行健",《坤·象》:"地勢順",而馬王堆《周易》,《乾》、《坤》二卦分別作《鍵(健)》、《巛(順)》。"巛"乃上古昌母(tɕ')文部字,"順"乃上古船母(dz')文部字,昌、船之主要分別僅在清、濁,可知:"馴"乃从馬从川,川亦聲,此字僅為因調教而順從之專字。龍、鳳乃習對舉者,易"鳳"為"鸞",避熟就生耳,從善《注》所引他人對嵇氏之品目"龍章鳳姿"可得佐證。鸞、龍皆指超俗不凡者,惜生不逢時,其遭鎩羽受傷,乃必然也,縱如此,其本性豈挫折、幽禁、死亡等所能移易,使之曲從塵俗?分明一副倔強、堅毅模樣。

此篇押劉宋時期真部平聲韻。

【補述】

(1)奎章閣六家本"耦"作"偶",無別。

(2)《説文》五篇下:"餐,吞也。从食奴(音殘)聲。湌,餐或从水",後世俗寫省為"飡"。據此善《注》,似李氏所見正文亦當作"飡"。

(3)《遠遊》王《注》:"《陵陽子明經》言:春食朝霞,朝霞者,日始出赤黃氣也;秋食淪陰,淪陰者,日没以後赤黃氣也;冬食沆瀣,沆瀣者,北方夜半氣也;夏食正陽,正陽者,南方日中氣也,并天、地玄、黃之氣,是為六氣也。"《莊子》卷一上《逍遥遊》:"若夫乘天、地之正,而御六氣之辯,以遊无窮者,彼且惡乎待哉。"

(4)不僅此處,茶陵六臣本"桓"經常作"栢",此乃手民末學之誤,不足怪也。

(5)尤刻本、六家本、六臣本"疑"作"凝",然無礙於理解。甲文中,"疑"乃象一正面人形拄杖東張西望,猶豫不知往何處走:"𠤕"(合

22577）、"⿱" （合 24134）、"⿱" （合 7398），加上表道路之"彳（行）"，尤能將處於十字路口，不確定方向之義彰明；金文則加重其身軀部位，將手持之杖改為箭："⿱"、"⿱"，如西周早期《⿱作母癸罍》（09245）、《亞吳侯矣父戊簋》（03513），是以懷疑不定乃其本義。《毛詩》卷十八之二《大雅·蕩之什·桑柔》："靡所止疑，云徂何往"，毛《傳》："疑，定也"。《爾雅》卷三《釋言》："疑、休，戾也"，郭《注》："戾，止也。疑者亦止"，因猶豫，故言行未進一步發展，是以"止"於原地。換言之，"疑"訓定、止，斷非"反訓"。"反訓"乃古人不明詞性、語義範圍變化下之謬說。上揭諸訓解實均屬將"疑"改讀為"凝"所致，相假例證詳參《古字通假會典·之部第十一（上）·疑字聲系》。

（6）《隋書》卷三三《經籍志·史·雜傳》著錄"《竹林七賢論》二卷"，自注："晉太子中庶子戴逵撰"。其生平見《晉書》卷九四《隱逸列傳》。《舊唐書》卷四六《經籍志·乙部史錄·雜傳類》、《新唐書》卷五八《藝文志·乙部史錄·雜傳記類》著錄亦然。

（7）奎章閣六家本"仙"作《說文》八篇上所收之"仚"，上文桓子《新論》"仙去"之"仙"亦然。《隋書》卷三三《經籍志·史·雜傳》著錄"《神仙傳》十卷，葛洪撰"。其生平見《晉書》卷七二《葛洪傳》。《舊唐書》卷四六《經籍志上·乙部史錄·雜傳類》、《新唐書》卷五九《藝文志三·丙部子類·道家類·神仙》從同。

（8）贛州六臣本"鳥"作"高"，非是，否則，無以與下句之"獸"對仗矣。

（9）《隋書》卷三四《經籍志·子·雜》著錄許慎、高誘兩家注《淮南子》二十一卷。《舊唐書》未著錄許注本，《新唐書》、《宋史》則有。

（10）服虔生平見《後漢書》卷六九下《儒林列傳》。

(11)《漢書》卷一《高帝紀·贊》撮述此段《左傳》,《集解》所引應卲曰:"擾,馴也,能順養,得其嗜欲也"。西周晚期《大克鼎》(02836),"擾"從"鹵(音瀾)從"頁",鹵亦聲,"鹵"乃裝水、酒之"卣"之變形,所象本義難以鑿言,然遠在西周,"擾"已假借為"柔"。如西周晚期《番生簋》(04328):"擾遠能斁",其義猶《尚書》卷十八《顧命》:"柔遠能①邇"。

劉參軍

善《注》:袁宏《竹林名士傳》曰:"劉靈為建(1)威參軍。"

海按:其生平見《晉書》卷四九《劉伶傳》。據《通典》卷三六《職官十八·秩品一·魏》、卷三七《職官十九·秩品二·晉》,可知:建威將軍乃常設之四品武官。從劉氏本傳,其為"建威參軍"敘於"泰始初,對策"之前,則其任斯職蓋於魏時。任建威將軍者不計其數,是以難知其上司孰何。

劉靈[1]善閉關,懷情滅聞、見(一),鼓、鍾[2]不足歡,榮色豈能眩(二)?韜精日沈飲,誰知非荒宴(三)?頌酒雖短章,深衷自此見[3](四)。

【校記】

[1]五臣本、六家本、六臣本、《顏光祿集》"靈"均作"伶",顏氏本傳

---

① 《周易》卷一《屯·象》:"宜建侯而不寧",《釋文》:"鄭(玄)讀'而'曰'能',能猶安也",此因"能"當改讀為"寧",相假例證詳參《古字通假會典·蒸部第二·能字聲系》,是以"而不寧"乃"寧(安定)不寧方"。

沈約敘述時,亦作"伶",然而從下文善《注》所引臧榮緒《晉書》曰:"靈潛嘿(默)少言"、"靈常乘鹿車",則李氏所見確實作"靈",蓋謹循顏《集》之舊。顏氏素喜古奧,作"靈"實不足異。靈、令相通例證詳參《古字通假會典·青部第三·霝字聲系》、《真部第四·令字聲系》。據《晉書》卷四九《劉伶傳》,其字伯倫,依常理,當從"伶",因係用《呂覽》卷五《仲夏紀·古樂》"昔黃帝令伶倫作為律"之傳説。

[2]《顏光祿集》"鍾"作"鐘"。銅器銘文或從"重":"鍾",如西周晚期《兮仲鐘》(00069),或從"童":"鐘",如《戲鐘》(00089);傳述之先秦史料多從"重"。中古時期,"重"乃知系澄母字,"童"乃端系定母字,上古時期,知、端二系未分,是以二者均為上古端系東部字,此字之聲符為"重"或為"童"無別。

[3]五臣本"見"作"現",實際無別,詳注釋。

【注釋】

(一)善《注》:言道德內充,情欲俱(2)閉,既無外累,故聞、見皆滅。臧榮緒《晉書》曰:"靈(3)潛嘿(默)少言。"《老子》第二七章曰:"善行無轍迹,善言無瑕讁,善數不用籌策,善閉者無關鍵(楗)而不可開,善結無繩約而不可解",王弼曰:"因物自然,不設不施,故不用關鍵(楗)、繩約,而不可開解也。此五者,皆言不造不施,因物之性,不以形制物也"。《説文》十篇下曰:"懷,藏【念思】也。"《莊子》卷四下《在宥》:"廣成子蹶然而起曰:'善哉問乎!來,吾語女至道……目無(无)所見,耳無(无)所聞,心无所知,汝(女)神遊【將】(4)守形,形乃長生。'"

五君詠　241

海按："潛嘿少言"乃自我約束，不令內情現於外；結合下文"滅聞、見"，"閉關"乃指自我約束，不令外事入於內，二者重心適相反。善《注》所引《老子》原文乃強調無關而閉，"閉"為動詞，"關"為受格之名詞，如《戰國策》卷四《秦策二·齊助楚攻秦》："大王苟能閉關絕齊，臣請使秦王獻商於之地"。外物及其刺激均需通過五官及其功能，如"聞、見"等，進入內心，故五官等猶"關"口。關口封閉後，"聞、見"等自然消"滅"。唯誠如是，則豈非鎮日閉目塞耳，如同廢人？《禮記》卷六十《大學》："心不在焉，視而不見，聽而不聞"，此本乃負面意義。若轉為正面意義，移用於此，則近乎《莊子》卷二中《人間世》所云："若一志，無聽之以耳，而聽之以心，無聽之以心，而聽之以氣。聽止於耳，心止於符，氣也者，虛而待物者也，唯道集虛。虛者，心齋也"，意謂：劉伶心繫於道，以氣為應世之本，故雖有耳、目等"聞"、"見"之"關"及所聞、所見，彼等皆無法攪擾其真宰。胡紹煐："《文中子》（卷四《周公篇》）：'溫彥博……曰："劉伶（靈）何人也？"子曰："古之閉關人也。"'蓋相傳有此語。"《皇太子釋奠會作》："懷仁憬集，抱智麕至"，善《注》："懷、抱謂包韞也"；《尚書》卷二《堯典》"蕩蕩懷山襄陵"偽孔《傳》："懷，包"，孔《疏》："懷藏，包裹之義，故懷為包也"。《三國志》卷二八《鍾會傳》裴《注》引何劭《（王）弼別傳》："何晏以為聖人無喜、怒、哀、樂，其論甚精，鍾會等述之。弼與不同，以為：聖人茂於人者，神明也；同於人者，五情也。神明茂，故能體沖和以通無；五情同，故不能無哀樂以應物，然則聖人之情應物而無累於物者也。今以其無累，便謂不復應物，失之多矣。"結合上文及此處衡之，劉伶修為則以優入聖人境界，隨感隨遣，不為外物激發勾引，而滯於情欲。

（二）善《注》：夫鍾（鐘）、鼓以悅耳，榮色以悅目，今聞、見既滅，聲、色俱喪,故鼓、鍾⁽⁵⁾不足以為歡,豈榮色之能眩也(耶)?賈逵《國語注》曰:"眩,惑也",户徧切。

海按:甲文中,"鼓"从"又(右手)"持一頭形似錘之棍杖(桴之初文)以擊"壴":"〔圖〕"(合2749),經常將該部件省為一直棍:"〔圖〕"(合21229),或將前二者改為"攴":"〔圖〕"(合35333);早期金文蓋為求對稱美觀,將右邊部件改為"攴":"〔圖〕",如西周中期《瘋鐘》(00248),春秋已降金文反而多從"攴",如《蔡侯申鐘》(00216),是以其本義做動詞用,乃擊鼓、鼓動、鼓舞;作名詞用,則為樂器之一。"壴"乃一圓形鼓架於鼓座上,為契刻之便,方由圓形改為方形之"口"。至於"屮",乃鼓架兩側裝飾用之羽葆,後世訛變為"土"。此所以《說文》五篇上:"壴,陳樂,立而上見也,从屮、豆",三篇下:"鼓,擊鼓也。从攴从壴,壴亦聲",段《注》:"从屮,以象飾"⁽⁶⁾。甲文中,"雚(音貫)"作"〔圖〕"(合27115),从"萑(音桓)"从二"口",甚至有从三"口"者:"〔圖〕"(合24426);金文作"〔圖〕"、"〔圖〕",如西周中期《王人䤹(音方)輔甗》(00941)、《效卣》(05433),對照《周禮》卷十八《春官·大宗伯》:"以槱(音有)燎祀司中⁽⁷⁾、司命、飌師、雨師",鄭《注》以"風師"讀之,《釋文》曰:"飌音風",可知:冠羽下之鳥非他,乃"鳳"之簡畫,是此字本象鳳鳴,因而引申出祥瑞、愉悅、可慶賀之義。為表示人之快樂呼喊,乃加人張口出氣之"欠"以別之,或加"忄"為"懽",以示內心高興。《爾雅》卷八《釋草》:"木謂之華,草謂之榮",此乃正名主義下之強分,於文學作品中,實無別。《素問》卷三《五藏生成篇第十》:"此五藏所生之外榮也",王《注》:"榮,美色也";《文選》卷五《賦丙·京都下》左思《吳都賦》:"榮色雜糅,綢繆(音眸)緣繡"。"鼓、鍾",聲;"榮色",色,二者代表世俗之感官刺激及享受。此等於真我均為無干之外物,豈"能"有吸引"眩"惑力?

五君詠　243

(三)善《注》:《廣雅》卷八上《釋器》曰:"韜,弓藏也。"賈逵《國語注》曰:"精,明也。"臧榮緒《晉書》曰:"靈常乘鹿車,攜一壺酒。"《尚書》卷七《偽胤征》曰:"惟時羲和顛覆厥德,沈湎【亂】于酒",孔安國曰:"沈謂醉冥也"。《毛詩》卷六之一《唐·蟋蟀》曰:"好樂無荒,良士瞿瞿",鄭玄曰:"荒,廢亂(8)也……當如善士瞿瞿然顧禮義也"。

海按:《莊子》卷五上《天地》:"則韜乎其事心之大也",《釋文》引《廣雅》:"韜,藏也"(9)。"韜精日沈飲"貌似"沈醉似埋照",無怪乎張銑:"精,光也"。"精",若依世俗率爾而論,以《莊》學說之,為保全真宰;以《孟》學說之,為不放失本心,然實皆尚未契其本義。《管子》卷十六《內業》:"能正能靜,然後能定……可以為精舍。精也者,氣之精者也","凡物之精,此則為生……藏於胸中,謂之聖人","自生自成,其所以失之,必以憂、樂、喜、怒、欲、利,能去憂、樂、喜、怒、欲、利,心乃反濟"。"治之者,心也;安之者,心也,心以藏心,心之中又有心焉",此方為"精"之確説。甲、金文中,"飲"乃一側面俯首人形,張口伸舌,喝尊中之酒。將人身與人口斷開,人口("厶")與伸出之舌("乀")、酒尊合併,則成"🍶(酓音演)"(合10405)。甲文中,已有圖簡省,而將容器之瓶頸略去者:"🍶"(合775),然見知金文,無不仍從"酉"或近似"酉"之容器。從《説文》所收之另一"古文歈":"龡",對照甲、金文之"食"从"口(厶)"朝下,對準盛滿嘉糧之豆狀食器("皀"),而春秋晚期《王孫誥鐘》(NA0419)、戰國《須盉(音毛)生鼎》(02238)之"食"作"飤":"飤",可知:"歈"左邊已因類化,由"酉"改為"食";右邊之側面人形則蓋為強調張口,亦類化為"欠(欠)"(合32344),其形終於轉為習見之"飲"。"飲"乃上古影母(ʔ)侵部字,"食"乃上古船母(dʑ')職(之)部字,"欠"乃上古溪母(kʰ')談部字,聲、韻無不懸隔,是以"食"或"欠"均不可能係"飲"之聲符。若不習不明造字原形及其演變,憑何訓"飲"為"喝"而非"吃"？

《尚書》卷十《微子》："我用沈酗于酒"，《毛詩》卷十八之一《大雅·蕩之什·抑》："荒湛于酒"。鄭《箋》乃引申又引申之義，當從毛《傳》："荒，大也"，"大"讀作"太"，即今本《老子》第二九章"聖人去甚，去奢，去泰"之"泰"。於馬王堆甲、乙本《老子》中，此"泰"字均作"大"。《國語》卷二一《越語下·范蠡勸句踐無蚤圖吳》："出則禽荒，入則酒荒"，《孟子》卷二上《梁惠王下》："從獸無厭（饜）謂之荒，樂酒無厭（饜）謂之亡"，此乃強分之措辭。荒從巟聲，而巟從亡聲，"亡"即"荒"之改讀。凡"荒"，則"無厭"、太多、過分。《尚書》卷十六《無逸》："嗣王則其無淫于觀、于逸、于遊、于田"，偽孔《傳》以"過于"訓讀"淫于"，是以"荒""淫"每連言。"宴"即"燕"，二字通假例證詳參《古字通假會典·寒部第六（上）·宴字聲系》，日常休閒、非正式者之謂。荒宴，過度放鬆、隨便。《莊子》卷七上《達生》："醉者之墜車，雖疾不死。骨節與人同，而犯害與人異，其神全也。"

此聯意謂：以劉伶藉酒，入此混沌境界，然俗人徒覩其皮相，何嘗洞曉斯人豈任性縱欲之輩？

（四）善《注》：頌酒即《酒德頌》也。衷謂中心也，《蒼頡篇》[10]曰："衷，別外之辭也。"

海按："章"之本義已詳《應詔讌曲水作》"治彰既亂"注。《說文》三篇上："章，樂竟為一章，從音、十，十，數之終也"，純屬依小篆字形之附會妄解。由玉佩意義之"章"作為篇什、段落意義之"章"，乃假借。與外、表相對者乃內、中。末句若不改變句式，則"見"當改讀為"現"；若改變句式為"自此見深衷"，則"見"如字讀。從上文每言"閉關"、"懷情"、"韜精"，則以前者為上。

此篇押劉宋時期先部去聲韻。

【補述】

（1）金文中"建"字寫法多樣，以西周早期《小臣䚄鼎》（02556）之"▨"最為完備、標準，象一畫出足部之側面人形，雙手持一下有三分叉之直立物，豎插於廷邊或角落中，"▨"若非所插直立物之座基，蓋即"▨（土）"（合32675）之訛寫。春秋晚期《蔡侯申鐘》（00217）之"▨"乃其適當簡化；商代晚期《兮建父丁爵》（08896）之"▨"則為不當之簡化，因尾端若無三叉，豎立物極易傾倒。因其本義即為豎立，故《儀禮》卷十六《大射儀》："建鼓在阼階"，鄭《注》："建猶樹也"；《老子》卷三《修觀第五十四》："善建者不拔"，河上公《注》："建，立也"。"建威"即"立威"，"建旗"即豎立旗幟，"建國"即"立國"，"建侯"即分立屏蕃。小篆將"凵"寫為"廴（音引）"乃習見之訛變。詳參裘錫圭：《釋"建"》，《裘錫圭學術文集·金文及其他古文字卷》（上海：復旦大學出版社，2012）。

（2）奎章閣六家本"俱"作"具"，無別。二字通假例證詳參《古字通假會典·侯部第十·具字聲系》。

（3）明州六家本、六臣本善《注》所引臧《書》均作"靈"，而後文所引臧《書》則作"伶"，蓋淺人依後世習用者所改，惜又未首尾一貫。唯奎章閣六家本此首通篇作"伶"。

（4）六臣本"將"均未誤作"遊"，尤刻本、奎章閣六家本則誤。

（5）尤刻、明州六家本、六臣本此段善《注》上文均作"鍾鼓"，下文則作"鼓鍾"，唯奎章閣六家本善《注》上下文俱作"鍾、鼓"，於文義固無別，然此乃李氏訓釋之文，一則依日常行文慣例，"鍾"多在"鼓"之前，然李氏又欲貼合正文，故下文又以"鼓"在"鍾"前，尤刻等諸本是。

(6)唯段《注》以"飾"乃"鼓虡(音句)之飾","所謂崇牙",則非是。《毛詩》卷十九之三《周頌·臣工之什·有瞽》:"設業設虡,崇牙樹羽","虡"乃編鐘編磬木架兩邊之直榦,鼓何來編鼓之制,以致有虡?"樹羽"方為"壴(鼓)"上方"中"之所象。若於編鐘編磬,則為木架最上端作鋸齒狀之橫木,所謂"栒(音筍)"或"簨(音筍)",兩端角上之裝飾。

(7)《大宗伯》鄭《注》:"槱,積也","鄭司農云:'⋯⋯司中,三能(台)三階也'",賈《疏》:"案武陵太守《星傳》云:'⋯⋯上台司命,為太尉;中台司中,為司徒;下台司禄,為司空'"。

(8)尤刻本"亂"作行書體"乱",已詳《應詔讌曲水作》"治彰既亂"校記。

(9)今本《廣雅》卷三上《釋詁》:"韜,寬也。"

(10)"蒼"猶"倉",例證詳參《古字通假會典·陽部第九(下)·倉字聲系》。《漢書》卷三十《六藝略·小學·敘論》:"《蒼頡》七章者,秦丞相李斯所作也;《爰歷》六章者,車府令趙高所作也;《博學》七章者,太史令胡毋敬所作也⋯⋯閭里書師合《蒼頡》、《爰歷》、《博學》三篇,斷六十字以為一章,凡五十五章,并為《蒼頡篇》。"《漢志》著錄時,作"《蒼頡》一篇"。

阮始平

善《注》:袁宏《竹林名士傳》曰:"阮咸字仲容,籍之兄子也,與籍俱為竹林之遊,官止始平太守。"

海按:其生平見《晉書》卷四九《阮籍傳附從子咸傳》。

仲容青雲器,實稟生民[1]**秀**(一)**,達音何用深**(二)**?識微在金奏**(三)**,郭弈【奕】**[2]**已心醉,山公非虛覯**(四)**,屢薦不入官,一麾乃出守**(五)**。

五君詠　247

【校記】

[1] 五臣本、六家本、贛州六臣本"民"均作"人",尤刻本、六家本、贛州六臣本善《注》所引《史記》末句之"世"均作"代",俱非也,因此等乃避唐諱所致,宋刻本當回改,豈應從前朝?奎章閣六家本沿襲之,尤為不當。茶陵六臣本雖已回改為"民",然"世"仍作"代"而不察。

[2]《說文》三篇上:"弈,圍棊也,从廾(音拱)亦聲",十篇下:"奕,大也,从大亦聲",顯然為二字,然因篆、隸已降之"大"每每實為象左、右雙手者"収(廾)"之訛變,加以二者字形過於近似,故世俗每易混為一。《晉書》卷四五《郭奕傳》既言其"字大業",則自當作"奕"。五臣本、六家本、六臣本正文及後二者善《注》、《顏光祿集》均不誤,獨尤刻本正文及《注》文均誤,其非善本於焉可見。

【注釋】

(一)善《注》:青雲言高遠也。《史記》卷六一《伯夷列傳·太史公曰》:"悲夫!閭巷之人,欲砥行立名者,非附青雲之士,惡能施於(于)後代(世)哉?"《禮記》卷二二《禮運》曰:"人者,其天地之德,陰陽之交,鬼神之會,五行之秀氣也。"《廣雅》卷一下《釋詁》曰:"秀,美【出】也。"

海按:《論語》卷五《公冶長》:"子貢問曰:'賜也何如?'子曰:'女(汝),器也。'曰:'何器也?'曰:'瑚、璉也。'"《集解》:"包(咸)曰:'宗廟之器貴者。'"今欲顯示其出塵之格,乃改以非鍾鼎廟堂之自然物("青雲")喻之。吳淇:"稱為'青雲器'者,故別於'餐霞人'也。餐霞者,無用之用,而青雲者,有用之器也",有用之器而人輕棄之,所以可惜。

甲文"㐭"作"🏠"（合28070）、"🏠"（合27978）、"🏠"（合9642）。對照西周中期《農卣》（05424）之"🏠（㐭）"、西周晚期《琱生簋》（04293）之"🏠"，"㐭"象一儲藏糧食（"禾"）之高腳柵欄式有屋頂之建築（"亩"）。小篆將此字上半寫成"回"，《說文》五篇下因此乃云："从回，象屋形，中有户牖"。由於後世多用其"容受"之引申義，是以後世另作"廩"以復原詣。"生民"取自《毛詩》卷十七之一《大雅·生民之什》首篇首句"厥初生民"。"民"本專指周之始祖棄（后稷），此處乃泛稱。《漢書》卷四八《賈誼傳》："吳公聞其秀材，召置門下，甚幸愛"，顏《注》："秀，美也"。《爾雅》卷八《釋草》："木謂之華，草謂之榮，不榮而實者謂之秀，榮而不實者謂之英"，此乃正名主義下之強分，否則，《論語》卷九《子罕》："苗而不秀者有矣夫，秀而不實者有矣夫"，即不知所云，無怪乎朱《注》："吐華曰秀"。實則前此《玉篇》卷十五《禾部第一百九十四》已云："秀……榮也。"因此，"秀"意即"華"。"華"俗作"花"。"秀才"即具才分如花般美麗突出者。生民，生人也，億萬活人中資質耀目如花者，故曰"生民秀"。

（二）善《注》：傅暢《晉諸公贊》(1)曰："中護軍長史阮咸唱議：荀勖所造樂聲高，聲高則悲(2)，'亡國之音哀以思'。今聲不合雅，懼非德政中和之善，必古今長短之所致。後掘地，得古銅尺，歲久，欲腐壞，以此尺度於勖今尺，短四分(3)，時人明咸為解。"班固《漢書》卷九四下《匈奴傳·贊》曰："及孝元時，議罷守塞之備，侯應以為不可，可謂盛不忘衰，安必思危，遠見識微之明矣。"

海按：甲文中，"舌"作"🏠"（合2561），取象蛇之舌，旁邊之點乃涎液，商代晚期《舌方鼎》（01220）繁飾之，作"🏠"，亦有但作"🏠"（合18107）或"🏠"（合5532）者。於"🏠"上加一橫，如"🏠"（合30697），西周早期《伯矩鼎》（02456）之"🏠"，以別於蛇之舌，且表人運舌說話。待於上再加一短橫為綴飾:"𠱞",如戰國晚期《中山王礜壺》(09735),即成日後習見之"言"。以"言"為基礎,於口中加一點:"𠱞",如春秋早期《秦公鎛》(00267),或一短豎:"𠱞",如春秋晚期《徐王子旃(音同)鐘》(00182),以象有聲出於口,即為"音"。《莊子》卷六下《秋水》:"夫精、粗者,期於有形者也,无形者,數之所不能分也……可以言論者,物之粗也;可以意致者,物之精也;言之所不能論,意之所不能察致者,不期精、粗焉。"深、淺猶精、粗,乃經驗界概念及表述該等概念之詞。阮咸非如通樂、律之學人、樂工等,於樂、律技術層面之分寸、洪細等,有"深"厚之學養、訓練,對之瞭如指掌,然彼等皆非如卷二上《養生主》"所好者道也,進乎技矣"之庖丁,始終囿於形而下之境界。《三國志》卷十《荀彧傳附子粲傳》裴《注》所引《(荀)粲傳》:"粲答曰:'蓋理之微者,非物象之所舉也。今稱"立象以盡意",此非通於意外者也;"繫辭焉以盡言",此非言乎繫表者也。斯則象外之意、繫表之言固蘊而不出矣!'"今讚阮咸乃"識""在金奏"中之"微"者,則意謂其境界已大通("達"),冥契於道,故於"音"樂經驗層面之造詣"何用深"?此種直探神髓之才性,於詠向秀時亦然,所謂"探道好淵玄,觀書鄙章句"。

(三)善《注》:《周官》(4)卷二四《春官·鍾師》曰:"鍾(5)師掌金奏,凡樂事以鍾、鼓奏九夏(6):王夏、肆夏、昭夏、納夏、章夏、齊夏、族夏、祴夏、驁夏。"杜預《左氏傳》卷二七《成公十二年》"晉郤至如楚聘,且涖(蒞)盟,楚子享之,子反相,為地室而縣焉。郤至將登,金奏作於下,驚而走出"《注》曰:"擊鍾而奏樂。"

海按:甲文中,"奏"從象左、右雙手之"収"持一類似楷書"木"之器具:"𡘹"(合14311)。雖有省作"𡗗"(合21252),或上方簡省,而下方繁飾作"⿱"（合20975）者，此器具下半左、右大多各有兩道向下斜垂之枝："⿱"，如商代晚期《作冊般黿》（NA1553）。若將最下面之左、右斜垂之筆拉直，則整個器具將類似"本"。《說文》十篇下之小篆"⿱（奏）"頗能相當保持原貌，僅將類似"本"此部件分割、變化為"屮"、"夲"。前修多認為此字形乃意謂雙手持枝、幹等演出樂、舞。《淮南子》卷九《主術》："古之為金、石、管、絃者，所以宣樂也"，高《訓》："金，鐘"，《鍾師》鄭《注》："金謂鐘及鎛"。《周禮》卷十二《地官‧鼓人》："以晉鼓鼓金奏"，賈《疏》："奏則擊也……以晉鼓和之"；《禮記》卷十八《曾子問》："從天子救日"，孔《疏》："《夏書》曰：'辰不集于房，瞽奏鼓……'……奏猶擊也"。唯尺長短直接影響律管之長短，導致各種樂器調音之高低變化，是以此處之"金奏"不限於編鐘，乃以部分代體全體。所以以"金"為代稱，乃因如《鼓人》賈《疏》所言："凡作樂，則先擊鐘"，《成公十二年》孔《疏》亦云："作樂謂之奏，奏樂先擊鐘"，故《孟子》卷十上《萬章下》曰："金聲而玉振之也。金聲也者，始條理也；玉振之也者，終條理也"。

（四）善《注》：《名士傳》曰："阮咸哀樂至[7]，過絕於人，太原郭弈【奕】見之心醉，不覺歎服。"《列子》卷二《黃帝》曰："有神巫自齊而來，處於鄭，命（名）[8]曰季咸，知人死生、存亡、禍福、壽夭，期以歲、月、旬、日，如神。鄭人見之，皆避而走。列子見之而心醉"，張《注》："向秀曰：'迷惑其道也'"。山濤《啟事》[9]曰："（阮）咸若在官之職，必妙絕於時。"鄭玄《毛詩》卷八之三《豳‧伐柯》"我覯之子，籩（音編）豆有踐"[10]、卷十四之二《小雅‧甫田之什‧裳裳者華》"我覯之子，我心寫兮"《箋》曰："覯，見也。"

海按：李氏所引《列子》乃本諸《莊子》卷三下《應帝王》："鄭有神巫

五君詠　251

曰季咸……列子見之而心醉",此本為負面意義:因飲酒過量,神智不清,故向秀以"迷惑"為說。唯顏氏已從袁宏《名士傳》,將之改為正面意義:因酒甘醇,樂飲不止,猶若某人、事、物令人心為其所吸引,愛慕不能自已。《宋書》卷六七《謝靈運傳·山居賦》:"此楚貳心醉於吳客,河靈懷慭於海若",《魏書》卷十八《太武五王列傳·臨淮王譚傳附重孫彧傳》:"琅邪王誦,有名人也,見之未嘗不心醉忘疲",均為循此新義之用法。

此聯意謂:郭奕被阮咸之人格、風儀魅力所俘獲,可見山濤對其觀察所得之品鑒屬實("非虛"),凡無成見者均會首肯阮咸乃佳人。

(五)善《注》:曹嘉之《晉紀》[11]曰:"山濤舉(阮)咸為吏部郎,三上,武帝不能用也。"《尚書》卷十八《偽周官》曰:"學古入官,議事以制,政乃不迷。"麀,指麀也,言為(荀)勖所指麀也。傅暢《諸公讚》曰:"勖性自[12]矜,因事左遷咸為始平太守[13]。"

海按:金文"薦"从"廌(音至)"居於"艸"中,如春秋早期《鄭登伯鬲》:"[字]"(00597),春秋早期《叔朕簠》:"[字]"(04620)。本指獸為避濕寒,乃於地面鋪草、葉,不令身體直接接觸之,是以引申出憑藉、再加一兩層等義。《漢書》卷五九《張湯傳》:"薦數從中文事有可以傷湯者",《集解》引服虔曰:"薦,藉也"。由位較高、勢較重者推舉,如同以厚草為襯底,故亦曰薦。"薦"因此有"進"之引申義,見《應詔讌曲水作》"分廷薦樂"注。《世說》中卷《賞譽》條12劉《注》引山濤《啟事》:"吏部郎史曜出處缺,當選,濤薦咸曰:'真素寡欲,深識清濁,萬物不能移也。若在官人之職,必妙絕於時。'詔用陸亮。"《晉書》卷二四《職官志》:"及魏,改選部為吏部,主選部事",《通典》卷二三《職官五·尚書下·吏部郎中》自注:"《山公啟事》曰:'吏部郎主選舉,宜得能整風俗,理人倫者',

又曰：'吏部郎……非但當正己而已，乃當能正人，不容穢雜也'"。自兩漢已降，選舉實即相人之術，重在能見微知著，不為形表作態所蔽，由阮咸於音律方面展示之洞察資質，不畏得罪當朝權貴，孤明獨發，洵為斯職不二之選，然竟不得任用。此聯對句以有形筆墨所蘊之隱義，與前文"識微在金奏"遙相呼應，堪稱高明。

"麾"即"揮"，相假例證詳參《古字通假會典‧文部第五‧軍字聲系》。甲文中，"出"作"凵"（合19317）；金文作"𠄎"，如西周早期《伯矩鼎》（02456），从"止"从"凵"，象人自某處或洞穴中向外步行[14]。金文中，"守"从"宀"从"又"："𠂇"，如商代晚期《守觚》（06589），象護衛居室之義。後"又"加一點，為"寸（肘）"："𠂇"，如西周早期《守宮父作辛卣》（05170），乃成《說文》七篇下所本者。用於政、軍，乃守衛疆土、人民之意。"三上"之"三"極言其多，"一麾"之"一"則極言其少，對比鮮明。吳淇："'薦'曰'屢'，重辭；'麾'曰'一'，輕辭。"

此聯意謂：其仕宦之坎坷，多次（"屢"）舉薦，不得居要職，卻因片言隻語得罪權貴，權貴舉手之間（"一麾"）即輕鬆將之驅逐離京，"出守"外郡。

此篇押劉宋時期侯部去聲韻。

【補述】

（1）傅暢生平見《晉書》卷四七《傅玄傳附重孫暢傳》。《隋書》卷三三《經籍志‧史‧古史》著錄此書，凡二一卷，官銜為晉秘書監，唯"贊"作"讚"。其本傳則作《晉諸公敘讚》二十二卷。作"贊"或"讚"無別。本篇最後之善《注》引此書時，又脫"晉"字。

（2）明州六家本、贛州六臣本均脫"聲高"二字，奎章閣六家本、茶陵六臣本則未脫。尤刻本最有意思,"聲高"佔三格位置,蓋於挖刓重刻時,將"聲高高"改為"聲高",不知祖本不誤,它反而愈校愈誤。所以説"挖刓",因尤刻本絕非初刻,根據之祖本乃北宋仁宗年間者。詳參拙作:《從尤刻本善注〈文選〉宋代避廟諱字臆推其祖本時代並申論》,《文選學研究》第一輯(2018年)。

(3)贛州六臣本"以此尺"之"尺"誤作"天","短四分"之"四"下又衍"曰"字,東瀛批閱者於旁注中已指出。

(4)除此處外,《文選》卷六《賦丙·京都下》左思《魏都賦》張《注》凡八次,卷三三《騷下》宋玉《招魂》王《注》、卷四六《序下》王融《三月三日曲水詩序》"匭(音鬼)牘【櫝】相尋,鞮(音低)譯無曠"各一次稱引此書時,名《周官》,餘注稱引時,皆作《周禮》。自《漢書》卷三十《藝文志·六藝略·禮類》著録,可知:因王莽應劉歆之請,於太學置《周官》博士,乃加"經"字。自《隋書》卷三二《經籍志一·經·禮類》著録,可知:縱使鄭玄力崇此書,殫精注之,仍恪守朝廷功令,僅於《周官》後加一"禮"字,是以《周禮》卷三一《夏官·諸子》"諸子掌國子之倅(音粹)"①、卷四十《考工記·㡛(音忙)氏》"㡛氏湅絲"鄭《注》本身猶稱"《周官》"。蓋至陸德明撰《經典釋文》時,始逕稱《周禮》。王逸、張載沿舊貫,稱《周官》,不足異。李氏注王融該《序》時,亦稱《周官》,則為其體例不一之疏失。

(5)"鍾"即"鐘",二字相假例證詳參《古字通假會典·東部第一·東字聲系》。

(6)甲文中,"夏"本為從"日"從一突出頭部、標示出眼珠,且顯示

---

① 《諸子》鄭《注》:"國子謂諸侯、卿、大夫、士之(嫡)子也……是公、卿、大夫、士之副貳",賈《疏》:"倅謂副,代父,則國子為副"。

足部("止")之側面跪坐人形:"🖐"(合20418);金文,如西周晚期《伯夏父鼎》(02584)則作"🖐",表舉頭見日,日頭炎熱。春秋時銘文,略去"日",而加左、右爪("臼"):"🖐",如春秋中期《秦公簋》(04315),使頭部愈加突出,或因此,鄭《注》云:"夏,大也,樂之大歌有九"。

(7)胡克家已指出:茶陵六臣本"至"下有"到"字,當據補。六家本"到"字即未脫,然其五臣《注》"到"誤作"則",顯係淺人無知,於"至"下逗。"至到"乃六朝成詞,如《抱朴子外篇》卷三二《尚博》:"源流至到之修短,蘊藉汲引之深淺",《弘明集》卷十一宋釋法明《答李交州書》:"惇誠至到者莫不有感",《文心雕龍》卷三《哀弔》:"賓之慰主,以至到為言也",《詩品》下《梁步兵鮑行卿 梁晉陵令孫察》:"察最幽微,而感賞至到耳",尤其對照《世說》中卷《賞譽》條12劉《注》所引《名士傳》同一段文字,更可知:當有"到"。至於贛州六臣本,"到"亦誤為"則",且此段注文顛倒紊亂不堪:①將"不覺歎服"之"歎服"誤乙於注文之首;②脫"阮咸哀樂"云云一句;③"過絕於人,太原郭奕見之心醉,不覺"錯於"有神巫"之下;④"不覺"之下,"子"之上脫"列","心醉"下衍"向秀";⑤山濤《啟事》內容錯於隔行"列"之下,且於文末脫"人"。

(8)奎章閣六家本"命"逕改為"名",於義無礙。兩字相假例證詳參《古字通假會典·青部第三·名字聲系》。

(9)《隋書》卷三五《經籍志·集·總集》著錄《山公啟事》三卷,《舊唐書》卷四七《經籍志·丁部集錄·總集類》、《新唐書》卷六十《藝文志四·丁部集錄·總集類》均作《山濤啟事》,唯前者仍係三卷,後者則為十卷。

(10)《周禮》卷五《天官·籩人》:"掌四籩之實",鄭《注》:"籩,竹器,如豆者,其容實皆四升";《儀禮》卷十三《鄉射禮·記》:"醢以豆",

鄭《注》:"豆宜濡物",是籩、豆二者分別為盛乾物、濕物之食器,均為一尺高之器身,上承開口徑一尺之碗狀體。《伐柯》毛《傳》:"踐,行列貌。"《儀禮》卷三九《既夕禮》:"四籩:棗、糗、栗、脯。"

(11)《隋志》卷三三《經籍志二·史·古史著錄》"《晉紀》十卷",自注:"晉前軍諮議曹嘉之撰。"兩《唐書》從同,但歸於編年類。《隋志》次之於干寶、習鑿齒之間。學人認為:曹嘉之蓋即曹嘉,乃曹操之孫,楚王彪之世子,生平見《三國志》卷二十《武文世王公列傳·楚王彪傳》裴《注》。詳參廖吉郎:《兩晉史部遺籍考》(臺北:嘉新水泥公司文化基金會,1970),第三章,第三節。

(12)贛州六臣本、奎章閣六家本均脫"自"字,贛州六臣本誤作"白"字,東瀛批閱者有批注。

(13)據《通典》卷三七《職官十九·秩品二·晉》,善《注》前文所引之《晉諸公讚》,阮咸嘗任"中護軍長史",此乃六品官;《晉書》卷四九《阮籍傳附侄咸傳》:"歷仕散騎侍郎",此乃五品官,太守也是五品,是以"左遷"之說不確,無怪乎《晉書》易為"出補"。《晉書》卷二二《樂志上》說:"(荀勖)以為異己,乃出咸為始平相",非是,因卷十四下《地理志》明言:始平乃雍州隸下之郡。既非封國,首長焉得稱為相?

(14)與之相對者即"各",已詳《三月三日詔宴西池》"稅鑣青輅"。

向常侍

向秀甘淡薄,深心託豪[1]**、素**(一)**,探道好淵玄**(二)**,觀書鄙章句**(三)**。交呂既鴻軒,攀嵇亦鳳舉**(四)**,流連河裏遊,惻愴山陽賦**(五)**。

【校記】

[1]五臣本、六家本、茶陵六臣本"豪"作"毫",意義無別,詳注釋。

【注釋】

（一）善《注》：《説文》十一篇上二曰："淡，薄味也。"《文選》卷十七《賦壬·論文》陸機《文賦》曰："方天機之駿利，夫何紛而不理？思風發於骨（胸）臆，言泉流於脣齒，紛葳蕤(音瑞陽平)以馺遝(音颯踏)，唯豪、素之所擬。"

海按：甲骨文中，"甘"乃口中含一物之形："𠙻"（合8002），則口內乏空間，亦即滿足，故《毛詩》卷三之三《衛·伯兮》："甘心首疾"，毛《傳》："甘，厭（饜）也"，孔《疏》以"厭足"申釋之[(1)]。

金文中，"素"作"𦀚"，如西周晚期《輔師嫠(音厘)簋》（04286），或將一直線及曲折下垂之兩道絲線置於一樘："H"上："𦀚"，如西周晚期《師克盨蓋》（04468），該樘之形與義表治絲之"亂"其中繫絲之部件相同。"𦀚"當即《説文》十三篇上所收之"𦃇（音局）"。對照甲文"索"作"𣑚"（合387反），兩手編搓線縷成繩，故可逕作"𦅾"（合20306），則"素"象兩手編搓線縷尚未成繩之貌，以致下面雖已結束成"系"字下方之三道分線，頭部猶未作繩索完成後束端緒餘之狀。蓋因而引申出尚處初階段、質樸之義，逐步衍生出單一顏色、白色之義。西周晚期《師克盨》（04467）"素戈（鉞）"、西周中期《𩰻伯壺蓋》（09702）"素絲束"堪為明證。初織成之繒帛，不論製成衣服或作為書寫載體，均一無裝飾，故由形容詞轉為名詞，曰"素"。"豪"改讀為"毫"，相假例證詳參《古字通假會典·宵部第十八·高字聲系》。《文賦》善《注》："毫，筆也。《篆文》曰：'書縑曰素。'"豪（毫）、素猶今言紙、筆。"託豪、素"猶《阮步兵》之"寓辭"。

（二）善《注》：謂注《莊子》也。《世說》上卷《文學》條17曰："初注《莊子》者數十家，莫能究其指（旨）要。向秀於舊注外為解義，妙析奇致，大暢玄風。"王逸《妍蚩》曰："窮聖人之祕奧，測六義之淵玄[2]。"

海按：甲文中，"淵"本作四周有邊框，内從水者："🅑"（合24452）；金文已緟益，加"水"於外："🅒"，如西周早期《沈子它簋蓋》（04330），《説文》十一篇上二："開，淵或省水，囦，古文，从囗、水"，即保持此字之原形，乃山壑中之潭，故《文選》卷四八《符命》班固《典引》："與之斟酌道德之淵源"，蔡《注》："水深曰淵"。泛用之，則不拘於水。《毛詩》卷二之一《邶·燕燕》："其心塞淵"，毛《傳》："淵，深也"。《周易》卷一《坤·文言》："天玄而地黃"，玄既為天色，故可以部分素質代表全體，《老子》卷一《體道第一》："同謂之玄"，河上《注》："玄，天也"，而天每用為道之別稱，故《後漢書》卷五九《張衡傳》："耽好《玄經》"，章懷《注》引桓譚《新論》："玄者，天也、道也"；《文選》卷七《賦丁·郊祀》揚雄《甘泉賦》："將郊上玄"，即將郊祭上天；卷五八《碑文上》蔡邕《郭有道碑文》："明德通玄"，即通天道。《老子》第四章："道沖而用之，或不盈，淵兮似萬物之宗。"天道既深邃如淵，故曰淵玄。《皇太子釋奠會作》："澡身玄淵"，"玄淵"直另一種表述法。此句中，"好玄"與"探道"乃因、果關係，愈發可見："玄"實即謂"道"。

（三）善《注》：王逸《楚辭》卷四《九章·懷沙》"易初本迪兮，君子所鄙"《注》曰："鄙，恥也。"《漢書》卷八八《儒林列傳·費（音必）直傳》曰："費直，字長翁，東萊人也。治《易》，為郎，至單（音善）父令。長於卦筮（音是），無（亡）章句，徒以《彖》、《象》、《系（繫）辭》十篇文言解説上、下經。"

海按：甲文中，"鄙"但作"啚"，乃象城外（"囗"）之倉廩（"亩"）：

"𠄢"（合309）；金文作"𠂤"，如西周早期《雍伯鼎》（02531）。獲穀於野，就地收藏於廩，故"啚（鄙）"伊始即有邊野樸陋之涵意。鄙之从邑，乃強化其義符之緟益者。《國語》卷六《齊語·管仲對桓公以霸術》："參其國而伍其鄙"，韋《解》："鄙，郊以外也"；《公羊傳》卷八《莊公十九年》："冬，齊人、宋人、陳人伐我西鄙"，何《解詁》："鄙者，邊垂（陲）之辭"。是以鄙人猶與國人相對之野人。《荀子》卷三《非相》："楚之孫叔敖，期思之鄙人也"，楊《注》："鄙人，郊野之人也"。因其地位、見識、文化均較國人低落，故每被輕視。《左傳》卷四七《昭公十六年》："我皆有禮，夫猶鄙我"，杜《注》："鄙，賤也"，《廣雅》卷四上《釋詁》："鄙，恥也"。

章句本指分章斷句，欲標點，則有待對字詞之訓釋解詁、文義之理解，二者相倚相生。章句之學匪特多止於字面意思，且為證成己說，排駁異見，每煩引繚繞，又好申論，浮詞滿紙。《漢書》卷七五《夏侯勝傳附從子建傳》："左右采獲，又從五經諸儒問與《尚書》相出入者，牽引以次章句，具文飾說。勝非之曰：'建所謂章句小儒，破碎大道。'建亦非勝為學疏略，難以應敵。"無怪乎《漢書》卷三十《藝文志·六藝略·敘論》顏《注》引桓譚《新論》云："秦近【延】君能說《堯典》篇目，兩字之說至十餘萬言，但說'曰若稽古'，三萬言"，故可"鄙"，向秀所"好"乃字句段落內涵深邃（"淵"）、形而上者（"玄"）之精義。

《世說》上卷《文學》第17條劉《注》引《（向）秀別傳》："秀將注《莊子》，先以告康、安。康、安咸曰：'此書詎復須注？徒棄人作樂事耳。'及成……康、安乃驚曰：'莊周不死矣！'"嵇、呂早先之非哂，乃誤以為向秀將循章句訓詁之途注《莊》；後之驚歎，乃因見向秀直探《莊》學之神髓，闡發其文辭內蘊之旨歸。

（四）善《注》：《向秀別傳》曰："秀常與嵇康偶鍛於洛邑，與呂子

五君詠

灌園於山陽，收其餘利，以供酒食之費。"《文選》卷二三《詩丙·贈答一》王仲宣《贈蔡子篤詩》曰："潛鱗在淵，歸鴈載軒"，善《注》："軒，飛貌"。《古文苑》卷五《漢臣賦九首》張衡《髑髏賦》曰："星迴（回）日運，鳳舉龍驤(音香)⁽³⁾。"

海按："軒"本指乘車之輈（聯結車身與馬頸、背間之駕具），因其前端上舉，故引申出高起、上揚之意，故與對句之"舉"正對。訓"飛"乃就該詩文義而論，"軒"本身斷無此意。猶"舉"於甲、金文中明顯本為雙手托物向上之義，故引申出如《呂覽》卷八《論威》"兔起梟舉"高《注》："舉，飛也"之訓。

《說文》三篇上："乑，引也……攣，乑或从手从樊"，非今日攀附之意。此聯實乃"鴻軒既交呂，鳳舉亦攀嵇"之倒裝，意謂其境界高尚，故得以與呂、嵇把臂，為山陽之遊。類乎《文選》卷二一《詩乙·遊仙》郭璞《遊仙》之三所形容之"中有冥寂士"，"左挹浮丘袖，右拍洪崖肩"。

（五）善《注》：《漢書》卷一百上《敘傳》："班伯曰：'"沈湎于酒"，微子所以告去也；"式号（號）⁽⁴⁾式謼（呼）"，《大雅》所以流連也'"，服虔曰："荒樂也"。⁽⁵⁾《魏氏春秋》曰："康寓居河內之山陽⁽⁶⁾，與河內向秀相友善，遊於竹林。"《文選》卷十六《賦辛·哀傷》向秀《思舊賦》曰："濟黃河以汎舟兮，經山陽之舊居。"

海按："流連"乃上古來母(l)雙聲詞，"惻愴"雖均為上古初母(tʃ)，但非雙聲詞，此處僅取形貌之對仗。甲文及早期金文"陽"但從日，日下從象樹枝柯之"丂"："🖻"（合8592），金文後加"彡"，取象日光從枝椏中穿過："🖻"，如西周早期《量侯簋》（03908）。"阜"乃後加，以示向日之一面。緣是，山南水北謂之陽，山北水南則曰陰。《晉書》卷二四《地理志上》司州河內郡下有山陽縣,處於黃河之北。裏,內也,河裏,河內、河北、河陽也。用"河裏"乃顏氏避熟就生之慣技。《說文》八篇上:"裏……从衣、毛",毛在衣表,故有外在之義。將"毛(⇓)"寫置於"衣"外,且於其上,又演變為兩橫一豎,乃成如今"表"之字形。"裏(內)"與"表(外)"相反,"陽"與"陰"相反,而於此處,"裏"即意謂"陽","裏"、"陽"乃工巧之正對。

吳淇:"'遊'曰'流連',昔何其盛?'賦'曰'惻愴',今何其衰?此《感【思】舊賦》之所由名也。"

此篇押劉宋時期魚部去聲韻。

【補述】

(1)口內不斷有酒,意謂已有酒癮,故飲之不已,是以《尚書》卷七《偽五子之歌》:"甘酒嗜音",偽孔《傳》曰:"甘、嗜,無厭足",與反訓毫無關。

(2)依善《注》體例,不當重引王逸此聯,當云"淵玄,已見《皇太子釋奠會作》";縱從書傭妄刪本,亦僅當云"淵玄,已見上文",由此可見尤刻本之失真。

(3)《漢書》卷五七《司馬相如傳‧大人賦》:"放散畔岸,驤以屑顔",《後漢書》卷十八《吳蓋陳臧列傳‧贊》:"實為龍驤",顏《注》、章懷《注》並云:"驤,舉也"。

(4)明州六家本脫"式號"。

(5)李氏引《漢書》此段文字,僅為標明"流連"一詞之出處,非訓解正文"流連"之義,服虔之注徒增理解之混淆,實屬贅文。

(6)六家本、六臣本"陽"下均有"縣"字,有或無均無礙。

《文選》卷二六《詩丁·贈答四》

夏夜呈從兄散騎車長沙

善《注》：《集》曰："從兄散騎字敬宗,車長沙字仲遠[1]。"

海按：《宋書》卷七三《顏延之傳》："曾祖含",顏真卿《顏氏家廟碑》：顏含生髦,髦生綝(音林),綝生靖之,是延之與靖之乃同輩。據《古今圖書集成·明倫彙編·氏族典》卷一六九《顏氏部·列傳一》、《官常典》卷一二五《賢裔部·列傳二》,蓋依據《陋巷志》卷三《世家志下·支子世表》,認為："從兄"指延之族伯西平侯顏琳[2]次子顏秉之,官至散騎常侍。《宋書》卷七三《顏延之傳》："乃以光祿勳車仲遠代之(任永嘉太守),延之與仲遠世素不協",足見：該仲遠乃名,非字,與其《集》中此詩所贈對象同字仲遠者非一人,而顏氏亦不可能致詩與"素不協"者,故此處車某之名不得而詳。卷三七《州郡志三·湘州》,下隸之長沙乃國,故長官為內史,或曰相。劉裕中弟道憐即封長沙王。今賢指出：顏延之《夏夜呈從兄散騎車長沙》、(《文選》卷二六《詩丁·贈答四》)謝朓《在郡臥病呈沈尚書》,"呈"即"獻",帶有恭敬意味的"贈"[3]。從兄自屬當肩隨鴈行者,是以據此推斷：車某蓋一資輩較顏氏為長者。詩中言"屏居"、"慕類",對照《晉書》卷五五《張協傳》："遂棄絕人事,屏居草澤",《文選》卷二六《詩丁·行旅》潘岳《河陽縣作》之一"長嘯歸東山,擁耒耨時苗"善《注》所引潘岳《天陵山詩·序》："岳屏居天陵東山下",《隋書》卷五七《盧思道傳·勞生論》："罷郡屏居",蓋作於"屏居不豫人間者七載"中。農曆二十四節氣,第十二為六月氣小暑,七月節為立秋。

詩題曰"夏夜",詩中既言"夜蟬當夏急,陰蟲先秋聞,歲候初過半",應為六月下旬之作。

【補述】

（1）贛州六臣本脫後一句,六家本、茶陵六臣本則有,至於呂延濟之說,蓋竊自李氏。

（2）《尚書》卷六《禹貢·雍州》:"厥貢惟球、琳、琅玕",偽孔《傳》:"球、琳皆玉名";《毛詩》卷十八之四《大雅·蕩之什·韓奕》:"韓侯入覲,以其介圭",孔《疏》引鄭玄《尚書注》:"球,美玉也;琳,美石也",要之,"琳"乃做打擊樂器之材質,如此方與其字"文和"意義相關,然真卿不當連祖先名諱亦誤。或所據族譜匪一,本即有異文,如顏含八世孫,《北齊書》卷四五《文苑列傳·顏之推傳》作"勰","鎮西府諮議參軍";《顏氏家廟碑》作"協","鎮西記室參軍",謹俟高明考訂。顏靖之字茂宗,官至宣城太守、御史中丞,為顏真卿此房系之遠祖。

（3）胡大雷:《文選詩研究》(桂林:廣西師範大學出版社,2000),第十五章,第一節。古籍載錄詩、文,題目多歧,然據南朝屢用"上呈"一詞,如《三國志》卷首裴松之《上〈三國志注〉表》:"寫校始訖,謹封上呈",《鮑照集》卷二《啟》鮑照《奉始興王白紵舞曲啟》:"謹竭庸陋,裁為四曲,附啟上呈",裴、鮑面對者乃帝、王,固須用"上",然亦連帶可見:"呈"為敬語。據《南齊書》卷四七《謝朓傳》,朓卒於東昏侯永元元年（499）,"時年三十六",是生於劉宋孝武帝大明八年（464）。據《梁書》卷十三《沈約傳》:"(武帝天監)十二年（513）,卒官,時年七十三",是生於劉宋文帝元嘉十八年（441）,長朓二十四歲,高其整整一輩。因此,二人雖為忘年之交,然於禮,朓不容托大。

炎天方埃鬱,暑晏閴塵紛⁽一⁾,**獨静闃偶坐,臨堂對星分**⁽二⁾,**側聽風薄木,遙睇月開雲**⁽三⁾,**夜蟬當夏急,陰蟲先秋聞**⁽四⁾,**歲候初過半,荃、蕙豈久芬**⁽五⁾?**屏居惻**[1]**物變,慕類抱情殷**⁽六⁾,**九逝非空思,七襄無成文**⁽七⁾。

【校記】

[1]尤刻本"惻"作"側",顯屬形近之訛。

【注釋】

(一)善《注》:《淮南子》卷三《天文》曰:"東方曰蒼天⋯⋯東北方曰變天⋯⋯北方曰玄天⋯⋯西北方曰幽天⋯⋯西方曰顥天⋯⋯西南方曰朱天⋯⋯南方曰炎天⋯⋯東南方曰陽天",高誘《訓》曰:"南方五月建午,火之中也。火性炎上,故曰炎天"。《廣雅》卷一上《釋詁》曰:"方,正也。"毛萇《詩》卷六之四《秦·晨風》"鬱彼北林"《傳》曰:"鬱,積也。"《禮記》卷十六《月令》曰:"仲夏之月⋯⋯小暑至。"賈逵《國語注》曰:"晏,晚也。"毛萇《詩》卷十二之一《小雅·節南山之什·節南山》"君子如屆,俾民心闋"《傳》曰:"闋,息也。"杜預《左氏傳》卷四七《昭公十六年》"獄之放紛"《注》曰:"紛,亂也。"

海按:以十二月配十二地支,而古曆法多以十一月為一年新舊更新、陰陽更遞當令之時,故十一月為子,下推,則五月為午,是以高誘言"五月建午"。《楚辭》卷一《離騷》:"及年歲之未晏兮",王《注》:"晏,晚";《吕覽》卷二五《慎小》:"二子待君,日晏,公不來至",高《注》:"晏,暮也"。"晏"與題目"夏夜"呼應。此聯下半乃"埃方鬱"、"塵紛閴"之倒裝。《說文》十篇上："麤,鹿行揚土也,從麤、土。𪋻,籒文",為求簡省,日後僅從一"鹿",四篇上"雥"省作"集"。與"雥"省作"集"乃同一道理。"埃"既與"塵"對仗,則可知何綽:"'埃'當作'烓(音哀)',《廣韻》卷一《上平聲·十六咍(音嗨)》:'烓,熱甚'",乃信口胡言。

此聯意謂:大熱("炎")天,正是漫天塵"埃"、空氣"鬱"悶之時,直到夏("暑")末("晏"),塵埃"紛"雜之象才消失("闋")。

(二)善《注》:賈逵《國語注》曰:"偶,對也。"《周禮》卷三六《秋官·司寤氏》曰:"以星分夜。"

海按:"分"對"偶"而言,"偶坐"甚貼近,"星分"遙隔千里,二者形成距離上之鮮明反對。星辰間睽隔,如顏與敬宗、仲遠三人分散在各處,故無可相伴("偶")對"坐"之人。第一聯所用之"闋",情緒為舒坦;第二聯所用之"闋",情緒則為落寞。吳淇指出:"闋偶坐"乃詩末"屏居"、"慕類"之伏筆。

(三)善《注》:《法言》卷七《寡見》曰:"雷震乎天,風薄于【乎】山。"孔安國《尚書》卷五《益稷【皋陶謨】》"外薄四海,咸建五長"《傳》曰:"薄,迫也",亦激之意也。《楚辭》卷十六《九歎·遠逝》曰:"雪紛紛(雰雰)而薄木。"

海按:《說文》四篇上:"睇,小裹視也。"吳淇:"堂前曷為見月?以雲開故。雲曷為而開?以風故",分析細密。"風薄木"與"月開雲"為聲、色對仗。

(四)善《注》:《禮記》卷十六《月令》曰:"仲夏之月……鹿角解,蟬始鳴。"《御覽》卷九四九《蟲豸部·蟋蟀》所錄《易·通系卦(1)》曰:"蟋蟀之蟲,隨陰迎陽,居壁向外,趣(趨)婦女織績。"《文選》卷

夏夜呈從兄散騎車長沙　　265

四七《頌》王褒《聖主得賢臣頌》曰:"蟋蟀俟秋吟⁽²⁾。"

海按:甲文中,"亦"作"❏"(合6063)。从正面人形,以兩點標示"腋"之部位。金文從同。於右邊腋下加一"夕",以示傍晚,但為求方正美觀,乃省卻右邊之點:"❏",如西周早期《啟鼎》(05410),亦有將"夕"置於左邊者:"❏",如西周晚期《室叔簠》(NA1957),然於字形發展中,前者勝出⁽³⁾。《文選》卷十三《賦庚·物色》潘岳《秋興賦》:"蟋蟀鳴乎軒屏",劉良:"蟋蟀,秋蟲"。於古人觀念中,秋屬陰氣上揚、滋長之時,是以"陰蟲"即"秋蟲"。李氏引《聖主得賢臣頌》即已解釋"陰蟲"何謂,不煩詞費,此乃其高明處之一。甲文中,"秋"均作一蟋蟀形:"❏"(合9627);商代金文尤其明顯:"❏",如商代晚期《亞秋周爵》(08782)。《毛詩》卷八之一《豳·七月》:"七月在野,八月在宇,九月在户,十月蟋蟀入我牀下",可見:上古造字者乃藉具體之蟋蟀狀抽象之秋季。春秋中期《與兵壺》(NA1980)已加上"禾":"❏",《說文》七篇上所存籀文"秋"再加上"火":"❏"。从"禾",假百穀秋收,以彰明其義;从"火",蓋取收割畢,以火焚粰稼餘存以糞土,且免蟲卵附生。楚系、秦系文字則去除蟋蟀之形,後者且將之全然寫成後世習見之形:"❏"(睡·日甲1)。後人將蟋蟀誤認為龜,而未察今所見蟋蟀之形皆有兩彎角,龜何嘗有此器官?按照古代陰、陽二分宇宙論,晝、日屬陽,夜、月屬陰,以該類分子"夜"、總類"陰"正對,既免庸俗,而義實一致,可謂巧思。

(五)善《注》:《楚辭》卷八《九辯》之一曰:"時亹(音委)亹而過中",卷一《離騷》又曰:"蘭、芷變而不芳兮,荃、蕙化而為茅"。

海按:甲文中,"侯"作"❏"(合8656);金文作"❏",如西周早期《啟卣》(05410),因弧形、圓點不易契鑄,乃改以一橫代替:"❏",如西周晚期《魯侯鬲(音力)》(00545),乃箭瞄準所射布之象⁽⁴⁾。楚系文字於此字上端所加之一短橫："庚"（包2·51），或橫折"コ"："庚"（包2·213），以至於秦系文字所加之類似楷書"刀"者："庚"（睡·法117），均純屬綴飾。"矣"旁加"人"，作動詞，則為伺望、偵察者；作動詞用，則為伺望、偵察。是其楷定，本應作"俟"。將"矣"中"厂"（音喊）這部位之斜撇割裂出去，縮短，與側面人形（"亻"）形成"忄"，即為習見"候"之字形。箭靶某部位自然乃射手凝望、估算力道、準頭之對象，因此，《廣雅》卷一下《釋詁》："候，望也"，《列子》卷三《周穆王》："覺有八徵，夢者六候"，張《注》："徵，驗也。候，占也"。"候"乃可見之現象，既可為當前之表徵，亦可為將來之預兆。歲候，伴隨一年（"歲"）溫度等（"氣"）之變化，自然界流露之現象（"候"）。金文中，"半"作"半"，如春秋中期《秦公簋》（04315），从"牛"从"八"，"八"亦聲，"八"象將牛體分開成兩部分，故《說文》二篇上："八，別也"，"半，物中分也"，可推知："半"乃"判"之初文。《文選》卷三二《騷上·離騷》此句王《注》："荃、蕙皆香草也。"

（六）善《注》：《漢書》卷五二《竇嬰傳》曰："竇嬰謝病，屏居藍(5)田南山下。"《文選》卷十三《賦庚·鳥獸上》賈誼《鵩鳥賦》曰："萬物變化兮，固無休息"。《楚辭》卷十二《招隱士》曰："獼猴兮熊羆，思慕類兮以悲。"《宋書》卷二一《樂志三·瑟調曲》魏文【武】帝《善哉行》曰："喟然以惋歎【快人曰為歎】，抱情不得敘。"(6)桓玄《鸚鵡賦》曰："眷儔侶而情殷。"(7)殷，憂也。

海按：《竇嬰傳》顏《注》："屏，隱也"，《禮記》卷二《曲禮上》："就屨，跪而舉之，屏於側"，鄭《注》："（屏）謂獨退也"。《廣雅》卷三上《釋詁》："惻、愴、愁、慼，悲也"，《周易集解》卷十《井·九三》："井渫（音泄）(8)不食，為我心惻"，干寶："惻，傷悼也"。

西周晚期《牧簋》(04343),"包"作"⊙",正如《説文》九篇上所言:"象人裹妊,巳在中,象子未成形也",乃"胞"之初文[9]。普遍化之後,即成包裹之義。由此派生出以手環繞之"抱"、以衣布外裹之"袍"、被水浸漬之"泡"、内含火藥之"炮"。甲文中,"殷"乃一手("又")持針形物("个"),刺一側面人形隆起之腹部("身"):"𠂤"(合17979),金文中,前者訛變爲"殳":"𠈇",如西周早期《小臣傳簋》(04206),蓋由腹凸大,引申出多、盛之義。《尚書》卷六《禹貢·荆州》:"九江孔殷",孔《疏》:"鄭(玄)云:'殷猶多也'";《國語》卷三《周語下·太子晉諫靈王壅穀水》:"謂其能以嘉祉殷富生物也",韋《解》:"殷,盛也"。《廣弘明集》卷十六《佛德篇·寺刹佛塔諸銘頌》沈約《齊竟陵王題佛光文》:"慕餅【迸】王戀【鑾】,情殷雙樹。"阮籍《詠懷八十二首》之十四:"感物懷殷憂。""懷"、"抱"同義。

(七)善《注》:《楚辭》卷四《九章·抽思》曰:"惟郢路之遼遠【遠】兮,魂一夕而九逝。"《韓詩》曰:"跂[10]彼織女,終日七襄,雖則七襄,不成報章",薛君曰:"襄,反也"。

海按:《説文》二篇下:"逝,往也",《老子》第二五章:"吾不知其名,字之曰道,強爲之名曰大,大曰逝,逝曰遠,遠曰反",王《注》:"逝,行也"。《毛詩》卷十三之一《小雅·谷風之什·大東》毛《傳》亦曰:"襄,反也",鄭《箋》:"襄,駕也[11],駕謂更其肆也。從旦至莫,七辰,辰一移,因謂之七襄",孔《疏》:"肆謂止舍處也,而天有十二次,日、月所止舍也。舍即肆矣。在天爲次,在地爲辰,每辰爲肆,是歷其肆舍有七也。星之行天,無有舍息,亦不駕車,以人事言之耳。晝、夜雖各六辰,數者舉其終始,故七,即自卯至酉也"。朱《傳》:"經星一晝一夜左旋一周而有餘,則終日之間,自卯至酉,當更七次也。"甲文中,"成"作"𢦏"(合

1351），从"戌"從"囗"，象以斧鉞守護城郭或聚落，少數作"𢦏"（合19619），金文均從後者："𢦏"、"𢦏"，如西周早期《小臣鼎》（02678）、《士上盂(音合)》（09454），該短線條或歪斜，或為點，究竟何所指，不得而詳，殆不外乎被守護之物。蓋由此引申出成就、成功之義。《廣雅》卷五上《釋詁》："報，復也"，即《毛詩》卷三之三《衛·木瓜》："投我以木桃，報之以瓊瑤"之"報"[12]。

此聯意謂：自己對顏、車二人非意識清醒時徒然（"空"）想念而已，曾於夢中多次（"九"）神魂出竅，前往覓之，然而不論如何不稅駕，不斷前趨（"七襄"），仍然無法償願，如織女始終未能織成具花"文（紋）"之布匹，有所回報。

此篇押劉宋時期文部平聲韻。

【補述】

（1）《緯書集成》將此節收入《易編·通卦驗·補遺》中，恐待商榷，此當為《通統圖》之文，"統"字壞爛，僅餘"系"。"圖緯"素來連言，如《文選》卷五八《碑文上》蔡邕《郭有道碑文·序》："遂考覽六經，探綜圖緯"，卷四七《贊》夏侯湛《東方朔畫贊》："陰陽圖緯之學、百家眾流之論"，卷四六《序下》任昉《〈王文憲集〉序》："圖緯著王佐之符"。因圖每有文字說明，緯亦加圖，以助表述清晰，《通卦驗》即有《通卦驗玄圖》，是以不當泥於"卦"、"圖"之異名。

（2）《說文》二篇上："唫……从口金聲"，十四篇上："金……今聲"。《漢書》卷六四下《王襃傳》所錄作"唅"，此乃因班氏欲"正文字"，故多喜用古字、僻字。

（3）為了彰顯"亦"之本義，楚系文字出現從"亦"從肉月之"𦠒"（包

2·113),楷定為"胘",然至終仍為"夜"所勝。觀秦系文字之"掖"從"手"從"夜":"㧱"(睡·日甲153),可為佐證,是以表示"亦"本義之字形寫作"腋"。"亦"、"掖"、"腋"相通之例證詳參《古字通假會典·魚部第十九(中)·亦字聲系》、《夜字聲系》。

(4)《孔叢子》卷三《小爾雅第十一·廣器》:"張布謂之侯,侯中者謂之鵠,鵠中者謂之正","正中者謂之槷(音臬)"。《周禮》卷四一《考工記·匠人》:"置槷以縣(懸)",鄭《注》:"槷,古文臬,假借字"。槷,傳記中多稱為"質"或"的",此所以《荀子》卷一《勸學》:"質的張而弓矢至焉"、《淮南子》卷一《原道》:"先者,則後者之弓矢質的也",將二者連言,視為同義複詞,高《訓》:"質的,射者之準執也"。因此,箭靶、靶心被稱為鵠、的。

(5)六家本、六臣本均脫"藍"字。

(6)《樂府詩集》卷三六《相和歌辭十一·瑟調曲》亦將之歸於魏武帝,"曰"作"由",是也。"由"或當改讀為"猶"。兩字相假例證詳參《古字通假會典·幽部第十七(上)·由字聲系》。

(7)桓《賦》殘文見《類聚》卷九一《鳥部中·鸚鵡》,然無此句。

(8)《井》孔《疏》:"渫,治去穢污之名也。"

(9)《尚書》卷十一《牧誓》:"昏棄厥遺王父母弟不迪",偽孔《傳》:"母弟謂同母之弟",故《左傳》卷四十《襄公三十年》云:"大(太)子死,有母弟,則立之,無則長立",杜《注》:"立庶子,則以年"。換言之,唯有同一母親子宮所出,方得稱胞兄、胞弟,彼此儘可異父;同父異母之兄弟,則不得曰胞兄、胞弟。

(10)甲文中,"企"乃一側面人形踮起腳尖、抬起腳跟("止")站立之狀:"𠑋"(合9480)。《說文》將"企"、"跂"分為二字,不當。"企"乃象形字,改為形聲字,則作"跂",故《荀子》卷一《勸學》:"吾嘗跂而望之",楊《注》:"跂,舉足也"。《說文》八篇上:"企,舉踵也",《史記》卷八《高祖本紀·元年(前206)》:"日夜跂而望歸",《正義》:"《說文》八篇上云:'跂【企】,舉踵也'",是本即渴望視線及遠之意。

(11)胡承珙《毛詩後箋》指出:"'反'即'更'也",更動位置之謂,然"襄"實無更動之意。"襄"當改讀為"驤",通假例證詳參《古字通假會典·陽部第九·嬰字聲系》。《史記》卷一一七《司馬相如列傳·大人賦》:"放散畔岸驤以屠顔",《索隱》:"服虔曰:馬仰頭,其口開",《漢書》卷五七下《司馬相如傳·大人賦》顔《注》:"驤,舉也",《文選》卷三四《七上》曹植《七啟》:"駿騄(音路)齊驤",卷三九《上書》鄒陽《獄中上書吳王》:"蛟龍驤首奮翼",即明證。人駕馬車啟行,必先拉緊韁繩,韁繩末端繫馬首之鑾頭必往後縮,以致馬首被勒昂起而張口,故鄭《箋》以人之行動("駕")解拉車之馬之變化("襄")。既駕馬車上路,位置自然不斷移動,所謂"更"也。毛《傳》不過為讀者便於理解大旨,用其引申又引申之意義講述。

(12)孔《疏》依鄭《箋》申釋:"織之用緯,一來一去,是報反成章",而"織女之星駕""終日歷七辰,有西而無東",如織布時有往無來,"不成織法",故無"報反之文章也",是將織布時之不當織法,譬喻織女星之移動,殊為迂曲附會。"雖則七襄,不成報章"乃言自早至晚浪費如此多之時間,仍然未有相應之回"報"成果。方廷珪以"七襄"之主詞為"織絲之杼",則並舊社會士人習讀之《毛詩注疏》、《詩集傳》亦未嘗細閱。

《玉臺新詠》卷四

為織女贈牽牛

海按：《史記》卷二七《天官書》："北宮玄武"，指自東而西向之斗、牛、女、虛、危、室、壁北方七宿，故《正義》曰："南斗六星、牽牛六星竝北宮玄武之宿"。《文選》卷二九《詩己·雜詩上·古詩十九首》之十："迢迢牽牛星，皎皎河漢女，纖纖擢素手，札札弄機杼，終日不成章，泣涕零如雨。河漢清且淺，相去復幾許，盈盈一水閒，脉脉不得語。"此首蓋節選"迢迢"、"相去復幾許"、"脉脉不得語"而踵事增華，強調織女落花有意，牽牛流水無情，一反世俗傳說及以此題所撰作品兩廂惜時歡聚之主旨。竊以為或乃寓意之作：以男、女關係比配君、臣，即文帝疏離自己，欲會無門。

婺女儼【儷】[1]經星(一)，嫦[2]娥棲飛月(二)，慚無二[3]媛靈，託身侍天闕(三)。閶(音昌)闔殊未暉[4](四)，咸池[5]豈沐髮(五)？漢陰不夕張[6]，長河為誰越(六)？雖有促諧[7]期(七)，方須[8]涼風發(八)。虛計雙曜周(九)，空遲三星没(十)，非怨杼(音住)軸[9]勞，但念芳菲歇(十一)。

【校記】

[1]《初學記》卷四《歲時部下·七月七日》、《御覽》卷三一《時序部十六·七月七日》所錄均作"儷"，《顏光祿集》、《玉臺新詠考異》作"儼"，於此處意義無別，二字通假例證詳參《古字通假會典·歌部第十

五·麗字聲系》,且詳注文,故知:"儷"乃"儷"形近之訛。

[2]《顏光祿集》"嫦"作"姮",意義無別,詳注文。

[3]《御覽》"二"作"一",此聯乃以織女與上述之婺女、嫦娥相較,"一"絕對是"二"壞爛或形近之訛。

[4]《御覽》"暉"作"央"。《説文》五篇下:"央,中也",《漢書》卷九七上《外戚列傳·孝武李夫人傳·悼李夫人賦》:"惜蕃華之未央",顏《注》:"未央猶未半也"。任何人、事、物發展至正中,猶一弧線暨頂峰,再無向上餘地,必漸趨頹落,故《楚辭》卷一《離騷》:"及年歲之未晏兮,時亦猶其未央",王《注》:"央,盡也"。用於夜色,如《毛詩》卷十一之一《小雅·鴻鴈之什·庭燎》之"夜未央",指尚未及夜半、子時。唯"未央"亦可指未近日出、卯時,如《類聚》卷二七《人部十一·行旅》所錄阮瑀《詩》:"雞鳴當何時,朝晨尚未央",《鮑照集》卷六《秋夜》之一:"夜久膏既竭,啟明旦未央"。織女因當晚會晤而整裝容乃日間之事,以意義而言,"央"不如"暉"之明確。蓋因"未央"素為成詞,而聯想致誤。未,傅剛《〈玉臺新詠〉與南朝文學》(北京:中華書局,2018)下册《〈玉臺新詠〉校箋》卷第四:"五雲溪館本、徐本、鄭本作'朱'。"吳氏蓋嘗見其中一本,故《箋》云:"一作'朱'"。"暉"即"輝",相通例證詳參《古字通假會典·文部第五·軍字聲系》。"朱暉"斷不容逕譯為"朱明",否則,"閶闔殊朱明"將不辭不句,因古籍中,後者一貫乃"日"之謂。參照《文苑英華》卷四《賦四·天象四》所收柳喜《日浴咸池賦》:"夫良夜欲闌,繁星漸没,轉紅輪於沙礫,濯朱輝於溟渤","由是發五色,焕九圍,歷渤澥而而羲和整馭","時也,天地漸分,雲霞屢改,違細柳而已遠,沸扶桑而猶在。聊將出地,辭潤澤於波瀾;從此麗天,布輝華於寰海",可知:"朱暉"所狀乃平旦之時。若為"殊朱暉",則與對句"咸池豈沐髮"所狀

時序相悖,足見:作"朱"非是,乃因與"未"形近致訛。

[5]《御覽》"咸池"作"銀河"。《樂府詩集》卷七四《雜曲歌辭十四》江總《內殿賦新詩》:"織女今夕渡銀河,當見清秋停玉梭",除此之外,未見六朝人用"銀河"此詞,它乃唐朝已降喜用者,而沐髮咸池乃古典,故不當從《御覽》。

[6]《玉臺》"夕"作"久","久"必乃形近之訛,理由詳注釋。至於《御覽》"張"作"悵",更屬形近之訛無疑。

[7]《御覽》無"雖","讌"下有"歸"。《周易》卷二《泰·六五》:"帝乙歸妹",《毛詩》卷一之二《周南·葛覃》:"言告言歸",《公羊傳》卷二《隱公二年》:"伯姬歸于紀",王《注》、毛《傳》、何《解詁》一律曰:"婦人謂嫁曰歸",牛、女早已成婚,則"歸"不得訓嫁,乃返回之意。而於一般措辭中,"讌(燕)歸"或指讌會畢而返家,或指春來燕子歸巢,均與詩中背景不合。何況此聯乃一表達轉折意義之複句,出句應以"雖"、"縱"、"洵"等連接詞開頭,"有"則無此功能。不當從《御覽》。

[8]《御覽》"方須"作"萬頃",因誤將"方"視為"萬"之簡體"万";"須"、"頃"僅一撇與一豎之別,加以既錯成"萬","萬頃"乃習用詞,因而形近兼聯想而致訛。

[9]《御覽》"軸"作"柚"。此乃本諸《毛詩》卷十三之一《小雅·谷風之什·大東》:"小東、大東,杼柚其空",《釋文》:"'柚'音逐,本又作'軸'"。以顏氏之好古奧、喜曲變,未必不會用"柚"。《說文》六篇上:"滕(音勝),機持經者","杼,機持緯者",段《注》:"滕即軸也。謂之軸者,如車軸也。俗作柚",是以作"軸"或"柚"無別。

【注釋】

(一)吳箋:《史記》卷二七《天官書》:"牽牛為犧牲,其北河鼓,河鼓,大星,上將;左、右,左、右將,婺女。其北織女,織女,天女孫也。"《竹書紀年·周景王》:"十三年春,有星出婺女。"二十八宿為經,七曜為緯。《周禮》卷二六《春官·馮相氏》:"掌……二十有八星之位,辨其敘事,以會天位",賈《疏》:"三【二】十八星者……若指星體而言,謂之星;日、月會于(於)其星,即名宿,亦名辰,亦名次,亦名房"。

海按:金文中,"麗"乃一有雙角之鹿,特別強調頭上那對美麗之枝叉:"🦌",如西周晚期《元年師旋(音史)簋》(04279),足見:其本義乃藉此形象以示成雙相伴之義。《孔叢子》卷三《小爾雅·廣言》:"麗,兩也。"加"人"字旁之"儷",乃由此派生而出之專字。《國語》卷二《周語中·單襄公論陳必亡》:"棄其伉儷妃嬪",韋《解》:"儷,偶也";《淮南子》卷七《精神》:"若此人者……鳳凰不能與之儷",高《訓》:"儷,偕也",故《儀禮》卷二《士冠禮》:"主人酬賓,束帛儷皮",鄭《注》:"儷皮,兩鹿皮也"。吳《注》所引《紀年》乃明、清人杜撰者,不足取。前修已指出:該文乃襲取自《左傳》卷四十《昭公十年》:"春,王正月,有星出于婺女"。《天官書》《正義》:"自昔傳牽牛、織女七月七日相見,此(河鼓)星也……須女四星,亦婺女……須女,賤妾之稱,婦職之卑者,主布帛裁製、嫁娶……織女三星,在(天)河北、天紀東,天女也,主果蓏(音裸)絲帛珍寶。"《漢書》卷二六《天文志》:"經星常宿中、外官,凡百一十八名,積數七百八十三星。"《左傳》卷二三《宣公十二年》:"民不罷(疲)勞,君無怨讟(音毒),政有經矣",杜《注》:"經,常也",經星,恆星也,即《後漢書·續漢志》卷十《天文志上》劉氏《注補》稱引張衡《靈憲》所言"常明者百有二十,可明者三百二十,為星二千五百"中之"常明者"。婺女為

"左、右將",則所匹"儷"之"經星"乃"上將"河鼓大星,即牽牛星。

(二)吳箋:(嫦)一作"姮"。《淮南子》卷六《覽冥》:"羿請不死之藥于(於)西王母,嫦【姮】娥竊而【以】奔月",高《注》:"嫦【姮】娥,羿妻也。羿請不死之藥於西王母,未及服之,姮娥盜食之,得仙,奔入月中,為月精也。"

海按:甲文中,"姮"本為"亙":"🔲"(合14766),上、下兩橫代表天、地,中間乃半月;西周中期或晚期之《亙鼎》(02380)"🔲"更為明顯。《方言》卷二:"秦、晉之間美貌謂之娥。"亙娥,月中美女。"亙"所以作半月狀,乃因滿月之望或幾乎不見之朔、晦均僅一二日,月之常態均似弓,故引申出長久之意。甲文中,已有此形:"🔲"(合40437),故《毛詩》卷九之三《小雅‧鹿鳴之什‧天保》:"如月之恆",毛《傳》:"恆,弦",孔《疏》:"(月)似弓之張"。西周早期《恆作祖辛壺》(09564)、西周中期《恆簋蓋》(04199)、《曶鼎》(02838)已加"心"此部件。因此,縱使寫別字,亦應作"恆娥",因避西漢文帝劉恆諱,故易"恆"為"常",復加"女"此部件為"嫦",成一專字。易"恆"為"姮",乃趨同之演變。《史記》卷三一《吳太伯世家》:"越王句踐乃以甲兵五千人棲於會稽",《索隱》:"鳥所止宿曰棲。越為吳敗,依託於山林,故以鳥棲為喻",然早在此之前,"棲"者即不限於鳥,《毛詩》卷十八之五《大雅‧蕩之什‧召旻》:"如彼歲旱,草不潰茂,如彼棲苴"[1],《釋文》:"棲……謂棲息也"。於此處,棲,託身也。嫦娥與月共進退,猶言兩者雙宿雙飛。徐陵《〈玉臺新詠〉序》:"金星與婺女爭華,麝月共嫦娥競爽",原意本指孌童足以與最美之女子一爭高下。若單就字面而言,"婺女"與"嫦娥"正對,與此一致。

(三)吳箋:《類聚》卷六一《居處部一‧總載居處》所錄崔駰《反

都賦》："真人乃發，上貫紫宮，徘徊天閽。"《文選》卷五六《銘》陸倕《石闕銘》："乃假天閽於牛頭，託遠圖於博望，有欺耳目，無補憲章"，善《注》引山謙之《丹陽記》："大興中，議者皆言：漢司徒義興許或墓二闕高壯，可徙施之。王（導）茂弘弗欲。後陪乘出宣陽門，南望牛頭山兩峯，即曰：'此天闕也，豈煩改作？'帝從之。今出宣陽，望此山，良似闕"。

海按：《毛詩》卷三之一《鄘·君子偕老》："邦之媛也"，毛《傳》："美女為媛"。東方蒼龍七宿，自下而上乃角、亢、氐、房、心、尾、箕。箕後即接北方玄武七宿之斗、牛、女等。《史記》卷二七《天官書》："南宮……東井為水事，其西曲星曰鉞。鉞北，北河；南，南河，兩河、天闕間為關梁"，《正義》："南河三星，北河三星……闕丘二星在南河南，天子之雙闕、諸侯之兩觀"；《隋書》卷二十《天文志中·二十八舍》："東方：角二星，為天闕，其間，天門也；其內，天庭也，故黃道經其中，七曜之所行也"。

此聯意謂：織女自愧（"慚"）不似婺女、嫦娥二仙般"靈"巧，無可"託身"者，故只好以天帝女孫之身份，徘徊於"天闕"邊，如見休大歸之女寄身父家。

（四）**吳箋**：（未）一作"朱"。《楚辭》卷一《離騷》："吾令帝閽開關兮，倚閶闔而望予"，王逸《注》曰："閽，主門者也。閶闔，天門也"[2]。

海按：此乃以人間城門開啟狀況投射至天界。當下距離日出尚有一大段（"殊"）時間，天帝皇宮外之門（"閶闔"）自然猶在禁閉狀況中，織女無從外出。

（五）吳箋：《楚辭》卷二《九歌·少司命》："與女（汝）沐兮咸池，晞女髮兮陽之阿"，王逸《注》曰："咸池，星名，蓋天池也；晞，乾也，《詩》（卷十之一《小雅·南有嘉魚之什·湛露》）曰：'匪陽不晞'；阿，曲隅，日所行也"。

海按：《文選》卷十九《賦癸·情》宋玉《神女賦》："沐蘭澤"，善《注》："沐，洗也"；《論衡》卷二四《譏日第七十》："沐者，去首垢也"。《初學記》卷一《天部上·日第二》所錄《淮南子》："日出於湯谷，浴於咸池，拂於扶桑，是謂晨明；登於扶桑之上，爰始將行，是謂朏明；至于曲阿，是謂朝明。"如校記所言，"未暉"指尚未屆"朝明"之時，於"將行"之前，當"浴於咸池"、"沐髮"，而後晞髮陽阿、整飾裝容。今採反詰句，連接下文，可知：此句之意乃表示織女無悦己者可汲汲為之容，意興闌珊，弄妝梳洗遲之貌。

（六）**海按**："夕張"出處早見於《楚辭》卷二《九歌·湘夫人》："白蘋（音凡）兮騁望，與佳期兮夕張"，王《注》："張，施也……夕早灑掃，張施帷帳"。張、施猶設置也。"不……張"即《文選》卷四八《符命》揚雄《劇秦美新》"王綱弛而未張"之"未張"。《鮑照集》卷一《芙蓉賦》："會春陂乎夕張，搴芙蓉兮而水嬉"，《文苑英華》卷一二六《賦一二六·紀行》蕭繹《玄覽賦》："想觀樂乎朝陽，憶紆衣乎夕張"，《漢魏六朝碑刻校注》第四册《北朝·北魏（續）·魏使持節散騎常侍都督雍（雍）州諸軍事安西將軍雍州刺史松滋公元萇振興溫泉之頌》（0509）："香風旦起，文霞夕張"，以上三聯中，"夕"與"水"乃時、空對，而與"朝"、"旦"乃時間方面之反對，其意指傍晚無疑，而此篇之"夕"乃與上文之"暉"對照，可知："夕"斷乎不當作"久"。《毛詩》卷十八之二《大雅·蕩之什·雲漢》鄭

《箋》:"雲漢,天河也",卷十三之一《小雅·谷風之什·大東》:"維天有漢",孔《疏》:"楊泉《物理論》云:星者,元氣之英也。漢水之精也,氣發而著,精華浮上,宛轉隨流,名曰天河,一曰雲漢",楊説多附會。竊疑"漢"當改讀為"然(燃)",相假例證詳參《古字通假會典·寒部第六(下)·莫字聲系》,億萬顆星閃耀,若燃燒的雲朵。山南水北曰陽,反之曰陰。牽牛星在銀河南,故曰漢陰。

此聯意謂:牽牛至將相會前,尚未於銀河("漢")南岸安置相會之設備,顯示:男方對此一年一度之聚會不在意。既然如此,是以織女不禁疑問:我"為誰"渡"越""長河"?此聯就相會地點設備未妥而怨懟,上聯就相會時間尚待久俟而感慨,乃時、空對。

(七)吳箋:《類聚》卷五六《雜文部二·詩》所錄(劉)宋賀道慶《離合詩》:"促席宴閒夜,足歡不覺疲。"

海按:"促"每改讀為"趨"、"趣",相假例證詳參《古字通假會典·侯部第十·足字聲系》。《史記》卷四八《陳涉世家》:"趣趙兵亟入關",《索隱》:"音促,促謂催促也";《説文》八篇上:"促,迫也",《廣雅》卷三上《釋詁》:"促,近也"。《毛詩》卷二之二《邶·谷風》:"宴爾新昏",《釋文》:"宴,本又作燕"。宴、燕、讌相假例證詳《古字通假會典·寒部第六(上)·宴字聲系》。《莊子》卷二下《德充符》:"取妻者止於外",向、郭《注》:"採擇嬪御及燕爾新昏,本以形好為意者也";《御覽》卷九七《蟲豸部·蜘蛛》所錄劉宋劉敬叔《異苑》:"(殷)琅與一婢結好……後夕見大蜘蛛緣牀就琅,便宴爾怡悦"。《禮記》卷三六《學記》:"大言不約",孔《疏》:"約謂期要也",意謂牛、女相遇之約"期"已迫在眉睫。竊疑"期"或為"朋"形近之訛,因對句即言"有……期"在"涼風發"之時,出句無勞複述。朋,同伴之謂,已詳《和謝監靈運》"朋好雲、雨乖"

為織女贈牽牛　279

注。承上文織女意興缺缺之狀,蓋有在旁敦"促"牛、女雙方一夕歡聚、枕席"讌"爾之群仙友。

(八)**海按**:《毛詩》卷十二之一《小雅·節南山之什·正月》:"民今方殆",鄭《箋》:"方,且也";《文選》卷十一《賦己·遊覽》孫綽《遊天台山賦》:"方解纓絡,永託茲嶺",卷二二《詩乙·遊覽》江淹《從冠軍建平王登廬山香爐峯》:"方學松柏隱,羞逐市井名",善《注》均以"將"訓"方"。《儀禮》卷六《士昏禮·記》:"某敢不敬須",鄭《注》:"須,待"。《初學記》卷四《歲時部下·七月七日九》自注所錄傅玄《擬天問》:"七月七日,牽牛、織女會天河。"七月乃孟秋,《禮記》卷十六《月令·孟秋》:"涼風至,白露降,寒蟬鳴",然此處之"涼風"當指七夕當晚之風,即夜風。

此聯意謂:織女得"歸",與牽牛"讌"好之期雖已逐分逐秒迫近,然因一年僅被允許於一定之夕相會,故猶須耐心等待,以致度分如年。

(九)**吳箋**:《廣雅【初學記】》卷一《天部上·天第一》所錄《纂要》:"日、月謂之雙【兩】曜。"

海按:范寧《〈春秋穀梁傳集解〉序》:"是以妖災因釁而作……七耀為之盈縮",《釋文》:"本又作'曜'",楊《疏》:"七曜者,日、月、(金、木、土、水、火)五星皆照天下,故謂之七曜";《開元占經》卷二《論天》:"二曜推移,五星迭覿(音敵)",是"雙曜"即"兩曜"、"二曜",日、月也。《楚辭》卷二《九歌·湘君》:"水周兮堂下",王《注》:"周,旋也";《太玄經》卷一《周》:"陽氣周神而反乎始",范《注》:"周,復也"。此句意謂:日、月依軌運行,徒然("虛")數算("計")著時間這般流逝。以太陽計,已循環("周")一年;以月份計,則已十二度終始。

(十)**海按**:前兩句分就一年、一月而言,此句就一日早晚而論。《毛詩》卷六之二《唐·綢繆》:"綢繆束薪,三星在天","綢繆束芻,三星在隅","綢繆束楚,三星在户",毛《傳》:"三星,參也;在天,謂始見東方也……隅,東南隅也……參星正月中直户也",鄭《箋》:"三星謂心星也……見其在天,則三月之末、四月之中,見於東方矣……在隅,謂四月之末、五月之中……心星在户,謂之五月之末、六月之中"。毛、鄭之説迥別。朱文鑫《唐風三星説》,《天文考古録》(臺北:臺灣商務印書館,1966)認爲:"三星在天"指參宿三星;"三星在隅者,心(宿)三星也";"三星在户者,河鼓三星也",所説乃季節更迭,指不同季節所見之三星。若以一日、同一參星而言,從傍晚"在天"東邊至凌晨"在户"西邊,約需五六小時。既然等到"三星没",猶屬"空"等,則牛、女未相會也,則期盼一年一會,數著聚首之日子,乃曰"計"算。

(十一)**吴箋**:杼軸,見毛詩。《楚詞(辭)》卷二《九歌·少司命》:"秋蘭兮糜(蘪)蕪,羅生兮堂下,綠葉兮素枝,芳菲菲兮襲予。"《文選》卷二七《詩戊·行旅下》謝朓《休沐重還道中詩》:"試與征徒望,鄉淚盡沾衣,賴此盈罇酌,含景望芳菲。"

海按:王《注》:"襲,及也……芳香菲菲上及我也。"《楚辭》卷一《離騷》:"芳菲菲其彌章",王《注》:"菲菲猶勃勃,芬香貌也";卷二《九歌·東皇太一》:"芳菲菲兮滿堂",王《注》:"菲菲,芳貌也"。菲從非得聲,從非得聲者與"飛"相假例證詳參《古字通假會典·齊部第十三(下)·非字聲系》。菲菲即飛飛,飄飄也。《後漢書》卷八三《逸民列傳·梁鴻傳·適吴將行詩》:"志菲菲兮升降",章懷《注》:"菲菲,高下不定也"。《文選》卷十五《賦辛·志中》張衡《思玄賦》:"雲菲菲兮繞余輪,風眇眇兮震余旗(音余)",《後漢書》卷五九《張衡傳》作"霏霏"。芳菲即飄香。此處乃以飄香代言花草,故得曰"望",花草又爲姣好姿容之喻。《左傳》

為織女贈牽牛

卷二三《宣公十二年》:"(楚將)得臣猶在,憂未歇也",杜《注》:"歇,盡也";《說文》八篇下:"歇,息也"。

此聯乃將神仙擬人化,視織女如同閨中棄婦,棄婦不嫌日日紡織("杼軸")之操"勞",只("但")"憂"心姣好姿容隨著時間推移而逝,以致可吸引良人之處("芳菲")盡失("歇")。

此篇押劉宋時期入聲没部韻。

【補述】

(1)《楚辭》卷四《九章·悲回風》:"草、苴比而不芳",王《注》:"生曰草,枯曰苴"。《召旻》鄭《箋》:"'潰茂'之'潰'當作'彙',彙,茂貌。"此乃詩人狀當時之苦境,若大旱時棲息於地枯乾之蕪草,了無欣欣綠意,苟延殘喘耳。

(2)《淮南子》卷三《天文》:"涼風至四十五日,閶闔風至",高《訓》:"兑卦之風也";《周易》卷九《説卦》:"兑為口"。《史記》卷二五《律書》:"閶者,倡也;闔者,藏也",是閶闔猶言啟閉、開關,故為天門之稱。開啟非必然在先,故《楚辭》卷五《遠遊》:"命天閽其開關兮,排閶闔而望予",王《注》:"'閶闔'一作'闔閶'"。

《類聚》卷三四《人部十八·哀傷》

辭難【離】潮溝

海按：《六朝事迹編類》卷五《江河門溝渠溪井附》："《輿地志》：'潮溝，吳大帝所開，以引江潮。'"《通鑑》卷一六六《梁紀二十二·敬皇帝·太平元年（556）》"臺中及潮溝北路燥"胡《注》於"以引潮"後，尚有"抵于秦淮"四字。《景定建康志》卷六《建康表二》：孫權"赤烏四年（241）辛酉""冬十一月，詔鑿青渠，名青溪，通城北壍潮溝"。《梁書》卷三八《朱异傳》："异及諸子自潮溝列宅至青溪，其中有臺池甂好，每暇日，與賓客遊焉"，《南史》卷五一《梁宗室列傳上·臨川靖惠王宏傳附子正德傳》記載："時勸豪子弟多縱恣，以淫、盜、屠殺為業"，"聚亡命，黃昏多殺人於道"，而"四凶"最著，其中之一為"潮溝""董當門子暹"，以"金帖織成戰襖，直（值）七百萬"，是以《景定建康志》卷十九《山川志三·溝瀆》引《京都記》："京師鼎族在潮溝北"。顏氏悼念之故交或為居於此處之鼎族或豪猾者。以見知史料而言，與顏氏親昵之顯貴不過王球、何尚之、王僧達三人。僧達卒於顏氏卒後一二月，詳《贈王太常》題下注；尚之卒於劉宋孝武帝大明四年（460）七月甲戌，在顏氏身後五年；唯王球卒於文帝元嘉十八年（441）十一月戊子，出處分見卷五《文帝紀》、《宋書》卷六《孝武紀》，則此詩"永懷交在昔"之對象豈為王球耶？

徘徊眷郊甸(一)，**俛仰引單襟**(二)，**一塗苟不豫，百慮畢來侵**(三)。

永懷交在昔⁽四⁾,有願晉瑟、琴⁽五⁾。寫言勞者事⁽六⁾,將用慰亡簪⁽七⁾。

【注釋】

（一）**海按**：《文選》卷二二《詩乙·遊覽》謝靈運《於南山往北山經湖中瞻眺》："撫化心無厭,覽物眷彌重",善《注》："眷猶戀也"。《爾雅》卷七《釋地》："邑外謂之郊"。《尚書》卷六《禹貢》："五百里甸服",偽孔《傳》："去王城面五百里",孔《疏》："去京師最近",是以南朝人素喜以"甸"指各城市之郊外。因此,"郊甸"乃同義複詞。

（二）**海按**：《說文》九篇上："頫(音甫),低頭也……俛,頫或从人、免";《漢書》卷七《東方朔傳》："鶴俛啄也",顔《注》："俛即俯字也"。一低首,一昂頭,不過轉瞬間之事,與出句之始終往來（"徘徊"）、時間延宕適相反對。《文選》卷二六《詩丁·贈答四》王僧達《答顔延年》："清氣溢素襟",善《注》："《聲類》曰:'襟,交領也'"。原本交疊之兩片衣領其中一片被拉開,即成單襟,以此譬喻故交分離。

此聯意謂：地理環境依舊,而人事早已全非,世事變遷之流轉瞬間將故交沖逝,即《秋胡詩》"俛俛見榮枯"之意,現下僅餘我一人,留戀（"徘徊"）故地,若半片"襟",畸零不成衣。

（三）**海按**："塗"即"途",相假例證詳參《古字通假會典·魚部第十九（上）·余字聲系》。《爾雅》卷一《釋詁》："豫,樂也",《莊子》卷三下《應帝王》："汝鄙人也,何問之不豫也",《釋文》："（梁）簡文（帝）:'豫,悅也'"。《周易》卷八《繫辭下》："天下同歸而殊途,一致而百慮。"顔氏刻意將"殊途"易為"一塗（途）",乃強調這種分離令其愁苦之深,以至稍一觸動,即不可收拾地爆發,故曰：但凡一方面（"塗"）若（"苟"）有不快,各種思緒（"百慮"）悉數（"畢"）"侵"入內心,如海嘯般洶湧。

(四)**海按**:甲、金文中,"永"乃一水流長且廣之狀,因為廣,故其形同時有支流之象:"𣲙"(合623)。上古文字時或不分左、右,後為別義,乃以水流走勢向左者為"永",向右者為"𣲖(辰、派)"(合522)。金文,如西周早期《叔盉簋》(03724)作"𣱵"。西周中期《吳方彝鼎》(09898):"吳其世子孫𣱵寶用",雖作"𣱵",然仍當讀為"永"。《毛詩》十六之一《大雅·文王之什·文王》:"永言配命",毛《傳》:"永,長";卷十一之一《小雅·鴻鴈之什·白駒》:"以永今朝",鄭《箋》:"永,久也"。《毛詩》卷二十之三《商頌·那》:"自古在昔",《國語》卷五《魯語下·閔馬父笑子服景伯》:"古曰在昔",此處僅借用字面,因相去時間並未如此遙隔。此句乃以詩表述長("永")懷以往("在昔")"交"誼之法。

(五)**海按**:䜌,愆之籀文,失也,且詳《秋胡詩》"百行䜌諸己"注。《毛詩》卷九之二《小雅·鹿鳴之什·常棣》:"妻子好合,如鼓瑟、琴",鄭《箋》:"好合,至(志)意合也",孔《疏》:"如鼓瑟、琴相應和",言原"有""瑟、琴"相和、心意相通之"願"望就此失去。《鮑照集》卷三《代別鶴操》:"有願而不遂,無怨以生離。"

(六)**海按**:《毛詩》卷十之一《小雅·南有嘉魚之什·蓼蕭》:"既見君子,我心寫矣",卷二之三《邶·泉水》:"駕言出遊,我心寫矣","寫"均當改讀為"瀉",宣洩也,故鄭氏分別以"舒其情意"、"以除我憂"為注。《淮南子》卷七《精神》:"我受命于天,竭力而勞萬民",《漢書》卷八五《谷永傳·建始三年(前30)舉方正對策》:"損燕私之閒以勞天下",高《訓》、顏《注》均曰:"勞,憂也"。

(七)**海按**:慧琳《一切經音義》卷二八《正法花經》第三卷"宜用":"《倉頡》:'用,以也。'"《韓詩外傳》卷九:"孔子出遊少源之野,有婦人中澤而哭，其音甚哀。孔子使弟子問焉，曰：'夫人何哭之哀？'婦人曰：'鄉者刈蓍(音失)薪，亡吾蓍簪，吾是以哀也。'弟子曰：'刈蓍而亡蓍簪，有何悲焉？'婦人曰：'非傷亡簪也，蓋不忘故也。'"

此聯意謂：藉著文字（"言"）宣洩（"寫"）情緒乃愁苦（"勞"）"者"才會做之"事"，希望"將"以（"用"）此達到安"慰"自己失去故舊（"亡簪"）之哀傷。

此篇"襟"、"侵"、"琴"、"簪"皆為劉宋時期侵部平聲韻。

《類聚》卷三九《禮部中·籍田(一)》

侍東耕

海按：《宋書》卷十七《禮志四》："宋文帝元嘉二十一年(444)春，親耕，乃立先農壇於耤田中阡西、陌南(1)，高四尺，方二丈，為四出陛，陛廣五尺，外加塘(2)，去阡、陌各二十丈。車駕未到，司空、大司農率太祝令及眾執事，質明(3)以一太牢告祠。祭器用祭社、稷器。祠畢，班餘胙於奉祠者。"據未引之前文，可知：此乃江左以來，首次舉行籍田禮，形式意義重大。此詩篇題既曰"侍東耕"，則亦為伴駕之屬。

【注釋】

（一）甲文中有作"𦔒"（合5604）、"𦔒"（合9500）者，象一側面人形雙手（"廾"）雙腳並用，手持耒，一足踏於二杈之上，以翻土犁田；金文或省作"𦔒"，如西周早期《耒簋》（03328），或加"昔"為聲符："𦔒"，如西周早期《令鼎》（02803），將"廾"省略，即成《說文》四篇下小篆"耤"之原形。"耤"從"艹"或從"竹"無別，"藉"、"籍"相假例證詳參《古字通假會典·魚部第十九（下）·昔字聲系》。金文"𦔒"若加"井"為聲符，則為"耕"。按照五行間架之搭配，空間之"東"與時間之"春"同屬木德，是以"東耕"即"春耕"。此猶"東宮"又名"春宮"。

【補述】

（1）《史記》卷五《秦本紀·孝公十二年》："為田開阡陌"，《索隱》：

"《風俗通》曰:南北曰阡,東西曰陌。河東以東西為阡,南北為陌"。此處既言"阡西、陌南",則係採後一說。

(2)《說文》十三篇下:"埒,庳(卑)垣也。"短牆兩邊緊鄰,《史記》卷三十《平準書》:"富埒天子",《集解》:"徐廣曰:埒者,際畔,言鄰接相次也",因此才引申出同等、相侔之義,如《漢書》卷九三《佞幸列傳·李延年傳》:"其愛幸埒韓嫣",顏《注》:"埒,等齊"。

(3)《儀禮》卷一《士冠禮》:"擯(賓)者請期,宰告曰:質明行事",鄭《注》以"旦日正明行冠事"訓讀之,故《禮記》卷二四《禮器》:"質明而始行事",孔《疏》:"質,正也……謂正明之時"。於十二時辰,當指卯時日出。

題封經地域⁽一⁾,**辰、角麗天部**[1]⁽二⁾,**浮藹起青壇**⁽三⁾,**沉(沈)腴**(音魚)**發紺耦**⁽四⁾。**草服薦同穗**⁽五⁾,**黃冠獻嘉壽**⁽六⁾。

【校記】

[1]"部",《顏光祿集》作"箈",非是。《說文》五篇上:"箈,萹茇也",《說文繫傳》卷九:"《字書》:'萹茇,簡牘也'",《玉篇》卷十四《竹部一六六》:"箈……竹牘也","天箈"根本不詞。

【注釋】

(一)**海按**:《漢書》卷二三《刑法志》:"一里為井,井十為通,通十為成,成方十里。成十為終,終十為同,同方百里。同十為封,封十為畿,畿方千里","方"指一邊長度十里之平方面積,"方十里"乃一百平方里,餘以此類推,故曰"提封萬里"。《文選》卷一《賦甲·京都上》班固

《西都賦》："提封五萬"，善《注》："臣瓚案：舊説云：'提，撮凡也，言大舉頃畝也'，韋昭曰：'積土為封限'"。《後漢書》卷四十上《班彪傳附子固傳·西都賦》作"隄"。隄、提、題均從是得聲，相假毫無問題，可參《古字通假會典·支部第十二·是字聲系》。"封"，甲文作"🌱"（合20576），象土壟上有木；金文則或加伸出雙手之側面人形："🌱"，如西周晚期《伊簋》（04287），或但加"手"："🌱"，如西周晚期《琱生簋》（04293），植樹為籬以區別疆界之義更清晰。《周禮》卷十《地官·大司徒》："制其畿疆而溝封之"，賈《疏》："穿溝，出土於岸，即皆為封，封即起土界也"；卷十二《地官·封人》："為畿，封而樹之"，賈《疏》："樹木而為阻固"。《周禮》卷十五《地官·遂人》："以土地之圖，經田野，造縣鄙形體之灋（法）[1]"，鄭《注》："經、形、體皆謂制分界也"；《淮南子》卷一《原道》："不得於心而有經天下之氣……必不勝其任矣"，高《訓》："經，理也"。《漢書》卷二二《禮樂志·王吉上疏》："躋之仁壽之域"，顏《注》："域，界也"。

（二）**海按**：《爾雅》卷六《釋天》："大辰，房、心、尾也，大火謂之大辰"，郭《注》："（蒼）龍（七）星（宿之中）明者以為時候，故曰大辰"，已詳《直東宮答鄭尚書》"起觀辰、漢中"注。甲文中，"角"作"🦌"（合670）、"🦌"（合5495），象有紋理之獸角。為強調角之尖鋭，格外突出其端："🦌"（合3306），甚至使其成為一線："🦌"（合13760）。西周基本均延續此形，如西周中期《癲鐘》（00246）之"🦌"，終致西周晚期《鄂侯馭方鼎》（02810）上端變化為枝杈狀："🦌"，而同屬西周晚期《㝬（蓼）生盨》（04459）已經將角身原本分開之兩道紋路連接在一起："🦌"，此點從楚簡可證，如"🦌"（包2·86）、"🦌"（望2·13）。秦簡亦然："角"（睡·秦18），因此，後世乃訛寫成一直筆貫穿二短橫線。春秋時期，凡狀似角者均可以"角"名之。《吕覽》卷十三《有始》:"中央曰鈞天,其星角、亢、氐;東方曰蒼天,其星房、心、尾",高《注》:"角、亢、氐,東方宿","房、心、尾,東方宿"。"角"為青龍星座之首宿,"箕"為其末宿。"麗"當改讀為"離",附著也,已詳《車駕幸京口三月三日侍遊曲阿後湖作》"彤雲麗琁蓋"注。《山海經》卷二《西山經·西次三經》:"(陸吾)是(此)神也,司天之九部。"《後漢書·續漢志》卷二四《百官志》:"大將軍營五部,部校尉一人","部下有曲,曲有軍候一人","曲下有屯,屯長一人",是"部"本有區分,自成單位之意,故與出句之"域"正對。

此聯意謂:治理天下,固然要樹立"封"畛,以割分"地"方上之各行政界線("域"),也當觀察星象,如今東方諸宿("辰、角")已懸附於天幕之某部位,天子當順天時而作。

(三)**海按**:"藹"當改讀為"靄",相假例證詳參《古字通假會典·泰部第十四·曷字聲系》。《文選》卷十三《賦庚·物色》謝惠連《雪賦》:"連氛累靄",善《注》:"《文字集略》曰:'靄,雲狀',又曰:'靄亦靄也'";《玉篇》卷二十《雨部第二九七》:"靄……雲狀"。浮藹(靄),浮雲狀。此乃指祭祀農神時,青壇上"浮""起"似雲之煙。《文選》卷七《賦丁·耕藉》潘岳《藉田賦》:"青壇蔚其嶽立兮",《初學記》卷十四《禮部下·籍田》蕭綱《籍田》:"青壇出長畎(音犬),帷宮繞直阡",因為按照五行間架,春所配之方位為東,顏色為青,故春季藉田時所建之祭壇乃青色。

(四)**海按**:《國語》卷三《周語下·太子晉諫靈王壅穀水》:"氣不沈滯",韋《解》:"沈,伏也";《素問》卷一《四氣調神大論篇第二》:"腎氣獨沈",王《注》:"沈謂沈伏也"。《說文》四篇下:"腴,腹下肥者","膏,肥也",故二者每每連言,《漢書》卷五二《田蚡傳》:"田園極膏腴",顏

《注》:"膏腴謂肥厚之處"。按照先秦已降之歲時變化觀,陰、陽二氣始終並存,僅有或出揚或入伏之異。以方位而言,《春秋繁露》卷十一《陰陽位》:"陽以南方為位,以北方為休;陰以北方為位,以南方為伏……陽至其休,而入化於地;陰至其伏,而避德於下";以時間而言,卷十二《陰陽出入上下》:"春出陽而入陰,秋出陰而入陽"。《國語》卷一《周語上·虢文公諫宣王不籍千畝》:"自今至于初吉,陽氣俱蒸,土膏其動,弗震弗渝,脈其滿眚(音省),穀乃不殖",韋《解》:"蒸,升也","震,動也,渝,變也,眚,災也。言陽氣俱升,土膏欲動,當即發動,變寫(瀉)其氣。不然,則脈滿氣結,更為災疫"。《文選》卷七《賦丁·耕藉》潘岳《藉田賦》:"緫(音聰)犗(音介)(2)服于縹(音飄上聲)軛兮,紺轅綴於黛耜",善《注》:"《說文》十三篇上:'緫(緫),帛青色'……又曰:'縹,帛青白色'……'紺,染【帛深】青而揚赤色也'"。《周禮》卷四十《考工記·畫繢(音會)》:"三入為纁(音勳),五入為緅(音諏),七入為緇",賈《疏》:"纁……若不入赤而入黑汁,則為紺矣。若更以此紺入黑,則為緅……紺、緅相類之物,故《論語》卷十《鄉黨》連文云:'君子不以紺、緅飾也。'若更以此緅入黑汁,即為玄……更以此玄入黑汁,則名'七入為緇'矣"。因此,若以黑色之深淺度而言,緇最深,玄次之,緅再次,紺最淺。《文選》卷五七《誄下》顏延之《陽給事誄》:"配服驂衡",善《注》:"服謂中央兩馬、夾轅者。在服之左曰驂,右曰騑"。《荀子》卷十九《大略》:"禹見耕者耦立而式(軾)",楊《注》:"兩人共耕曰耦","耦"乃副詞,與此處係名詞用法有別。《周易》卷八《繫辭下》:"斲木為耜(音四),揉木為耒",故《說文》六篇上从木作"枱",曰:"耓(音插)也"。據《周禮》卷四二《考工記·匠人》:"耜廣五寸,二耜為耦",鄭《注》:"古者耜一金","今之耜歧頭兩金,象古之耦也",賈《疏》:"有歧頭兩腳耜,今之猶然也"。

侍東耕　291

一金指一刃,可知:隨著時代變遷,耛之形狀由類似鏟(臿)轉為類似耒[3]。《江淹集》下編《文·蕭太傅東耕教》:"今玄司調氣,青祇佇節……便當躬速紺耦";《文選》卷四六《序下》顏延之《三日曲水詩序》:"皇祇發生之始",善《注》:"皇,天神也;祇,地神也"。青祇,春季之地神。

此句意謂:以深青色("紺")之"耦"鏟翻已解凍之土地,使地脈中潛蘊("沈"伏)之肥厚("腴")養分所滋生之陽氣宣洩("發")出來。

(五)**海按**:《尚書》卷六《禹貢·揚州》:"島夷卉服",偽孔《傳》以"草服"訓讀之;《後漢書》卷八六《南蠻西南夷列傳·贊》:"鏤體卉衣",章懷《注》:"鏤體,文身也。卉衣,草服也"。此處自非指少數民族,乃農民之代稱。《禮記》卷二六《郊特牲》:"蜡之祭……黃衣黃冠而祭,息田夫也。野夫黃冠,黃冠,草服也",鄭《注》:"祭謂既蜡,臘先祖、五祀也";卷十七《月令·孟冬》"臘先祖、五祀"鄭《注》:"臘謂以田獵所得禽祭也。五祀:門、戶、中霤(音六)[4]、竈、行也",孔《疏》:"臘,獵也"。《周易集解》卷四《豫·象》:"先王以作樂崇德,殷薦之上帝",鄭元(玄)[5]曰:"薦,進也";《左傳》卷四七《昭公十五年》:"諸侯之封也,皆受明器於王室……故能薦彝器於王",杜《注》:"薦,獻也"。參照對句與"薦"對仗之"獻",可知:如此訓解無誤。《尚書》卷十三《歸禾序》:"唐叔得禾,異畝同穎,獻諸天子";《史記》卷四《周本紀》:"唐叔得嘉穀,獻之成王",《集解》:"鄭玄曰:'二苗同為一穗'"。《宋書》卷二九《符瑞志下·嘉禾》:"王者德盛,則二苗共秀。於周德,三苗共穗;於商德,同本異穗;於夏德,異本同秀。"據撰者記載:"元嘉二十二年(445)六月,嘉禾生籍田,一莖九穗","元嘉二十三年(446)七月乙丑,嘉禾旅生籍田,籍田令褚熙伯以聞","元嘉二十五年(448)六月壬子,嘉禾生籍田,籍田令褚熙伯以獻","元嘉二十六年(449)六月甲寅,嘉禾生籍田,籍田令褚熙伯以獻",生於皇家苑囿及郡、國者不計其數。此篇既為侍駕當時之作,非事後記事之辭,則此句乃預言、頌聖者,亦即想必未幾應會如此。

(六) **海按**:草服,衣也;黄冠,冠也。古人衣、冠必同時穿、戴,故此聯上半乃互文足義。《説文》五篇上:"嘉,美也",《尚書》卷十三《嘉禾序》孔《疏》:"嘉訓善也"。"嘉壽"類乎《毛詩》卷十七之二《大雅·生民之什·既醉》所言之"令終"、《王子臣俎》(NB1700)之"淑終"。存活甚久,然長年身罹惡疾,纏綿病榻,乃大不幸之事,故須以"嘉"為限定詞。金文中,"壽"作"𦣻",如西周中期《仲柟(音冉)父鬲》(00746),从"老"省形"𠃊"⁽⁶⁾聲,省形是指省去"老":"𠂊"(合21054)其中手所持之杖。有於此字形下加"口":"𦣻"者,如西周早期《静叔鼎》(02537)。對照《説文》八篇上:"壽从老省,𠃊聲","𦣻"蓋"𠃊(疇)"之簡省異體。或加"又":"𦣻",如西周早期《毛公旅鼎》(02724);"𦣻",如西周中期《𫵷(音光)簠》(03700)。對照戰國晚期《中山王𩰬壺》(09735):"擇鄦(燕)吉金,釴(釙、鑄)為彝壺",可知:"又"當音"肘",乃緟益之聲符。將老者上揚長髮中之四條寫平,即成"土";將老者軀側垂之手寫平,軀幹縮至極短,即成橫折"𠃍";"𠃊"訛省為"工"及一橫,後世習見之"壽"形即成。

此聯意謂:相信天必降"同穗"此祥瑞之異兆,由耕種藉田之"草服"、"黄冠"之農夫"獻"上,乃預示天將賜福天子,令其生命美好綿長("嘉壽")。

此篇"部"、"耦"、"壽"均為劉宋時期侯部上聲韻。

侍東耕　　293

【補述】

（1）金文中，"法"作"𤼽"，如西周早期《盂鼎》（02837），从水从廌（音至），去（盍）聲。《説文》十篇上："平之如水，从水；廌，所以觸不直者"，"法，今文省"。《周禮》卷三九《考工記·輿人》："衡（横）者中水"，卷四一《匠人》："水地以縣（懸）"，鄭《注》："縣以水，望其高下，高下既定，乃為位而平地"，即以水平面作為被測試物是否平坦、無傾斜屈曲之標準，故从水。廌乃傳説中能辨曲直是非之靈獸，又名"獬豸（音洩至）"或"觟𧣾（䚡）（音洩至）"，《論衡》卷十七《是應第五十二》："一角之羊也，性知有罪。皋陶治獄，其罪疑者，令羊觸之。有罪則觸，無罪則不觸"。此乃上古於爭議中常使用之神試法。

（2）《説文》二篇上："犗，騬（音成）牛也"，段《注》："十篇上馬部曰：'騬，犗馬也'，謂今之騙馬也"，則"犗"猶言閹牛。所以用閹牛，取其性較柔順、穩定，易駕馭也，以免於舉行重大典禮中驚駕、失儀。

（3）從上文所引《繫辭下》，可知："耜"、"耒"非一物，形狀自亦應有別，詳參徐中舒：《耒耜考》，《"中研院"歷史語言研究所集刊》第2本第1分（1930年5月）。

（4）遠古穴居，於穴頂開洞取光綫，雨水因而自洞口滴下，故謂之中霤，於洞穴相對之地面挖坑以承雨水。後雖進化為屋，仍沿古俗，以此稱呼室中央部位，故《釋名》卷五《釋宫室》曰："當今之棟下，直（值）室之中，古者霤下之處也"。《禮記》卷四六《祭法》："大夫以下，成羣立社"，鄭《注》："大夫以下謂至庶人也。大夫不得特立社，與民族居百家以上，則共立一社，今時里社是也"；卷二五《郊特牲》："家主中霤而國主社"，鄭《注》："中霤亦土神也"，則此處之中霤猶言宅神，主本家房舍土地之神也。

（5）李鼎祚乃唐玄宗、肅宗時期之人，唐人毋庸諱"玄"，然因本文所據乃張海鵬《學津討原》本，而以盧見曾《雅雨堂叢書》本校補者，故必須避清聖祖玄燁之諱。

（6）見知甲、金文中雖不見"畕"，然其本義仍可推知：必為有阡陌環繞、分隔之田畝狀，故後世訓並畔耕地之"疇"、訓同類之"儔"均从它衍生。

《類聚》卷二八《人部十二·遊覽》

登景陽樓

海按：《類聚》同卷録有宋江夏王義恭《登景陽樓詩》，卷六三《居處部三·樓》録有宋文帝《登景陽樓詩》，由前者末云："顧此爝(音決)火微，胡顔厠天光"[1]，可推知：顔氏此首蓋亦伴駕侍遊時應詔之作。《六朝事迹編類》卷四《樓臺門亭館附》："《輿地志》云：'宋元嘉二十二年(445)築。至孝武大明中，紫雲出景陽樓，因名之。'"此異象見載於《宋書》卷二九《符瑞志下·慶雲》："宋孝武帝大明元年(457)五月壬子，紫氣從景陽樓上層出，狀如煙，回薄(敷)良久"，《景定建康志》卷八《建康表四》：劉宋孝武帝"大明元年丁酉""五月，改景陽樓為慶雲[2]樓"，可知：《輿地志》後半所言不當，"因名之"當云"因改名慶雲樓"。據《宋書》卷五《文帝紀》，元嘉十七年(440)十月，江夏王義恭自南兖州刺史任上内調，接替外黜之彭城王義康為司徒，録尚書事，二十八年(451)五月，始復出領南兖州刺史，然文帝既刻意築此臺，臺成而不臨幸，以驗收、享受成果，遂其目的，恐無此理，是以此詩蓋作於元嘉二十二年(445)至二十三(446)年間。

【補述】

(1)《莊子》卷一上《逍遥遊》："日、月出矣，而爝火不息，其於光也，不亦難乎"，《釋文》："《字林》云：'爝，炬火也'"。《文選》卷二十《詩甲·獻詩》曹植《上責躬應詔詩表》："忍垢苟全，則犯詩人胡顔之譏"，善《注》:"孔安國《尚書》卷八《僞太甲下》'弗慮胡獲'《傳》曰:'胡,何也'"。"厠"改讀爲"側"。此聯乃自謙:回顧自己如同火把("爝")一般"微"弱之"光",有何("胡")"顔"面侍立在陛下如同"天"上日、月、星"光"之側("厠")?

(2)《類聚》卷一《天部上·雲》所錄《尚書大傳》:"帝舜乃唱之曰:'卿雲爛兮,禮(礼)【紅】縵縵兮,日月光華,旦或(有、又)旦兮'";《史記》卷二七《天官書》:"若煙非煙,若雲非雲,郁郁紛紛,蕭索輪囷(音君),是謂卿雲。卿雲見,喜氣也",《正義》:"卿音慶"。二字相假例證詳參《古字通假會典·陽部第九(上)·卿字聲系》。蕭索乃上古心母(s)雙聲詞,又作蕭瑟、蕭殺、瀟灑,此處意謂飄散。輪囷乃上古文部疊韻詞,《文選》卷五《賦丙·京都下》左思《吳都賦》:"輪囷虯蟠",劉《注》:"輪囷謂屈曲貌",又作嶙囷、轔囷、崘菌。

風觀(音慣)**要**(音妖)**春景**(一),**月榭迎秋光**(二),**沿波被華若**(三),**隨山茂貞芳**(四)。

【注釋】

(一)**海按**:《釋名》卷五《釋宮室》:"觀,觀(音官)也,於上觀望也。"建築任何城時,兩側必有高臺,其下之門曰闕,爲官民出入,其上之樓爲眺伺警備,均非娛樂是求,不待日後加添建築,故此"觀"字斷乎不得訓爲一般所言之"闕"。《左傳》卷五七《哀公元年》:"宮、室不觀,舟、車不飾",杜《注》:"觀,臺榭"。建築高臺,乃爲視野開闊,以便將壯麗物色盡收眼底,是以故籍中每每臺觀連言。如《三國志》卷二五《高堂隆傳》:"隆疾篤,口占上疏曰:'……(帝)癸(桀)、(帝)辛(紂)之徒……臺觀是崇,淫樂是好'",《晉書》卷八三《江逌傳》:"穆帝將修後池,起閣道,逌上疏曰:'……登覽不以臺觀,游豫不以苑沼'"。《清華簡·繫年》"要"從"目"從正面人形("大")從"臼":"●",象人兩手叉腰,與《説文》三篇上訓"身中"之"奧"及保存之"婴,古文要"頗近似,乃"腰"之初文。引申為動詞時,後世多以"邀"代"要",不僅因為義近,且據《廣韻》卷二《下平聲·四宵》,二者同為"於宵切"。"要"可改讀為"約",相假例證詳參《古字通假會典·宵部第十八·要字聲系》。甲文中,完整之"春"從"艸"或"木"或雙"木"、"日",屯聲:"●"(合 29715)、"●"(合 4852)、"●"(合 11533),是以《説文》一篇下作"萅",象和煦日光下,草木遍地滋長,以表示時屆春季。日後"艸"、"屯"省併為"夹",乃成習見之字形。"景"既與"光"對仗,可知:須如字讀。《説文》七篇上:"景,日光也",推廣而言,如《後漢書》卷四十下《班彪傳附子固傳·東都賦·寶鼎詩》:"吐金景兮歊(音消)浮雲",章懷《注》:"景,光也。《説文》八篇下曰:'歊,气出皃(貌)'"。《文選》卷二八《詩戊·樂府下》陸機《長安有狹邪行》:"輕蓋承華景",善《注》:"華景,日也",非是,"日"下當增"光"字,方合文義。

(二)**海按**:《爾雅》卷五《釋宫》:"闍(音督)者謂之臺,有木者謂之榭",邢《疏》:"積土四方而高者名臺","於此臺上有木起屋者名榭";又曰:"無室曰榭",邢《疏》:"其制如今廳事也……即今殿也,殿亦無室"。因無室,故堂之縱深長,可為行射禮之處,故《左傳》卷二八《成公十七年》:"三郤將謀於榭",杜《注》:"榭,講武堂"。既言"月榭",則所"迎"之"光"乃夜晚月光。

此一聯乃互文足義,指於四面開敞之場所("觀"、"榭"),可欣賞四季("春"、"秋")白天或夜晚之景致。

（三）**海按**："波"乃以部分代表全體：川溪之流，實指水濱兩岸。被，覆蓋也，如同披上"華若"，於此處當訓為遍佈。金文中，"華"下象莖葉，上象盛放之花："茾"，如《命簋》(04112)，後世俗寫乃改作形聲字之"花"。《廣雅》卷十上《釋草》："花，華也。"從其對仗者乃"貞芳"，可知：此處之"華"從名詞轉為形容詞用，取花朵之引申義，訓為美麗多彩。《楚辭》卷二《九歌·雲中君》："華采衣兮若英"，《漢書》卷五七上《司馬相如傳·子虛賦》："其東則有蕙圃，衡（蘅）、蘭、芷、若"，王《注》、《集解》所引張揖皆曰："若，杜若也"。此處之"若"自非止於杜若，乃以部分代表全體，指眾芳。

（四）**海按**：茂，盛也，且詳《車駕幸京口侍遊蒜山作》"蘭野茂稊英"注。《周易》卷一《乾》："元亨，利貞"，孔《疏》引子夏《傳》云："貞，正也"，指有堅定之操守。《類聚》卷八六《菓部上·甘（柑）》謝惠連《甘賦》："嘉寒園之麗木，美獨有此貞芳"，《拾遺記》卷六《後漢·錄曰》："蘭、桂可折，而不可掩其貞芳"。此聯中，"華"言其表，"貞"言其裏，"華若"、"貞芳"乃互文足義，則"華"且"貞"猶《法言》卷三《吾子》所言之"麗以則"。

此聯乃侈言："沿"著人工渠道，兩岸邊均為眾芳百草披覆（"被"）；"隨"著人工假"山"由下而上之山勢，遍植各式各類美麗（"華"）、高潔（"貞"）之花卉，因而散發著濃郁（"茂"）香氣（"芳"）。

此篇"光"、"芳"均為劉宋時期陽部平聲韻。

《文選》卷二十《詩甲·公讌》

皇太子釋奠會作

善《注》：裴子野《宋略》曰："文帝元嘉二十年(443)三月，皇太子劭釋奠于國學。"《禮記》卷二十《文王世子》曰："凡學，春，官釋奠于其先師，秋、冬亦如之"，鄭玄《注》曰："官謂《禮》、樂、《詩》、《書》之官。《周禮》卷二二《春官·大司樂》曰：'凡有道者、有德者，使教焉，死，則以為樂祖，祭於瞽宗'，此之謂先師之類也。若漢，《禮》有高堂生，樂有制氏，《詩》有毛公，《書》有伏生，億可以為之也。不言夏，夏從春可知也。釋奠者，設薦饌酌奠而已，無迎尸以下之事"。

海按：《宋書》卷十四《禮志一》："元嘉二十二年(445)，太子釋奠，采晉故事，官有其注。祭畢，太祖親臨學，宴會，太子以下悉豫"，卷十七《禮志四》："宋文帝元嘉二十二年四月，皇太子講《孝經》通，釋奠國子學，如晉故事"。據卷六四《何承天傳》，此度釋奠講經，"承天與中庶子顏延之同為執經"。卷五《文帝紀·元嘉六年(429)》曰："三月丁巳，立皇子劭為皇太子"，參對卷九九《二凶傳》："生劭時，上猶在諒闇，故秘之。三年(426)閏正月，方云劭生"，是其本生於元嘉元年(424)，《宋略》乃從本真而記；《宋書》卷五《文帝紀·元嘉三年》："閏(正)月丙午，皇子劭生"，乃從官方對外說詞而書，故沈氏於《二凶傳》中，特別指明：劭時"年六歲，拜為皇太子"。官方對外既如彼諱言宣稱，則太子劭及冠之年必為元嘉二十二年。裴氏蓋亦知此宮闈秘辛，乃據太子劭及冠、釋奠應然之年而書,反而悖乎史實。李氏不察,竟採據之。整個南朝雖仍有太學博士、太學助教此編制及任職人員,唯徒存其名而無實,僅有國子學,或簡稱國學,且或省或立,亦即無向平民傑出者開放之中央黌(音洪)宮,唯時而設貴族、公卿子弟之庠序。以劉宋而言,《宋書》卷十四《禮志一》記載:"太祖元嘉二十年(443)[1],復立國子學,二十七年(450)廢。"《大司樂》孔《疏》:"案:《禮記》卷二十《文王世子》:'春誦、夏弦,大(太)師詔之瞽宗',以其教樂在瞽宗,故祭樂祖,還在瞽宗。"《文王世子》《釋文》:"億……音抑",或也,猶同"蓋"、"殆",表示不確定之詞,意猶"或許""奠"乃祭之較簡者。甲文中,"奠"乃一酒器("酉")置於地上("一"):"𤾗"(合 22507)。此所以《禮記》卷九《檀弓下》"奠以素器"孔《疏》:"奠,置於地,故謂之奠。"早期金文,如《宜侯夨簋》(04320),則於表地之"一"下多加兩短橫(− −):"𤾗",晚期,如《鄭伯筍父鬲》(00730),兩短橫乃變為甚短之左撇、右捺:"𤾗",此二者於後世乃與表地面之一長橫合併,致《說文》五篇上誤以為从丌,"丌,下基也"。後世更訛變為象兩手托拿之"大"。至於小篆象瓶頸口沿該一橫之上似"八"者,蓋由金文某些"尊"字寫法演變而來。對照西周中期《立鼎》(02069):"𤾗"、《宰獸簋》(NA0663):"𤾗"、西周晚期《仲義父鼎》(02211):"𤾗"、春秋早期《鄀子子奠白(伯)鬲》(00742):"𤾗","八"蓋屬羨筆。

國尚師位,家崇儒門(一),**稟道毓**(音育)**德,講藝立言**(二),**浚明爽曙**[2](音暑),**達**[3]**義茲昏**(三),**永**[4]**瞻先覺,顧惟後昆**(四)。其一

大人長(音掌)**物,繼天接聖**[5](五),**時屯必亨,運蒙則正**(六),**嘔閉武術,闡揚文令**(七),**庶士傾風,萬流仰鏡**(八)。其二

虞庠(音祥)飾[6]館，睿圖炳晬(九)，懷[7]仁憬(音景)集，抱智廞[8](音均)至(十)，踵門陳書，躩蹻[9](音蹙決)獻器(十一)，澡身玄淵[10]，宅心道祕(十二)。其三

伊昔周儲，聿(音欲)光往記[13]，思皇世哲，體元作嗣(十四)。資此凤知，降從經[11]志(十五)，遏(音替)彼前文，規周矩值[12](十六)。其四

正殿虛[13]筵，司分簡日(十七)，尚席函杖[14]，丞[15]、疑奉帙[16](音至)(十八)，侍言稱辭，惇(音敦)史秉筆(十九)，妙識幾(音激)音[17]，王載有述(二十)。其五

肆[18]議芳【方】[19]訊，大教克明[20](二一)，敬躬祀典，告奠聖靈(二二)，禮屬(音主)觀盥(音貫)，樂薦歌[21]笙(二三)，昭事是肅，俎實非馨(二四)。其六

獻終襲吉，即宮廣讌(二五)，堂設象筵，庭宿金懸[22](二六)，台、保兼徽，皇戚比彥[23](二七)，肴(音姚)乾酒澄，端服整弁(二八)。其七

六官眂(音是)命，九賓相(音向)儀(二九)，纓、笏(音戶)帀[24]序，巾、卷充街(三十)，都莊[25]雲動，野馗(音葵)風馳(三一)，倫周伍漢，超哉邈猗(三二)。其八

清暉在天，容光必照(三三)，物性[26]其情，理宣其奧(三四)，妄先國冑，側聞邦教(三五)，徒愧微冥，終謝智効[27](三六)。其九

【校記】

[1]《何承天傳》云："(元嘉)十九年(442)，立國子學"；《文帝紀·元嘉十九年》："正月乙巳詔曰：'……有詔典司，大啟庠序……廣訓冑子，實維(為)時務，便可式遵成規，闡揚景業'"。安排、整理黌宮，非一朝可就，蓋《傳》就下詔復立而言，《志》就國學設施竣工而論。

[2]尤刻本"曙"右邊"者"下無"日"。北宋英宗名曙,避諱所致。或因係正名,非敬缺末筆可辨。

[3]《初學記》卷十四《禮部下·釋奠》所録"達"作"逵"。《爾雅》卷五《釋宮》:"九達謂之逵",是"逵"確有四通八達之義。遍檢見存材料,"逵"均用其本義,訓爲泛稱意義之"道",如《通典》卷六九《禮二九·嘉禮十四·養兄弟子爲後後自生子議》所載于氏《上表言養兄子率爲後》:"(諸葛)亮,近代之純賢;瑾,正逵之士。其兄、弟行事如此,必不陷子弟於不義,而犯非禮於百代",未嘗見其作爲放諸四海、質諸古今皆爲準之形容詞。況徵諸善《注》所引《禮運》,且見存各本《文選》正文亦無一如是,作"達"爲是。蓋因"達"所從之"羊"上部每寫作"八",故形近致訛。

[4]《初學記》"永"作"來",非是。此固乃形近之訛,亦爲不明文義所致。"顧"是往"後"顧,則與之相對者乃鳥瞰過往,豈得以與"往"相反之"來"爲詞?《宋書》卷五《文帝紀·元嘉十九年》:"正月乙巳,詔曰:'……永瞻前猷,思敷鴻烈(業)'",《南齊書》卷三九《劉瓛(音桓)傳·與張融王思遠書》:"永瞻前良,在己何若",可爲佐證。

[5]室町本"聖"作"天",絕對是涉上文而誤。

[6]室町本"飾"作"餝"。《玉篇》卷九《食部一百十二》"飾"後爲"餝":"同上,俗。"

[7]五臣本"懷"作"深",然而從吕向:"言懷仁韜智之士",可知:正文誤。六家本沿此誤。《初學記》正作"懷",否則,如何與"抱"對仗?此蓋因"深"之行書所從義符三點水每作一豎,與"懷"之行書形近而訛。

[8]五臣本、明州六家本"麤"均作"麏",根本無別,詳參《古字通假會典·文部第五·困字聲系》。

[9]《初學記》"蹻"作"履",非是,"蹻蹻"乃有出典者,況顏氏每好作瑋詞,亦不會選取童蒙盡識之"履",而捨不經見之"蹻"。"蹻"亦可寫作"屩（音決）",六家本、六臣本、室町本、《顏光祿集》均正作"屩",因此形近而訛為"履"。

[10]《初學記》"淵"作"深",此乃避諱所致,當回改。

[11]《類聚》卷三八《禮部上·釋奠》所錄"經"作"輕",以立意從聖人之學為"輕志",則不知何為"宏志","輕"明顯為形近之訛。明州六家本"經"作"繼",則為另一極之荒誕。隨從眾生,繼聖人之志,於皇太子豈為委屈（"降從"）之舉耶？"經"蓋因與"継"形近而見訛,後世抄謄者沿誤,而以正體字書為"繼"。

[12]五臣本、六臣本、六家本均作"矩周規值",雖無不可,因可將"規""矩"視為標準之代稱,毋庸與圓、方緊貼對應。《文選》卷十六《賦辛·哀傷》江淹《恨賦》："孤臣危涕,孼子墜心",善《注》："心當云危,涕當云墜,江氏愛奇,故互文以見義",即其同例,然畢竟不如善《注》本明晰乾脆。

[13]《類聚》"虛"作"張",非也。"虛筵"即"虛席"、"虛坐",乃素來之敬語。《梁書》卷五一《處士列傳·何點傳附弟胤傳·武帝敕》："理舟虛席,須俟來秋";《三國志》卷五七《虞翻傳》："魏將于禁為（關）羽所獲,繫在城中,（孫）權至,釋之",裴《注》引《吳書》："魏文帝常為（虞）翻設虛坐"。

[14]六家本正文、《顏光祿集》"杖"作"丈",至於善《注》之"丈",六家本、六臣本均作"杖",非是。顏氏乃刻意用"杖",以便與具體之"帙"相對,李氏了悟其用意,故亦刻意不改動所引《禮記》文以配合,藉此釋明"杖"之意。《說文》十篇下："夫,丈夫也……周制:八寸為尺,十

尺爲丈。人長八尺,故曰丈夫",是以人所持倚身、佐行之木長度一丈。曰杖,即意謂席與席之間距離一丈。"丈"、"杖"相假例證詳參《古字通假會典·陽部第九(下)·丈字聲系》。

[15]五臣本、室町本"丞"作"承"。甲文中,"丞"從兩手自上而拉起某一坑中之人:"㊙"(合2279)。對照與其關係密切之"臽",甲文作"㊙"(合22374)、"㊙"(合22123),周代晚期《𤭖鐘》(00260)於坑中兩側加上刺樁之"臽":"㊙","臽"表人、物困於坑中,則"丞"為助人脫困。蓋因漢字書寫習慣,後乃將由上而下之兩手改寫於側面人形之旁,且將兩手易為由下往上之"収":"㊙"(石鼓文)、"㊙"(睡·雜17)。因此字形下部之變化,故令《說文》三篇上誤析為"从山"。隸書進而將左、右兩手訛寫為"フ"、"く",並將原本象坑之曲形線條之拉平,寫成一直橫,如《漢魏六朝碑刻校注》第一冊《東漢·<u>漢故雁門太守</u>鮮(音先)于<u>君</u>璜墓碑》(0094)之"㊙"、第二冊《東漢(續)·<u>漢故穀城長盪陰令</u>張遷碑【君表頌】》(0140)之"㊙"。至於於左邊再加一"手"為偏旁,成為習見之"拯",實為縟益之舉。由拯救之本義很自然引申出幫助、輔佐之義。此所以會與訓佐助之"相"組成一同義複詞:"丞相"。與"丞"極易相淆之字為"㊙",如西周早期《小臣謎(音來)簋》(04239)、《㊙(音師)[1]丞(承)卣》(05318),從左、右倆手("収")抬起一跪坐的側面人形,以表抬高,故《說文》十二篇上訓為"奉(捧)也,受也",如《小臣謎簋》:"伯懋父㊙王令賜師",而《國語》卷六《齊語·葵丘之會天子致胙於桓公》:"小白余敢承天子之命";戰國早期《令狐君嗣子壺》(09719):"㊙受純德",而《左傳》卷四《隱公八年》:"寡君聞命矣,敢不承受君之明德",進而引申出擔起、謹稟、延續之義。於原有之"卩+収"下再加"𠂇(手)",成為今所習見之"承",亦屬縟益之舉。"丞"、"承"雖為二字,卻經常相假,例

證詳參《古字通假會典·蒸部第二·丞字聲系》。

［16］《初學記》"帙"作"職"，非也，此乃因不明"奉"當改讀所致，又不思泛稱之"職"如何與具體之"杖"對仗。《類聚》即作"帙"。以押韻而言，此章"日"、"帙"、"筆"、"述"乃劉宋入聲質部韻，若作入聲職部之"職"，目前尚未見此協韻案例。

［17］《顏光祿集》"音"作"微"。"幾"、"微"義通。《漢書》卷七八《蕭望之傳》："願陛下選……通於幾微謀慮之士以為內臣"，《蔡邕集》卷一《太傅安樂鄉侯胡公夫人靈表》："至德脩于幾微"，《三國志》卷二九《方技列傳·管輅傳》"始，輅過魏郡太守鍾毓"裴《注》引《管輅別傳》："合之幾微，可以性通，難以言論"，《文館詞林》卷一五二《人部九·贈答一·四言·親屬贈答》左思《悼離贈妹二首》之一："黼黻文繡，幾微要妙"，蓋因"幾微"習慣連言而誤。

［18］五臣本、六家本"肆"均作"肄"，呂延濟："肄，習也"，此乃全然不懂釋奠講經儀節之妄改、妄說。

［19］《初學記》"芳"作"方"。從善《注》引陸機《演連珠》，可知：其所據本確實作"芳"，然陸氏原文中之"肆"與"芳"均為形容詞，顏氏所用者則為修飾"議"、"訊"此二動詞之副詞，意義迥別。"方"蓋因字形相近、聲又一致而訛為"芳"。

［20］《類聚》"明"作"鼎"，不僅全然不詞，而且因為下三聯之韻腳"靈"、"笙"、"馨"皆為劉宋時期之庚部平聲，"鼎"則為庚部上聲，除非將"鼎"改讀為"貞"，否則，將違背慣例，形成平、仄通押，而"明"則乃道地之庚部平聲，貼合無間。甲文中，"鼎"乃兩足兩耳圓鼎之象形："𣉢"（合30995），唯經常假借為占卜意義之"貞"使用，故已見上加"卜"者："𣉢"（合10072）、"𣉢"（花東446）以分疏。西周早期之《史㫃父鼎》

(02373)"卜"與其下之鼎身,業合成類似"貞"字之形:"貞",此所以《說文》一則於七篇上曰:"籀文以'鼎'為'貝【貞】'字",一則於三篇下引京房說:以"貞"為"鼎省聲"。春秋早期《郜伯祀鼎》(02602)"鼎"最上部份、原先因兩耳呈凹形或"V"之筆畫已變為平直:"鼎",此後,大多如是,除《邾伯御戎鼎》(02525):"鼎"猶存故意。因小篆"明"本作"朙",故從隸書至行書,"明"左邊之"日"每寫作"目",蓋因壞爛,"明"被誤識為"則"。《說文》四篇下:"䵘,籀文則","䵘"罕見,乃訛寫作"鼎"。

[21]室町本"歌"作"哥",《說文》五篇上:"哥……古文以為歌字",八篇下:"歌……謌,歌或从言",《漢書》慣作"謌"。三者相假例證詳參《古字通假會典·歌部第十五·可字聲系》。

[22]五臣本、六家本、室町本"懸"均作其本字"縣"。二字通假例證詳參《古字通假會典·寒部第六(上)·縣字聲系》。金文中,"縣"本即象首級懸掛於木上:"縣",如春秋晚期《邵黛(音代)鐘》(00230)。或不從首而從目:"縣",如西周中期《縣改(音己)簋》(04269),乃以部分代表全體也。後乃普及化,任何懸掛均可曰"縣",故《說文》九篇上:"縣,繫也",《莊子》卷二上《養生主》:"古者謂是帝之縣解",《釋文》:"縣音玄",《孟子》卷三上《公孫丑上》:"民之悅之,猶解倒懸也"。

[23]《類聚》"彥"作"音","比音"莫非稱許皇親國戚個個有德音,如此方能與"兼徽"正對,然而此明顯觸犯添字解經之大弊,且嚴重出韻,當屬形近致訛。

[24]《顏光祿集》"匝"作"巾",蓋因"匝"本作"帀",形近致訛,亦因蒙下文"巾、卷充衢"而誤。

[25]五臣本、六家本"都莊"均作"莊都",無礙,可視為交錯對。《顏光祿集》"莊"作"蔣",全然不詞,蓋將"莊"誤識為"蔣"之行書,寫為

楷體時,乃成"蔣"。

[26] 五臣本、六家本、《顏光祿集》"性"作"任",絕對乃形近之訛,劉良竟曰:"任其情",足徵彼等不學無術。縱以莊學而言,亦僅能曰"任其性"。

[27] 五臣本与六家本正文、室町本"劾"均作"效",奎章閣六家本並注文亦然。甲文中,"效"從手持一直形物,"交"聲:"𣪘"(合3094)。甲文中,"𠂇(攵)"作為部件,與"攴"無別,金文即逕寫為"攴":"𣪘",如西周早期《效父簋》(03822),本義應該乃督促,由於督促有跟上前之含意,而引申出效法之義。至於"效"右邊改從"力":"劾",乃"攴"之訛變,然在世俗書寫中,二字無別。

【注釋】

(一)善《注》:《漢書》卷九《元帝紀·初元二年(前47)》:"元帝冬,詔曰:'國之將興,尊師而重傅。'"鄭玄《禮記》卷三六《學記》"君之所不臣於其臣者二:當其為尸,則弗臣也;當其為師,則弗臣也。大學之禮,雖詔於天子,無北面,所以尊師也"《注》曰:"尊師授【重】道,焉(2)不使處臣位也。"《漢書》卷八八《儒林傳》曰:"嚴彭祖……與顏安樂俱事眭(音雖)孟……孟死,彭祖、顏安樂各專(顓)門教授。"

海按:《漢書》卷七七《蓋(音葛)寬饒傳》:"五帝官天下,三王家天下",國為一姓一家之產業,是以此聯中"家"猶"國"也。此聯乃互文,言"國""家""崇""尚""師"之地位,尊重"儒門"。

(二)善《注》:王粲《贈文叔良詩》曰:"溫溫恭人,稟道之極。"(3)《周易》卷三《蠱·大象》曰:"山下有風,蠱,君子以振民毓(育)德。"

《文選》卷一《賦甲·京都上》班固《西都賦》曰:"故老名儒師傅講論乎六藝(蓺),稽合乎同異。"《左氏傳》卷三五《襄公二十四年》:"范宣子【魯穆叔】曰:'……豹聞之:大上有立德,其次有立功,其次有立言。'"

海按:《尚書》卷十《偽說命上》:"臣下罔攸稟令",《左傳》卷五二《昭公二十六年》:"先王所稟於天地,以為其民也",偽孔《傳》、杜《注》均云:"稟,受"。《蠱》《釋文》:"王肅作'毓'",《說文》十四篇下:"育……毓,育或從每"。二字通假例證詳參《古字通假會典·幽部第十七(上)·育字聲系》。甲文中,"毓"從一跪坐女子(時或省為側面人形),此即楷書中左邊"母"之本形;女字下方有一頭在下、軀幹在上之子,子旁有象徵羊水、血水之數點:"𣫬"(合27192),偶或直接從子,不倒子,且省去象血水者:"𠣞"(合32113),是其本義即象生育。將母體及象徵羊水等之數點悉數去掉,再加肉(月)以示此字之部類,即為"育"。

藝,六藝,非指《周禮》卷十《地官·大司徒》所述多屬實際操練之禮、樂、射、御、書、數,乃指文字教材,即六經。此所以《漢書》卷三十《藝文志》將先王學納於《六藝略》名下。傳統素以聖人主動探索天道,或由天主動啟示聖人其道,以致聖人乃由道而成之肉身。天道固永恆,然聖人因知自己為有限存在,故將所獲知之天道筆諸文字,此即經。道─聖─經乃三而一貫之關係,是以經所蘊含者乃完整之天道。或因經師"仁者見之謂之仁,智者見仁者見之",故各得道之一面;或經師縱使見道之全體,然隨時、地之不同,復因材施教,故講述彼此不一,是以乃有"立言"之異。

此聯乃解釋上聯國家何以會崇尚儒門之師,因為儒門諸師"稟"承內涵天"道"之六經("藝"),講述之,於受教者,其品"德"獲得培育

("毓");於施教者,則成("立")一家之言。出句與對句均為句中內對,甚工嚴。

(三)善《注》:以日喻道也。大明之道既以(已)爽曙,道⁽⁴⁾達之義於此彌昏也。《尚書》卷四《皋陶謨》曰:"日宣三德,夙夜浚明有家",《釋文》所引馬融曰:"浚,大也"。《文選》卷六《賦丙·京都下》左思《魏都賦》曰:"昏情爽曙,箴規顯之也。"《毛詩》卷三之三《衛·氓》"女也不爽,士貳其行"毛萇《詩傳》曰:"爽,差也",然義與《魏都賦》微異⁽⁵⁾,不以文害意也。《禮記》卷二二《禮運》曰:"先王能修(脩)道【禮】以達義。"桓子《新論》曰:"學者既多蔽暗,而師道又復缺然,此所以滋昏也。"

海按:《禮記》卷二四《禮器》:"大明生於東,月生於西",鄭《注》:"大明,日也";《後漢書》卷六十上《馬融傳·廣成頌》:"大明生東,月朔西陂",章懷《注》即引上文為注,李氏以"浚明"即"大明",誠是也,顏氏非徒避熟就生,乃刻意採古奧之詞也。善《注》讀"以"為"已",二字通假例證詳參《古字通假會典·之部第十一(上)·以字聲系》。《老子》第十二章:"五味令人口爽",王《注》:"爽,差失也"。至於《魏都賦》該處善《注》:"《說文》:'曙,旦明也'",乃《說文繫傳》卷十三文,蓋後人羼入。于光華:"爽曙,不明也。"

善《注》引《禮運》,僅為標示此詞之出處,全然不顧"達"之詞性迥別。《禮記》卷五二《中庸》:"知、仁、勇三者,天下之達德也",《孟子》卷五下《滕文公上》:"治於人者食(音四)人,治人者食於人,天下之通義也"。"達義"即"達德"、"通義",指放諸四海皆準之原則。於此處指尊師重道之原則。從善《注》以"彌昏"訓讀"茲昏",及此處引"滋昏"為此詞出處,可知:李氏將"茲"改讀為"滋",二字相假例證詳參《古字通假會典・之部第十一(下)・茲字聲系》。滋猶愈加。

此聯意謂隨著王道之衰微喪失("爽"),如同日頭("浚明")墜落,失去光輝,"尚師""崇儒"之通則亦愈加昏暗。胡紹煐不但未明章義,並未解此聯之義,竟誤以此聯出、對句"為倒裝句"。

(四)善《注》:言大義漸乖,永瞻先覺之意,顧思後昆以正之。《孟子》卷十上《萬章下》:"伊尹曰:'天之生斯人【民】也,使先知覺後知,使先覺覺後覺。予,天人【民】(6)之先覺者也。'"《尚書》卷八《偽仲虺之誥》曰:"垂裕後昆。"

海按:《偽仲虺之誥》偽孔《傳》:"垂優裕之道,示後世。"《爾雅》卷四《釋親》:"玄孫之子為來孫,來孫之子為晜(昆)孫",郭《注》:"晜,後也";《文選》卷五《賦丙・京都下》左思《吳都賦》:"魁岸豪傑:虞、魏之昆,顧、陸之裔",劉《注》:"昆、裔皆後世也"。張銑:"昆猶生也",自我作古。又,從善《注》以"顧思"訓讀"顧惟",可知:李氏將"惟"改讀為後世習用之"維"。

此聯意謂:苟有明哲者,宏觀此狀態,一方面無盡感慨地遙望("永瞻")上古那些先知"先覺"之聖王,另方面又迴首反顧,慮("惟")及"後"世子民於此黑暗狀態下,將伊于胡厎(音只)。

以上劉宋時期魂部平聲("門"、"昏"、"昆")與先部平聲("言")通押。

(五)善《注》:《周易》卷一《乾・文言》曰:"見龍在田,利見大人,君德也。"《尸子》曰:"天地之道,莫見其所以長物,而物長,聖人之道亦然。"《漢書》卷二一下《律歷志・世經》曰:"庖羲(炮犧)繼天而王,為百王先首,德始於木。"(7)

海按：《乾·文言》《釋文》："王肅云：'（大人，）聖人在位之目。'"甲文中，"長"作"🦰"（合27641），象手持枴杖之長髮老者，因此引申出長短之長義。春秋晚期，枴杖或訛變為"匕"，乃漸變為小篆之形。此處之"長"乃動詞，使之成長。凡我之外者皆可曰物，故有人物之詞。長物猶使人成長。《荀子》卷三《非十二子》："一天下，財（裁）萬物，長養人民……則聖人之得埶（勢）者，舜、禹是也。"金文中，"繼"作"𢇍"，如春秋《拍敦》（04644），以四絲相連，表接續、連延之義。"𢇍"復加一"系"，實為無謂之縟益。

此聯意謂：當今劉宋皇帝（"大人"）"繼"承"天"心、"接"續往聖，培育人民，使之成長。

（六）善《注》：《周易》卷一《屯》曰："屯，元[8]亨，利貞"，王弼曰："剛柔始交，是以屯也，不交則否，故屯乃大亨也"。運，錄運也。《周易》卷一《蒙》曰："蒙，亨。匪我求童蒙，童蒙求我。初筮告，再三瀆，瀆則不告。利貞"，王弼曰："蒙之所利，乃利正也"。

海按：《屯·象》曰："屯，剛柔始交而難生"，王《注》："始於險難，至於大亨"。錄，記、謄寫也。古今漢語，動詞往往兼具名詞詞性，故又為典冊之稱。李善此處顯然將之改讀為天啟的神秘典冊："籙"，如圖讖之屬。二字相假例證詳參《古字通假會典·侯部第十·录字聲系》。運，眾星旋轉及其軌道，綜言之，天道也。錄運，圖讖等秘笈所載宇宙及宇宙縮小版（人間歷史）展續變化狀況的啟示，所以《國語》卷十九《吳語·吳欲與晉戰得為盟主》："今大國越錄"，韋《解》："錄，第也"。運，依天道次第而運行。

此聯乃合掌對，意謂按照天道，"時""運"發展到困難（"屯"）昏暗（"蒙"）之盡頭，"則""必"然會返"正"，逆轉為"亨"通。猶否極泰來。

(七)善《注》：《尚書》卷十一《偽武成》曰："王來自商，至于豐，乃偃武修文"，孔安國《傳》曰："行禮射，設庠序，闡修文教"。賈逵《國語注》曰："偃，息也。"

海按：自"浚明爽曙"至此句，五臣《注》無一句不乖謬，方廷珪亦不遑多讓，駁不勝駁。金文中，"閉"從門從十字："明"，如西周中期《豆閉簋》（04276），蓋取橫攔豎抵之義，擋住門被推開。金文中，"武"乃從止、戈："武"，如西周早期《作册大鼎》（02759），意謂持兵器前進（出征），因此意謂軍事、戰力、威武。既為武力，故早已與"文"相對，傳世文獻如《毛詩》卷二十之一《駉（音窘陰平）之什·魯頌·泮水》："允文允武"；出土文物如戰國早期《䭜羌鐘》（00157）："武、文咸烈"；以顏詩而言，《天地郊夕牲歌》："靈監叡文，民屬叡武"。《左傳》卷二三《僖公十二年》："楚子（莊王）曰：'夫文，止、戈為武。武王克商，作《頌》曰："載戢（音及）干戈，載櫜（音陀）弓矢"'"，意謂以戰止戰，而後廢戰，此方為武道，乃望文生義、引申之說，非"武"原詣。金文中，"述"從辵從术聲："述"，如西周早期《史述作父乙簋》（03646），本乃行走之義。依據漢語通性，動詞每兼為名詞，故"述"、"術"猶一，《說文》二篇下："術，邑中道也"，二字通假例證詳參《古字通假會典·齊部第十三（中）·术字聲系》。武術，軍事之道。苟假古典表述法，閉武術即停止以馬上干戈治天下之方式。商代晚期金文"揚"作"揚"，如《作丁揚卣》（05211），乃側面之人以雙手（"廾"）操持並高舉玉之象。西周早期某些金文亦然："揚"，如《玨方鼎》（02613），然多數之"揚"從玉、廾，加上"昜"為聲符，如西周早期《小臣守簋》（04179）之"揚"、西周晚期《克鼎》（02836）之"揚"，且往往將"昜"省作"昜"，以"玉"隔斷之："揚"，如西周早期《頫方彝》（09892），更不乏省去"玉"者："揚"，如西周早期《小臣宅簋》（04201），足見：其不可或缺之主體乃"廾",象人雙手操持並高舉之狀,因而引申出尊敬、推崇、表彰之義。

(八)善《注》:《尚書》卷十四《酒誥》曰:"誥毖(9)(音必)庶邦庶事(士)。"嵇康《高士傳》(10):"孔子問項橐曰:'居何在?'曰:'萬流屋是也'",《注》曰:"言與萬物同流匹也"。《雜書》曰:"秦失金鏡",鄭玄《注》曰:"金鏡喻明道也"。

海按:甲文中,"庶"從一側三角形似口之"石"從"火","石"亦聲:"〄"(合10399)。由於"〆(石)"經常採取繁體之寫法:"〇"(合22093),於是成"厄",如西周早期《宜侯夨簋》(04320),春秋早期《魯大司徒子仲白匜》(10277)已於頂端加一裝飾短橫:"㢈","厂"漸變為"广"(音演);另方面,"〇"訛為似"廿"之狀:"厎",如戰國早期《者沪(11)鎛》(00126),兩方面之演變結合,庹(庶)形成矣。前修已指出:"庶"本象以火燒熱石頭,以便藉石之熱度炙烤食物,乃"煮"之初文。《周禮》卷三四《秋官‧序官》:"庶士,下士一人",鄭《注》:"庶讀如藥煮之煮"。訓眾多之"庶"原作"㫚"(合14158),從"众""庶"聲,"㫚"廢而以"庶"為其假借字(12)。事、士相假例證詳參《古字通假會典‧之部第十一(上)‧之字聲系》。《周易》卷四《晉》:"康侯用錫馬蕃庶,晝日三接(13)",《釋文》:"庶……眾也";《後漢書》卷四十下《班彪傳附子固傳‧典引》:"庶類混成",章懷《注》:"庶類,萬物也",故與對句之"萬"正對。《說文》八篇上:"頃,頭不正也",即歪著脖子,或頭偏向一側,因"頃"被假借義所佔,乃加"人"字偏旁,以復其原詣。此後世"傾向"一詞之源。《論語》卷十二《顏淵》:"君子之德,風;小人之德,草。草上之風必偃。"《說文》八篇上:"卬(音昂),望也,欲有所庶及也",加"人"字偏旁,乃強化其原詣。善《注》僅標明"萬流"一詞之出處,於義一無所當。"流"即劉卲

《人物志》第二篇篇名"流業"之"流",指各種稟賦才性者。因"道"至高無極,故人之於道,採取的乃"仰"望之姿態。《老子》第三九章:"天得一以清",《管子》卷十六《內業》:"戴大圓,而履大方,鑒於大清,視於大明","大清"乃呼應"大圓",尹《注》:"(大圓)天也","(大清,)道也",合之,則天道若至清之明鏡,萬有無所遁形。古以青銅為吉金,故吉金製作之鏡曰金鏡。失金鏡,失天道也。

此聯意謂:因為在上之皇帝提倡文教,眾民乃隨此"風"尚而"傾"向聖教。聖教授以道,道若高懸在"天"之明"鏡",能充分顯示為其所照者之過與不足,進而自我修正。

以上押劉宋時期庚部去聲韻。

(九)善《注》:《禮記》卷十三《王制》曰:"有虞⁽¹⁴⁾氏養國老於上庠⁽¹⁵⁾,養庶老於下庠……殷人養國老於右學,養庶老於左學。"睿圖,孔聖之圖畫也。炳,丹青色也。睟,已見上文⁽¹⁶⁾。

海按:《孟子》卷五上《滕文公上》:"夏曰校,殷曰序,周曰庠,學則三代共之";《禮記》卷三六《學記》:"古之教者,家有塾,黨有庠,術有序,國有學",前者以歷史變遷論,後者以地理廣狹論,然均雜有後世想象。《王制》鄭《注》:"上庠、右學,大學也,在西郊;下庠、左學,小學也,在國中王宮之東",更屬後儒建構。《尚書》卷十二《洪範》:"二,五事","五曰思","思曰睿","睿作聖","睿圖"即"聖圖"。蓋一則強調國學所授之主要內容,再則為突出皇權,抑道統於治統之下,故改"聖"為"睿"。《說文》十篇上:"炳,明也。"《文選》卷六《賦丙·京都下》左思《魏都賦》"魏國先生有睟其容"薛《注》:"趙岐曰:'睟,潤澤貌也'",趙說非是,已詳《應詔讌曲水作》"有睟睿蕃"注,此處以"炳"與之並列,更可為佐證。《文選》卷三六《教》傅亮《為宋公修張良廟教》:"遺像陳昧","炳睟"相

皇太子釋奠會作 315

對於"陳昧"而言。

（十）善《注》：懷、抱謂包韞也。《禮記》卷二三《禮器》曰："君子有禮，則外諧而內無怨，故物無不懷仁"，卷五九《儒行》又曰："儒有忠信以為甲、冑，禮義以為干、櫓(17)，戴仁而行，抱義而處"。《毛詩》卷二十之一《魯頌·駉之什·泮水》曰："憬彼淮夷，來獻其琛"，毛萇《傳》曰："憬，遠行貌"。《左氏傳》卷四三《昭公五年》："蔿(音委)啟疆謂楚子曰：'……求諸侯而麇(麋)至'"，杜預《注》曰："麇，羣也"。

海按：善《注》欠明允。"懷""抱"者謂嚮往"仁"、"智"者，非"包韞"已具"仁"、"智"者。甲、金文中，"集"絕大多數僅作一鳥棲於木上，唯商代晚期《☒小集母乙觶》（06450）作三鳥："☒"，對照《說文》四篇上："雧，羣鳥在木上也……集，雧或省"，可知：見知甲、金文中之"集"乃從簡而刻鑄。因此，"集"本即包含眾多匯聚於一，故从衣从集，集亦聲之"襍"，《說文》八篇上訓為"五采相合也"，是以"襍誌（記）"乃聚合各類內容記述之出版物。《毛詩》卷一之五《召南·野有死麇》，《釋文》："'麇'本亦作'麏'，又作'麋'……《（鳥獸蟲魚）草木疏》云：'麏，麇也，青州人謂之麏'"，世俗多寫作"獐"，乃有獠牙而無角之鹿科動物。"憬集"、"麇至"猶言蜂擁而至。

（十一）善《注》：《莊子》卷七上《達生》曰："有孫休者，踵門而詫(18)扁子【子扁慶子】"，司馬彪(19)曰："踵，至也"。陳書謂陳列其書而進之也。《史記》卷七六《平原君虞卿列傳》曰："虞卿者，游說之士也，躡蹻檐簦(音登)，說趙孝成王。"器謂樂也。《漢書》卷五三《景十三王列傳·河間獻王德傳》曰："河間獻王德以景帝前二年（前155）

立,修學好古,實事求是,從民得善書,必為好寫與之,留其真,加金帛賜以招之。緜是四方道術之人不遠千里,或有先祖舊書,多奉與【以奏】獻王者,故得書多,與漢朝等……武帝時,獻王來朝,獻雅樂器也。"

海按:《平原君虞卿列傳》《集解》:"徐廣[20]曰:'蹻,草履也;簦,長柄笠。'"善《注》不當,"器"乃包括禮器、樂器等在內之器物。《史記》卷一二一《儒林列傳·序》:"陳涉之王也,而魯諸儒持孔氏之禮器,往歸陳王。""書"猶今日所說之傳世材料,"器"猶今日所說之家傳文物。

(十二)善《注》:《禮記》卷五九《儒行》曰:"儒有澡身而浴德。"王逸《妍敩[21]蚩》曰:"窮聖人之祕奧,測六義之淵玄。"宅心,已見上文。

海按:甲文中,"身"作"𠂉"(合822正)、"𠂊"(合13669);金文於下肢部位加一斜橫綴飾:"𠂉",如西周早期《獻簋》(04205),或"𠂊",如西周早期《班簋》(04341),象一側面人形之突出腹部,腹部上之一點蓋象腹中有物。因其與孕婦體態甚近似,故"有身"衍生為"有孕",如《毛詩》卷十六之二《大雅·文王之什·大明》:"大任有身,生此文王";《周易集解》卷十《艮·六四》:"艮其身",虞翻曰:"身,腹也","或謂妊身(娠)也……為大腹孕之象"。身、娠通假例證詳參《古字通假會典·真部第四·真字聲系》)。後乃擴大指整個身軀。《周易》卷一《坤·文言》:"玄黃者,天、地之雜也,天玄而地黃",故"玄"代言"天",進而代言"道",已詳《五君詠·向常侍》"探道好淵玄",且以"玄"與對句的"道"對仗,可不犯重。"淵玄"與"玄淵"實無別,然此處既以人"澡"浴為喻,故以"淵"為名詞,以配合之。《老子》卷一《無源第四》:"道……淵兮似萬物之宗",河上《注》:"道淵深不可知"。《說文》一篇上:"祕,神也。"

追溯其本,因世俗訛為从禾之"秘",而"秘"本乃"閟"之衍生字,《毛詩》卷二十之二《魯頌·閟宮》:"閟宮有侐(音序)",毛《傳》:"閟,閉也……侐,清浄(静)也",秘、閟、閉相假例證詳參《古字通假會典·齊部第十三(下)·必字聲系》。此所以《妍蚩》以"祕奧"為一同義複詞,因二者皆蘊含深隱之意,而"祕奧"即"奧祕"。《文選》卷二十《詩甲·公讌》應貞《晉武帝華林園集詩》:"區内宅心,方隅回面",善《注》:"《尚書》卷十四《康誥》曰:'宅心知訓',孔安國《傳》曰:'常以居心也,則知訓民'"。六臣本於此處均復述彼段善《注》,違反善《注》體例。

此聯乃互文足義,謂由外"身",至内"心",皆居於天"道"最深("淵")奧("祕")之處,受其浸潤,如同沐浴後,煥然一新。方廷珪:"此章言國學之中來學者眾,各思以聖道自淑其身。"

以上押劉宋時期脂部去聲韻。

(十三)善《注》:《禮記》卷二十《文王世子》曰:"文王之為世子,朝於王季,日三:雞初鳴而衣服,至於寢門外,問內豎之御者曰:'今日安否?何如?'內豎曰:'安。'文王乃喜。及日中,又至,亦如之。及暮(莫),又至,亦如之。其有不安節[22],則內豎以告文王,文王色憂,行不能正履。王季復膳,然後亦復初。"《漢書》卷七一《疏廣傳》:"疎廣對曰:'太子,國儲副君,師友必於天下英俊,不宜獨親外家許氏。'"孔安國《尚書》卷八《偽湯誥》"聿求元聖"《傳》曰:"聿,述【遂】也。"

海按:甲文中,"竹"作"⺮"(合108)。"聿"从手("右")持竹之一半(丨):"𦘒"(合22063),"丨"乃象筆管,因筆管乃截竹製成,金文從之:"𦘒",如戰國早期《者汈鐘》(00120);或逕作一直畫,省去尾部左撇右捺者："㐅"（合22065），"書"之上半即從前一形。"聿（音捏）"下加一橫寫綴筆即成"聿"。無怪乎《說文》三篇下："聿，所以書也。楚謂之聿。"是"聿"乃"筆"之初文。後因"聿"被假借義所佔，乃復加"竹"以復其原義。《釋文》："聿，允橘反，述也"，孔《疏》："聿訓述也，述前所以申遂，故聿為遂也"。"述"、"遂"的確可相通假，例證詳參《古字通假會典·齊部第十三（中）·㒸字聲系》，然"聿"若訓"遂"，則是表示因果關係之連接詞，於句法、文義不協。善《注》不當，"聿"當改讀為"曰"，相假例證詳參《古字通假會典·齊部第十三（中）·聿字聲系》，猶言真可謂也。甲文中，"光"為一跪坐之人形、頭上有火："𤎩"（合1380），甚至有從"女"者："𤈷"，如商代晚期《宰甫卣》（05395）；金文中，象火之"𤆾"已演變為"屮"："𤉢"，如商代晚期《小子啟尊》（05965）。西周中期已降，跪坐人形每寫作《說文》九篇上所說之"卩"狀："𤉢"，如《通禄鐘》（00064）。小篆下部改從"儿（音人）"，故《說文》十篇上云："光……從火在儿上"。從女、從儿與從跪坐人形於義無別。"光"如字讀。"光往記"，文王姬昌為世子時，對其父孝順的性行見於過"往"之"記"載（《禮記·文王世子》）中，成為赫赫（"光"）著名之高明典範。

（十四）善《注》：《毛詩》卷十六之一《大雅·文王之什·文王》曰："思皇多士，生此王國。"《文選》卷一《賦甲·京都上》班固《東都賦》曰："體元立制，繼天而作。"鄭玄《禮記》卷二十《文王世子》"其登餕（音俊）[23]、獻、受爵，則以上嗣"《注》曰："上嗣，君之適（嫡）長子。"

海按：鄭《箋》："思，願也……又願天多生賢人於此邦。""皇"原形乃一王者頭戴三叉翎羽飾之冠冕，已詳《三月三日詔宴西池》"於赫有皇"注，故有輝煌之意。《毛詩》卷十一之二《小雅·鴻鴈之什·斯干》：

"朱芾斯皇,室家君王",鄭《箋》:"皇猶煌煌也";《文選》卷二《賦甲·京都上》張衡《西京賦》:"號於帝皇",善《注》引《春秋·元命苞》:"皇者,煌煌也",故又引申出大之意。《毛詩》卷十三之二《小雅·谷風之什·楚茨》:"先祖是皇",毛《傳》:"皇,大",《說文》一篇上:"皇,大也"。此處乃作動詞用,指意圖將古時歷"世"明"哲"帝王之作法發揚光(廣)大。張銑:"世哲謂天子也",與上文吕向:"大人謂太子也",同屬荒誕無倫之解。元,首也,萬有之首即天道,乃萬有之根源,《御覽》卷一《天部一·太極》所錄阮籍《通老論》:"《易》謂之太極;《春秋》謂之元;《老子》謂之道",故體元即以天道("元")為準則,猶言法天,將無形之天道具"體"呈現出來,以便"作嗣":作為聖道之繼承人。

(十五)善《注》:資猶藉也。《毛詩》卷十八之一《大雅·蕩之什·抑》曰:"民之靡盈,誰夙知而暮(莫)成。"《禮記》卷三六《學記》曰:"一年視離經辨志,三年視敬業樂羣,五年視博習親師,七年視論學取友,謂之小成,九年知類通達,強立而不反,謂之大成。"

海按:甲文中,"夙"從夕(月)下跪坐伸出兩手之人形(丮):"<g/>"(夙)"(合30594);金文亦然:"<g/>",如西周中期《敔鼎》(02789)。古文字中,"丮"皆有操持之義,故"夙"象月尚未落下,人已開始工作。至秦系文字,將簡化之"丮"移至"月"之上:"<g/>"(睡·秦184),乃成後世習見之"夙"。《說文》七篇上之小篆則仍維持原狀:"<g/>"。《毛詩》卷十八之三《大雅·蕩之什·烝民》:"夙夜匪(非)解(懈)",鄭《箋》:"夙,早"。《論語》卷十六《季氏》:"生而知之者,上也;學而知之者,次也;困而學之,又其次也",《禮記》卷五二《中庸》:"或生而知之,或學而知之,或困而知之"。善《注》不當,徒舉詞面出處。古代以"生而知之"乃聖人特質,唯皇帝可當之,故讚譽皇太子時,改以含混之詞"夙知":甚年幼時已知,以免僭越,實猶"生而知之",因依常理,皇太子終將踐阼稱帝,屆時即為聖人,自屬生知者。

《學記》孔《疏》:"離經謂離析經理,使章句斷絕也;辨志謂辨其志意趣(趨)鄉(向)。"此傳統之説待商榷。"志"當改讀為"記",相假例證詳參《古字通假會典·之部第十一(上)·己字聲系》,"離經"與"辨志"乃内對,均言於"經"書、傳"志(記)"能分章斷句,"辨"明瞭解通篇字面意義。

此聯意謂:雖以皇太子之"資"質,於國學所授,早("夙")已"知"之,仍然謙抑,"降"低身段,俯"從"諸生,從為學最初階段("經志")開始。

(十六)善《注》:《爾雅》卷一《釋詁》曰:"遏,遠也。"(24)《尚書大傳》曰:"聖人與聖也,猶規之相周,矩之相襲。"值,當也。

海按:《釋詁》郭《注》:"《書》曰:'遏矣!西土之人'",《尚書》卷十一《牧誓》作"逖矣",《説文》卷二下:"逖,遠也……遏,古文逖",《史記》卷三《殷本紀》:"母曰簡狄",《漢書》卷二十《古今人表》作"簡遏"。《論語》卷一《學而》:"行有餘力,則以學文",《集解》:"馬(融)曰:'文,古之遺文'","前文"即其濃縮變造,故吕延濟:"前文謂古文也"。卷四《泰伯》:"大哉!堯之為君也……焕乎其有文章",朱《注》:"文章,禮樂法度也";卷五《子罕》:"文王既没,文不在兹乎",朱《注》:"道之顯者謂之文,蓋禮樂制度之謂",是"前文"猶言先王學中所言"規""矩"之載籍。

甲、金文中,"周"乃以縱横方格表紋飾之義,如"囲"(合1086)、西周早期《德鼎》(02661)之"囲",乃"彫"、"琱"之初文。因移用作國或氏族名,乃於其下加"口":"周",如西周早期《成周王鈴》(00416),以示城邦疆域,而原始之"囲"後因簡化:"囲",如西周中期《舀壺蓋》(09728),上半訛變為形似楷書之"用"者,乃成世所習見之"周"字。"周"訓圓形,純屬假借。訓周密、周遍乃假借後之引申義,去其本義彌遠。《楚辭》卷二《九歌·湘君》:"水周兮堂下",王《注》:"周,旋也";《國語》卷十九《吳語·吳欲與晉戰得為盟主》:"周軍飾壘",韋《解》:"周,繞也";《禮記》卷三十《玉藻》:"周還(旋)中規,折還(旋)中矩",鄭《注》:"反行也,宜圜;曲行也,宜方"。金文中,"矩"作"㤨",如西周早期《伯矩盉蓋》(09412),象正面人形("大")持直尺("工")。為凸顯持握此姿態,故將持直尺之臂末細畫為手:"㤨"、"㤨",如西周早期《伯矩卣》(05228)、《矩尊》(05818)。因作為部件時,"大"與"夫"無別,乃有從"夫"者:"㤨",如西周早期《伯矩鼎》(02456),因而訛為"矢",加以手與前臂斷裂開,與"工"合併為"巨":"㤨",如西周中期《裘衛盉》(09456),乃成日後習見之字形。"值"當改讀為"直",相假例證詳參《古字通假會典·之部第十一(下)·直字聲系》,如是,方能與"周"內對。《孟子》卷十一下《告子上》:"大匠誨人,必以規矩,學者亦必以規矩",趙《注》:"規所以為圓也,矩所以為方也"。

此聯意謂:以那些("彼")遠古之典章記載("文")當作動静語默之準則,猶同或畫圓(圓)或畫方(直)必依賴之之"規""矩"。

以上押劉宋時期之部去聲韻。

(十七)善《注》:正殿,前殿也。《文選》卷十六《賦辛·哀傷》司馬相如《長門賦》曰:"正殿塊(塊)以造天兮,鬱並起而穹崇。"虛筵,以待賢也。《左氏傳》卷四八《昭公十七年》:"郯子曰:'……我高祖少皞摯之立也,鳳鳥適至,故紀於鳥,為鳥師而鳥名……玄鳥氏,司分者也。'"《爾雅》卷二《釋詁下》曰:"簡(柬),擇也。"

海按：《說文》三篇下："殿，擊聲也，从殳𡱂聲。""𡱂"即《北使洛》補述中之由"⋜"演變而來之"𡱂（臀）"，是以"殿"乃手執杖擊臀[25]。古今漢語動詞每兼具名詞之性質，故被擊打之部位亦可曰殿。"殿"既可為人身突出之部位，故地面突出之建築物亦名之曰殿[26]。日後加"肉"，乃為復其初詣。釋奠講經必於國學，正殿，國學內之正殿。劉良："正殿，太子正殿"，一貫胡說。《周禮》卷十七《春官·序官·司几筵》鄭《注》："筵亦席也"，"筵、席通矣"，賈《疏》："先設者皆言筵，後加者為席"，"筵、席惟據鋪之先後為名，其筵、席止是一物"。《釋詁》《釋文》："柬音簡（簡）"，邢《疏》："簡、柬音義同"。柬即揀。擇（揀）日，擇吉日也。出句論空間，對句論時間，乃道地嚴整之時、空對仗。

（十八）善《注》：《漢書》卷二《惠帝紀》："宦官尚食比郎中"，《漢書音義》："晉灼[27]【應劭】曰：'舊有五尚，尚冠、尚帳、尚衣、有尚席亦是'"。《禮記》卷二《曲禮上》曰："若非飲食之客，則布席，席間函丈"，鄭玄曰："謂講問之客也。函猶容也，講問宜相對，容丈，足以指畫也"。丞、疑，疑、丞也。《禮記》卷二十《文王世子》曰："記曰：虞、夏、商、周[28]有師、保，有疑、丞。"

海按：《惠帝紀》《集解》："如淳曰：'主天子物曰尚。主文書曰尚書，又有尚符璽郎也。'《漢儀注》：'省中有五尚。'"甲文中，"函"乃囊袋中有一正置或倒置之"𢎨（矢）"，囊袋外之右，或左附著一小半圓圈："𢎨"（合28373）、"𢎨"（合10244），蓋象箭袋外有提把；金文中，"矢"則固定倒置，半圓圈亦固定在囊袋之右："𢎨"，如西周晚期《函皇父簋》（04497），是其本義為箭袋，引申出收藏、包含之義。該小提把移至頂端，又訛變為"弓（音汗）"；箭鏃往後傾斜之兩條線易為平直線，並向上提升,即成《說文》七篇上所作之小篆形:"圅"。至於將"羊"寫成形似"氺"之"![]",更係訛變。《曲禮》鄭《注》:"丈或為杖",《釋文》:"丈,王肅作'杖'"。

《禮記》卷二十《文王世子》:"設四輔及三公,不必備,唯其人",孔《疏》:"《尚書大傳》云:'古者天子必有四鄰:前曰疑,後曰丞,左曰輔,右曰弼。天子有問,无以對,責之疑;可志而不志,責之丞;可正而不正,責之輔;可揚而不揚,責之弼。其爵視卿,其祿視次國之君也'"。《說文》三篇上:"奉,承也,从手、廾,丰聲",已經三隻手矣,右側再加一提手,乃緟益也,是以"奉"當改讀為"捧",二字通假例證詳參《古字通假會典·東部第一·丰字聲系》。《說文》七篇下:"帙,書衣也",段《注》:"謂用裹書者"。古人每每以此代言書籍本身。

此聯意謂:皇室("尚")主管坐"席"安排之官員安排講經時之席位時,讓各席位間維持一手"杖"之寬廣("函")距離,以便發言者雙手揮動時,不會觸碰隔坐者;天子左右近臣雙手捧("奉")著裹有書衣("帙")之書籍,以備釋奠講經時取用。

(十九)善《注》:馮衍《德誥》曰:"仲尼言語不習,則子貢侍。"《禮記》卷二八《內則》曰:"有善則記之為惇史。"《國語》卷十五《晉語九·士茁謂土木盛懼不安人》:"士茁謂(智)襄子對曰:'臣以秉筆事君。'"

海按:馮衍《德誥》中之"言語"指外交辭令,是以《論語》卷十一《先進》:"言語:宰我、子貢",邢《疏》曰:"若用其言語辨說,以為行人,使適四方,則有宰我、子貢二人",然非此處之意,善《注》援引不當。《荀子》卷三《非相》:"不好言、不樂言,則必非誠士也",楊《注》:"言,講說也"。專制王朝欲高抬皇家帝位,雖然形式上有太師、少師、太傅、少傅,實際授業者則不尊之為師，但曰侍讀、侍講。侍言即皇太子講經時此類人士。

甲、金文中，"史"從右手（"又"）或左手（"ナ"）持某物："⊕"。所持者何物，至今無可確信之說。該物中間一直豎上端若分叉："⊕"（合6226），或如西周早期《盂鼎》（02837）之"⊕"、西周中期《趞（音斥）觶》（06516）之"⊕"作三叉狀，則為"吏"或"事"，同時作為"使"字用。由此可知："史"本為受差遣辦事或辦事者，並未限於後世觀念中記載事件之史官。《尚書》卷十七《立政》、卷十八《顧命》均有"太史"，卷十四《酒誥》有"太史友、内史友"；西周早期《中鼎》（02785）："王令大史貺⊕土"，西周早期《大史友甗》（00915）："大史友作召公寶尊彝"，均無法確定彼等必與執筆書寫、管理檔案者有關。蓋至春秋時期，方可確定有接近後世意義之史官。《內則》鄭《注》："淳史，史惇厚是【者】也。"

此聯意謂：國學博士"稱"引儒門經、傳、先師之隻言片"辭"，所謂"發題"，敦厚誠實之文職者（"史"）持（"秉"）"筆"據實紀錄皇太子所講之義理。

（二十）善《注》：《周易》卷八《繫辭下》曰："知幾其神乎！"《尚書》卷三《舜【堯】典》曰："舜曰：'咨，四岳，有能奮庸，熙帝之載'"，王肅曰："載，事也"。《孔叢子》卷二《雜訓第六》曰："魯穆公訪於子思，曰：'寡人不德，嗣先君之業二年矣，未知所以為令名者，且欲掩先君之惡，以揚先君之善，使談者有述焉，為之奈【若】何？'"

海按：金文中，"幾"從人持戈（"戍"）、從𢆶（音幽，絲）："𢆶"，如西周中期《幾父壺》（09721）。戍自然意謂看守，𢆶乃極細微之物，結合二者為"幾"，有防微杜漸之義。無怪乎《說文》四篇下："幾，微也⋯⋯𢆶而兵守者,危也。"《尚書》卷四《皋陶謨》:"兢兢業業,一日二日萬幾",偽孔《傳》:"幾,微也",《周易》卷八《繫辭下》:"幾者,動之微,吉凶之先見者也",故"幾音"猶曰"微言"。《舜【堯】典》偽孔《傳》亦云:"載,事也。"涉乎《尚書》字詞訓詁而與偽孔《傳》同者,李氏素來援據後者,可見:此處王肅云云不合李氏舊貫。

此聯意謂:由於皇太子資質卓越,能神奇("妙")地洞悟("識")先聖王經典微言中之大義,使得先聖王之事蹟("載")及其背後秉持之道德原理得以闡"述"。

以上押劉宋時期入聲質部韻。

(二一)善《注》:《文選》卷五五《連珠》陸機《演連珠》之二三曰:"臣聞:絕節高唱,非凡耳所悲;肆議(義)芳訊,非庸聽所善。"孔安國《尚書》卷十一《牧誓》"昏棄厥肆祀,弗荅"《傳》曰:"肆,陳也。"鄭玄《毛詩》卷九之四《小雅·鹿鳴之什·出車》"執訊獲醜"[29]《箋》曰:"訊,言也;醜,眾也。"

海按:《文選》卷二五《詩丁·贈答三》謝瞻《於安城答靈運》"烟熅吐芳訊",《直東宮答鄭尚書》"君子吐芳訊"善《注》引《演連珠》此二句時,皆作"義"。此處乃據李氏體例:改動所引注文之原本字樣,以遷就配合所注解之正文用詞。甲文中有一字從右手("又")或左手("ナ")持一張口之"希(音亦)":"𠱼"(合28936),此字楷定為"叡";金文並從"巾":"𢾭"、"𢻮",如西周早期《毛公旅鼎》(02724)、西周晚期《禹鼎》(02833),"巾"乃覆蓋牲體,以免灰塵、蠅蚋等玷污。《儀禮》卷三六《士喪禮》及鄭《注》即云:牲體"皆覆","為塵"。對照從"又"持"肉",手間有血點,時或加一神主牌位("示")之"𢾭"(合36521),而《說文》九篇下云："豨，脩豪獸，一曰：河內名豕也"，可知：甲、金文中此字本義蓋指殺牲後，支解[30]、橫陳以祭。古文字學界多將此字楷定為"肆"，實有非驢非馬之嫌，因為西周後，🗎演變甚劇，一則左邊上半向左張口之頭部訛為"𠤎"，下半象身軀、尾巴者訛變為"矢"，此點檢視西周晚期《猷簋》（04317）已經簡省之形："🗎"，最為清楚；再則右邊下半"巾"中間一直豎向上延伸，與象"手"者合成《說文》三篇下所收之"聿（音捏）"，加一綴筆，即成以手握筆之"聿"，此點從西周早期《𤷾尊》（06014）已經訛寫之"🗎"，可見端倪，兩下合成為"肆"，故許氏指出："肆，篆文肆"[31]。事猶未止，"肆"上半之"𠤎"訛為"巨"，下半訛為"㐱"，於是"肆"分裂出一"肆"字。無怪乎傳世典籍中，"肆"、"肆"經常相淆，詳參《古字通假會典·齊部第十三（中）·聿字聲系》。《廣雅》卷一下《釋詁》："誅、罰、戮、伐、虔、肆、刈，殺也"，而凡殺牲以祭，必陳列牲體於祭壇上，故《周禮》卷十《地官·大司徒》："祀五帝，牽牛牲，羞其肆"，鄭司農云："羞，進也；肆，陳骨體也"。人犯罪見戮，為警眾，《論語》卷十四《憲問》："吾力猶能肆諸市、朝"，《集解》："鄭（玄）曰：'有罪既刑，陳其尸曰肆'"。因為陳列必悉數展開，故引申出盡情、任意之義。《左傳》卷三二《襄公十四年》："天之愛民甚矣，豈其使一人肆於民上"，杜《注》："肆，放也"；《文選》卷十八《賦壬·音樂下》嵇康《琴賦》："放肆大川"，善《注》："肆猶縱也"。《後漢書》卷七五《袁術傳·孫策諫書》："忠言逆耳，駁議致憎"，章懷《注》："議不同也"；《文心雕龍》卷五《章表》："漢定禮儀，則有四品……四曰議……議以執異"。

"方"當改讀為"旁"，相假例證詳參《古字通假會典·陽部第九（下）·方字聲系》。《說文》一篇上："旁，溥（普）也"，《廣雅》卷二上《釋詁》："旁，廣也"。《毛詩》卷十二之一《小雅·節南山之什·正月》：

"訊之占夢",毛《傳》:"訊,問也";《說文》三篇上:"訊,問也"。

此聯意謂:太子講經之後,聽眾就其所講,一段落或一環節地陳述("肆")疑難("議"),從各角度(方)、可商榷點,向之請教("訊")(32),以致先王"大教"能("克")全然地彰"明"較著,令聽眾無復疑問。

(二二)善《注》:《禮記》卷四六《祭法》曰:"此皆有功烈於民者也,及夫日、月、星、辰,民所瞻仰也;山、林、川、谷、丘、陵,民所取財用也,非此族也,不在祀典",卷二十《文王世子》又曰:"凡人之始立學者,先必釋奠于先聖、先師"。

海按:《毛詩》卷十八之三《大雅·蕩之什·烝民》:"王躬是保",《論語義疏》卷二《里仁》:"恥躬之不逮也",鄭《箋》、皇《疏》均曰:"躬,身也"(33)。《吕覽》卷一《孟春》:"躬耕帝籍田",高《注》:"躬,親也";《漢書》卷五八《公孫弘傳》:"躬率以正",顏《注》:"躬謂身親行之"。"聖靈"與上文的"睿圖"相呼應。前者無形,後者有象。

(二三)善《注》:《周易》卷三《觀》曰:"觀盥而不薦,有孚顒若",王弼曰:"王道之可觀者莫盛乎宗廟,宗廟之可觀者,莫盛於觀盥也。至薦,簡略不足復觀,故觀盥而不觀薦也"。《儀禮》卷九《鄉飲酒禮》曰:"乃閒歌《魚麗》,笙《由庚》;歌《南有嘉魚》,笙《崇丘》也;歌《南山有臺》,笙《由儀》。"

海按:《説文》八篇下:"屬,連也",《廣雅》卷二上《釋詁》:"屬,續也"。甲文中,"盥"本從水滴沃一倒手("爪"),下從"皿",承接落下之水:"󰀀"(合18532);金文則易為兩手("臼"),並將水滴寫成"水":"󰀁",如春秋早期《夆(音逢)叔匜(音宜)》(10282),其本義毫無疑問如《説文》五篇上所云:"澡手也"。從《觀》王《注》後文引《論語》卷三《八俯》:"禘自既灌而往者,吾不欲觀之矣",可知:"盥"當改讀為"祼"、"灌",以秬鬯酒倒於地,藉其濃烈的氣味吸引神靈降臨,是以此句言:既要親自("躬")恭敬地舉行"祀""奠",接著("屬")按儀節("禮")舉行盛大之祼鬯,其他來賓於旁"觀"禮。

"薦"既與"屬"對仗,可知不當訓為進也。《毛詩》卷十八之二《大雅·蕩之什·雲漢》:"饑饉薦臻",卷十二之一《小雅·節南山之什·節南山》:"天方薦瘥(音搓陽平)",毛《傳》即皆曰:"薦,重(音崇)"。"薦"每寫作"荐",相假例證詳參《古字通假會典·文部第五·存字聲系》。《左傳》卷五九《哀公十五年》:"荐伐吳國",杜《注》:"荐,重也"。樂凡四節:初,工升歌於堂上,以瑟和之;次,笙入,奏於堂下;三,間歌,先笙後歌,間替而作;四,合樂,堂上、堂下眾聲俱作。善《注》所引《鄉飲酒禮》文即第三間歌之內容。"樂薦"指歌、笙交替連續而作。"禮屬"、"樂薦"與顏氏《饗神歌》所言之"形舞綴"同一儀類。

(二四) 善《注》:《左氏傳》卷十九下《文公十五年》曰:"以昭事神,訓民事君"。《尚書》卷十八《偽君陳》:"成王若曰:'……黍稷非馨,明德惟馨。'"

海按:昭,明也。祭乃吉禮,故性質為陽、明。"昭事是肅"乃古代慣用語法,與"戎、狄是膺"、"文、武是憲"、"永終是圖"、"惟婦言是用"一致,即"肅是昭事"。《偽君陳》所云乃偽作者取自《左傳》卷十二《僖公五年》:"《周書》曰:'皇天無親,惟德是輔',又曰:'黍稷非馨,明德惟馨'。"

此聯言祭祀時,俎上之祭品雖薄,然此非先聖、先師所在意者,乃其祭祀("昭事")時誠心、嚴"肅"、尊敬之心態是悅。

以上押劉宋時期庚部平聲韻。

(二五) 善《注》:獻終,祭畢也。《尚書》卷十三《金縢》曰:"乃卜

皇太子釋奠會作

三龜，一襲（習）吉"，孔安國《傳》曰："襲（習）[34]，因也"。《禮記》卷四九《祭統》："孔悝（音盔）之鼎銘曰：'……成公乃命莊叔（達）隨難于漢陽，即宮于宗周，奔走無射（厭），啟右（佑）獻公，獻公乃命成叔纂乃祖服[35]。'"

海按：甲文中，"獻"作"🐕"（合31812）；金文沿之者，頗多左邊上半加"虍"："🐕"，如西周早期《史獸鼎》（02778），下半改"鬲（音力）"為"鼎"："🐕"，如西周中期《子邦父甗》（00932）。從《說文》三篇下："鬳（音宴），鬲屬，从鬲虍（音乎）聲"，可知："鬳"為炊具，且可盛裝煮好之食物，乃"甗"之初文。"獻"則藉由以"鬳"盛整隻犬，代表進呈之義[36]。何以从犬，不明原委，僅知《禮記》卷五《曲禮下》記載："凡祭宗廟之禮，牛曰一元大武，豕曰剛鬣……雞曰翰音，犬曰羹獻，雉曰疏趾，兔曰明視"。襲、習二字通假例證詳參《古字通假會典·緝部第十六·龍字聲系》。《老子》第六二章："有拱璧以先駟馬"，《左傳》卷十七《僖公三十三年》："（弦高）以乘韋先牛十二犒（秦）師"，是古人獻物，以輕者先於重者。奠輕，故奠畢，再獻"俎實"等他物。《禮記》卷二七《內則》："寒不敢襲"，鄭《注》："襲謂重衣"；卷三七《樂記》："周還（旋）裼襲"，孔《疏》："襲謂掩上衣也"，乃衣上加衣，外覆之罩袍。"習"之確解詳見《車駕幸京口侍遊蒜山作》"祥習在卜征"注。襲、習二字均有重疊、重複之義。襲（習）吉，本指每次占問的結果均為吉，於此處，則當理解為每獻皆蒙先聖、先師神明悅納。

甲文中，"即"乃左邊一跪坐之側面人形（後世訛為"卩"）面對一食器："皀"："🐕"（合34058）；金文僅將食器之座底改為橢圓或似錐形："🐕"，如西周早期《競卣》（05425），本義為就食，引申為臨近、前往抵達之義。西周早期《小盂鼎》（02839）："即大廷"，"即立（位）中廷"，而王各(格)廟或某廟、大(太)室,即位,更屬西周銅器銘文之慣用語。"即某廷"即來至某廷,"即位"即到位,則"即宮"即來至東宮。

(二六)善《注》:《初學記》卷十《帝戚部·王第五》劉楨《瓜賦》曰:"更鋪(布)象牙之席。"《文選》卷五《賦丙·京都下》左思《吳都賦》曰:"桃笙象簟(音店),韜於筒中。"《周【儀】禮》卷十六《大射儀》曰:"樂人宿懸(縣)於(于)阼階,笙、磬西面。其南笙、鍾,其南鑮(鑮音伯),皆南陳。建鼓在阼階西,南鼓;應(音映)鼙(音皮)在其東,南鼓。西階之西,頌磬東面,其南鍾,其南鑮,皆南陳。一建鼓在其南,東鼓、朔鼙在其北"(37),然鍾則金也。

海按:劉賦逸文又見《類聚》卷八七《菓部下·瓜》。《吳都賦》劉《注》:"桃笙,桃枝簟也。吳人謂簟為笙。又折象牙以為簟也。"善《注》所據引者乃《周禮》卷二三《春官·眡瞭》"掌凡樂事:播鼗,擊頌磬、笙磬"鄭《注》語,稱謂全然悖乎善《注》稱引體例。按其體例,當云:"鄭玄《周禮注》曰"。卷二二《春官·大司樂》:"凡樂事,大祭祀,宿縣",賈《疏》:"言宿縣者,皆於前宿豫縣之",方廷珪蓋據此釋曰:"宿懸,前一日所陳設之樂",然非此處用法。甲文中,"宿"乃一側面人形臥於席上:"㊗"(合 27814)、"㊗"(合 19586)。"㊗"象席上有編織之形。或增"宀":"㊗"(合 31233),以示臥於屋內。象席之部件,於小篆中,訛變為"因";於楷書中,更訛變為"百"。由此引申出住也、駐也,故得與作為動詞之"設"對仗。於此處,即出句所言之陳"設"。

(二七)善《注》:《春秋·漢含孳》曰:"三(38)公在天,法三能。"能與台同。保,太保也。皇戚,皇家之戚也。《爾雅》卷四《釋訓》曰:"美女為媛,美士為彥。"

海按:《後漢書》卷五《安帝紀·論》:"推咎台衡,以荅天眚",章懷《注》:"台謂三台,三公象也";《公羊傳》卷五《桓公八年》:"祭公者何?天子之三公也",徐《疏》:"《春秋説》云:'立【法】三台以為三公也'",或稱三司。甲文中,"保"作"🝁"(合2642)、"🝁"(合6330),象背負小孩;金文多作"🝁",如西周早期《保卣》(05415),右邊一撇乃象維持小孩不墜之布包及帶子,為符合漢字對稱習慣,乃於左邊加一撇,乃成習見之字形。"褓"、"緥"之"衤"、"糸"均為使意義明顯之後加者。"保"本為卑職,然至晚於西周初,已為顯赫之官,如君奭曰太保。此處之"保"則係以部分代表全體,指高於三公之上公。《晉書》卷二四《職官志》:"晉初,以景帝(司馬師)諱故,又採《周官》官名,置太宰,以代太師之任,秩增三司,與太傅、太保皆為上公。"《尚書》卷三《舜【堯】典》:"慎徽五典",偽孔《傳》:"徽,美也",《釋文》:"王(肅)云:美;馬(融)云:善也"。甲文中,"戚"作"🝁"(合31036),象長柄、有齒刺之斧鉞;金文省去長柄,如鋒面向上,則成"🝁",如西周早期《啟卣》(05410),故《説文》十二篇下:"戚,戉(鉞)也"。西周中期《戚姬鼎》(03569)改从"戈","尗(音叔)"聲;"🝁",戰國中葉楚簡作"🝁"(郭·語1·34);小篆則承自金文,从"戊""尗"聲,即後世習見之字形。斧鉞自屬武器,然自《毛詩》卷二十之四《商頌·長發》:"武王(湯)載旆,有虔秉鉞",《尚書》卷十一《牧誓》:"(周武)王左杖黃鉞",蓋為軍事將領所持。若頒予臣工,從《周書》卷四《克殷》:"周公把大鉞,召公把小鉞以夾王",西周晚期《虢季子白盤》(10173):"賜用鉞",《左傳》卷四七《昭公十五年》追述周襄王當年命晉文公為伯,賜"鏚鉞",均屬有血緣關係、親信之人,故引申出日後"親戚"之義,並擴及姻親。《孟子》卷十二上《告子下》:"其兄,關弓而射之,則己垂涕,泣而道之。無他,戚之也",趙《注》:"戚,親也";

《呂覽》卷三《論人》："又必以六戚四隱"，高《注》："六戚，六親也"。《尚書》卷二十《秦誓》："人之彥聖"，偽孔《傳》以"美"訓讀"彥"；《毛詩》卷四之三《鄭·羔裘》："彼其之子，邦之彥兮"，毛《傳》："彥，士之美稱"。春秋晚期《徐王子旃鐘》（00182），"兼"作"🔲"，象手（"又"）持雙"🔲"（禾）；甲文中，"比"作"🔲"（合 32615）、"🔲"（合 586），金文作"🔲"，如西周早期《比甗》（00913），或"🔲"，如西周中期《班簋》（04341），或"🔲"，如西周晚期《諶鼎》（02680），象兩匕緊鄰排列[39]，故有連結、協同之義，於此處猶言"各個均"。

此聯意謂：受邀參與盛"讌"之一品大員均（"兼"）具有懿德懿行，皇親國戚一個個（"比"）嘉善可稱。

（二八）善《注》：《禮記》卷六三《聘義》曰："聘、射之禮，至大禮也。質明而始行事，日幾中而后禮成，非強有力者弗能行也，故強有力者將以行禮也，酒清，人渴而不敢飲也，肉乾，人飢而不敢食也。"杜預《左氏傳》卷二七《成公十二年》"於是乎有享、宴之禮，享以訓儉，宴以示慈惠"《注》曰："享有體薦，設几而不倚，爵盈而不飲，肴乾而不食，所以訓共（恭）儉也"。《淮南子》卷七《精神》曰："肉凝而不食，酒澄而不飲。"

海按：所稱引之《禮記》與杜《注》、《淮南子》內容複沓，蓋李氏四次注文之混合。"肴"多寫作"殽"，通假例證詳參《古字通假會典·宵部第十八·爻字聲系》。《儀禮》卷四六《特牲饋食禮》："有公有司、私臣，皆殽脊"，鄭《注》："凡骨有肉曰殽。《禮記》卷四九《祭統》：'凡為俎者，以骨為主'"。引申之，《文選》卷四八《符命》班固《典引》："肴覈（覈）仁、誼（義）之林藪"，蔡《注》："肉曰殽，骨曰覈"。

皇太子釋奠會作

"整"可改讀為"正",相假例證詳參《古字通假會典·青部第三·正字聲系》。"端"、"整(正)"義通。此句本身為內對,上句亦為內對("肴"、"酒"為名詞,"乾"、"澄"為形容詞),而後二者再外對,極其精密。人首所戴者以冕為貴,弁次之,冠又次之。弁以皮革分裁為若干三角形,縫合成上尖下廣之圓錐形帽子。每片相連結縫合處謂之會合之會。《周禮》卷三二《夏官·弁師》:"王之皮弁會五采玉璂(音其)",鄭《注》:"會,縫中也……每貫結五采玉十二以為飾"。

此聯意謂:由於與此"讌"會者皆係有德之士,以禮儀為重,慶賀皇太子學成,是以雖有盛饌("肴乾酒澄")當前,卻因精神享受遠過於物質享受,僅依禮獻酬、進食,未嘗恣意醉、飽,如同孔子在齊聞《韶》,三月不知肉味,長時間之內,始終保持穿("服")戴("弁")"端"正"整"齊。

以上押劉宋時期先部去聲韻。

(二九)善《注》:六官,六卿也。《周禮》卷二一《春官·典命》曰:"典命掌諸侯之五儀……其宮室、車旗、衣服、禮儀各眂(視)其命之數。"《漢書》卷四三《叔孫通傳》曰:"漢七年(前200),長樂宮成,諸侯、羣臣朝十月,儀:……大行設九賓,臚句傳(40)。"《文選》卷三《賦乙·京都中》張衡《東京賦》曰:"伯夷起而相儀,后夔坐而為工。"

海按:《毛詩》卷三之一《鄘·定之方中》"揆之以日"毛《傳》"南視,定北準極"《釋文》:"視字又作眂",《儀禮》卷十八《大射儀》:"北面視筭",《釋文》所據本作"眂",自注:"本亦作視"。此所以五臣本、六家本、六臣本"眂"均作"視"。六官猶後世所言之六部大小官員,實即百官。甲文中,"賓"從"宀"內有側面人形:"𠂊"(合16951),或加"止":"𠂊"(合27663)(41),以象來客、迎客之義。因欲標示側面人形之頭部,圓形契刻不便,乃寫作"丂",而"丂"乃"丏(音免)"之初文,如商代晚期

《舟丏父丁卣》(05073)，小篆"宀"下之形"🝌"即承此而來。金文中，不加"止"，而多加"貝"："🝍"，如西周早期《義叔聞簋》(03695)，以示賓客之餽贈。"九賓"相對於"六官"，著重外國眾賓。張銑："九賓謂九卿也"，連基本常識都不具。《論語》卷十一《先進》："願為小相"，《集解》："鄭(玄)曰：'小相謂相君之禮'"。相禮猶司儀。易"禮"為"儀"，協韻故也。

此句乃含隱形筆墨之省語，意謂：本朝百官("六官")各根據("視")其品級("命")而居席位，外藩使臣("九賓")皆依"相"禮官之號令指示，按班行禮。

(三十) 善《注》：纓、笏，垂纓秉笏也，皆朝臣之服，故舉服以明人。《爾雅》卷五《釋宮》曰："東、西牆謂之序。"巾，巾箱也，所以盛書。

海按：《說文》十三篇上："纓，冠系也。"漢語名詞每兼為動詞。後世為區別，乃以"繫"為動詞，"系"專用為名詞矣。《儀禮》卷二《士冠禮》："緇布冠"，"青組纓"，鄭《注》："笄，今之簪。有笄者屈組為紘，垂為飾；無笄者纓而結其條(音掏)"。屈組云云指將兩條紘自頷下交叉而過，上繫於笄突出帽外之兩截，多餘之紘垂下為裝飾。無笄者則逕於頷下打結。《儀禮》卷三五《士喪禮》："竹笏"，鄭《注》："笏，所以書思對命者"；《穀梁傳》卷七《僖公三年》："(齊)桓公委端、搢笏而朝諸侯"，范《注》："笏以記事者也"。《宋書》卷十八《禮志五》："古者貴賤皆執笏，其有事，則搢之於腰帶"；奏對時，雙手執於面前，目視其上所載條目，是以又曰"手板，則古笏也"。"國子、太學生""執一卷經，以代手板"。上文已言及三"台"、"六官"，此處所指乃士子。善《注》以為代指"朝臣"，非是。《說文》六篇下："帀，匝(周)也"，《廣雅》卷二上《釋詁》："帀，徧也"，引申為遍佈之意。此字今多寫作"匝"。《釋宮》郭《注》："所以序別内、外。"指正堂左右各有一南北向之牆,隔成東、西堂者。

胡紹煐:"本書《宋孝武帝宣貴妃誄》云:'巾見餘軸',(善)《注》:'巾,巾箱也',《齊書》【《南史》】卷四一《齊宗室列傳·衡陽元王道度傳附繼子鈞傳》:'鈞常手自細書寫五經,部為一卷,置於(于)巾箱中,以備遺忘'"⁽⁴²⁾,《南史》卷五七《范雲傳》:"(江)祐求雲女婚姻,酒酣,巾箱中取翦刀與雲,曰:'且以為娉'"。朱琦:"'卷'或為'裷(音冤)'之省……《廣雅》卷七下《釋器》:'幭(音滅)、帊(音怕)、襎(音凡)、裷(音凡)、帟(音荒)、幞(音菩)也',王氏《疏證》以為皆巾屬……則'巾卷'猶'巾幞'。"善《注》、胡氏之說非是,均屬添字解經,朱說亦未當。桂馥《札樸》卷七《匡謬·頭巾》:"惟袁(枚)簡齋先生知是巾是頭巾",並引"《後漢書》卷二六《韋彪傳附族孫著傳》:'解巾之郡',《北史》卷二六《高【刁】雍傳附玄孫柔傳》:'解巾司空行參軍'"等為證,指出:此"巾"猶《秋胡詩》"脫巾千里外"之"巾",朱琦從之。出句之"纓"、"笏"一為身著,一為手持,則對句之"巾"、"卷"亦當如是,"巾"為首服,"卷"乃隨身攜帶之書册。

此聯意謂:戴冠繫"纓",手持經卷以代手板("笏")之士子齊聚("匝")於學宮正殿之東、西兩堂;以"巾"裹髻,手提書"箱"者"充"斥大"街"小巷。

(三一)善《注》:《爾雅》卷五《釋宮》曰:"一達謂之道路,二達謂之歧旁,三達謂之劇旁,四達謂之衢,五達謂之康,六達謂之莊,七達謂之劇驂,八達謂之崇期,九達謂之逵。"《文選》卷四八《符命》揚雄《劇秦美新》曰:"雲動風偃,霧集雨散。"《韓詩》曰:"肅肅兔罝,施于中馗",薛君曰:"中馗,馗中,九交之道也"。《文選》卷五一《論一》王褒《四子講德論》曰:"風馳雨集,雜襲【襲雜】並至。"

海按："馗"，《毛詩》卷一之三《周南·兔罝》作"逵"。都,京城;野,四郊,猶言京城內外。上古習以國、野相對,都之規模小於國,故《左傳》卷二《隱公元年》:"都城過百雉,國之害也。先王之制:大都不過參(三)國之一;中,五之一;小,九之一",杜《注》:"方丈曰堵,三堵曰雉,一雉之牆長三丈,高一丈","三分國城之一"。此乃文學作品,是以不當拘於禮制,顏氏刻意以"都"代"國",避熟就生耳。

此聯意謂:不論城市("都")或郊外("野")之道路("莊"、"馗")上,眾多士子形成之人潮湧"動"、奔"馳"而來,嚮慕之情如"雲"從龍,"風"從虎。

(三二) 善《注》:鄭玄《禮記》卷五三《中庸》"《詩》曰:'德輶如毛',毛猶有倫"《注》曰:"輶,輕也……倫猶比也。"《說文》八篇上曰:"伍,相參伍也。"《後漢書》卷四四《胡廣傳》章懷《注》引謝承《後漢書》所載蔡邕《胡(廣)黃(瓊)二公頌》曰:"超哉邈犺【乎】,莫參【與】其【為】二。"

海按:甲文中,"侖"乃从一倒"口",下為以一繩將數根直線狀之物編結在一起:"侖"(合18690)。對照"龠",甲文中,乃兩道上有"口"之直線被圈為一體,而上無倒"口":"龠"(合25755);金文中,多為四道直線,直線上有兩口,且有倒"口":"龠",如西周早期《士上卣》(05421),可推知:"侖"象吹數音管編成之某種樂器[43]。因樂管緊密相連,故引申出排列相比次之義。加"人"字偏旁為"倫",不過限定為人際、人事關係方面者。《周禮》卷十一《地官·小司徒》:"五人為伍,五伍為兩",《管子》卷一《立政·首憲》:"什家為什,五家為伍",不論規模大小,"伍"均意謂編入同一單位中,單位中各分子乃伙伴關係,故《漢書》卷二一上《律歷志》:"自黃鐘始而左旋,八、八為伍",《集解》:"孟康曰:'伍,耦也'";卷九七上《外戚列傳·孝文竇皇后傳》:"請其主遣宦者吏:'必置我籍趙之伍中'",顏《注》:"伍猶列也"。《尚書》卷二十《秦誓》:"斷斷猗",孔《疏》:"《禮記卷六十·太(大)學》引此,作'斷斷兮','猗'是'兮'之類";《毛詩》卷十九之三《周頌·臣工之什·潛》:"猗與(歟)漆、沮[44]",鄭《箋》:"猗與,歎美之言也"。

此聯意謂:若將本朝與"周"、"漢"並排("倫")同列("伍"),相較之下,立刻顯示出劉宋之"超"越,遠("邈")過一大截。即《應詔讌曲水作》"仁固開周,義高登漢"之意。

以上押劉宋時期支部平聲韻。

(三三)善《注》:清暉,喻日、喻帝也。《孟子》卷十三下《盡心上》云:"日、月有明,容光必照焉",趙岐曰:"容光,小隙(郤)也,言大明照幽微也"。

海按:善《注》非是。"清"即上文所引《管子·內業》之"大清","道也","清暉",道之光,所謂"大明"者,與上文之"仰鏡"之"鏡"呼應。《盡心上》孫《疏》:"言日、月之有明,凡於幾隙,但有容其光者,則必照之,亦若道之在天下,無往而不在也。"

(三四)善《注》:《周易》卷一《乾·文言》曰:"乾元者,始而亨者也;利貞者,性情也",王弼曰:"不為乾元,何能通物之始?不性其情,何能久行其正?是故始而亨者,必乾元也;利而貞(正)者,必性情也"。此意性情者正也。言人君在上,以道被物,各存其性,偽情矯志不入於心。《老子》第六二章曰:"道者,萬物之奧。"《廣雅》卷四上《釋詁》曰:"奧,藏也。"

海按:兩漢已降,每以性配陽,情配陰,陽正而陰則可能偏邪、氾濫。《三國志》卷二八《鍾會傳》裴《注》引何劭《(王)弼別傳》:"何晏以為聖人無喜、怒、哀、樂……弼與(晏)不同,以為:聖人茂於人者,神明也;同於人者,五情也。神明茂,故能體沖和以通無;五情同,故不能無哀、樂以應物,然則聖人之情應物而無累於物者也。今以其無累,便謂不復應物,失之多矣。"有情應物而無累即"性其情"。循漢語慣例,"性"兼具名、動二詞性。王《注》與此處之"性"均為動詞用法,意指使感情、衝動被性節制、導正,亦理智化。

《爾雅》卷五《釋宮》:"西南隅謂之奧,西北隅謂之屋漏,東北隅謂之宧(音宜),東南隅謂之窔(音咬)。"古代房室設計,多為坐北朝南,《儀禮》卷五《士昏禮》:"席于戶、牖閒",鄭《注》:"室:戶西,牖東,南面位";《爾雅》卷五《釋宮》:"西南隅謂之奧",邢《疏》:"孫炎云:'……古者為室,戶不當中而近東'"。牖又在戶之東,故無論人之進出,或外間光線之照射所及,室內"西南隅"乃"最為深隱"及黯昧之處,宜為寢息所在。《儀禮》卷五《士昏禮》:"御衽于奧",鄭《注》:"衽,臥席也"。"奧"乃因此引申出深邃、秘密、隱藏等義。

(三五)善《注》:沈約《宋書》卷七三《顏延之傳》曰:"元嘉中,延之劉湛誅,起延之為始興王濬後軍諮議參軍、御史中丞,在任縱容,無所舉奏,遷國子祭酒、司徒左長史。"《尚書》卷三《舜【堯】典》曰:"帝曰:夔,命汝典樂,教胄子。"《文選》卷六十《弔文》賈誼《弔屈原文》曰:"側聞屈原……敬弔先生兮,自沈汨羅。"《尚書》卷十八《偽周官》曰:"司徒掌邦教,敷五典,擾兆民。"

海按:"妄"乃顏氏自謙之表示。李周翰:"延年時為國子博士",乃不知有漢,無論魏、晉之混說。顏氏為國子博士,事在東晉末、宋國建之時,去此詩作期已三十年矣!梁章鉅:"按《宋書》顏延之本傳,元嘉中,

皇太子釋奠會作　　339

曾遷國子祭酒,正居國冑之先。"甲文中,"冑"作"㼝"（合4078）。或人據《説文》七篇下,認為此字乃從冃㕚（由）聲,"冃"乃"冑"之初文。對照"中研院"史語所典藏、歷史文物陳列館展示的河南安陽侯家莊西北岡墓1004所出青銅"頭盔",知此說非是,此字整體為一頭盔形狀,正中乃與頂部一體成形的圓管。金文則於"冃"下加一"目",以部分代表全體（頭）,使其頭盔意義明顯,如西周早期《小盂鼎》（02839）:"㝉",西周中期《虡(音渠)簋》（04167）:"㝗"。春秋以前,具備戰技訓練並實際作戰者皆貴族,是以偽孔《傳》:"冑,長也,謂元【天】子以下至卿大夫子弟",《釋文》:"王（肅）云:冑子,國子也"。甲文中,"邦"從"田"上種有兩行對生、向上之枝者（丰）:"畗"（合846）,與《説文》六篇下所錄古文"邦":"㞢"形極近,象於田界上種樹,以示彼此之疆域,意即領土所在。金文"邦"則於"丰"下從"土",右邊加"邑":"邦",如西周中期《盠方彝》（09899）。甲、金文中,"邑"上一方框或圓圈,乃示領土也,甲文下為側面跪坐之人形:"卩"（合6057）;金文則為屈俯上身之跪坐人形:"卩",如西周早期《臣卿鼎》（02595）,僅刻畫習慣不一,實際無別。

《文選》卷五七《誄下》顏延之《陽給事誄》:"末臣蒙固,側聞至訓",《弘明集》卷四《答性論》顏延之《重釋何衡陽》:"側聞其略,敢辱其詳",《文選》卷四一《書上》司馬遷《報任少卿書》:"僕雖罷駑,亦嘗側聞長者之遺風矣",善《注》:"側聞,謙辭也"。《鮑照集》卷六《擬古》之二:"側覩君子論,預見古人風",《類聚》卷四七《職官部三·司空》所錄謝莊《為東海王讓司空表》:"臣側觀前載,與窺洪典"。若為身份平行之賓、主,則兩席相對而坐;若為後輩、部屬,則主位當中,來訪者則跪坐於一邊（側）,"聞""覩"長者獨自或與平行之貴賓論學議事。因此,"側"不僅意謂跪坐之位置,時亦可表示"聞"、"覩"者非主人發言直接對象,乃順帶與"聞"、與"覿"者。甲文中,"教"從"攴"、"子"、"爻":"🖹"(合27732),"爻"亦聲,乃手執鞭、杖("攴")教"子"習籌算("爻")。見知金文多從之,然亦有改從攴、學者:"🖹(斆、敦)(音校)",如西周早期《沈子它簋蓋》(04330)。甲文中,"學"本為雙手"臼"擺弄"X(五)"、"介(六)":"🖹"(合3611),或擺弄"爻":"🖹"(珠522),與"教"所從者無本質差異。金文則加"子":"🖹",如西周早期《令鼎》(02803),以示學習者為幼年者。"教"、"學"二字密切相關,故《禮記》卷三六《學記》曰:"《兌(說)命》:'學學半'",孔《疏》:"上'學'為教,音教;下'學'者謂習也,謂學習也"。李氏為覓得"邦教"一詞之出處,乃忘其祖,《尚書》卷三《舜【堯】典》:"契⋯⋯汝作司徒,敬敷五教",其愚泥可見。

(三六)善《注》:微冥,微賤而闇冥也。《家語》卷一《大婚第四》:"哀公曰:'寡人且愚冥,幸煩子之於心。'"《莊子》卷一上《逍遙遊》曰:"故夫智(知)效(效)一官,行比一鄉,德合一君,而徵一國者,其自視也亦若此矣。"

海按:《呂覽》卷十《異用》:"以網其四十國,非徒網鳥也",高《注》:"徒猶但也";《漢書》卷九十《酷吏列傳·王溫舒傳》:"徒請召猜禍吏與從事",《集解》:"應劭曰:'徒,但也'"。《孟子》卷三上《公孫丑上》:"冉(伯)牛、閔子(騫)、顏淵則具體而微",趙《注》:"微,小也";《文選》卷十《賦戊·紀行下》潘岳《西征賦》:"苟蔽微以繆章,患過辟之未遠",善《注》:"《周易注》:'君子知微,謂幽昧'"。此聯乃銜上聯而來,言自己雖"先"已"聞邦教",可是至今唯("徒")餘"愧"咎,因始終未能以個人才"智""效"力,盡到輔益皇太子之責。"微冥"乃雙關語,既言其才"微"識黯("冥"),復言其人微官卑,不見留意,若處於"冥"暗中。《莊子》原文本以斥鴳(音燕)之於大鵬,譬喻一曲之士之於至人、神人。顏氏此處愈故作謙卑狀,言自己連"智"能克"効"一官之一曲之士亦辭("謝")不敢當。

以上押劉宋時期宵部去聲韻。

【補述】

(1)甲文之"𠂤"(合5814)、"𠂤"(合4834),乃一關乎"師"之指事字。作動詞用,讀為"次",意謂暫駐留宿;作名詞用,乃軍隊駐紮之處。只因《𠂤丞(承)卣》銘文:"𠂤丞作父丁尊彝",按詞例,此字必為官職稱謂,故不得不讀為"師"。"師"乃莊系生母脂部字,"次"乃精系清母脂部字,上古時,精、莊二系合一,相假無礙。

(2)焉,乃也、於是也。

(3)《文選》卷二三《詩丙·贈答一》所載王粲《贈文叔良》乃另一首,故無此逸聯。

(4)尤刻本、六家本、六臣本"道"均作"通",是也。

(5)《魏都賦》:"昏情爽曙",善《注》:"孔安國《尚書》卷八《偽仲虺之誥》'式商受命,用爽厥師'《注》:'爽,明也'"。苟依李氏之訓解,非"微異",根本不同。

(6)奎章閣六家本後一"民"字已回改不誤。"天人"根本不詞,"天民"乃相對於"天牧"而言。又,卷九下《萬章上》有同類句子。

(7)六家本、六臣本"羲"均作"犧",無別。至於世間多曰"伏羲","伏"乃奉母(bv)之部(職部)字,"庖"乃奉母幽部字,"包"乃幫母(p)幽部字,上古無唇齒音,唇齒音皆為雙唇音,之、幽二部字多旁轉,相假無礙。通假例證詳參《古字通假會典·之部第十一(下)·伏字聲系》、《幽部第十七(下)·包字聲系》。後一句多以"先"斷句,非是。否則,既言"首",復言"始",義複沓矣!"先首"猶"元首",乃同義複詞。

(8)茶陵六臣本"元"因下文"蒙,亨"而誤作"蒙"。

(9)王念孫《讀書雜志·漢隸拾遺·衛尉卿衡方碑》指出:《廣韻》卷四《去聲·六至》:"愍,告也。"

(10)《隋書》卷三三《經籍志·史·雜傳》著錄嵇康《聖賢高士傳贊》三卷,周續之注。周氏蓋東晉徵士。

(11)十三座《者沪鎛》唯有上海博物館所藏者(00122)字跡清晰。"者"字後、第二行首字作"▨"。从"水"無異議,然"水"側之部件當釋定為"刀"或"弓"或它字,均有人主張。

(12)詳參于省吾、陳世輝:《釋庶》,《考古》第 10 期(1959 年)。

(13)傳統均將"錫"讀為"賜",如《晉》孔《疏》:"天子美之,賜以車馬蕃多而眾庶",然如此則導致"用"字蹈空。非特此處,《尚書》卷六《禹貢·揚州》:"厥包橘、柚錫貢",偽孔《傳》:"錫命乃貢,言不常",意謂天子有特殊需求之命令時,甫貢橘、柚,孔《疏》所引鄭《注》更荒唐,明知"錫"讀為"賜"講不通,竟將之訓解為五金之"錫"礦。暨《禹貢》末"禹錫玄圭,告厥成功",竟不惜添字解經,且倒錯賓、主語,釋為"堯賜(禹)玄圭,以彰顯之"。戰國以前,上予下,下獻上,均曰"錫(賜)",此所以端木賜字子貢。後世"錫(賜)"之語義範圍縮小,僅限於上對下,經生無知,乃有該等謬解。上引《揚州》及《豫州》"錫貢磬錯"之"錫貢"乃同義複詞,《荊州》"納錫大龜"之"納錫"即納貢。至於"三接",傳統均將"接"如字讀,如《周易集解》卷七《震》侯果曰:"一晝三覿(音敵)也",孔《疏》:"一晝之間,三度接見",恐待商榷。"接"或當改讀為"捷",相假例證詳參《古字通假會典·緝部第十六·妾字聲系》)。因此,《晉》此句卦詞當語譯為:康侯因(用)所貢之馬種優良,繁殖眾多,軍力加強,故爭戰時能迅速且屢屢告捷。此所以《六二》曰:"受茲介福于其王母。"

（14）金文中，"吳"作"⿱⿰口矢⿱、""⿱⿰口矢⿱、""⿱⿰口矢⿱"，如西周早期《班簋》(04341)、西周中期《蒿簋》(04195)、西周晚期《吳王姬鼎》(02600)，从"口"从"矢"，《說文》十篇下："矢，傾頭也"，是以"吳"本義象旁人張口喧譁，因此人不堪其擾，而歪首偏離。《毛詩》卷十九之四《周頌·閔予小子之什·絲衣》："不吳不敖（傲）"，卷二十之一《魯頌·駉之什·泮水》："不吳不揚"，毛《傳》、鄭《箋》分別曰："吳，譁也"。除此二處，故籍中再未見此原義用法。縱於銅器銘文中，"吳"均作邦國、人名之專有名詞。加"虍"之"虞"或為"吳"之別名，相假例證詳參《古字通假會典·魚部第十九（上）·吳字聲系》；或為虞國，故西周早期《叔矢鼎》(NA0915)銘文中之"叔矢"即"唐叔虞"；或為傳聞中繼陶（音姚）唐之朝代名，最普遍者乃山林禽獸之掌管職稱，如《周禮》卷十六《地官》之山虞、澤虞。這種職稱用法之"虞"實乃"㢑"之假借字，相假例證同上。《說文》六篇下："㢑（音予），守之也。"由此方引申出防備、憂慮、逆料等義。

（15）奎章閣六家本"庠"誤作"羣"，乃形近致訛。

（16）六臣本均刊去"睟，已見上文"，復述《應詔讌曲水作》"有睟睿蕃"善《注》所引《孟子》文，違反善《注》體例。

（17）《說文》六篇上："櫓，大盾也……樐，或从鹵"，故《儒行》鄭《注》："干、櫓，小楯、大楯也"，而《後漢書·續漢志》卷十九《郡國志·序》劉昭《注補》引《帝王世紀》曰："長平之戰，血流漂鹵"。"鹵"、"櫓"、"樐"通假例證詳參《古字通假會典·魚部第十九（中）·魚字聲系》。《孟子》卷十四上《盡心下》："盡信《書》，則不如無《書》。吾於《武成》取二、三策而已矣！仁人無敵於天下，以至仁伐不仁，而何其血之流杵也（耶）？""櫓"作"杵"，若非傳聞異辭，即為方言中音近之訛。戰場上焉有舂穀、物之杵？除非周師攻朝歌時，遭遇殷京百姓頑強抵抗,而屠城。趙岐蓋即曾如此揣度,故《注》曰:"殷人簞食壺漿而迎其王師,何乃至於血流漂杵乎?"

(18)奎章閣六家本"詑"誤作"詫",形近致訛也。

(19)《隋書》卷三四《經籍志三·子·道家》著錄"《莊子》十六卷",自注:"司馬彪注。本二十一卷,今闕。"《經典釋文》卷一《〈莊子〉序錄》,登載"司馬彪注二十一卷,五十二篇",李氏與陸氏同時代,無由不見司馬注之完本。縱或不見,闕者蓋亦"解說三,為音三卷"部分。此節司馬彪注今僅見於《釋文》所引。《釋文》所引司馬彪云:"(詑,)告也。"

(20)徐廣生平見《晉書》卷八二《徐廣傳》。

(21)胡克家已指出:"敖"乃衍文。六家本、六臣本均無此字,是也。

(22)六臣本均未脫"節"字。

(23)徐炫《說文》卷五下《食部·新附》:"餕,食之餘也",故《禮記》卷二六《郊特牲》:"舅、姑卒食,婦餕餘",《儀禮》卷五《士昏禮》:"媵餕主人之餘,御餕婦餘",然據《禮記》卷二《曲禮上》:"餕餘不祭",則此處斷非指剩餘之食物。當如《儀禮》卷五《士昏禮》"贊戶內北面荅拜"賈《疏》"饗(餐)皆答拜"《校勘記》所云:"《論語》卷二《為政》:'有酒食,先生饌','饌',《釋文》:'鄭(玄)作"餕"',蓋'饌'即'餐'之或字,'餐'又與'餕'通。"

(24)六家本、六臣本均無此六字,呂延濟則有:"遏,遠也",蓋或人為免重複,乃刪之。

(25)《說文》五篇上:"箠(音屯),榜也。"《漢書》卷八六《王嘉傳》:"(淳于)長榜死於獄",顏《注》:"榜,笞擊也"。

(26)詳參劉釗:《談史密簋銘文中的"眉"字》,《考古》第 5 期(1995年)。

(27)《〈前漢書〉敘例》:"晉灼,河南人,晉尚書郎。"

(28)六家本、六臣本善《注》所引《文王世子》均未脫"周"字。

(29)金文中,"訊"作"⿰口⿱爫糸",如西周中期《彧簋》(04322),象人反手被繩索束縛,與甲文中之"執":"⿰幸丮"(合28011)乃兩手向前,被拘錮在銬鎖刑具中①,適相反。因被審問,故从口。其餘金文將被俘者之足部亦畫出:"⿱⿰口⿱爫糸止",如西周晚期《䚅(音楚)簋》(04215)。"執訊"乃西周成詞,每每與"折首"連言或對舉,如西周晚期《師同簋》(02779):"折首執訊",西周晚期《虢季子白盤》(10173):"折首五百,執訊五十",亦常與"獲馘"連言或對舉,如西周早期《菁(音害)簋》(NA1891):"執訊獲馘",西周晚期《柞伯鼎》(NB1059):"執訊二夫,獲馘十人"。"折首"、"獲馘"乃論被斬殺者,"執訊"則論被生縛者。鄭《箋》以"言"訓"訊",雖遠不如於《毛詩》卷十之二《小雅·南有嘉魚之什·采芑》"執訊獲醜"處所注:"將可言問",貼近"執訊"中"訊"之詞意,然李氏刻意擇此,乃因講經問難與拷問俘虜迥別,是為善《注》慎擇高明之處。卷十六之四《大雅·文王之什·皇矣》:"執訊連連,攸馘安安",鄭《箋》:"殺而獻其左耳曰馘",《釋文》:"馘……又作聝,《字林》:'截耳則作耳傍,獻首則作首傍'"。直割其左耳,乃為繼續戰鬥之過程中,攜帶方便。左、右耳形態有別,不虞有冒濫軍功之嫌。至於鄭氏訓"醜"為"眾",據《毛詩》卷

---

① 《說文》十篇下:"執……从丮、䇂(音臬)","䇂……从大,从羊(音忍)。"前者解析正確,後者則否。甲文中,"䇂"作"⿻大⿰丨丨"(合501)、"⿻大⿰丨丨"(合496);金文作"⿻大⿰丨丨",如商代晚期《䇂爵》(07707),兩端紮束,中間隔開為兩空間,以便將雙手拘禁於内。甲、金文中目前未睹"幸",至楚簡方見:"⿱屰犬"(上博三·昭·3),从"屰"从"犬",雖不明其取義,然與"䇂"之字形有天壤之別。《說文》十篇下將"幸(羍)"解析為"从屰从夭",蓋沿秦系文字"⿱屰夭"(睡·秦5)而來。至晚,東漢中葉以降,已因隸書形近,"䇂"與"幸"混而為一,如《漢魏六朝碑刻校注》第二冊《東漢(續)·邵陽令曹全碑》(0139):"父琫(音崩上聲)……不䇂早世",故楷書中"執"乃从"幸"。

四之三《鄭·遵大路》:"無我魗兮",孔《疏》:"'魗'與'醜'古今字",鄭乃將"獲醜"之"醜"改讀為"儔",此所以《孟子》卷四上《公孫丑下》:"今天下地醜德齊,莫能相尚",趙《注》:"醜,類也"。凡同類者必有一致之處,故"醜"與"齊"形成內對,而同類者必為多數,故訓"眾"。

(30)《周禮》卷三十《夏官·小子》:"掌祭祀,薦羊肆",鄭《注》:"肆……所謂豚解也",指將牲體之大關節處折斷。《儀禮》卷三六《士喪禮》:"乃朼(朼音比)載",鄭《注》:"凡七體",賈《疏》:"前左、右肩……後左、右髀(音必)……并左、右脅,通脊,為七體也"。《周易》卷五《震》:"不喪匕、鬯",王《注》:"匕,所以載鼎實"。《說文》四篇下:"股,髀也","脅,兩膀也"。

(31)如果左半部件不訛變,僅增加一類屬的"豕",右半之"聿"亦不加綴筆,則合成許氏所說的"𢁿,籀文肆",學人多將之楷定為"肆"。

(32)有關皇室釋奠講經之儀節,詳參郭永吉:《帝王學禮——自漢至隋皇帝與皇太子經學教育禮制研究》(臺北:"中央大學"出版中心遠流出版事業股份有限公司,2019),第六章,第一節。

(33)《說文》七篇下:"呂,脊骨也,象形","躬,身也,从呂从身。躳,俗从弓、身"。甲文中,"呂"作"呂"(合3823),金文亦然:"呂",如西周早期《貉子卣》(05409),不少學人認為:象兩塊金屬餅。見知先秦史料中,除了作城邦、氏族、個人、律管等名稱,即用為"鋁",從未見"脊骨"之義。何況從《說文》所說的"膂,篆文呂从肉旅聲",更不應該與無肉之骨相關。另外,直至楚系文字,"躳"右邊上下二者仍均分隔,如"躳"(望1·75)、"躳"(新零·90)。二者間最早有連線,為《說文》小篆所承者見諸秦《泰山刻石》:"皇帝躬聽"。換言之,該連線很可能為綴飾之筆。"躬"或"躳"之形構實不易索解。至於許氏所說之俗寫,頗易理解。

"躬"乃上古見母(k)中部字,"弓"乃上古見母蒸部字,中、蒸旁轉毫無問題,以"弓"為"躬"之聲符,非常順暢。

(34)茶陵六臣本偽孔《傳》文之"襲"字為一空缺。

(35)據《祭統》孔《疏》及其所引《世本》,並參以《史記》卷三七《衛康叔世家》,《左傳》卷十六《僖公二十八年》、卷五六《定公十四年》至卷五九《哀公十四年》,可知:衛成公乃衛獻公之曾祖、衛莊公之七世祖。衛"成公被晉所伐,出奔於楚","往漢陽","後得反(返)國,又坐殺弟叔武,被晉執之,歸于京師,寘於深室之中",所謂"即宮也"。莊叔達乃成叔烝鉏(音除)之祖,"是(孔)悝七世祖",悝正當衛靈公之子衛莊公蒯(音快上聲)聵與衛靈公之孫衛出公輒父子爭國之時。孔悝之母乃衛莊公之姊,脅孔悝助莊公復辟,因而受賞。此中最令人詫異者乃稱周天子所處洛邑曰"宗周",非習聞之"成周"。今對照《清華簡·楚居》,凡楚王所在之處皆曰郢,名同而地實異。據此以推,周天子所在地即名宗周,非限定該位於關中者。

(36)以"虘"為亦聲,大致可通。或人認為"獻"乃雙聲符,"犬"亦為亦聲。"獻"乃上古心母(s)歌部;"犬"乃上古溪母(k')元部,歌、元陰陽對轉,說得通;心母與溪母相協則僅能視為複聲母所致,類乎"歲"之於"劌"(音圭)、"契"之於"楔"(音些)。

(37)鄭《注》:"笙猶生也,東為陽中,萬物以生……是以東方鍾、磬謂之笙。""鏞如鍾而大,奏樂以鼓鏞為節。""建猶樹也,以木貫而載之","南鼓謂所伐面也。應鼙,應朔鼙也,先擊朔鼙,應之。鼙,小鼓也"。"言成功曰頌,西為陰中,萬物之所成……是以西方鍾、磬謂之頌。朔,始也,奏樂先擊西鼙。""鍾不言頌,磬不言東鼓,義同省文也。"從"古文'頌'為'庸'","頌"顯然當改讀為"鏞","頌"、"庸"、"鏞"相假例證詳參《古字通假會典·東部第一·公字聲系》、《用字聲系》,則鄭氏將"笙磬"、"頌磬"

均讀為一物,並以陰、陽論式解釋其稱謂由來,恐待商兑。

(38)奎章閣六家本"三"訛為"二"。

(39)《說文》八篇上:"二人為从,反从為比",非是。"从"之下半乃直筆,"比"之下半必然向外歪斜。詳參屈萬里:《甲骨文从比二字辨》,《書傭論學集》(臺北:臺灣開明書店,1969);林澐:《甲骨文中的商代方國聯盟》,《古文字研究》第6輯(1981年)。

(40)六家本脱"句"字。蘇林曰:"上傳語告下為臚,下告上為句也",韋昭曰:"大行掌賓客之禮,今之鴻臚也。九賓則《周禮》卷三七《秋官·大行人》九儀也,謂公、侯、伯、子、男、孤、卿、大夫、士也";《史記》卷八六《刺客列傳·荊軻傳》:"秦王……乃朝服,設九賓",《正義》:"劉(伯莊)云:'設文物大備,即謂九賓,不得以《周禮》九賓義為釋'",韋、劉二說俱非。臣之於君,不容為賓,唯能與君抗禮者方得曰賓。《史記》卷七七《魏公子列傳》記載:趙王感激信陵君解邯鄲之圍,免趙國之亡,設宴款待,"自迎,執主人之禮,引公子就西(賓)階"。公子謹守外臣之禮,"側行辭讓,從東(阼)階上"。傳詔命、導相見禮者曰介,非賓,如《荀子》卷十九《大略》:"諸侯相見,卿為介。""九"非實數,眾多之謂,指其他各國之君、使臣或質子。"句"當改讀為"雊",相假例證詳參《古字通假會典·侯部第十·句字聲系》)。用於朝事,意猶亢聲大呼也。"鴻"當改讀為"洪",大也。

《〈前漢書〉敘例》:"蘇林,字孝友,陳留外黃人,魏給事中,領秘書監、散騎常侍、永安衛尉、太中大夫。黃初中,遷博士,封安成亭侯。"韋昭生平見《三國志》卷六五《韋曜傳》,因《三國志》撰於西晉,故須避追尊為晉文帝之司馬昭諱。劉伯莊生平見《舊唐書》卷一三九上《儒學列傳·劉伯莊傳》。

(41)側面人形時或為跪坐人形:"❏"(合2080),時或作一跪坐女子:"❏"(合2810),甚至於側面人形旁增添一跪坐女子:"❏"(合1248),好似主人夫婦一同迎客。

(42)巾箱容量甚淺少,僅堪容小鳥,《後漢書》卷五四《楊震傳》:"父寶",章懷《注》引《續齊諧記》:"年九歲時,至華陰山北,見一黃雀為鴟梟所搏,墜於樹下,為螻蟻所困,寶取之以歸,置巾箱中",顧名思義,巾箱本為放置頭巾等雜物之箱,乃可隨身攜帶,置諸懷、袖中者。後亦用於藏體積薄小之書籍,《西京雜記·跋》:"(葛)洪家世有劉子駿《漢書》一百卷……并(班)固所不取,不過二萬許言。今抄出為二卷……在洪巾箱中,常以自隨,故得猶在",其"細書"皆"蠅頭"小字,見《御覽》卷七一一《服用部十三·巾箱》所錄《齊書》。此類即後世所稱之袖珍本。

(43)所以不認為倒口下為"冊",因甲文"冊"幾乎均作長短相續之狀:"❏"(合30649),金文猶然,如西周早期《作冊大鼎》(02759)之"❏"、西周中期《免簋》(04240)之"❏"。此與《史記》卷六十《三王世家·褚先生曰》:"簡之參差長短",《說文》二篇下:"❏……象其札一長一短,中有二編",《御覽》卷五九三《文部九·策》所錄蔡邕《獨斷》:"策者,簡也……其次一長一短,兩編",全然相符,與"侖"諸管齊平迥別。戰國晚期《中山王䁷鼎》(02840)"侖(論)其愨(德)"之"侖"作"❏",蓋因鑄刻藝術之美,而參差之,不宜作準。

(44)卷十六之二《大雅·文王之什·緜》:"民之初生,自土漆、沮",毛《傳》:"土,居也。沮水、漆水也"。《經義述聞》卷六《毛詩》認為:"'土'當從齊《詩》讀為'杜'","'沮'當為'徂',徂,往也",然覈諸此處及《尚書》卷六《禹貢·雍州》:"漆、沮既從,灃水攸同",均不可通。

《文選》卷二七《詩戊·郊廟》,《宋郊祀歌》之一

天地郊夕牲歌

海按:《宋書》卷十九《樂志一》:"元嘉……二十二年(445),南郊,始設登哥(歌),詔御史中丞顏延之造哥詩,廟舞猶闕。"《三國志》卷二《文帝紀·黃初元年》受漢禪後,"奉漢帝為山陽公,行漢正朔,以天子之禮郊祭,上書不稱臣",卷六《袁術傳》載:術"僭號"之後,即"祠南、北郊",《後漢書》卷七十《孔融傳》敘及劉表"多行僭偽,遂乃郊祀天地,擬斥乘輿",足見:郊天大祭唯天子得行之。所以如此,《國語》卷十八《楚語下·觀射父論絕地天通》嘗透露:遠古本乃"夫人作享,家為巫、史",至顓頊時,乃"絕地、天通"。撤除其中儒家道德式說詞,實乃君主欲壟斷通天、人之管道,以獨佔上文所言原始宗教圖象之"中",提高王權。是以《禮記》卷三一《明堂位》記載:"魯公世世祀周公以天子之禮、樂",因而可以"祀帝于郊,配以后稷,天子之禮也",乃因"成王以周公為有勳勞於天下",特賜之殊榮。至於何以必"祀帝于郊"(卷二二《禮運》:"祭帝於郊","禮行於郊",卷二四《禮器》:"饗帝于郊"),則須返回上引《楚語》,以及《禮記》卷四六《祭法》孔《疏》所引《世本》之言:"(鯀)作城郭",在此之前,人們縱已脫離穴居巢處之狀況,然其居處多在原野河畔,"因吉土","不壇,掃地而祭","器用陶、匏",質之至也。當時根本無所謂國、郊之別,稱郊乃雖已有此城內、城外之別,然因延續故事,相對於城郭內之祭典而言。

籑威寶命(一)，嚴(音演)恭帝祖(二)，炳海表岱[1](三)，系唐胄楚(四)。靈監叡[2]文，民屬叡武(五)，奄受敷錫，宅中拓宇(六)，亙(音根去聲)地稱皇，罄(音慶)天作主(七)，月竁(音翠)來賓，日際奉土(八)。開元首正[3]，禮交樂舉(九)，六典聯事，九官列序(十)。有佺在滌，有絜(音結)在俎(十一)，薦饗[4]王衷，以荅神祜(音户)(十二)。

【校記】

[1]《宋書》卷十九《樂志一》作"表海炳岱"，意義無別。

[2]五臣本、六家本、六臣本"叡"均作"睿"，《宋書》作"濬"，乃用假借字，意義無別。

[3]《顔光祿集》"首正"作"正首"，非也。且不說《宋書》卷二十《樂志二·宋南郊雅樂登歌三篇》之一、《南齊書》卷十一《樂志》謝超宗所删襲顔氏之作而成之《羣臣出入奏肅咸之樂》、《樂府詩集》卷一《郊廟歌辭一》所録均作"首正"，關鍵在撰者不明文義。《周易集解》卷三《比·上六》："比之无首"，《公羊傳》卷三《隱公六年》："首時過，則書"，虞翻、何《解詁》均曰："首，始也"，"開"與"首"乃内對兼正對，於句中所處位置宜相應。

[4]五臣本、六家本、六臣本"薦饗"均作"以薦"，《宋書》作"以蘪"，直異體字耳。上聯已重複"有"字，此聯若再重複"以"字，不僅過度重出，且有流滑之嫌，悖乎此隆重典禮之莊嚴要求，作"薦饗"較宜。

【注釋】

(一)善《注》：《尚書》卷十六《無逸》曰："周公曰：'昔在殷王中宗，嚴恭寅畏'"，卷十三《金縢》又曰："王【嗚呼！】無墜天之降寶命"。

海按：甲文中，"寅"本皆以"矢"假借之："🏹"（合137），後為求分別，乃加一方框："🏹"（合3462）、"🏹"（合35575）、"🏹"（合36744），然殷商時期已見將方框改寫為象左、右雙手之"臼"："🏹"（合35696）；若"臼"盡量貼合原方框之形，則成"🏹"（合35655）。《說文》十四篇下保存之"𡩋，古文寅"，頗存其形。將箭桿上部之一短橫延長"𠆢"與箭鏃合併，遂訛寫若傘狀，如西周中期《㝬（音興）壺》（09723）之"🏹"、《師趛（音引）鼎》（02713）之"🏹"、《師奎父鼎》（02813）之"🏹"。春秋中期《秦公簋》（04315）："🏹（寅）"上所從之"月"，當係繁飾。作為部件時，從月從夕本無別，"夤"此字形見世矣。既然"寅（夤）"已訛變為兩手奉矢之形，蓋因此引申出敬慎、警畏之義。《說文》七篇上："夤，敬惕也"，《漢書》卷一百下《敘傳》："中宗明明，夤用刑名……述宣紀第八"，《集解》所引鄧展[1]曰："夤，敬也"。"威"當改讀為"畏"，相假例證詳參《古字通假會典·齊部第十三（上）·畏字聲系》。變"敬畏"為"寅畏"，可說力求採典誥大語，以示典雅莊嚴，然易"寅畏"為"夤威"，則純屬顏氏刻意僻拗矣。此點參照顏氏不可能獲悉之春秋中期《秦公簋》（04315）："嚴🏹（恭）夤天命"，卻與之闇合，即可見。甲文中，"寶"作"🏹"（合3919）、"🏹"（合18623），以屋中貯藏貝與兩串玉片，象財富，自然引申出珍貴之義。商代晚期金文已加"缶"為聲符："🏹"，如《兢🏹作父癸卣》（05360），西周早期金文無不從之，如《趞（音原）作祖丁卣》（05263）："🏹"，《矩尊》（05818）："🏹"，楷定即成日後通見之字形。《金縢》孔《疏》："天下寶命，謂使為天子"，是則寶命即某人蒙撿選為天子之寶貴授命。

（二）善《注》：帝，上帝；祖，先祖也。

海按：《毛詩》卷十八之五《大雅·蕩之什·常武》："有嚴天子"，毛《傳》："嚴然而威"，從《傳》文及《釋文》："嚴，毛魚檢反"，可知：毛《傳》將"嚴"改讀為"儼"，二字相假例證詳參《古字通假會典·談部第八·敢字聲系》。從《尚書》卷四《皋陶謨》："日嚴祇敬六德"，更可確定"嚴"不當如一般訓為"敬"，否則詞義複沓，故《釋文》指出馬融即以"魚檢反"讀之。《毛詩》卷七之一《陳·澤陂》："碩大且儼"，毛《傳》："儼，矜莊貌"；《荀子》卷三《非十二子》："士君子之容……儼然壯然"，楊《注》："儼然，矜莊之貌"。《説文》十篇下、《廣雅》卷五下《釋言》均曰："恭，肅也。"《尚書》卷十二《洪範》："貌曰恭"，"恭作肅"，孔《疏》："恭在貌，而敬在心"，參照卷十六《無逸》孔《疏》，此乃鄭《尚書注》之説。《漢書》卷二七中之上《五行志》："不道、不恭、不昭、不從，無守氣矣"，顏《注》："貌正曰恭"。"嚴恭"即世俗所説之"嚴肅"。甲文中，"祖"作"且"（合379）；金文大多加表神主牌位之"示"："祖"，如春秋中期《鱳（音素）鎛》（00271），從示從且，且亦聲。祭祀神明，豈有徒設祭器，而無祭品者？是以所從之"且"斷非俯視不見肉塊，或側視不見案腳之"俎"，且詳下文"有絜在俎"注，"且"蓋男性生殖器之象形[(2)]，以此表達該家族之源起。"寶命"屬天，"帝祖"屬人，天、人對仗。

"嚴恭寅（'夤'）畏（'威'）"既本乃一句，顏氏為求妃黃儷白而拆開，故理解此聯之意時，實須互文以足義：對於上天寶貴之授命及受命為"帝"之開國始祖，有著高度敬畏、嚴肅之心態、行徑。

（三）善《注》：《尚書》卷六《禹貢·徐州》曰："海、岱及淮惟（為）徐州。"

海按：《説文》十篇上："炳，明也"，慧苑《新譯大方廣佛華嚴經音義》經卷第四八《如來十身相海品》"炳然"引《倉頡篇》曰："炳，著明也"。海,東海。《禹貢·青州》:"海、岱惟青州",《釋文》:"岱……泰山也";卷三《舜【堯】典》:"至于岱宗",孔《疏》:"《風俗通》云:'泰山,山之尊者,一曰岱宗。岱,始也,宗,長也,萬物之始,陰陽交代,故為五岳之長。'"方廷珪:"岱,山名",此乃並啟蒙之學亦未閑熟之釋語。《左傳》卷三二《襄公十四年》:"世胙大(太)師,以表東海",杜《注》:"表,顯也";《漢書》卷七四《魏相傳》:"又數表采(採)《易》陰陽及《明堂》、《月令》奏之",顏《注》:"表為標明之"。

(四)善《注》:《文選》卷一《賦甲·京都上》班固《東京【都】賦》曰:"系唐統,接漢緒。"《漢書》卷三六《楚元王傳》曰:"楚元王交字游,高祖同父少弟也……為楚王,王薛郡、東海、彭城三十六縣。"沈約《宋書》卷一《武帝紀上》曰:"高祖……彭城縣綏里人,漢高祖弟楚元王交之後也。"彭城,徐州之境。

海按:《漢書》卷一百上《敘傳·幽通賦》:"系高頊之玄胄兮",《集解》:"應劭:'系,連也。胄,緒也'";《文選》卷三《賦乙·京都中》張衡《東京賦》:"雖系以隤牆填壍",薛《注》:"系,繼也"。《漢書》卷一下《高祖紀·贊》:"是以(劉向)頌高祖云:'漢帝本系出自唐帝'","由是推之,漢承堯運德祚",卷七五《眭弘傳》:"漢家堯後"。

此聯出句論地靈,意謂劉裕將徐州("海"、"岱")此風水寶地之內蘊悉數顯著("炳")於外("表");對句則論人傑,指出其尊貴譜"系",因上古("唐")、中古("漢")之德澤孕育出劉宋皇帝此苗裔("胄")。出句之"炳海"、"表岱",對句之"系唐"、"胄楚"分別內對,然後二句再外對。

(五)善《注》:曹植《離友詩》曰:"靈鑒無私。"[3]

海按:甲文中,"監"乃一側面人形,低頭,突出其睜大之眼,以觀器皿："𓁽"（合27742），金文則不時將器皿中之水以一短橫標示出："𓁿"、"𓂀"，如西周早期《應監甗》（00883）、西周晚期《頌鼎》（02829）。《尚書》卷十四《酒誥》："古人有言：人無於水監，當於民監。"後世技術進步，觀察所用之材質由水改為銅製之鏡，這才將"監"下之"皿"及器皿中原先象"水"之短橫縮進右邊已由側面人形演變為"亼"之下："臽"，而另加"金"於下。原本之"目"寫為"臣"，如此乃成"鑒"。若僅由側面人形演變為"亼"，不將"皿"字縮進右邊"亼"之下，"金"加於字之左側，則成"鑑"。因此，"監"、"鑒"、"鑑"根本無別，而"監視"乃道地之同義複詞。《類聚》卷十三《帝王部三‧宋武帝》所錄顏延之《武帝諡議》："天監靈武，民屬聖明"，《毛詩》卷十六之二《大雅‧文王之什‧大明》："天監在下，有命既集"，"靈監"即"天監"，避熟就生耳，而"天"於古代皆為具位格者，故李周翰："靈，神"。《尚書》卷三《偽舜典》："濬哲文明。"《類聚》卷五七《雜文部三‧七》所錄王粲《七釋》、《文選》卷四六《序下》顏延之《三月三日曲水詩序》"皇上以叡文承歷"善《注》所引《偽舜典》此文皆作"叡"。濬、叡均當改讀為睿，相假例證詳參《古字通假會典‧文部第五‧睿字聲系》。

《周易》卷七《繫辭上》："其孰能與此哉？古之聰明叡知、神武而不殺者夫"，此蓋顏氏"叡武"所本。《周禮》卷十二《地官‧州長》："各屬其州之民而讀灋（法）"，鄭《注》："屬猶合也、聚也"；《孟子》卷二下《梁惠王下》："乃屬其耆老而告之"，趙《注》："屬，會也"。

此聯乃互文足義，意謂因其智慧高明（"叡"）之"文"治、"武"功，天與（"靈鑒"）人歸（"民屬"）。

（六）善《注》：《毛詩》卷十六之四《大雅‧文王之什‧皇矣》曰："奄有四方"，毛《傳》："奄，大也"。《尚書》卷十二《洪範》曰："欽是

(時)五福,用敷錫厥庶民。"《文選》卷三《賦乙·京都中》張衡《東京賦》曰:"彼偏據而規小,豈如宅中而圖大。"范曄《後漢書》卷五八《虞詡傳》:"虞詡曰:'先帝開拓土宇,劬(音渠)勞後定。'"

海按:"奄"訓"大",乃引申又引申之詞義,已詳《和謝監靈運》"王道奄昏霾"注。於此處,當訓全盤。李氏所以選此為注,蓋因緊接之"敷"字,為避免意義複沓使然。《毛詩》卷十九之四《周頌·閔予小子之什·賚》:"敷時(此)繹思",鄭《箋》:"敷猶徧也";《楚辭》卷一《離騷》:"跪敷衽以陳辭兮",王《注》:"敷,布也"。

《尚書》卷二《堯典》:"宅嵎(音于)夷",偽孔《傳》:"宅,居也"。所以強調"宅中",已詳《三月三日詔宴西池》"升中納禪"注。《說文》七篇下:"宇,屋邊也",以部分代全體,指整個屋頂,進而指整個房屋。引申之,整個空間即宇。《淮南子》卷十一《齊俗》:"往古來今謂之宙,四方上下謂之宇。"

此聯意謂:劉宋開國之君全盤("奄")接"受"上天普遍("敷")之賜("錫")予,選擇天地之"中"為京城所居("宅"),向四方開"拓"領域("宇")。

(七) 善《注》:《文選》卷五六《銘》班固《封燕然山銘》曰:"夐(音兄去聲)其邈于【兮】亘地界。"《類聚》卷二六《人部十·言志》曹植《玄暢賦》曰:"罄天壤而作皇。"《孝經·鉤命決》曰:"道機合者稱皇。"《類聚》卷十六《儲宮部·儲宮》所錄張儼《請立太子師傅表》曰:"陛下命世膺(應)期,順乾(軋音前)⁽⁴⁾作主。"

海按:《文選》卷一《賦甲·京都上》班固《西都賦》:"北彌明光而亘長樂",善《注》引《方言》曰:"亘,竟也,亘與絚古字通"。"亘"乃"亙"

之異體字。《說文》六篇上："柩,竟也,亙,古文柩",故李周翰："亙,徧也"。《毛詩》卷九之三《小雅·鹿鳴之什·天保》："罄無不宜",毛《傳》："罄,盡也"。《文選》卷十四《賦庚·鳥獸》顏延之《赭白馬賦》："罄九區而率順。"

此聯意謂：於所有（"亙"）土地上稱帝（"皇"），在天覆蓋之每一（"罄"）處，均為其"主"。此聯與下聯基本同義，唯本聯從寰宇角度講，下聯從人間角度講，均脫胎自《毛詩》卷十三之一《小雅·谷風之什·北山》："溥天之下,莫非王土;率土之濱,莫非王臣"。

（八）善《注》：<u>《漢書》卷八七下</u>《<u>揚雄傳</u>·甘泉【長楊】賦》曰："西壓（厭）[5]月㕒（㕒音哭）,東震日域",服虔曰："<u>㕒音窟穴</u>[6]。兔【月】窟（㕒）,月所生也"。《尚書》<u>卷十三《偽旅獒》</u>曰："明王盛【慎】[7]德,四夷咸賓。"杜子春《周禮》<u>卷十九《春官·小宗伯》"卜葬兆,甫竁亦如之"</u>《注》曰："今南陽人名穿地為竁,<u>聲如腐脆之脺</u>",充芮切。曹植《玄暢賦》曰："絚（音庚）日際而來王（音忘）。"<u>《文選》卷二四《詩丙·贈答二》</u>潘岳《為賈謐<u>作</u>贈陸機詩》曰："<u>偽孫銜璧</u>,奉土歸疆（壇）。"

海按：《周禮》卷十二《地官·鄉大夫》："以禮禮賓之",鄭司農云："賓,敬也"；《說文》六篇下："賓,所敬也",段《注》："賓謂所敬之人,因之,敬其人亦曰賓",此即前文一再強調之"古今漢語名詞兼具動詞之詞性,反之亦然"。《類聚》卷十三《帝王部三·宋武帝》所錄顏延之《武帝謚議》："斥候之所末羈,亭徼（音角）之所不譯,莫不飾誠請罪,款塞來賓。"與此聯之異僅在：彼節乃狀劉裕未稱帝之時,此聯則為宋室稱帝之後。玄應《一切經音義》卷八《維摩詰經》上卷"巢窟"引《通俗文》："獸穴曰窟也。"《説文》十四篇下："際，壁會也"，即兩邊相接之所。"日際"指天（"日"）與海交會之處。《揚雄傳》顔《注》："日域，日初出之處也。"

此聯意謂："日"、"月"所出之處，即天涯（"際"）海角之部落、民族均來歸順劉宋王朝，"奉"獻上自己之領"土"，以表敬（"賓"）意。

（九）善《注》：張載《元康頌》曰："開元建號，班德布化。"《禮記》卷二四《禮器》曰："禮交動乎上，樂交應乎下，和之至也。"

海按：張《頌》原意指開始改用新年號。此處則不然，指開一新紀元，而且不限於僅某年號之第一年，乃指每一新年度。《文選》卷一《賦甲·京都上》班固《東都賦》："春王三朝"，善《注》："三朝，歲首朔日也"，正月為一歲之朝；一日為正月之朝；平旦為一日之朝，故曰三朝。首正，歲首正月元旦也。

甲文"禮"作"豊"："豊"（合 26914）、"豊"（合 31047），金文從同："豊"、"豊"，如西周早期《天亡簋》（04261）、《𠭯尊》（06014），下從一"壴（鼓）"，器身上端似"屮（音撤）"者乃鼓之羽葆裝飾，於羽葆中有兩串玉，每串或二片，或三片。古代不論祭祀鬼神，或中上層人際交往，有禮，大多即有樂伴隨，所以從"壴（鼓）"；往往以玉帛等為獻餽之物，故從"玉"，而不論"壴（鼓）"及"玉"，均為以部分代表全體。君不見，《論語》卷十七《陽貨》："禮云禮云，玉、帛云乎哉？樂云樂云，鍾、鼓云乎哉？"是"豊"乃"禮"之初文。遠在西周早期《豊鼎》（02625），已見將橫向、相對之玉片連貫："豊"，待取消中隔直線，復因側重事神一面，而加"示"，乃成後世習見之"禮"。顔氏於此處乃刻意形成句中內對，實為互文："禮、樂交舉"。《國語》卷十一《晉語五·寧嬴氏論貌與言》："吾求君子久矣，今乃得之，舉而從之"，韋《解》："舉，起也"；《淮南子》卷九《主術》："夫聖人之於善也，無小而不舉"，高《訓》："舉，用"。凡禮，每伴以樂，依序行不同之禮儀,禮儀與禮儀之間相互銜接,故曰交,則伴禮之樂亦隨之而更遞奏起("舉")。

（十）善《注》：《周禮》卷三《天官·小宰》曰:"以官府之六⁽⁸⁾聯合邦治:一曰祭祀⁽⁹⁾之聯事,二曰賓客之聯事,三曰喪荒之聯事,四曰軍旅之聯事,五曰田役之聯事,六曰斂弛之聯事",卷二《天官·大宰》又曰:"太宰之職,掌建邦之六典,以佐王治邦國,一曰治典,……二曰禮【教】典,……三曰教【禮】典,……四曰政典,……五曰刑典,……六曰事典……"。《漢書》卷三六《楚元王傳附玄孫向傳》:"劉向【更生】……乃上疏封事諫曰:'……舜命九官,濟濟相讓'",應劭⁽¹⁰⁾曰:"《尚書》曰:禹作司空,弃(棄)⁽¹¹⁾后稷,契司徒,皋(咎)繇作士師,垂共工,益朕虞⁽¹²⁾,伯夷秩宗,夔典樂,龍納言也,凡九官也"。

海按:甲文中,"官"從"宀"從"𠂤":"𰀀"(合 20230),金文從同。"𠂤"即"師",眾也,本義為羣僚治事之處,《周禮》卷三五《秋官·士師》:"二曰官禁",鄭《注》:"官,官府也";《禮記》卷三十《玉藻》:"在官不俟屨(音句),在外不俟車",鄭《注》:"官謂朝廷治事處也",乃"舘"之初文。因而引申為管理此動詞用法,如《禮記》卷十一《王制》"王者之制祿爵"孔《疏》:"其諸侯以下,及三公至士,總而言之,皆謂之官。官者,管也",及管理者此名詞用法。《尚書》卷十六《多士》:"惟殷先人有册有典",可見:"册"與"典"明顯為二。甲文中,"典"作"𠕋"(合 33020)、"𠕋"(合 34398),對照商代晚期《圍典鼎》(01358):"𠕋"、"𠕋"(合 35407),清楚可見:象左、右兩手("収")持"册",因漢字講求方正美觀,為免字過寬,乃將兩手移於"册"下:"𠕋"(合 38309),似左、右兩手("収")奉"册",至於或有或無之二短橫蓋代表承册之物或地方。金文則以几形物取代雙手及該兩短橫："▨"，如西周晚期《琱生簋》（04293）。由於凡授官爵、賞賜，均須作冊、冊命，從賜予方而言，意謂對該官爵、物品有主宰權；從受賜予方而言，意謂此後對彼等具擁有權，"典"因此引申出主管、掌令之義。汪中《述學·內篇一·釋三九上》早已指出："九"乃"虛數"，係多數之代詞，"九官"猶"百官"，然顏氏為求字面對仗嚴整，且有出處，故捨"百"取"九"。李善泥於詞彙出處，所注死於字下，易滋誤解。甲文中，"聯"作"▨"（合 32176）；金文從同："▨"，如西周早期《考母壺》（09527）。於部件中，從"幺"或從"糸"，單"糸"或多"糸"，無甚別，故戰國印文中之"▨（音樂）"蓋即甲文中之"▨"（合 21818），而金文"▨"應即秦印中之"▨"（秦印編 231）。從甲文或作"▨"（合 19737），或作"▨"（合 16225），藉由兩"糸"上方連接、中間復以橫線相貫，以表緊密相聯之義非常清楚。至於兩"糸"端所繫為直桿、斜線、曲折線或耳，均無礙。因此，今賢認為"聯"當解析為："從耳，從▨，▨亦聲。"(13) 小篆已省卻上面一橫，楷書之"絲"復訛變為"▨"。"列序"即"序列"，乃倒文以協韻。

此聯意謂：此度典禮之規模遍及"六典"，需諸部門"聯"合參與其"事"。百"官"依文、武之別、官階大小等次"序"，排"列"在位。

（十一）善《注》：《周禮》卷十三《地官·充人》曰："充人掌繫祭祀之牲。"《禮記》卷二六《郊特牲》曰："帝牛必在滌三月，稷牛唯具。"鄭玄曰："滌，牢中所搜除處也；唯具，遭時又選可用也。"《毛詩》卷十三之二《小雅·谷風之什·楚茨》曰："絜爾牛羊，以往烝嘗，或剝或亨，或肆或將"，鄭玄《箋》曰："有肆其骨體於俎者，或奉將【持】而進也【之者】"。

海按：《尚書》卷十《微子》："今殷民乃攘竊神祇之犧牷牲"，偽孔《傳》："體完曰牷"，孔《疏》："以牷為言，必是體全具也"。"絜"當改讀為"潔"，相假例證詳參《古字通假會典·泰部第十四·丰字聲系》。《顏光祿集》逕作"潔"，乃不悉顏氏好作古之習氣。《周禮》卷四《天官·內饗》："王舉，則陳其鼎、俎，以牲體實之"，鄭《注》："取於鑊（音或）以實鼎，取於鼎以實俎。實鼎曰脀（音成），實俎曰載"。換言之，烹於鑊，大火煮熟，即取出，置諸鼎，以慢火，並加佐料、菜等燉之，至食時，以刀割欲食之部位，取於鼎，而置於俎。唯此乃祭祀，按照以古事古之原則，古皆"鮮食"，故"俎之尚生魚也"，至多"火食"，以致縱為"大羹"，亦"不和，貴其質也"，則上述之後二步驟皆不宜用，乃全牲置於俎。"俎"，於甲文中，俯視之，則為"⌂"（合5413）；於金文中，側視之，清楚可見：右側乃案板，左側乃與案板相連之兩案腳，若短足几，俎中有木橫隔，如左右房："俎"，如西周中期《瘋壺》（09727）。兩案腳後來訛變為兩"人"字，即成"俎"。若"⌂"兩塊肉省為一塊，俎案兩邊縮短，與案側斷離，並將俎案下方之一橫略去，即訛變為"宀"，則成"宜（冝）"，如戰國晚期《梁上官鼎》（02451）；若該橫不略去，即為《說文》七篇下之"宜（宜）"[14]。

此聯意謂：早就選定潔淨之處（"滌"）養育祭"牲"之牛。該牛於宰殺前，始終無鼠食其角，未罹病（"潔"），祭祀時，將祭牲宰殺、烹煮後，置於"俎"上，自然聖潔無暇，以示敬虔無比。

（十二）薦《注》：杜預《左氏傳》卷四七《昭公十五年》"故能獻彝器於王"《注》曰："薦，獻也。"衷，中心也。《文選》卷九《賦戊·畋獵下》揚雄《長楊賦》曰："受神、人之福祐[15]。"

海按：甲、金文中，"鄉"多為二人相向跪坐，共對一盛稻粱之簋（"皀"）："鄉"（合23378）、"鄉"，如西周早期《仲甹（音瞠）簋》（03747），

《説文》五篇下："皀……象嘉穀在裹中之形……又讀若香"。遠在西周早期金文即有於"皀"上加一倒形之口（"亼"），成一"食"字："𣆪"，如《猷(音決)簋》（03745）、《叔趯(音全)父卣》（05428），故此字原本即有相"向"、進"食"二義。後因被久假為鄉里、鄉黨等行政單位而不歸，為維持其原義，乃於下方分別加"向"或"食"，方形成今習見之"嚮"、"饗"。不論生者或鬼神，均可為"饗"之對象。《周禮》卷三八《秋官·掌客》："王合諸侯而饗禮，則具十有二牢"，"諸侯之禮上公……三饗、三食、三燕"，《儀禮》卷二二《聘禮》："公於賓，壹食，再饗，燕與羞俶獻無常數"，乃款待賓客食禮之最隆重者。後世或因祭文末每言"尚饗"，乃誤以為對象限於鬼神，殊謬。《尚書》卷十五《洛誥》："汝其敬識百辟享，亦識其有不享。享多儀，儀不及物，惟曰不享，惟不役志于享"，是遠自西周初，已注重享獻之心態及因此表現在外之儀節。《禮記》卷四八《祭義》："亨（烹）孰（熟）羶薌（香），嘗而薦之，非孝也，養也"，"養可能也，敬為難；敬可能也，安為難"。皇帝於天乃天子，故祭天當以敬意、甘心為主，故強調"衷"，表示此舉出自至誠。

不論湖北省棗陽市郭家廟出土之西周晚期或春秋初期曾國諸器，或河南省光山縣寶相寺上官崗磚瓦廠出土之黃子諸器，均習用"永祜福"，而後者有時則簡省為"永祜"，如《黃子鼎》（02567）、《黃君孟壺》（NA0091）等，則"祜"、"福"顯然為同義複詞。《毛詩》卷十三之二《小雅·谷風之什·信南山》："受天之祜"，鄭《箋》："祜，福也"。

此篇押劉宋時期魚部上聲韻。

【補述】

(1)《〈前漢書〉敘例》："鄧展，南陽人。魏建安中，為奮威將軍，封高樂鄉侯。"

(2)參郭沫若:《甲骨文字研究》(北京:人民出版社,1952),《釋祖妣》。

(3)卷二一《詩乙·詠史》謝瞻《張子房》"靈鑒集朱光"善《注》已引及曹植此逸句。按照善《注》體例,此處不當重出。

(4)《周易》卷九《說卦》:"乾為天","順乾"即"順天";《鮑照集》卷一《拜侍郎上疏》:"不悟乾羅廣收","乾羅"即"天網";《魏書》卷六十《程駿傳·慶國頌》:"乾德不言,四時迭序","乾德"即"天德"。

(5)六家本、六臣本"壓"作"墜",《御覽》卷四《天部四·月》所錄,"厭"作"壓"。金文中,"猒"從犬、口、肉(肙):"㹞",如西周晚期《毛公鼎》(02841),乃食肉之狀,引申出滿足、滿意之義。如西周早期《沈子它簋蓋》(04330):"見猒于公,休沈子",《尚書》卷十五《洛誥》:"萬年猒乃德,殷乃引考",故《說文》五篇上:"猒,飽也、足也"。至於"厂(音喊)",《說文》九篇下:"厂,山石之厓巖,可入尻(居)",因"厂"與象屋之"广(音演)"形近,金文中,作為偏旁部件時,二者或相混。不論原應作"厂"或"广",蓋均欲使本義愈發分明。《說文》十三篇下:"壓……从土厭聲",亦即猒聲。揚雄、班固均喜用古字,然於《長楊賦》中,"厭"仍須改讀為"壓"或"墜",意義實無別。因滿足,則對所食者生厭膩、倦煩之感,後世語義範圍縮小,僅餘後者,方加"食",以復其本義。是以"厭"有滿足之義,斷非反訓。

(6)胡克家認為"穴"下脫"之窟"。

(7)六家本、六臣本"慎"字均不誤。胡克家已指出當從茶陵六臣本。

(8)明州六家本、六臣本不脫"六",而脫"六"上之"之"字,奎章閣六家本則與尤刻本一致。

（9）奎章閣六家本"祀"誤作"禮"。

（10）今本"應劭"作"師古"。

（11）奎章閣六家本"弃"作"棄"。甲文中，"棄"乃从雙手，將一畚箕狀編織器中之"子"拋出，"子"旁上或有表血水之數點："㚔"（合8451），或無："㚔"（合9100）。戰國晚期《中山王䚄鼎》（02840）已略去畚箕狀編織器，形成"弃（弃）"，是以"弃"僅"棄"之簡寫，非另一字。

（12）《尚書》卷三《舜【堯】典》："帝曰：'俞咨！益，汝作朕虞'"，孔《疏》："帝言作我虞耳，朕非官名也"。兩漢經生學養低落，方出現此荒誕之官銜，如《漢書》卷十九上《百官公卿表》："王莽改水衡都尉曰予虞"。《舜【堯】典》又曰："帝曰：'俞咨！垂，汝共工'"，偽孔《傳》："共謂供其職事"，孔《疏》："上云：'疇若予工'……明是帝謂此人堪供此職，非是呼此官名為共工也"。

（13）詳參裘錫圭：《戰國璽印文字考釋三篇》，《裘錫圭學術文集·金文及其他古文字卷》（上海：復旦大學出版社，2012）。《禮記》卷五五《緇衣》："王言如絲"，郭店楚簡《緇衣》之"絲"作"䌛"，則《說文》十二篇上："聯，連也。从耳，从絲……从絲，絲連不絕也"，未必盡非。

（14）詳參陳耘（昭容）：《莫使金樽空對月》（下），《大觀》25期（2011年10月）。

（15）六家本"祜"因形近而訛為"祐"。

《文選》卷二七《詩戊·郊廟》,《宋郊祀歌》之二

天地郊迎送神歌

　　維聖饗帝,維孝饗親⁽一⁾,皇乎備矣,有事上春⁽二⁾,禮行宗祀,敬達郊禋⁽三⁾。金枝中樹,廣樂四陳⁽四⁾,陟[1]配在京,降德在民⁽五⁾。奔精[2]昭[3]夜,高燎煬晨⁽六⁾,陰明浮爍,沈縈[4]⁽音用⁾深淪⁽七⁾,告成大報,受釐⁽音喜⁾元神⁽八⁾。月御案[5]節,星驅[6]扶輪⁽九⁾,遙興遠駕,曜曜[7]振振⁽十⁾。

【校記】

　　[1]《顏光祿集》"陟"作"跊⁽音布⁾",大謬。甲、金文中,"陟"乃從阜從向上之二足:"🦶"(合15369)、"🦶"(合15379),後世寫為"步",象向上登山之義。"降"適相反,從阜從向下之二足:"🦶"(合19829)、"🦶"(合13737),象從山上向下而行,故《說文》十四篇下:"陟,登也","降,下也"。《說文》二篇下:"跊,蹈也","蹈,踐也",段《注》:"《釋名》卷三《釋姿容》:'蹈,道也,以足踐之如道路也'",如何得與"降"形成反對?"跊"乃"步"之緟益字,許氏收此字,已屬糊塗,撰者或刻者作此字,更屬無識。

　　[2]《顏光祿集》"精"作"稍",大謬。《宋書》卷二十《樂志二·宋南郊雅樂登歌三篇》之二、《南齊書》卷十一《樂志》謝超宗刪襲顏氏之作而成之《牲出入奏引牲之樂》、《樂府詩集》卷一《郊廟歌辭一》所錄均作"精",此乃撰者不明詞彙出典,形近之訛。

［3］《宋書》"昭"作"照",二字相假例證詳參《古字通假會典·宵部第十八·刀字聲系》。依顏氏措辭典雅之慣例,當以"昭"為是。

［4］五臣本"濚"作"榮",注亦然,而夾注之音為"詠",顯為手民文化程度低劣,因二字形近,將"濚"此罕見字音誤識為"榮"彼常見字。

［5］《宋書》"案"作"按",於表示車駕行進之速率方面,意義無別,後者乃前者之假借字。二字相假例證詳參《古字通假會典·寒部第六（上）·安字聲系》。

［6］《顏光祿集》"驅"作"馳"。從善《注》可知:作"驅"是。

［7］《宋書》"曜"作"燿",於義無別,實際皆可視為"耀"之異體字或專字。三者相假例證詳參《古字通假會典·宵部第十八·翟字聲系》。

【注釋】

（一）善《注》:《禮記》卷四七《祭義》曰:"唯聖人為能饗帝,孝子為能饗親。"

海按:據此,李善將"維"改讀為"唯"。本亦當作"唯",顏氏刻意作古,故改用"維"。呂延濟:"維繼帝大饗祭也",將"維"如字讀,釋讀為維繫、延續,非是。善《注》亦未盡洽,《孝經》卷四《孝治章》:"昔者明王之以孝治天下也",《三國志》卷十二《鮑勛傳·諫游獵疏》:"臣聞:五帝三王靡不明本立教,以孝治天下",如此方能結合出句之"聖"與對句之"孝"。《禮記》卷三四《大傳》:"禮:不王不禘。王者禘其祖之所自出,以其祖配之",故卷三一《明堂位》指出:周朝,"祀帝于郊,配以后稷,天子之禮也",《毛詩》卷十六之一《大雅·文王之什·文王》:"殷之未喪師,克配上帝",此所以"饗帝"與"饗親"相提並論。

（二）善《注》:《漢書》卷二二《禮樂志·郊祀【安世房中】歌》之

一曰:"大孝備矣,休德昭清。"《左氏傳》卷十三《僖公九年》:"宰孔曰:'天子有事于郊【文、武】'",杜預曰:"有祭事也"。《周禮》卷七《天官·內宰》:"上春,詔王后帥六宮之人而生穜(音同)、稑(1)(音路)之種,而獻之于王。"

海按:"皇乎"取自《毛詩》卷十六之四《大雅·文王之什·皇矣》,毛《傳》:"皇,大"。不用"皇矣",一則下文曰"備矣",避免重出;再則避熟就生。善《注》未允。真要顯示"備矣"乃"典誥大語",未"雜用""文章淺言",就應稱引《周易》七《繫辭上》:"以言乎天、地之間,則備矣",或《孝經》卷六《紀孝行章》:"孝子之事親也,居則致其敬,養則致其樂,病則致其憂,喪則致其哀,祭則致其嚴,五者備矣,然後能事親"。李氏配合此歌辭係用於郊祀,受祭者係昊天上帝,開國始祖武帝劉裕乃配天者,故刻意引《左傳》該段文字,將於宗廟中以文王、武王為受祭對象之祭典易為"郊",可謂用心也。對照《內宰》上文"中春",故賈《疏》曰:"上春,建寅之月",即正月。

此聯意謂:於正月郊祭昊天上帝之典禮如此堂"皇"周全("備"),無絲毫簡慢失敬之處。

(三)善《注》:《禮記》卷二二《禮運》曰:"禮行於祖廟而孝慈服焉。"《孝經》卷五《聖治章》曰:"宗祀文王於明堂,以配上帝",又曰:"郊祀后稷,以配天"。孔安國《尚書》卷三《舜【堯】典》"禋于六宗"《傳》曰:"精意以享謂之禋。"

海按:偽孔《傳》非是。"禋"乃"煙"之專字。以用火,曰"燎";以用薪薦祭牲且助燃,曰"柴";以祭物被焚,煙氣上達,故曰"煙(禋)"。這一系列字,最早見諸金文時,已作从示之"𥘅(禋)",如春秋晚期《蔡侯盤》(10171)。"煙"則或於"宀"下從火:"🔥",如春秋《哀成叔鼎》(02782);或於"宀"下兼從二者,"火"置於左下,"示"置於右:"🔥",如西周中期《史牆盤》(10175)。《荀子》卷十三《禮論》:"禮有三本:天、地者,生之本也;先祖者,類之本也;君、師者,治之本也。無天、地,惡(烏)生?無先祖,惡出?無君、師,惡治?"

此聯意謂:既於明堂祭祖("宗祀")及五帝中之一:其感生帝,主水德之汁光紀[2],由近及遠,追本報始,將此敬意擴至("達")直接於郊外祭祀獨一之昊天上帝。

(四)善《注》:《漢書》卷二二《禮樂志·安世房中歌》之一曰:"金枝(支)秀華",應劭曰:"金枝,銅鐙(燈)百二十枝"。《史記》卷四三《趙世家》曰:"趙簡子病【疾】,五日不知人……居二日半,簡子寤寐,語大夫曰:'我之帝所甚樂,與百神聽【游】於鈞天、廣樂[3]矣,九奏萬舞,不類三代之樂,其聲動人心'。"

海按:應劭之說今不見。臣瓚曰:"樂上眾飾,有流遡羽葆[4],以黃金為支,其首敷散,若草木之秀華也。"匪特《漢書》正文,張晏、臣瓚、師古注文亦均作"支"。"枝"乃為區別意義而出現之專字,以説明乃木幹之分权;若表軀幹之延展,則作"肢";表路徑之邪道,則作"歧";表人擅長某種藝術才能,則作"技(伎)";表心情有別於常態,則作"忮(音至)"。《毛詩》卷十九之三《周頌·臣工之什·雝》:"於焉廣牡",毛《傳》:"廣,大也";《禮記》卷三《曲禮上》:"車上不廣欬(咳音慨)",鄭《注》:"廣猶弘也"。廣樂,盛大之音樂。

既為天子儀節,《周禮》卷二三《春官·小胥》:"王宮縣(懸)",鄭司農云:"宮縣,四面縣","象宮室四面有牆",指"四"邊皆"陳"列編鐘、編磬。"中"央對"四"方,工穩。

（五）善《注》：《毛詩》卷十六之五《大雅·文王之什·下武》曰："三后⁽⁵⁾在天，陟【王】配在【于】京。"《禮記》卷二七《內則》曰："后王命冢宰，降德于眾兆民。"

海按：甲文中，"妃"作"🐚"（合32171）、"🐚"（合32161），象一男一女，或一男一妾並坐，乃配偶之義，故《説文》十二篇下："妃，匹也"。對照春秋《拍敦》（04644）："作朕配平姬庸宫祀彝"，春秋晚期《蔡侯申尊》（06010）："用作大孟姬媵彝缶……敬配吴王"，戰國早期《陳逆簠》（04629）："以作厥元配季姜之祥器"，諸"配"均讀為"妃"。二字通假例證詳參《古字通假會典·齊部第十三（下）·妃字聲系》。因此，雖不知"配"，如"🐚"（合31841）、"🐚"，如西周早期或中期《鼍（音黑）尊》（06005），確切之會意方式，然仍可確定其為相合、偶隨之義。西周晚期《南宫乎鐘》（00181）、《敔簋》（04317）："配皇天"，《逨盤》（NA0757）："配上帝"，《尚書》卷十六《多士》："殷王亦罔敢失帝，罔不配天其澤"，《毛詩》卷十九之二《周頌·清廟之什·思文》："思文后稷，克配彼天"。《禮記》卷五三《中庸》頌讚孔子之德及其影響、地位，與天一樣偉大，"故曰配天"。甲文中，"京"作"🐚"（合8034）；金文則於象上層臺觀主體部位之兩直間多加二横："🐚"，如西周早期《士上卣》（05421），蓋藉此示樓層，是其本義如《説文》五篇下所言："人所為絶高丘也"，高、大、突出乃其必有之引申義。小篆將頂蓋與臺觀分開，下半之木材結構支柱又訛為"小"，乃成為後世習見之"京"。"京"於此處當然指建康。善《注》稱引原文時，將"王"易為"陟"、"于"易為"在"。後者固其改動原文以遷就注文之體例，前者則因若循經文，在京配者乃今王，然彼"配"實非此"配"之意。方廷珪："言天子上升祖、考……下以德及眾庶，故能格天及祖"，以當今天子為此聯主詞，似天子之祖、考待當今天子此子孫方得賓天,即既不通古典,又不明今用之荒唐言。《毛詩》卷十六之一《大雅·文王之什·文王》:"文王陟降,在帝左右",卷十九之三《周頌·閔予小子之什·閔予小子》:"於乎皇考,永世克孝,念兹皇祖,陟降庭止",《訪落》:"紹庭上下,陟降厥家"。"陟降"乃兩周成詞,其主詞乃祖先神及自然神。

《論語》卷十四《憲問》:"何以報德",何《注》曰:"德,恩惠之德",邢《疏》:"彼荷其恩,故謂荷恩為德";《呂覽》卷十五《報更》:"張儀所德於天下者,無若昭文君",高《注》:"德猶恩也"。降德猶言施惠也。

此聯意謂:劉氏創業之祖武帝因處於天、地之"中"所在之"京",故當其離開人間時,神靈由"中"此管道高升("陟"),如《竹書紀年》措辭時,"帝王之没皆曰陟",或如《下武》鄭《箋》所言"既没(殁)登遐(霞)",因而得在上帝之側,所謂"配"天,接受劉宋當前天子之祭享,隨之"降"下恩惠("德")於轄下萬"民"之中。"京"高聳,且唯一;"民"則齊平,且億兆,對仗極精密。

(六)善《注》:奔精,星流也。《史記》卷二四《樂書》曰:"漢家常以正月上辛,祠太一甘泉,以昏(昏)時夜祠,到明而終,常有流星經於祠壇上。"(6)《文選》卷三《賦乙·京都中》張衡《東京賦》曰:"颺槱(音有)(7)燎之炎煬,致高煙於【乎】太一。"

海按:"星流"並非"流星"之誤乙。《史記》卷一一七《司馬相如列傳·子虛賦》:"星流霆擊",《後漢書》卷二三《竇融傳附曾孫憲傳·燕然山銘》:"星流彗埽",此種構詞法乃本諸《左傳》卷八《莊公七年》:"夏四月辛卯……夜中,星隕如雨"。《淮南子》卷八《本經》:"天愛其精,地愛其平",《漢書》卷七五《李尋傳》:"日月光精",高《訓》、顏《注》均以"光明"訓"精"。《禮記》卷二六《郊特牲》:"郊之祭也,迎長日之至也,大報天而主日也,兆於南郊,就陽位也……於郊,故謂之郊。牲用騂(音星)……郊之用辛也。"甲文中,"尞"本下從"火",上從"木",木之兩撇上或加兩點:"🔥"(合28108),或於兩撇下更加兩點,成四點:"🔥"(合30675),象木因被火焰所焚,屑片紛飛之狀。金文從後者:"🔥",如西周早期《庸伯馭(音崖)簋》(04169)。若上加"宀",下加一"呂"為聲符:"🔥",如西周早期《作冊夨令簋》(04300),再將"呂"移置於中,即訛變為後世所寫之"寮"。換言之,"尞"乃"燎"之初文,此所以《說文》十篇上:"尞,柴(柴)祭天也"。加上"火"為"燎",乃"尞"假借為他義後,強調其本義所致。《呂覽》卷十二《季冬》:"以供寢廟及百祀之薪燎",高《注》:"燎者,積聚柴薪,置璧與牲於上,而燎之,升其煙氣"。《方言》卷十三:"煬、𤈦,炙也","煬、烈,暴也",自注:"今江東呼火熾猛為煬",然於此處指高竈的火焰。呂延濟:"煬,煙也",非特不識字,且昧於本聯此對仗處乃動詞,非名詞。"奔精"在天,"高燎"在地,對仗工穩。

此聯意謂:天上速度飛快馳("奔")過之流星("精")將漆黑之夜空照明("昭"),地上祭祀之火苗"高"竄,似乎將凌"晨"陰濕之氣猛然烤乾。

(七)善《注》:言宋為水德而主辰,故陰明之宿浮爍而揚光。沈祭,所祭沈淪而沈靜也。《尚書‧考靈耀》曰:"氣在於冬,其紀辰星,是謂陰明。"《尚書大傳》曰:"沈四海",鄭玄《注》曰:"祭水曰沈"。鄭司農《周禮》卷二五《春官‧大祝》"掌六祈……一曰類,二曰造,三曰襘(音桂),四曰禜,五曰攻,六曰說"《注》曰:"類、造、襘、禜、攻、說,皆祭名也。"

海按:暗、光或幽、明與陰、陽相配。水屬至陰,然此時正當水德主運,故水德之星大放光耀,故曰陰明。《尚書》卷十二《洪範》:"沈潛剛克,高明柔克",《史記》卷三八《宋微子世家》述該文,《集解》:"馬融曰:'沈,陰也'",《周易》卷九《説卦》:"立天之道曰陰與陽,立地之道曰柔與剛",則柔、陰、沈乃同一範疇,"陰"與"沈"乃正對,而"浮"現與"沈淪"適為反對,則"浮"之意可釋為外顯於表面,如《禮記》卷六三《聘義》"孚(浮)尹旁達"孔《疏》所云:"浮者,在外之名",此所以善《注》訓讀時,以之與"揚"正對。

李氏既訓"沈"為"沈淪",復以"沈静"説之,有違訓詁原則,"沈熒"云云蓋無知後學羼入。《周禮》卷十八《春官·大宗伯》鄭《注》:"祭山林曰埋,川澤曰沈,順其性之含藏。"甲文之"沈"從"水"從"牛":"𣲎"(合780),或"羊":"𣲔"(合16186),象祭水神之舉。至金文,方改為今所習見之形聲字:"𣲒",如西周早期《沈子它簋蓋》(04330)。後引申擴大為凡没入水中皆曰沈。《左傳》卷四一《昭公元年》:"山、川之神,則水、旱、癘疫之災,於是乎禜之;日、月、星辰之神,則雪、霜、風、雨之不食,於是乎禜之",孔《疏》:"其祭非有常處,故臨時營其地,立攢表,用幣告之,以祈福祥也",可見:"禜"本為非定期之祭,專為禳災而舉行,豈能用於此必行的吉禮中?捨棄該祭祀之核心内涵,徒用其最寬泛之外沿,善《注》實不當。方廷珪:"'禜'應作'熒'",甚有卓見。《説文》十篇下:"熒,屋下鐙燭之光也",《文選》卷四五《對問》班固《答賓戲》:"守突(音咬)、奥之熒燭",善《注》:"《字林》:'……熒,小光也'"[8],則"陰明"與"沈熒"乃正對。至於方氏以"'沈'即《左傳》卷四一《昭公元年》所云實沈,主參,唐人是因",進而曰:"參,水星。唐,帝堯子孫",試圖與上篇"系唐胄楚"呼應,然實沈斷無簡稱沈之理,猶星紀、娵(音居)訾從未簡稱紀、訾者,且《左傳》上文明言主參之實沈與主辰之閼伯乃高辛氏之二子,"日尋干戈,以相征討",而為上帝所遷,永不相逢者,是主辰即不可能主參。方氏不通讀《傳》文,妄相比附。

（八）善《注》:《禮記》卷二四《禮器》曰:"因名山,升中于天",鄭玄曰:"中猶成也(9)……巡守至於方嶽(獄),燎【燔】柴祭天,告以諸侯之成功也",《禮記》卷二六《郊特牲》又曰:"大報天而主日也"。《漢書》卷四八《賈誼傳》曰:"上方受釐,坐宣室(10)",臣瓚曰:"釐謂祭祀餘胙也",如淳曰:"釐音僖"。呂安《髑髏賦》曰:"上奏元神,下告皇祇。"服虔《甘泉宮賦注》曰:"釐,福也。"

海按:《毛詩》卷十八之四《大雅·蕩之什·江漢》:"經營四方,告成于王",鄭《箋》:"經營四方之叛國,從而伐之,克勝,則使傳遽告功於王";《左傳》卷二三《宣公十二年》:"祀于河,作先君宮,告成事而還"。《尚書》卷四《皋陶謨》:"天工,人其代之",告成意謂向上帝稟告所交託之任務已完成。金文中,"報"作"🔲",如西周早期《作册矢令簋》(04300),象一手自後方迫使一側面之人被拘梏於銬鎖刑具"幸"中,本義為懲治,引申出報應、報答等義。"幸"後因形近而與"幸"相混,乃成後世習見之字形。此處之報非報告,乃基於感恩之回報,即上一首末句"以荅神祜"之"荅"。所以感恩,因自知功業得成,乃上天庇佑、降福所致。

臣瓚、如淳之説皆未見諸《集解》。《集解》:"應劭曰:'釐,祭餘肉也。《漢儀注》:"祭天地五時(音至),皇帝不自行,祠還致福。"釐音禧。'師古曰:'禧,福也。借釐字為之耳,言受神之福也。'"顏氏之説倒錯矣。甲文中,"釐"作"🔲"(合31857),象人以手持棍打麥穗,或省側面人形:"🔲"(合30757),藉收穫以示豐足,故引申出福祉、喜慶之義,是以世俗於賀歲時,每每仿古書"春釐",卻不悉其所以然,實即"春喜(禧)"。金文從同,甚至加"貝",以彰顯其引申義,如《辛鼎》(02660):"🦬(贅)"。"釐"字之"里"乃後加之聲符。甲文中,"喜"作"🦬"(合15671);金文從同,乃以擊"壴(鼓)"歌唱("口")示歡樂。"禧"方為假借字。喜、僖、禧、釐相假例證詳參《古字通假會典·之部第十一(上)·喜字聲系》。《左傳》卷十二《僖公四年》:"大(太)子(申生)祭于曲沃,歸胙于(晉獻)公",卷十三《僖公九年》:"天子有事于文、武,使(宰)孔賜伯舅胙……(齊桓公)下拜,登受",杜《注》:"拜堂下,受胙於堂上",相對於賜胙、致胙、歸胙,乃受胙,意謂分享福分。吕賦殘文見諸《類聚》卷十七《人部一·髑髏》。神有千百,則元神,首神、最大之神,即上帝,故與由"后土"新變而來之"皇祇"反對。帝可稱神,諸神不得稱帝。《郊特牲》孔《疏》:"天之諸神莫大於日,祭諸神之時,日居諸神之首",於此處不適用。

此聯意謂:劉宋文帝向昊天上帝稟"告"已徹底("大")完"成"所託付安定天下之重任,並因深知在此過程中,上帝多方施恩幫助,因此以此隆重祭典表達對祂無限感恩("大報")。昊天上帝這位至高("元")"神"既欣慰託付完成,且其"元子"(11)知恩圖報,乃賜下洪福("釐"),讓其接"受"。

(九)善《注》:月御、案節,並見上文(12)。言天神降,月御為之案節,星驅為之扶輪。王濟《鍾夫人序德頌》曰:"濟蒙天假,星驅省疾(13)。"《文選》卷八《賦丁·畋獵》揚雄《羽獵賦》曰:"齊桓公(14)曾不足使扶輪【轂】,楚嚴【莊】(15)未足以為驂乘",張衡(16)《羽獵賦》曰:"風詡(音許)詡其扶輪"。

海按:《文選》卷八《賦丁·畋獵》揚雄《羽獵賦》:"望舒彌轡",善《注》引服虔曰:"望舒,月御也"。《文選》卷十九《詩甲·補亡》束皙《補亡·由庚》:"纖阿案晷",善《注》引《淮南子》曰:"纖阿,月御也"⁽¹⁷⁾。《史記》卷一一七《司馬相如傳·子虛賦》:"纖阿為御,案節未舒",《索隱》引司馬彪云:"案轡徐行得節,故曰案節;馬足未展,故曰未舒之也"。甲文中,"星"泰半從象星之二圓圈,"生"聲:"🌠"(合 15637),偶有從眾圓圈者:"🌠"(合 11501);金文則整齊之,作呈三角形排列之三個圓圈,每圓圈中有點,下加"生"為聲符:"🌠",如西周《麓伯星父簋》(《金文編》卷七),是"星"本象羅列之眾星,乃多數。後簡省,但從一個中心有點之圓圈,故《説文》七篇上:"曐,萬物之精上為列星……星,(曐)或省"。此猶四篇上:"雧,羣鳥在木上也……集,雧或省。"《荀子》卷十二《正論》為了否認"堯、舜擅讓",反駁"老者不堪其勞而休也"之説詞,乃強調天子"尊無上矣",於出行時,"諸侯持輪、夾輿、先馬","動如天帝",此方為"扶輪"之真正最早出處,然李氏竟用《羽獵賦》,且不惜改字以遷就,可謂數典忘祖。雖然,亦尚有其優點,即突出連齊桓此人間不可一世之霸主亦"不足"、不配,此猶出句以"月御"為言,上帝高於日、月遠矣,是以不論望舒或纖阿之流,僅配為月駕車,今竟躍升一大格,為上帝之御者! 以今事譬之,原為部長司機,竟獲榮幸,為總統駕駛。呂向:"使星驂乘",全然不悉古乘車規制。若驂(參)乘,則與上帝同在車上,地位近似戰車中之"右";扶輪者乃奔走於車側之使役者,焉得有此殊榮?《史記》卷一百一《袁盎鼂錯列傳》:"孝文帝出,趙同⁽¹⁸⁾參乘,袁盎伏車前曰:'臣聞:天子所與共六尺輿者,皆天下豪英。今漢雖乏人,陛下獨奈何與刀鋸餘人載?'於是上笑,下趙同",《漢書》卷九七下《外戚列傳·孝成班倢伃傳》:"成帝遊於後庭,嘗欲與倢伃同輦載,倢伃辭曰:'觀古圖畫,賢聖之君皆有名臣在側,三代末主迺有嬖女,今欲同輦,得無近似之乎?'上善其言而止",觀此,五臣之為五傻,不勞詞費矣。庸人徒見此聯主詞+動詞+受詞對仗,焉能領會"月"獨一,星則眾,其無形筆墨下之黃白精絶?

(十)善《注》:《漢書》卷二二《禮樂志·安世房中歌》之九曰:"雷(靁)震震,電曜曜(燿燿)。"杜預《左氏傳》卷十二《僖公五年》"均[19]服振振"《注》曰:"上下同服;振振,盛貌。"遠駕,乘[20]駕也。

海按:振、震二字相假例證詳參《古字通假會典·文部第五·辰字聲系》。

此聯意謂:因上帝鸞輿隊伍車馬眾多,故天空震動,隆隆聲起("振振");因眾星伴駕,神光密集,故爍爍輝煌("曜曜")。

李周翰:"天神起自於天,故云'遥興'也,下至於地,故曰'遠駕'也",是以此聯謂上帝降臨,未盡允。《南齊書》卷十一《樂志》:"(高帝)建元二年(480)……參議:太廟登歌宜用司徒褚淵,餘悉用黃門郎謝超宗辭。超宗所撰多删顏延之、謝莊辭,以為新曲,備改樂名。"其奏"昭夏之樂"之《迎神歌》歌辭全依顏氏之作,唯將末二聯與"告成大報,受釐元神"先後次序互乙。另撰奏"昭夏之樂"之《送神歌》,歌辭為新作。李周翰蓋因此認為此首僅為迎神、神來之辭,《宋書》卷二十《樂志二》明言:顏氏此首乃"迎、送神",且不分南郊天、北郊地,均共用之。由於謝氏將此首充當迎神歌辭,故必須將末二聯前移,使上帝降臨在前,而後預期人主將告成大報,蒙"元神"賜福,否則,與迎神之樂目不協。顏氏所以置之於末,端視如何體會歌辭。若將"禮行宗祀"以下視為將行之事,則末二聯乃上帝降臨之描述;若將"禮行宗祀"以下視為已行之跡,則末二聯轉為上帝返天之辭。讀詩、解詩豈能徒以文學為根柢?

此篇押劉宋時期真部平聲韻。

【補述】

(1)《内宰》鄭司農云:"先種後孰(熟)謂之稑;後種先孰謂之穋。"

(2)《左傳》卷六《桓公五年》孔《疏》引《春秋緯·文耀鉤》云:"大微宮有五帝坐星。蒼帝其名曰靈威仰,赤帝曰赤熛(音彪)怒,黃帝曰含樞紐,白帝曰白招拒(矩),黑帝曰汁光紀。五德之帝謂此也。"

(3)既曰"游",則"廣樂"當為地點名,無怪乎《列子》卷三《周穆王》:"王實以為清都、紫微、鈞天、廣樂,帝之所居",然《穆天子傳》已以"廣樂"為樂名,是以書中凡七曰"乃奏廣樂"。後世似唯有《後漢書》卷八十下《文苑列傳·禰衡傳·孔融薦表》:"鈞天廣樂,必有奇麗之觀;帝室皇居,必蓄非常之寶",保持地名之用法。

(4)《安世房中歌》王先謙曰:"流遡即流蘇。"《禮記》卷四三《雜記下》:"匠人執羽葆御柩",孔《疏》:"羽葆者,以鳥羽注於柄頭如蓋,謂之羽葆,葆謂蓋也"。《文選》卷二《賦甲·京都上》張衡《西京賦》:"垂翟葆,建羽旗",薛《注》:"謂垂羽翟為葆蓋,建隼(音准)羽為旌旗也"。

(5)毛《傳》:"三后,大王、王季、文王。王,武王也",鄭《箋》:"此三后既没登遐,精氣在天矣……京為鎬京也"。甲、金文中,"司"乃一朝向左之側面人形,手臂下從"口":"ᄇ"(合20098),或反向之:"ᄗ"(合19212),以象發號命令者,此所以後世曰司令、司儀、司庫等。甲文中,向左向右無別,"司"即"后",故"后"原始即為君(上司)之義。此所以《內則》鄭《注》:"后,君也。"西周早期《瀕史鬲》(00643):"后休賜厥瀕史貝",西周中期《史牆盤》(10175):"上帝司(后)稷亢保受天子綰令",春秋晚期《叔尸(夷)鐘》(00276):"命虩(撲)伐夏后,敗厥靈師"。又,"遐"當改讀為"霞",相假例證詳參《古字通假會典·魚部第十九

（中）·叚字聲系》。"登遐"猶言升天，上騰至雲霄。

（6）明州六家本無《史記》云云此節，因五臣在前，而呂延濟已竊襲善《注》，故撰者刪之，曰："餘同上注"，類乎賊喊捉賊。

（7）《毛詩》卷十六之三《大雅·文王之什·棫（音玉）樸》："薪之槱之"，《釋文》："槱……積木燒也"；《後漢書·續漢志》卷八《祭祀志中·六宗》："禮比太社也"，劉昭《注補》引《風俗通》："槱者，積薪燔柴也"。

（8）《後漢書》卷六十上《馬融傳·廣成頌》："薩（音唯）扈薩（音化）焱，惡（烏）可彈形"，章懷《注》："扈音戶，薩音胡瓦反……本作'韄'……《廣雅》曰：'好色也'，焱，光也"，《集解》引惠棟曰："薩扈猶崔嵬也。《淮南子》卷二《俶真》：'青蔥苓蘢，崔嵬炫煌'，高誘《訓》曰：'崔嵬炫煌，采色貌'"。扈、薩、焱均為上古影系匣母〔ɣ(ɦ)〕，薩乃上古影系喻四（Φ），"薩扈"、"薩焱"均為雙聲詞，故得與"青蔥"此上古清母（ts）雙聲詞對仗，且與來母（l）雙聲詞"苓蘢"、上古匣母雙聲詞"炫煌"形成一連串之狀詞。"薩焱"之"焱"固不得按字面單獨訓釋，但確有光亮之義。

（9）鄭氏訓"中"為"成"，大謬，"中"字曰取其半，都引申不出"成"之義。確解詳見《三月三日詔宴西池》"升中納禪"注。

（10）《集解》："蘇林曰：'宣室，未央前正室也。'"

（11）《尚書》卷十五《召誥》："皇天上帝改厥元子茲大國殷之命，惟（周先）王受命，無疆惟休"，偽孔《傳》："改其大子"。

（12）六臣本複述善《注》前文："王逸《楚辭》卷一《離騷》'前望舒使先驅兮'《注》：'望舒，月御也。'《文選》卷七《賦丁·畋獵上》司馬相如《子虛賦》'案節未舒'司馬彪曰：'案節，行得節。未舒，馬足未舒也。'《漢書》卷二七下之下《天文【五行】志·五行皆失》曰：'案（按）

節徐行。'"

（13）《鍾夫人序德頌》該聯原意指：王濟蒙天子恩准賜假，因而如流"星"般飛速"驅"車奔馳回府，"省"視親疾，是"星驅"乃副詞+動詞句法，與類乎人間"洗馬"此名詞之"星驅"全然不合，而李氏但顧字面，援引以見出處，此乃其經見之惡習劣跡。

（14）奎章閣六家本不衍"公"字。

（15）《漢書》卷五七上《司馬相如傳》："是時梁孝王來朝，從游說之士齊人鄒陽、淮陰枚乘、吳嚴忌夫子"，顏《注》："忌本姓莊……史家避漢明帝諱，故遂為嚴"。卷七二《王貢兩龔鮑列傳·敘論》："蜀有嚴君平……依老子、嚴周之指，著書十餘萬言"，卷一百上《敘傳》："（班）嗣雖修儒學，然貴老、嚴之術"，顏《注》均指出"嚴"乃謂莊子。

（16）據《文選》卷二二《詩乙·遊覽》曹丕《芙蓉池作》"驚風扶輪轂"善《注》所引，可知：後一篇《羽獵賦》作者為張衡，但"詡詡"作"翊翊"，即"徐徐"。

（17）《楚辭》卷十六《九歎·思古》王《注》："纖阿，古善御者。"

（18）《史記》卷一百《季布欒布列傳》："楚人曹丘生……事貴人趙同等"，《集解》："徐廣曰：《漢書》卷三七《季布傳》作'趙談'，司馬遷以其父名談，故改之"；卷四三《趙世家》："（趙）襄子懼，乃夜使張孟同私於韓、魏"，《索隱》："按：《戰國策》卷十八《趙策一·知伯帥趙韓魏而伐范中行氏》作'張孟談'。談者，史遷之父名，遷例改為'同'"。此乃避家諱之著例。

（19）《釋文》："'均'如字，同也。"

（20）六家本、六臣本"乘"作"神"，意謂此非狀皇帝祭祀完後由郊外返禁中，是也。

《宋書》卷二十《樂志二》,《郊廟歌辭》之三

天地饗神歌

海按:姑不論從文學角度,此篇成就如何,《文選》不收,乃因其為三言。《選》詩以五言為大宗,四言副之,荊軻《易水歌》、劉邦《大風歌》二首雜歌不計,道地之七言僅七首:張衡《四愁》四首,曹丕《燕歌行》、《善哉行》,張載《擬四愁》一首。三言之作斷乎不合乎其選錄門檻。

營泰時(音至)(一),定天衷(二),思心叡,謀筮從(三)。見表蕝(音決)(四),設郊宮[1](五),田燭置(六),爟(音冠)火通(七)。

曆元旬,律首吉(八),飾紫壇,坎列室(九)。中星兆(十),六宗秩(十一),乾(音前)宇晏,地區謐(音密)(十二)。

大孝昭(十三),祭禮供,牲日展,盛自躬(十四)。具陳器(十五),備禮容(十六),形舞綴(十七),被歌鐘(十八)。

望帝閽(音昏)(十九),聳神躔(二十),靈之來,辰光溢(二一)。潔粢(音姿)酌,娛太一(二二),明煇夜,華晢[2](音折)日(二三)。

祼(音慣)既始(二四),獻又終(二五),煙薌邕(音唱)(二六),報清穹(二七),饗宋德,胙王功(二八),休命永,福履充(二九)。

【校記】

[1]《顏光祿集》"宮"作"官",乃形近之訛。

[2]《顏光祿集》"晢"作"晳",非是,詳注文。

【注釋】

（一）**海按**：《史記》卷五《秦本紀》："（秦襄公）祠上帝西畤"，《索隱》："畤，止也，言神靈之所依止也"。《漢書》卷六《武帝紀·元鼎五年（前112）》："十一月辛巳朔旦冬至，昧爽，立泰畤于甘泉，天子親郊見"，顏《注》："祠太一也"。參對下文"娛太一"，更可確定此乃指"營"建郊祀太一之祭壇。對照秦君所立之上畤、下畤、西畤，漢高祖所立之北畤，"泰畤"乃"太畤"，猶太師、太僕、太醫之"太"，意謂萬畤之畤，位階最高之畤也。

（二）**海按**：《左傳》卷十六《僖公二十八年》："用昭乞盟于爾大神，以誘天衷"，卷五四《定公四年》："君若顧報周室，施及寡人，以獎天衷，君之惠也"，杜《注》："獎，成也"，以其上下文，"衷"確當訓解為"心"，然實非究竟話頭。"衷"當改讀為"中"，相假例證詳參《古字通假會典·東部第一·中字聲系》。《文選》卷四六《序下》顏延之《三月三日曲水詩序》："宅天衷，立民極"，善《注》："《文選》卷三《賦乙·京都中》張衡《東京賦》曰：'豈如宅中而圖大'，《呂覽》卷十七《慎勢》曰：'古之王者擇天下之中而立國，擇國之中而立宮'"，得"天衷"，即可如《尚書》卷三《舜【堯】典》"在璿璣、玉衡"偽孔《傳》所云："當天心"。所以必"定天衷（中）"、"宅天衷（中）"，從而"當天心"，已詳《三月三日詔宴西池》"升中納禪"。

此聯意謂：確定好"天"地之"衷（中）"，然後"營"建祭祀"泰（太）"一上帝之祭壇。

（三）**海按**：《尚書》卷十二《洪範》："二，五事"，"五曰思"，"思曰睿"，"睿作聖"。"睿"即"叡"，相假例證詳參《古字通假會典·文部第五·容字聲系》。《説文》五篇上:"筮,易卦用蓍(音失)也"。《御覽》卷九九七《百卉部四·蓍》所録《洪範五行傳》:"蓍之為言,耆【耆】也。百年一本,生百莖,此草木之壽,知吉凶者也。"《洪範》:"七,稽疑……立時(是)人作卜、筮,三人占,則從二人之言。汝則有大疑,謀及乃心……謀及卜、筮","汝則從,龜從,筮從,卿士從,庶民從,是之謂大同"。

此聯出句論祭祀者主觀面,聖上之"心""思""叡"智;對句論被祭祀者客觀面,由"筮"占顯示之神明回覆也認同("從"),主、客兩造合符。

(四)**海按**:"見"當讀為"現",《漢書》卷九《元帝紀·永光二年(前42)》:"天見大異",顏《注》:"見,顯示";卷三四《韓信傳》:"情見力屈",顏《注》:"見,顯露也"。《國語》卷十四《晉語八·叔向論務德無争先》:"成王盟諸侯于歧【岐】陽,楚為荊蠻,置茅蕝,設望表,與鮮卑守燎,故不與盟",韋《解》:"置,立也。蕝謂束茅而立之";《漢書》卷四三《叔孫通傳》:"與其子弟百餘人為緜蕞(音最)野外,習之月餘",《集解》:"如淳曰:'謂以茅剪樹地,為纂位尊卑之次也'",顏《注》曰:"蕞與蕝同"。《通鑑》卷十一《漢紀三·高帝六年(前201)》胡《注》:"《纂文》曰:'蕝,今之纂字。'"《通典》卷四二《禮二·郊天上·周》:"祭前期十日,王親戒百官及族人。太宰又總戒群官曰:'某日有事於昊天上帝,各揚其職;百官廢職,服大刑。'乃習射於澤宫,選可與祭者",自注:"其容體比於禮;其節奏比於樂,而中多者得與於祭"。杜氏乃綜合《周禮》卷二《天官·大宰》:"掌百官之誓戒","前期十日……遂戒",《禮記》卷三一《明堂位》:"卿、大夫贊君,命婦贊夫人,各揚其職,百官廢職,服大刑",卷六二《射義》:"天子將祭,必先習射於澤,澤者,所以擇士也",卷二六《郊特牲》:"卜(郊)之日,王立于澤",鄭《注》:"既卜,必到澤宫,擇可與祭祀者,因誓勅之以禮也"等,以己文表述之。

此聯意謂:於規劃好之行禮場地,設置以纂束好之茅竿("蕝")等於地"表",標明("見")百官與祭時之位置,並事先帶領彼等演練其中各項儀節。

(五)**海按**:《御覽》卷五六八《文部二·詩》所錄《庭誥》:"秦勒望岳,漢祀郊宮,辭著前史,文變之高制也。"《漢書》卷六四下《終軍傳》:"奉燔瘞(音易)於郊宮",顏《注》:"郊宮謂泰畤及后土也",因為南郊祭上帝,北郊祭后土,故按理,郊宮有二。尤其西漢,泰畤在長安近郊甘泉,后土祠在后土汾陰,勢必有二郊宮也。

《春秋繁露》卷七《三代改制質文》:"制郊宮。"從其下文,"郊宮"與"明堂"對揚,可見禮失之久矣。《孝經》卷五《聖治章》明云:"郊祀后稷,以配天;宗祀文王於明堂,以配上帝",《周禮》卷二二《春官·大司樂》:"冬日至,於地上之圜丘奏之……則天神皆降,可得而禮矣","夏日至,於澤中之方丘奏之……則地示(祇)皆出,可得禮矣",《禮記》卷四六《祭法》:"有虞氏禘黃帝而郊嚳",孔《疏》:"(王)肅又以郊與圜丘是一,郊即圜丘"。郊祭乃曝身於野外,尚質之至者也。皇帝矜貴嬌養,唯恐風沙日曬,從何見其孝上帝、敬始祖?《通典》卷四二《禮二·郊天上·齊》自注引賀場議:"《周禮》卷六《天官·掌次》:'王大旅上帝,則張氈案',鄭《注》:'以氈為牀於幄中',不聞郊所置宮宇也。"至於《掌次》下文所言"設皇邸",賈《疏》:"邸謂以版為屏風",則無不當,蓋區隔聖、俗為用,以免此祭天大典受到凡間不潔者褻瀆。

(六)**海按**:《通典》卷四二《禮二·郊天上·周》:"王所過處之人,各於田首設燭,以照於路",自注:"所謂'鄉為田燭'[1],以王出時尚早故也"。尚早謂夜半至雞鳴,此時夜色正濃,故於前往泰畤時,一路須要

"燭"火照明。

（七）**海按**：《史記》卷二八《封禪書》："秦以十月為歲首，故常以十月上宿郊見，通權火"，《集解》所引張晏曰："權火，烽火也，狀若井絜皋矣。其法類稱(音秤)，故謂之權。欲令光明遠照，通祀所也。漢祠五時於雍，五里一烽火"。"權"當改讀為"爟"，相假例證詳參《古字通假會典・寒部第六(上)・藋字聲系》。《説文》十篇上："舉火曰爟"，《吕覽》卷十四《本味》："燔以爟火"，高《注》："置火於桔皋，燭以照之"，《廣雅》卷八上《釋器》："爟，炬也"。《周書》卷四《大聚》："立職與田疇皆通"，孔《解》："通，連比也"。此句意謂於祭祀場地之諸木桿上遍（"通"）設火把（"爟火"），使得此神聖場地光如白晝。

以上押劉宋時期東部平聲韻。

（八）**海按**："元"本象人之頭，已詳《三月三日詔宴西池》"景物乾元"注。《説文》卷一上："元，始也"，乃其引申義，與對句之"首"適相對仗。元旬，上旬也。首吉，上旬中第一個吉日，因吉日未必僅一。若按照《禮記》卷二六《郊特牲》："郊之用辛"，則為逢天干第一個辛日。

古代藉吹管，以探知一年氣之方向、温度、濕度等變化，復配合"歷象日、月、星、辰"，編製曆法，"以授民時"。各管有固定長度，然諸管則修短不一，由此判定之時氣變化乃規律化者，故曰律管。曆乃以律為基礎，故舊史此類志書慣以"律歷（曆）"為題。《周易》卷二《師・初六》："師出以律，否臧凶"，《左傳》卷三三《襄公十八年》："晉人聞有楚師，師曠曰：'不害，吾驟歌北風，又歌南風，南風不競，多死聲，楚必無功'"，杜《注》："歌者吹律以詠八風，南風音微，故曰不競"，是吹律能定吉凶。此處"曆"、"律"均為動詞，"曆"指按照固定年"曆"某月份之上旬為郊祭之期；"律"指於此上旬，類似吹律定吉凶之方式，占選第一個"吉"日為祭日。

（九）海按：《禮記》卷四七《祭義》："大報天而主日，配以月"，"祭日於壇，祭月於坎，以別幽、明，以制上、下"，卷二六《郊特牲》"大報天而主日"孔《疏》："壇則實柴，坎則瘞埋"。《漢書》卷二二《禮樂志·郊祀歌·天地》："爰熙紫壇"，顏《注》："熙，興也；紫壇，壇紫色也"；卷二五下《郊祀志》："紫壇有文章采（綵）鏤黼黻之飾及玉"，顏《注》："《漢舊儀》云：'祭天用六綵綺席六重（音崇），用玉几、玉飾器凡七十'"。此等皆漢武好奢侈，故繁文縟飾，全然悖乎郊祭尚質應有之儀制。

甲文中，"坎"之初形作"凵"，其中多有牛或羊、犬："㊙"（合15601）、"㊙"（合15551）、"㊙"（合14313），象埋牲以祀鬼神，是以祭牲旁每有血點。金文中，"凵"中直豎兩側均有上揚之刺椿，類乎"臼"，"凵"中則為一有側面人形，下身尾端有一橢圓形之圈："㊙"，如西周晚期《𫷷鐘》（00260），該圈或以為象"止"：人腳；或以為表受拘束之義，總之，此字形乃設陷阱，令對手困於其間。後世將尾端之圈省略，人形訛變為"刀"，即成"臽（陷）"。《說文》十三篇下："坎，陷也，從土欠聲"，"坎"乃後起之形聲字。"坎"當改讀為"陷（埳、欿）"，相假例證詳參《古字通假會典·談部第八·臽字聲系》。此處依古今漢語慣例，當動詞用，指挖出數個坑。

此聯論空間（"壇"、"坎"），上聯論時間（"旬"、"吉"日）。

（十）海按：二十八宿每一宿均由數星合成，居中者曰中星，故《尚書》卷二《堯典》："日中，星鳥，以殷仲春"，"日永，星火，以正仲夏"，"宵中，星虛，以殷仲秋"，"日短，星昴，以正仲冬"，偽孔《傳》："南方諸鳥七宿……畢見"，"火，蒼龍之中星"，"虛，玄武之中星"，"昴，白虎之中星"，可推知：星或柳、星、張乃朱雀之中星，可正仲春。孔《疏》："二十八宿布在四方,隨天轉運,更互在南方。每月各有中者","中則人皆見之,故以中星表宿"。《禮記》卷二六《郊特牲》:"郊之祭也,迎長日之至也,大報天而主日也,兆於南郊",《晉書》卷十一《天文志上·二十八舍·東方》:"心三星,天王正位也。中星曰明堂,天子位,為大辰",大辰即大火,乃天空最耀眼者,已詳《直東宮答鄭尚書》"起觀辰、漢中"注。夏至白晝("日")最長("永"),乃農曆四月節氣之氣。姑將觀察地點之區別置而不論,按舊說,此時,大辰("火")正當南方之中,光耀格外明顯。

甲文中,"兆"乃一水形在中,或省為一道曲流之線,於水兩側各有一左、右相背之側面人形:"𠈌"(合9339),乃"逃"之初文,故後加"辵",以示人避水患之義。金文未見單獨之"兆"字,但作為"姚"之部件時,則將兩邊之側面人形易為雙"止":"𣥂"、"𣥂",如西周中期《姚鼎》(02068)、西周晚期或春秋早期《𤔲(音胡)叔樊鼎》(02679),蓋以"止"更能明示逃避之義。由此引申出何處可居與否之界線義,因而加"土"為"垗(音兆)"以成專字。《周禮》卷十九《春官·小宗伯》:"兆五帝於四郊",鄭《注》:"兆,為壇之塋域",《校勘記》已指出:"兆",《說文》十三篇下作"垗":"畔也,為四時昐(界),祭其中"。此句意謂祭祀北辰("太一")上帝之場地界限已劃分出來("兆"),由俗轉聖。

(十一)**海按**:《尚書》卷三《舜【堯】典》:"肆類于上帝,禋于六宗",六宗實際指涉,誠如《宋書》卷十七《禮志四》所載江夏王義恭之言:"六宗之辯,舛於兼儒"。《晉書》卷十九《禮志四》,曹魏明帝時,依劉邵議,以"六宗者,太極沖和之氣,為六氣之宗者也"。《通典》卷四四《禮四·吉禮三》,西晉"因魏舊事",東晉、劉宋或亦循之。

《莊子》卷一上《逍遥遊》:"御六氣之辯(變)",《楚辭》卷五《遠遊》:"餐六氣而飲沆瀣兮","六氣"已詳《五君詠·嵇中散》"本自餐霞人"補述。《管子》卷二四《輕重乙》:"争秩於諸侯",章《注》:"秩,次也",《公羊傳》卷十二《僖公三十一年傳》:"天子秩而祭之",何《解詁》:"秩者,隨其大小、尊卑、高下所宜"。

此句意謂:六宗神主按照應有之位階排列好,因而"秩"序井然。"星"何時居中,乃天時,非人力可操控;"宗"之位序,乃人之安排。其次,"中"與六合之"六"對仗,是此聯既有天、人對,復有單、複對,足見顏氏措辭之絲毫不苟。

(十二)**海按**:《周易》卷九《說卦》:"乾為天",故《文選》卷十四《賦庚·鳥獸下》顏延之《赭白馬賦》:"乾心降而微怡"。乾心即天心,指帝心也,故善《注》:"乾喻文帝也"。《隸釋》卷三東漢鄭彬《張公神碑》:"乾剛(綱)巛(坤)靈(令)","乾綱"猶言"天經";《三國志》卷四二《郤正傳·釋譏》:"仰式乾文","乾文"即"天文"。易"天"為"乾",純屬力求典雅,避熟就生耳。就意義而言,正與對句之"地"反對。"宇"已詳《天地郊夕牲歌》"宅中拓宇"注,指整個空間。與對句之"區"正對。

《説文》七篇上:"晏,天清也",《漢書》卷八七上《揚雄傳·校(羽)獵賦》:"天清日晏",顏《注》:"晏,無雲也"。《尚書》卷三《舜【堯】典》:"四海遏密八音","密"即"謐",相假例證詳參《古字通假會典·齊部第十三(下)·必字聲系》。《爾雅》卷二《釋詁下》:"謐,静也"。

由此可知:此聯乃據《老子》第三九章"天得一以清,地得一以寧"而來。天、地之所以清、寧乃因"王侯得一以為天下貞,其致之"。

以上押劉宋時期入聲質部韻。

(十三)**海按**:《禮記》卷五二《中庸》:"舜其大孝也與?德為聖人,尊為天子,富有四海之内,宗廟饗之,子孫保之。"此與劉宋受典午之禪為帝,統緒延至今上,正相印合。用典堪為精允。

（十四）**海按**：《公羊傳》卷十五《宣公三年》："帝牲在于滌三月"，"帝牲不吉，則扳稷牲而卜之"，何《解詁》："帝，皇天上帝，在北辰之中"，"謂之滌者，取其蕩滌絜清"，稷牛則為祭上帝時，祭祀配享之后稷之牛。《史記》卷六三《老莊申韓列傳》："子獨不見郊祭之犧牛乎？養食之數歲，衣以文繡"，雖屬未見過世面之家人訛傳言，然帝牲之選取及被照顧周全，乃實情，故《左傳》卷六《桓公六年》："奉牲以告（神）曰：'博碩脢（音徒）肥'……謂其畜之碩大蕃滋也，謂其不疾瘯蠡（音促梨）也，謂其備腯咸有也"，杜《注》以"皮毛無疥癬"訓讀"瘯蠡"。因其體質豐腴，經常為蟲、鼠傷口、食角。《周禮》卷十九《春官·肆師》："大祭祀，展犧牲"，鄭《注》："展，省閱也"；《穀梁傳》卷十三《成公七年》："郊牛日展斛角而知傷，展道盡矣"，范《注》以"展察"訓讀，楊《疏》："展，省察也"。

《漢書》卷五八《公孫弘傳》："躬率以正"，顏《注》："躬謂身親行之"。意謂由於郊天乃祭禮之最者，皇帝親"自"每"日"隆重地（"盛"）蒞臨養郊牛之牢，視察（"展"）之，以示天子於天敬謹"大孝"之心。

（十五）**海按**："具"與下文之"備"正對，則猶"俱"也，通假例證詳參《古字通假會典·侯部第十·具字聲系》。《淮南子》卷一《原道》："小大、修短各有其具"，高《訓》："具猶備也"；《文選》卷三《賦乙·京都中》張衡《東京賦》："禮舉儀具"，薛《注》："具，足也……禮儀皆備具也"。《儀禮》卷三九《既夕禮》："陳器"，鄭《注》："陳器，明器也，夜斂藏之"，然此僅為"陳器"詞面之出處，非文本實際用法。《禮記》卷八《檀弓上》："之死而致死之，不仁，而不可為也；之死而致生之，不知（智），而不可為也，是故竹不成用，瓦不成味，木不成斲，琴、瑟張而不平，竽、笙備而不和，有鐘、磬而無簨虡（音巨），其曰明器，神明之也"，"明器，鬼器也；

祭器,人器也",卷九《檀弓下》:"明器者……備物而不可用也"。明器乃陪葬物,故《儀禮》卷三八《既夕禮》"陳明器於乘車之西"鄭《注》曰:"明器,藏器也",焉能由陵墓中取出復陳之?又豈能於祭祀後,再度驚動山陵,開墓復致送陪葬器之理?喪禮乃凶禮,祭禮乃吉禮,何況今所祭者乃昊天上帝,上帝於人間又無墳墓?故此處斷不容依鄭《注》訓解。此處所"陳"之"器"乃尊、簋、盨等祭器,以及本朝之重器,如《尚書》卷十八《顧命》所云:"越玉五重陳寶,赤刀、大訓、弘璧、琬琰在西序,大玉、夷玉、天球、河圖在東序"。

(十六)**海按**:《周禮》卷十四《地官・保氏》:"教之六儀:一曰祭祀之容",因《禮記》卷三五《少儀》鄭《注》稱引此段,故孔《疏》曰:"容即儀也"。《韓詩外傳》卷四:"致愛恭謹謂之禮,文禮謂之容。"《史記》卷一二一《儒林列傳》:"魯徐生善為容,孝文帝時,徐生以容為禮官大夫,傳子,至孫徐延、徐慶,襄其天姿善為容,不能通《禮經》",意即《禮記》卷三七《樂記》所言,不曉"禮之情",即禮之義,僅知"升降、上下、周還(旋)、裼(音替)襲,禮之文也",以此為禮容、儀文,是以與之正對的乃"簠簋、俎豆、制度、文章,禮之器也"。狹義之"禮容"即舞,故下一句即論舞。

此聯意謂:悉數("具")"陳"設郊天該有的祭"器",行此隆重大典該有的儀節("禮容")更一無缺漏("備")。

(十七)**海按**:"容"之一即"形"諸舞蹈。經、傳曰頌,《毛詩》卷一之一《大序》:"頌者,美盛德之形容"。兩字通假例證詳參《古字通假會典・東部第一・公字聲系》。《禮記》卷三七《樂記》:"鐘、鼓、管、磬、羽、籥、干、戚,樂之器也;屈伸、俯仰、綴兆、舒疾,樂之文也",鄭《注》:"綴為鄭(纘)舞者之位也。兆,其外營域也"。姑以弈譬擬之,棋盤上最外之四圍界欄為兆,縱橫線交錯、放置黑、白子之位置即綴。

(十八)**海按**:"被"猶"披",相假例證詳參《古字通假會典·歌部第十五·皮字聲系》。《漢書》卷二二《禮樂志》:"況於聖主廣被之資",顏《注》:"被猶覆也";卷二三《刑法志》:"被民以德教",顏《注》:"被,加也"。《左傳》卷三一《襄公十一年》:"歌鐘二肆",杜《注》:"肆,列也。縣(懸)鐘十六為一肆,二肆,三十二枚",《釋文》本"鐘"作"鍾"。《周禮》卷二三《春官·小胥》:"凡縣(懸)鍾、磬,半為堵,全為肆",鄭《注》:"(鍾或磬)十六枚在一虡謂之堵。鍾一堵,磬一堵謂之肆"。"鍾"即"鐘",相假例證詳參《古字通假會典·東部第一·東字聲系》。此處雖僅言"鐘",必包含"磬",即編鐘(金)、編磬(石)並列。

此聯意謂舞蹈時,有隆重之金、石聲音伴奏。舞曲之於舞蹈如同於身體及所著正式衣裳之上再披加覆蓋一襲外套、風衣。所以必言及此,因據《漢書》卷二二《禮樂志》:"舞人無樂者,將至至尊之前,不敢以樂也",《史記》卷二八《封禪書》:"(武帝)下公卿議曰:'民間祠尚有鼓舞樂,今郊祀而無樂,豈稱乎?'……禱祠太一、后土,始用樂舞"。

以上押劉宋時期東部平聲韻。

(十九)**海按**:《楚辭》卷一《離騷》:"吾令帝閽開關兮",王《注》:"帝謂天帝,閽,主門者也";《周禮》卷七《天官·閽人》:"閽人掌守王宮之中門之禁",賈《疏》:"墨者使守門";《公羊傳》卷二一《襄公二十九年》:"閽者何?門人也,刑人也",何《解詁》:"守門人號"。

(二十)**海按**:"聳"即"竦",相假例證詳參《古字通假會典·東部第一·从字聲系》。《漢書》卷三三《韓王信傳》:"竦而望歸",顏《注》:"竦謂引領舉足也";卷六五《東方朔傳》:"寡人將竦意而覽焉",顏《注》:"竦,企待也"。蹕,畢也,止人行,已詳《應詔觀北湖田收》"清蹕巡廣塵"注。天庭乃人間狀況之投射,是以所止乃眾精怪、仙靈。此處代言太一上帝之車駕。《古文苑》卷六《漢臣賦》黃香《九宮賦》:"東井輟輠(音帖)而播灑,彗勃(字音背)佛仿以梢擊,四徽(音交)遮于干道,決引者而驚轘(音躑)",章《注》:"言太一出遊,則清塵警道,故葰有干道驚轘者"。

(二一)**海按**:《風俗通義》卷八《祀典‧靈星》:"靈者,神也。"因上聯對句已言"神",為免重出,故易為"靈",且可達到互文轉注之效。辰即北辰,已詳《應詔讌曲水作》"儀辰作貳"注,亦即北斗。《史記》卷二七《天官書》:"北斗七星……斗為帝車。"此言太一上帝降臨時,所乘之斗車光芒四"溢",格外耀眼。

(二二)**海按**:《周禮》卷二五《春官‧小祝》:"設道齍(音基)之奠",杜子春云:"齍當為粢",賈《疏》:"粢謂黍稷";卷四《天官‧甸師》:"以共(供)齍(音姿)盛",鄭《注》:"齍盛,祭祀所用穀也",賈《疏》:"六穀曰粢,在器曰盛,以共(供)祭祀,故云粢盛"。《廣雅》卷八上《釋器》:"清酌,酒也";《楚辭》卷九《招魂》:"華酌既陳",王《注》:"酌,酒斗也"。"粢",祭品之內容;"酌",取祭品之器具,二詞聯合在一起,即祭物及祭器。"太一"且詳《為皇太子侍宴餞衡陽南平二王應詔》"大儀在御"注。

(二三)**海按**:《說文》十篇上:"煇,光也。"《淮南子》卷四《墜形》:"若木……末有十日,其華照下地",高《訓》:"華猶光也";《文選》卷四《賦乙‧京都中》張衡《南都賦》:"履躡華英",善《注》:"華英,光耀也"。"日"置於"折"左側,或置於"折"下,無別。《毛詩》卷十一之一《小雅‧鴻鴈之什‧庭燎》:"庭燎晰晰",毛《傳》:"晰晰,明也"。《說文》七篇上:"晢,昭晢,明也。"《文選》卷十七《賦壬‧論文》陸機《文賦》:"物昭晰而互進","晰"往往因形近而訛為"晰",如《大戴記》卷十《文王官人》:"喜怒之如度晰【晰】",盧《注》:"晰【晰】,明也",庸人不學無識,以之為同義複詞,實際上,"昭晰(晢)"乃上古章母(tɕ)雙聲詞[(2)],以音表義,不得分開訓釋,故《說文》二詞素連言之。

以上押劉宋時期入聲質部韻。

(二四)**海按**:甲文中,"祼"乃雙手("収")持一酒器,向一神主牌位("示")灑酒滴:"㶚"(合15829),或省雙手:"㪇"(合905),或於酒尊上加一勺狀物:"㪊"(合30757)。金文固多沿之,然西周早期已有不見受禮之神主牌位,而畫出側面蹲立之行禮者人形("卩"):"㪋",如《不𣪘(音只)鼎》(02735),西周中期《鮮盤》(10166)之"㪌"、西周晚期《毛公鼎》(02841)之"㪎"皆然。小篆易為从"示""果"聲之形聲字,"灌"亦然。"果"之於"祼"、"祼"之於"灌"相假例證詳參《古字通假會典·歌部第十五·果字聲系》、《寒部第六(上)·雚字聲系》。《周禮》卷十八《春官·大宗伯》:"祼享先王",賈《疏》:"灌者,以鬱鬯(音唱)灌地降神,取澆灌之義","王以圭瓚酌鬱鬯以獻尸,尸得之,瀝(音力)地"。卷十九《春官·鬱人》:"和鬱鬯",鄭《注》:"築鬱金,煮之,以和鬯酒",賈《疏》:"謂和鬯人所造秬黍之鬯酒"[(3)],"更和以盎齊涚之"。《禮記》卷二六《郊特牲》:"縮酌用茅",鄭《注》:"涚之以茅",孔《疏》:"涚,漉也",即濾過之謂。因此種酒氣味濃烈,古人認為可吸引神靈降臨,附於由人代表受祭者(尸)之身。

(二五)**海按**:《儀禮》卷八《鄉飲酒禮》:"主人坐取爵,實之賓之席前,西北面獻賓",鄭《注》:"獻,進也";《周禮》卷六《天官·玉府》:"凡王之獻金玉……受而藏之",鄭《注》:"古者致物於人,尊之則曰獻,通行曰饋"。《毛詩》卷十七之二《大雅·生民之什·行葦》:"或獻或酢",鄭《箋》:"進酒於客曰獻,客荅之曰酢,主人又洗爵醻客,客受而奠之,不舉也";卷十之一《小雅·南有嘉魚之什·彤弓》:"一朝醻之",毛《傳》:

"醻,報也",鄭《箋》:"飲酒之禮:主人獻賓,賓酢主人,主人又飲而酌賓,謂之醻。醻猶厚也、勸也"。由此可知:於禮儀中,"獻"有廣、狹二義:狹義者指主人以酒敬賓,廣義者指獻、酢、醻三者合為一獻。古禮慣以三獻為節,故曰"終"。"又"乃針對出句之"既"而言,非謂僅獻一次酒。"醻"即"酬",相假例證詳參《古字通假會典·幽部第十七(下)·壽字聲系》。此所以後世每言應酬或酬酢。

(二六)**海按**:"薌"即"香",相假例證詳參《古字通假會典·陽部第九(上)·鄉字聲系》。"鬯"當改讀為"暢",相假例證詳參《古字通假會典·陽部第九(上)·易字聲系》。捨常見之"香"、"暢",而用罕見之"薌"、"鬯",以便形成古雅氣象。此句意謂祭品焚燎後之"薌(香)""煙"往上,暢("鬯")達於天。

(二七)**海按**:《易緯·乾鑿度》:"一者,形變之始,清輕上為天,重濁下為地",《說文》十三篇下:"地,元气初分,輕清昜(陽)者為天,重濁侌(陰)為地"。"穹"或作"䨺",或作"芎",詳參《古字通假會典·東部第一·弓字聲系》,且可單獨使用,如《漢書》卷五七下《司馬相如傳·封禪文》:"肇自顥穹生民",顏《注》:"顥、穹皆謂天也……穹言形穹隆也"。《爾雅》卷六《釋天》:"穹蒼,蒼天也",郭《注》:"天形穹隆,其色蒼蒼,因名云"。《文選》卷十六《賦辛·哀傷》潘岳《寡婦賦·重曰》:"仰皇穹兮歎息",善《注》:"皇穹,天也"。因此,"穹"、"隆"二者韻母雖均為上古中部,未必即是疊韻詞,然其意乃中間隆起,四邊下垂之狀,則無疑。《說文》七篇下:"穹,窮也,從穴弓聲",不當,應云"從穴從弓,弓亦聲"。上古持蓋天說,以為天圓地方,故以加上"穴"之"弓"專別之,狀天體。"清"言天之質,"穹"言天之形,擇字矜謹。"報清穹"猶言"報答蒼天"。

(二八)**海按**:《左傳》卷十二《僖公五年》:"《周書》曰:'皇天無親,惟德是輔',又曰:'黍稷非馨,明德惟馨'。"《漢書》卷二五上《郊祀志》:"已祠,胙餘皆燎之",顏《注》:"胙謂祭餘酒肉也",主祭者每每將之分送相關者,即世俗所謂散福,故《說文》四篇下曰:"胙,祭福肉也",因而引申出名詞詞性之福氣、動詞詞性之賜福之義。為使此引申義有其專字,乃以"示"易"肉"。"胙"即"祚",相假例證詳參《古字通假會典・魚部第十九(下)・乍字聲系》。《國語》卷三《周語下・太子晉諫靈王壅穀水》:"祚以天下",韋《解》:"祚,祿也";《左傳》卷四《隱公八年》:"胙之土而命之氏",《釋文》:"胙……報也"。

此聯意謂:昊天上帝非常滿意劉"宋"王朝之政治狀況,故藉由接納其祭品,"饗"受其日常公、私作為及此度祭典中之勤勞、誠懇、敬虔心態("德"),乃貺以厚福("胙"),以為酬庸。

(二九)**海按**:《尚書》卷十七《多方》:"乃大降顯休命于成湯",偽孔《傳》慣以"美"訓"休"。以今語逐之,蒙祝福之任命。卷十五《召誥》:"祈天永命",偽孔《傳》以"長"訓"永"。

《毛詩》卷一之二《周南・樛木》:"福履綏之",毛《傳》:"履,祿;綏,安也",孔《疏》:"保王位為福祿"。甲文"履"作"𦣻"(合33284),從具頭("百")部之側面人形("頁"),於"頁"上凸顯其"眉",於"頁"下有象腳之"止",以一斜撇指事,表示移動者乃足部。金文中,下方改以具相取代。完整之"履",如西周中期《五祀衛鼎》(02832)之"𩡑"、《士山盤》(NA1555)之"𩡑"。對照增加象道路("彳")者:"𩡑",如西周中期《倗生簋》(04262),可知:"止"並非側面人形必要部件,它當與象盤者連結為"𩡑",表示前進。時或省卻"止":"𩡑",如西周晚期《大簋蓋》(04298);或省卻"止"、簡化"𩡑":"𩡑",如西周晚期《散氏盤》

(10176)。西周晚期《叚（音甲）仲盤》(10134)實則一致，僅為免字形過長，講求方正美觀計，將象盤者（"凡"）移置右側："🖼"。總之，"履"本義指人步行前進，踩於包括道路在内之實物上，故西周銘文言及踏勘地界時，均用"履"。如同《說文》誤識"凡"為"舟"，以"彳"為"夂"，解析為"從止在舟上"，故《說文》八篇下解析"履"為"從尸……從彳、夂，從舟，象履形"。至於"古文履（履）從頁從足"，基本正確，然從"舟"則非是。"履"無論如何引申，均不可能訓為"祿"。竊疑：毛《傳》將"履"視同"屨"，二字指涉實一之例證詳參《古字通假會典·侯部第十·婁字聲系》(4)。《說文》八篇下："屨，履也，從履省，婁聲"，則"屨"、"祿"均為上古來母(1)侯部字，單從音理而言，可假借。此聯乃承上聯天帝酬報（"胙"）天子之"功"而來，指出其具體內容：授予劉裕及其後嗣蒙祝福（"休"）之任"命"將延續至長遠（"永"），世世為代行天工之天子，長享"充"盈之"福"祿。

以上押劉宋時期東部平聲韻。

【補述】

(1) 此乃《禮記》卷二六《郊特牲》文。

(2) 如此，方得與出句"情瞳矓而彌鮮"之"瞳矓"對仗，因"瞳矓"乃上古東部疊韻詞。

(3)《爾雅》卷八《釋草》："秬，黑黍。"《周禮》卷十九《春官·鬯人》："掌共（供）秬鬯"，鄭《注》："不和鬱者"，然經、傳中所言之"秬鬯"實際多即"鬱鬯"。如《尚書》卷十五《洛誥》："予以秬鬯二卣"，孔《疏》即曰："以黑黍為酒，煮鬱金之草，築而和之，使芬香調暢，謂之秬鬯"，《毛詩》卷十八之四《大雅·蕩之什·江漢》："秬鬯一卣"，毛《傳》："秬，黑黍也,鬯,香草也,築、煮,合而鬱之曰鬯"。

(4)"今時所謂履者,自漢以前皆名屨。"詳參《御覽》卷六九七《服章部十四·履》所録徐乹(乾)《古履儀》稱述蔡謨答臺問。

《類聚》卷二九《人部第十三·別》

為皇太子侍宴餞衡陽南平二王應詔

海按：皇太子既止於"侍宴"，顏氏此篇又係"應詔"，可知：此次餞行之東道主乃當時之皇帝。《宋書》卷九九《二凶傳》："劭字休遠……文帝長子也……六歲，拜為皇太子"，卷六一《武三王列傳》："袁美人生衡陽王義季"，卷七二《文九王列傳》："吳淑儀生南平王鑠"，"文帝第四子也"，則衡陽、南平二王於文帝，前者為弟，後者為子；於太子劭，前者為叔，後者為弟。卷五《文帝紀·元嘉二十四年（447）》："八月乙未，征北大將軍、徐州刺史、衡陽王義季薨""於彭城"，"時年二【三】⁽¹⁾十三"，則此次宴餞必於是年之前。據卷五《文帝紀·元嘉二十二年（445）》："夏六月辛巳，以南豫州刺史南平王鑠為豫州刺史"，"七月乙酉，征北大將軍、南兗州刺史、衡陽王義季改為徐州刺史"。二人雖已駐外，然職務更換，當返京換印請訓，再自京赴新任所。據卷六九《范曄傳》，知：二王於九月啟程，時間與篇末所言"瞻秋悼晚"正合。即席賦詩，該詩尚須顧及皇家典雅體面，非一般才學所克辦，故文帝"詔"命顏氏"為皇太子"代筆。其情況與謝朓《侍宴華光殿曲水奉敕為皇太子作》同類。

【補述】

（1）李佳已指出：義季卒年若為二十三歲，則生於文帝元嘉二年（425），太祖劉裕駕崩已四載，縱欲諉稱乃遺腹子，亦不可能，遑言能"特為太祖所愛"，且於"元嘉元年（424）封衡陽王"？對照《通志》卷八一

《宗室傳四·宋·武帝七男·衡陽文王義季傳》,可知:"二"乃"三"形近之訛,義季生於東晉安帝義熙十一年(415)。

　　大儀在御,皇聖居貞(一),**旁緝民紀,仰緯天經**(二)。**物資感變,神以瑞形**(三),**川無遁寶,山不閟靈**(四)。
　　亦既戒裝,皇心載遠(五),**夕悵亭皋,晨儀禁苑**(六)。**神行景騖,發自靈閫**(音捆)(七),**對宴感分**(音份),**瞻秋悼晚**(八)。

【注釋】

　　(一)**海按**:"儀"之初文乃"義",已詳《應詔讌曲水作》"義高登漢"注釋。《國語》卷三《國語下·太子晉諫靈王壅穀水》:"儀之于民",韋《解》:"儀,准(準)也";《景王問鍾律於伶州鳩》:"百官軌儀",韋《解》:"儀,法也"。"太"乃"大"之後起分化字(1)。西周早期《大保鼎》(01735):"大保鑄",春秋早期《虢太子戈》(11116):"虢大子元徒戈",戰國晚期《鑄客鼎》(02395):"鑄客為大后廚官為之",俱可為明證。先秦、兩漢時期某些學人為了顯示宇宙根源乃超越之存有,故於"一"、"始"、"初"、"極"等表述經驗存有之原始、根本、至終之詞彙上,加一"太"字,以顯示其非經驗界有始有終之存有,乃無始無終之絕對存有,卻為一切經驗存有之基礎。如《莊子》卷十下《天下》:"關尹、老聃聞其風而悅之,建之以常无有,主之以太一",《呂覽》卷五《大樂》:"萬物所出,造於太一","道也者,至精也,不可為形,不可為名,彊為之,謂之太一"。《周易》卷七《繫辭上》說:"太極生兩儀",韓《注》:"太極者,无稱之稱,不可得而名。取有之所極況之,太極者也",孔《疏》:"太極……即是太初、太一也"。兩儀為陰、陽,已為經驗界二氣對立之階段,能為具體法象,作為準則者,故以"太儀"表示超乎二儀之上、不可名、不可思之絕對存有。《文選》卷十九《詩甲·勸勵》張華《勵志》:"大(太)儀斡運,天迴地游",善《注》:"大儀,太極也"[2]。易"太極"為"太儀",實不過避熟就生耳。《毛詩》卷二之三《邶·簡兮》:"有力如虎",毛《傳》:"武力比於虎,可以御亂、御眾",孔《疏》:"御,治也","御"所以訓治,詳見《應詔觀北湖田收》"周御窮轍跡"注。"御"乃"御民"、"御宇内"、"御萬物"、"御于家邦"之"御",以駕馭之意象形容至上之天道統管整個宇宙,其中自然包括歷史發展、王朝更替。

《和謝監靈運》:"皇聖昭天德",對照陸機《贈馮文羆遷斥丘令》:"於皇聖世",《晉書》卷二二《樂志上》張華《宗親會歌》:"於皇聖明后",《宋書》卷二十《樂志二》王韶之《食舉歌》之二:"皇皇聖后",可知:"皇聖"不容訓解為"聖皇"、"聖王","皇"乃形容詞,煌煌也,光輝偉大之貌。《周易》爻辭中之"居貞",本均針對求問神明靜處或外出行動之吉凶而言,如卷三《頤·六五》:"居貞,吉,不可涉大川",卷五《革·上六》:"征凶,居貞吉",然戰國中葉已降之《易》學家均賦予道德意義,訓"貞"為"正",已詳《三月三日詔宴西池》"載貞其恆"。此處僅用爻辭字面,實際意義乃本自《老子》第三九章:"侯、王得一以為天下貞",《呂覽》卷十七《君守》:"可以為天下正",高《注》:"正,主"。

此聯意謂:因至上之天道統"御"萬有,故輝煌偉大("皇")之"聖"人得以高"居"天下之主此正位("貞")。

(二)**海按**:《說文》一篇上:"旁,溥也";《廣雅》卷二上《釋詁》:"旁,廣也";《文選》卷三《賦乙·京都中》張衡《東京賦》:"群后旁戾",薛《注》:"旁,四方也;戾,至也"。"緝"當改讀為"輯"、"集",相假例證詳參《古字通假會典·緝部第十六·咠字聲系》、《集字聲系》[3]。《尚書》卷三《舜【堯】典》:"輯五瑞",《釋文》:"輯……王(肅)云:合"。《國語》卷二一下《越語·越興師伐吳而弗與戰》:"四時以為紀",韋《解》:"紀猶法也";《呂覽》卷一《孟春》:"無亂人之紀",高《注》:"紀,道也"。

金文中,"經"作"巠",如西周早期《大盂鼎》(02837),或"巠",如西周晚期《師克盨蓋》(04468),象紡織機架上垂直的棉線或絲線。加"糸"為偏旁,實為緟益。《説文》十三篇上:"經,織從(縱)絲也","緯,織衡(橫)絲也"。以原始織布之工序而言,如《文心雕龍》卷七《情采》所云:"經正而後緯成"。《左傳》卷五一《昭公二十五年》:"夫禮,天之經也,地之義也",杜《注》:"經者,道之常";《漢書》卷六二《司馬遷傳·六家要旨》:"夫春生、夏長、秋收、冬藏,此天道之大經也",顏《注》:"經,常法",足見:於此聯中,"紀"、"經"之義一致,直因避免重出,而換易詞面也。以紡織工序喻於治天下,天道先存,人理後出。用於此聯,固然循古今漢語特性,"緯"乃動詞,實則其意即以所集合("輯")之"民紀"為"緯",上(仰)配"天經",兩下交織之完美世界於焉形成。"旁"乃自横切面言,"仰"則自縱切面言。民,人也,凡胎;天,神也,超凡者,對仗謹嚴。

(三)**海按**:物,有形者;神,無形者。《淮南子》卷九《主術》:"夫七尺之橈(音饒)而制船之左右者,以水為資",高《訓》:"資,用也";《皇太子釋奠會作》:"資此夙知",善《注》:"資猶藉也"。《説文》十四篇下:"以,用也。""感"乃"感應"之"感"。

此聯意謂:萬"物"因("資")受外界政教所"感"而引生以前未有之"變"化反應。對於當今天子治理合乎天道此事,經驗界無法感知之"神"明甚是肯定,藉用祥"瑞",將此態度具體表現("形")出來。

以上押劉宋時庚部平聲韻。

（四）**海按**："山"、"川"互文足義。《說文》二篇下："遁……逃也。"此"寶"乃《漢書》卷六五《王襃傳》"益州有金馬、碧雞之寶"、江淹《齊王讓禪表》"馬圖之寶"之屬，乃祥瑞意義之珍稀物，即《宋書》卷二二《樂志四》繆襲《魏鼓吹曲·邕熙》之"瑞寶"、《類聚》卷八《水部上·漢水》蔡邕《漢津賦》之"神寶"，故此處之"寶"與下句之"靈"相對。同型例證如：《南齊書》卷十一《樂志》謝超宗《齊南郊樂章·皇帝飲福酒奏嘉胙之樂》："寶瑞昭神圖，靈貺流瑞液"，《韻補》卷四王筠《詩》："靈圖白玉檢，寶册黃金題"，《隋書》卷十四《音樂志中·齊皇太子入至坐位酒至御殿上奏登歌辭》："馬圖呈寶，龜籙告靈"。此處之"靈"指神奇非凡之事、物。閟，閉也，已詳《皇太子釋奠會作》"宅心道祕"注。於此處，乃如《史記》卷四三《趙世家》"公子章之敗，往走主父，主父開【閉】之"《索隱》所訓："閉謂藏也"。

此聯乃承上聯而來。根據古代感應論，天下太平，各類祥瑞並至；天下無道，神禽異獸等均避而遠去。今既為盛世，故彼等"無遁""不閟"於"山"、"川"深密之處，繽紛呈現。

以上押劉宋時期庚部平聲韻。

（五）**海按**：亦，也；既，已，"亦既"乃近義複詞。甲文中，"戒"作"𢦏"（合28008）；金文作"𢦏"，如西周早期《戒鬲》（00566），象雙手持戈，如《說文》三篇上所云："𢦔，警也，从廾、戈"。"戒"之專字之一即"誡"，相假例證詳參《古字通假會典·之部第十一（上）·戒字聲系》。《楚辭》卷一《離騷》："鸞皇（鳳）為我先戒兮，雷師告余以未具"，王《注》："告我嚴裝未具"；《文選》卷二九《詩己·雜詩上》曹植《雜詩六首》之五："僕夫早嚴駕，我將遠行遊"，"戒裝"乃"嚴裝"、"嚴駕"之變造，同屬避熟就生之慣技，意謂提醒告"戒（誡）"僕役於上路前將途中可能出狀況之諸項"裝"置檢查完善、應攜帶之大小物件準備妥當。《毛詩》卷十九之二《周頌·清廟之什·時邁》："載戢干、戈",卷十八之四《大雅·蕩之什·江漢》："王心載寧",鄭《箋》均曰："載之言則也"。

此聯意謂:二王"既"已吩咐屬下將行"裝"備妥,即將啟程,"皇"帝因親情不捨,故二王雖尚未離京,其"心"思則("載")已飄往子、弟將前往之"遠"方。

(六)**海按**:《漢書》卷十九上《百官公卿表》："大率十里一亭,亭有長",據《後漢書·續漢志》卷二八《百官志四》及劉氏《注補》,可知:於官道上設置亭,既以防備可疑之外來潛入者、"禁盜賊",亦提供"行旅宿會"、暫時休憩之所。《漢書》卷五一《賈山傳·至言》："江皋、河瀕",《集解》："李奇曰:'皋,水邊淤地也'"。《史記》卷一一七《司馬相如列傳·上林賦》："亭皋千里",《集解》引郭璞曰："言為亭候於皋隰,皆築地令平,賈山所謂'隱(4)以金椎'也"。徐州治所為彭城,南豫州治所為歷陽,不論自建康往西北或往西南赴任所,首須循官道抵長江津口,而後過江,故論及"亭皋"。

"儀"既與"悵"對仗,可知:乃動詞。其用法當來自《尚書》卷五《益稷【皋陶謨】》："簫《韶》九成,鳳皇來儀。"(5)《爾雅》卷一《釋詁上》、《毛詩》卷三之一《邶·柏舟》"實維我儀"鄭《箋》皆曰："儀,匹也。"大而化之,《方言》卷二乃逕訓："儀、徦,來也",《廣雅》卷三上則曰："覿、形……儀、兒,見也"。《樂府詩集》卷五二《舞曲歌辭一》沈約《大觀舞歌》："三趾晨儀,重輪夕映"(6),即採取此義。顏氏此處之"儀"非止來見,乃如《周禮》卷十《地官·大司徒》"五曰以儀辨等"鄭《注》所云："儀謂君南面、臣北面,父坐、子伏之屬",二王來謁見天子,躬行國禮、家禮,如謝恩、辭行、恭領訓誡、慰勉、祝福等禮"儀"。若結合此詞義之本源,則格外見顏氏措辭之精巧。上引《皋陶謨》二句之背景乃群后來觀帝舜,然後鳳凰亦因配合此觀禮所演奏之《韶》樂而來儀。今以二王喻來儀之鳳,則其隱形筆墨無疑將文帝之盛德可比配帝舜,頌聖而不流於諂諛。《史記》卷六《秦始皇本紀·二世二年》:"常居禁中",《集解》引蔡邕曰:"門戶有禁,非侍御者不得入,故曰禁中"。皇家苑囿乃皇帝私產,自屬嚴禁外人入內之地。據《宋書》卷六九《范曄傳》:"上於武帳岡祖道",《通鑑》卷一二四《宋紀六·太祖文皇帝·元嘉二十二年》胡《注》:"杜佑曰:武帳岡在廣莫門外宣武場,設行宮殿便坐於其上,因名"。廣莫門乃建康城北門也[7]。

古人送別多在夜間,是以苟依時序,"晨儀禁苑"在"夕悵亭皋"之前,為押韻之故,乃顛倒之。"晨儀"之主詞既為二王,則"夕悵"者亦然。此聯乃揣度:衡陽、南平二王"晨"間前來"禁苑"謁見文帝。待暮色襲來,二王思及未幾將遠去,想必於靠近津渡之處("亭皋")亦"悵"惘不已。

(七)**海按**:《赭白馬賦》:"窮神行之軌躅（音竹）",《應詔觀北湖田收》:"神行埒浮景"。古人想象中,神御氣、凌空而行,遠超過凡間人、物全力移動之速度,假此以譬喻馬奔馳之迅疾。《廣雅》卷七上《釋宮》:"騖,犇(奔)也";《穆天子傳》卷一:"戊寅【申】,天子西征鶩行",郭《注》:"鶩猶馳也"。"景鶩"與"神行"乃句中內對,同樣形容車駕前行驟捷,如日光("景")映照萬物,或神明駕雲而遊時,不待轉瞬,已度邁天、地間如此遙遠之距離而及之[8]。

《廣弘明集》卷二八上《啟福篇》慕容德《與朗法師書》:"每思靈闕,屏營飲淚",《宋書》卷七九《文五王列傳·桂陽王休範傳》:"謝罪天闕",《漢魏南北朝墓誌彙編·北魏·魏故使持節侍中太保大司馬錄尚書事司州牧城陽王墓誌銘》:"分符帝闈","靈闕"、"天闕"、"帝闈"與"靈闈"基本同一指涉。因將皇帝神化,故曰"靈";因按《周易》卷九《說卦》之取象,"乾為天"、"為君",故曰"天"。《史記》卷一百二《張釋之馮唐列傳》:"閫以內者,寡人制之;閫以外者,將軍制之",《集解》:"韋昭曰:'此郭門之閫也。門中橛曰閫'"。"靈闈"實即《漢魏南北朝墓誌彙編·北周·大周使持節柱國大將軍大都督原涇秦河渭夏隴成幽靈十州諸軍事原州刺史河西桓公墓誌銘》之"京闕",指帝都之出入口。

此聯意謂:二王既然即將由速度飛快,如"神行景騖"之駿馬駕車,自京城正門旁兩闕口("靈闈")出"發",剎那間,即不見蹤影。

(八)**海按**:從《三國志》卷四九《劉繇傳·遺孫策書》:"感分結意,情在終始",卷五四《周瑜傳》裴《注》所引《江表傳》:"(孫)策令曰:'周公瑾……與孤有總角之好,骨肉之分'",《文選》卷三八《表下》傅亮《為宋公求加贈劉前軍(穆之)表》:"金蘭之分,義深情感",可知:"分"由位分引申出關係之義,進而意謂情分,如《文選》卷二四《詩丙·贈答二》曹植《贈白馬王彪》:"在遠分日親",潘岳《為賈謐作贈陸機》:"分著情深"。《毛詩》卷二之一《邶·燕燕》:"瞻望弗及",卷二之二《邶·雄雉》:"瞻彼日、月",毛《傳》均曰:"瞻,視也",然此乃仰首,非一般平行之"視"。《毛詩》卷七之二《檜·羔裘》:"豈不爾思?中心是悼",鄭《箋》:"悼猶哀傷也"。

此聯意謂:仰首觀察("瞻")周邊季"秋"物色,將近歲暮,哀傷("悼")時間誠然逝如川流。以當前狀況而言,與二王分手在即,如日之將薄西山("晚")。面"對"此餞行之"宴",深知與坐於宴席下方之被餞行者面晤時間所餘無幾,格外"感"受到至親情"分"之綣繾、難捨。此聯蓋源自悲秋傳統之挑:《楚辭》卷八《九辯》:"悲哉!秋之為氣也……若在遠行,登山臨水兮送將歸"。

以上"遠"、"晚"與"苑"分別為劉宋時先部韻上聲、去聲,與魂部韻上聲之"閫"⁽⁹⁾通押。

【補述】

(1)楚系文字乃於"大"之右上加一筆為分化符號:"夭"(《清華簡·鄭文公問太伯(乙)》)、"夭"(望1·54)、"夭"(新甲3·4)。將分化符號置於"大"下方空隙處,蓋沿戰國田齊陶文:"夭"(陶彙3·410)而來。

(2)《楚辭》卷五《遠遊》:"朝發軔於太儀兮",王《注》:"太儀,天帝之庭也"。參照上聯"集重陽入帝宮兮,造旬始而觀清都",可知其說是。此類方術信仰中之"太儀"與諸子所言之"大儀"、"太極"、"太一"基本格局固有宇宙論、本體論之高下,但就其表述至高、絕對之涵義此點而言,則無甚別。

(3)顏氏所以選用"緝",蓋因對仗者"緯"乃"糸"部邊。同時當注意:二者之受詞"紀"、"經"亦然。徒從視覺角度言,相當精巧。從《文心雕龍》卷八《練字》提出四項規則,第二項為"省聯邊","連邊者,半字同文者也",不但反映南朝人有此習尚,且可推斷:顏氏此聯用字非適巧使然。由於"緝"等四者分布於兩句中,且均中隔非"糸"部邊之他字,並未蹈劉勰"三接之外,其字林乎"之譏。

(4)《漢書》卷五一《賈山傳》《集解》:"服虔曰:'隱,築也。'"從《方言》卷六"隱、據,定也",《廣雅》卷一上《釋詁一》"隱,安也"觀之,"隱"蓋"穩"之假借字。"築"作為名詞,《漢書》卷三四《黥布傳》:"身負版築",《集解》:"李奇曰:'版,牆版也;築,杵也'",或以木,或以石製;作為動詞,《說文》六篇上:"築,所以擣也",《儀禮》卷四十《既夕禮·記》:"甸人築坅坎",鄭《注》:"築,實土其中,堅之"。"牆版"即《和謝監靈運》"雖慙丹、臢施"補述所言之"楨"、"榦"。

(5)早期典籍中,"儀"作為動詞者,如《毛詩》卷十九之二《周頌·清廟之什·我將》:"儀式刑文王之典",簡言之,則為卷十六之一《大雅·文王之什·文王》:"儀刑文王",鄭《箋》將前者訓讀為"儀則式象法行文王之常道"。顏詩此處之"儀"顯然非取法之義。

(6)《宋書》卷二十《樂志二》王韶之《食舉歌辭》第一章:"晨羲載燿,萬物咸覩",從下句之出典:《周易》卷一《乾·文言》:"聖人作而萬物覩",可知:"晨羲"必為名詞,而且代指聖人。《初學記》卷一《天部一·日第二》所錄《淮南子》:"爰止羲和,爰息六螭",高《訓》:"日乘車,駕以六龍,羲和御之",此即《周易》卷一《乾·彖》所言之"大哉乾元……時乘六龍以御天",是"晨羲"乃稱頌劉宋皇帝之典雅表示詞。《南齊書》卷十一《樂志三》明言於食舉歌辭"齊微改革,多仍舊辭",其之一曰:"晨儀載焕"。《論語》卷八《泰伯》:"焕乎!其有文章",《集解》:"焕,明也",以"焕"易"燿"不足辯。可資注意者乃"羲"之作"儀"。若"儀"並非形近之訛,蕭齊詞臣蓋根據《周易》陽、陰,天、地,日、月,晝(晨)、夜(夕)等二分之取象,"晨儀"猶言"乾綱"、"天則",以此喻蕭齊皇帝。

(7)《淮南子》卷三《天文》以冬至為始點,每四十五日,某方或某隅吹來一風,共八風,廣莫風乃殿末者。因以四方四隅(四維)配於八卦,《周易》卷九《説卦》:"坎者,水也,正北之卦也",故高《訓》以廣莫風為"坎卦之風"。《御覽》卷九《天部九·風》所錄《易·通卦驗》:"冬至,廣莫風至。"因此,以"廣莫"代言北。

（8）故籍中每以此類詞彙名駿馬，如《西京雜記》卷二《文帝良馬九乘》："一名赤電"，"一名絕塵"，《拾遺記》卷三《周穆王》所馭八龍之駿，"一名絕地，足不踐土"，"四名越影，逐日而行"，至於"五名踰輝"，"六名超光"，及《文選》卷三十《詩庚·雜擬上》陸機《擬青青陵上柏》所言之"絕景"，猶今日所言之超光速，均為夸飾馬品種之卓絕，因而奔馳速度逾乎尋常。

（9）若以此字本當作"閑"，因形近而誤為"闌"，則非是。《說文》十二篇上："閑，闌也"，二篇上："牢，閑也，養牛、馬圈也"，六篇下："圈，養畜之閑也"，姑不論文義是否可通，其違背校勘預設之一項基本原理，即：唯罕見字錯成常見字，無常見字訛為罕見字，此其一。"閑"乃先部平聲韻，平、仄通押非無其例，然極罕見，自當以通則為準，此其二。

《文選》卷二三《詩丙·哀傷》

拜陵廟作

　　善《注》：沈約《宋書》卷十五《禮志二》曰："漢儀：五供畢⁽一⁾，則上陵，歲歲以為常；魏則無定制【禮】。齊王在位九載，始一謁（明帝）高平陵，而曹爽誅，其後遂廢，終魏世。晉宣帝遺詔：'子弟、群官皆不得謁陵。'……逮江左初，元帝崩後，諸侯【公】始有謁陵、辭陵之事，蓋由眷同友執⁽二⁾，率情而舉，非京洛之舊也……自元嘉已⁽¹⁾（以）來，每歲正月，輿駕必謁初寧陵⁽三⁾，復漢儀也。"

　　海按：從"夙御嚴清制，朝駕守禁城"，可知：顏氏當時亦在侍駕之列，然此篇性質實屬懷往撫今之作，故歷敘自身與劉宋高祖至文帝間之關係。從本詩末云："末暮謝幽貞"，"歸軫慎崎傾"，則在元嘉三十年（453）致仕之前。顏氏本傳載其晚年最後任職太常，故其致仕表云："班叨首卿"，"陵廟眾事有以疾怠"。據《宋書》卷六六《何尚之傳》記載：元嘉二十四年（447）議以一大錢當兩，時任太常者乃郗敬叔。姑以顏氏任太常乃繼郗氏之任，則彼時顏氏業六十五至六十八歲，洵可謂年屆"末暮"，何況據卷三九《百官志上》，太常下轄太廟令，廟祭太祖，太常理應隨行。

【注釋】

　　（一）《後漢書·續漢志》卷四《禮儀志上·五供》："正月上丁，祠南郊,禮畢,次北郊、明堂、高廟、世祖廟,謂之五供。"據《南齊書》卷九《禮志上》,知此乃蔡邕《獨斷》之文。

(二)《禮記》卷一《曲禮上》:"夫為人子者,三賜不及車馬,故州里鄉黨稱其孝也,兄弟親戚稱其慈也,僚友稱其弟也,執友稱其仁也",鄭《注》:"執友,志同者",孔《疏》:"執志同者也"。"執"或當改讀為"摯",相假例證詳參《古字通假會典·緝部第十六·夆字聲系》。東晉皇室與諸公之間"眷同友執",乃門閥政治使然。在當時,天子如同贅旒。

(三)《宋書》卷三《武帝紀下·永初三年(422)》:"秋七月己酉,葬丹陽建康縣蔣山初寧陵。"

【補述】

(1)六家本、六臣本均脫"已"字。

周德恭明祀⁽一⁾,漢道尊[1]光靈⁽二⁾,哀敬隆祖廟⁽三⁾⁽¹⁾,崇樹加園塋⁽四⁾。逮事休命始⁽五⁾,投迹階[2]王庭⁽六⁾,陪、廁迴天顧,朝(音潮)、讌流聖情⁽七⁾,早服身義重,晚達生戒輕⁽八⁾。否(音痞)來王澤竭,泰往人悔形⁽九⁾,勑躬懃積素⁽十⁾,復與昌運并⁽十一⁾,恩合非漸漬,榮會在逢迎⁽十二⁾。夙御嚴清制,朝(音招)駕守禁城⁽十三⁾,束紳入西寢⁽十四⁾,伏軫【軾】[3]出東坰⁽十五⁾。衣冠終冥漠,陵邑轉蔥青⁽十六⁾,松風遵路急,山烟冒壠[4]生⁽十七⁾。皇心憑容物⁽十八⁾,民思被歌聲⁽十九⁾,萬紀載絃吹(音炊)⁽二十⁾,千載【歲】[5]託旒旌⁽二一⁾。未殊帝世遠,已同淪化萌⁽二二⁾,幼牡【壯】[6]困孤介,末暮謝幽貞[7]⁽二三⁾,發軔喪夷易,歸軫慎[8]崎傾⁽二四⁾。

【校記】

[1]《顏光禄集》"尊"作"遵",非但不詞,且忽視"尊"乃與出句之"恭"正對者。

[2]五臣本"階"作"皆",然從李周翰:"故云投迹階王庭",可知五臣所見本亦為"階",直手民粗疏,而誤作"皆"。

[3]五臣本、六家本"軫"均作"軾",是也。從尤刻本善《注》所引《漁父》作"軾",則其所見正文原亦當為"軾",如許巽言所云,"軫"或"軫"所代表之車廂"豈可伏乎"？義弗通。胡刻本善《注》所引《漁父》作"軫",蓋或人因正文之誤而隨之妄改,導致以是為非。

[4]五臣本、六家本"壠"均作"隴",作為偏旁部件時,从"土"或从"阜"意義無别。

[5]五臣本、六家本、六臣本、《顏光禄集》"載"均作"歲",是也,因出句已有"載",否則,於一聯中重出,未免過鈍,顯然乃涉上文而誤。

[6]五臣本、六家本、六臣本、《顏光禄集》"牡"均作"壯",是也。《禮記》卷一《曲禮上》:"人生十年曰幼","三十曰壯"。顏延之《庭誥》:"幼壯驟過",《弘明集》卷四《達性論·重釋何衡陽》:"昔在幼壯,微涉羣紀",《鮑照集》卷六《擬古》之四:"幼壯重寸陰,衰暮反輕年"。胡克家:"'幼壯'與'末暮'偶句,不待解而自曉,故善無注。"

[7]五臣本、明州六家本、贛州六臣本"貞"均無最後一點,此因北宋仁宗名禎,須避嫌名,故敬缺末筆使然。

[8]贛州六臣本"慎"右邊"直"下少右邊一點,《宋郊祀歌》之一善《注》所引"明王慎德"之"慎"亦然,此因其為宋刻,須避南宋孝宗諱,乃敬缺末筆,然上述兩處於明州六家本均如常作"慎"。

拜陵廟作

【注釋】

（一）善《注》：《周書》卷五《皇門》曰："人斯是各⁽²⁾助王恭明祀。"

海按：甲文中，"德"從"彳"從"直"："㣇"（合19134），甚至有不簡省，而從"行"者："㣫"（合20547），而"直"乃"目"上一甚長之直筆，表行走於道路上正視、不左右顧之義，故蘊含行徑正直不邪之義。金文大多加從"心"："惪"，如西周早期《㱿尊》（06014），似欲表示如此行徑源自心，頗有《禮記》卷五二《中庸》"率性之謂道"之義。因該直筆增一圓點之裝飾，乃演化為一橫，成為後世習寫之"德"。不論從古文字，或從後世一般用法之角度，此處之"德"與出句之"道"均為互文足義。

（二）善《注》：《東觀漢記》⁽³⁾卷七《傳二·東平王蒼傳》："建初三年（78），上賜東平王蒼書曰：'今以送光烈皇后（陰麗華）假髻、帛巾各一，衣一篋遺王，可時瞻視，以慰《凱風》寒泉之思。今魯國孔氏尚有仲尼車輿、冠、履，明德盛者，光靈遠也。'"

海按：甲文中，"尊"從象左、右兩手之"収"捧象酒器之"酉"："奠"（合14376）。金文中，"酉"之上方不時有兩點："尊"，如西周早期《作車簋》（03454），蓋為羨筆。《周禮》卷二十《春官·司尊彝》："掌六尊"，鄭司農指出：乃犧尊、象尊、著尊、壺尊、大（太）尊、山尊。以雙手捧之，所捧之酒器非置於祭祀場合，即賓客前，故引申出敬義，《廣雅》卷一上《釋詁》："虔、畏、賓、齋……尊，敬也"，以致今日每曰尊敬。《陶徵士誄》："緜世浸遠，光靈不屬。"按古禮歸類，喪禮乃凶禮，祭禮乃吉禮。以陰、陽二分論，前者為幽，後者為明。《大戴記》卷五《曾子天圓》："天道曰圓，地道曰方，方曰幽，而圓曰明"，卷九《誥志》："明、幽，雌、雄也"，雌

（地、方、幽）、雄（天、圓、明）猶陰、陽，則"明祀"即《周禮》卷十三《地官·牧人》所言之"陽祀"，鄭《注》："陽祀，祭天於南郊及宗廟"。由是可知："光"應如字讀，方得與出句的"明"對仗；靈，神也，光靈猶明神，即神明也，此處則如吕延濟所云："祖先之靈"。與"光靈"相對者即"幽靈"。

此聯意謂："周"乃三代王道醇乎醇者之代表，"漢"為三代以下王道不醇而多疵之代表，然而不論是循王道或以"霸、王道雜""任"之王朝，均"尊"崇皇室大宗神靈，因而對祭"祀"這些祖先神靈一事甚為"恭"謹。

（三）善《注》：《漢書》卷二二《禮樂志·安世房中歌》之三曰："乃立祖廟，敬明尊親。"

海按：《禮記》卷三《曲禮上》："卒哭乃諱"，然後世因尊君，君主生前即諱其名。文帝名義隆，顏氏此處蓋循卷三《曲禮上》所言："臨文不諱"。金文中，"哀"从口衣聲："〇"，如西周初期《沈子它簋蓋》（04330）。作為部件，"口"、"心"往往通用，象内心悲傷，如西周晚期《師訇(音烘)簋》（04342）："〇才（哉）！今日天疾畏（威）降喪"，而《禹鼎》（02833）則作"〇哉"，足為明證，故戰國中期楚簡（包2·111）、戰國晚期《兆域銅版圖》（10478）已改从"心"："〇"、"〇"。"隆"、"加"相對，則當訓為"隆、殺"之"隆"。《史記》卷二三《禮書》："是謂大隆"，《索隱》："隆者，盛也、高也"；《禮書·太史公曰》："以隆、殺為要"，《索隱》："隆猶厚也，殺猶薄也"。

（四）善《注》：如淳《漢書注》曰："塋，墓[4]田也。"

海按：《禮記》卷十三《王制》："樂正崇四術"，卷三一《明堂位》："崇坫、康(亢)圭"，鄭《注》均曰："崇，高也"。《公羊傳》卷十《僖公三年》：

拜陵廟作　413

"無易樹子,無以妾為妻",《尚書》卷十《偽說命中》:"樹后王君公",何《解詁》、偽孔《傳》均以"立"訓"樹"。從上下文可知:因"樹"立,乃有突出、拔萃之意。《後漢書》卷一《光武紀·建武二年(26)》:"赤眉焚西京宮室,發掘園陵",章懷《注》:"園謂塋域,陵謂山墳"。因諱言死,乃以長眠(寢)代之,故又曰寢園。此廟指寢園中之廟,非京城內之太廟,與陵同在京城外。《漢書》卷七三《韋賢傳附子玄成傳》:"園中各有寢、便殿,日祭於寢,月祭於廟,時祭於便殿。"《漢書》卷十一《哀帝紀·建平元年(前6)》:"皇太后詔外家王氏田非冢塋,皆以賦平民",師古曰:"塋,冢域也";卷三六《楚元王傳》:"(元王之子紅侯富)太夫人薨,賜塋",師古曰:"塋,冢地,謂為界域"。

此聯意謂:因至孝,故"哀敬"之心深厚,乃藉由寢"廟""園"陵,"加"重提高("隆")諸先帝墳塋之規制,以示尊"崇"[5]。

(五)善《注》:休命始,高祖之初也。《禮記》卷三《曲禮上》曰:"逮事父母,則諱王父母;不逮事父母,則不諱王父母"。《尚書》卷十一《偽武成》曰:"戊午,師逾孟津;癸亥,陳于商郊,俟天休命。"[6]

海按:《論語義疏》卷二《里仁》:"恥躬之不逮也",卷八《季氏》:"政逮於大夫,四世矣",皇《疏》均曰:"逮,及也"。甲、金文中,"休"乃一側面人形背對一"木":"休"(合8166),而且不論契刻者如何差異,背對而非面向這點絕無改變。換言之,所強調者乃休息、休止。《說文》六篇上:"休,息止也。"有時為了更突出此義,甚至將"木"之上端豎筆向側傾斜:"休"(花053),蓋欲令其樹蔭蔭庇之義彰顯無疑。《漢書》卷九七下《外戚列傳·孝成班倢伃傳·自悼賦》:"願歸骨於山足兮,依松、柏之餘休",顏《注》:"休,蔭也"。從此本義,乃得"美好"此引申義,《周易》卷二《大有·象》:"順天休命",《釋文》:"(休,)美也",進而發展出賜/蒙福、賞賜等義。如西周早期《榮簋》（04121）："王休賜厥臣父榮……貝百朋"，西周早期或中期《井鼎》（02720）："攸賜漁，對揚王休"，《毛詩》卷十七之四《大雅·生民之什·民勞》："無棄爾勞，以為王休"，卷十八之四《大雅·蕩之什·江漢》："虎拜稽首，對揚王休"。此處指劉宋皇室蒙上天福庇之上佳任命。

《顏延之傳》："宋國建，奉常鄭鮮之舉為博士，仍遷世子舍人。"此句意謂：自己有幸，趕得上在太祖武皇帝受命伊始，已加入服"事"之臣工行列。

（六）善《注》：《莊子》卷五上《天地》曰："其觀臺多物，將往(7)投迹者眾。"《周易》卷五《夬（音怪）》曰："夬，揚于王庭，孚號，有厲。"

海按：《呂覽》卷五《古樂》："投足以歌八闋"，高《注》："投足猶蹀足"；《文選》卷六《賦丙·京都下》左思《魏都賦》："蹀躞（音七）其中"，善《注》引《聲類》曰："蹀，躡也"；《漢書》卷四《文帝紀》："新喋血京師"，顏《注》曰："喋……本字當作蹀，蹀謂履涉之耳"。投跡猶言踏著前人之足跡。粗言之，涉足也。"階"乃名詞轉為動詞，指拾級（階）而上，進入"王庭"。

（七）善《注》：《毛詩》卷十八之一《大雅·蕩之什·蕩》曰："不明爾德，時無背無側；爾德不明，時【以】無陪無卿。"鄭玄《毛詩》卷七之二《檜·匪風》"顧瞻周道，中心怛（音達）兮"《箋》曰："迴首曰顧。"(8)

海按：毛《傳》："背無臣，側無人也"，鄭《箋》："無陪貳也，無卿士也"。陪貳猶言副手，故孔《疏》訓讀為"副貳"。據善《注》，可知："厠"當改讀為與"廁"同從則聲之"側"。《漢書》卷三六《楚元王傳附玄孫向傳》："孝文皇帝居霸陵，北臨厠"，《集解》："服虔曰：'厠，側近水也'"；卷五十《張釋之傳》："上居外臨厠"，顏《注》："厠，岸之邊側也"。《儀禮》卷三十《喪服·齊衰》:"父者,子之天也;夫者,妻之天也,婦人不貳斬(衰)者,猶曰不貳天也",以此推之,則君者,臣之天也,故《禮記》卷四《曲禮下》:"大夫、士去國逾竟(境)",鄭《注》:"臣無君猶無天也",是以君、父、夫三者逝世後,臣、子、妻皆為之服斬衰三年重喪。"天"既與"聖"正對,可知:指受命至踐阼後之劉裕。

此聯意謂:以自己卑微侍從("陪、廁")之身,居然蒙得天子鑒知、注意,而回首看("迴"、"顧")自己,且不論在公家"朝"堂上,或私下"讌"集中,天子均不時流露對自己賞識之"情"。

(八)善《注》:服,服事也,早服,恩淺也,故以存身之義為重也。達,宦達也,晚達,恩厚,故以養生之戒為輕也。王逸【隱】(9)《晉書》曰:"孔坦上表曰:'士死知遇,恩令命輕。'"

海按:善《注》前半乃不明文義之濫言。"身"、"生"互文,有身方有生,生必寄寓於身,身、生二者義實一也,僅避免字面重出耳。《論語》卷十《子張》:"士見危致命",《集解》:"孔(安國)曰:'不愛其身也'",皇《疏》:"當以死救之";《禮記》卷一《曲禮上》:"臨難,毋苟免",鄭《注》:"為傷義也",孔《疏》:"難謂有寇仇謀害君父,為人臣子當致身投命以救之";《周禮》卷十八《春官·大宗伯》:"大師之禮用眾也",鄭《注》:"用其義勇",賈《疏》:"《論語》卷二《為政》云:'見義不為,無勇也。'……謂見君有危難,當致命授身以救君";《晉書》卷五八《周處傳》:"將加處策諡,太常賀循議曰:'處……在戎致身,見危授命'",是致命、授命猶言致身、投命也。方廷珪以"致身之義"訓解"身義",甚是。"早服"謂劉裕王跡未顯之前已入仕者,"晚達"指"休命始"之後方"投迹""王庭"者。前者相交多年,以"身"殉君臣之"義"為重;後者起家乃因劉裕之賞識、提拔,故恩深,故均願意為之肝腦塗地。"義重"、"生

"輕"猶言捨生取義。

此聯意謂:無論出仕"早""晚",皆"重""義""輕""身"。

(九)善《注》:否來泰往,少帝之時也。否、泰,《易》二卦名也。言王之德澤既竭,人之悔吝(吝)形見。《文選》卷一《賦甲·京都上》班固《西【兩】都賦·序》曰:"昔成、康沒而頌聲寢,王澤竭而詩不作。"《周易》卷七《繫辭上》曰:"吉凶者,失得之象也;悔吝(吝)者,憂虞之象也;變化者,進退之象也;剛柔者,晝夜之象也。"《列子》卷七《楊朱》曰:"公孫朝……好酒……不知世道之安危,人理之悔吝(吝)。"《周易》卷二《否》曰:"否之匪人,不利君子貞,大往小來",《象》曰:"內陰而外陽……內小人而外君子,小人道長,君子道消也",卷二《泰》"小往大來,吉,亨",《象》又曰:"泰……內陽而外陰……內君子而外小人,君子道長,小人道消也(10)"。

海按:甲、金文中,"不"均作上類似倒三角形之狀,下垂三線:"𣎴"(合14762),蓋象花萼之柎(音夫)形。甲文或有省去倒三角形者:"𣎴"(合23250),見知金文則反而有於一長橫上加一綴飾之短橫者:"不",如春秋晚期《洹(音桓)子孟姜壺》(09729)。《說文》十二篇上"不"段《注》:"《毛詩》卷九之二《小雅·鹿鳴之什·棠棣》:'鄂不韡(音委)韡',鄭《箋》云:'"不"當作"柎(拊)",柎(拊),鄂(萼)足也。'"無論"不"作為否定詞,或狀詞("丕"),均純屬假借。西周早期《班簋》(04341)已見加"口"而義同否定之"否"。秦系文字"泰"作"泰"(秦陶1197)、"泰"(繹山刻石),《說文》卷十一上二保留"古文泰":"夳","太"、"夳"均係"大"之分化,但"泰"與"太"、"夳"之間蓋非演變關係,乃假借耳。

拜陵廟作

此聯意謂:小人道長之時運("否")"來"臨,換言之,君子道長之時代("泰")成為過"往",故先帝之德澤枯"竭"盡淨,而眾人許多日後會引以為"悔"誤之情況紛紛現"形"。

(十)善《注》:《孝經·鉤命決》曰:"勑躬未濟,汲汲孳孳者。"(11)《文選》卷五一《論一》王褒《四子講德論》曰:"非有積素累舊之懽(歡)。"

海按:"勑"即"敕",相假例證詳參《古字通假會典·之部第十一(上)·來字聲系》。《漢書》卷二二《禮樂志·安世房中歌》之三:"敕身齊(齋)戒,施教申申",卷八五《谷永傳·建始三年舉方正對策》:"飭身脩政",顏《注》:"飭與敕同,敕,整也";《釋名》卷六《釋書契》:"敕,飭也,使自警飭,不敢廢慢也"。《毛詩》卷三之三《衛·氓》:"躬自悼矣",鄭《箋》:"躬,身也";《禮記》卷三七《樂記》:"不能反躬,天理滅矣",鄭《注》:"躬猶己也"。"心"置於"斬"左側,與置於"斬"之下乃同一字。善《注》藉由引《四子講德論》該句,其中"積素"與"累舊"內對,則無形間表達"素"、"舊"同義,此乃其高明處。《文選》卷十六《賦辛·哀傷》潘岳《寡婦賦》:"耳傾想於疇昔兮,目仿佛乎平素",善《注》:"素,昔也";《後漢書》卷七五《呂布傳》:"謀無素定,不能相維",章懷《注》:"素,舊也"。

此句意謂:自愧("慙")以往修身("勑躬")缺乏長期("素")之"積"累。所以引以為己咎,因其仕於被廢為營陽王之少帝時期,而未辭官而歸。

(十一)善《注》:《春秋·孔演圖》曰:"帝當會昌,成封岱宗",宋均《注》曰:"應會之期耳"。

海按:甲文中,"并"作"𠀤"(合33570)、"𠀤"(合4551),乃兩側面人形相隨，為強調此點，乃於足部加兩橫或一橫，似綁在一起。楚系、秦系文字均從前者，如"𠦄"(望2·2)、"𠦄"(睡·法12)。由於小篆將人形下身分開："𠦄"，破壞原詣，導致《說文》八篇上誤析為："从从，开(音尖)聲"。由此形再簡訛，即成"并"。甲文"並"作"𠀙"(合34041)，商代晚期《並爵》作"𠀙"(07401)，尤其明顯乃象兩正面人形並列，小篆猶然："𠀙"，故《說文》十篇下云："从二立"。將左邊人形之左腿、右邊人形之右腿訛簡為兩點，則成"竝"。由於"并"、"並"形、義皆近，致後世將二者混為一。《玉臺》卷二曹植《棄婦詩》："下與瓦、石并"，《文選》卷二七《詩戊·樂府上》石崇《明君詞》："甘與秋草并"，《鮑照集》卷五《登廬山》之一："永與煙霧并"，《廣雅》卷四上《釋詁》："并，同也"，《漢書》卷六四下《終軍傳》："野獸并角"，顏《注》："并，合也。獸皆兩角，今此獨一，故云并也"。甲文中，"昌"從"日"從"口"："𠀙"(合19924)。夜晚休眠，寂然無聲，日出，則人聲作焉，蓋因之從"口"。作為某字之部件，"口"與"曰"意義無甚別，日後"口"遂變為"曰"，是"昌"乃"唱"之初文，引申為盛大之義。"復與昌運并"，意謂自己之命運再度("復")有幸適巧與天道一同"運"行至"昌"盛之時。

（十二）善《注》：《論語·糾滑(音猾)讖》曰："漸漬以道，廢消乃行。"《戰國策》卷三一《燕策三·燕太子丹質於秦亡歸》曰："(太傅鞠武)出見田光，道太子曰：'願圖國事於先生。'田光曰：'敬奉教。'田光乃造焉，燕太子跪而逢迎，却行為道(導)。"

海按：甲文中，"合"作"𠀙"(合31548)、"𠀙"(合40730)，象上蓋、下器。因弧形不易契刻，故多將上半象蓋者易為三角形，金文從同。由於蓋、器必須嚴密相契，上蓋方能具有遮蔽器中裝載物之功能，是以引申出吻合之義。《尚書》卷六《禹貢》："東漸于海"，孔《疏》："漸是沾

拜陵廟作

瀄";《荀子》卷十九《大略》:"蘭茞(音拆上聲)稾本漸於蜜醴",楊《注》:"漸,浸也"。漬猶漸也,故《毛詩》卷三之三《衛·氓》:"漸車帷裳",《釋文》:"漸……漬也、濕也";《荀子》卷一《勸學》:"其漸之滫,君子不近",楊《注》:"漸,漬也"。漸漬乃同義複詞,指液體將旁近之物逐步濡濕。

此聯意謂:延之得與文帝君、臣相"會""合",乃格外之"恩"典"榮"寵,非因以往府主、僚屬間逐步累積("漸漬")之情誼,亦非自身有何才幹,純屬恰巧碰上("逢迎")此"昌運"。

(十三)**海按**:《尚書》卷三《舜【堯】典》:"夙夜惟寅",偽孔《傳》:"夙,早也"。甲文中,"朝"從二或四"屮","日"在其中,"月"在其側,象遠望地平線,見日在草叢中升起,而殘月猶在天之景象:"🌿"(合23148),早晨乃其本義。金文則去掉"月",改以水流代替,水流或為三道:"🌿",如西周早期《矢令方彝》(09901);或二道曲線:"🌿",如西周中期《趞(音孩)簋》(04266);或三道中間一道斷為三點之水:"🌿",如西周早期《盂鼎》(02837)。戰國中期《陳侯因𢦏(音資)錞(音純)》(04649)則改於左邊從水,是此字本應作"淖"[12]。金文習以此類字形者代言與"夕"相對之早晨,如西周早期《利簋》(04131):"珷(武王)征商,唯甲子🌿",西周晚期《仲殷父簋》(03964):"用🌿夕享孝宗室"。"夙"、"朝"同義,"御"、"駕"猶一。呂延濟:"御猶使也",是癡愚至並對仗亦不識。《史記》卷二四《樂書》:"弦、匏、笙、簧合守拊鼓",《集解》:"鄭玄曰:'合,皆也,言眾皆待擊鼓乃作也'",《正義》:"守,待也",指謁陵之鑾駕一大早("朝")即準備妥當,"守"候於禁城中。根據規"制",排除閒雜人等,故曰"清";出入有所限制,故曰"禁"。

(十四)善《注》:紳,大帶也。《論語》卷五《公冶長》:"孟武伯問……'赤也何如?'子曰:'赤也束帶立於朝,可使與賓客言也。'"

西寢,廟在西也。

海按:束腰之帶有二,皆見於《禮記》卷三十《玉藻》。一為皮製之革帶,繫韠(音必,即蔽膝),及刀、礪、燧等隨身物,乃實用者;一為絲製之大帶,裝飾用。據《玉藻》:"紳長制:士三尺,有司二尺有五寸。子游曰:'參(三)分帶,下紳居二焉'",鄭《注》:"紳,帶之垂者也",則"紳"本為大帶下垂部分,進而代表整條大帶,故《左傳》卷五《桓公二年》:"鞶厲游纓",杜《注》:"鞶,紳帶也,一名大帶。厲,大帶之垂者"。"束紳"乃以部分代表全體:穿戴正式整套官服禮冠。

甲文中,"西"作"⿱"(合7106)、"⿱"(合33207);金文作"⿱",如西周中期《師西簋》(04288),象鳥巢。西周晚期《多友鼎》(02835)於上端已多出一綴飾之筆:"⿱",戰國楚系文字幾乎皆延續之,《說文》卷十二篇上保留之"卥,古文西;卤,籀文西",猶存其形。後世習見之"西"乃從改畫之鳥巢形狀"⿱"(睡·日乙75)、"⿱"(睡·日乙763)演變而來。不知何故,此字之小篆上端竟訛變為似"弓"之形:"⿱",致許慎誤解析為"鳥在巢上",又云:"棲,西或從木、妻",然鳥雀棲巢實不待日頭西沈之時。"西"作為表示方向之詞,純屬假借;"棲"、"栖"俱為形聲字,因"妻"與"西"均為上古心母(s)脂部字。《周禮》卷十九《春官·小宗伯》:"建國之神位,右社稷,左宗廟",《禮記》卷四八《祭義》:"建國之神位,右社稷而左宗廟"。

(十五)善《注》:《莊子》卷十上《漁父》曰:"宣尼【孔子】伏軾【軾】而嘆【歎】曰:甚矣!(子)由之難化也。"東坰,陵所在也。

海按:"軾"古但作"式",相假例證詳參《古字通假會典·之部第十一(下)·弋字聲系》。《禮記》卷三《曲禮上》:"國君撫式,大夫下之;大夫撫式,士下之",鄭《注》:"撫猶據也。據式小俛(俯),崇敬也"。《周禮》卷三九《考工記·輿人》：車"廣、衡（橫）長參（三）如一……參分車廣，去一，以為隧。參分其隧，一在前，二在後，以揉其式。以其廣之半為之式崇"，"參分軫圍，去一，以為式圍"，鄭《注》："衡亦長也"，"鄭司農云：'隧為車輿深也'……玄謂讀如'邃'字之'邃'"，"深尺四寸三分寸之二"，"式高三尺三寸"，"軫圍尺一寸"，"式圍七寸三分寸之一"，賈《疏》："參如一者謂俱六尺六寸也"。"三分六尺六寸，取二分，以四尺四寸為之"，"以四尺四寸，取三尺，得一尺；以一尺二寸，三分之，取四寸，仍有二寸在。一寸為三分，二寸為六分，取一，得二分，故云深尺四寸三分寸之二"。在這塊稱為"式"之最前端，立起"揉"木成半圓形、扶手狀之"式圍"(13)。古代成年男子平均身高為七尺，式（軾）僅"高三尺三寸"，故乘車者據式圍，以示敬意時，身體必然前傾，略小俛。《左傳》卷五《桓公二年》："冬，公至自唐，告于廟也。凡公行，告于宗廟，反（返），行飲至"，孔《疏》："孝子之事親也，出必告，反必面。事死如事生，故出必告廟，反必告至"，"諸廟皆告，非獨禰也"。《周禮》卷二六《春官·甸祝》："舍奠於祖廟"，賈《疏》："天子將出，告廟而行"。《左傳》卷二七《成公十三年》："余雖與晉出入，余唯利是視"，杜《注》："出入猶往來"；《禮記》卷七《檀弓上》："孔子之喪，二三子皆絰（音跌）而出"，鄭《注》："出謂有所之適"。文帝外出，必先告廟，隨行之王公群臣自當隨之進入位於"西"之"寢"廟而陪祭，登車離開禁城，一路亦當向留守送行者撫軾行禮。

《爾雅》卷七《釋地》："邑外謂之郊，郊外謂之牧，牧外謂之野，野外謂之林，林外謂之坰。"初寧陵所在之蔣山位於建康之東，故曰東坰。

（十六）善《注》：《漢書》卷七三《韋賢傳附子玄成傳》曰："京師自高祖已下至宣帝，與太上皇、悼皇考，各自君【居】(14)，陵傍（旁）立廟……月一遊(游)衣冠。"《文選》卷六十《弔文》陸機《吊(弔)魏武帝文》曰:"悼繐帳之冥漠,怨西陵之茫茫"。《漢書》卷五《景帝紀‧前元五年(前152)》曰:"春正月,作陽陵邑",張晏[15]曰:"景帝作壽陵[16],起邑[17]"。《文選》卷四《賦乙‧京都中》張衡《南都賦》曰:"章陵[18]鬱以青蔥,清廟肅以微微"。

海按:甲文中,"冠"從"冃(音冒)"從突出人首之側面人形("元"):"𠈌"(合6947),象人戴帽。小篆乃加象手形之"寸",並將"冃"簡化為"冖(音密)"。冥漠,空虛而幽暗貌,既蘊含模糊不清之義,如《文選》卷六十《祭文》謝惠連《祭古冢文‧序》:"既不知其名字遠近,故假為之號,曰冥漠君云爾";又代指無任何生人曾經歷過之死亡境況,如《類聚》卷四五《職官部一‧諸王》謝靈運《廬陵王誄》:"自君王之冥漠,歷彌稔於此春";復引申為經驗界難以明瞭之他界存有,如顏延之《陶徵士誄》:"冥漠報施,孰云與仁"。"冥漠"乃上古明母(m)雙聲詞,"蔥青"乃上古清母(ts')雙聲詞。

此聯感慨時間流逝造成之影響:遺骸及下葬時穿戴之物("衣冠")想必"終"究抵擋不住時間之消蝕,而朽敗灰滅,不復能辨識("冥漠"),倒是"陵邑"周圍當初種植之松柏變得愈來愈茂盛("蔥青"),即墓木已拱。

(十七)善《注》:《說文》七篇下曰:"冒(冃),重覆也。"《方言》卷十三曰:"冢,秦、晉之間(間)謂之墳,……塚【或】謂之壠[19]。"

海按:《說文》二篇下:"遵,循也。"因車駕上山之速度甚疾,故連帶使得掠過車畔之山風亦甚猛,風中夾帶著吹過松林時之氣味。山高,水氣重,然溫度較低,故水氣多半凝結為氤氳"烟"霧。《說文》十篇上:

"煙……烟,或從因。"金文中,"冒"從"冃"下一"目":⌬,如西周中期《衛鼎》(02831),所以從"目",非僅以其代表整個頭部,更因冠弁之下即為五官中之"目",乃"帽"之本字。因此,引申出自上覆蓋之義。《毛詩》卷二之一《邶·日月》:"日居月諸[20],下土是冒",毛《傳》:"冒,覆也"。

(十八)善《注》:皇心謂文帝也。司馬彪《續漢書》[21] 卷六《禮儀志下·大喪》曰:"容根車旋【游】,載容衣。"

海按:善《注》後半不當。《漢書》卷四八《賈誼傳·治安策》:"臥赤子天下之上而安,植遺腹,朝委裘,而天下不亂",《集解》:"孟康曰:'委裘若容衣。天子未坐朝,事先帝裘衣也'"。《後漢書·續漢志》卷六《禮儀志下·大喪》:"尚衣奉衣,以次奉器、衣物,藏於便殿。"《後漢書》卷四二《光武十王列傳·東平憲王蒼傳》:"(明)帝饗衛士於南宮……乃閱陰太后舊時器服,愴然動容,乃命留五時衣各一襲,及常所御衣合五十篋,餘悉分諸王、主及子孫在京師者",是帝、后遺物均藏於宮中,非於寢園殿中。其次,據上引《續漢志》後文及《通典》卷七九《禮三九·凶禮一·大喪初崩及山陵制》,容根車僅於禁中游,焉得於京城外百餘里之陵墓前周巡?善《注》之斷章取詞取義,誤人實匪鮮。《晉書》卷六十《索靖傳附子綝傳》:"漢武帝饗(享)年久長,比崩,而茂陵不復容物……赤眉取陵中物,不能減半,于今猶有朽帛委積,珠玉未盡",《文選》卷五七《誄下》謝莊《宋孝武宣貴妃誄》:"慟皇情於容物,崩列辟於上旻",《漢魏南北朝墓誌彙編·梁·故侍中司空永陽昭王(蕭敷)墓誌銘》:"幽扃斯啟,容物暫陳",是"容物"本為動詞,指墓穴容納陪葬物,後轉為名詞,指墓穴或陪葬物本身。

此句言:文帝"憑"藉著墳陵,追思其父皇在世時之音容舉措。

若於京口故居,則有劉裕生前遺物存焉。《南史》卷一《宋本紀上·武帝紀》:"微時,躬耕於丹徒。及受命,耨耜之具頗有存者,皆命藏之,以留於後。及文帝幸舊宮,見而問焉,左右以實對,文帝色慙","孝武大明中,壞上所居陰室……牀頭有土障壁,上挂葛燈籠、麻繩拂"。

(十九)善《注》:被歌聲[22]。班固《漢書》卷九《元帝紀·贊》曰:"臣外祖(金敞)兄弟為元帝侍中,語臣曰:元帝多材藝,善史書,鼓琴瑟,吹洞簫,自度曲,被歌聲,分刌(音忖)節度,窮極幼(幽)眇",應劭曰:"自隱度作新曲,因持新曲以為歌詩聲也",然此言人之思慕被在歌謳之聲。

海按:金文"思"作"🜁",如戰國晚期《五年龏令思戈》(11348),从"心"从表頭部之"囟(音信)","囟"亦聲,"囟"讀為"斯"[23]。從戰國中葉已降之楚系文字:"🜁"(包·129)、"🜁"(郭·魯·8)、"🜁"〔上(1)·孔·20〕,均可見"囟"上端突出一短撇,至秦系文字方消失:"🜁"(睡·為49)。另方面,楚系文字將早先近似錐形之上半寫成半圓弧形:"田"(包2·77)、"田"〔上(1)·孔·25〕。因此,竊疑:由於將"囟"中之交叉寫正,方導致"囟"訛寫為"田",成為後世習見之"思"上半。許氏猶知其本,故《說文》十篇下之小篆仍作"🜁"。此聯中,"心"、"思"互文足義。按:被當讀為披,相假例證詳參《古字通假會典·歌部第十五·皮字聲系》。善《注》不當。"被"乃"被以"之謂。以旋律加在歌辭之上,如同衣服披在人身體上。猶此處,人"民"以"歌聲"加在對武帝之追"思"上。實際之意義指百姓以歌聲表達對武帝之追思。"皇"乃當時至上者,"民"乃在下黎庶,二者皆感念武帝。

(二十)善《注》:《漢書》卷五《景帝紀·前元元年(前156)》:

拜陵廟作

"冬十月,詔曰:'蓋聞古者祖有功而宗有德,制禮作樂各有由,歌者,所以發德也;舞者,所以明功也'",卷五六《董仲舒傳》又曰:"聖王已沒,鍾(鐘)、鼓、管(筦)、絃之聲未衰"。

海按:《國語》卷十《晉語四·重耳自狄適齊》:"蓄力一紀",韋《解》:"十二年,歲星(木星)一周,為一紀";《文選》卷六《賦丙·京都下》左思《魏都賦》:"推鋒積紀,銛氣彌銳",張《注》:"一紀,十二年"。甲文中,"歲"本假借"戉"以當之,後乃於該武器之橫楨部位上、下各加一"止",形成一被分開之"步":"㓹"(合 13475)。"步"乃行走之義,故象時間推移。此可徵諸晚期金文捨一"止",而加"月"字:"㪱",如戰國中期(鄂君啟車節)(12110);簡帛同捨一"止",而加"日"字:"㪱",如《清華簡·鮑叔與隰(音席)朋之諫》,不論加"月"或"日",均欲顯示:"歲"之初形乃與時間相關者。《爾雅》卷六《釋天》:"載,歲也。""萬紀"、"千歲",永遠之謂。甲文中,"欠"作"㐅"(合 32344)、"㐅"(合 2498),象跪坐之側面人形張口吐氣。打哈欠自然包括在内,故《儀禮》卷七《士相見禮》:"凡侍坐於君子,君子欠伸,問日之早晏……改居,則請退",鄭《注》:"志倦則欠,體倦則伸"。"吹"則從"欠"從"口"。吹氣、吹樂器雖同須張口,亦屬於某種吐氣,然與"欠"所象之吐氣彼此唇形截然不同,故須於"欠"旁另加一"口"以別之:"㕦"(合 9359);金文作"㕦",如西周早期《吹鼎》(02179)。所以可知"欠"非"吹"之聲符,因"欠"乃上古溪母(k')談部字,"吹"乃上古昌母(tɕ')歌部字,韻部懸隔。"絃",琴、瑟等絃樂器;"吹",笙、簧等管樂器。"絃吹"顯乃自以往慣用之"鼓吹"變化而來,將打擊樂器改為絃樂器。顏氏所以不似《文選》卷十一《賦己·遊覽》鮑照《蕪城賦》:"歌吹沸天",使用更古之詞彙,乃因上聯對句已有"歌"字,避免重出。

此句謂武帝功德由萬民絲、竹之樂歌永遠記"載"、流傳下去。

（二一）善《注》：《儀禮》卷三五《士喪禮》曰："為銘各以其物……以緇長半幅，赬(音撐)末長終幅，廣三寸，書銘于末，曰某氏某之柩也"，鄭玄曰："銘，明旌也，雜帛為物，大夫之所建也。以死者為不可別，故以其旗識(幟)識之……半幅，一尺；終幅，二尺"。以別貴賤，故云表德也。天子各有建也。

海按：《周禮》卷二七《春官·司常》"大喪，共(供)銘旌"，鄭《注》："銘旌，王則大常也"，銘旌即《士喪禮》所言之銘也，乃一長竿，竿頭彎曲，下垂黑色布幅。《周禮》卷二七《春官·巾車》："建大常十有二斿，以祀"，鄭《注》："大常，九旗之畫日月者。正幅為縿(音山)，斿則屬焉"。"斿"即"旒"，相假例證詳參《古字通假會典·幽部第十七（上）·斿字聲系》。縿、旒之意及其區別，且詳《車駕幸京口三月三日侍遊曲阿後湖作》"祥飇被綵斿"注。

（二二）善《注》：言帝澤被天下，威靈若存，故未殊其遠，而己質雖存，其神已謝，故同乎淪化之萌也。(24)

海按：甲、金文中，"未"均作"木"之上再有一左、右對生而向上之枝："🌱"（合37986）。《說文》十四篇下："未……象木重枝葉也。"作為否定詞及地支，純屬假借。金文"世"作"⊻"，如西周早期《寧簋蓋》（04021），西周中期《同簋蓋》"⊻"（04270），乃枝葉之象形。西周晚期《多友鼎》（02835）之"⊻"、戰國中期《陳侯因咨錞》（04649）之"⊻"猶可見其葉片狀。西周早期《祖日庚簋》（03992）上加"艸"："⊻"，或春秋晚期《徐王子旃鐘》（00182）下加"木"："⊻"，均為彰明其本義。將葉片移至中間，且簡化為三短橫(25)，則如楚系文字："⊻"（郭·唐·3），《說文》三篇上之小篆："世"。至隸書，往往將三短橫連結為一直橫："世"。

拜陵廟作

以"三十年為一世"乃"世"之假借義,引申為一段時期、一個世代。由是可知:故籍中"中葉"、"季葉"等之"葉"均需改讀為"世"。甲、金文中,"己"、"巳"乃同一字,象子宮中蜷曲之胎兒:"𠃌"(合11736),或"𠃊",西周早期《盂鼎》(02837)。《説文》九篇上:"包,象人裹(音懷)妊,𠃊在中,象子未成形也。"無論作為"業然"意義之副詞,或作為地支、歎詞等,均純屬假借。善《注》後半不當。《説文》四篇下:"殊,死也,从歹(音厄)朱聲,一曰:斷也。《漢令》:'蠻夷長有罪,當殊之'",即後世習用之"誅"。死與生截然不同,"未殊"與"已同"反對,是以"殊"當為"異"、"別"等一類詞義。《管子》卷十八《入國》:"殊身而後止",尹《注》:"殊猶離也,疾離身而後止其養";《漢書》卷八《宣帝紀·元康三年(前63)》:"三月,詔曰:'蓋聞象有罪,舜封之,骨肉之親粲而不殊'",顏《注》:"殊,絶也"。"萌"即"氓"、"民",通假例證詳《古字通假會典·陽部第九(下)·亡字聲系》。《吕覽》卷十九《高義》:"(墨)翟度身而衣,量腹而食,比於賓萌,未敢求仕",高《注》:"萌,民也";《説文》十二篇下:"民,眾萌也"。(26)

此聯意謂:雖其生也晚,然而上離("殊")武"帝"之"世""未""遠",故早已與幸逢其在位時之眾民("萌"),一"同"深浸("淪")於其德風仁雨之陶"化"中。

(二三)善《注》:《漢書》卷三二《張耳陳餘傳》:"今將軍下趙數十城,獨介居河北",《音義》:"臣瓚(27)曰:'介,特也'"。《周易》卷二《履·九二》曰:"履道坦坦,幽人貞吉。"

海按:《廣雅》卷三上《釋詁》:"介、孤、寡、索、唯、特,獨也";《左傳》卷三十《襄公八年》:"不使一介行李告于寡君",杜《注》:"一介,獨使也"。《贈王太常》:"屬美謝繁翰",善《注》:"謝猶慙也"。

金文中，"末"作"󰀀"，如春秋晚期《蔡侯申鐘》（00218），以一短橫指示居於木之尾梢，以此表末尾之義。配合上注，可知："未"、"末"之別原先根本不在長橫、短橫孰在上或在下。

此聯意謂：因出身單家，無家族可依靠（"孤介"），年輕時，固然因此不得已而出仕，但在政壇多年，已邁入人生"末"尾，如一日之"暮"時，仍毫無建樹，卻猶未能引咎退隱，實在有愧（"謝"）操守"貞"高之"幽"人。

（二四）善《注》：以車之行喻己之仕也。發軔，弱冠也。王武子《荅何劭詩》曰："計終收遐致，發軔將先起。"《文選》卷四八《符命》司馬相如《封禪書【文】》曰："軌跡夷易，易遵也；湛恩厖（音旁）鴻，易豐也；憲度著明，易則也；垂統理順，易繼也。"歸軫，暮年也。《楚辭》卷十五《九懷·昭世》曰："忽反顧兮西囿，覲（28）軫丘兮崎傾。"

海按：《封禪文》善《注》："夷、易皆平也。"《類聚》卷八《水部上·江水》夏侯湛《江上泛歌》："嗟迴盻（音系）於北夏，何歸軫之難尋"，卷四十《禮部下·冢墓》宋孝武帝《拜衡陽文王義季墓》："韜（音搖）路滅歸軫"，《廣弘明集》卷二四《僧行篇》戴逵《貽仙城慧命禪師書》："未能忘懷彼我，歸軫一乘"，《謝朓集》卷三《答張齊興》："歸軫逝言陟"，"歸軫"乃六朝成詞。《周禮》卷三九《考工記·輿人》："六分其廣，以一為之軫圍"，鄭《注》："軫，輿後橫者也"，其餘三邊之橫木稱任正，然廣義之軫亦可指輿底四周之木。此處乃以部分代表全體：車駕。王《注》："山陵嶔（音侵）岑難涉歷也。""發軔"猶發軔，指起家時。

此聯意謂：初入仕固然有許多因過失免官、左遷之挫折，實非平順（"夷易"），如今但求致仕之前，莫由於仕途總不乏"崎"嶇艱險之處，因自己不"慎"而"傾"倒覆轍，貽先帝識人不明之譏。起家後不"夷易"，返我初服之前，仕途猶"崎"嶇，可謂一生跌跌撞撞，備嘗艱辛。於拜謁

拜陵廟作　429

創業先帝陵寢時,發此慨嘆自傷之詞,頌先聖之際,豈非於後聖有微詞乎?顏氏之悻直可見。

此篇押劉宋時期庚部平聲韻。

【補述】

(1)《宋書》卷十六《禮志三》:"宋武帝初受晉命為宋王,建宗廟於彭城,依魏、晉故事,立一廟,初祠高祖開封府君、曾祖武原府君、皇祖東安府君、皇考處士府君……從諸侯五廟之禮也。既即尊位,乃增祠七世:右北平府君、六世相國掾府君,為七廟。"既曰一廟,又曰七廟,看似矛盾,實則不然。自西晉已降,"七"是以廟主倫輩世代為限,不以神主總數或各自所據之建築計算,是以一廟數殿,如晉安帝時,一廟十五間正殿,是以卷十九《樂志一》記載孝武帝孝建二年(455)時顏峻曰:"前漢祖宗廟處各異,主名既革,舞號亦殊。今七廟合食,庭殿共所,舞蹈之容不得廟有別制。"詳參陳燕梅:《六朝官方吉禮祀議及施行之源流考》(臺北:臺灣學生書局,2018),第四章,第一節,第三小節。

(2)六家本、六臣本均未衍"各"字,《清華簡・皇門》亦然,但"人斯是"作"是人斯"。

(3)《史通》卷十二《外篇・古今正史》:"在漢中興,明帝始詔班固與睢陽令陳宗、長陵令尹敏、司隸從事孟異作《世祖本紀》,并撰功臣及新市、平林、公孫述事,作列傳、載記二十八篇……又詔史官謁者劉珍及諫議大夫李尤雜作紀、表,《名臣》、《節士》、《儒林》、《外戚》諸傳,起自建武(25—56),訖乎(安帝)永初(107—113)。事業垂竟,而珍、尤繼卒,復命侍中伏無忌與諫議大夫黃景作《諸王》、《王子》、《功臣》、《恩澤侯表》、《南單于》、《西羌傳》、《地理志》。至(桓帝)元嘉元年(151),復令太中大夫邊韶、大軍營司馬崔寔、議郎朱穆、曹壽雜作孝【獻】穆、孝崇二皇后及順烈皇后傳,又增《外戚傳》,入安思等后;《儒林傳》入崔篆諸人,寔、壽又與議郎延篤雜作《百官表》,順帝功臣孫程、郭願及鄭眾、蔡倫等傳,凡百十有四篇,號曰《漢記》。(靈帝)熹平(172—178)中,光禄大夫馬日磾(音密低)、議郎蔡邕、楊彪、盧植著作東觀,接續紀、傳之可成者,而邕別作《朝會》、《車服》二志……及在許都,楊彪頗存注記,至於名賢君子,自永初已下闕續。魏黄初(220—226)中,唯著《先賢表》。"《隋書》卷三三《經籍志·史·正史》著録"《東觀漢記》一百四十三卷",自注:"起光武記注,至靈帝。長水校尉劉珍等撰"。《宋史》卷二百三《藝文志·史類一·别史類》所著録僅八卷。今有輯本二十四卷。

(4)奎章閣六家本脱"墓"字。

(5)據《宋書》卷一《武帝紀上》,自其曾祖劉混始移居丹徒縣京口里,官至武原令;其祖靖官至東安太守;卷四一《后妃列傳·孝穆趙皇后傳》:"葬晉陵丹徒縣東鄉練璧里雩山。宋初,追崇諡號,陵曰興寧",其繼母《孝懿蕭皇后傳》載:"景平元年(423)崩于顯陽殿","開别壙,與興寧陵合墳",此三座墳塋當如尋常者。至於其父翹,《孝懿蕭皇后傳》云:"高祖微時,貧約過甚,孝皇之殂,葬禮多闕",蓋草草掩埋。劉裕雖性甚"簡易""儉素",稱帝之後,蓋亦須按禮制,略加崇飾,如起墓園、建寢殿、置守冢户等。

(6)《宋書》卷二《武帝紀中·義熙十二年(416)》:"十月……進位相國,總百揆、揚州牧,封十郡為宋公,備九錫之禮","位在諸侯王上",此乃劉宋受"命"之"始"。善《注》引《尚書·偽武成》云云,實屬為徒求詞面出處,而顧名昧實。按周人所説,如《尚書》卷十四《康誥》:"帝休,乃大命文王殪(音亦)戎殷,誕受厥命",卷十六《無逸》:"文王受命惟中

拜陵廟作

身",根本不勞晚至牧野之戰時,尚不確定上帝是否授命於周。彼時所須俟之命,乃何時發動對殷師之攻擊,故偽孔《傳》曰:"謂夜雨止,畢陳(陣)"。與正文為天下主意義之受命風馬牛不相及。誠欲求此詞之出處,當引《尚書》卷十七《多方》:"天惟時求民主,乃大降顯休命于成湯"。

(7)從向、郭《注》:"此皆自處高顯,若臺觀之可觀也","將使物不止於本性之分,而矯跂自多以附之",乃於"多"、"往"後逗,此顯非李氏之句讀。今從王先謙《莊子集解》斷句及訓解:"觀臺,君所居也;物,事也,言君所自此多事","舉足投迹者眾,君且不勝其煩,非帝王修德安人之道"。

(8)明州六家本從俗,將"爾"簡寫為"尓"。茶陵六臣本"以"未誤作"時","箋"則壞爛而誤作"伐"。

(9)《文選》卷三十《詩庚·雜擬上》謝靈運《擬鄴中魏太子集·劉楨》:"矧荷明哲顧,知深覺命輕",善《注》也引此二句,"隱"同樣訛作"逸",陳景雲已指出。《隋書》卷三三《經籍志·史·正史》著錄"晉著作郎王隱《晉書》八十六卷",自注:"本九十三卷,今殘缺"。其生平見《晉書》卷八二《王隱傳》。

(10)六家本、六臣本均不脫"也"字。

(11)六家本、六臣本均脫"汲汲孳孳者",奎章閣六家本且誤"未"為"來"。

(12)"淖"無疑乃"潮"之初文。《尚書》卷六《禹貢·荊州》:"江、漢朝宗于海",《毛詩》卷十一之一《小雅·鴻鴈之什·沔水》:"沔彼流水,朝宗于海",既能說明潮流,又能表明朝向。

(13)鑑於近現代人幾乎不讀經、傳古注、疏,讀亦未必讀得懂,故不得已須以今語復述之。車廂乃一縱深("廣")、橫("衡")寬"俱""六尺六寸"之正方形。將縱深長度"去"掉三分之"一",剩下"四尺四寸",再"取""四尺四寸"之三分之一——先"取三尺"為被除數,三分之一,"得一尺";剩下一尺四寸,"以一尺二寸"為被除數,得"四寸","仍有二寸在",因為"一寸為三分,二寸為六分",三分之一,"得二分"——總共為一"尺""四"又"三分"之"二"寸,此即軾與車廂頭間之距離,亦即軾於車廂中之縱深("隧"、"邃")位置。在此處嵌入一塊木板,即軾,其高("崇")度為六尺六寸之"廣"度"之半",所謂"式(軾)高三尺三寸";其寬度為車廂任何一邊("軫")邊長之"參(三)分"之一,即二尺二寸,再減"去一"半,成為一"尺一寸"寬。只是這塊木板必須"揉"成曲木。換言之,"式圍"橫亙部分之長度只有"七"又"三分""之一"寸,餘下部分兩邊彎曲成兩個扶手,使得整個軾成弧形。所以不直接做成簡易之"凵"形,乃以免彎折處形成稜角,觸碰人手在內之身體各部位。

(14)尤刻本、六家本、六臣本"居"均未誤作"君",胡克家已指出當從茶陵六臣本。"各自居"即各有各之墳陵。

(15)《〈前漢書〉敘例》:"張晏字子博,中山人。"

(16)《景帝紀》王先謙曰:"陽陵屬馮翊。"《後漢書》卷一下《光武紀・建武二十六年(50)》:"初作壽陵",章懷《注》:"初作陵,未有名,故號壽陵,蓋取久長之義也"。猶世俗名棺材為壽材,謂死者之衣衾為壽衣,均屬以死亡為不吉、刺耳故耳。

(17)奎章閣六家本脫"邑"字。所以曰起邑,乃西漢徙民於皇家陵墓,將之發展為縣所致。如《漢書》卷六《武帝紀・元朔二年(前127)》:"徙郡國豪傑及訾(貲)三百萬以上于茂陵",卷八《宣帝紀・元康元年(前65)》:"徙丞相、將軍、列侯、吏二千石、訾百萬者杜陵",是以《後漢

拜陵廟作

書》卷四十上《班彪傳附子固傳·西都賦》曰："南望杜、霸,北眺五陵①……七相、五公、州郡之豪傑、五都之貨殖,三選七遷,充奉陵邑,蓋以彊幹弱枝"。

(18)《南都賦》善《注》:"《東觀漢記》曰:'建武中,更名春陵為章陵。光武過章陵,祠園廟。'"《後漢書》卷一上《光武紀》:"高祖九世之孫也,出自景帝生長沙定王發。發生春陵節侯買,買生鬱林太守外,外生鉅鹿都尉回,回生南頓令欽,欽生光武",章懷《注》:"春陵,鄉名,本屬零陵泠道縣,在今永州唐興縣北。元帝時,徙南陽,仍號春陵",則春陵侯乃光武高祖,故從世系輩分上而言,卷一下《光武紀·建武十九年(43)》章懷《注》引《漢官儀》曰:"於父子之次,(光武)於成帝為兄弟,於哀帝為諸父,於平帝為祖父,皆不可為之後。上至元帝,於光武為父,故上繼元帝而為九代,故《河圖》云:'赤九會昌',謂光武也。"

(19)奎章閣六家本"壠"作"隴",以遷就正文,意義無別。

(20)自毛《傳》已降,均未訓解"居"、"諸"。"諸"當改讀為"儲",《說文》八篇上:"儲,偫(音至)也","偫,待也",段《注》:"俗乃改從止為從山,作'峙'",如水匯聚停留之所曰瀦。"諸(儲)"與"居"乃句中正對,指日、月停留於天上。

(21)《隋書》卷三三《經籍志·史·正史》著錄"《續漢書》八十三卷",自注:"晉秘書監司馬彪撰"。兩《唐書》從同。《雜史》又著錄彪所撰"《九州春秋》十卷",自注:"記漢末事"。其生平見《晉書》卷八二。

(22)胡克家已指出:"被歌聲"三字衍。

---

① 何清谷《三輔黃圖校釋》卷六《陵墓》:"高祖長陵"、"惠帝安陵"、"景帝陽陵"、"武帝茂陵"、"昭帝平陵"在渭水北,是曰五陵;"文帝霸陵"、"宣帝杜陵"在渭水南。此所以王粲"以西京擾亂","乃之荊州",啟程初,《文選》卷二三《詩丙·哀傷》所載其《七哀》會云:"南登霸陵岸,迴首望長安"。

(23)"斯"雖被歸為上古佳部,然《説文》十四篇上既云"斯""从斤,其聲",則"斯"與"思"同為上古心母(s)之部字,是以西周晚期《師訇簋》(04342):"訇其萬囟年",《毛詩》卷十六之五《大雅·文王之什·下武》則曰:"於萬斯年","斯"、"思"相假例證詳參《古字通假會典·文部第十二·斯字聲系》。

(24)六家本、六臣本均脱去"澤被天下",贛州六臣本並"淪化之萌也"亦脱。

(25)甲文中,"十"作一直筆:"┃"(合10966),是以將三"十"下端連結為"⩌"(合1945);西周中期《從鼎》(02435)作"⏣",戰國晚期《九年左使車壺》(NB1041)作"卌",均為三個十之合文,故《説文》三篇上:"卅,三十并也"。西周晚期《師同鼎》(02779)作"⏣",於直筆上加圓形綴點,乃古文字常態,唯作此形,則易與"世"混淆。

(26)因"萌"从"明"得聲,而"明"、"孟"素來相通,例證詳參《古字通假會典·陽部第九(下)·明字聲系》,故《荀子》卷十五《解蔽》作"賓孟"。

(27)《〈前漢書〉敘例》:"臣瓚,不詳姓氏及郡縣。"詳參洪業:《再論臣瓚》,《清華學報》新3卷1期(1962年5月)。

(28)奎章閣六家本"覩"誤作"都"。

《文選》卷二二《詩乙·遊覽》

車駕幸⁽一⁾京口⁽二⁾侍遊蒜山⁽三⁾作

善《注》：劉楨【損】[1]《京口記》曰："蒜山，無峯嶺，北臨江。"《集》曰："元嘉二十六年（449）也。"蒜山在潤州⁽¹⁾西二里，京口在潤州。

海按：《宋書》卷一《武帝紀上》："（曾祖混）始過江，居晉陵郡丹徒縣之京口里"，卷五《文帝紀》："武帝第三子也。晉安帝義熙三年（407），生於京口"，是京口乃劉宋皇室實際祖籍、族葬區所在。何焯已指出：此行乃《文帝紀·元嘉二十六年》"二月己亥，車駕陸道幸丹徒，謁京陵⁽四⁾"之舉。是年"三月丁巳，詔曰：'朕違北京⁽²⁾，二十餘載……復獲拜奉舊塋，展岡極之思；饗讌故老，申追遠之懷。固以義兼於桑梓，情加於過沛'"。所謂二十餘載，指上去元嘉四年（427）"二月乙卯，行幸丹徒，謁京陵"。

【校記】

[1]胡克家已指出：《隋書》卷三三《經籍志·史·地理之書》著錄之《京口記》二卷乃劉宋太常卿劉損撰，因形近而訛為"楨"。《宋書》卷六九《范曄傳》所載：曄本生嫡母喪，"不時奔赴，及行，又攜妓妾自隨，為御史中丞劉損所奏"，不詳是否即此人。

【注釋】

（一）《故唐律疏議》附錄孫奭《律音義·名例第一·御幸》所引蔡

邕《獨斷》："天子所至曰幸"，"世俗謂幸為僥幸。車駕所至，民臣被其德澤，因是謂之幸"。《禮記》卷五二《中庸》："小人行險以徼幸"，孔《疏》："以徼求榮幸"。《文選》卷三七《表上》李密《陳情表》："庶劉僥倖，保卒餘年"，善《注》："僥與徼同"。《史記》卷一百十《匈奴列傳》："世俗之言匈奴者，患其徼一時之權"，《索隱》："徼者，求也"；《後漢書》卷十八《吳漢傳・辯士說陳康》："蓋聞智者不處危以僥倖"，章懷《注》："僥猶求也"。

（二）《通鑑》卷六四《漢紀五六・孝獻皇帝・建安九年（204）》："將軍孫河屯京城"，胡《注》："京城即漢吳郡丹徒縣也。孫權自吳徙居之，命曰京城……余謂此'京'取《爾雅》卷七《釋丘》'丘絕高曰【為之】京'之義"。卷六六《漢紀五八・孝獻皇帝・建安十五年（210）》："自詣京見孫權"，胡《注》："後都秣陵，於京口置京督"，"其城因山為壘，緣江為境，因謂之京口"。

（三）《通鑑》卷一一二《晉紀・安皇帝・隆安五年（401）》："（孫）恩帥眾鼓譟，登蒜山"，胡《注》："蒜山，今在鎮江府城西三里。山上多蒜，故名"。

（四）《通鑑》卷一二十《宋紀二・太祖文皇帝・元嘉二年（425）》："又言拜京陵"，胡《注》："京陵，興寧陵也"。文帝無置祖父，獨拜謁祖母墳塋之理，何況據《宋書》卷四一《后妃列傳・孝穆趙皇后傳》："晉哀帝興寧元年（363）四月二日生高祖，其日后以產疾，殂于丹徒官舍"，是文帝之父劉裕亦未嘗識其面，則文帝孩提孺慕之情從何而生？可知：胡《注》非是。"京陵"乃指又號京城之丹徒故里之先世墳塋，因追尊加隆，故曰陵廟。

車駕幸京口侍遊蒜山作　　437

【補述】

（1）《隋書》卷三一《地理志下·揚州·江都郡》"延陵"自注："（隋文帝開皇）十五年（595），置潤州，（煬帝）大業初（605—610？），州廢。"《舊唐書》卷四十《地理志三·江南道·江南東道》："（高祖）武德三年（620），杜伏威歸國，置潤州於丹陽【徒】縣"，善《注》預設之讀者乃唐人，故以唐時地方行政規劃及名稱說之。

（2）京口又名京城，已詳上文。因京口位於建康東北，故又曰北京。與明朝已降之北京毫不相干。

元天高北列，日觀(音貫)臨東溟(一)，入河起陽峽，踐華因削成(二)，巖險去漢宇，衿衛徙吳京(三)。流池自化造，山關固神營(四)，園縣極方望，邑社揔(音總)地靈(五)，宅道炳星緯，誕曜應神【辰】明[1](六)。睿思纏故里，巡駕帀[2]舊坰(音窘陰平)(七)，陟峯騰輦路，尋雲抗瑤甍(音蒙)(八)，春江壯風濤，蘭野茂稊(音提)[3]英(九)。宣遊弘下濟，窮遠凝聖情(十)，嶽[4]濱有和會，祥習在卜[5]征(十一)，周南悲昔老，留滯感遺氓[6](十二)，空食疲廊肆，反稅事嚴耕(十三)。

【校記】

[1]五臣本、六家本、六臣本、《顏光祿集》"神"均作"辰"，從善《注》所引《禮·斗威儀》及《尚書洪範五行傳》，可知：李氏所見本亦作"辰"。固因二字音近（"辰"為章系禪母真部字，"神"為章系船母真部字），亦因"神明"乃一成詞，"辰明"則否，乃妄改。全然不思前二聯之對句方用"神"，焉會如此犯重？且未顧及與出句"星"對仗者自宜為"辰"。

[2] 尤刻本、五臣本、茶陵六臣本、《顏光祿集》"帀"作"市",顯為手民無識,因形近而致訛。

[3] 五臣本、六家本、六臣本、《顏光祿集》"秭"均作"荑",《文選》卷二二《詩乙·遊覽》謝靈運《從游京口北固應詔》:"原隰荑綠柳",善《注》:"荑與秭音義同"。二字通假例證詳見《古字通假例證·齊部第十三(中)·夷字聲系》。

[4] 五臣本、六家本、六臣本"嶽"均作"岳",作為山巒意義時,二者根本無別。已詳《三月三日詔宴西池》"河、嶽曜圖"注。

[5] 《顏光祿集》"卜"作"十",顯為手民無識,形近致訛。

[6] 尤刻本、六臣本正文及善《注》"氓"均作"萌",相假例證詳參《古字通假會典·陽部第九(下)·亡字聲系》,"氓"當改讀為"民"。

【注釋】

(一) 善《注》:《莊子》曰:"闚弈(1)之隸,與殷翼之孫、過氏之子三士相與謀致人於造物,共之元天之上。元天者,其高四見列星"(2),司馬彪《注》曰:"元天,山名也"。《漢書【舊】(3)儀》曰:"泰山東南日觀者,雞一鳴時,見日始欲出,長三丈,所言日觀者,望見長安,其高如視浮雲。"孫綽《答許詢詩》曰:"倒景淪東溟,元天山最高"(4),在東北,日出即見。

海按:《楚辭》卷二《九歌·少司命》:"登九天兮撫彗星。"一種以天分九層說元天,《楚辭》卷三《天問》:"(天)圜則九重,孰營度之",《淮南子》卷二《俶真》:"下揆三泉,上尋九天",卷三《天文》:"天有九重",元天即第一層最高之天。如《莊子》卷六上《刻意》"上際於天,下蟠於地",成《疏》:"下蟠薄(迫)於厚地,上際逮於玄(5)天"。另一種以天分九區說元天,《吕覽》卷十三《有始》:"東方曰蒼天","東北曰變天","北方曰玄天","西北曰幽天",元天斷乎不在東或東北。善《注》非是。吕向:"北列,北方也",更屬無知渾說。司馬彪所釋雖非,然顏氏確實據其說撰詩。《淮南子》卷三《天文》、卷一《原道》記載:"昔者共工""怒而觸不周之山,天柱折","使地東南傾",則在古人之世界圖景中,天幕以北為高。今元天山與之比高,則可見此山之絕拔。因北方有"列"星組成的(北)斗、(牽)牛、(須)女、虛、危、(營)室、(東)壁七宿,故言"高"逾"北列"。《莊子》卷一上《逍遥遊》:"北冥有魚",《釋文》:"本亦作'溟'",成《疏》:"溟猶海也,取其溟漠無際",則"東溟",東海也。"北列"為天象,"東溟"乃海,正符合傳統世界圖像中的天、淵對。日觀乃泰山之代詞,與元天山無關。

此篇一、二聯乃四山並列,以比況蒜山之形勝。

(二)善《注》:《史記》卷八八《蒙恬列傳》曰:"秦已并天下,乃使蒙恬將三十萬眾,北逐戎狄,收河南。築長城,因地形,用制險塞,起臨洮(音桃),至遼東,延袤(音冒)萬餘里,於是度河,據陽山,逶蛇(音宜)而北。"王逸《楚辭》卷十六《九歎·思古》"聊浮遊於山陿(音狹)兮,步周流於江畔"《注》曰:"陿,山側",峽與陿通。《文選》卷五一《論一》賈誼《過秦論》曰:"踐華為城,因河為池。"《山海經》曰:"泰(太)華之山,削成四方。"(6)

海按:《蒙恬列傳》《集解》:"徐廣曰:'五原西、安陽縣北有陰山。陰山在河南,陽山在河北'",因山南水北曰陽,卷一百十《匈奴列傳》:"又度河,據陽山北假(7)中"。"入河"實際意義指進入河套地區。

《史記》卷六《秦始皇本紀·太史公曰》所引賈誼《過秦》:"斬華為

城",《集解》:"徐廣曰:'斬'一作'踐'……服虔曰:'斷華山為城'",因"踐"可改讀為"殘"、"截",相假例證詳參《古字通假會典·寒部第六(下)·戔(音尖)字聲系》。"河"、"華"乃水、陸對,且二者皆專有名詞。陽山與陰山挺立,形成易守難攻之險要"峽"谷,該峽谷原本即存在,此處夸飾之,若此峽谷乃因人工鑿成興建而"起"。同理,華山四圍本即斷崖峭壁,為強調秦皇之霸氣威勢,故言其純仗人力,以刀劍"削成"四方形,"因"而變成如今無可攀援之狀,可作為維護帝京之城郭。《文選》卷六《賦丙·京都下》左思《魏都賦》:"擬華山之削成",《類聚》卷八《山部下·虎丘山》顧野王《虎丘山序》:"太華神掌,以削成而稱貴"。

(三)善《注》:言巖險之固去彼漢宇,衿帶周衛徙此吳京。(劉)宋都吳地,故曰吳京也。《文選》卷二《賦甲·京都上》張衡《西京賦》曰:"巖險周⁽⁸⁾固,衿帶易守",卷五《賦丙·京都下》左思《吳都賦》曰:"土壤不足以攝生,山川不足以周衛"。

海按:上身兩片衣疊合而成襟,則手難以探入胸部;帶束於腰際,則手難以探入陰部,以此二者比喻地形"巖"⁽⁹⁾密,易於防止外敵入侵,一夫當關,萬夫莫敵,可充分達到保"衛"領土之功能。上文言及秦於關中建都咸陽,西漢因秦舊,僅改都長安,然仍在關中,是以"漢"於此處僅代言中朝。如今這種天"險"之地理優勢已隨著遷都,自原來中朝("漢")皇城("宇")所在之關中,轉"徙"至南朝"京"城建康所在之"吳"地。

(四)善《注》:鄭玄《周禮》卷十八《春官·大宗伯》"以禮、樂合天、地之化,百物之產"《注》曰:"能生非類曰化,生其種曰產"。《文選》卷十一《賦己·宮殿》王延壽《魯靈光殿賦·亂曰》曰:"窮奇極妙,棟宇已來未之有兮,神之營之,瑞我漢室永不朽矣"。

海按：《周易集解》卷四《泰·上六》："城復（覆）于隍"，虞翻曰："城下溝無水稱隍，有水稱池"；《漢書》卷二四上《食貨志》："湯池百步"，顏《注》："池，城邊池也"。流，水流也。山靜峙不動，流則逝者不已，一動一靜反對，而"流池"、"山關"復為水、陸對，顏氏措辭之矜嚴足見一斑。

此聯乃互文足義，意謂：不論有活水不斷注入（"流"）之護城河（"池"），或屹立"山"嶺形成之"關"隘，本來（"固"）即均出"自"奇妙（"神"）大"化"之"營""造"，意即此乃天然屏障。方廷珪以為此聯乃顯示自然形勝之"吳京"高於彼等人力強致之都城，是也。

（五）善《注》：園縣，廟園之縣也；邑社，陵邑之社也。《漢書》卷九《元帝紀·永光四年（前40）》："元帝冬十月乙丑……詔曰：'……頃者有司緣臣子之義，奏徙郡國人【民】，以奉園陵……今所為初陵者，勿置縣邑，使天下咸安土樂業，亡有動搖之心'，"(10)，然陵傍置園，起縣邑也。《公羊傳》卷十二《僖公三十一年》曰："天子有方望之事，無所不通"，何休《解詁》曰："方望，謂郊時所望，祭四方群神、日、月、星、辰、風伯、雨師及五岳（嶽）、四瀆及餘山川，凡三十六所也"。《廣雅》卷三下《釋詁》曰："摠（總），皆也"。《大戴禮》卷十三《公符【冠】》："天地祝曰：'皇皇上天，照臨下土，集地之靈，降甘風雨，庶物群生，各得其所，靡今靡古，維予一人某，敬拜皇天之祜'，"(11)

海按：從形表言，"園縣"與"邑社"乃交錯對："縣"對"邑"，"園"對"社"。從意義言，"園縣"論祖先神，"邑社"論自然神，頗精巧。《毛詩》卷十六之四《大雅·文王之什·皇矣》："此維與宅"，卷十六之五《大雅·文王之什·文王有聲》："宅是鎬京"，毛《傳》、鄭《箋》並云："宅，居也"。《釋名》卷一《釋州國》："邑，人聚會之稱也"，《周禮》卷十一《地官·小司徒》:"九夫為井,四井為邑"。《說文》一篇上:"社,地主也,从示从土……周禮:二十五家為社,各樹其土所宜木。袿,古文社",而"地主"類似後世俗稱之土地公。甲、金文中,未見"社"字,唯戰國晚期《中山王䰜鼎》(02840)有之,形構正如許氏所言:"⿰示土"。甲文中,"土"乃平地上堆起一塊或作三角形:"△"(合 32118),或作梭形:"○"(合 24429)者,象土塊,不少土塊邊有象土粒或沙塵之小點,如"○"(合 6407)。象堆起之土塊者後簡化為直線形、中間加一綴飾黑點:"⊥",如西周早期《亳(音樂)鼎》(02654)、西周中期《㫚壺蓋》(09728)。因刻鑄作圓、弧形不便,該突起點乃改為一橫:"土"、"土",如春秋晚期《公子土折壺》(09709)、戰國晚期《土勻瓶》(09977),如後世習見之狀。《禮記》卷四六《祭法》:"大夫以下成羣立社,曰置社",鄭《注》:"大夫不得特立社,與民族居百家以上,則共立一社。今時里社是也"。《周禮》卷十五《地官·里宰》:"掌比其邑之眾寡",鄭《注》:"邑猶里也",可知:此處捨"里社",用"邑社",避熟就生耳。《說文》十三篇下:"總,聚束也",《說文繫傳》卷二五曰:"今俗作揔,非是",段《注》:"俗作摠,又訛作惣"。

此聯意謂:先帝寢園所在之地("縣")可"望"至四方盡頭("極")之名山大川,其陵墓所在"邑"里之"社"聚集("摠")整個大"地"各種精靈,因此蒙受山、川、地祇等之所有福佑。出句自中往外擴展,對句自四方向中輻輳,對仗甚工嚴。

(六)善《注》:孔安國《尚書》卷二《堯典》"分命羲仲,宅嵎夷,曰暘(音洋)谷(12)"《傳》曰:"宅,居也。"道,經界也(13)。郭璞《南郊賦》曰:"宅是星紀,奄有衡、霍。"(14)《文選》卷五《賦丙·京都下》左思《吳都賦》曰:"固(故)其經略(15)上當星紀。"誕曜,浮曜也。《禮·

斗[16]威儀》曰："君乘水而王，辰星揚光。"《尚書曰[17]洪範五行傳》曰："辰星者，北方水精也。"（劉）宋為水德，故云應也。

海按：李氏慮及讀者以此處之"星"泛指五星[18]，故特別稱引描寫同屬南方政權，且建都於建康之《吳都賦》該句，以比況之，此乃善《注》精密、貼切、高明處之一。歲星自西向東而行，十二年一周天，故可將其運行軌跡劃分為十二次，復配入十二地支。據《漢書》卷二一下《律歷志·歲術》，十二次依序為：星紀（丑）、玄枵（子）、娵訾（亥）、降婁（戌）、大梁（酉）、實沈（申）、鶉首（未）、鶉火（午）、鶉尾（巳）、壽星（辰）、大火（卯）、析木（寅）。《爾雅》卷六《釋天》："星紀，斗、牽牛也。"所以名"星紀"，郭《注》認為：因此處乃"日、月、五星之所終始"，自此處開始計算運行度數及時間。所以用"斗、牽牛"釋之，上文所引《律歷志》曾說明："星紀，初，（南）斗十二度，大雪；中，牽牛初，冬至；終於婺（音物）女（又名須女）七度"，而《晉書》卷十一《天文志上·十二次度數》："於辰在丑，吳、越之分野，屬揚州"。《毛詩》卷十六之四《大雅·文王之什·皇矣》："誕先登于岸"，鄭《箋》："誕，大"；《史記》卷十二《孝武【今上】本紀》"（公孫）卿曰：'僊者非有求人主，人主求之，其道非少寬假，神不來。'言神事事如迂誕，積以歲，乃可致"，《正義》："誕，大也"。善《注》非是。

此聯意謂：劉宋既以水德興，於五行間架中，位居北，時當冬，而捍衛君民之皇城、供奉祖先之廟寢所居（"宅"）之界域（"道"）正上應位居北方之"星紀"此位次，使"星紀"此"星緯"格外昭明（"曜"），為人矚目。五星緯中之北方辰星光度最（"誕"）為明亮（"曜"），正與五行相更遞，水德之神黑帝汁光紀承運當令相呼"應"。

（七）善《注》：《爾雅》卷七《釋地》曰："邑外謂之郊，郊外謂之牧,牧外謂之野,野外謂之林,林外謂之坰。"

海按:《尚書》卷十二《洪範》:"睿作聖。"理論上,雖然唯聖得為王,事實上,成則為堯、舜,敗則為莽、卓,凡皇帝,必被恭維為聖人,下文即言"聖情"。

此聯意謂:文帝這位聖者對"故里"綣綣不已之懷念,如一道道絲、繩"纏"繞於某物之上,故鑾"駕""巡"行此處時,一圈圈("帀")地盤桓於"舊坰"周邊。顏氏以此一聯將此度出遊合理化,並非荒樂,而是念舊不忘本。

(八)善《注》:薛君《韓詩章句》曰:"騰,乘也。"《文選》卷一《賦甲·京都上》班固《西都賦》曰:"輦路經營。"《儀禮》卷二八至卷三四《喪服傳》曰:"抗,極也。"[19]《晉書》卷三四《羊祜傳·請伐吳表》曰:"蜀之為國,非不險也,高山尋雲霓,深谷肆無景,束馬懸車,然後得濟。皆言一夫荷戟,十人莫當。及進兵之日,曾無藩籬之限。"杜預《左氏傳》卷三八《襄公二十八年》"王何以戈擊之,解其左肩,猶援廟桷(音決),動於甍"《注》曰:"甍,屋棟也。"

海按:"騰"既與"抗"對仗,則當如常訓,飛也。《文心雕龍》卷十《序志》:"騰聲飛實。"善《注》非是。"陟"已詳《天地郊迎送神歌》"陟配在京"注。甲文中,"輦"作"🐾"(合31181),象二正面人形("大")合力負軛拉車前行;商代晚期或西周早期《輦卣》(05189)更清晰明顯:"🐾"。不論將兩"夫"字上面之"一"視為"大"之裝飾性筆畫,或視為象髶簪,作為部件時,從二"大"與從二"夫"實無別。《說文》十四篇上:"輦,輓(挽)車也",《周禮》卷二七《春官·巾車》"輦車"鄭《注》:"人輓之以行",類似近代之人力車。《西都賦》善《注》:"輦路,輦道也。"[20]

《左傳》卷二一《宣公三年》："姞,吉人也,后稷之元妃也。今公子蘭,姞甥也,天或啟之,必將為君,其後必蕃。先納之,可以亢寵",杜《注》:"亢,極也"。亢、抗通假例證詳參《古字通假會典・陽部第九(上)・亢字聲系》。《毛詩》卷十四之三《小雅・甫田之什・賓之初筵》:"大侯既抗",毛《傳》:"抗,舉也",被舉,則位置提升,因而引申出"高"之義。如《淮南子》卷十六《說山》:"申徒狄負石,自沉于淵,而溺者不可以為抗",高《訓》:"抗,高也"。《襄公二十八年》孔《疏》:"(甍)今俗謂之屋脊",《說文》十二篇下:"甍,屋棟也",段《注》:"棟,自屋中言之,故從木;甍,自屋表言之,故從瓦"。此處乃以部分代全體,假屋脊為整個屋頂。呂向:"屋甍,屋簷也",一貫濫言。

此聯意謂:自平地登("陟")山"峯",身強體壯之郎官[21]拉著御"輦"於"路"徑上奔跑時,若凌空飛"騰"。為"尋"見"雲"海此奇景,乃於建築山頂離宮別館時,將精貴("瑤")裝置之屋頂("甍")格外挑高("抗")。

(九)**海按**:《漢書》卷一百上《敘傳・答賓戲》:"馳辯如濤波",顏《注》:"大波曰濤"。春臨,氣溫升高,山雪溶,"江"河本已水漲,因"風"而愈發水流速度迅猛,前浪推擠後浪,形成波"濤"澎湃("壯")之貌。眾花木與四季相配,與春相配者乃蘭,《楚辭》卷二《九歌・禮魂》:"春蘭兮秋菊",《江淹集》上編《詩・雜三言・悅曲池》:"意春蘭與秋若,願不絕於江邊",故"蘭野"猶"春野"。《陸雲集》卷七《騷・九愍・紆思》:"懷瑤林之珍秀,握蘭野之芳香。"此處作"蘭",避免重出之外,亦強調春天原野處處香草,"蘭"直以部分代表全體。《說文》一篇下:"茂,艸木盛也",《毛詩》卷十之一《小雅・南有嘉魚之什・南山有臺》:"德音是茂",鄭《箋》:"茂,盛也"。於此處謂遍"野"盛開。《易》卷三《大過・九二》"枯楊生稊",王《注》："稊者,楊之秀也",則"稊英"猶言"楊花"。

(十)善《注》:《楚辭》卷十五《九懷·通路》曰:"宣遊兮列宿,順極兮彷徨(佯)。"《周易》卷二《謙·象》曰:"天道下濟(22)而光明,地道卑而上行。"《晉中興書》(23):"孝武詔曰:'躬儉以弘下濟之惠。'"

海按:《九懷·通路》王《注》："遍歷六合,視眾星也",洪《補注》:"宣,徧也",故與訓"盡"之"窮"對仗。《鮑照集》卷五《侍宴覆舟山》之二:"清蹕戒馳路,羽蓋佇宣游",《謝朓集》卷一《杜若賦奉隨王教作時年二十六於坐獻》:"憑瑤圃而宣游,臨水木而延佇"。甲文中,"弘"從弓從口,弓亦聲:"𢎞"(合667)、"𢎞"(合3441)、"𢎞"(合4772);金文基本從第二形:"𢎞",如西周早期《盟弘卣》(05257)。至於"口"之作"厶",直書寫、篆刻時之藝術性異體,不足辨,試觀西周中期《史牆盤》(10175):"𢎞魯卲(昭)王","𢎞"所從之"弘"右邊乃圓圈形:"𢎞"。《說文》十二篇下:"弘,弓聲也。"從"弘"與"洪"、"宏"通假,詳參《古字通假會典·東部第一·共字聲系》、《蒸部第二·厶字聲系》,蓋由弓弦縈繞之回音引申出蔓延擴大之義。"濟"當改讀為"隮(音基)"。《說文》二篇下:"隮……《商書》曰:'予顛隮'",段《注》:"今《尚書》卷十《微子》作'隮',注家(偽孔《傳》)云:'顛隕隮墜'。按:升、降同謂之隮,猶治、亂同謂之亂……《左傳》卷四六《昭公十三年》:'知隮(擠)於溝壑矣',則訓降",是以"下隮"與"上行"適相反對。下降至我等微末小官,君、臣同樂,似雙方平等。此聯之對句極重要,乃啟下文"卜征"之關鍵。

"聖"指皇帝,世俗所謂皇上,與臣"下"適相反,貌似非對仗,實則巧對。《說文》十一篇下:"仌,凍也,象水冰(音寧)之形。"金文中,"冰"從水從二粗點:"𣲟",如戰國早期《陳逆簋》(04096),戰國晚期《二年上郡

車駕幸京口侍遊蒜山作

守冰戈》(11399)二粗點改置於水之左："", 均象凍結貌, 故"凝"乃後世於"仌"右側益以"疑"此義符兼聲符, 易於辨識、表義之寫法。《尚書》卷四《皋陶謨》："庶績其凝", 《釋文》: "凝……馬云:'定也'";《楚辭》卷十六《九歎·憂苦》: "折銳摧矜凝氾濫兮", 王《注》: "凝,止也"。"弘", 往外擴散;"凝", 向內集中, 適相反對。此篇既與《車駕幸京口三月三日侍遊曲阿後湖作》同為元嘉二十六年(449)之作, 該篇嘗云: "望幸傾五州", 仁君於眺望至極(窮)"遠"之處時, "聖情"乃"凝"聚於北境。

此聯意謂:因皇恩寬"弘"浩大, 使得我等臣"下"得以沾光, 因隨侍伴駕而獲遊觀之樂, 徧("宣")地都遊覽到。唯正因此, "聖"王乃念及尚有子民未能與朕同樂, 因而興起揮戈解彼等倒懸之心。方廷珪: "陟山, 則所見極遠, 因思窮簷蔀屋疾苦, 故聖情為之凝注", 是也。

(十一)善《注》:《國語》卷六《齊語·桓公帥諸侯而朝天子》曰: "齊桓公嶽濱諸侯莫敢不來服, 而大朝諸侯於陽穀, 兵車之屬六, 乘車之會三[24]。"《尚書》卷十四《康誥》曰: "周公初基, 新作新大邑于東國洛, 四方人(民)大和會。"《左氏傳》卷三二《襄公十三年》: "鄭良霄、太宰石㚟(音綽)猶在楚, 石㚟言於子囊曰:'先王卜征五年, 而歲習卜其祥, 祥習則行。'"

海按:《齊語》韋《解》: "嶽, 北嶽常(恆)山", 然而從下聯正文及善《注》來看, 顏氏僅借用古典詞彙字面, "嶽"之實際指謂乃東嶽泰山, 即封禪之地。《毛詩》卷十三之一《小雅·谷風之什·北山》: "率土之濱", 毛《傳》: "濱, 涯也", 孔《疏》: "濱是四畔近水之處"。唯不詳顏氏心目中究竟指玉符、泮汶、柰等河川中之哪一條。《國語》卷十六《鄭語‧史伯為桓公論興衰》:"以他平他謂之和",韋《解》:"謂陰、陽相生,異味相和","同者謂若以水益水"。意思是同性質,甚至同一類人、事、物疊加起來,曰同;不同性質、彼此迥異者共存且相成,曰和。大和會,指不同種姓、文化之氏族、邦國聚集在一起之盛會。

甲文中,"習"作類似"羽"之掃帚形:"𠃬"(合 31670)、"𠃭"(合 26979)。《說文》三篇下:"篲,古文彗",再對照金文西周晚期《伯盨(音眉)父簋》(NB0742):"𥄎",《姜林母簋》(03571):"𥄍",而此二字即《說文》十一篇下所收之"靇",可知:"習"上半似"羽"者實為"彗"之上半象掃帚者之訛變。"習"當解析為從日從奰(音未)省,奰亦聲。《說文》十篇上:"奰,暴(曝)乾也,从火彗聲。"[25] 曬乾曠日持久,故引申出不斷、重複之義。至於"日"之為"白",不過是此類字形之例變,非訛誤。許慎但見後世訛變從羽者,故《說文》四篇上訓為鳥"數(音朔)飛也"。雛鳥不斷搧動翅膀,練習飛翔,此舉自非止於一次,訓其義為屢次、接連("數"),則仍未失其本義。《周易》卷三《坎》:"習坎",孔《疏》:"習,重也";《尚書》卷十三《金滕》:"乃卜三龜,一習吉",偽孔《傳》:"習,因也","相因而吉",故善《注》所引該段《左傳》孔《疏》訓讀"習"為"相因襲"。以通俗語表述,接連幾次占卜,結果重複為吉兆。

此聯意謂:文帝意圖北伐("征")中原,多次為此舉占"卜",卜兆一致("習")顯示戰果為吉("祥"),則一旦實踐,勢將天下各民族、各門閥聚集("和會")於泰山旁之水邊("濱"),然後登山,舉行曠世之封禪大典。

(十二)善《注》:昔老謂司馬談也;遺氓,自謂也。言帝方卜征以登封,而己[26]巖耕,以謝職,不獲預觀盛禮,所以悲同昔人。《漢書》卷六二《司馬遷傳》曰:"是歲,天子始建漢家之封,而太史公留滯周南,不得與從事,發憤且卒。而子遷適反,見父於河、雒之間。太史公執遷手而泣曰:'……今天子接千歲之統,封泰山,而予不得從行,是命也夫!命也夫'",如淳曰:"周南,洛陽也"[27]。

海按:李氏因誤解《漢書·司馬遷》文本,故顛倒因果,以致串講不當。顏氏自揣不得參與北伐壯舉,因而對於不獲預觀盛禮之"昔老"司馬談"悲""感",心有戚戚焉,此後顏氏方賭氣,欲"謝職"以巖耕,非先"謝職"而後不獲預觀盛禮。與司馬談因"不得與從事",而後方"發憤"近似,並非罹病,才"留滯周南"。二者所以可類比,因一旦北伐成功,天下一統,八成將舉行封禪大典。顏氏生於東晉孝武帝太元九年(384),劉宋文帝元嘉二十六年(449)寫此詩時,已六六之齡矣。北伐此大舉必須準備充分,則出師猶待一二載,屆時顏氏已為近七旬老翁,是以自揣文帝應不會攜之同行。陳祚明認為:此聯非言"延之不得從",乃"正言古人有以不得從者為憾者,今儼然在行列,是空食也",可謂顛倒黑白,大謬。

(十三)善《注》:空食猶素餐也。王逸《楚辭》卷八《九辯》之六"竊慕詩人之遺風兮,願託志乎素餐"《注》曰:"不空食祿而曠官也。"廊,巖廊,朝廷所在也。文穎[28]《漢書》卷五六《董仲舒傳》"制曰:'蓋聞虞舜之時,游于巖郎之上,垂拱無為,而天下太平'"《注》曰:"巖廊(郎),殿下小屋也。"杜預《左氏傳》卷三一《襄公十一年》"歌鐘二肆,及其鎛(音伯)[29]、磬、女樂二八,晉侯以樂之半賜魏絳"《注》曰:"肆,列肆也,縣鐘十六為一肆。"《說文》七篇上曰:"稅,租也。"楊子《法言》卷八《問神》曰:"谷口鄭子真不詘(屈)其志,而耕於【乎】巖石之下,名震(振)乎【于】京師,豈其卿?豈其卿?"

海按：《說文》八篇上："屋，尻（居）也"，段《注》："屋者，室之覆也。引申之，凡覆於上者皆曰屋"，故九篇下："廡，堂周屋也"，《釋名》卷五《釋宮室》則曰："廡，幠也，幠，覆也"。此所以故籍中"廊廡"每連言，如《漢書》卷五二《竇嬰傳》："所賜金，陳廊廡下，軍吏過，輒令財（裁）取為用"，顔《注》："廊，堂下周屋也"；《晉書》卷十一《天文志上·天體》："奏事待報，坐西廊廡下"。《周禮》卷九《地官·司徒·序官》："廛人……胥師二十肆，則一人皆二史"，賈《疏》："肆謂行列"。廊肆，廊廡下一間間並排之辦公室。

李周翰："今欲反輸國稅，事耕巖石之下"，似將"反"如字讀，為正、反之反，實則"反"當改讀為"返"，通假例證詳參《古字通假會典·寒部第六（下）·反字聲系》。王念孫《讀書雜志·讀書雜志餘編·文選》："'稅'當讀如'稅駕'之'稅'，《爾雅》卷二《釋詁》曰：'廢、稅、赦，舍也'，言反舍於家"，荒唐。"舍"乃"捨"也，"稅駕"之"稅"乃"脫"之假借，例證詳參《古字通假會典·泰部第十四·兌字聲系》，正係"捨"之義，故"稅"方會與"廢"、"赦"並列，焉能讀為宅處、居舍之舍？"稅"既與"食"相對，則"稅"當如字讀，乃動詞用法。"食"乃治人者，食於人；"稅"乃治於人者，食（飼）人。食人之前提乃納稅。《文選》卷四十《奏記》阮籍《詣蔣公》："方將耕於東皋之陽，輸黍稷之稅。"

此篇押劉宋時期庚部平聲韻。

【補述】

（1）奎章閣六家本"弈"作"奕"，乃形近致訛。

（2）《經典釋文·莊子·敘錄》："故郭子玄云：'一曲之才妄竄奇說，若《閼弈》、《意脩》之首，《危言》、《游鳧》、《子胥》之篇，凡諸巧雜，十分有三。'《漢書·藝文志》'《莊子》五十二篇',即司馬彪、孟氏所注是也,言多詭誕,或似《山海經》,或類《占夢書》,故注者以意去取。其內篇眾家並同,自餘或有《外》而無《雜》。"《隋書》卷三四《經籍志·子·道》著錄"《莊子》十六卷",自注:"司馬彪注。本二十一卷,今闕",但《舊唐書》卷四七《經籍志·丙部子錄·道家類》、《新唐書》卷四九《藝文志·丙部子錄·道家類》則均仍為二十一卷。自注又云:"《莊子》十八卷,孟氏注,錄一卷,亡",然此乃以官方中秘所藏而言,《經典釋文·莊子·敘錄》載"孟氏注十八卷,五十二篇"。又,"四見列星"意謂:因元天至高,無任何山嶺阻擋,視線開闊,故能"見""四"方"列星"。

(3)六家本、六臣本"舊"均誤作"書"。

(4)逯欽立《先秦漢魏晉南北朝詩》漏收孫綽此聯。

(5)"玄"當改讀為"元"。元,首也、始也。如此與"厚"對仗,方工穩。

(6)對照《隸釋》卷二所引東漢靈帝"光和二年(179)""孟冬十月"樊毅《脩華嶽碑》:"《山經》曰:'泰華之山,削成四方'",可知:今本脫此二句。《御覽》卷三五《時序部二十·旱》所錄《山海經》,"泰"作"太";《類聚》卷一百《災異部·旱》所錄《山海經》,"成"後有"而",均於文義無礙。

(7)《史記》卷一百十《匈奴列傳》《索隱》:"韋昭曰:'地名',《漢書》卷九《元帝紀·初元五年(前44)》云:'北假田官'。蘇林以為:'北方田官也,主以田假與貧人,故曰北假也。'"

(8)茶陵六臣本所引《西京賦》,"周"因形近而訛作"問"。

(9)"巖"乃"嚴"之專字。二字通假例證詳參《古字通假會典·談部第八·敢字聲系》。

（10）據《漢書》卷九《元帝紀·竟寧元年（前33）》，元帝"葬渭陵"。營建之始，尚未定稱謂，故《集解》："服虔曰：'未有名，故曰初'"。西漢初以來實施徙陵之策，以期強幹弱枝，已詳《拜陵廟作》"陵邑轉蔥青"補述。此項政策至元帝此時而止，反映地方勢力業尾大不掉，中央已無從輕易調動郡國豪強。所徙之家族非富即貴，故渭水北西漢五陵（高祖長陵、惠帝安陵、景帝陽陵、武帝茂陵、昭帝平陵）周邊形成之邑鎮居民均為高官、豪族之裔，故徐陵《〈玉臺新詠〉序》："五陵豪族，充選掖廷；四姓良家，馳名永巷"，《庾信集》卷十三《碑·陝州弘農郡五張寺經藏碑·序》："昔者千金之族見徙五陵，大姓之民移家六郡"。後世乃以"五陵子弟"代言紈絝、豪俠子弟。如《文苑英華》卷一九六《詩四五·樂府五》江暉《劉生》："五陵多美選，六郡盡良家，劉生代豪蕩，標舉獨榮華"，《樂府詩集》卷二三《橫吹曲辭三·漢橫吹曲三》何妥《長安道》："五陵多任俠，輕騎自連羣"。

（11）此段上古魚部韻之祝詞又見諸《春秋繁露》卷十五《郊祀》，且作"郊祝曰"。《大戴禮》視為"孝昭皇帝冠辭"。王聘珍認為："非大戴原書所有"，恐待商榷。大戴、小戴《記》乃《儀禮》二家博士之補充教材，隨時、因人而損益，無所謂原有或"後人竄入"。

（12）"暘谷"即"湯谷"，乃眾日沐浴之所。

（13）《孟子》卷五上《滕文公上》："夫仁政必自經界始，經界不正，井地不鈞（均）、穀祿不平……經界既正，分田、制祿可坐而定也"，趙《注》："經亦界也"。

（14）嚴氏《全晉文》漏收此聯。

（15）《吳都賦》劉《注》："略，分界也。"

（16）奎章閣六家本因聯想，"斗"誤作"記"。

(17)陳景雲已指出："曰"為衍文。

(18)《周禮》卷十八《春官·大宗伯》："祀日、月、星、辰",鄭《注》："星謂五緯",賈《疏》："五緯即五星,東方歲星,南方熒惑,西方大白,北方辰星,中央鎮星。言緯者,二十八宿隨天左轉,為經,五星左【右】旋為緯"。

(19)今本《喪服》根本無"抗"或"亢"這個詞,李善或其後學誤記。

(20)《文選》卷八《賦丁·畋獵中》司馬相如《上林賦》："輦道纚(音洗)屬",善《注》："如淳曰：'輦道,閣道也'",乃是論宫中複道,全然不適用於此處。"纚"又作"縰",例證詳參《古字通假會典·歌部第十五·麗字聲系》。《禮記》卷二七《內則》："子事父母,雞初鳴,咸盥、漱、櫛、縰",《釋文》："縰……黑繒韜髮";《漢書》卷四五《江充傳》："冠禪纚步搖冠",顏《注》："纚,織絲為之,即今方目紗是也",因此其經、緯線必呈比次、綿延之狀,是以顏氏於卷五七上《司馬相如傳·上林賦》以上古歌部疊韻詞之"纚迤相連屬也"訓釋之。

(21)車伕曰輦郎,見《漢書》卷三六《楚元王傳附玄孫向傳》。該單位稱為"輦郎署",見《御覽》卷八八《皇王部十三·漢孝文皇帝》所錄《風俗通》。

(22)甲文中,"齊"作三道直線,每線之上都有一個橄欖形或菱形之空圈："⚬⚬"(合34167)、"⚬"(合36493);金文基本延續之："⚬",如西周晚期《伯姜鬲》(00605)。對照甲文中之"齊"不乏或無直線,唯餘三空圈者："⚬⚬⚬"(合6063)、"⚬⚬"(合18693);金文中或三直線中左、右二者下部向內彎,尾端與中直線連結,似從一本中生出,如西周晚期《齊巫姜簋》(03893)："⚬",戰國早期《鳳羌鐘》(00161)："⚬",可知:空圈斷非箭鏃。三空圈雖多以中者較高,與其他二者排列成三角形,然此僅為避免字形過寬,違背漢字造字字形原則,是以《說文》七篇上:"齊,禾麥吐穗,上平也",所言甚是。《淮南子》卷一《原道》:"此齊民之所以淫泆流湎",高《訓》:"齊於凡民,故曰齊民";《史記》卷三十《平準書》:"齊民無藏蓋",《集解》所引如淳曰:"齊等,無有貴賤,故謂之齊民。若今言平民矣"。加"水"字邊,義謂渡河,如《尚書》卷十三《大誥》:"予惟小子,若涉淵水,予惟往求朕攸濟",乃後起之形聲字。

(23)《隋書》卷三三《經籍志・史・正史》著録"宋湘東太守何法盛"撰,共七十八卷。

(24)《齊語》韋《解》:"屬亦會也。兵車之會謂魯莊十三年會於北杏,十四年會于鄄(音倦),十五年復會於鄄,魯僖九年會于檉(音撐),十三年會於鹹,十六年會於淮。乘車之會在僖三年三年會于陽穀,五年會于首止,九年會于葵丘,九會也。"

(25)詳參唐蘭:《釋丮雱習騽》,《殷虛文字記》(北京:中華書局,1981)。

(26)明州六家本已將"己"誤作"已",奎章閣六家本進而誤作"巳"。

(27)上文言"周南",下文言"河、雒之閒",可知:如淳説是。《司馬遷傳》《集解》:"張晏曰:'洛陽而謂周南者,自陝以東皆周南之地也'",不當。

(28)《〈前漢書〉敘例》:"文穎,字叔良,南陽人,後漢末,荊州從事;魏建安中,為甘陵府丞。"齊召南指出:"府"乃衍文。

(29)《襄公十一年》孔《疏》:"鎛是大鐘。"《周禮》卷十七《春官・宗伯・序官》"鎛師"鄭《注》:"鎛,如鍾(鐘)而大",卷二四《春官・鎛師》賈《疏》:"鎛與鍾同類,大小異耳"。

《文選》卷二二《詩乙·遊覽》

車駕幸京口三月三日侍遊曲阿後湖作

善《注》：《水經注》曰："晉陵郡之曲阿縣下，晉陳敏引水為湖，水周四十里，號曰曲阿後湖。"《集》曰："元嘉二十六年也。"

海按：此節《水經注》見諸《嘉定鎮江志》卷六《地理山川·丹陽縣·練湖》中所引，今本無。京口乃文帝高祖已降所居之鄉里，文帝生長於斯，已詳《車駕幸京口侍遊蒜山作》題下注，是以《宋書》卷五《文帝紀·元嘉二十六年(449)·五月丙寅詔》："吾生於此城，及盧循肆亂，害流茲境……以蒙稚猥同艱難，情、義繾綣，夷、險兼備"。文帝踐阼以來，唯元嘉四年(427)"二月乙卯，行幸丹徒，謁京陵"，另一次即此年"二月己亥，車駕陸道幸丹徒，謁京陵"，是以"三月丁巳，詔曰：'朕違北京，二十餘載，雖云密邇，瞻塗莫從'"。篇題既言"三月三日""遊""湖"，可見：一反皇帝本諸安全考量，於皇家園林中應景度節之慣例，而外出祓禊，可謂對於治下已為太平盛世，百官忠悃，故里黎庶無怨充滿自信。

虞風載帝狩，夏諺頌王遊(一)，春方動辰[1]駕，望幸傾五州(二)。山祇(音其)[2]蹕嶠(音叫)路，水若警[3]滄流(三)，神御出瑤軫，天儀降藻舟(四)，萬軸胤[4]行(音形)衛，千翼汎飛浮(五)，彤[5]雲麗琁[6]蓋，祥飈被綵斿(六)。江南進荊豔，河激[7]獻趙謳(七)，金、練照海浦，笳、鼓震溟洲(八)，藐盼【眄】[8]覿青崖，衍漾觀綠疇(九)。人【民】[9]、靈騫都、野，鱗、翰聳淵、丘(十)，德、禮既普洽，川、嶽徧懷柔(十一)。

【校記】

〔1〕五臣本、六家本、六臣本、《顔光祿集》"辰"均作"宸",《文選》卷四六《序下》王融《三月三日曲水詩序》:"得一奉宸",善《注》:"宸與辰同"。

〔2〕明州六家本、茶陵六臣本正文及注文、《顔光祿集》"衹"均誤作"袛",蓋手民文化低落所致。

〔3〕《類聚》卷四《歲時中·三月三日》所錄"警"作"驚"。二字誠可相假,例證詳參《古字通假會典·青部第三·敬字聲系》,然而除非刻意賣弄作古,否則實無此必要。"警"與"蹕"互文足義,或合為一複詞,早成慣例。

〔4〕《顔光祿集》亦作"肙",尤刻本、六家本、六臣本則作"胤",無別。金文中,"胤"作"䏍",如西周晚期《傳篹》(04075)。自春秋早期《秦公鎛》(00267),絕大多數均作"䏍",《說文》四篇下保存之"𦞦,古文胤"即由此訛變而來。唯對照戰國晚期《姧盜壺》(09734)作"䏍",《說文》所說"从八"者蓋由左、右兩點拖長而來,而右邊之點及其演化之一捺(即後世改寫之"乚")實為漢字為求對稱所加之綴筆。五臣本、明州六家本"胤"右邊一撇作傾斜之單人旁,贛州六臣本作傾斜之雙人旁,均與避宋太祖趙匡胤諱無關。

〔5〕五臣本、六家本、六臣本亦均作"彫"。胡克家以"彫"乃"彤"形近之訛,非是,此乃李氏刻意改動孫賦原文,以遷就所注正文也。

〔6〕尤刻本"琁"作"旋",二者相假例證詳參《古字通假會典·寒部第六(上)·㫃字聲系》。從善《注》所引桓子《新論》"玉爪蓋",可知:當作"琁"。

［7］《類聚》、《顏光祿集》"激"作"徼",無疑乃形近致訛,因"河激"乃有出典之詞。徼,求也,"河徼"全然不詞。

［8］五臣本、六家本、六臣本"盼"均作"盻",是也,而"盻"乃"眄"之異體字。

［9］善《注》不避唐太宗"民"字諱,如同對句不避唐高祖"淵"字,乃李氏體例,正文當依《注》改正,方回已點出。遑言五臣本、六家本、六臣本、《顏光祿集》均作"民"。再則"民、神"乃自古已降之成詞。如《國語》卷十八《楚語下·觀射父論絕地天通》:"民、神雜糅,不可方物",《晏子春秋》卷三《內篇·問上·景公問欲令祝史求福晏子對以當辭罪而無求》:"羨飲、食,多畋、漁,以偪川澤,是以民、神俱怨",《三國志》卷四七《孫權傳·黃龍二年》:"九州幅裂,普天無統,民、神痛怨",《宋書》卷四一《后妃列傳·明帝陳貴妃傳》:"河龍啟聖,理浹民、神"。

［10］五臣本、六家本、六臣本"嶽"均作"岳",無別,已詳《三月三日詔宴西池》"河、嶽曜圖"注。

【注釋】

(一)善《注》:《尚書》卷三《虞書·舜典》曰:"歲二月,東巡狩(守)。"載謂載之於策(冊)也。《孟子》二上《梁惠王下》:"夏諺曰:'吾王不遊,吾何以休?吾王不豫,吾何以助?一遊一豫,為諸侯度?'"

海按:"風"既與"諺"對仗,則"風"指地方曲調。意謂虞時百姓欣喜"帝"舜巡"狩"四方,故其地方歌謠中頌美此事。而此等民謠、俗"諺"為樂工所採,筆之於簡(策),故善《注》云"載之於策"。

(二)善《注》:《禮記》卷六一《鄉飲酒義》曰:"東方曰【者】(1)春,

春之為言,蠢也,產萬物者也"。《論語》卷二《為政》:"子曰:'為政以德,譬如北辰,居其所,而眾星共(拱)之'",故謂天子為辰也。《漢書》卷五七下《司馬相如傳·封禪文》曰:"意者太山(2)、梁父,設壇場,望幸,蓋號以況榮。"《尚書》卷三《舜【堯】典》有十二州,(劉)宋得其七,故謂北境云五州。

海按:開篇即表明最高領導者出遊,乃先聖之舉,既有此典範,則今聖"車駕幸京口","遊曲阿後湖"即非縱慾荒豫之舉,先聖、後聖其揆一也,是以此聯即就此頌聖。《初學記》卷二七《寶器部花草附·絹》所錄徐勉《謝敕賜絹啟》:"伏惟皇太子……作震春方",《文館詞林》卷一六十《詩二十·禮部二·釋奠下(一)》蕭洽《侍釋奠會·其三》:"春方貳極",此等處之"春方"乃就位置、身份而言,即東宮。此處隱去之主詞乃文帝,非東宮太子,再則,建康在京口西,車駕行程方向乃由西向東北,故"春方"不可能指"東方"。顏氏乃根據五行間架,時、空搭配在一起而措辭,故"春方"猶言"春時"。《宋書》卷七三《顏延之傳·庭誥》:"吾年居秋方,慮先草木",即已臻暮歲,如一年入秋將盡尾聲,擔心先草木而枯萎。

此聯意謂:今上暮"春"出遊,此舉深得萬民之心,因可藉此沾蒙恩惠,是以淪陷區之"五州"無不"傾"首渴"望"吾皇能駕臨("幸"),而此前提自是驅逐拓拔異族,天下一統重光。

(三)善《注》:山祇,山神也。《管子》卷十六《小問第五一》曰:"登山之神有俞(音書)兒(音倪)者,長尺,而人物具焉。霸王之君興,而登山之神見(現),且走馬前疾導(道)也。"《爾雅》卷七《釋山》曰:"山銳而高,曰嶠。"(3)《楚辭》卷五《遠遊》曰:"使湘靈鼓瑟兮,令海若舞馮(音平)夷"，王逸曰："海若，海神名也；馮夷，水仙人"(4)。

海按：《國語》卷四《魯語·臧文仲如齊告糴(音敵)》："百辟神祇實永饗而賴之"，韋《解》："天曰神，地曰祇"。山屬地，故曰山祇。"蹕"、"警"已詳《應詔觀北湖田收》"清蹕巡廣廛"注。顏氏易"海"為"水"，非刻意避熟就生，乃為切合當時所遊乃內陸長江支流形成之湖泊。甲文中，"若"均為一跪坐人形，上舉雙手成爪形，疏理頭上往後飄揚之三道長線(髮)："𦰩"（合 21128），其本義無疑乃理順、令其服貼之義(5)。西周早期，已將跪坐之人形改為立姿："𦰩"，如《孟鼎》（02837），此後即未改回，而至晚於西周中期，於立姿人形左側加一"口"："𦰩"，如《師虎簋》（04316），顯然意欲表達應允、聽從、認可之義。《尚書》卷十六《無逸》："非民攸訓，非天攸若"，戰國晚期《中山王𧰼鼎》（02840）："今余方壯，知天若否"，均取此義。《尚書》卷十五《召誥》論及夏、殷盛時，兩度言"面稽天若"，固然可以將"天若"視為"天若否"，然畢竟不如直接視為"稽"之受詞，訓為天之認可。以今語迻譯之，即天意，因認可、應允與否即代表上天之意志。由此可推知："海若"即海之意志，而能有此應允與否之權力者，乃主宰、上司之流，是以海神乃得曰海若，《江淹集》上編《賦·石劫賦》方得以石劫之聲口自稱："我海若之小臣"。古代宇宙圖景中，有四海之說，故《莊子》卷六下《秋水》曰北海若，即北海神。《文選》卷四三《書下》孫楚《為石仲容與孫皓書》："外通南國，乘桴滄流。"《說文》十一篇上二："滄，寒也"，段《注》引《周書》卷九《周祝》"天、地之間有滄、熱"以證，並云："仌部凔字音義同"，是也，孔《解》即云："滄，寒"(6)。"嶠路"、"滄流"乃水、陸對。

此聯夸飾天子御天統地之威儀，故當其出行，其麾下之"山""水"神"祇"皆嚴肅"警"惕以待，命令原本所有會來往車駕所經水、陸兩徑之精靈鬼魅均迴避（"蹕"）。

（四）善《注》：瑤軫，玉輅也。藻舟，畫舟也。王符[7]《羽獵賦》曰："天子乘碧瑤之彫軫，建曜天之華旗。"《東觀漢記》卷七《東平憲王蒼傳》曰："東平王蒼上疏曰：'賜奉朝請，咫尺天顏[8]，事過典故。'"

海按：既然已有山靈水神清理、管制路況，安全無虞，故續言皇帝車駕乃出行。"神"、"天"均屬強調皇帝之天子身份，故吕向："神、天皆謂帝也"。既如此高貴，故曰"降"，若自天而下。《說文》一篇上："瑤，石之美者。"《周禮》卷二七《春官·巾車》："王之五路，一曰玉路……以祀"，善《注》以"玉輅"解"瑤軫"，其弊如前文以"金路"解"金駕"，易滋誤解。顏氏僅意謂天子之車駕富麗考究。《尚書》卷五《益稷【皋陶謨】》記載古人禮服下裳，有六種刺繡之圖案。其中之一為藻，是以"藻"引申出裝飾、美麗之意。善《注》以雕刻、繪畫五彩圖案之"畫舟"解"藻舟"，甚是。甲文中，"舟"固有作"丩"（合7329）者，然多作"⚓"（合34483），亦或省作"（"（合32522）；金文或横寫："⌒"，如商代晚期《舟丂父丁卣》（05073），西周時期多豎寫："（"，如西周中期《洹秦簋》（03867），象舟。《說文》八篇下之小篆作"月"。後世將中間一横延伸出舟身之外，上、下兩短横改為兩點，至於上端之一左向曲彎本即綴飾，改寫為一撇，即成習見之字形。"軫"已詳《拜陵廟作》"歸軫慎崎傾"，乃以部分代表全體，指皇帝之車乘。出，駛出。儀，儀仗也。此聯乃道地之水、陸對。

（五）善《注》：萬軸謂車也，千翼謂舟也。《越絕書·伍子胥水戰兵法内經》曰："大翼一艘，廣一丈五尺二寸，長十丈；中翼一艘，廣一丈三尺五寸，長五丈六尺；小翼一艘，廣一丈二尺，長九丈。"

海按：皇帝非一人單車獨往，故此聯言其扈從部隊。此亦水、陸對，出句與對句分別呼應上聯之"瑤軫"、"藻舟"。"萬軸"、"千翼"包括皇帝副車等在內之鑾駕以及隨侍群臣所乘者。甲文中，"萬"乃象蠍子："🦂"（合9812），故《說文》十四篇下："萬，蟲也"。金文中，西周早期，如《比鼎》（00913）諸器銘文，已於鉤曲之尾上端加一短橫："🦂"，西周早期《伯盂》（10312）、西周中期《恆簋蓋》（04200）等且於短橫左邊末端有一短弧形或短直豎，形成類似"十"字狀："🦂"、"🦂"，春秋《魯大司徒元盂》（10316）進而將下方短橫延長下彎："🦂"，終使之繁化為"內（音柔）"。至晚於春秋中期，原本象有三指之內彎雙鉗爪已訛變為似"艸"者："🦂"，如《陳侯簋》（04606），《說文》十四篇下所採之小篆反保持原狀："🦂"，此後方隸定為"萬"（《史晨碑》）。遠在殷商卜辭中，"萬"已被假借為數目單位，久假不歸，乃加"虫"為"蠆（音拆去聲）"，以存其本義。《廣雅》卷十下："蠆，蠍也。""軸"乃車廂下一桿麵杖形之物，其細瘦之兩端把柄橫貫左、右兩輪之轂，故《周禮》卷十五《地官·遂師》"共（供）丘籠及蜃車之役"賈《疏》曰："車以二軸貫四輪"[9]。此處顯然乃以部分代表全體，指鑾駕及隨行之眾車。甲文中，"翼"作"🪶"（合13231）、"🪶"（合34341），象鳥翅；春秋早期《秦公鎛》（00267）已改為從"飛""異"聲之形聲字："翼"，即《說文》十一篇下訓"翅（翅）也"之"翼"。至於由從"飛"改從"羽"，楚系文字業然："翼"（包3）。《說文》四篇下："肙，子孫相承續也"，故由此引申出後繼之意。《爾雅》卷一《釋詁》："肙，繼也"；《文選》卷四八《符命》揚雄《劇秦美新》："肙殷、周之失業，紹唐、虞之絕風"，善《注》："肙，續也"。"行"既與"飛"對仗，則音當讀如形，而非航。

李氏所引《越絕書》不見諸今本。《御覽》卷三一五《兵部四六·水戰》引《伍子胥水戰法》："大翼一艘，廣丈六尺，長十二丈，容戰士二十六人，櫂五十人，舳(音竹)艫(音盧)三人，操長鉤矛斧者四吏，僕躬(射)長各一人，凡九十一人。"《容齋四筆》卷十一《船名三翼》稱引善《注》此段文字時，"一丈五尺二寸"作"一丈五尺三寸"，中翼之"長五丈六尺"與小翼之"長九丈"互乙，至少後者善《注》當從之。"汎"即"泛"、"氾"，相假例證詳參《古字通假會典·侵部第七·凡字聲系》，遍佈也。"飛浮"指行船速度快捷若"飛"，似乎船艙底部未浸於水中，僅懸"浮"於水面上。

（六）善《注》：《文選》卷十一《賦己·遊覽》孫綽《遊天台山賦》曰："彤【彤】雲斐亹(音威)以翼櫺(音玲)，暾(曒)日炯晃於綺疏。"桓子《新論》曰："乘車玉爪蓋。"《禮·緯》曰："君政頌平，則祥風至。"斿，旌旗之旒也。

海按：承上聯，言整隊車旗之精緻考究。《遊天台山賦》善《注》："斐亹，文貌；翼猶承也；櫺，窗閒(間)子也。""斐亹"乃上古微部疊韻詞。"彤"已詳《皇太子釋奠會作》"規周矩值"注。《江淹集》上編《賦·蓮華賦》："見彩霞之夕照，覿彤雲之晝臨"，《類聚》卷十四《帝王部四·陳武帝》所錄沈炯《武帝哀策文》："彤雲布族，祥星結樞"，正是襲此而來。《鮑照集》卷一《賦·芙蓉賦》："粲雕霞之繁悅"，彤(雕)雲、雕霞均言雲、霞若精工刻琢般多彩多姿，故《文心雕龍》卷一《原道》云："雲、霞雕色，有踰畫工之妙"。《周禮》卷三四《秋官·大司寇》："凡萬民之有罪過而未麗於灋(法)而害於州里者"，鄭《注》："麗，附也"；《周易》卷二《否·九四》："疇離祉"，孔《疏》："離，麗也，麗謂附著也"，故《類聚》卷二二《人部六·質文》所錄阮瑀《文質論》："日月麗天，可瞻而難附；羣物著地，可見而易制"，"麗"、"著"正對。《釋名》卷七《釋車》："蓋，在上覆蓋人也"，類似今之傘，兼具遮陽與擋雨之功能。琁蓋，自車蓋頂心向四邊鑲嵌玉為飾,故玉飾紋路如爪。

《左傳》卷十四《僖公十六年》:"是何祥也",孔《疏》:"祥者,吉之先見謂之祥";《爾雅》卷一《釋詁上》:"祥、淑……臧、嘉、令……徽,善也"。《說文》十篇上:"猋,犬走貌[10]",段《注》:"引申為凡走之偁(稱)。《楚辭》卷二《九歌·雲中君》:'猋遠舉兮雲中',王《注》:'猋,去疾貌'"。《釋名》卷三《釋姿容》:"疾趨曰猋(走)。"用於狀風之迅疾,乃加"風"以成專字。"猋"、"飆"二字相通例證詳參《古字通假會典·宵部第十八·猋字聲系》。風、雲對仗,平易經見,然顏氏易"風"為"飆",避熟就生之慣技。雲、風均如此美善,意謂此行為上天所悅,故以天象示之。"被"當改讀為"披",《廣雅》卷一上《釋詁》:"披,張也",卷三下《釋詁》:"披,散(散)也"。《國語》卷六《齊語·葵丘之會天子致胙於桓公》:"龍旗九旒",韋《解》:"正幅為縿(音山),旁屬為旒"。正幅指長方形之旗幟本身,旒指旗幟右邊緣如溪水支流狀之諸多飄帶,故《說文》十三篇上:"縿,旌旗之游所屬也"。

(七)善《注》:《文選》卷五《賦丙·京都下》左思《吳都賦》曰:"荊豔楚舞,吳愉越吟。"[11]《列女傳》卷六《辯通傳·趙津女娟》曰:"趙津女娟者,趙河津吏之女,趙簡子之夫人也。初,簡子南擊楚,與津吏期。簡子至,津吏醉臥,不能渡。簡子怒,欲殺之。娟懼,持檝(音及)而走。簡子曰:'女子走何為?'對曰:'津吏息女。妾父聞主君東渡不測之水,恐風波之起,水神動駭,故禱祠九江、三淮之神,供具備禮,御釐(禧)受福,不勝巫祝杯酌餘瀝,醉至於此。君欲殺之,妾願以鄙軀易父之死。'簡子曰:'非女(汝)之罪也。'娟曰:'主君欲因其醉而殺之,竊恐其身之不之痛,而心不知罪也。若不知罪殺之,是殺不辜也。願醒而殺之，使知其罪。'簡子曰：'善。'遂釋，不誅。簡子將渡河，用楫（檝）(12)者少一人，娟攘袂操【摻】楫（檝）而請，曰：'妾居河、濟之間，世習舟檝之事，願備員持檝。'……簡子箟(音造)(13)【悦】之，遂與渡。中流為簡子發河激之歌，其辭曰：'升彼河【阿】兮而【面】觀清，水揚波兮杳冥冥，禱求福兮醉不醒(音星)，誅將加兮妾心驚，罰既釋兮瀆乃清。妾持楫（檝）兮操其維，交（絞）龍助兮主將歸，呼來櫂兮行勿疑。'(14)簡子大悦，曰：'昔者，不穀夢娶妻，豈此女乎？'將使人祝祓，……以為夫人。"

海按："江"、"河"本均為專有名詞，不待加"長"、"黃"，對仗練字堪謂嚴整。劉裕當年滅南燕，故以河為北界，至文帝元嘉二十六年（449）前猶然，故此處之"河"非河川之泛稱。《樂府詩集》卷二六《相和歌辭一·敘論》："王僧虔啟云：'諸調曲皆有辭、有聲，而大曲又有艷，有趨（趍）、有亂……艷在曲之前，趨與亂在曲之後，亦猶吳聲、西曲前有和，後有送也。'""艷"似電影的預告片，蓋吸引聽眾之精彩片段。《淮南子》卷十三《氾論》："韓娥、秦青、薛談之謳，侯同、曼聲之歌，憤於志，積於內，盈而發音，則莫不比於律而和於人心。""謳"與"歌"正對，韓娥等人均能不待樂器之聲而所唱音準自然"比於律"，故《楚辭》卷十《大招》："謳和《揚阿》"，王《注》："徒歌曰謳"。

此聯遙相呼應開篇所言之"夏諺頌王遊"，以顯示如此浩浩蕩蕩之遊觀一行非但不造成百姓之怨懟、苦惱，百姓反而個個歡愉，如《應詔讌曲水作》所言"豫同夏諺"，因此，黎庶自各處前來，組成樓船上之樂工群伎，以其地方之歌曲助興。《樂府詩集》卷十六《鼓吹曲辭一·敘論》："鼓吹，陸則樓車，水則樓船；其在庭，則以簨虡為樓也。"

（八）善《注》：金練，金甲組練也⁽¹⁵⁾。《後漢書》卷八四《列女列傳·董祀妻傳》蔡邕女琰《悲憤詩》之一曰："（董）卓眾來東下，金、甲耀⁽¹⁶⁾日光，平土人脆弱，來兵皆胡羌"。《左氏傳》卷二九《襄公三年》曰："組甲三百，被練三千。"《文選》卷二《賦甲·京都上》張衡《西京賦》曰："光炎逐天庭，囂聲震海浦⁽¹⁷⁾"。《列子》卷五《湯問》曰："終北極之北有溟海者，天池也；有魚焉，其廣數千里⋯⋯其名為鯤；有鳥焉，其名為鵬。"

海按："笳、鼓"為二物，則與之對仗之"金、練"亦當為二物。《莊子》卷十上《列禦寇》："為外刑者，金與木也"，向、郭《注》："金謂刀、鋸、斧、鉞"；《淮南子》卷十六《說山》："砥石不利，而可以利金"，高《訓》："金，刀、劍之屬"。善《注》不當。金文中，"熏"作"㷿"、"㷱"，如西周早期《吳方彝蓋》（09898）、西周晚期《番生簋蓋》（04326），象以火燻染囊袋，故囊袋上以數點以示痕跡，"束"乃"熏"之省寫；"燻"則為緟益字，因此引申出反覆加工之義。若以水加工，如織布之前，《周禮》卷四十《考工記·㡛氏》："湅(音練)絲，以涗(音稅)水漚(音漚)其絲七日，去地尺，暴(曝)之"，鄭《注》："涗水，以灰所沸(濟)水；漚，漸也"，以期既白且堅，並防止製成衣物後，洗滌時，衣物縮水。若側重絲本身，乃改以"糸"代"水"，作為動詞，即"練習"此用法所本；作為名詞、形容詞，則如《淮南子》卷十七《說林》："墨子見練絲而泣之，為其可以黃，可以黑"，高《訓》："練，白也"，故《後漢書》卷四八《楊終傳·戒衛尉馬廖書》："（逸）《詩》曰：'皎皎練絲，在所染之'"，《樂府詩集》卷四五《清商曲辭二·團扇郎》之六："白練薄不著，趣(趨)欲著錦衣"，《玉臺》卷九沈約《八詠·登臺望秋月》："秋月光如練"。姑不論按照物理之實際原理，白色是否易於反光,此處之"練"字面上乃指軍袍、披風,實則蓋為避熟就生,以"練"代言"甲"也,因軍士有練必有甲。《湯問》殷敬順《釋文》云:"《十洲記》[18]云:'水黑色謂溟海。'"《車駕幸京口侍遊蒜山作》:"日觀臨東溟。"《爾雅》卷七《釋水》:"水中可居者曰洲。""照",目可見;"震",耳所聞,乃六朝習用之聲、色對仗。

(九)善《注》:䫵盼,窈䫵顧盼也;衍漾,遊衍[19]漂漾也。杜預《左氏傳》卷四十《襄公三十年》"取我田疇而伍之,孰殺子產,吾其與之"《注》曰:"並畔[20]為疇。"

海按:"䫵眄"為上古明母(m)之雙聲詞,胡紹煐:"猶䫵緜倒言之。亦曰緜邈,本書卷七《賦丁·畋獵》司馬相如《上林賦》:'微睇䫵邈'……《法言》卷十二《先知篇》:'忽眇䫵作眄',李《注》:'眇䫵,遠視'",亦即䫵䫵、緜邈,即後世常用之渺茫,遙遠模糊貌。《文選》卷二《賦甲·京都上》張衡《西京賦》:"眳䫵流眄",薛《注》:"眳,眉睫之間,䫵,好視容也",則為無知妄說。呂向:"䫵眄,迴顧兒",更屬瞽人不辨緇白。"䫵眄"為雙聲詞,故得與上古喻四(Φ)之雙聲詞"衍漾"對仗。"衍漾"即《類聚》卷七《山部上·總載山》宋孝武帝劉駿《遊覆舟山》"束髮好怡衍"之"怡衍",《江淹集》上編《詩·冬盡難離和丘長史》"遊衍蒼山蹊"之"遊衍",《謝朓集》卷五《別王丞僧儒》"留雜已鬱紆,行舟亦遙衍"之"遙衍"。此詞原出於《毛詩》卷十七之四《大雅·生民之什·板》:"及爾游衍",唯毛《傳》已不解,將此詞分別訓之:"游,行;衍,溢也"。何況如《文心雕龍》卷六《通變》所言:"宋初訛而新",每喜新變,以訛為巧。顏氏苟如是,或從故訓,則"䫵"論其視線長度,"衍"論其舟行廣度,與"眄"對仗之"漾"自屬動詞,當改讀為"佯",乃"徜佯"、"蕩漾"之省,"衍漾"指任由御舟隨波漂蕩。漾、佯、蕩通假例證詳參《古字通假會典·陽部第九(上)·易字聲系》、《羊字聲系》。《爾雅》卷二《釋詁下》："覯,見也。""疇"本作"睂",詳參《古字通假會典·幽部第十七(下)·睂字聲系》。《説文》十三篇下："畴……象耕田溝詰詘(屈)也。睂,畴或省",正象以阡陌區隔相鄰之兩塊田。"崖"在高處,"疇"處平地,上、下對仗。

(十)善《注》:騫、聳皆驚懼之意也。都、野,民、靈所居;淵、丘,鱗、翰所處也。《曾子》曰:"陰之精氣為靈。"(21)

海按:承上聯之"覯"、"覲",表示今上出遊獲得凡有生靈者之擁戴,莫不歡欣鼓舞。《楚辭》卷十《大招》:"王虺騫只",王《注》:"騫,舉頭貌也",蓋改讀為"軒",相假例證詳參《古字通假會典·寒部第六(上)·寒字聲系》。《文選》卷二《賦甲·京都上》張衡《西京賦》:"鳳騫翥(音住)於薨標",善《注》引《説文》四篇上曰:"騫【鶱(音先)】,飛貌(皃)也"。卷五九《碑文下》沈約《齊故安陸昭王碑文》:"鴻騫舊吳",善《注》引吳質《魏都賦》"我太公【祖】鴻飛袞、豫"訓釋之。從馬或從鳥,意義本質相同,然不可謂"鳳騫"、"鴻騫"之"騫"均為"鶱"之别字。對照下文以"聳"來正對,及《景定建康志》卷四三《風土志二·諸墓》顏延之《右光禄大夫西平靖侯顏府君家傳碑銘》:"言則測幽,歎寔聳靈",則"靈騫"猶"聳靈","騫(鶱)"當訓為有形之人與無形之靈均因"眾樂"之"樂"而飛躍騰空(22)。"都、野"句内反對,猶如《皇太子釋奠會作》"都莊"、"野馗"句外反對。金文中,"者"作"㫗",如商代晚期《者姤觥》(09295),或"㫗",如西周中期《彧者鼎》(02662),形構所示義不明。然水澤所聚處曰瀦,水中沙、土所聚曰渚,建築五版合之曰堵,草叢生而醒目者曰著,豕項上皮膚孔多毛者曰豬,人攢積曰儲,是"者"有累積、諸多之義。而金文中,"者"屢用作"諸",如西周早期《小盂鼎》(02839):"盂以者侯……征",春秋早期《叔家父簋》(04615):"用速先後者兄用祈眉考無疆",戰國早期《越王諸稽於賜戈》(11310):"越王者稽",尤可為明證,則人群居之處曰都。都从邑从者,者亦聲。

金文中,"翰"从"隹""倝"聲:"𦐇",如西周《翰犛父鼎》(02205)。於部件中,从短尾之"隹"與从長尾之"鳥"無別。《爾雅》卷十《釋鳥》:"翰,天雞",此處因與其對仗者乃"鱗",可知所據係《說文》四篇上:"翰,天雞也赤羽也"。此乃以部分(羽)代表全體(飛禽)。此聯對句猶《毛詩》卷十六之三《大雅·文王之什·旱麓》:"鳶飛戾天,魚躍于淵",卷十二之三《小雅·節南山之什·小宛》:"翰飛戾天"[23]。孫志祖:"猶云人、神胥悅"、"鳥舞魚躍也"。至於李周翰:"人、神……魚、鳥……見天子兵甲鼓吹之盛,皆騫聳驚懼",與李善同樣全然不顧及下聯何所謂。

"都"、"野"橫切面相對,一文一質;"淵"、"丘"縱切面相對,一凹一凸,二者復外對,其錯金鏤采於焉可見。

（十一）善《注》:《尚書》卷十九《偽畢命》曰:"(周公、君陳、畢公)三后協心,同底【厎】于道,道洽政治,澤潤生民",孔安國《傳》曰:"道至普洽,政化治理,其德澤惠施乃浸潤生民"。《毛詩》卷十四之三《小雅·甫田之什·賓之初筵》曰:"籥舞笙鼓,樂既和奏,烝衎(音看)烈祖[24],以洽百禮",鄭玄曰:"洽,合也"。《毛詩》卷十九之二《周頌·清廟之什·時邁》曰:"懷柔百神,及河、喬嶽",毛萇《傳》曰:"懷,來也,柔,安也[25],喬,高也。高岳(嶽),岱宗也",鄭玄曰:"王行巡狩(守),其至方岳之下,來安羣神也,望于山川,皆以尊卑祭之"。

海按:以此度出遊的影響結束全篇。"川"、"嶽"匪一,則相對之

"德"、"禮"亦當為二,蓋本諸《論語》卷二《為政》:"道之以德,齊之以禮,有恥且格"。《漢書》卷四十《王陵傳》:"(周勃)汗出洽背",顏《注》:"洽,霑也";卷六四下《終軍傳》:"澤南洽而威北暢",顏《注》:"洽,溥也";《後漢書》卷二七《杜林傳》:"咸推其博洽",章懷《注》:"洽,徧也"。既以"普"對"徧"、"懷柔"對"洽","洽"當為動詞,訓沾(霑)溉遍被。

此篇押劉宋時期侯部平聲韻。

【補述】

(1)尤刻本不誤,正作"者"。

(2)《史記》卷一一七《司馬相如傳》、《文選》卷四八《符命》"太山"作"泰山",意義無別。遠古城邦、部落林立,老死不相往來,各自以其狹小區域內某座最高大之山為聖山,以神話學而言,即宇宙山,是以"大山"無數。尊其特殊地位,乃曰太山。暨擴充領土、增加資源,兼併不已,終至天下一統,為令魯境內之太山與其他太山有別,乃書作"泰山"。大、太、泰相通例證多不勝數,詳參《古字通假會典·泰部第十四·大字聲系》。

(3)《釋山》郭《注》:"言纖峻",即非老年期已漸趨弓弧之山形,而是近期造山運動形成者,故窄聳而險峻。

(4)《遠遊》洪氏《補注》:"馮夷,河伯也。"

(5)《說文》一篇下:"若,擇菜也,從艸、右,右,手也",蓋本象從手從艸,"口"乃綴飾,許氏亦識及此點,故曰"右,手也"。後訛變為《說文》六篇下所收之籀文叒(音若)。換言之,訓為"擇菜"之"若"蓋另有其來源之死字。

(6)段氏以《列子》卷五《湯問》"日初出,滄滄涼涼"為證,欠允。"滄涼"即"蒼涼"、"滄浪",乃陽部疊韻詞,不容分開訓解,乃狀水流之聲。

(7)據《御覽》卷八百九《珍寶部八·碧》所錄,"王符"乃"張衡","碧瑤"倒乙為"瑤碧","軫"作"軒","曜"作"輝"。按:無論字形或字音,"王符"、"張衡"均無緣相亂。若以"符"乃"粲"行書之訛,《類聚》卷六六《產業部下·田獵》所錄王粲《羽獵賦》明言鋪述的乃"相公"之舉,非"天子"。作者孰何實令人困惑不解。

(8)《後漢書》卷四二《光武十王列傳·東平王蒼傳》"顏"作"儀",於義無甚別。

(9)《説文》十四篇上:"軎(音未),車軸岦(端)也……轊,軎或从彗",段《注》:"車軸之末見於轂外者曰軎",説皆未允。軸端突出於外,易撞損、折斷,故以金屬製之物套於外,以保護之,該套件即軎。《史記》卷八二《田單列傳》:"令其宗人盡斷其車軸末,而傅(敷)鐵籠",《通鑑》卷四《周紀四·赧王三十六年》胡《注》:"卷鐵以傅車轊",是也。太史公文字亦嫌大而化之,軸末不可能盡斷,否則,軸與輪轂極易脱開,反導致車傾覆。軎與軸端各有兩個位置相當之穿孔,以舝(音峽)插入,固定軸、軎、轂之結合。《説文》五篇下:"舝,車軸岦鍵也。"舝亦常作轄。

(10)商代晚期《王罍(音雷)》(09821)有一字上从二"㞢(未)",下从三犬:"𤞞",甲文多从二犬:"𤝗"(合8215),《天壤閣甲骨文存并考釋》(北京:北京圖書館出版社,2000)第八十一片讀為"協"。對照西周中期《瘋鐘》(00247):"大寶𤔲龢鐘",春秋中期《秦公鎛》(00270):"𤔲龢萬民",及省从二犬之西周晚期《南宮乎鐘》(00181):"作大林𤔲鐘",可知:讀為"協"甚當,然合同眾力以助耕者乃人,與犬何干?春秋早期《者減鐘》(00198)："䰝于我"，下所從者乃張口、舉起一手、分開兩腳之三人，而西周中期《豳公盨》(NA1607)："亦唯㕣天"，則省為三口。若以此字下半本應作"㝈"，先訛為"㝈"，進而訛為"㝈"，然何以此字於甲文中均"誤"作"犬"？殊不得其解，謹俟高明。

(11)《吳都賦》劉《注》："䚷，楚歌也"，"愉，吳歌也，《楚辭》卷九《招魂》曰：'吳歈（音于）蔡謳'"。《招魂》王《注》："歈、謳皆歌也。"《說文》三篇上："謳，齊歌也"；《漢書》卷一上《高帝紀·元年（前206）》："漢王既至南鄭，諸將及士卒皆歌謳，思東歸"，顏《注》："謳，齊歌也，謂齊聲而歌，或曰：齊地之歌"。對照卷二二《禮樂志》"有趙、代、秦、楚之謳"、"蔡謳員三人，齊謳員六人"，可知："或曰"之說是，"齊"乃所有格之專有名詞。

(12)茶陵六臣本"用楫"之"楫"因疏忽而誤為"揖"。

(13)《左傳》卷四五《昭公十一年》："泉丘人有女……僖子使助薳（音尾）氏之簉"，杜《注》："簉，副倅（音翠）也"；《文選》卷二《賦甲·京都上》張衡《西京賦》："屬車之簉"，薛《注》："簉，副也"。"簉之"謂使趙津女娟為搖楫之助手。

(14)因河激之歌採七言句式，故句句韻。"妾持"以上，為兩漢耕部平聲韻。"妾持"以下，"維"、"歸"雖於先秦屬微部平聲，然兩漢時，微部併入脂部，"疑"為兩漢之部平聲，脂、之經常通韻。

(15)《襄公三年》杜《注》："組甲，漆甲成組文；被練，練袍"，孔《疏》引賈逵云："組甲，以組綴甲，車士服之；被練，帛也，以帛綴甲，步卒服之。凡甲所以為固者，以盈竅也"；馬融云："組甲，以組為甲裏，公族所服；被練，以練為甲裏，卑者所服"。《文選》卷三十《詩己·雜詩下》謝朓《和伏武昌登孫權故城》"西矗收組練"，善《注》從馬說，然於此處不可通,賈説亦然,因若為穿於甲裏者,何從為日光照耀折射?

(16)六臣本"耀"作"曜",無別。

(17)《西京賦》善《注》:"鄭玄《周禮》卷十五《地官‧司䜣(音報)"禁其鬭囂者"《注》:'囂,讙也。'"《説文》卷十一篇上二:"浦,水瀕也",十一篇下:"瀕,水厓(涯),人所賓附也"。

(18)《隋書》卷三三《經籍志‧史‧地理之書》著錄"《十洲記》一卷,東方朔撰",《舊唐書》卷四六《經籍志‧乙部史錄‧地理類》、《新唐書》卷四九《藝文志‧丙部子錄‧道家類‧神仙》所著錄同。

(19)奎章閣六家本"衍漾,遊衍"連續乙為"衍遊,衍漾",然於實際文義無礙。

(20)《説文》十三篇下:"畔,田界也。"並畔,兩塊緊鄰、共一分界之農田。

(21)《大戴記》卷五《曾子天圓》作"陽之精氣曰神,陰之精氣曰靈,神、靈者,品物之本也,而禮、樂、仁、義之祖也,而善、否、治、亂所興作也"。

(22)孫志祖認為此句文義維"人、神胥悦"、"鳥舞魚躍",是也,然以"騫,鼓舞之意"、"聳,敬聽之意",則非。

(23)《小宛》毛《傳》:"戾,至也",故《旱麓》此處鄭氏訓讀為"飛而至天"。"戾"本身並無"至"之義,乃"厲"之假借字,而"厲"又當改讀為"麗",附著也,故引申出"至"也。相假例證詳參《古字通假會典‧齊部第十三(中)‧戾字聲系》、《歌部第十五‧麗字聲系》。

(24)《賓之初筵》鄭《箋》:"烝,進;衎,樂。"卷十之一《小雅‧南有嘉魚之什‧南有嘉魚》:"君子有酒,嘉賓式燕以衎",毛《傳》:"衎,樂也"。《周易》卷五《漸‧六二》:"鴻漸于磐,飲食衎衎",《象》曰:"不素

車駕幸京口三月三日侍遊曲阿後湖作

飽也"。"衎衎"乃鴻鴈進食飲水時之狀聲詞,因得充飢解渴,自然如王《注》所言:"其為歡樂,莫先焉",孔《疏》逕訓:"衎衎,樂也",乃其引申義。

(25)明州六家本、六臣本均不衍二"也"字,奎章閣六家本則衍。

《類聚》卷三四《人部十八·哀傷》

除弟服

海按：按《陋巷志》卷三《世家志下·支子世表》所言，延之弟名坦之，官至東陽太守。《儀禮》卷三一《喪服》："《傳》曰……年十九至十六為長殤，十五至十二為中殤，十一至八歲為下殤，不滿八歲以下皆為無服之殤"，凡為殤者服，皆按原本親屬關係應服之喪服降等。顏氏既按原本規定之服制守喪，可知其弟乃成年後亡故。

參照《類聚》卷二一《人部五·友悌》顏氏《祖祭弟文》，從"辭家去鄉，爾之于役，爰適茲邑，上秋告來，方春佇立，如何不弔[1]，吉違凶集"，"人往運來，自秋徂陽，蕃蘭落色，宿草滋長"，可知：其弟乃外放任官才滿一載，於秋季亡，顏氏服喪跨過當年尾、隔年頭，故曰宿草[2]。從"我雖載奔，伊何云及"，"祖櫬（音趁）[3]東旋，靈轅次路"，及《和謝監靈運》"去國還故里"補述，可知：其弟卒時，顏氏在京，奔喪至西，扶棺"東旋"，歸瘞於顏家於白下之族葬區。從"嚴舟在川"，可知：乃採水路回鄉。從"求懷在昔，追亡悼存，惟兄及弟，瞻母望昆"，可知：顏氏之母當時已駕鶴西歸。顏氏老壽，劉宋孝武帝孝建三年（456）甫逝世，年七十三，則其母當於文帝元嘉十三年（436）前後已歿，則此弟卒期當在此之後。雖然如此，但一則不可能於元嘉二十（443）或二十二年（445），因二十一年春侍駕東耕，二十二年春，因皇太子釋奠，奉詔撰詩以紀盛事，有服在身者不容參與吉禮；再則不可能於元嘉二十五年，因二十六年春兩度侍駕出遊，應詔作詩。因此，其弟蓋卒於元嘉二十三年秋，此詩則作於元嘉二十四年秋。

【補述】

（1）青銅器銘文中，"𠬝（弔）"無不為"叔"之假借字，如西周早期《發伯鬲》（00697），因為以音理而言，"弔"乃上古端系端母（t）宵部，"叔"為上古章系書母（ç）幽部，以端系為聲符者多入章系，如"屯"之於"春"、"帝"之於"啻"，宵部與幽部乃旁轉關係。兩周中期《寡子卣》（05392）："𠭯（音享）不弔"，《毛詩》卷十二之一《小雅·節南山之什·節南山》："不弔昊天"，《左傳》卷五二《昭公二十六年》："天不弔周，王昏不若"，"弔"均須改讀為"叔"，亦即"淑"，善也。

（2）《禮記》卷六《檀弓上》："朋友之墓有宿草，而不哭焉"，鄭《注》："宿草謂陳根也"，孔《疏》："草經一年，陳【則】根陳也"。《漢書》卷四《文帝紀·前元元年（前179）》："今聞吏稟當受鬻者，或以陳粟，豈稱養老之意哉"，顏《注》："陳，久舊也"。

（3）《說文》六篇上："櫬，棺也"，《左傳》卷二九《襄公二年》："以自為櫬與頌琴，季文子取以葬"，孔《疏》："卷二九《襄公四年》'無櫬不虞'杜《注》：'親身棺也'，以親近其身，故以櫬為名焉"。

徂沒離二秋⁽一⁾，**淹（掩）泣備三冬**⁽二⁾，**往辰緬難紀**⁽三⁾，**來箒忽易窮**⁽四⁾。**升沒奄苰**（音機）**晦**⁽五⁾，**洒**[1]**掃易禮容**⁽六⁾，**縞**（音搞）**衣變余體**⁽七⁾，**長逝歸爾躬**⁽八⁾。

【校記】

[1]《顏光祿集》"洒"作"灑"。《說文》十二篇上雖兩收之，然於

"洒"下云:"古文以為灑埽字",二字相假例證詳參《古字通假會典·文部第五·西字聲系》。

【注釋】

(一)**海按**:徂,往也。一去不返,即死亡,亦曰徂。已見上文《應詔觀北湖田收》"開冬眷徂物"。相對於"存"活者曰"没",後世以"殁"為其專字,相假例證詳參《古字通假會典·齊部第十三(下)·殳字聲系》。《史記》卷二七《天官書》:"月所離列宿",《索隱》:"韋昭云:'離,歷也'";《漢書》卷九六上《西域傳·罽(音記)賓國》:"離一二旬,則人畜棄捐曠野而不反(返)",顏《注》:"離亦歷也"。據《儀禮》卷三十、三一《喪服》,齊衰(音資崔)分四種:三年,杖,疏屨(音句),如父殁為母等;期(一年),杖,疏屨,如父存為母等;期,不杖,麻屨,如為昆弟等;三月,不杖,繩屨,如為曾祖父母等。

語譯之,自去年秋弟亡而服喪,至今年秋弟之忌日而除服,前後經歷("離")兩個"秋"季,整整一年。

(二)**海按**:《説文》十一篇上:"無聲出涕者曰泣。"因古今漢語動詞每兼具名詞性質,故《漢書》卷一下《高帝紀》:"泣數行下",顏《注》:"泣,目中淚也"。掩泣,掩淚也。《儀禮》卷四六《特牲饋食禮》:"尸備荅拜焉",《禮記》卷八《檀弓上》:"士備入,而后朝夕踊(音永)",鄭《注》均曰:"備猶盡也"。《文選》卷十八《賦壬·音樂下》嵇康《琴賦》:"若夫三春之初",善《注》:"《纂要》曰:'一時三月謂之三春'";卷三六《文》王融《永明十一年策秀才文五首》之一:"三秋式稔",善《注》:"秋有三月,故曰三秋",是以《漢書》卷六五《東方朔傳》:"年十三學書,三冬文、史足用",《集解》:"如淳曰:'貧子冬日乃得學書'",三冬指冬季孟、仲、季三月。

（三）**海按**：《尚書》卷二《堯典》："曆象日、月、星、辰"，孔《疏》引鄭《注》："辰謂日、月所會十二次者"，此十二會自有其一定日期，故引申出"時"之義，如《毛詩》卷十八之二《大雅·蕩之什·柔桑》："我生不辰"，《文選》卷五《賦丙·京都下》左思《吳都賦》："歡情留，良辰征"，鄭《箋》、劉《注》均曰："辰，時也"。《說文》十三篇上："紀，別絲也"，段《注》："禮記卷二三《禮器》曰：'眾之紀也，紀散而眾亂'，鄭《注》曰：'紀者，絲縷之數有紀也'，此紀之本義也"，故引申出條理之謂，《國語》卷十《晉語四·曹共公不禮重耳而觀其駢脅》："禮以紀政"，韋《解》："紀，理也"。

（四）**海按**：金文中，"弄"作"弄"，如商代晚期《王作妣弄卣》（05102），从"廾"从"玉"。從春秋晚期《子之弄鳥尊》（05761）之"弄鳥"、《杕氏福及壺》（09715）之"弄壺"、《智君子鑑》（10288）之"弄鑑"等，"弄"應即西周晚期《天尹鐘》（00005）之"元（玩）弄"。作名詞用，指賞翫之器具；作動詞用，意謂反覆把玩。反覆操作竹製小木條，則加"竹"以為義符，另成一字："筭"。《說文》五篇上："筭，長六寸，所以計歷數者，从竹、弄"，"算，數也……讀若筭"，實乃一字[1]，相假例證詳參《古字通假會典·寒部第六（下）·算字聲系》。《文選》卷五三《論三》李康《運命論》："彼所以處之，蓋有筭也"，善《注》："《蒼頡篇》曰：'筭，計也'"。《漢魏南北朝墓誌銘彙編·北魏·劉阿素墓誌銘》："宜保遐算，享茲悆（音欲）[2]珍，如何不淑，貞蘭摧春"，《魏故使持節鎮東將軍督青州諸軍事度支尚書青州刺史崔文貞侯墓誌銘》："宜窮遐曆，言登遠算。""遐算"、"遠算"猶言長壽之數。"忽"與"緬"反對，奄忽也，轉瞬間。

此聯意謂:服喪過程中,深感時光流逝之速:服喪未幾,距離其弟逝世之日已遠("緬"),"難"以理清楚("紀")過("往")了多少時間("辰"),若以迎面而"來"服喪之時日多寡("算")論,卻感覺喪期飛快("忽"),很容"易"就到了盡頭("窮")。

(五)**海按**:《莊子》卷十下《天下》:"日方中方睨(音逆)",《釋文》引李頤云:"睨,側視也。謂日方中而景已復昃,謂景方昃而光已復沒,謂光方沒而明已復升"。"升沒"即"升落",《廣弘明集》卷十五《佛德篇》王僧孺《初夜文》:"蹲烏顧兔[3],升落常自在彼"。掩、淹均指被覆蓋,故而引申出全部之義,已詳上文。"朞"即"期","月"字寫在"其"之下或其右,無別,已詳《還至梁城作》"丘壟填郭郛"注。金文中,"期"所從之義符或從日:"",如春秋早期《齊良壺》(09659),或從月:"",如春秋晚期《吳王光鑑》(10298),是其本義僅意謂時間,後乃縮小語義範圍,指周期。於喪禮中,指首尾一年之喪期。

(六)**海按**:《漢書》卷六二《司馬遷傳·六家要旨》:"列夫婦、長幼之別,不可易也",顏《注》:"易,變也",與下聯出句之"變"意一致,相呼應。《史記》卷一二一《儒林列傳》:"魯徐生善為容","不能通《禮經》","以容為禮官大夫","是後能言禮為容者由徐氏焉"。《禮記》卷三五《少儀》:"言語之美,穆穆皇皇",鄭《注》:"教國子六儀:一曰祭祀之容",孔《疏》:"容即儀也";《儀禮》卷七《士相見禮》:"庶人見於君,不為容",鄭《注》:"容謂趨翔"。於喪禮,"容"自然包括哭、踊等。

此聯意謂:在服喪期間,不論日"升"月"沒",從早到晚,整整("奄")一年("朞")身、心均沈浸於"晦"暗中。如今喪期滿,將祭、弔靈堂"洒掃",復常態,以往迎接祭、弔賓客之儀節、姿態均自然隨之改"易"。

除弟服

（七）海按：《尚書》卷六《禹貢·徐州》："厥篚(音匪)玄、纖(4)、縞(音稿)"，偽孔《傳》："玄，黑繒，縞，白繒"。《説文》十三篇上："繒，帛也。"《禮記》卷四二《雜記下》："期之喪，十一月而練，十三月而祥，十五月而禫(音坦)(5)。"以斬衰三年重喪為準，卷八《檀弓上》："(二周年大)祥而縞"，卷五七《閒傳》："又期(即滿第二年)而大祥，素縞麻衣"，可推知：齊衰大祥後，當著縞。

（八）海按：《説文》二篇下："逝，往也"，《吕覽》卷二十《知分》："龍俛首低尾而逝"，高《注》："逝，去也"，長去不返，故引申出死亡之義，《文選》卷二一《詩乙·詠史》謝瞻《張子房》："逝者如可作"，善《注》："逝謂死也……《國語》卷十四《晉語八·趙文子稱賢隨武子》曰：'趙文子與叔譽【向】遊於九原，曰："死者若可作也，吾誰與歸"'"。古籍中，"歸"每改讀為"饋"、"餽"、"遺(音味)"，相假例證詳參《古字通假會典·齊部第十三(上)·虫字聲系》。因既送出，即留於他處，若遺失，故《左傳》卷二《隱公元年》："秋七月，天王使宰咺(音選)來歸惠公、仲子之賵(音奉)"，杜《注》："歸者，不反(返)之辭"。《毛詩》卷二之二《邶·谷風》："我躬不閱"，鄭《箋》："躬，身"，毛《傳》："閲(6)，容也"。

此聯意謂：自己除服，身"體"穿著由凶服改"變"為吉服（"縞衣"），形表之衣著會起變化，實質之死亡（"長逝"）則常留（"歸"）於你身上（"爾躬"）。

以上押劉宋時期東部平聲韻。

【補述】

(1)《説文》三篇上："具……从収、貝省，古以貝為貨。""具"於商代晚期《馭鼎》(05380)作"▨"、西周早期《衛鼎》(02831)作"▨"，而西周中期《召鼎》(02838)作"![]"，西周晚期《鬲攸比鼎》(02818)作"![]"。春秋早期《曾伯霏簠》(04632)、《秦公鎛》(00268)將"貝"上之"V"形反向，寫成外凸之弧形："![]"、"![]"。清楚可見："具"乃從"貝"，非從"貝"省，許氏乃據小篆字形"![]"而言。許氏解析"算"為"從竹、具"，亦欠允，因此字與工具全然無關。殷商、西周時期，貝、玉均可為貨幣，從玉從貝無甚別，而不論付予或收取，均須計數，是以有數算之本義。

（2）"忩"從"余"聲，當改讀為"豫"，相假例證詳參《古字通假會典·魚部第十九（上）·余字聲系》。《説文》十篇下："《周書（·金縢）》曰：'有疾不（弗）忩（豫）'，忩，喜也"，《廣韻》卷四《去聲·九御》："忩，悦也"。

（3）《淮南子》卷七《精神》："日中有踆（音村）烏"，高《訓》："踆猶蹲也，謂三足烏"。《楚辭》卷三《天問》："夜光何德，死而又育？厥利維（為）何，而顧菟（兔）在腹。"金開誠《屈原集校注》認為："顧，照顧，引申為畜養、撫育"，恐非是。"顧"乃《國語》卷十九《吳語·吳王欲與晉戰得為盟主》之"顧在"、《漢書》卷八十《宣元六王列傳·淮陽憲王欽傳》之"左顧存恤"，顧念存問也。《天問》文本原意如何正確解釋是一回事，古人實際理解則是另一回事。此處之"顧"既與"蹲"內對，則必為動名詞形態之形容詞，蓋以兔畏葸謹慎，經常左右四顧有無欲加害者，故曰顧兔。

（4）《禮記》卷五七《閒傳》："中月而禫，禫而纖"，鄭《注》："黑經白緯曰纖"。

（5）《儀禮》卷四三《士虞禮·記》："又期而大祥……中月而禫"，鄭《注》："中猶閒（間）也……與大祥閒一月。自喪至此，凡二十七月。禫之言澹澹然，平安意也"，此乃就三年斬衰重喪而言。

（6）甲文中，"兌"作"▨"（合28067），金文從同，如西周晚期《元年師兌簋》（04274）："▨"，象一人口張開，牽動嘴角兩側面頰肌肉而出現紋理。因內心高興而開口，則作"悅"；因說話而開口，則作"說"，以致"悅"、"說"互用表義之例多不勝數，詳參《古字通假會典·泰部第十四·兌字聲系》。是以《周易》卷九《說卦》逕以"兌……為口"概括之。引申之，凡孔穴、出入之處皆可曰兌。《老子》第五二章："塞其兌，閉其門"，以"兌"與"門"為正對，從門從兌，兌亦聲的"閱"之本義即由此而來。《說文》十二篇上"閱"字段《注》："（《文選》卷十三《賦庚·物色》）宋玉《（風）賦》：'空穴來風'，（善《注》所引）《莊子》（逸文）作'空閱來風'……司馬彪云【曰】：門戶孔空，風善從之。"進而申述毛《傳》"我身尚不能自容"，"如無空穴以自處也"。

《御覽》卷五五二《禮儀部三一·挽歌》

挽　歌

海按："挽"亦作"輓",相假例證詳參《古字通假會典·文部第五·免字聲系》。側重動作,則从手;側重動作施力之對象,則从車。《孔叢子》卷三《小爾雅·釋詁》:"挽,引也",《廣雅》卷一下《釋詁》:"輓,引也"。《儀禮》卷三八《既夕禮》:"屬(音主)引",鄭《注》:"屬猶著(音拙)也,引,所以引柩車",賈《疏》:"引謂紼(音扶)繩屬著於柩車"。《禮記》卷九《檀弓下》:"弔於葬者必執引,若從柩及壙(音況),皆執紼",鄭《注》:"車曰引,棺曰紼",孔《疏》:"紼,引棺索也。凡執引用人,貴、賤有數。若其數足,則餘人不得遙行,皆散而從柩也。至壙下棺窆(音扁)時,則不限人數,皆悉執紼,是助力也"。挽歌乃出殯赴墳塋途中之喪歌,非為助力,乃致哀也。至於此習俗起於何時、徒歌與否,皆不得而詳。《樂府詩集》卷二七《相和歌辭二·相和曲中·薤(音謝)露·敘論》所引崔豹《古今注》、劉餗《樂府解題》之説皆不足據。此篇毫無皇家喪禮儀制用品及措辭,又因係節錄,見存部分看不出自挽之意。至於究竟乃為某一特定人士所作,抑純屬趨附撰寫挽歌之風尚而染翰,率不得而詳。姑附於《除弟服》下。

　　令龜告[1]**明兆**(一),**撒【撤】奠**[2]**在方昏**(二),**戒徒赴幽穸**[3](音系)(三),**祖駕出高門**(四),**行行去城邑**(五),**遙遙首**[4]**丘園**(六),**息鑣竟平墢**(音遂)(七),**稅駕列**[5]**巖根**(八)。

挽　歌　483

【校記】

[1]《顏光祿集》"告"作"啟",非也。《左傳》卷四三《昭公五年》:"龜兆告吉",《類聚》卷九九《祥瑞部下·龜》謝承《表》:"靈龜告符",《漢魏南北朝墓誌彙編·北齊·夫人諱脩娥墓誌》:"東龜告食⁽¹⁾",另詳注文。

[2]"撒奠"不詞,《文選》卷五八《哀下》顏氏《宋文皇帝袁皇后哀策文·序》言及出殯前,"皇帝親臨祖饋",然後"撤奠殯階",可知:"撒"乃"撤"形近之訛,當依《顏光祿集》校改,並詳補述。

[3]《顏光祿集》"夗"作"冥",荒謬。赴幽冥者乃死者,焉有送葬者如軍士、刺客般赴死所?除非意欲殉葬。

[4]《顏光祿集》"首"作"守",固屬不明典故,亦緣音同致訛。按《廣韻》卷三《上聲·四十四有》,二者同為"書九切"。

[5]《顏光祿集》"列"作"別",非也,此顯屬二字形近致訛。"戒徒"、"駕"、"息鑣"、"稅駕"均就承載靈柩及陪葬物之車駕而言,送葬者或執紼,或步行尾隨,而"息鑣"、"稅駕"乃指涉同一件事:該等車駕已抵達墓地,則"竟平壙"、"列巖根"當為緊承此舉之後續行動。若為"別巖根",則就此句而言,與"稅駕"文義上出現跳接,因豈有送葬至墓穴,不待下葬掩土即返之理⁽²⁾?苟為下葬後而"別巖根",此句上二字當為"抆淚"、"歎息"、"傷懷"一類措辭。

【注釋】

(一)**海按**:《祖祭弟文》:"命龜吉兆。"從"令龜"與"撒奠"對仗,可知:"令"乃動詞,非訓解為佳、善之形容詞。"令"當改讀為"命",相假例證詳參《古字通假會典·真部第四·令字聲系》。《周禮》卷二四《春官·大卜》:"大祭祀,則眡(示)高命龜","凡喪事,命龜",鄭《注》:"命龜,告龜以所卜之事"。《儀禮》卷三七《士喪禮》:"卜日……卜人先奠龜于西塾上……楚焞(音吞)置于燋(音焦),在龜東……族長涖卜……命曰:'哀子某來日某卜葬其父某甫,考降無有近悔?'……卜人坐作龜……乃旅占……告于涖卜及主人:'占曰:某日從。'……告于主婦……使人告于眾賓",鄭《注》:"楚,荊也,荊焞,所以鑽灼龜者。燋,炬也,所以然(燃)火者也","考,登也;降,下也,言卜此日葬,魂神上下得無近於咎悔者乎","作猶灼也","眾賓,僚友不來者也"。至於葬地,按《士喪禮》,則"筮宅","命曰:'哀子某為其父某甫筮宅,度茲幽宅兆基,無有後艱?'"卜以龜甲、獸骨,重象;筮以蓍、策,重數,乃兩套截然不同之巫術。從以龜卜問葬地("兆"),顏氏此處顯然非依上引《儀禮》所述,蓋根據《孝經》卷九《喪親章》:"卜其宅兆,而安措之",或《禮記》卷四十《雜記上》:"大夫卜宅與葬日"等,鄭氏所以於《雜記下》注曰:"筮宅也,謂下大夫若士也",乃為免或人誤以為:按禮制,士人葬地亦當卜,故以階層說明尊卑儀制有別。《周禮》卷十九《春官·小宗伯》:"卜葬兆",鄭《注》:"兆,墓塋域"。《說文》十三篇下:"垗,畔也,為四畔畍(界)","垗"乃由"兆"衍生之專字。《廣雅》卷九下《釋丘》:"宅垗,塋域,葬地也。"

(二)**海按**:甲文中,"撤"乃從"鬲"從"又":"![]"(合8074),象食畢,挪去食具。金文中,"鬲"下或加"火":"![]",如西周中期《史牆盤》(10175),日後"又"復改為"攴":"![]",如戰國早期《驫羌鐘》(00161)。"撤"之"育"蓋係訛變。既有"又",復有"攴",乃緟益也。"撤"即"徹",相假例證詳參《古字通假會典·泰部第十四·敵字聲系》。《左傳》卷三五《襄公二十三年》:"春,杞孝公卒,(其姊妹)晉悼夫人喪之,(其甥晉)平公不徹樂",杜《注》:"徹,去也"。《儀禮》卷五《鄉射禮》:"乃徹豐(3)與觶",鄭《注》:"徹猶除也"。《禮記》卷九《檀弓下》:"奠以素器,以生者有哀素之心也",孔《疏》:"奠謂始死至葬之時祭名(4),以其時無尸,奠置於地,故謂之奠也"。方,將也,已詳《北使洛》"嗟行方暮年"注。《文選》卷十三《雪賦》"時既昏"善《注》:"劉向《七言》:'時將昏暮日將午',昏,冥也。"《家語》卷一《五儀》:"日出聽政,至于中冥",王《注》:"冥,昳中"。《儀禮》卷三八《既夕禮》:"有司請祖期,曰日側",鄭《注》:"側,昳(音跌)也,謂將過中之時"。《尚書》卷十六《無逸》:"自朝至于日中昃(音仄),不遑暇食",僞孔《傳》:"從朝至日昳",《釋文》:"昃音側",孔《疏》:"謂過中而斜昃也,昃亦名昳……謂未時也"。《史記》卷二六《歷書》:"撫十二節,卒于丑",《正義》:"自平明寅至雞鳴丑,凡十二辰"。據《左傳》卷四三《昭公五年》"日之數十,故有十時"杜《注》,可知十二時辰分別是:夜半(子)、雞鳴(丑)、平旦(寅)、日出(卯)、食時(辰)、隅中(巳)、日中(午)、日昳(未)、晡時(申)、日入(酉)、黃昏(戌)、人定(亥)。再參對《尚書》卷二《堯典》:"日中,星鳥,以殷仲春",孔《疏》:"日入後二刻半為昏"。洵依此,"方昏"豈非將為晚間七點左右?然不同世代時辰稱謂有別,葬喪習俗不一,此其一;文學作品非禮學,此其二;古詩須要顧及入韻,此其三,是以此處之"方昏"較宜釋為午後未時,即日昳、日昃左右。

(三)**海按**:戒徒,告命僕從,且詳後文《秋胡詩》"戒徒在昧旦"注。《周禮》卷十三《地官·牧人》:"陰祀用黝牲",鄭司農云:"'黝'讀為'幽',幽,黑也";《孔叢子》卷三《小爾雅·廣詁》:"幽、瞳、闇、昧,冥也"。《左傳》卷三二《襄公十三年》:"若以大夫之靈,獲保首領以歿於地,唯是春、秋窀穸之事",杜《注》:"窀,厚也,穸,夜也,厚夜猶長夜……長夜謂埋葬",孔《疏》:"《國語》卷十《晉語四‧重耳親筮得晉國》云:'窀(屯),厚也';《説文》七篇上云:'夕,暮(莫)也'……是以夕為夜也,厚、長意同,故厚夜猶長夜也……夜不復明,死不復生,故長夜謂葬埋也。以其事施於葬,故今字皆從穴"。死亡既如同進入永夜,自然"幽"闇不復明。《周易》卷七《繫辭上》:"故知幽、明之故……死、生之説",是"幽"引申義乃死亡,故《楚辭》卷九《招魂》:"魂兮歸來,君無下此幽都些",王《注》:"地下幽冥,故稱幽都"。

(四)**海按**:祖,出發前,祭祀路神,已詳上文《應詔讌曲水作》題下善《注》"且祖道"按語。《漢書》卷七一《于定國傳》:"始,定國父于公其閭門壞,父老方共治之。于公謂曰:'少(稍)高大閭門,令容駟馬高蓋車。我治獄多陰德,未嘗有所冤,子孫必有興者。'至(子)定國,為丞相,(孫)永為御史大夫,封侯傳世云。"此所以後世以"高門"名華族大姓。此處之喪家既有高門,當具有某種程度之政治、社會地位。

(五)**海按**:《文選》卷二四《詩丙‧贈答一》曹植《贈徐幹》:"驚風飄白日,忽然歸西山",善《注》:"古《步出夏門行》曰:'行行復行行'";卷二九《詩己‧雜詩上‧古詩十九首》之一:"行行重行行",以今語述之,猶言走了又走,然此處之"行行"非動詞,乃形容"去"之副詞,意謂車"駕"按節不斷前進地"去城邑"。《吕覽》卷十四《遇合》:"人有大臭者……海上人有説(悦)其臭者,晝夜隨之而弗能去",《漢書》卷七四《丙吉傳》:"候伺(胡)組、(郭)徵卿,不得令晨夜去皇孫敖(遨)盪(蕩)",高《注》、顔《注》均曰:"去,離也"。邑,里也,已詳上文《車駕幸京口侍遊蒜山作》"邑社摠地靈"注。

(六)**海按**:頗疑"遥"當改讀為"摇",相假例證詳參《古字通假會典・幽部第十七(上)・肉字聲系》。"行行"論外在行動之速度,"遙遙"論內在情緒之狀態。《毛詩》卷四之一《王・黍離》:"行邁靡靡,中心搖搖",毛《傳》:"邁,行也。靡靡猶遲遲也",是以若不顧及修辭,"行邁靡靡,中心搖搖"即"行行靡靡,中心搖搖"。孔《疏》:"搖搖是心憂,無所附著之意",即心神恍惚。《文選》卷五八《哀下》顏延之《宋文皇帝元皇后哀策文》:"南背國門,北首山園",善《注》:"《廣雅》卷四上《釋詁》曰:'首,向(嚮)也'";《楚辭》卷十六《九歎・遠遊》:"登崑崙而北首兮",王《注》:"首,嚮(向)";《漢書》卷三四《韓信傳》:"北首燕路",顏《注》:"首謂趣(趨)向也"。顏氏於此處暗用《禮記》卷七《檀弓上》:"禮不忘其本,古人有言曰:'狐死正丘首'",鄭《注》:"正丘首,正首丘也",孔《疏》:"所以正首而嚮丘者,是狐窟穴根本之處,雖狼狽而死,意猶嚮此丘"。出句之"去"與此句之"首"相反相成。《呂覽》卷十《孟冬》:"營丘壟之小大、高卑、薄厚之度",高《注》:"丘,墳;壟,塚也";《文選》卷九《賦戊・行旅上》曹大家《東征賦》:"民亦尚其丘墳",善《注》:"《春秋・説題辭》曰:'丘者,墓也[5]'",則"丘園"即世俗所稱的"墓園"。古人多族居,有族葬區,此"丘園"當為此類。

(七)**海按**:《毛詩》卷十七之四《大雅・生民之什・民勞》:"民亦勞止,汔可小息",卷一之四《召南・殷其靁》:"莫敢遑息",毛《傳》皆曰:"息,止也"。《毛詩》卷十八之五《大雅・蕩之什・瞻卬》:"譖始竟背",鄭《箋》:"竟猶終也";《莊子》卷一下《齊物論》:"振於无竟,故寓諸无竟"[6],成《疏》:"竟,窮也。寓,寄也"。《玉篇》卷二《土部第九》:"璲……墓道也,正作隧"。《左傳》卷十六《僖公二十五年》:"晉侯朝(襄)王……請隧,弗許",杜《注》:"闕地通路曰隧",孔《疏》:"天子之葬……去壙遠而闕地……從遠地而漸邪(斜)下之;諸侯皆縣(懸)柩而下";《周禮》卷三六《秋官·司約》:"若大亂,則六官辟(闢)藏",賈《疏》:"諸侯已下,上無負土,謂之羨塗;天子有負土,謂之隧"。此處之"隧"固已無原本之階層意義,然死者畢竟非葬於有傾斜墓道之地宮,故狀其墓道曰"平"。

(八)**海按**:鑣、稅駕,已詳上文《三月三日詔宴西池》"稅鑣青輅"。"息鑣"、"稅駕"指涉乃同一件事:承載靈柩及陪葬物之車駕已抵達墓地,則"竟平壝"、"列巖根"當為緊承此舉之後續行動。若為"別巖根",則與"稅駕"隔一層。《史記》卷八三《魯仲連鄒陽列傳·獄中上書梁王》:"蟠木根柢",《集解》:"張晏曰:'根柢,下本也'",《廣雅》卷一上《釋詁》:"根,始也",是以"巖根"猶《毛詩》卷十六之三《大雅·文王之什·旱麓》毛《傳》所云之"麓,山足也"。

此聯意謂:承載靈柩及陪葬物之車駕已抵達墓地,故停"息"驅動馬匹前進之轡轡("鑣"),將運輸之車馬均排列於山腳("巖根")下,然後送葬者引棺至墓道之盡頭("竟"),下棺。所以將"列巖根"倒置於"竟平壝"前,蓋為協韻。

此篇乃劉宋時期魂部(昏、門、根)、先部(園)平聲通韻。

【補述】

(1)《尚書》卷十五《洛誥》:"我乃卜澗水東、瀍水西,惟洛食。我又卜瀍水東,亦惟洛食",偽孔《傳》:"卜必先墨畫龜,然後灼之,兆順,食墨"。《尚書集釋》,《洛誥》注6引金祥恆説:甲文中,"食(𠊊)"、"吉(𠯑)"形近,前者蓋後者之訛,然《洛誥》乃周公、成王相誥之詞,"作冊逸"書於冊時,無由用殷商文字,而金文中,"食"、"吉"字形迥別,前者如西周中期《榮父鼎》(02194),作"𠊊",後者如西周中期《師趛鼎》

(02713),作"吉",難以致誤。

（2）《禮記》卷四二《雜記下》："相趨也，（柩）出宫而退；相揖也，哀次（喪宅大門外）而退；相問也，（窆竟，）既封而退；相見也，（喪家）反（返）哭而退；朋友，虞附（祔）而退"，鄭《注》："此弔者恩薄厚、去遲速之節也。相趨，謂相聞姓名，來會喪事也。相揖，嘗會於他（處）也。相問，嘗相惠遺（饋）也。相見，嘗執摯（贄）相見也"。《説文》七篇下："窆，葬下棺也。"《儀禮》卷四二《士虞禮》賈《疏》："鄭《目録》云：'虞，安（死者之魂）也。士既葬父、母，迎（死者之）精（靈）而反（返），日中，祭之於殯宫，以安之。'"卷四十《既夕禮》："賓出，則（主人）拜送"，即"既封而退"之賓；"賓弔者升自西階，曰：'如之何！'主人拜、稽顙。賓降，出，主人送于門外，拜、稽顙"，則為"虞附而退"之賓。賓去之遲速至今猶然，開弔時，或上香鞠躬即離去，或送靈柩至火葬場，或伴喪者家屬至墓地或安放骨灰之處，端視與死者、死者家屬情分之深淺。

（3）《鄉射禮》"司射適堂西，命弟子設豐"鄭《注》："設豐所以承其爵也。豐形蓋似豆而卑"，《儀禮》卷七《大射儀》："膳尊兩甒（音五）①在南，有豐"，鄭《注》："豐以承尊也"，是豐乃置酒器者。

（4）按照《儀禮》卷三五《士喪禮》，人死，招魂無效之後，即"奠脯、醢、醴、酒"，此後小斂、大斂、既殯停靈期間②、朝祖廟各儀節均有奠。根

---

① 《儀禮》卷一《士冠禮》："側尊一甒"，賈《疏》："甒為酒器"；《禮記》卷二三《禮器》："君尊瓦甒"，鄭《注》："瓦甒，五斗"。

② 由《荀子》卷十三《禮論》："殯久不過七十日，速不損五十日，是何也？曰：遠者可以至矣"，可知《儀禮》卷四三《士虞禮》："死三日而殯，三月而葬，遂卒哭"，"三月"乃就停靈期首尾跨越三個月份，非九十日。正因有此停靈期，故卷三七《士喪禮》："朔月，奠用特豚、魚腊（音西），陳三鼎，如初"，"月半不殷奠，有薦新，如朔奠，徹朔奠"，鄭《注》："朔月，月朔日也。自大夫以上，月半又奠。如初者，謂大斂時"，"殷，盛也。士月半不復如朔盛奠，下尊者"。

據《禮記》卷九《檀弓下》"君之適(嫡)長殤,車三乘"孔《疏》:"葬柩朝廟畢,將行,設遣奠竟,取遣奠牲體臂臑(音鬧),折之為段,用此車載之,以遣送亡者",則最後所撤之奠乃遣奠。《說文》四篇下:"臑,臂,羊、豕曰臑",段《注》:"人之臂在羊、豕則曰臑也";《楚辭》卷九《招魂》:"肥牛之腱,臑若芳些",王《注》:"臑若,熟爛也",即所烹飪之牲畜已煮熟之前腿。

(5)"墓"本當作"幕",《周易集解》卷十《井·上九》:"井收,勿幕",虞翻曰:"幕,蓋也";《莊子》卷八下《則陽》:"解朝服而幕之",《釋文》引司馬彪云:"(幕,)覆也"。《周易》卷八《繫辭下》:"古之葬者……不封不樹。"《禮記》卷十《檀弓上》:"敝(弊)帷不弃,為埋馬也;敝蓋不弃,為埋狗也",可為佐證。此種僅以以土掩埋,地面平者曰墓,堆土類似小丘者曰墳,後世混為一談。改"巾"為"土",乃令其專字化。

(6)振(震),動也,即莊學所說之"遊",故成《疏》曰:"振,暢也"。《釋文》:"'无竟'如字,極也。崔(譔)作'境'",既無邊境,自然無窮竟、無極致。此段文字意謂:能逍遙遊於無窮之境界,方能常寄居於無窮之境界。

挽　　歌　　491

《文選》卷二六《詩丁·贈答四》

贈王太常

善《注》：蕭子顯【沈約】《齊【宋】書》(1)曰："王僧達……除太常。"

海按：《宋書》卷七五《王僧達傳》："孝建三年(456)，除太常，意尤不悅。頃之，上表解職……詔付門下，侍中何偃以其詞不遜，啟付南臺(2)，又坐免官……(大明)二年(458)，遷中書令……於獄賜死，時年三十六。"據卷五《孝武帝紀·大明二年》，時在八月丙戌，是生於劉宋少帝景平元年(423)；卷七三《顏延之傳》："孝建三年，卒，時年七十三"，是生於東晉孝武帝太元九年(384)，二人相差四十歲，故《文選》卷二六《詩丁·贈答四》王僧達《答顏延年》云："結遊略年義"。由"頃之，上表解職"，《文選》卷六十《祭文》王僧達《祭顏光祿文》撰於"孝建三年九月……十九日辛未"，以及繆鉞所指出王僧達《答顏延年》論及時景："聿來歲序暄"，"麥壟多秀色，楊園多好音"，可推斷：顏氏此篇蓋撰成於劉宋孝武帝孝建三年春，乃目前所知顏氏最晚完成之作。

【補述】

(1)張雲璈、許巽行均已指出：引文出處乖謬。蕭齊政權結束於和帝中興二年(502)，四十八年之後，即蕭梁簡文帝大寶元年(550)，北方才正式建立高齊政權，所以蕭子顯撰寫該本正史僅須稱《齊書》。後世為了使高齊一朝之正史與之有別，亦僅於後者加一"北"字，蕭史之名稱则仍旧贯。唐初李善注解《文选》,称引此书时,均但称《齐书》,如《文选》卷二十《诗甲·公讌》谢瞻《九日从宋公戏马台集送孔令》、卷三十《诗己·杂诗下》沈约《应王中丞思远咏月》题下善《注》等。《隋书》卷三三《经籍志二·史·正史》、《崇文总目》卷三著录时,率如是。《旧唐书》卷四六《经籍志·乙部史录·正史类》著录"《齐书》五十九卷,萧子显撰","《北齐书》五十卷,李百药撰",而此志乃据开元时毋煚(音窘)《古今书录》撰成,则自盛唐至北宋中叶初期,犹未有《南齐书》之名。盖至神宗时,曾巩入中秘,整理故籍,始易名为《南齐书》。

(2)《宋书》卷七五《王僧达传附苏宝生传》:"官至南台侍御史",卷八十《孝武十四王列传·松滋侯子房传》:"严龙,太祖元嘉中,已为中书舍人、南台御史",故《通鉴》卷一二八《宋纪十·世祖孝武皇帝·大明二年》:"及即位,皆以(戴法兴等)为南台侍御史",胡《注》:"御史台谓之南台"。

玉水记方流,琁源载圆折(一),蓄宝每希声,虽祕犹彰徹[1](二)。聆龙晾(音器)九泉[2],闻凤窥丹穴(三),历听岂多工[3](四)?唯【归】(音虢)[4]然觏(音遘)世[5]哲(五):舒文广国华,敷言远朝列[6](六),德辉灼邦懋,芳风被乡耊(音跌)(七)。侧同幽人居,郊扉常昼闭[7](八),林间(音栌)时晏开,亟迴长者辙(九)。庭昏见野阴,山明望松雪(十),静惟浃群化,徂生入窈節(十一),豫往诚欢歇[8],悲来非乐(音勒)阕(十二),属美谢繁翰,遥怀具短札(十三)。

【校记】

[1]《类聚》卷三一《人部十五·赠答》所录"徹"作"澈",无别,因

"徹"乃後人造出之專字。其思路蓋為："徹"從"彳"部,表陸路之順暢清朗,為與河川、液體之清明通透有別,乃以"氵"代為偏旁。

[2]《類聚》"泉"作"州",大謬。此非但昧於出典,也忽略"泉"、"穴"之水、陸對仗,蓋純因習聞慣用"九州"而粗心誤書。五臣、六臣、六家本正文"泉"作"淵"。據善《注》所引《莊子·列禦寇》作"必在九重之泉",然《資暇錄》卷上《非五臣》已明言:李氏從不避唐諱,可推知:當係後學依五臣體例妄改。宋刻五臣、六臣本等已回改。

[3]五臣本、六臣本、六家本"工"作"士"。從善《注》所引偽孔《傳》文,可知:李氏所見確為"工"。"多士"乃上古已降之習用詞,縱青銅器銘文,如西周前期《胙伯簋》(NA0076)亦嘗云:"王令南宮率王多士"。"多工"則否。校勘學基本假定原理之一:唯罕見字詞錯成常見者,無常見字詞反而訛誤為罕見者。"士"當為"工"形近之訛,且苟作"士",破壞措辭行文轉折之嚴密,因唯"工"方與音樂及演奏、聆聽音樂密切相關。《尚書》卷十五《洛誥》:"予齊百工,伻(音崩)從王于周",卷五《益稷【皋陶謨】》:"元首起哉,百工熙哉","百工"誠然為百官之謂,然遠在春秋末,"百工"指涉之對象已下降為各類手民,如《論語義疏》卷十《子張》:"百工居肆,以成其事",皇《疏》:"百工者,巧師也",是以顏氏此處所用之"多工"並非"百工"之新變。

[4]尤刻本、五臣本、六家本、六臣本均作"唯",據《顏光祿集》訂正,蓋音近致訛。

[5]五臣本、六家本、六臣本"世"均作"時",此與避諱關係較淺,不明文義方為關鍵。

[6]五臣本、六家本"列"作"烈",無別,二字通假例證詳參《古字通假會典·泰部第十四·列字聲系》)。

[7]《類聚》"閉"作"閈",無別,因據《玉篇》卷十一《門部第一百四十一》可知:"閈""同上""閉"字,乃其"俗"體。

[8]《類聚》"歇"作"聚",大謬。此聯以下半之對立:"誠歡歇"、"非樂閈",令相反之上半愈發強烈。若作"聚",則盡失其精邃處矣!且令原本之"往"、"來"對仗化為青煙。此固因不明此聯文義,亦因"歡聚"此措辭習慣而聯想致訛。

【注釋】

(一)善《注》:《類聚》卷八《水部·總載水》所錄《尸子》曰:"凡水,其方折者有玉,其圓折者有珠也。"(1)

海按:《說文》一篇上:"璿,美玉也……琁,璿或从旋省",《廣韻》卷二《下平聲·二仙》:"琁,美石,次玉;璇,上同"。此聯乃倒裝式,"方流記水玉,圓折載源琁"。記、載猶標誌。甲文中,"員"下从"鼎",上从一圓形空心物:""(合40818),此狀於金文中幾成通例:"",如《員父尊》(05861),同時以該形,即"丁"字為聲符。从鼎乃因泰半之鼎鼎口為圓形,以""(合20294)最為顯著,有別於方鼎,加此圓形空心物,可收相得益彰之效。《說文》六篇下保存之"鼏,籀文从鼎",正顯示其原貌。古文字中,"鼎"經常訛省似"貝",另外,圓圈不符合漢字字形原則,故改成方形,"員"字於焉成立。因"員"被假借為單位詞,乃外加"囗",期存其本義,其變化猶"圍"之於"韋",可知:"員"乃"圓"之初文。方廷珪:"記、載即《尸子》所記載",荒唐。甲文中,"折"作""(合7925),象斧斤砍斷木幹;金文尤顯著:"",如西周晚期《不其簋蓋》(04329),因此引申出彎曲、曲折之義。

此聯意謂:從河道轉折之樣貌,即可推斷這河川是否蘊含著什麼珍寶。好比:上流與下流間如果是類似直角("方")般轉折,則象徵水中八成有玉;如果是弧形("圓")般相續,則標示其"源"頭應該有"琁"。苟泥於詞序以釋之,則當云:藏有寶玉的川溪顯現在外的標誌即水的下游必出現"方"形的"流"道,"源"頭蘊有珍珠的河川表露在外的跡象乃水道定會有"圓"環狀的轉"折"。依其所本,原應作"珠源",而且珠、玉對仗,乃六朝慣例,顏氏刻意改動,蓋以儒門通說,《荀子》卷二十《法行》:"夫玉者,君子比德焉",《禮記》卷六三《聘義》:"夫昔者君子比德於玉焉"。

(二)善《注》:《老子》第四一章曰:"大音希(稀)聲,大象無形。"《左氏傳》卷五三《昭公三十一年》:"君子曰:'……若艱難其身,以⁽²⁾險危大人,而有名彰(章)徹也,攻難之士將奔走之。'"

海按:甲文中,"畜"從象繩索之"幺"從"田",田中還於每一象限加一點,蓋以示草萊:"🦴"(合 29415);金文則單純從"田":"🦴",如春秋早期《秦公鎛》(00269)。整個字形象以繩索繫住牲畜,於田間飼養。古今漢語動詞必兼名詞詞性,故作動詞用,則為畜養;作名詞用,則為家畜。後為分別,乃於前者上加"艸",以明飼養所用之食料。《禮記》卷五三《中庸》:"君子之道闇然而日章(彰),小人之道的然⁽³⁾而日亡",《荀子》卷四《儒效》:"君子隱而顯,微而明"。《說文》三篇下:"徹,通也",《國語》卷十八《楚語下·觀射父論絕地天通》:"其聰能聽徹之",韋《解》:"徹,達也",是"徹"蘊含穿透蔽障之意。

此聯意謂:凡真正具有如道之大"寶"者,不會像僅有半桶水者,炫露於外,往往("每")罕有"聲"、色形象可察,雖然如此深隱("祕"),然本諸第一聯所言"有諸內,必形諸外"之原則,其美好仍然("猶")必"彰"顯洞"徹"於明眼人心中。

(三)善《注》:《廣雅》卷四上《釋詁》曰:"聆,聽也。"《莊子》卷十上《列禦寇》曰:"夫千金之珠,必在九重之泉【淵】而驪龍頷(音汗)下。"《說文》四篇上曰:"睐,察也。"《山海經》卷一《南山經·南次三經》曰:"丹穴之山……有鳥焉,其狀如鶴【雞】,五采而文,名曰鳳鳥【皇】。首文曰德,翼文曰義,背文曰禮,膺文曰仁,腹文曰信。自歌自舞。見,則天下安寧。"⁽⁴⁾丹穴,已見《文選》卷三《賦乙·京都中》張衡《東京賦》⁽⁵⁾。

海按:善《注》引《列禦寇》以當此聯出句之典,不當。苟如是,則可寶者乃龍身外之珠,非龍本身,重心傾仄。《周易》卷一《乾·初九》:"潛龍",《九四》:"或躍在淵",可見:龍潛於極深之淵泉下,"潛龍""何謂也"?《文言》:"龍德而隱者也,不易乎世,不成乎名,遯世无悶",此方為此句背後之思路。既言明眼人能洞悉懷寶者,則此明眼人亦需具有相應之深度。如《三國志》卷二三《杜襲傳》所云:"惟賢知賢,惟聖知聖。"

此聯意謂:當"聆""聞""龍"、"鳳"之吟,必待深入"九泉"、"丹穴"中觀察("睐")、探視("窺"),方能一得究竟。由聽覺引起興趣,進而以視覺實地考驗,方不至落入"向聲背實"之蔽。

(四)善《注》:孔安國《尚書》卷一《堯典》"允釐百工"《傳》曰:"工,官也。"

海按:甲文中,"歷"作"𣥏"(合32826)、"𣥏"(合10682),象人"足"從二禾(秝)或二木(林)畔經過;金文加上"厂(石)":"𣥏",如西周晚期《禹鼎》(02833),以便將禾田、樹林所在標出。"聆"、"聞"、"聽"意思一致,由此固可徵顏氏措辭謹嚴,不輕易重出也,亦可見此乃緊承上聯而言。《左傳》卷三八《襄公二十八年》:"(叔孫)穆子不說,使工為之誦《茅鴟》",杜《注》:"工,樂師";《禮記》卷三九《樂記》:"乙,賤工也",鄭《注》:"樂人稱工"。依善《注》,顏氏以樂工喻百官。意謂豈需要一個個("歷")聽過,如同令上百樂人之百官"敷納以言",才能分辨孰為龍、鳳?孰為鸇、雀?此處乃反用典:《韓非子》卷九《內儲説上·七術》:"韓昭侯曰:'吹竽者眾,吾無以知其善者。'田嚴對曰:'一一而聽之。'"

(五)**海按**:《文選》卷十一《宮殿》王延壽《魯靈光殿賦·序》:"建章之殿皆漸毀,而靈光巋然獨存",張《注》:"巋然,高大堅固貌也",然後世多採藏詞格用法,意在獨一,《莊子》卷十下《天下》:"巋然而有餘",向、郭《注》:"獨立自足之謂"。《説文》八篇下:"覿,遇見也。""覿"、"窺"、"瞭"意義一致,與上述之"聆"、"聞"、"聽"變化用詞同一模式。《應詔讌曲水作》:"祚融世哲",《皇太子釋奠會作》:"思皇世哲","世"均為世世代代之意,與此處用法不同。"世"乃針對"歷"之反對,因此必為單數。《左傳》卷七《桓公九年》:"曹伯使其世子射姑來朝",孔《疏》:"古者'世'之與'大'字義通也",是以"世子"即"大(太)子","世室"即"大(太)室",《周書》之《世俘》即《大俘》。此句乃倒裝句:欲覿一代人傑,僅需要實際看到有鶴立雞群("巋然")、具大智慧("世哲")者即可("然")。反觀上文,先自外在無生命之水流,論其中珍寶,繼而鏡頭向內部深處("九泉"、"丹穴")縮近,影像限於有生命之神禽、神獸,再往內斂,則聚光燈照於"世哲"斯人矣。

此聯意謂:大智慧者與凡眾相比相形之下,猶日、月之於螢、燭,"豈"待"歷聽""多工"而後辨?

(六)**善《注》**:王逸《楚辭》卷十六《九歎·怨思》:"文采燿於玉石",《注》曰:"發文舒(序)⁽⁶⁾詞,爛然成章"。《國語》卷四《魯語上·

季子論妾馬》:"季文子曰:'吾聞以德榮為國華,不聞以妾與馬。'"《尚書》卷十二《洪範》曰:"凡厥眾人【庶民】(7),極之敷言,是訓是行,以近天子之光。"《文選》卷十三《賦庚·物色》潘岳《秋興賦·序》曰:"攝官承乏,猥廁朝列。"《爾雅》卷二《釋詁》曰:"列(烈)(8),業也。"

海按:《文選》卷六十《祭文》王僧達《祭顏光禄文》:"登朝光國,實宋之華",善《注》復引《魯語上》此段注之,唯增韋《解》:"為國光華"。《荀子》卷十二《正論》:"琅玕、龍茲、華覲(瑾)以為實",楊《注》:"華謂有光華者也";《淮南子》卷四《墜形》:"末有十日,其華照下地",高《訓》:"華猶光也",因光四射,猶花瓣展開。

《洪範》"敷言"之主詞乃君主,而此處之"敷言"指臣下王僧達,方廷珪:"敷言謂議論政事",是也。善《注》但顧詞面出處,胡亂攀附,乃其經見惡弊之一。且李氏數典忘祖,當以《尚書》卷三《舜【堯】典》"敷奏以言"為其出處。甲文中,"甫"從"田"上有"屮":"𤰔"(合7897),或作"𤰔"(合846),西周早期《甫母丁鼎》(01704)之"𤰔"尤其神似,象田中幼苗生長,乃"圃"之初文。商代晚期《遘(音叕)父癸方彝蓋》(09890)已見外加"囗"之"圃",及下加"廾"之"𤰔"(合8275)。周代金文,將雙手改為單手"又":"𤰔",如西周中期《師𤰔(音在)鼎》(02830)。對照"拔"之原文"𢪙(拜)",如西周早期《榮作周公簋》(04241),此象不可能是拔除野草,較可能象於園圃中操持。園圃中之工作不論是種苗、分秧、澆灌,均遍及整個區塊,故引申出普及之義。西周中期《豳公盨》(NA1607):"天令禹𤰔(尃)土",西周晚期《毛公鼎》(02841):"𤰔(尃)命𤰔(尃)政","尃"均用為"敷"。傳述文獻更毋論,《尚書》卷九《盤庚下》:"今予其敷心腹腎腸,歷告爾百姓于朕志",卷十二《洪範》:"斂時

(是)五福,用敷錫厥庶民",偽孔《傳》均以"布"訓讀之。此所以甫與圃、溥與普經常通假,例證詳參《古字通假會典·魚部第十九(下)·甫字聲系》。加"攴"乃注明聲符。上古無脣齒音,故"敷"讀與雙脣音之"攴"同。至於將"田"三道直豎寫出頭而似"用"字,乃自然演變;"手"內側一點純屬裝飾筆畫。

此聯意謂:國之政治狀況為實,潤色鴻業之文為華,後者之於前者猶一百貨公司吸引顧客進入,精心設計之櫥窗,令異邦欽羨,咸欲來"觀國之光"。"廣"言其寬,"舒文"拓展發揚"國華";"遠"言其長,"敷言"較其他短視之朝臣有深邃見識,於"朝"廷大業("列")具有長"遠"功效。

(七)善《注》:《禮記》卷三九《樂記》曰:"德輝(煇)動乎【於】內,而人【民】莫不承聽。"《類聚》卷二十《人部四·賢》所錄禰衡《顏子碑》曰:"秀不實,振芳風。"

海按:《淮南子》卷十三《氾論》:"目中有疵,不害於視,不可灼也",高《訓》:"灼,燃也";《素問》卷二十《五常政大論篇第七十》:"其用燔灼……其類火,其政明曜",王《注》:"灼,燒也",燃燒必令周邊明亮,故《廣雅》卷六上《釋訓》:"灼灼,明也"。此處即用此引申義。

"懋"當改讀為"茂",相假例證見《古字通假會典·幽部第十七(下)·矛字聲系》。《毛詩》卷五之一《齊·還》:"子之茂兮",《漢書》卷六《武帝紀·元封五年(前106)》:"茂才異等",毛《傳》、顏《注》皆云:"茂,美也"。《楚辭》卷九《招魂》:"皋蘭被徑兮",王《注》:"被,覆也";《廣雅》卷二上《釋詁》:"益、增、被,加也"。《説文》八篇上:"年八十曰耋。"光(輝)、風皆無形、不可把握者,正類似道乃不可道、不可名者。至於以"德"、"芳"相儷,蓋暗據《左傳》卷十二《僖公五年》所引《周書》:"黍稷非馨,明德惟馨"。

此聯意謂:於朝,其"德"之光耀("灼")令本國("邦")之賢("懋")掩目不能逼視;於野("鄉"),其佳美("芳")之"風"範足以加("被")諸本鄉前輩("耋")之上,使彼等隨其"風"而偃。梁章鉅引何焯曰:"顏、王俱琅琊臨沂人,故云鄉耋。"此聯蓋暗據《孟子》卷四上《公孫丑下》:"天下有達尊三:爵一,齒一,德一。朝廷莫如爵,鄉黨莫如齒,輔世長(音掌)民莫如德,惡(烏)得有其一,以慢其二哉。"因此銜接下文,謙言自身受王氏影響,"側"身於"幽""居"者之列。

(八)善《注》:《周易》卷二《履・九二》曰:"履道坦坦,幽人貞吉。"殷仲堪《誄》曰:"荊門畫掩,閑庭晏然。"[9]

海按:從後文"徂生入窮節",可推知:自此以下乃顏氏自道其景況。《尚書》卷二《舜典序》:"虞舜側微",孔《疏》:"不在朝廷謂之側";《淮南子》卷一《原道》:"處窮僻之鄉;側谿谷之間",高《訓》:"側,伏也"。呂延濟:"側,不敢正,謙詞也……言我同僧達幽居於邑外。"古今僅能自謙,焉有代他人謙之理?而據王僧達《答顏延年》:"君子聳高駕,塵軌實為林",顏曰"同幽人",聞人倓:"幽人為僧達",是也,既已相互恭維對方,顏氏不宜妄自菲薄,再作謙詞,故知呂說非是。《毛詩》卷十之三《小雅・南有嘉魚之什・車攻》:"我馬既同",毛《傳》:"同,齊也";《左傳》卷二五《成公元年》:"是齊、楚同我也",杜《注》:"同,共也"。甲文中,"幽"从玆(絲)从火,玆亦聲:"𢆉"(合14331);金文中,"火"多訛為"山":"𢆉",如西周早期《䚄(音周)司徒幽尊》(05917),甚至訛為篆文"土":"𢆉",如西周中期《趞簋》(04266)。絲細,待火而後可見,故《說文》四篇下:"玆,微也","幽,隱也"。"幽人"本指囚禁幽居之人,因囚禁於內,不見光。《尚書》卷十四《康誥》:"要囚",即"幽囚"。《史記》卷六二《管晏列傳》："吾幽囚受辱,鮑叔不以我為無恥",卷四九《外戚世家》："高祖崩,諸御幸姬、戚夫人之屬,呂太后怒,皆幽之"。唯自戰國中葉《彖》、《象》等已降,均妄釋為隱居之士,積非難返。既不在朝,則伏於野,所居自然在"郊""林"其別業處。

甲文中,"晝"作"✸"(合22942)、"✸"(屯2392),從手持筆之"✸"(聿)"從"日"會意。西周晚期《𣪕簋》(04317):"余亡(無)康晝夜",乃確證。《說文》三篇下保存之"✸(晝),籒文晝",乃於"聿"下已加一橫寫綴筆成"肀",於"肀"之下,再加一兩端向下曲線。許氏云:"日之出入,與夜為界,從畫省從日",蓋是也。所以知"晝"非從"聿"聲,因"晝"乃上古端母(t)幽部字,"聿"乃上古喻四(Φ)微部字,韻母懸隔。甲文中,"戶"作"✸"(合32833),秦系文字將門板移至上:"✸"(睡·秦168),小篆將右邊直豎與最上一橫的連結斷開:"戶",即成今之"戶"也。《說文》十二篇上:"戶……半門曰戶","扉,戶扇也"。文學非小學,故文士於"門"、"戶"每混用不分,故"扉常晝閉"猶《宋書》卷九三《隱逸列傳·陶潛傳·歸去來辭》"門雖設而常關"。

(九)善《注》:《爾雅》卷七《釋地》曰:"邑外謂之郊,郊外謂之牧,牧外謂之野,野外謂之林。"鄭玄《周禮》卷三四《秋官·修閭氏》《注》云:"閭謂里門也。"《漢書》卷六四上《嚴助傳》:"淮南王曰:'邊境之民為之早閉晏開'",卷四十《陳平傳》又曰:"陳平家迺負郭窮巷,以席為門,然門外多長者車轍(徹)"。

海按:《周禮》卷十《地官·大司徒》:"令五家為比,使之相保;五比為為閭,使之相受",《說文》十二篇上:"閭,里門也……閭,侶也,二十五家相羣侶也"。"侶"實為"旅"之假借字,例證詳參《古字通假會典·魚部第十九(中)·炭字聲系》。旅,眾也,已詳《北使洛》"改服飭徒旅"

注。羣侶,羣眾也。古人羣居之所類似現代之社區,乃往往中間僅有一道路之封閉者,故必有里門,方得出入。《漢書》卷二四上《食貨志》:"五家為鄰,五鄰為里……春、秋出民,里胥平旦坐於右塾,鄰長坐於右【左】塾,畢出,然後歸,夕亦如之",《集解》:"孟康曰:'里胥如今里吏',師古曰:'門側之堂曰塾。坐於門側者,督促勸之,知其早晏,防怠惰也'",並戒惕外來之陌生人。

甲文中,"亟"從上、下兩橫線,中立一側面人形:"𠄎"(合13637),象人頂天立地,故本義乃極點、極至,引申出準則之義。《尚書》卷十二《洪範》:"五曰建用皇極",《毛詩》卷二十之四《商頌·殷武》:"商邑翼翼,四方之極",偽孔《傳》、鄭《箋》均曰:"極,中也",即無過與不及、放諸四海皆準之"大中之道"。金文中,如西周中期《史牆盤》(10175)於人左側加一"口":"𠷎";西周晚期《毛公鼎》(02841)、《伯梁其盨》(04446)則於人右側再加一"攴":"亟",所加之部件究竟是否意謂鞭策人加速,人喘息,不敢鑿言,然傳述文獻中,則如此理解,故《毛詩》卷十六之五《大雅·文王之什·靈臺》:"經始勿亟",鄭《箋》:"亟,急也",《說文》十三篇下:"亟,敏疾也",以今語迻之,猶言忙不迭地。長者、父老等本指地方上黑、白兩道之魁首,與年齡無關,與儒門道德修養高下更相去有間,然後世均妄釋為德行高潔者,此亦積非難返。此處兼用二義。

顏延之嘗對其子峻言:"平生不喜見要人,今不幸見汝",故忙著使那群大人物吃閉門羹,好使他們只得調轉車駕,以致門前甚多掉頭"迴""轍"之跡。其所用方式乃"時""常"白"晝"關"閉"其遠郊("林")別業之門("閻"),很晚("晏")才打"開"。此時欲攀交情、拉關係之俗人均早已返家。

方廷珪："龍在九淵,鳳在丹穴,常欲自秘","秘不終秘也,此是上下血脈正喻照應處",析文甚是。所謂"上"指"雖祕猶彰徹"。

(十)**海按**:承接上文"時晏"方"開閭"而來。紅塵檻內人等散盡,主人方得輕鬆隨性出入。"庭昏"自日光而言,庭院中暮色襲來,出門所見野外更覆蓋在一片濃濃"陰"暗中;"山明"自月光而言,月自山背後冉冉升起,故能將山巔等處諸多松樹上之雪照得格外顯眼("明"),而月光與雪之反光相互輝映,令人自然眺"望"之。"松雪"既與"野陰"對仗,"野陰"乃野地之陰,可知:"松"乃所有格之用法,非松與雪並列。

(十一)善《注》:鄭玄《毛詩》卷十七之一《大雅·生民之什·生民》"載謀載惟"《箋》曰:"惟,思也。"蘇林《漢書注》曰:"浹,周也。"《莊子》卷七下《知北遊》曰:"已化而生,又化而死。"《爾雅》卷一《釋詁》曰:"徂,往也",謂往之死也。《家語》卷六《本命第二十六》:"孔子曰:'化於陰、陽,象形而發謂之生,化窮數盡謂之死。'"

海按:於日、夜更替之際,頗易聯想到時光消逝、始終生死之事,故稍敏感者皆不免反思,爰有此聯所言。《漢書》卷二二《禮樂志》:"於是教化浹洽",卷六三《武五王列傳·昌邑哀王髆(音伯)附子賀傳》:"人事浹,王道備",顏《注》均曰:"浹,徹也"。方東樹:"'靜惟浹羣化'言靜思周於群化,無不入於死者",是也。方廷珪:"徂生謂已往生年",將未來進行時態誤為過去時態,非也。

此聯意謂:"靜"下心來,將世間所有("羣")存有的變"化"均思索("惟")遍("浹"),情感上雖不願接受,但理智上不得不承認:萬有不斷邁進("徂")之生命歷程均終將進入盡頭、無路可繼續("窮")走之時刻。

(十二)善《注》:《周易》卷二《豫》曰:"初六,鳴豫,凶",王弼

《注》曰:"樂過則淫,志窮則凶,豫何可鳴"。《爾雅》卷一《釋詁》曰:"豫,樂也。"《淮南子》卷一《原道》曰:"奏樂作而喜,曲終而悲。"鄭玄《禮記》卷二十《文王世子》"有司告以樂闋"《注》曰:"闋,終也。"

海按:此段善《注》可謂取易逃難矣,所以如是,從其所引《豫》王《注》,可知:因其根本未解詩義。人進入暮年,死亡陰影迫近,何況在"靜"思中,明悉此乃普遍法則,斷乎無人可免,焉能不傷感,故有此聯鳥瞰下悽愴之言。"豫"、"歡"、"樂"三詞同義,如上文之"聆"、"聞"、"聽"及"覯"、"窺"、"瞭",固然為避免重出而變易,亦可見其腹笥之豐沛、措辭矜密。張銑將"樂"讀如音樂之"樂",以"奏樂"、"樂闋"釋之,大謬。

此聯意謂:歡樂("豫")一過去("往"),"誠"然就是"歡"樂之事、物、時光消逝("歇"),不可能再返矣,而往後("來")歲月可逆料總是處於"悲"哀境地,此並"非"意謂此後餘生可高興("樂")之事均不再有("闋"),然而因每次歡愉僅令人愈發深切感受時光逼人,尚能有幾度可展顏之機?

(十三)善《注》:屬猶綴也。謝猶憗也。《說文》十篇下曰:"懷,念思也",六篇上又曰:"札,牒也",阻點切。

海按:上聯既言猶有足樂之事,此聯即具體言之:能與你這位高明幽人為友、相往來,實屬幸事。此篇既是顏氏"贈"王氏,則"屬"之訓綴,非謂接續王氏贈顏氏詩之和、答之作。善《注》訓"謝"為"憗",非是。《說文》三篇上:"謝,辤(辭)去也",《楚辭》卷十《大招》:"青春受謝(謝)",王《注》:"謝,去也",與下一句之"具"適相反對。甲文中,"文"時作人胸前有刺青狀,《莊子》卷一上《逍遙遊》:"越人斷髮文(紋)身"。

該刺青或為一"乂"形:"🧍"(合 36151),偶作一"心"形:"🧍"(合 18682);金文則多作"心"形:"🧍",如西周早期《旅鼎》(02670),或省為一圓點:"🧍",如西周早期《文方鼎》(01810)。綜言之,即後世所云之刺青花紋,本即含有美麗裝飾之意,故"屬美"實即"屬文"。《漢書》卷三六《楚元王傳附孫辟彊傳》:"能屬文",顏《注》:"屬文謂會綴文辭也",故善《注》訓"屬"為"綴"。《文選》卷四五《序上》皇甫謐《三都賦·序》:"自時(此)厥後,綴文之士不率典言",《廣弘明集》卷二七上《戒功篇》慧遠《與隱士劉遺民等書》:"若染翰綴文,可託興於此"。文,字也,是"屬文"本指將字與字相連接成詞、句之低階能耐,然因一篇作品由段落結構而立,段落由眾多句子相續而生,句子又由詞而構成,是以"屬文"乃轉為作文之意。由是可知:"屬美"乃刻意新變中之新變。呂向:"綴屬君之美",一貫瞽說。繁,多也;短,少也。"謝繁翰"自負面言,"具短札"自正面言,意義一致。遙懷,對遠人之思。《文選》卷二八《詩戊·樂府下》陸機《日出東南隅行》:"蛾眉象翠翰",善《注》引《尚書大傳》鄭《注》:"翰,毛也"。毛可為筆,故《文選》卷二十《詩甲·公讌》劉楨《公讌》:"投翰長歎息",善《注》:"翰,筆毫也";卷九《賦戊·畋獵下》揚雄《長楊賦·序》:"藉翰林以為主人",善《注》所引韋昭逕曰:"翰,筆也",引申為篇章之代詞。

《漢書》卷五七上《司馬相如傳》:"上令尚書給筆、札",顏《注》:"札,木簡之薄小者也"。札短,則所容字數句數亦有限。"翰"為書寫工具,"札"為書寫載體,雖為正對,仍頗精巧。

此聯意謂拒絕("謝")以"繁"多的文辭寫這首詩("屬美"),來表達對"遙"隔不見者之情"懷",此份情"懷"已悉數("具")濃縮於極"短"之篇幅("札")內矣。

此篇押劉宋時期入聲屑部韻。

【補述】

（1）呂向："凡水方折者有玉,圓折者有珠",六家本則以此歸諸呂延濟說,此不足異,因中唐已降之五臣本原即有各式雜拼,注文繫屬之撰者姓名不時錯亂。至於云："善同濟注",此固為六家本以五臣注為本,不辨五臣竊襲善《注》,主因恐仍在書備為省篇幅,妄刪。

（2）六家本、六臣本無"若",而有"以"。胡克家："'若'作'以',是也",不覆按原書,又不顧及善《注》詞氣,故以非為是。

（3）《說文》七篇上："旳,明也,从日,勺聲。《易》卷九《說卦》曰:'震……為旳(的)顙'",解析非是。左邊似"日"者實象中有一靶心之圓形箭靶,因圓形違背漢字字形原則,故改為長方形;右邊之"勺"蓋"弓(弓)",如西周中期《十五年趞曹鼎》(02784)之訛變;似"日"者上邊一撇純屬後世所加之綴飾,故《荀子》卷一《勸學》："質的張而弓矢至焉",楊《注》："質,射侯也;的,正鵠也"。因靶心部位每畫禽獸之形,《禮記》卷六二《射義》："《詩》卷十四之三《小雅·甫田之什·賓之初筵》云:'發彼有的,以祈爾爵'",鄭《注》："發猶射也,的謂所射之識(誌)也"。靶心自為觀注焦點,故引申出明晰之義。《釋名》卷五《釋首飾》："以丹注面曰旳,旳,灼也",依此將《中庸》此句之"的"改讀,與上文之"闇然"反對,亦頗順適。

（4）奎章閣六家本"名曰"前衍"其"字。六臣本有"飲食,自歌自舞,見,則天下安寧"。

（5）《東京賦》："鳴女牀之鸞鳥,舞丹穴之鳳皇",薛《注》："女牀,山名,在華陰西六百里",續引《山海經》此段文字。既半引此段注文,復曰

"已見",猶同贅語,可揣想:該段文字乃後人羼入。

(6)"舒"、"序"均從"予"得聲,自可相假。

(7)六家本、六臣本"庶"亦作"眾",可知:彼等蓋均訓讀"庶"為"眾",而易字。對照《洪範》後文"七稽疑","庶民"乃與"卿士"相對者,"眾人"則混同無身份之分,斷乎不當。

(8)五臣本"列"作"烈",二字通假例證詳參《古字通假會典·泰部第十四·列字聲系》。

(9)據《世說》中卷《品藻》條81,可知:善《注》所引殷仲堪《誄》乃殷氏誄韓康伯之文。《文選》卷二二《詩乙·遊覽》沈約《宿東園》"荊扉新且故"善《注》引此文時,作"荊門盡掩",陳景云已指出:"盡"乃"晝"形近之訛。

《樂府詩集》卷三二《相和歌辭七·平調曲三》

從軍行

海按：《南史》卷三四《顏延之傳》："文帝嘗各勅擬樂府《北上篇》，延之受詔即成，靈運久之乃就"[1]，且記載顏氏素惡"委巷中歌謠"，認為"將誤後生"。若非奉勅，當不會主動撰寫。以此推想：《從軍行》蓋亦受詔之作，未必是使洛期間有感而發。至於撰寫年代，不得而悉。

《宋書》卷二一《樂志三》所載曹操《清調曲·苦寒行》："北上太行山，艱哉何巍巍"，而《樂府詩集》卷三三《相和歌辭八·清調曲一·苦寒行·敘論》所引唐劉餗(音素)《樂府解題》："晉樂奏魏武帝《北上篇》，備言冰雪溪谷之苦，其後或謂之《北上篇》，蓋因武帝辭而擬之也"，此蓋亦文帝勅顏、謝所擬者。同卷《相和歌辭八·清調曲一·敘論》經由陳釋智匠《古今樂錄》轉引之王僧虔《大明三年宴樂技錄》，指出：《苦寒行》乃清調六曲之一，"武帝'北上'《苦寒行》"乃"晉、宋、齊所歌"曲之一。據卷三十《相和歌詞五·平調曲一·敘論》，《從軍行》為平調曲七曲之一。"荀氏錄所載"曹魏時期依此七種曲調所作之"十二"篇中有樂官"左延年'苦哉'《從軍行》"。卷三二《相和歌辭七·平調曲三·從軍行·敘論》經由《古今樂錄》轉引之《大明三年宴樂技錄》言："'苦哉'《從軍行》""今不傳"。"不傳"非驟亡，乃長期漸寖之結果，況劉宋孝武帝大明三年（459）上去顏延之卒年孝建三年（456）不過三載，則顏氏此篇與《北上篇》不同，蓋已非可入樂之歌辭，乃襲用樂府舊題之樂府詩。

【補述】

（1）《宋書》卷六七《謝靈運傳》記載：劉宋文帝元嘉三年（426）三月，靈運見徵為秘書監，延之見徵為中書侍郎；元嘉五年（428）春，"上賜（靈運）假東歸"，故謝氏《入東道路》曰："整駕辭金門，命旅惟詰朝，懷居顧歸雲，指塗泝（音素）行飆，屬值清明節，榮華感和韶"。元嘉七年（430），靈運因孟顗"表其有異志"，"馳出京都，詣闕上表"，《自理表》開篇即云："臣自抱疾歸山，于今三載"。"太祖知其見誣，不罪也。不欲使東歸，以為臨川內史"，赴任前蓋寓居京師近一載。據卷六九《劉湛傳》："先是王華既亡，（王）曇首又卒，領軍將軍殷景仁以時賢零落，白太祖徵湛。八年（431），召為太子詹事①，加給事中、本州大中正，與景仁竝被任遇"。據卷五《文帝紀·元嘉九年》七月"庚午，以領軍將軍殷景仁為尚書僕射、太子詹事劉湛為領軍將軍"，此即《顏延之傳》所言："見劉湛、殷景仁專當要任，意有不平……辭意激揚，每犯權要"，十一年（434）夏後，免官，"屏居不豫人間者七載"。是以元嘉三年中至元嘉四年末、元嘉七年，二人均同在建康，應"勑"作樂府詩《北上篇》，當為這兩段時間其中之一。

苦哉遠征人，畢力幹[1]時艱（一），秦初略揚越（二），漢世爭陰山（三）。地廣旁無界，崏（音言）阿上虧天（四），嶠霧下高鳥（五），冰沙固流川（六），秋颸冬未至，春液夏不涓（七）。閩烽指荊、吳，胡埃屬幽、燕（音煙）（八），

---

① 《史記》卷十一《孝景本紀·中六年（前144）》："長信詹事"，《集解》："應劭曰：'詹，省也、給也'"。應氏前一訓解將"詹"改讀為"瞻"，後一訓解將"詹"改讀為"贍"，猶疑不可取。當從前者，二字相假例證詳參《古字通假會典·談部第八·詹字聲系》。詹事猶言視事。

橫海咸飛驪⁽⁹⁾,絕漠皆控弦⁽¹⁰⁾。馳檄發章表,軍書交塞邊⁽¹¹⁾,接鏑(音笛)赴陣首⁽¹²⁾,卷甲起行(音杭)前⁽¹³⁾。羽驛馳無絕[2]⁽¹⁴⁾,旌旗晝夜懸⁽¹⁵⁾,卧伺金柝(音拓)響⁽¹⁶⁾,起候亭燧烟⁽¹⁷⁾。逖(音替)【悲】[3]矣遠征人,惜[4]哉私自憐⁽¹⁸⁾。

【校記】

[1]幹,《類聚》卷四一《樂部一·論樂》所録作"輸"。《説文》十四篇下:"輸,委輸也",即輸送也,段《注》:"輸於彼,則彼贏而此不足,故勝負曰贏輸"。因此,"輸時艱"猶言添亂、製造時世動盪,則此番士卒遠行豈非兵變,而非因邊境告急?"輸"顯為形近之訛。

[2]"羽驛馳無絕",《類聚》所録作"羽檄旦暮急",看似與對句之"晝夜"妃儷工整,實透露乃低手妄改。"無絕"與"晝夜"呼應;"馳"為動態,"懸"則為靜態,換言之,此乃交錯對。

[3]"逖",《類聚》所録作"悲",是也。如《説文》十篇上所言,"狄""本犬穜(種)"。因人類自古即歧視其他民族,故每以禽獸蟲豸名之。又因此等被歧視之民族經常被驅逐於外圍,以致加"辵"之"狄"引申出遠義。《説文》二篇下:"逖,遠也",《尚書》卷十一《牧誓》:"逖矣!西土之人",偽孔《傳》:"逖,遠也"。若上言"逖",下復言"遠",贅語也。

[4]"惜",《類聚》所録作"苦"。開篇即言"苦哉",此聯出句之"悲矣"已經首尾呼應。《説文》十篇上:"悲,痛也",《韓非子》卷六《解老》:"苦痛雜於腸胃之間",《吕覽》卷二四《博志》:"尹儒學御三年而不得焉,苦痛之",是"悲"猶言"苦"矣,焉有於結尾處重複之理?只可能"惜"左邊壞爛,右邊復因形近而訛為"苦","苦"不可能訛為"惜"。

從軍行　511

【注釋】

（一）**海按**：西周早期《史喈簋》（04031），"畢"乃一十字柄，柄頂端有一類似"凵"，"凵"中有"田"者："𤰈"。此後所見西周金文則從"華（音班）"從"田"："𤰈"，如西周中期《段簋》（04208），象以手持之網掩捕小型禽獸。所以從田，意謂在田野處。《說文》四篇下："畢，田网（網）也"，《禮記》卷十五《月令·仲春》："田獵罝（音居）、罦（音符）、羅、罔（網）、畢、翳（音亦）……毋出九門"，鄭《注》："罔小而柄長謂之畢"。人掩捕小動物，欲令彼等不能再自由棲息或行動，故引申出全然禁止、結束、清除之義。《呂覽》卷八《愛士》："畢力為繆公疾鬭於車下"，高《注》："畢，盡"；《文選》卷十九《賦癸·情》宋玉《高唐賦》："言辭已畢"，善《注》："畢，竟也"。畢力，殫盡全力。幹、榦相假例證參《古字通假會典·寒部第六（上）·𣏂字聲系》。《尚書》卷二十《費誓》："峙乃楨榦"，偽孔《傳》："題曰楨，旁曰榦"，孔《疏》："題曰楨，謂當牆兩端者也；旁曰榦，謂在牆兩邊者也"，二者均指樹立木板以便築土時之"障土者"，因此引申出擔當任務之意。於此處，指於"時"局"艱"難時，肩負挺立、捍衛之職責。《晉書》卷九十《良吏列傳·曹攄傳》："（齊王）冏嘗從容問攄曰：'……今入輔朝廷，匡振時艱'"，《宋書》卷八《明帝紀·泰始元年》："十二月……丙子詔曰：'……方刻意從儉，弘濟時艱'"。

此聯意謂：常備軍及被徵調之"人"真辛"苦"啊，每逢邊境戰事一起，"時"局"艱"難之時，就得遠赴他鄉，為了朝廷盡（"畢"）"力"賣命。

（二）**海按**：《國語》卷六《齊語·管仲佐桓公為政》："犧牲不略，則牛、羊遂"，韋《解》："略，奪也。遂，長也"；卷十四《晉語八·叔向論憂德不憂貧》："略則行志"，韋《解》："略，犯也。則，法也"。《新書》卷一

《過秦上》:"及至始皇……南取百越之地,以為桂林、象郡,百越之君俛(俯)首係(繫)頸,委命下吏",此乃以古荊、揚二州之南半為越。《文選》卷五《賦丙·京都下》左思《吳都賦》:"包括干(邗音含)、越,跨躡蠻荊",薛《注》:"今之蒼梧、鬱林、合浦、交阯、九真、南海、日南皆越地",此乃以荊州之南半及交州為越。《文選》卷四十《牋》阮籍《為鄭沖勸晉王牋》:"威加南海,名懾三越",善《注》:"《漢書》有三越,謂吳越及南越(又曰駱越)、閩越(又曰東越)也",較接近後世一般指謂。《國語》卷九《晉語三·惠公改葬共(恭)世子》:"夫人美於中心,必播於外而越於民",《禮記》卷六三《聘義》:"叩之,其聲清越以長",韋《解》、鄭《注》均以"揚"訓"越"。《隋書》卷三一《地理志下·揚州·會稽郡》自注:"梁置東揚州,陳初省,尋復。平陳,改曰吳州……大業初……置越州",所以如此命名,即種因於隋代所言之越州乃《禹貢》所言之揚州境內。《通典》卷一八二《州郡十二》即將由會稽郡升格為越州者置於古揚州轄下。對句之"陰山"乃一處,則與其對仗之"揚越"當為同義複詞,僅指一地。從後文"閩烽指荊、吳",則此"揚越"當指邊境之吳越、閩越。《吳都賦》:"選自閩、禺(音于)",薛《注》:"閩,越名也。秦并天下,以其地為閩中郡。《漢書》卷一百下《敘傳》班固述《西南夷兩越朝鮮傳》曰:'悠悠(攸攸)外宇(寓),閩越、東甌'"。

(三)**海按**:甲文中,"爭"作"&"(合14194)。前人以為象二手共持一犁,一人在後推犁,一人在前拉犁,乃耦耕之形,恐待商兌。姑不論中間之曲折線全不像犁,不見犁齒,耦耕兩人之手應同一方向。"&"似應為兩手爭奪一物。將表該物之曲折線直寫,即成"亅(音決)"。《史記》卷八八《蒙恬列傳》:"於是渡河,據陽山",《集解》:"徐廣曰:'……陰山在河南,陽山在河北'",卷一一一《衛將軍驃騎列傳》:"略取河南地……

走白羊、樓煩王,遂以河南地為朔方郡"。《漢書》卷九四下《匈奴傳》:"臣(侯應)聞:北邊塞至遼東,外有陰山,東西千餘里,草木茂盛,多禽獸,本冒頓單于依阻其中……至孝武世,出師征伐,斥奪此地,攘之於幕北,建塞徼,起亭隧,築外城,設屯戍以守之……邊長老言:匈奴失陰山之後,過之,未嘗不哭也。"

此聯乃互文足義,意謂:秦、漢兩朝均向南、北發動戰事,"爭"土"略"地。

(四)**海按**:《禮記》卷六三《聘義》:"孚尹旁達",鄭《注》:"孚讀為浮,尹讀如竹箭之筠,浮尹謂玉采色也",孔《疏》:"旁者,四面之謂也";《尚書》卷八《偽太甲上》:"旁求俊彥",偽孔《傳》:"旁,非一方",孔《疏》:"謂四方求之"。

甲文中,有"𠙵"(合17599),或省側面人形:"𠱭"(合9433)者,"品"乃一側面人形,上有三"口",由一橢圓形、似"山"者聯繫在一起。又有作"𠱭"(合9432)者,從記載卜骨來源之刻辭:"气自𠱭",或作"气自𠱭",可推知後者乃前者之異體。"嚴"應為從"品"省形,敢聲,且"𠙵"原本之側面人形演變為"厂"。《説文》雖誤將同一字區分為二,將"𠱭"置於九篇下山部,將"𠱭"置於二篇下品部,然許氏將"𠱭"訓為"多言"則是也。《説文》二篇上云:"嚴,教命急也。"換言之,此字蓋象人三令五申、諄諄勸誡同一內容,故引申出嚴格、嚴肅之義。如果"品"意謂絮聒,不但經傳、諸子從無此用法,亦將無法通讀銘文,因為銘文之"嚴"多為強調祖先威靈赫赫,如西周中期《癲鐘》(00246):"弋皇祖考高對爾剌(烈),嚴在上",西周晚期《邢人妄鐘》(00110):"前文人嚴在上",少部分為稱許在世者敬畏之心行,如春秋中期《與兵壺》(NA1980):"余嚴敬兹禮盟",春秋晚期《蔡侯申鐘》(00223):"余嚴天之命",均屬正面詞。為強調山之高拔險峻，予人威嚴因而敬畏之感，乃於"嚴"上加"山"，以成專字。嚴、巖、險通假例證詳參《古字通假會典·談部第八·敢字聲系》。《說文》九篇下："峟，山巖也"，"巖，厓（崖）也"；十四篇下："一曰：阿，曲阜也"，段《注》："凡曲處皆得偁阿，是以《毛詩》卷十五之三《小雅·魚藻之什·緜蠻》"丘阿"《傳》曰：'丘阿，丘之曲阿也'"。

此聯出句從橫切面著眼。其意猶《毛詩》卷十三之一《小雅·谷風之什·北山》所言："溥（普）天之下，莫非王土"，不斷開疆拓土，結果國土過"廣"，幾乎似"無"疆域邊"界"可言，陷入四戰之地。對句從縱切面著眼。山峯參天，從天界而言，乃受侵犯，"虧"損一大片，然此尚屬常態，今則連山之低阿處亦足以"虧天"，則山之高拔可知。

（五）**海按**：《爾雅》卷七《釋山》："銳而高，嶠。"《車駕幸京口三月三日侍遊曲阿後湖作》："山祇蹕嶠路。"《三國志》卷四二《郤正傳·釋譏》："雍門援琴而挾說"，裴《注》引桓譚《新論》："強弩下高鳥，勇士格猛獸"，此乃人力所致，然猶有自然環境使然者，如《文選》卷二八《詩戊·樂府下》鮑照《苦熱行》："赤阪橫西阻，火山赫南威，身熱頭且痛，鳥墥（墮）魂來歸"，此處亦然。因山高處溫度低，使水氣凝結為濃"霧"，蒙蔽"高"翔之鳥的視線，使得它們展翅前進時，不辨方向，撞擊山嶺而"下"墜。

（六）**海按**：出句之"嶠"既為所有格名詞，則對句之"冰"亦然。換言之，"冰"、"沙"非並列者。其次，與"固"對仗之"下"乃使役動詞，則"固流川"當訓解為使"流川"凝"固"。嚴冬水結冰，不足奇，如今使河川凝"固"不"流"者竟為已被冰雪包裹而凍結之沙粒，以此反襯嚴寒至極。《周禮》卷三七《秋官·薙氏》："冬日至而耜之"，鄭《注》："以耜測凍土，刬之"。今則並隨時移動之沙亦成凍沙。

(七)**海按**:《爾雅》卷六《釋天》:"扶搖謂之猋",郭《注》:"暴風從下上",即《莊子》卷一上《逍遙遊》所言之"羊角"風,今謂之龍捲風。加"風"成專字。《素問》卷十一《腹中論篇第四十》:"病至,則先聞腥臊臭(嗅),出清液",王《注》:"清液,清水也"。《説文》十一篇上二:"涓,小流也。"

此一聯出句論天上之氣流,嚴"冬未至",尚在"秋"季,大漠已興起襲捲黃沙蔽天之懾人旋風;對句論地上之水流,雖春雪融化成"液"體,至夏日應為水量充沛之時,仍不能形成一條小河。此聯乃天、淵對,故以氣體之"飈"與液體之"液"對仗。前者極言其狂暴,後者極言其乾旱。上一聯自空間論景況,此聯從時間論景況。對仗殊為巧密。

(八)**海按**:"胡"在北,"閩"在南,捨慣用與前者對仗之"越",固為前方用"揚越",以免犯重,亦避熟就生也。《後漢書》卷一下《光武紀·建武十二年(36)》:"修烽燧",章懷《注》:"前書《音義》曰:'邊方備警急,作高土臺,臺上作桔(音劫)皋,桔皋頭有兜零,以薪草置其中,常低之,有寇即燃火舉之,以相告,曰烽。又多積薪,寇至,即燔之,望其煙,曰燧。晝則燔燧,夜乃舉烽。'《廣雅》卷八上《釋器》曰:'兜零(籌筊),籠也。'"所謂"前書《音義》"見諸《漢書》卷四八《賈誼傳·陳政事疏》"斥候望烽燧不得卧"《集解》所引文穎説。南境有外敵入侵,故燃"烽"火示警。《説文》十三篇下、《廣雅》卷三上《釋詁》並云:"埃,塵也。"《尚書》卷六《禹貢》:"涇屬渭汭",偽孔《傳》:"屬,逮也";《漢書》卷二九《溝洫志》:"與東山相屬",顏《注》:"屬,連及也",因此有到達之意,《呂覽》卷六《明理》:"其氣有上不屬天,下不屬地",高《注》:"屬猶至"。《廣韻》卷二《下平聲·先第一》:"燕,國名,亦州,又姓",是"燕"作為地點等專有名詞,必須讀陰平,否則,此篇將形成平、仄通押,違反慣例。

此一聯乃互文足義,言"越兵""胡"騎奔馳揚起之塵"埃"蔓延至("屬")"荊、吳"、"幽、燕"一帶,使得轄下南、北邊區已出現通知敵軍將侵入邊陲内地的警告信號。

(九)海按:《漢書》卷八七上《揚雄傳》:"上迺帥羣臣橫大河",顏《注》:"橫,横度(渡)之也";《後漢書》卷八十上《文苑列傳·杜篤傳·論都賦》:"東橫乎大河",章懷《注》:"橫,絕流度也"。由於此聯分別與上聯相呼應:"閩烽指荊、吳",故需渡漲海;"胡埃屬幽、燕",則外敵顯然已橫越草原、沙漠,故知"海",海洋也,非指瀚海。此聯乃自正、反兩面狀其情勢危急:敵軍顯然凌厲,有一路破竹之勢,將侵入邊陲("荊、吳"、"幽、燕")内地,故告急警訊("烽")均"指"向第二線矣。甲文中,"咸"從斧"戉(鉞)"從"口":"㘝"(合1390);金文"戉"之柄部傾向"戈"形:"㦰",如西周早期《我鼎》(02763),然均象以重兵器殺戮。《周書》卷四《世俘》:"則咸劉[1]商王紂",《尚書》卷十六《君奭》:"暨武王,誕將天威,咸劉厥敵"。此字甚早已假借為副詞"皆"之義,如西周早期《䚄鼎》(02739):"唯周公于伐東夷,豐伯、薄姑咸裁",《尚書》卷十四《康誥》:"見士于周,周公咸勤"。如此用法,至東周依然,如《毛詩》卷二十之三《商頌·玄鳥》:"殷受命咸宜,百禄是何(荷)",春秋早期《秦公鐘》(00262):"虔龢胤士,咸蓄左右"。馬匹僅能奔行於陸地,今欲渡("横")海,則須由船艦運送,是海邊已遍佈速度若"飛"之敵軍戰馬。《說文》十篇上:"驪,馬深黑色",《毛詩》卷二十之一《魯頌·駉之什·駉(音窘陰平)》:"薄言駉者,有騵(音欲)有皇,有驪有黃",毛《傳》:"驪馬白跨曰騵,黃白曰皇,純黑曰驪,黃騂(音星)曰黃",孔《疏》:"跨者,所跨據之處,謂髀(音必)間白也"。

(十)海按:《漢書》卷十《成帝紀》:"不敢絕馳道",顏《注》:"絕,橫度也",與出句的"橫"意義一致。《史記》卷一百十《匈奴列傳》:"(趙)信教單于:益北絶幕[2],以誘罷(疲)漢兵",《集解》:"瓚曰:'……直度曰絶'"。直度即橫度,意謂不繞道。《漢書》卷四三《婁敬傳》:"冒頓單于兵彊,控弦四十萬騎",顔《注》:"控,引也,謂皆引弓也"。此處與戰馬("飛驪")對仗者乃戰士,故卷九四上《匈奴傳》:"控弦之士三十餘萬",顔《注》:"控弦,言能引弓者"。

(十一)**海按**:《後漢書》卷二九《鮑永傳附子昱(音欲)傳》:"使封胡降檄",章懷《注》:"檄,軍書也,若今之露布也",故《文心雕龍》卷四《檄移》:"檄,皦(音角)也,宣露於外,皦然明白","或稱露布,播諸視聽也"。軍事文書("檄")緊急,故騎馬迅速"馳"報京師。消息一抵達,引"發"朝中群臣紛紛上"章表",各抒應對之見。《禮記》卷六十《大學》:"仁者以財發身",鄭《注》:"發,起也"。

甲文中,"塞"從"宀"、二"工"、"廾":"🈳"(合29365),象兩手將工具置入屋内;金文則再加二"工":"🈳",如春秋早期《塞公孫㝬(音言)父匜》(10276),因而引申出填滿、堵住空間之義。《左傳》卷十四《僖公二十年》:"凡啟、塞從時",杜《注》:"門、户、道、橋謂之啟,城、郭、牆、塹(音欠)謂之塞";《尚書》卷二十《秦誓序》:"晉襄公帥師敗諸崤",僞孔《傳》:"崤,晉要塞也",孔《疏》:"築城守道謂之塞"。實即於緊要處、道路上添加阻礙,令人馬不得通行無阻。因漢語動詞每兼名詞之通性,故堵塞轉爲名詞之要塞義。對句言京師與前線有關軍情之文書頻繁往返於駐守要"塞"之"邊"境,以致將往京師與將赴前線者於途中"交"叉錯身而過。此聯之"章表"、"軍書"均爲複數。

(十二)**海按**:《釋名》卷七《釋兵》:"鏑,敵也,言可以禦敵也,齊人謂之鏃。"《漢書》卷二八下《地理志·粵地》:"木弓弩,竹矢,或骨爲鏃",顏《注》:"鏃,矢鋒",故《說文》十四篇上:"鏑,矢鏻(鋒)也","鏻,兵岩(端)也"。《史記》卷一百十《匈奴列傳》:"冒頓乃作為鳴鏑",《集解》:"《漢書音義》:'鏑,箭也'",與本篇此處用法一致,均為以部分代表全體,接鏑猶接矢。《後漢書》卷八九《南匈奴列傳》:"良騎野合,交鋒接矢",《宋大詔令集》卷二一八《政事七一·平亂·平澤路德音》:"鋒交矢接,瓦解冰消"。雙方於戰場相互攻擊時,以刀劍而言,曰交鋒;以箭矢而言,曰接矢。

(十三)**海按**:《左傳》卷十七《僖公三十三年》記載"秦師過周北門",僅"免冑而下",乃"無禮"之舉,杜《注》:"謂過天子門,不卷甲束兵",孔《疏》以"不囊[3]甲"釋"卷甲"。《史記》卷八一《廉頗藺相如列傳》:"趙奢……卷甲而趨之,二日一夜至",《漢書》卷五二《韓安國傳》:"今將卷甲輕舉,深入長驅",是"卷甲"猶不穿甲,鎧甲束縛,綁手綁腳,卷(捲)甲置於行囊中,故身體得以輕便速行。"行"既與"陣"對仗,則當訓為行伍也。此聯形容士卒之勇敢。在與敵方交戰時,軍士無畏,連護身之鎧"甲"也不穿,均爭先("前")恐後,居於"行""陣"之"首"、最"前"列,甘冒槍林箭("鏃")雨。

(十四)**海按**:《漢書》卷一下《高帝紀·十年(前197)》:"吾以羽檄徵天下兵",顏《注》:"檄者,以木簡為書,長尺二寸,用徵召也。其有急事,則加以鳥羽插之,示速疾也。《魏武奏事》云:'今邊有警,輒露檄插羽'",上引《高祖本紀》文原見諸《史記》卷九三《陳豨(音西)傳》,《集解》:"取其急速若飛鳥也"。易"羽檄"為"羽驛",一則上文已有"馳檄",以免重出;再則避熟就生;三則於義較合常理,檄文本身無法飛馳,飛馳者乃傳遞軍情者及其所騎之馬。驛,傳遞公文及供傳遞者中途換馬、歇息之處,故《說文》十篇上:"驛,置騎也"[4]。無絕,不斷也。傳遞

從軍行　519

軍情,需經過一處又一處之驛站。為了飛速傳遞軍情,於設立之"驛"站前迅速換馬、繼續奔"馳"前行,此種狀況絡繹不"絕"。此猶後世俗稱"六百里加急"表述之狀況。

（十五）**海按**：《周禮》卷二七《春官·司常》："掌九旗"，"全羽為旞，析羽為旌"[5]，鄭《注》："全羽、析羽皆五采……所謂注旄於干首也"，所謂云云乃《爾雅》卷六《釋天》文："注旄首曰旌"，郭《注》："載旄於竿頭"。《周禮》卷二三《春官·樂師》："有旄舞"，鄭司農云："旄舞者，氂牛之尾"，故《說文》七篇上段《注》"旄"時，曰："以氂牛尾注竿首"。不論竿首所繫附者為鳥羽或牛尾，皆裝飾也。"晝夜懸"即"無絕"之意，僅後者從反面說，前者從正面說，均表示戰事持續不已，故報告軍情之文書不斷、城樓上之軍旗始終飄揚。

（十六）**海按**：徐炫《說文》卷八上《人部·新附字》："伺，候望也"，故與下句的"候"對仗。《尚書》卷十九《呂刑》："其罰六百鍰"，孔《疏》："古者金、銀、銅、鐵總號為金"；孔《疏》於《毛詩》卷六之三《秦·小戎》"陰靷(音引)鋈(音沃)續"之毛《傳》"鋈，白金也"[6]後復申此義，並於"虎韔(音唱)鏤(音漏)膺"[7]之鄭《箋》"鏤膺，有刻金飾也"釋云："金者，銅、鐵皆是，不必要黃金也"。事實上，戰國之前，金皆指青銅而言，《尚書》卷六《禹貢·揚州》："厥貢惟金三品"，孔《疏》引鄭《注》："金三品者，銅三色也"，故兩周青銅器銘文每見"吉金"此成詞。《周禮》卷三《天官·宮正》："夕擊柝而比之"，鄭司農云："柝，戒守者所擊也"，賈《疏》："手持二木以相敲，是為擊柝，擊柝為守備警戒也"。於軍旅中，則將材質由木易為金屬。《漢書》卷五四《李廣傳》："不擊刁斗自衛"，《集解》所引孟康曰："以銅作鐎(音交)，受一斗，晝炊飯食，夜擊持行夜，名曰刁斗"，蘇林曰："形如銷(音宣)，無緣"，師古曰："鐎……温器也……銷即銚(音跳)

也,今俗或呼銅鉂"。

此句意謂:雖夜間休息("臥"),各軍營仍保持高度警覺,不但派有哨兵"伺"候,以防敵方夜間偷襲,且各營中有擊刁斗("金柝")以巡邏者。

(十七)**海按**:"起"與出句之"臥"相對,指白天活動時刻。《史記》卷一百十《匈奴列傳》:"光祿徐自為……築城鄣列亭",《正義》:"顧胤云:'鄣,山中小城;亭,候望所居也'"。"鄣"即"障",其作用與"塞"同,構成通行之障礙,以保護後方之安全。《後漢書》卷一下《光武紀·建武十二年》:"築亭候",章懷《注》:"亭候,伺候望敵之所"。此句言白天隨時密切瞭望(候)對方動態,一察覺有異樣,即通知"亭"障軍吏燃起"燧烟",警告後方戒備。平時於內地,《漢書》卷十九上《百官公卿表》:"大率十里一亭,亭有長;十亭一鄉,鄉有三老"。《後漢書》卷十八《臧宮傳》:"少為縣亭長、游徼",章懷《注》:亭長"以禁盜賊",鄉之游徼"掌循禁姦盜"。據《百官公卿表》,此"皆秦制",漢因之不改。"響"為聽覺所察,"烟"乃視覺所觀,道地之聲、色對仗。

(十八)**海按**:連"矣"、"哉"此等感歎詞亦求對仗,已詳《始安郡還都與張湘州登巴陵城樓作》"悽矣自遠風,傷哉千里目"注。《楚辭》卷十一《惜誓·敘論》:"惜者,哀也。""私"字用得甚佳。無人憐"惜"這批將士,只有"自憐"。非但如此,這番自憐還不能公然表露,僅能"私"下暗中為之。

此篇押劉宋時期先部平聲韻。

【補述】

(1)甲文中,"卯"乃背向雙刀之形:"⧎"(合549)。卜辭中,每作動

從軍行　521

詞用,乃用牲之法。金文則每將兩直豎作弧形,三角形之刀鋒作弧形:"㓞",如西周早期《遣尊》(05992)。加"金"顯示其材質,加"刀"乃加強其本義,"劉"字成焉。《尚書》卷九《盤庚上》:"重我民,無盡劉",僞孔《傳》:"劉,殺也"。漢語動詞每兼名詞詞性,故《尚書》卷十八《顧命》:"一人冕,執劉,立于東堂;一人冕,執鉞,立于西堂",僞孔《傳》:"劉,鉞屬",孔《疏》:"蓋今鑱(音蟬)斧"。《説文》十四篇上:"鑱,鋭也。"

(2)幕、漠相假例證參《古字通假會典·魚部第十九(下)·莫字聲系》。

(3)《毛詩》卷十九之二《周頌·清廟之什·時邁》:"載櫜弓矢",毛《傳》:"櫜,韜也",孔《疏》:"櫜者,弓衣,一名韜,故内(納)弓於衣謂之韜弓"。《周禮》卷四十《考工記·函人》:"櫜之,欲其約也",鄭司農云:"謂卷(捲)置櫜中也"。

(4)古名"傳遽",《周禮》卷三八《秋官·行夫》:"掌邦國傳遽之小事",鄭《注》:"傳遽若今時乘傳騎驛而使者也",此側重傳訊息者。《禮記》卷三十《玉藻》:"士曰傳遽之臣",鄭《注》:"傳遽,以車馬給使者也",此側重協助傳訊息者便捷之地點。

(5)《左傳》卷三二《襄公十四年》:"范宣子假羽毛(旌)於齊,而弗歸",杜《注》:"析羽爲旌",孔《疏》:"蓋有全取其翅,或析取其翮,故有全、析二名也"。

(6)《小戎》孔《疏》:"靷,所以引車也。"引,動詞意謂拉也;名詞意謂拉車之繩索,因係"以皮爲之",故加"革"以成專字。《吕覽》卷八《愛士》:"右服失而埜(野)人取之",高《注》:"四馬車,兩馬在中爲服","兩馬在邊爲驂"。孔《疏》説:"一衡之下唯有服馬二頸也","驂馬頸不當衡,别爲二靷以引車",則二服自有二靷。此二靷前端上繫於衡,至接近車前,用一個金屬環收束。《廣雅》卷八上《釋器》:"白銅謂之鋈",由於古代五金均謂之金,故毛《傳》曰:"鋈,白金也",孔《疏》曰:"銷此白金,以沃灌靷環",然後以另一繩索接續,該繩索尾端繫於車下貫穿前兩輪之軸上。《荀子》卷七《王霸》:"縣縣常以結引馳外為務",楊《注》:"引讀為靷,靷,引軸之物",此所以鄭《箋》曰:"鋈續,白金飾續引之環"。由於此靷後一小段在車之下,如楊《注》所言:"繫於軸",為車身所覆,故曰"陰靷",如孔《疏》所言:"陰,蔭也"。詳參揚之水:《詩經名物新證》(北京:北京古籍出版社,2000),《秦風·小戎》。

(7)《小戎》毛《傳》:"虎,虎皮也;韔,弓室也",弓室即裝弓之囊。馬瑞辰《毛詩傳箋通釋》卷十二:"'鏤膺'當從范處義、嚴粲說,謂鏤飾弓室之膺。弓以後為臂,則以前為膺,故弓室之前亦為膺耳"。馬氏所提二位南宋時期前修之説分別見諸范處義:《詩補傳》卷十一《小戎》,嚴粲:《詩緝》卷十二《小戎》,《詩經要籍集成》,第5、第9册。

《文選》卷二一《詩乙‧詠史》

秋胡詩

善《注》:《列女傳》卷五《節義傳‧魯秋潔婦》曰:"魯秋胡潔婦者,魯秋胡子之妻也。秋胡子既納之五日,而去而宦於陳,五年乃歸。未至其家,見路傍(旁)有美婦人方採桑,秋胡子悅之,下車謂曰:'……。'婦人採桑不輟。秋胡子謂曰:'……今吾有金,願以與夫人。'婦人曰:'嘻⁽¹⁾,夫【妾】採桑力作,紡績織紝,以供衣食,奉二親,養夫子而已矣,吾不願人之金,所願卿無有外意,妾亦無淫泆之志……。'秋胡子遂去。歸至家,奉金遺其母。其母⁽²⁾使人呼其婦。婦至,乃向採桑者也。秋胡子見之而慙(慚)。婦曰:'子束髮脩身,辭親往仕,五年乃得還,當所【欣】悅馳驟,揚塵疾至,思見親戚。今也乃悅路旁(傍)婦人,而下子之裝,以金與(予)之,是忘母也,忘母,不孝也;好色淫泆,是污行也,污行,不義……孝、義並亡,必不遂矣,妾不忍見不孝之人。子改娶矣,妾亦不嫁。'遂去而東走,自投河而死。"

【補述】

(1)《禮記》卷七《檀弓上》:"伯魚之母死,期而猶哭。夫子聞之曰:'嘻,其甚也'",鄭《注》:"嘻,悲恨之聲";《公羊傳》卷十《僖公元年》:"慶父聞之曰:'嘻,此奚斯之聲也,諾已。'曰:'吾不得入矣'",何《解詰》:"嘻,發痛語首之聲",可知:"嘻"斷非快樂嘻笑之聲,適相反,乃不以為然、慨歎之聲。

(2)奎章閣六家本二"母"字均因形近而訛為"毋"。

　　椅[1]、梧傾高鳳,寒谷待鳴律(一),影、響豈不懷,自遠每相匹(二),婉彼幽閑女,作嬪君子室(三),峻節貫秋霜,明豔侔朝日(四),嘉運既我從,欣願自此畢(五)。其一

　　燕居未及好[2],良人顧有違(六),脫巾千里外,結綬登王畿(七)。戒徒[3]在昧旦,左右來相依(八),驅車出郊郭,行路正威遲(九),存為久離別,沒為長不歸(十)。其二

　　嗟余怨行役,三陟窮晨暮(十一),嚴駕越風寒,解鞍犯霜露(十二),原隰多悲涼,迴飆卷高樹(十三),離獸起荒蹊,驚鳥縱[4]橫去(十四),悲哉遊宦[5]子,勞此山川路(十五)。其三

　　超[6]遙行人遠,宛轉年運徂(十六),良時[7]為此別,日月方向除(十七),孰知寒暑積,僶俛(音敏免)見榮枯(十八),歲暮臨空房,涼風起座[8]隅(十九),寢興日已寒,白露生庭蕪(二十)。其四

　　勤役從歸願[9],反路遵山、河(二一),昔醉【辭】[10]秋未素,今也歲載華(二二)。蠶月觀時暇,桑野多經過(二三),佳人從此【所】[11]務,窈窕援高柯(二四),傾城誰不顧,弭節停中阿(二五)。其五

　　年往誠思勞,事[12]遠闊音形,雖為五載別,相與昧平生(二六),捨車遵往路,鳧藻馳目成(二七)。南金豈不重?聊自意所輕(二八),義心多苦調,密比[13]金玉聲(二九)。其六

　　高節難久淹(三十),朅(音切)來空復辭(三一)。遲遲前塗盡,依依造門、基(三二),上堂拜嘉慶,入室問何之(三三)?日暮行采[14]歸,物色桑榆

時⁽³⁴⁾。美人望昏至⁽³⁵⁾，憋歎前相持。其七

有懷誰能已？聊用申苦難⁽³⁶⁾：離居殊年載，一別阻河、關⁽³⁷⁾，春來無時豫，秋至恆[15]早寒⁽³⁸⁾，明發動愁心，閨中起[16]長歎⁽³⁹⁾，慘悽歲方晏，日落遊子顏⁽⁴⁰⁾。其八

高張生絕弦，聲急由調起⁽⁴¹⁾：自昔枉光塵，結言固終始⁽⁴²⁾，如何久為別，百行儓[17]諸己⁽⁴³⁾？君子失明[18]義，誰與偕沒齒⁽⁴⁴⁾？愧彼《行露》詩，甘之長川汜[19]⁽⁴⁵⁾。其九

【校記】

[1] 明州六家本"椅"作"猗"，從善《注》可知，此乃形近之訛。

[2] 五臣本、六臣本、奎章閣六家本、《樂府詩集》、《玉臺新詠考異》"好"作"歡"，非是。理由詳注。

[3]《玉臺》卷四："（'徒'）一作'途'。"《挽歌》："戒徒赴幽岑，祖駕出高門"，《初學記》卷十八《人部中·離別》所錄荀雍⁽¹⁾《臨川亭詩》："明發戒徒御，臨流餞歸人"，當以"徒"為是。

[4] 五臣本、六家本"縱"作"從"，無別，二字相假例證詳參《古字通假會典·東部第一·从字聲系》。

[5] 五臣本、六家本、六臣本、《樂府詩集》"遊"均作"游"，二字相混用例證詳參《古字通假會典·幽部第十七（上）·斿字聲系》。《玉臺新詠考異》"遊宦"作"宦遊"，意義無別。

[6]《玉臺》卷四"超"作"迢"，無礙，理由詳注。

[7] 五臣本、六家本、《樂府詩集》"時"作"人"，非是。首先，此章首句曰"行人"，非不得已，六朝人行文不犯重出之瑕。其次，正因作"時"，別時景色欣欣向榮，故下句方感歎時光飛逝，已近歲暮，百物蕭殺。

［8］五臣本、六家本、六臣本、《樂府詩集》、《顏光祿集》、《玉臺新詠考異》"座"均作"坐"，無別。漢語中之動詞每兼具名詞詞性，為示區別，乃於名詞意義之"坐"外加一"广"，《説文》九篇下："广，因厂為屋也"。此字於甲、金文中為部件時，如"𠂇"（合8169）、"𠂉"（西周早期《廣簋》，03611），从宀从丨，前者象屋頂，後者象牆壁。

［9］《玉臺》"願"作"顧"，不詞，非是。《嵇康集》卷四《答（向子期）難養生論》："甘減年殘生，以從所願"，《晉書》卷六二《劉琨傳·又表》："力不從願"。《文選》卷二二《詩乙·招隱》陸機《招隱》："税駕從所欲"，卷三一《詩庚·雜擬下》江淹《雜體詩三十首·謝僕射遊覽》："歲暮從所秉"，亦可為佐證。

［10］五臣本、六家本、六臣本、《玉臺》、《樂府詩集》、《顏光祿集》、《玉臺新詠考異》"醉"均作"辭"，是也。

［11］五臣本、六家本、六臣本、《玉臺》、《樂府詩集》、《顏光祿集》"此"均作"所"。"此"乃指示代名詞，上文並無具體事件，則用"此"，即蹈空。若以"此務"指採桑養蠶這事務，則文義複沓。"務"本有專注之含意，尤可顯現其心無旁騖。如《玉臺》卷五柳惲《擣衣》："佳人飾净容，招攜從所務"，《宋書》卷五五《傅隆傳·史臣曰》："士自此委笥植經，各從所務，早往晏退，以取世資"。結合上述三點，以"所"為是。《玉臺新詠考異》即作"所"。

［12］五臣本、六家本、六臣本、《樂府詩集》、《顏光祿集》、《玉臺新詠考異》"事"均作"路"，"年"與"路"適為時、空對，貌似頗宜，然夫、妻遙隔千里，數載未晤，豈秋胡伉儷獨然，焉得至不識之地步？唯當年"燕居未及好，良人顧有違"此"事"方為雙方於對方面目印象模糊，見面不相識之癥結，且從本句下文曰"闊音形"，及下文李氏之解説，所謂"先昧

秋胡詩　　527

平生",彼亦如此理解,是以作"事"為然。況本章第三聯出句有"路"字,此處不應犯重。

［13］五臣本、《玉臺》、《樂府詩集》"比"作"此",乃形近致訛。呂延濟:"南金雖重,執義不受,密絶之義也",既不知句意,又勉強增字("絶")解之,非但使本為動詞之"密"轉為副詞,且令秋胡以"南金"誘惑之言為"金玉聲",混帳莫此為甚。

［14］《顔光祿集》"采"作"來",非也,乃形近之訛。此乃秋胡母針對秋胡"何所之"之回答,自當具體説明秋胡妻外出之原委。若僅作"來",則成浮泛之語,串門、買菜俱可當之。

［15］《玉臺》"恆"作"應",非是。氣温隨不同季節而變化,乃"恆"常必然者,無所謂"應"然與否。蓋因手民粗疏,將"恆"誤為字形近似之"应",後人轉刻為正楷,乃誤為"應"。

［16］《樂府詩集》卷三六《相和歌辭十一・清調曲四・秋胡行》"起"作"夜",非是。此因無視"動"、"起"之對仗。

［17］五臣本、六家本、六臣本、《樂府詩集》"謽"作"愆",無別,因"謽"乃"愆"之籀文,已詳《北使洛》"歸來屢徂謽"注。

［18］《玉臺》吴《箋》:"明""一作'時'"。據《行露》文本與鄭《箋》,此詩乃女方尚未與"彊暴之男"成婚之時,"故不行"。《秋胡詩》中,男、女雙方早已結褵,以前者論後者的詩義,比擬不倫。尤要者,"明義"乃兩漢已降之成詞。如《漢書》卷九九上《王莽傳・張竦為陳崇草奏稱莽功德》:"不顧春秋之明義,則民臣何稱",《三國志》卷十四《劉曄傳》:"此誠往代之成法,當今之明義也",《玉臺》卷二左思《嬌女詩》:"明義為隱賾",《通典》卷八十《禮四十・凶禮二・天子為繼兄弟統制服義》謝奉議曰:"禮:兄弟不相為後,明義也",卷一百《禮六十・凶禮二

十二·喪遇閏月議》虞蔚之議:"閏月附正,《公羊》明義"。蓋因"明"、"時"二字形近而訛。

[19]《類聚》卷十八《人部二·賢婦人》所錄"汜"作"涘",此乃音近致訛,因二字皆收於《廣韻》卷三《上聲·士第六》,前者為詳里切,精系邪母之部字;後者為牀史切,莊系崇母之部字。在此之前,精、莊二系合一。《說文》十一篇上二:"涘,水厓也",非水本身。秋胡妻乃將投河自盡,非賭氣離家至河畔枯坐。

【注釋】

(一)善《注》:《毛詩》卷十之一《小雅·南有嘉魚·湛露》曰:"其桐其椅,其實離離",卷十七之四《大雅·生民之什·卷阿》又曰:"鳳皇鳴矣,于彼高岡;梧桐生矣,于彼朝陽"。《文選》卷二四《詩丙·贈答二》司馬紹統《贈山濤詩》曰:"昔也植朝陽,傾枝俟鸑鷟(音濁)。"《類聚》卷九《水部下·谷》劉向《別錄》曰:"鄒衍在燕,燕有谷,地美而寒,不生五穀,鄒子居之,吹律而溫氣至而穀生,今名黍谷也。"

海按:《湛露》鄭《箋》:"桐也、椅也,同類而異名。"卷三之一《鄘·定之方中》:"椅、桐、梓、漆,爰伐琴瑟",孔《疏》:"《爾雅》卷九《釋木》云:'椅,梓也'……郭璞《注》曰:'即楸(音秋)也'",孔說未允,否則《定之方中》不會將四者並列。楸乃梓屬者,椅乃桐屬者,俗稱山桐子。《說文》八篇上:"傾,仄(側)也,从人从頃,頃亦聲","頃,頭不正也",《禮記》卷五《曲禮下》:"傾則姦",孔《疏》:"傾,敧(音豈)側也"。此句意謂:"椅、梧"這類嘉樹之樹枝,甚至樹幹向一邊"傾"斜延伸,因彼等渴望、等候("待")"高"飛在天之"鳳"凰能降臨,戢翼於其上。

鄒衍吹律云云乃歷史被神話化。該谷本可生五穀,然因曆法不當,故耕種無收成。鄒衍通律,洞悉當地陰、陽氣運變化、季風及雨何時來臨,經由吹"律",聽各律管所"鳴"之音而辨氣,重訂曆法,下種、受雨等遂皆得其時,故生黍也。此句意謂:看似了無生機,實有甚大潛能之山谷有待知律者方能見其佳美。

此聯以"椅、梧"、"寒谷"喻佳人,所"待"之"鳳"凰、"鳴律"者喻賢士。

(二)善《注》:言椅、梧佇鳳鳥之來儀,寒谷資吹律而成煦,類乎影、響,豈不相思?故夫婦之儀,自遠相匹。《尚書》卷四《偽大禹謨》曰:"惠迪[2]吉,從逆凶,惟影響。"《鶡(音何)冠子》卷中《泰錄第十一》曰[3]:"影則隨形,響則應聲。"毛萇《詩》卷一之五《召南‧野有死麕》"有女懷春,吉士誘之"《傳》曰:"懷,思也。"

海按:《說文》七篇上:"景,日光也,从日京聲",段《注》:"光所在處,物皆有陰",故"景"又讀若"郢"。為區別起見,後世乃加"彡"成"影",可視為與"采"、"章"之作"彩"、"彰"乃趨同現象,然"影"之"彡"非表裝飾文畫,蓋象依稀暗影。《偽大禹謨》偽孔《傳》:"吉凶之報若影之隨形、響之應聲,言不虛。"響,回音也,故《素問》卷十九《天元紀大論篇第六十八》:"道如鼓之應桴(音扶),響之應聲",王《注》:"桴,鼓椎(槌)也;響,應聲也"。古代乃男性中心社會,故《儀禮》卷三十《喪服》曰:"婦人有三從之義,無專用之道"。由是可知:隨形而移之"影"、應聲而興之"響"乃喻婦女也。

《廣韻》卷四《去聲‧十八隊》:"每,數(音朔)",毛晃、毛居正《增修互注禮部韻類》(香港:迪志文化出版公司,1970)卷三《上聲‧十四賄》:

"每,常,又屢也"。《説文》十二篇下:"匹,四丈也。"《禮記》卷四三《雜記下》:"束五兩,兩五尋。"古收布帛乃自頭、尾兩端同時向内捲,所謂"兩兩合其卷",是以鄭《注》曰:"八尺曰尋。一兩五尋,則每卷二丈也",兩卷"合之,則四十尺(四丈),今謂之匹,猶匹偶之云與"。一匹即一兩,是以凡匹必偶,所以曰兩,因二卷相對成雙,故《周禮》卷十四《地官·媒氏》:"凡嫁子娶妻,入幣純【緇】帛無過五兩",鄭《注》:"五兩,十端也","每端二丈"。

此聯意謂:女子豈不思有所託,好在天道恆存,影、響與形、音"每"相感應,如《周易》卷一《乾·文言》所言:"水流溼,火就燥","各從其類也",是以雖遠隔千里,仍會"自遠"而來聚,成為配偶。如數尺、丈之布的兩端必會向内對捲而成"匹"。

(三)善《注》:毛萇《詩》卷四之四《鄭·野有蔓草》"有美一人,清揚婉兮"《傳》曰:"婉然,美貌(4)【也】",卷一之一《周南·國風》:"窈窕淑女",《傳》又曰:"窈窕,幽閑(閒)也"。《爾雅》卷四《釋親》曰:"嬪,婦也。"

海按:《爾雅》卷三《釋言》:"幽,深也",《説文》四篇下:"幽,隱也"。《荀子》卷十一《天論》:"禮義不脩,内、外無別,男、女淫亂。"既然在傳統禮俗中,男外女内,故女子居處必為屋内深隱之處。《周易》卷四《家人·初九》:"閑有家",《釋文》引馬融云:"闌(攔、欄)也、防也";《左傳》卷三四《襄公二十一年》:"欒盈出奔楚",孔《疏》:"閑是欄衛禁防之名也"。用之於人,則為各種尺度、約束、規範,故孔《疏》續引《論語》卷十九《子張》:"大德不踰閑",曰:"閑謂禮法"。"閑"於此處乃動詞轉成的形容詞。"幽閑女"謂深居於内,以禮法謹守己身言行之女子。

《釋名》卷三《釋親屬》:"天子妾有嬪。嬪,賓也,諸妾之中見賓敬也",此説乃受後世内宫品級名稱影響,如《禮記》卷十五《月令·仲春》:"后、妃率九嬪御",卷六一《昏義》:"古者天子后立六宫、三夫人、九嬪",乃以爲帝王後宫位次於后、妃或夫人者之稱,未得其原本之實。如同妃,實當改讀爲"配",通假例證詳參《古字通假會典·齊部第十三(下)·妃字聲系》。《儀禮》卷四七《少牢饋食禮》:"以某妃配某氏",鄭《注》:"某妃,某妻[5]也";《左傳》卷二《隱公元年》:"惠公元妃孟子",孔《疏》:"妃者,配匹之言,非有尊卑之異"。《周禮》卷二《天官·大宰》:"以九貢致邦國之用……二曰嬪貢",鄭《注》:"嬪,故書作賓",本乃言婦自外來,如賓,夫婦平等,相敬如賓主。室乃寢處。婚後,非獨寢,故《禮記》卷一《曲禮上》:"三十曰壯,有室",鄭《注》:"有室,有妻也。妻稱室";卷二八《内則》"三十而有室,始理男事",鄭《注》:"室猶妻也。男事,受田給政役也"。

(四)善《注》:貫猶連也。《玉臺》卷二傅玄《有女篇》曰:"容華既以豔,志節擬秋霜。"鄭玄《周禮》卷三九《考工記·輪人》"權之以眡其輕重之侔也"《注》曰:"侔,等也。"《詩》卷五之一《齊·東方之日》曰:"東方之日,彼姝者子,在我室兮",薛君曰:"詩人言所説(悦)者顔色盛美,如東方之日"。

海按:《左傳》卷四三《昭公五年》:"垂不峻,翼不廣",杜《注》:"峻,高也";《國語》卷十五《晉語九·士茁謂土木盛懼其不安人》:"高山峻原不生草木",韋《解》:"峻,峭也"。《老子》卷三《玄符》:"含德之厚比於赤子……未知牝、牡之合而峻作,精之至也",河上《注》:"未知男、女之合會而陰作怒者,由精氣多之所致也",《釋文》:"本一作'朘(音最陰平)'",徐炫《説文》卷四下《肉部·新附字》:"朘,赤子陰也"。既然"夋(俊)"本爲男子生殖器勃起,故與象兩腳("舛")站於"木"椿上之"桀

(傑)"、樹枝上所開之"英"均有突出、高聳之義,此亦此三字每每二者連言。用於狀山,為免字形過寬,違反漢字造字慣例,乃將從"人"易為從"山"。《呂覽》卷二三《過理》:"亡國之主一貫",高《注》:"貫,同也";《淮南子》卷九《主術》:"貫萬世而不壅",高《訓》:"貫,通"。此句言秋胡妻言行操守之高尚"峻"峭如同"秋霜"般,令人肅然畏之,保持距離,不敢輕佻褻瀆。

《文選》卷十九《賦癸·情》宋玉《神女賦》:"其始來也,耀乎若白日初出照屋梁(樑)。"以今語概釋之,即亮麗、豔光四射。

此聯甚妙,外表如火,內在逾霜,形成火中凝冰之詭異意象。近乎俚語:豔若桃、李,冷若冰、霜。

(五)善《注》:《文選》卷二六《詩丁·行旅上》陸機《吳王郎中時從梁陳作詩》曰:"在昔蒙嘉運,矯迹入崇賢。"

海按:《爾雅》卷二《釋詁下》、《說文》五篇上皆曰:"嘉,美也。"嘉運,好運。古今漢語經常將受詞置於動詞之上,故"我從"即"從我",跟著我。

《說文》八篇下:"欣,笑喜也",《廣雅》卷一下《釋詁》:"欣,喜也"。從智顗《淨土十疑論·第十疑》:"一者厭離行,二者欣願行","觀彼樂土莊嚴等事,欣心願求",可知:此句之"欣"乃動詞,非形容詞,如《文館詞林》卷一五七《詩十七·人部一四·贈答六·雜贈答三·四言》曹攄《贈石崇》"雖欣嘉願"、《陶潛集》卷一《酬丁柴桑》"實欣心期"之"欣",然此句之"願"則為名詞,不同於《淨土十疑論》之"願"乃動詞。《尚書》卷十三《大誥》:"攸受休畢",孔《疏》:"畢,終也";《呂覽》卷十一《長(音常)見》:"西河畢入秦,秦日益大",高《注》:"畢由(猶)盡也"。梁章鉅:"《後漢書》卷八四《列女列傳·曹世叔妻傳·女誡》引《女憲》曰:'得意一人,是謂永畢。'"原文是論為人妻、為人媳者應曲從,以贏"得"舅姑、丈夫之"意",與此處乃言己意得償,南轅北轍。

全句意謂:高興自己之意"願"得遂("從"),"自此"得以完成("畢")。

吳淇:"'峻節'句伏後見拒,'明豔'句伏後見挑,'嘉運'二句作滿志之詞,伏後憤極自沈。"

此章押劉宋時期入聲質部韻。

(六)善《注》:《毛詩》卷十三之一《小雅·谷風之什·北山》曰:"或燕燕居息,或盡瘁事國",卷九之二《小雅·鹿鳴之什·棠棣》又曰:"妻子好合"。《孟子》卷八下《離婁下》曰:"良人出,則必饜(饜)酒肉而後反",劉熙曰:"婦人稱夫曰良人"。《毛詩》卷二之二《邶·谷風》曰:"行道遲遲,中心有違。"鄭玄《毛詩》卷二之一《邶·日月》"胡能有定,寧不我顧"《箋》曰:"曾不顧念我之言也。"

海按:《北山》毛《傳》:"燕燕,安息貌。"《禮記》卷五十《孔子燕居》鄭《注》:"退朝而處曰燕居。"甲文中,"好"作"[字形]"(合12788);金文從同,象婦女對著孩子親愛之義。《棠棣》鄭《箋》:"好合,至(志)意合也。合者如鼓瑟琴之聲相應和也。""燕好"一詞本出自經傳,如《左傳》卷四七《昭公十六年》:"賦不出鄭志,皆昵燕好也",杜《注》以"親好"訓讀之。《御覽》卷四七二《人事部·富下》所錄劉邵《趙都賦》:"會遇燕好",《太平廣記》卷四六九《水族類六·鍾道》所引《幽明錄》:"宋永興縣吏鍾道得重病初差,情欲倍常,先樂白鶴墟中女子。至是猶存想焉。忽見此女子振衣而來,即與燕好",《魏書》卷四八《高允傳·諫文成帝不釐改風俗》:"燕好如夫妻",而"燕"每寫作"宴",《類聚》卷二一《人部五·交友》曹植《離友》之一:"展宴好兮惟樂康",《魏書》卷二四《張袞傳附玄孫倫傳·諫遣使報蠕蠕表》:"申之以宴好",足見:"燕(宴)好"乃六朝成詞。

金文中,"顧"从鳥寡聲:"𤉢",如戰國晚期《中山王譻壺》(09735)。自其演化:"𤉢"(郭·緇34)、"顧"(睡·秦47),強調頭部"頁",顯然以鳥類一貫左右觀看為其義。《說文》九篇上:"顧,還視也",《毛詩》卷七之二《檜·匪風》:"顧瞻周道",鄭《箋》:"迴首曰顧",此自然因其他之人、事、物吸引其注意力,故引申出看顧、顧念之意。《呂覽》卷十七《慎勢》:"行者不顧",高《注》:"顧,視";《禮記》卷六十《大學》:"顧諟(音是)[6]天之明命",鄭《注》:"顧,念也"。《毛詩》卷一之四《召南·殷其靁》:"何斯違斯",毛《傳》:"違,去",《說文》二篇下:"違,離也"。

此聯意謂:夫妻二人日常生活("燕居")相處尚未達到("及")身心親暱融洽、對彼此了解深刻之程度,因為秋胡受到別的事吸引,將關注點轉移,像一個人回頭注視("顧")那事,以致雖然才新婚,竟要離("違")家,去往"千里外"。吳淇:"秋胡在家已受陳之聘,而為臣姑畢婚而去耳,故事事寫得匆忙",按古代禮俗,此說可採。

(七)善《注》:巾,處士所服;綬,仕者所佩。今欲官[7]於陳,故脫巾而結綬也。《東觀漢記》卷十五《江革傳》曰:"江革專心養母,幅巾屐(音肌)履。"《漢書》卷七八《蕭望之傳附子育傳》:"蕭育少與陳咸、朱博為友,著聞當世。往者有王陽、貢公(禹),故長安諺【語】曰:'蕭、朱結綬,王、貢彈冠',言其相薦達也。"秋胡仕陳而曰王畿,《詩·緯》曰:"陳,王者所起也[8]"。

海按:《宋書》卷十八《禮志五》:"巾以葛為之,形如帢(音恰),而橫著之,古尊卑共服也。"既言"古",可見:後世不然。"居士、野人"固然"皆服巾"，"國子、太學生"亦"冠之"。"漢末王公名士"喜故作清素灑脱，"多委王服，以幅巾為雅"，而欲薄葬者，每遺命以幅巾入殮。此所以《後漢書》卷六八《郭泰傳》章懷《注》所引蕭梁周遷《輿服雜事》曰："本居士、野人所服"，"今國子學生服之，以白紗為之"。巾每稱幅巾，《後漢書》卷六八《符融傳》章懷《注》曾解釋："以一幅為之也"。《漢書》卷二四下《食貨志》："布帛廣二尺二寸為幅。"據《後漢書》卷十一《劉盆子傳》"半頭赤幘"章懷《注》，巾覆蓋全髻，童子則"空頂""無屋"，露出髻上端之髮。卷二六《韋彪傳附族孫著傳》："就家拜著東海相。詔書逼切，不得已，解巾之郡"，章懷《注》："巾，幅巾也。既服冠冕，故解幅巾"，相對於此，卷三五《鄭玄傳》："大將軍何進聞而辟之。州、郡以進權戚，不敢違意，遂迫脅（脅）玄，不得已而詣之……不受朝服，而以幅巾見"，故卷二九《鮑永傳》載：永本為更始重臣，"光武即位"，遣使徵之。正統既易，永原本之身份即失合法、有效性，乃封原有印綬，"幅巾""詣行在所"，章懷《注》："幅巾謂不著冠，但幅巾束首也"。劉履："脱巾猶言釋褐"，是也。

《漢書》卷六四上《嚴助傳》："丈二之組"，顏《注》："組者，印之綬"。為官必須有官印，印上有便於手持之環。若欲將官印配戴於身，則需錦、帛質料之長帶穿環而過，將長帶自肩斜繞胸前、背後，而後會結，垂於腰、髖之際，故《家語》卷九《終記第四十》："綦組綬"，王《注》："組綬所以繫象環"。因此，"結綬"猶言"佩官印"。"脱巾"自負面言，"結綬"字正面言。因身份由平民而為官，故曰登。善《注》"王畿"，牽強附會。方回以為："恐顏延之一時寓言"，"亦汎言仕宦之意"，近是。此猶歷史劇之於歷史，乃不同領域，根本毋須要求前者符合史實。若從嚴而求之，"畿"乃從"幾"演變而來之專字，當改讀為"圻"，相假例證詳參《古字通假會典・齊部第十三(上)・幾字聲系》。《周書》卷八《職方》:"方千里曰王圻",孔《解》:"圻,界也"。《周禮》卷九《地官・序官・司關》賈《疏》:"王畿千里,王城在中,面有五百里。""王畿"誠然本指天子方直轄之所,包括陳國在內之諸侯邦國或位於去王畿五百里之甸服,或去王畿千里之侯服,然《毛詩》卷十三之一《小雅・谷風之什・北山》已云:"溥天之下,莫非王土;率土之濱,莫非王臣",《穀梁傳》卷四《桓公八年》:"天子無外",是以雖仕於陳,自禮或理而言,仍為仕於王土之上。《歸鴻》:"長引發江畿",即將"畿"作為土地之代稱,與王畿無干。聞人倓引《毛詩》卷二十之三《商頌・玄鳥》"邦畿千里"毛《傳》:"畿,疆也",甚是。何況此處受限於協韻,不得泥於儒生建構之禮制。

(八)善《注》:《易歸藏》⁽⁹⁾曰:"君子戒車,小人戒徒。"《左氏傳》卷四二《昭公三年》曰:"讒鼎之銘曰:'昧旦丕顯,後世猶怠,況日不悛(音圈),其能久乎。'"

海按:"戒",一般多寫作"誡",相假例證詳參《古字通假會典・之部第十一(上)・戒字聲系》。《儀禮》卷十九《聘禮》:"戒上介,亦如之",鄭《注》:"戒猶命也";《左傳》卷十《莊公二十九年》:"凡土功,龍見(現)而畢務戒事也",孔《疏》:"戒謂令語之也"。《左傳》卷四二《昭公四年》:"旦而皆召其徒",杜《注》:"徒,從者"。此處指供役使之僕從。甲文中,"爽"乃一正面人形懸提二器物:"❋"(合13936);金文作"❋",如西周早期《班簋》(04341),或"❋",如《矢令尊》(06016),均象左、右平衡之貌,且確實多作匹配、配偶、相輔之義。西周中期《免簋》(04240):"昧❋"、《羚簋》(NB1063):"昧❋",春秋晚期《蓮(音尾)子受鐘》(NA0507):"昧❋",均寫作從"日"從"喪"省聲⁽¹⁰⁾,即經傳中習見之"昧爽",是以"昧爽(喪)"猶言夜色將消失,然義猶未盡。《毛詩》卷十

秋胡詩 537

六之二《大雅·文王之什·大明》:"會朝清明",鄭《箋》:"《書》卷十一《牧誓》曰:'時甲子昧爽'",孔《疏》:"爽,明也,言其昧之而初明"。《左傳》卷十二《僖公五年》"龍尾伏晨"孔《疏》:"昧爽也謂夜將旦,雞鳴時也",雞鳴乃一點至三點之丑時,是昧爽猶言昧旦,指晨曦("旦")微露,然夜色尚濃未盡("昧")之際。是以《資治通鑑》卷一四三《齊紀九·東昏侯永元二年》:"(蕭)懿軍昧旦進戰",胡《注》:"昧旦,天微明之時"。《左傳》卷十二《僖公五年》:"輔、車相依";陶淵明《形影神·神釋》:"與君雖異物,生而相依附";《文選》卷十五《賦辛·志中》張衡《思玄賦》:"夕余宿乎扶桑",善《注》引《十洲記》:"兩兩同根生,更相依倚,是以名之扶桑";卷十四《賦庚·鳥獸下》鮑照《舞鶴賦》:"離綱別赴,合緒相依"。於此處指人比肩或前後緊貼而立,若彼此依附。

此聯意謂:於天尚未放明之時,已吩咐("戒")家中僕役準備、檢查車馬等設備及行李,其周邊各種徒眾("左右")作為扈從,均集中於車之兩側、軫後,櫛比鱗次般"依"序排列。

(九)善《注》:《文選》卷二九《詩己·雜詩上》《古詩十九首》之三曰:"驅車策駑馬,遊戲宛與洛。"《毛詩》卷九之二《小雅·鹿鳴之什·四牡》曰:"四牡騑騑,周道倭遲",毛萇《傳》曰:"倭遲,歷遠之貌",《韓詩》曰:"周道威夷",其義同。倭,於危切。

海按:《管子》卷十八《度地》:"城外為之郭。"委、威上古微部,遲、夷上古脂部,是以不論威遲或倭遲、威夷,均為雙聲兼疊韻詞,不拘於所寓字形。許巽行:"《漢書》卷二八上《地理志·右扶風》'郁夷'注,師古曰:'《小雅·四牡》之詩曰:"周道倭遲",《韓詩》作郁夷。'《毛詩》卷一之四《召南·羔羊》:'委蛇委蛇',《釋文》作'虵',云:'本又作蛇,同音移……《韓詩》作"逶迤【迄】"'。《楚辭》卷一《離騷》：'載雲旗之委蛇'，一本作逶迤，一本作委移。又陵遲亦作陵夷；辛雉即辛夷；馮夷一曰冰夷，亦曰馮遲。"既為以音表義者，不容按字面分開訓解，其義指綿延迂曲之貌。

（十）善《注》：《文選》卷二九《詩己·雜詩上》蘇武《詩》之三曰："生當復來歸，死當長相思。"(11)

海按：甲文中，"才"作"✝"（合20593），象木橛(音決)，作為方位介詞，標示某人、事、物之所在。金文中，"在"從"才"從"士"，"才"亦聲："✝"，如西周早期《盂鼎》（02837）。"在"用於人之性命上，即為依然活著。金文中，"士"與"土"之別根本不在上、下直橫之長短，春秋已降，"士"、"土"經常相混，以致後者字形終於小篆訛變為從"土"。《說文》十四篇下："存……從子、在省"，是"存"、"在"二義本緊密相關。

第一、二章皆為秋胡妻以第三者之角度敘述。此聯乃其轉述男方對未來二人關係之預告：自己若生（"存"），則為漫長（"久"）之生"離"；自己若死（"没"），則為永恆（"長"）之死別（"不歸"）。

此章押劉宋時期歌部平聲韻。

（十一）善《注》：《毛詩》卷五之三《魏·陟岵(音戶)》曰："嗟！予子行役，夙夜無已"，卷一之二《周南·卷耳》又曰："陟彼崔嵬(音危)，我馬虺隤(音灰頹)"，又曰："陟彼高岡，我馬玄黃"，又曰："陟彼砠(音居)矣，我馬瘏(音徒)矣"。(12)

海按：由首句及本章末聯出句"悲哉遊宦子"，可知：此下轉換為秋胡之聲口。汪中《述學·内篇一·釋三九上》早已指出："三"經常意謂多次，不得當實詞解。善《注》以《周南·卷耳》中三次使用"陟彼"為訓。《毛詩》卷五之三《魏·陟岵》複沓之三章每章首句分别為"陟彼岵兮"、"陟彼屺(音亦)兮"、"陟彼岡兮",孫志祖:"三陟謂陟岵、陟屺、陟岡也"。李、孫均殊屬迂泥。與《文選》卷十一《賦己·遊覽》鮑照《蕪城賦》:"袤廣三墳",善《注》:"三墳未詳。或曰:《毛詩》卷一之三《周南·汝墳》曰:'遵彼汝墳',卷十八之五《大雅·蕩之什·常武》又曰:'鋪敦淮墳(濆)',《爾雅》卷七《釋地》曰:'墳莫大於河墳',此蓋三墳",同樣無識,非特昧於訓詁,更不足以論文學矣。張雲璈:"此但言其行役耳",是也。《莊子》卷二上《養生主》:"指窮於為薪",向、郭《注》:"窮,盡也";《漢書》卷二一上《律歷志·權衡》:"并終數為十九,《易》窮則變",《集解》:"孟康曰:'窮,終也'"。"晨暮"即"朝暮"避熟就生之變造。對句乃具體解說所以"怨行役"之原委,以空間而言,路途非平暢,經常("三")須要登("陟")丘踰陵;以時間而言,從早("晨")到晚("暮"),悉數("窮")趕路,不得休息。

(十二)善《注》:《楚辭》卷十七《九思·逢尤》曰:"嚴車【載】駕兮出戲遊。"鄭玄《禮記》卷十二《王制》"喪三年不祭,唯祭天、地、社、稷,為越紼而行事"《注》曰:"越猶躐也,紼,輴車(13)索也。"《漢書》卷五四《李廣傳》:"李廣未到匈奴陳二里所,止,令曰:'皆下馬解鞍。'"《左氏傳》卷三八《襄公二十八年》:"子太叔曰:'……跋涉山、川,蒙犯霜、露。'"

海按:《說文》二篇上:"嚴,教命急也",《禮記》卷四七《祭義》:"嚴威儼恪",孔《疏》:"嚴謂嚴肅"。此詞有兩種用法:一指出發前"嚴"格檢查車馬之設備及應攜代之物什,如《文選》卷二九《詩己·雜詩上》曹植《雜詩》之五:"僕夫早嚴駕,我將遠行遊",陶淵明《擬古》之二:"辭家夙嚴駕","問君今何行"。一指剋期出發及認真不苟,毫無耽擱地馳行,

540　顏光祿詩注釋

如《嵇康集》卷一《答二郭》之一："今當寄他域,嚴駕不得停",《樂府詩集》卷六七《雜曲歌辭七》張華《遊獵篇》："嚴駕鳴儔侶,攬轡過中田"。從"嚴駕"與"解鞍"反對,可知:此處取第二義。《呂覽》卷十四《長攻》:"越十七阨(音餓)以有吳",高《注》:"越,歷也",《廣雅》卷二上《釋詁》:"越,渡也",猶今言歷經、穿過。

《國語》卷九《晉語三·惠公斬慶鄭》:"臣得其志,而使君瞢(音蒙),是犯也",韋《解》:"瞢,憨也;犯,犯逆也";《禮記》卷二十《文王世子》:"公族之罪,雖親,不以犯有司",鄭《注》:"犯猶干也"。因《禮記》卷十《檀弓下》:"季子皋葬其妻,犯人之禾",鄭《注》:"犯,躐也",故李氏訓"越"時,特別稱引《王制》該條鄭《注》,以示對仗之"越"、"犯"二者義同,此為其精巧之處。此聯意謂不論趕路或歇息,都備嘗迎面逆向("越"、"犯")而來之"風寒"、"霜露"之苦。

(十三)善《注》:宋均《春秋緯注》曰:"涼,愁也。"

海按:金文中,"原"象一山巖("厂")下有一葫蘆形狀之洞穴,有水自其中而出:"⿸厂泉",如西周晚期《克鼎》(02836),乃"源"之初文。洞穴底端與象水流之最上一點合併,訛寫成"曰";"曰"上一撇純屬後人之羨筆。由此象形可知:"原"應非平坦者。表平坦之地者其字應為《說文》二篇下訓為"高平"之"邍(音原)",段《注》:"《周禮》卷二八《夏官》序官'邍師'鄭《注》云:'邍,地之廣平者'"。此小篆下所從之"彔(音路)"乃《說文》九篇下所收"彖(音史)"之訛誤,因甲文中,此字乃一倒過來之腳("夂")迎向一"豕":"" (合22466)。金文將""豐富之,不但旁加象道路之"彳":"",如西周早期《乃孫罍(音雷)》(09823),且加"田":""、"",如西周晚期《晉侯對盨》(NA0853)、春秋早期《陳公子叔原(邍)父瓶》(00947)。有步行道路之地自然較平坦。《廣韻》卷一《上平聲·二十二元》，"原"、"邍"均為"愚袁切"。人圖簡省，乃以"原"假借為"邍"，此後乃有平原、高原之謂。吳兆宜：《公羊傳》卷二二《昭公元年》：'上平曰原，下平曰隰'"，《爾雅》卷七《釋地》"下者曰隰"邢《疏》："謂地形痺下而水濕者"。"隰"下而實，"颮"高而虛，對仗工穩。

（十四）善《注》：阮籍《詠懷詩八十二首》之十七曰："孤鳥西北飛，離獸東南下，日暮思親友，晤言用自寫。"

海按：《左傳》卷二二《宣公十一年》："牽牛以蹊人之田，而奪之牛"，杜《注》："蹊，徑也"。既與"離獸"正對，則"驚鳥"當取自《戰國策》卷十七《楚策四·天下合從》："更羸與魏王處京臺之下，仰見飛鳥。更羸謂魏王曰：'臣為王引弓虛發而下鳥。'……有間，雁從東方來，更羸以虛發而下之。魏王曰：'然則射可至此乎？'……對曰：'其飛徐而鳴悲。飛徐者，故瘡痛也；鳴悲者，久失群也。故瘡未息，而驚心未至【去】也，聞弦音，引而高飛，故瘡隕也。'"原典驚弓之鳥雖為單數，無礙此處之鳥為複數。受到此行隊伍打擾，"離"群之"獸"由原本趴伏之姿"起"身，落單之"鳥"由棲息之枝展翅，紛紛散"去"。《文選》卷二八《詩庚·樂府下》鮑照《東門行》："傷禽惡弦驚，倦客惡離聲。""遊宦子"若飄萍，欲從相類者，因同情而相慰，亦不可得，故下文歎曰"悲哉"。

（十五）善《注》：《漢書》卷四四《淮南厲王長傳》："上令薄昭與（予）淮南厲王書，諫數之曰：'……亡(14)之諸侯，遊宦事人，及舍匿者，論皆有法……。'"《毛詩》卷十五之三《小雅·魚藻之什·漸漸之石》曰："漸漸之石，維其高矣，山川悠遠，維其勞矣。"

海按：金文中，"宦"作"宧"，如西周晚期《仲宦父鼎》（02442），象家中奴僕。《國語》卷二一《越語下·范蠡進諫句踐持盈定傾節事》："（句踐)與范蠡入官【宦】於吳",韋《解》:"官【宦】,為臣隸也";《尚書》卷二十《費誓》:"臣、妾逋(音不陰平)逃","竊馬、牛,誘臣、妾",偽孔《傳》:"役人賤者,男曰臣,女曰妾","誘偷奴、婢",致後世自謙,猶曰臣或妾身。後世"臣"之身份提高,方具有自由人而為下屬之義,此即《說文》三篇下:"臣……事君者",七篇下:"宦,仕也"。《周禮》卷三六《秋官·大行人》:"三問三勞",鄭《注》:"勞謂苦倦之也";《文選》卷三《賦乙·京都中》張衡《東京賦》:"猶謂為之者勞",薛《注》:"勞,苦也"。

此章押劉宋時期魚部去聲韻。

(十六)善《注》:《楚辭》卷八《九辯》之二曰:"去鄉離家兮徠遠客,超逍遙兮今焉薄"[15],卷十四《哀時命》又曰:"愁脩夜而婉(宛)轉"。《莊子》卷五下《天運》:"老聃曰:'予年運而往矣,子將何以戒我哉【乎】?'"

海按:劉履指出:此節乃"述其妻感時懷遠之詞"。"超遙"乃上古宵部疊韻詞,即迢遙、迢嶢、迢遰、苕嶢,故得與"宛轉"此上古元部疊韻詞對仗。善《注》不當。宛轉,則迂迴、不直接切中。用於此處,意謂不知不覺間,時間("年")已"運"轉過往("徂")。"年運徂"、"行人遠"乃時、空對仗。

(十七)善《注》:《文選》卷二九《詩己·雜詩上》李陵《與蘇武詩》之一曰:"良時不再至,離別在須臾。"《毛詩》卷十三之一《小雅·谷風之什·小明》曰:"昔我往矣,日月方除,曷云其還,歲聿云莫(暮)",毛萇曰:"除,除陳生新也曰除",鄭玄曰:"四月為除"。《廣雅》卷一上《釋詁》曰:"方,始也。"

海按:甲文中,"良"象人半穴居處側出之孔道:"🜚"(合17528);金

秋胡詩　543

文作"🔆",如西周晚期《季良父盉》(09443),或作"🔆",如春秋早期《邕子良人甗》(00945),乃"廊"之初文。因兩邊有通暢之入口,空氣新鮮,蓋由此引申出良好之義。春秋早期《齊侯匜》(10272)此字下半之入口已有訛變為"亡"之嫌:"🔆",楚系文字"🔆"(信2·03)、秦系文字"🔆"(睡·日甲14)更甚,乃有《說文》五篇下所言"从亡聲"之謬誤解析。

《周易》卷八《繫辭下》:"日往則月來,月往則日來,日、月相推而明生焉","日月"乃時光之謂。李氏所以引鄭《箋》,蓋比附《毛詩》卷九之三《小雅·鹿鳴之什·采薇》:"昔我往矣,楊柳依依,今我來思,雨雪霏霏",以理解之。孔《疏》指出此處鄭《箋》乃"<u>《爾雅》卷六</u>《釋天》文。今《爾雅》'除'作'余',李巡曰:'四月,萬物皆生枝葉,故曰余。余,舒也'",不過本諸《疏》不破《注》之原則,與《小明》文句本義並不合。甲文、西周金文中,"余"作一三角頂,下有一豎直之柱幹撐頂,柱幹左、右有斜歧向上之二叉:"🔆"(合19910),或"🔆"西周早期《小臣傳簋》(04206),象搭建之簡易茅屋。春秋早期,如《邾大宰簠(音府)》(04623),方於柱幹下端加上對稱之二點:"🔆",以為裝飾,成為"余"此字形。此字早已假借為第一人稱代名詞,故卜辭、銘文、傳述書籍中不時可見天子以"余一人"自稱。《說文》十四篇下:"除,殿陛也,从阜余聲",段《注》解釋"从阜"乃"取以漸而高之意"。臺階必步向終點,故引申出除去、盡頭之義。戴震《毛鄭詩攷正》卷二《小雅·小明》:"《爾雅》<u>卷六《釋天》</u>:'十二月為涂'……涂、除正同音,古字通也",意謂剛進入年底。參照下文"歲暮"、"涼風"、"白露生",而《禮記》卷十六《月令·孟秋》:"涼風至,白露降",可知:"向除"即邁向歲末、本年時光將"除"盡之意,不必已至小寒、大寒之節氣。

(十八)善《注》:俛俛猶俯俛也。程曉《女典》⁽¹⁶⁾曰:"春榮冬枯,自然之理。"

海按：《毛詩》卷十二之二《小雅·節南山之什·十月之交》："黽(音敏)勉從事，不敢告勞"，卷二之三《邶·谷風》："黽勉同心"，《釋文》："本亦作'僶'"，"黽勉猶勉勉也"；《爾雅》卷一《釋詁》："蠠(音密)没，勉也"，郭《注》："蠠没猶黽勉"，此乃上古明母(m)雙聲詞，意謂努力不懈。因此引申出此處時間不停流逝，往前推移之意。吕向："僶俛猶須臾"，是也。

此聯意謂：誰（"孰"）曾醒悟到《周易》卷八《繫辭下》所云："寒往則暑來，暑往則寒來，寒、暑相推而歲成焉"，已消耗、"積"累起多少日子？無怪乎當人略事反思，俯仰、轉瞬（"僶俛"）之間，已見萬物由"榮"轉"枯"，又是一年將盡矣。

（十九）善《注》：《文選》卷三十《詩庚·雜擬上》陸機《擬青青河畔草詩》曰："空房來(徠音賴)悲風，中夜起歎息。"《漢書》卷四八《賈誼傳·鵬鳥賦》曰："四月孟夏，庚子日斜，服(鵬)集余舍，止于坐隅。"

海按：古詩中每言"空房"，非就客觀實際狀況言，故不容以家徒四壁，室内無一陳設當之。此乃主觀感受，因無知己或所在意者，孑然一身，故曰空房。若以今語表述，猶言孤伶伶在房中。此聯中，"歲暮"、"涼風"乃時間，"空房"、"座隅"乃空間。單句中反對，兩句間正對，實屬巧思。

（二十）善《注》：《毛詩》卷六之三《秦·小戎》曰："言念君子，載寢載興。"《古文苑》卷二《宋玉賦六首》宋玉《諷賦》曰："主人之女……為臣歌曰：'歲已【將】暮兮日已寒。'"《孔叢子》卷三《小爾

秋胡詩　545

雅·廣言》曰："蕪，草也。"

海按：《文選》卷二三《詩丙·哀傷》潘岳《悼亡》之二："寢興目存形，遺音猶在耳。"此處之"寢興"確實指醒來起牀，意謂白天來臨。此時雖有"日"光，但整體溫度下降，故雖白日當空，仍感"寒"冷。《說文》一篇下："荒，蕪也"，"蕪，薉（穢）也"。秋至，草、葉凋萎，原先碧油油之芳草均已轉變為枯黃之荒"蕪"者，善《注》未允。此章以"遠"、"別"、"除"、"枯"、"暮"、"空"、"涼"、"寒"、"蕪"等組構、渲染成一撲面直來之零落凋傷圖象及其氛圍。

此章押劉宋時期魚部平聲韻。

（二一）**海按**：《左傳》卷二五《成公二年》："以役王命"，杜《注》："役，事也"；《周禮》卷二三《春官·瞽矇》："以役大（太）師"，鄭《注》："役，為之使"。《毛詩》卷三之三《衛·伯兮》："願言思伯"，鄭《箋》："願，念也"；《楚辭》卷四《九章·惜誦》："願陳志而無路"，王《注》："願，思也"。歸願猶言回家之心意，終於得從辛勤服事職務中脫身，從了自己的心願。"反"當改讀為"返"，相假例證詳參《古字通假會典·寒部第六（下）·反字聲系》。《說文》二篇下："遵，循也。"循山河猶言跋山涉水，依"循"按照地理（"山、河"）鋪設之途（"路"）徑歸鄉。

（二二）**海按**：此聯脫胎自《毛詩》卷九之三《小雅·鹿鳴之什·采薇》："昔我往矣，楊柳依依，今我來思，雨雪霏霏"，而反用之。《毛詩》卷一之四《召南·羔羊》："素絲五紽"，毛《傳》："素，白也"，《廣雅》卷三下《釋詁》："素，本也"。按照五行間架之搭配，金行之時間為秋，顏色為白。《禮記》卷十七《月令·季秋》："霜始降"，即《毛詩》卷六之四《秦·蒹葭》："白露為霜"，孔《疏》："八月，白露節；秋分，八月中（氣）。九月，寒露節；霜降，九月中，白露凝戾為霜"。"秋未素"指雖已入秋，但秋天之主要特質("素")尚未畢現。以今語表述,即秋意已濃,然尚未進入深秋。

《毛詩》卷十九之三《周頌·臣工之什·載見》:"載見辟王",《孟子》卷九下《萬章上》引《伊訓》:"朕載自亳",毛《傳》、趙《注》皆云:"載,始也"。"載"之所以有此義,乃因其从𢦔(音哉)得聲,而𢦔从才得聲,三者相假例證詳參《古字通假會典·之部第十一(下)·才字聲系》,是以《尚書》卷十四《康誥》、卷十八《顧命》及青銅器銘文中之"哉生魄"指始生月白之時。"華"乃動詞用法,花綻放。"載華"實即《禮記》卷十五《月令·仲春》"桃始華"中"始華"之古雅變造,即《應詔讌曲水作》之"開榮"。吳兆宜:"《楚詞(辭)》卷二《九歌·山鬼》:'歲既晏兮孰華'[17],《類聚》卷四一《樂部一·論樂》陸機《上留田行》:'歲華冉冉方除'",不過蹈襲善《注》最拙劣體例之一,點出"歲華"之出處,於闡明詩意全然無益。

(二三)善《注》:《毛詩》卷八之一《豳·七月》曰:"七月流火,八月萑葦,蠶月條桑",卷八之二《豳·東山》又曰:"蜎(涓音冤)蜎者蠋(音竹),烝在桑野[18]"。阮籍《詠懷詩八十二首》之六曰:"平生少年時,輕薄好絃歌,西遊咸陽中,趙、李[19]相經過。"

海按:《説文》七篇上:"暇,閒也。""觀時暇"意謂"觀"賞之"時"間空閒有餘("暇")。甲文中,"桑"作""(合35584),桑葉部分後訛變為"叒(音若)",以致《説文》六篇下誤解析為"从叒、木"。甲文中,"多"从二"肉":""(合27492)。二"木"成"林",二"朿"成棘(叢荊),手持二"禾"成"兼",二人在旗下成"旅",是"二"本有多數之義。金文已將象肉之右端直豎形改成弧形:""、"",如西周早期《先獸鼎》

(02655)、西周晚期《多友鼎》(02835)，其上、下部件均與"夕"過於近似，以致《說文》七篇上對"多"之解析乃誤為："緟夕為多"。《文選》卷二《賦甲・京都上》張衡《西京賦》："街衢相經"，薛《注》："經，歷也"；《孔叢子》卷三《小爾雅・廣詁》："經，過也"。《公羊傳》卷三《隱公六年》："首時過，則書"，何《解詁》："過，歷也"；《呂覽》卷十《異寶》："伍員過於吳"，高《注》："過猶至也"。由此可知："經過"乃同義複詞。此句指秋胡乘車返家途中每每（"多"）路"過""桑野"。

"蠶"、"桑"動、植物相對。"月"、"野"乃時、空對，而"暇"、"多"意義乃同一範疇，復以之分別呼應"時"、"野"，至巧而看似平易無奇。

（二四）善《注》：《楚辭》卷二《九歌・湘夫人》曰："聞佳人兮召予，將騰駕兮偕逝。"薛君《韓詩章句》曰："窈窕，貞專貌[20]"。《說文》十二篇上曰："援，引也。"

海按：《廣雅》卷一上《釋詁》："從，行也"，《老子》卷二《虛無第二十三》："故從事於道者，道者同於道"，河上公《注》："從，為也"。《周易集解》卷十四《繫辭上》："唯幾（音基）也，故能成天下之務"，《呂覽》卷十四《義賞》："咎犯之言，一時之務也"，虞翻、高誘均以"事"訓"務"。此務，採桑葉這事務。

"窈窕"原本確實如韓、毛二家所訓，指女性之內在美，然後世則轉指女性之外在美，如《楚辭》卷二《九歌・山鬼》："既含睇兮又宜笑，子慕予兮善窈窕"，王《注》："窈窕，好貌"；《文選》卷二八《詩戊・樂府下》陸機《日出東南隅行》："窈窕多容儀，婉媚巧笑言"。如同"英俊"本指男性之內在才德突出，後世竟轉指男性之外貌優越。"窈窕"既為上古宵部疊韻詞，則不拘於形，此處當讀作"嬌嬈"、"妖嬈"，柔曲動人之姿態。《廣雅》卷十上《釋草》："柯，莖也"，故《文選》卷三十《詩庚・雜擬上》謝靈運《擬魏太子鄴中集・平原侯植》:"傾柯引弱枝",然實際經常指枝條,如《毛詩》卷十之一《小雅・南有嘉魚之什・湛露》:"湛湛露斯",鄭《箋》:"使物柯葉低垂",孔《疏》:"柯謂枝也",故《文選》卷二三《詩丙・詠懷》阮籍《詠懷十八首》之三:"零落從此始",沈《注》:"華、實既盡,柯、葉又彫"。此處即然。

(二五)善《注》:《漢書》卷九七上《外戚列傳・孝武李夫人傳》:"李延年侍上起舞,歌曰:'北方有佳人,絕世而獨立,一顧傾人城,再顧傾人國,寧不知傾城與傾國,佳人不【難】再得?'"《楚辭》卷一《離騷》曰:"吾令羲和弭節兮,望崦嵫(音煙資)(21)而勿迫。"鄭玄《毛詩》卷十之一《小雅・南有嘉魚之什・菁菁者莪》"菁菁者莪,在彼中阿"《箋》曰:"中阿,阿中也,大陵曰阿。"《楚辭》卷二《九歌・湘君》:"鼂(朝)騁騖兮江皋,夕弭節兮北渚",王逸曰:"弭,安(按)也。按節,徐步也"。

海按:《國語》卷一《周語上・邵公諫厲王弭謗》:"吾能弭謗矣",韋《解》:"弭,止也";《左傳》卷二八《成公十六年》:"若之何憂猶未弭",杜《注》:"弭,息也"。"節"本為演奏、歌唱時,打拍子之樂器,因此引申出度、量等固定單位之意。用於騎乘,則為行進之速度。古代車駕馬身配件上綴以甚多鸞鈴,藉此要求行進速度不過疾,否則,鈴聲噪耳,有失優雅,是以"按節"自為徐徐而行,"弭節"則為停止前進之節奏。劉履:"節以毛為之,凡使遠外,持以為信者",大謬。古代慣以位置限定詞置於名詞前,故《毛詩》之"中谷"、"中逵"、"中林"、"中澤",《周易》之"中行(音杭)"即"林中"、"谷中"、"逵中"、"澤中"、"行(道路)中"。

此章押劉宋時期歌部平聲韻。

秋胡詩

(二六)善《注》:《楚辭》卷八《九辯》之七曰:"年洋洋而【以】日往,老嶙(嵺)廓而無處。"《文選》卷四二《書中》曹子建《答【與】楊德祖書》曰:"數日不見,思子為勞。"《文選》卷二四《詩丙·贈答二》陸機《贈尚書郎顧彥先詩》之一曰:"形、影曠不接,所說(悦)聲與音,聲音【音聲】⁽²²⁾日夜闊,何以【用】慰吾心?"《廣雅》卷六上《釋訓》曰:"眛眛,闇(暗)也。"五載之別雖久,論情,無容不識,直為先眛平生,所以致謬。孔安國《論語》卷十四《憲問》"久要不忘平生之言"《注》曰:"平生猶少時也。"

海按:《爾雅》卷一《釋詁上》:"闊,遠也",《廣雅》卷三上《釋詁》:"闊、遠,疏也"。不論人、事、物,雙方的距離寬闊,自然也就意謂著疏遠。《淮南子》卷七《精神》:"竭力而勞萬民",《漢書》卷八五《谷永傳·公車對問》:"損燕私之閒以勞天下",高、顏均以"憂也"訓"勞"。善《注》所引曹植"思子為勞",與《文選》卷四二《書中》所收其兄《與朝歌令吳質書》中"書問致簡,益用增勞"之"勞"全然一致。

"雖"當改讀為"唯",相假例證詳參《古字通假會典·齊部第十三(上)·隹字聲系》。"雖(唯)為",只因也。載,始也,已見上文。以時曆而言,五度開始,故五載意謂五年。

此二聯意謂:隨著分別的時間一點點過去("往"),秋胡與其妻子對彼此的"思"念"誠"然積累得愈來愈多,已經成了心中一塊憂結。只是由於當初雙方相處之"事"留下的印象已太"遠",以致不論是對方的聲"音",或"形"貌,記憶都已模糊,以致只不過"五載"的分"別",雙方竟然都互相("相與")認不出對方,從對方此時的身上根本看不到("眛")當初尚年少("平生")時的模樣。

(二七)善《注》：《周易》卷三《賁·初九·象》曰："舍車而徒，義弗乘也。"往路，所來從之路也。《文選》卷二九《詩己·雜詩上》李陵《與蘇武詩》之二曰："行人懷往路，何以慰我愁。"班彪《冀州賦》曰："感(23)鳧藻以進樂兮。"《楚辭》卷二《九歌·少司命》曰："滿堂兮美人，忽獨與予(余)兮目成"，王逸曰："獨與我眄而相親【視】，成為親親也"。

海按：《論語》卷七《述而》："人絜己以進，與其絜也，不保其往"，《集解》："鄭(玄)曰：'往猶去也'"；《荀子》卷十五《解蔽》："不慕往，不閔(憫)來"，楊《注》："往，古昔也"，即已經過去者。據此，則秋胡自遠處已望見其妻，待車過後，仍受其美貌吸引迴首，是以才會下車，走回頭（"往"）路。《禮記》卷三《曲禮上》："立視五巂(音規)"，"顧不過轂"，鄭《注》："立，平視。巂猶規也"，孔《疏》："在車上，所視則前十六步半地"。據此可知：秋胡於車上輕鬆暇意，東顧西望。

《御覽》卷四六七《人事部·喜·尚書大傳》："惟丙午，王還【逮】師，師乃鼓譟，師乃慆(音掏)，前歌後舞"，《周禮》卷二九《夏官·大司馬》："車徒皆譟"，鄭《注》引《書》曰，作"鼖譟"。"鳧藻"即"鼓噪"、"拊譟"、"浮譟"，乃上古宵、侯通韻之疊韻詞，以擊物、歡呼表示熱烈興奮之狀。呂延濟云："如鳧鳥得水藻，歡躍而進"，乃道地望文生義，無知之甚。《後漢書》卷三一《杜詩傳》："將帥和睦，士卒鳧藻"，章懷《注》："言其和睦歡悅，如鳧之戲於水藻也"，張玉穀採之："言其歡悅如鳧戲藻"，亦然。"馳"言其急切。吳淇："'馳'字寫重色之人乍見時光景"，可謂探得精微。雙方不透過語言溝通，僅以眼神傳遞心意，若感受到互悅相許，是曰目成。此處自然僅是秋胡一廂情願。

秋胡詩　551

(二八)善《注》:《毛詩》卷二十之一《魯頌·駉之什·泮水》曰:"元⁽²⁴⁾龜象齒,大賂南金。"鄭玄《毛詩》卷二之三《邶·泉水》"孌彼諸姬,聊與之謀"《箋》曰:"聊,且略之辭也。"

海按:此聯以下乃秋胡妻之反應:從現實來說,這份厚禮("南金")誠然貴"重",但就秋胡妻而言,它"輕"如鴻毛,非她心中所珍視的。此聯與上聯之間省略秋胡以金贈對方之敘述。

(二九)善《注》:潘岳《從姊誄》曰:"義心清尚,莫之與鄰。"調猶辭也。《毛詩》卷十一之一《小雅·鴻鴈之什·白駒》曰:"無(毋)金玉爾音,而有遐心。"

海按:顏氏將秉持原則("義")之心比喻為樂器,如此之樂器所演奏出僅可能為悲愴艱"苦"之曲"調"。以哲學倫理學之語句表述之,義人受苦乃世間必有之現象。因此,"心""調"猶言心聲。《新書》卷八《道德說》:"德有六美。何謂六美?有道、有仁、有義、有忠、有信、有密……密者,德之高也。"《爾雅》卷七《釋山》:"山如堂者,密",郭《注》引《尸子》曰:"松柏之鼠不知堂密之有美樅(音聰)"。卷九《釋木》:"樅,松葉柏身",郭《注》:"今大廟梁(欂)材用此木",故下文緊接品評其具"高節",且呼應上文"貫秋霜"之"峻節"。形容秋胡妻之回覆,其內容正大嚴實("密"),其聲調高亢清朗,足與鐘("金")、磬("玉")之音皆鏗鏘斬截相"比",毫無絲毫曖昧、猶疑,會令對方有附會、猜想之處。

此章押劉宋時期庚部平聲韻。

(三十)善《注》:《列女傳》卷一《母儀傳·齊女傅母》曰:"齊母乃作詩……以砥礪(厲)⁽²⁵⁾女之心,以高其節。"

海按:若"淹"如字讀,《左傳》卷二三《文公十二年》:"二三子無淹久",五臣本《文選》卷十七《騷·涉江》:"淹回水而疑滯",杜預、張銑均曰:"淹,留也",然下文既言乃秋胡告"辭",則非秋胡妻不肯與勾搭之男子久處於同一地,而他去。若將此句解釋為秋胡妻"高節"令秋胡"難久淹",則導致同一句內主詞不一致。因此,"淹"當改讀為"掩",相假例證詳參《古字通假會典·談部第八·奄字聲系》。《說文》十二篇上:"掩,斂也",《禮記》卷十六《月令·仲夏》:"君子齊戒,處必掩身",鄭《注》:"掩猶隱翳也"。前言"彼"乃"幽閒女"。有諸內,必形諸外。秋胡妻矜守律己之教養、品德"難"以長"久""淹"藏於內,遲早於利害、誘惑關頭,表現出"高"尚"節"操風骨來。

(三一)善《注》:劉向《七言》曰:"揭來歸耕永自疎。"王逸《楚辭》卷十六《九歎·遠遊》"貫澒(音閧)濛以東揭兮"《注》曰:"揭,去也。"

海按:《文選》卷十五《賦辛·志中》張衡《思玄賦》"迴志揭來從玄謀"善《注》已引過劉氏此句。離開原先返家路線,故曰"揭"。至其妻採桑處,故曰"來"。原本企圖未就,故曰"空"。《文選》卷十五《賦辛·志中》張衡《思玄賦》:"又何往而不復",《舊注》:"復,返也",《周易》卷三《復》《釋文》:"復……還也",折回原來按計畫返家之路,故曰"復"。向女方告別,故曰"辭"。

(三二)**海按**:《說文》二篇下:"遲,徐行也……遟,籀文遲从屖(音西)。"《毛詩》卷二之二《邶·谷風》:"行道遲遲",毛《傳》:"遲遲,舒行貌",《爾雅》卷四《釋訓》:"遲遲,徐也",遲遲猶緩緩。塗、途二字相假例證詳參《古字通假會典·魚部第十九(上)·余字聲系》。秋胡家所在未必在路途(塗)之"盡"頭,然既抵家宅,則返家之"途"已無復可"前"進者。《後漢書》卷三《章帝紀·建初七年》:"仰惟先帝烝烝之情……豈亡(無)克慎肅雍之臣……皆助朕之依依",章懷《注》:"依依,思慕之意";《三國志》卷四一《費詩傳》:"(諸葛)亮欲誘(孟)達以為外援,竟與達書曰:'……追平生之好,依依東望'";《南齊書》卷五二《文學列傳·王智深傳》:"初,智深為(宋)司徒袁粲所接,及撰《宋紀》,意常依依"。《尚書》卷九《盤庚中》:"咸造,勿褻",偽孔《傳》:"造,至也";《莊子》卷三上《大宗師》:"魚相造乎水",成《疏》:"造,詣也"。甲文中,"基"從"廿"上一"土":"山"(合 6581);金文則將"土"置於"其"下,"其"亦聲:"𦤶",如春秋晚期《子璋鐘》(00114)。因位置之異動,由原先以畚箕盛土建物,轉向建物基礎之義。《尚書》卷十三《大誥》:"若考作室,既厎(致音只)法,厥子乃弗肯堂,矧肯構",偽孔《傳》:"不肯為堂基,況肯構立屋乎";《左傳》卷二七《成公十三年》:"敬,身之基也",孔《疏》:"基,以牆、屋為喻","牆、屋以下土為基",是"基"指屋舍地基露在地表之部分。《史記》卷一百三十《太史公自序·六家要旨》敘述墨家標榜:堯、舜"堂高三尺,土階三等"[26],後世漸趨豪侈,《孟子》卷十四下《盡心下》已言得志之公卿大人所居"堂高數仞"。至於《禮記》卷二三《禮器》:"有以高為貴者:天子之堂九尺,諸侯七尺,大夫五尺,士三尺",蓋經生建構,去事實有間。堂之所以奠於基上,高於地面,乃為避免雨水、潮濕或寒涼之氣直接侵入屋內,影響居住者健康。因此,必設臺階,人須拾階而上,故下句即言"上堂"。

(三三)**善《注》**:《文選》卷十六《賦辛·志下》潘岳《閑居賦·序》曰:"太夫人在堂,有羸老之疾。"蘇亥《織女詩》曰:"時來嘉慶集。"室,妻之所居。《文選》卷五六《箴》張華《女史箴》曰:"正位居室。"《楚辭》卷十五《九懷·通路》曰:"浮雲兮容與,導(道)余兮何之?"

海按:《三國志》卷五四《周瑜傳》:"(孫)策與瑜同年,獨相友善","升堂拜母"。自上下文及其所依故事,孰不知"嘉慶"指"太夫人",然何以然,徒引該詞最早出處,既與詩文意義不合,又不知當如何解釋,善《注》實無謂之甚。張玉穀:"拜母而喜嘉慶",不但添字解經,而且扭曲文本句法。"嘉"當改讀為"家",相假例證詳參《古字通假會典·歌部第十五·加字聲系》。《尚書》卷十九《呂刑》:"一人有慶,兆民賴之",偽孔《傳》以"天子有善"訓讀之,《孝經》卷一《天子章》稱引此句,唐玄宗《注》則明言:"一人,天子也;慶,善也"。根據古代廣義之"承負"觀,《周易》卷一《坤·文言》曰:"積善之家必有餘慶"。《國語》卷三《國語下·單襄公論晉周將得晉國》:"有慶,未嘗不怡",韋《解》:"慶,福也";《公羊傳》卷二四《昭公二五年》:"慶子家駒",何《解詁》:"慶,賀"。《後漢書》卷六十下《蔡邕傳·論曰》:"屬其慶者,夫豈無懷",章懷《注》:"慶謂恩遇也",因此古籍中"慶""賞"經常連言,成一近義複詞。"家慶"既意謂家中先人、長輩會帶來福惠之"善"行,而《周易》卷一《坤·象》:"至哉坤元……乃順承天……後順得常……乃終有慶,安貞之吉,應地無疆",故每每指婦女懿行,為家族帶來蔭庇福惠。如《庾信集》卷十六《誌銘·周大將軍隴東郡公侯莫陳君夫人竇氏墓誌銘·序》:"婦以夫尊,親由子貴,朝章、家慶兼而有之",《漢魏南北朝墓誌彙編·北魏·魏故平州刺史鉅鏕(鹿)郡開國公于君妻和夫人之墓誌銘》:"雖仇有國,織紝猶親,家慶方展,徂光奄淪",《東魏·魏故趙氏姜夫人墓誌銘》:"作嬪君子,家慶以光,女功克允,母儀式章",《東魏·□軍將軍靜境太都督散騎常侍方城子祖子碩妻元氏墓銘》:"夫人方隆家慶,永貽多福"。《毛詩》卷二之二《邶·凱風》:"母氏聖善",顏氏蓋仿此,採藏詞格方式措辭,以"家慶"指帶來"家慶"者,即其母。吳淇:"'遲遲',足之淹;'依依',心之淹,總是一片戀戀不捨之意,故自桑野而前途,而門基,而堂,而室,一步步細細寫來","不復回頭再望",與"前章'鳧藻馳目成'心馳、目馳、足馳"適相對反,堪稱翫詩得間。

《法言》卷三《吾子》:"如孔氏之門用賦也,則賈誼升堂,相如入室矣。"堂在前,室在後。室指一屋之正室,乃主人晝所居,夜所息之處。《毛詩》卷十一之二《小雅·鴻鴈之什·斯干》:"築室百堵",鄭《箋》:"此築室謂築燕寢也",孔《疏》:"天子之燕寢即諸侯之路寢[27]","諸侯路寢有左、右房也","室當在中","大夫以下無西房,唯有一東房",即東房西室。甲文中,"之"本作一模擬足形之"止"離開"一"所代表之地,前往他處:"𡳿"(合14200),故《論語義疏》卷九《陽貨》:"子之武城",《漢書》卷五八《兒(音泥)寬傳》:"之北地,視畜數年",皇《疏》、顏《注》均曰:"之,往也"。古漢語,凡疑問、反詰、否定句,受詞俱置於動詞前。"何之"即"之何"。"入室",未見妻子,乃"問":她去往何處。

(三四)善《注》:物色桑榆,言日晚也。《東觀漢記》卷九《馮異傳》:"光武璽書勞異曰:'垂翅回谿,奮翼澠池,日出【失】之東隅,收之桑榆。'"

海按:此一聯乃秋胡母回答秋胡所問之辭。《文選》卷十七《賦壬·音樂上》王褎《洞簫賦》:"行鍖銋(音磣忍)以龢囉[28]",卷四二《書中》曹丕《與吳質書》:"別來行復四年",善《注》皆曰:"行猶且也",猶將也。卷十六《賦辛·哀傷》陸機《歎逝賦》:"人冉冉而行暮",從其所本《楚辭》卷一《離騷》:"老冉冉其將至兮",亦可知:"行"訓"將"也。

《禮記》卷五三《中庸》:"誠者,物之終始",鄭《注》:"物,萬物也,亦事也",是凡經驗界之各種存有皆可曰物。《文選》卷十三《賦庚·物色》子目下善《注》:"四時所觀之物色","有物有文曰色,風雖無正色,然亦有聲",可知:"色"乃以部分代全體,指感官接收之周邊各種現象。於此處,物色猶天色。從視線對於明暗之變化,以推斷時間早晚。吳兆宜:《後漢書》卷八三《逸民傳》:'(嚴光)隱身不見,帝思其賢,乃令以物色訪之'",物色指嚴氏之形貌顏色,非此處用法。《初學記》卷一《天部上·日》所錄《淮南子》云:"日西垂景在樹端,謂之桑榆",自注:"言其光在桑榆樹上"。

此聯意謂:秋胡之母告以其媳將("行")於"采(採)"畢桑葉後返("歸")家,時間蓋在天("物")色屆臨夕陽前後("桑榆")。

(三五)善《注》:《楚辭》卷十《大招》曰:"美人【朱脣】皓齒嫭(音戶)以姱(音誇)(29)只。"

海按:《大招》王《注》:"皓,白。'朱脣'一作'美人'。嫭、姱,好貌也。"參照春秋早期《黹金氏孫盤》(10098)之"ᔓ(氐)",甲文中,"昏"從"日"從由"氐"而省之"氏":"ᔓ"(29794)。"氏"乃"底"、"柢"之初文,故有低下之義。日低下,自屬光線晦暗之時,許慎猶知,故《說文》七篇上:"昏,日冥也,从日、氏省,氏者,下也"。從《說文》:"一曰民聲",即可知:甚早已將"氏"訛寫為"民",並將"昏"字由會意字妄轉為形聲字。"民"乃上古明母(m)真部;"昏"乃上古曉母(x)文部,明、曉素多相諧,如"每"之於"悔"、"黑"之於"默";真、文旁轉通韻亦屬尋常,人不易察覺其非,以致某些自詡古雅之士寫及此字時,竟以非為是,每喜作"昬",可哂之至。《文選》卷五六《銘》陸倕《新刻漏銘·序》:"昏、旦之刻未分",善《注》引《五經要義》:"昏,闇也","日入後漏三刻為昏"。甲文中,"至"均為一倒立之直"矢"到達所欲抵之處"一",或因強調抵達,故"矢"端突出一小截,觸及"一":"ᔓ"(合6834);金文從同:"ᔓ",如西周早期《令鼎》(02803),後世將箭鏃部分與所抵之處謬合為"土",復將箭尾之交叉曲形扁平之,成一橫一厶,乃成習見之"至"。甲文中,"望"乃一人舉踵,以便遠視。秋胡妻處於"桑野",雙足貼地,即可見天

秋胡詩　　557

色早晚。再者,秋胡妻乃孝媳,採桑並非其無奈的應付之舉,但求早些收工。其三,"慙歎前相持"之主詞既為秋胡,非蒙上文而省。由此可知:上句之主詞非"美人",此乃"望昏美人至"之倒裝句法,言秋胡見("望")暮色已深("昏"),其妻果然到("至")家。既見其妻,認出對方乃自己嘗欲勾引者,是以"慙"愧不已,迎向"前","持"其手。

此章押劉宋時期之部平聲韻。

(三六)善《注》:《毛詩》卷二之三《邶·泉水》曰:"有懷于衛,靡日不思",卷四之四《鄭·風雨》"風雨如晦,雞鳴不已"鄭玄《箋》曰:"已,止也"。

海按:梁章鉅稱引段玉裁說,以為"難"當作"艱",乃以不誤為誤之妄改。包括"難"在內,此章各韻腳皆為晉、宋時期之寒部韻,而"艱"乃先部韻。先、寒固可通韻,然先部與寒部最重要之區分點即在介音"i"之有無。此所以上古之舌尖擦音所配之一等韻、四等韻聲母於中古分出,別為莊系聲母,與所配韻母有介音"i"之二等韻、介音"j"之三等韻上古精系區隔開。延續至今,即以漢語拼音系統"j"、"q"、"x"等為聲母者,後必有介音"i"。捨同韻部,取通韻者,實荒謬絕倫。

從章末句"遊子顏",可知此章乃秋胡向其妻表白:身為遊宦之子,多年離居之苦。慧琳《一切經音義》卷二九《正法華經》第三卷"宜用"引《倉頡》:"用,以也";《淮南子》卷一《原道》:"夫道者……山以之高;淵以之深",高《訓》:"以,用也",因也。"用"下之受詞多省略。於此處蓋指此時此際。將原本壓抑在內,不"能已"之情"懷"表露於外,故曰"申"。《文選》卷十九《賦癸·情》曹植《洛神賦》:"申禮防以自持",善《注》:"申,展也"。

(三七)善《注》:《楚辭》卷二《九歌·大司命》曰:"折疏(疏)麻

兮瑤華,將以遺兮離居。"《史記》卷九二《淮陰侯列傳》曰:"魏王豹謁歸視親疾,至國,即絕河、關。"

海按:《後漢書》卷三四《梁統傳附子竦傳》:"母氏年殊七十",章懷《注》:"殊猶過也"。《呂覽》卷一《重己》:"有殊弗知慎者",高《注》:"殊猶甚也"。"甚年載"謂遠超過三年兩載。"河、關"即第五章之"山、河"。兩山之間必成隘口,於此築城以察禦出入,故《廣雅》卷三上《釋詁》:"關,塞也",是以後世每曰"關、山"。《淮陰侯列傳》中之"河"指河津渡口,"關"指沿途檢查關口,此處則僅意謂遙遠、艱辛路途"阻"礙所導致之歸程不易。

(三八)善《注》:《爾雅》卷一《釋詁》曰:"豫,樂也。"

海按:"春來"、"秋至"乃客觀事實,"無""豫"、"早寒"乃主觀感受。春臨,氣溫和暖,萬物欣欣向榮,自己卻因獨居思遠人,無應"時"之愉悅心情。"秋"方"至",因覩萬物凋零,歲將云暮,一年期盼顯然將落空,以致冬雖尚遠,自己卻總("恆")已感覺徹骨之孤"寒"。對句中之"秋至"與後文之"歲方晏"乃同一類表示法,均表示不待客觀現實真已蕭瑟,主觀心態已陷入悽悽慘慘戚戚之狀。

(三九)善《注》:《毛詩》卷十二之三《小雅·節南山之什·小宛》曰:"我心憂傷,念昔先人,明發不寐,有懷二人。"《文選》卷二七《詩戊·樂府上》曹子建《美女篇》曰:"盛年處房室,中夜起長歎。"

海按:《小宛》孔《疏》:"人之道,夜則當寐。言明發不寐,以此故,知從夕至旦,常不寐也";《禮記》卷四七《祭義》:"祭之明日,明發不寐,饗而致之",鄭《注》:"明發不寐謂夜至旦也"。甲文中,"發"乃象手之"又"持一直豎狀物,形成"攴",前有一"弓",然弓弦或為斷裂之數點,或於弓後加一短豎,以表手撥動弓弦,弦不停顫動之狀:"▨"(合4468)、"▨"(合26909)。金文為求簡便,乃將上述之數點寫成一直線之弓弦:"▨",如西周早期《亙弢(發)方簋》〔《中原》2001(2)〕,若隸定之,則此部件即蛻變成後世習見之"弓"。至晚,春秋晚期《攻吳王諸樊之子通劍》(NA1111)於"攴"上已加左右相背之兩"止":"址(音波)"為聲符,形成"▨(癹)",聯合蛻變後之"弓",乃成《工獻(吳)大(太)子姑發臀(音聶)反劍》(11718)中之"▨"字。將"弓"收於"址"下,即成習見之"發"。《説文》十二篇下"發"下半右邊从"殳",而非"攴(夂)",蓋類化所致。是發動、發出、發現原即為"發"之本義。《荀子》卷十三《禮論》:"吉凶憂愉之情發於顏色",楊《注》:"發,見也";《禮記》卷十五《月令·仲春》:"雷乃發聲",鄭《注》:"發猶出也"。"明發"指曙光("明")剛露出("發"),與"昧爽"、"昧旦"義類似。

《爾雅》卷五《釋宮》:"宮中之門謂之闈,其小者謂之閨。"圭之上端本乃尖鋭之三角形,《莊子》卷四中《馬蹄》:"白玉不毀,孰為珪、璋",《釋文》引李頤云:"鋭上方下曰珪"。本為具殺傷力之武器,已詳《還至梁城作》"木、石肩幽闥"補述。後世為顯示其原始作用,故加"刂(刀)"為"刲",《説文》四篇下:"刲,刺也"。"閨"从圭从門,圭亦聲,乃表門形狀之專字。《左傳》卷三一《襄公十年》:"蓽門閨竇之人",杜《注》:"閨竇,小户⋯⋯上鋭下方,狀如圭也",《釋文》:"閨⋯⋯本亦作圭"。《禮記》卷二七《內則》孔《疏》引鄭《目録》:"記男女居室,事父母、舅姑之法⋯⋯以閨門之內,軌儀可則,故曰《內則》",卷三九《樂記》:"在閨門之內,父子兄弟同聽之,則莫不和親",《公羊傳》卷十五《宣公六年》:"勇士曰:'嘻!子誠仁人也。吾入子之大門,則無人焉;入子之閨,則無人焉","是子之易也",由此可知:斷不可以"閨中"獨歸於女性。凡屋内深密房室之出入口皆可曰閨。出句"明發"論時間,對句"閨中"論空間,係時、空對。"愁心"蘊於內,"長歎"現在外,乃因、果關係。"動"、"起"義通。雖係嚴整對仗,卻不露雕鑿痕跡。

此聯意謂天方破曉("明發"),"愁心"就已經汛"起"發"動",內室("閨")中即有"長歎"聲。

(四十)善《注》:言情之慘悽,在乎歲之方晏,日之將落,愈思遊子之顏。《楚辭》卷二《九歌·山鬼》曰:"歲既晏兮孰華?予采三秀兮於山間。"鄭玄《毛詩》卷十六之四《大雅·文王之什·皇矣》"萬邦之方"《箋》曰:"方猶向(鄉)也"。《漢書》卷一下《高帝紀·十二年》:"高祖謂父兄曰:'遊(游)子悲故鄉。'"

海按:從善《注》"愈思遊子之顏",可知其誤會此章乃秋胡妻之訴苦。劉履從之,以"此述其妻對秋胡怨訴之詞",呂向:"恐秋胡顏兒(貌)日就銷落",均大謬。李氏之說非但犯增字解經之大弊,且未明詩意:此章乃秋胡為己身於桑野之作為辯解之詞。

"慘悽"即"悽慘"。"慘悽"既可為內在心境之描述,如《楚辭》卷八《九辯》之四:"心閔(憫)憐之慘悽兮,願一見而有明",王《注》:"內自哀念心隱惻也",《史記》卷一百二《張釋之馮唐列傳》:"(文帝)意慘悽悲懷",亦可做為外界景候之描述,如《九辯》之五:"霜露慘悽而交下兮",《類聚》卷五九《武部·戰伐》曹丕《於黎陽作》之四:"霜露慘悽宵零"。善《注》認為此處當為前者,所謂"情",是也。《文選》卷三十《詩己·雜詩下》謝朓《觀朝雨》:"方同戰勝者",善《注》:"方猶將也"。且既以"日之將落"類比"歲之方晏",則"方"自當訓"將"。《呂覽》卷二五《慎小》:"日晏,公不來",高《注》:"晏,暮也"。以一日之夕譬喻一年之末,故有"歲暮"、"歲晏"等成詞。末句乃言"遊子"之臉色("顏")如同

"落""日"般黯淡無光。

此章押劉宋時期寒部平聲韻。

(四一)善《注》:高張生於絕弦(30),以喻立節,期於效命;聲急由乎調起,以喻辭切,興於恨深。《漢書》卷八七上《揚雄傳·解嘲【難】》曰:"今夫弦者,高張急徵,追趨逐耆(嗜),則坐者不期而附矣。"《物理論》曰:"琴欲高張,瑟欲下聲。"《文選》卷五五《連珠》陸機《演連珠》之十四曰:"繁會之音生乎【於】絕弦(絃),是以貞女要(音妖)名於沒世,烈士赴節於當年。"《類聚》卷四五《職官部·總載職官》所錄《說苑》曰:"應侯與賈子坐,聞有鼓琴之聲,應侯曰:'今日【之】琴一何悲?'賈子曰:'夫張急調下,故使之悲矣【爾】。張急者,良材也;調下者,官卑也,取夫良材而卑官之,安能無悲乎?'"調猶韻也,謂音聲之和。

海按:《禮記》卷四三《雜記下》:"一張一弛,文、武之道也",鄭《注》:"以弓弩喻人也",孔《疏》:"張謂張弦",即將弓弦繃緊,用於琴絃亦然。琴絃繃緊至極致,幾欲斷,故夸飾曰"絕弦"。此時彈奏,發出之琴音自然"高"亢尖銳。《文選》卷二八《詩戊·樂府下》陸機《猛虎行》:"急絃無懦響。"若彈奏之曲"調"旋律復為快節奏,則琴"聲"自然嘈嘈如"急"雨。

此聯以下均為秋胡妻怨懟、明志之詞。以琴瑟之音喻其聲調高亢、語速甚迅疾。吳淇:"此首起句亦用聲調比,與其六末二句同意,然前是拒他人,其氣平,故云云;此既知為丈夫,憤極矣,故云云。"

(四二)善《注》:《文選》卷四十《牋》繁(音婆)欽《與魏文帝牋》曰:"冀事速訖,旋侍(31)光塵。"《公羊傳》卷四《桓公三年》曰:"古者不盟,結言而退。"《楚辭》卷一《離騷》曰:"解佩纕(音香)以結言兮,吾令蹇脩以為理"。⁽³²⁾《周易》卷五《歸妹·彖》曰:"歸妹,天、地之大義也。天、地不交,而萬物不興。歸妹,人之終始也。"

海按:《淮南子》卷十三《氾論》:"詘(屈)寸而伸尺,聖人為之;小枉而大直,君子行之",高《訓》:"枉,曲也";《漢書》卷七三《韋賢傳附子玄成傳》:"勿枉其志,使得自安衡門之下",顏《注》:"枉,屈也"。《廣弘明集》卷十九《法義篇》庾杲之《為竟陵王致書劉隱士》附錄任昉《弔劉文範文》:"接光塵,承風彩。"火為體,光為用;步履為因,揚塵為果。此乃自謙之詞,表示自身菲鄙,非但無由匹配其本人,連讓秋胡遣媒使上門("光塵")納采求親,於對方亦屬委屈("枉")。

《說文》十三篇上:"結,締也","締,結不解也"。"結言"即雙方或多方以言語約定,因彼此皆重然諾,故信任此婚約定則定矣,如同不會鬆脫、解散之死結。善《注》引《歸妹·彖》云云,徒為字面出處,雖亦與婚姻有關,與本句文義不合。此處指既從陌路者開"始"轉為夫婦那刻,即當堅守("固")彼此之約定承諾。豈唯妻子,如《周易》卷四《恆·六五·象》所云:"婦人貞吉,從一而終也",為人夫者亦應然。如《毛詩》卷二之一《邶·柏舟》所言:"我心匪(非)石,不可轉也;我心匪席,不可卷(捲)也。"

(四三)善《注》:《孔叢子》卷七《連叢子上·孔臧與從弟【子琳】書》曰:"學者,所以飭(飾)百行也。"杜預《左氏傳》卷五二《昭公二十六年》"至于幽王,天不弔周,王昏不若,用愆厥位"《注》曰:"諐(愆),失也。"《論語》卷十五《衛靈公》曰:"君子求諸己,小人求諸人。"

海按:《後漢書》卷三九《江革傳》:"夫孝,百行之冠,眾善之始也",《晉書》卷八九《忠義列傳·史臣曰》:"忠、孝為百行之先者",可知:百行指各種應有之德行。《說文》十篇下:"愆,過也……諐,籀文",故六臣本從眾作"愆"。

（四四）善《注》:《家語》卷七《五刑第三十》:"孔子曰:'……淫亂者生於男女無別。男女無別,則夫婦失義。昏(婚)禮【姻】聘享者,所以別男女,明夫婦之義也。'"《論語》卷十四《憲問》曰:"(管仲)奪伯氏駢邑三百,飯疏食(33),没齒無怨言。"

海按:善《注》不當,注文《家語》中"明……之義"之"明"乃動詞(34),而此處乃形容詞。《新語》卷八《道德説》:"光輝謂之明。""明義"構詞方式如同"明德",指可嘉許、獎勵之行為原則。

甲文中,"齒"作"囧"(合18140),張口,露出上、下牙齦各二齒;商代晚期或西周早期《齒受祖丁尊》(05714)作"囧",即牙齒之象形。戰國時期,上加"之"為聲符,如"齒"(信2·09)、"齒"(望2·5),乃成今習見之字形。《禮記》卷二十《文王世子》:"古者謂年齡,齒亦齡也",因"齡"本从齒,令聲。《憲問》孫《疏》:"没齒謂終没齒年也。"《禮記》卷五一《坊記》:"民猶犯齒……民猶犯貴……民猶犯君",鄭《注》:"齒,年也"。"偕没齒"指共處一輩子,至死方休。

此兩聯猶言:一位"君子"應始終堅守各方面行事為人("百行")的原則("明義")。以夫妻間而言,即對配偶忠貞不二。"如何"能因"久別離",自"己"就把持不住内在的慾望,受不住外在的誘惑,而犯下嚴重的過失("愆"),"誰"會"與"這樣墮落的人相"偕"廝守一輩子?

（四五）善《注》:貞女不犯霜露而違禮,而我貪生以棄義,比之為劣,故有愧焉。《毛詩》卷一之四《召南·行露》曰:"厭浥(音亦)行露,豈不夙夜?謂行多露",鄭玄曰:"道中始有露,謂二月中,嫁取時也。言我豈不知當早夜成婚(昏)禮(礼)與?謂道中之露太(大)多,故不行耳"。《爾雅》卷七《釋水》曰:"水決復入河為汜。"

　　海按:毛《傳》:"厭浥(音亦),濕意也;行,道也。"毛氏似以"厭浥"乃上古影母(?)雙聲詞,故馬瑞辰認為即《廣雅》卷一下《釋詁》之"湆(音氣)浥"。李氏串講失宜。毛《傳》:"(女)不從,終不棄礼而隨此彊暴之男";鄭《箋》:"彊暴之男""禮不足而彊來,不度時之可否","媒妁之言不和,六礼之來彊委之";孔《疏》申釋:"言多露者,謂三月、四月也。汝彊暴之男不以礼來,雖二月來,亦不可矣。女因過時,假多露以拒耳"(35),"而云不足,明男、女賢與不肖各有其耦,女所不從,男子彊來"。由是可知:《行露》中之女方行止始終持義,何來"違禮"之有? 違禮者乃男方,一則聘娶之"禮不足",再則所擇婚期失時月,故該女子假託"不"肯"犯霜露而"行,非因"不犯霜露",以致"違禮"失婚。秋胡妻既視死如歸,"甘"之如飴,則何嘗"貪生以棄義"而自覺"有愧"? 苟欲迴護善《注》,一則須將"而我"之"而"改讀為"如果"之"如",相假例證詳參《古字通假會典·之部第十一(上)·而字聲系》,再則須訓"故"為"則",未免迂曲牽強。"愧"當改讀為"瑰"、"傀",相假例證詳參《古字通假會典·齊部第十三(上)·鬼字聲系》。《文選》卷二《賦甲·京都上》張衡《西京賦》:"紛瑰麗以參靡",薛《注》:"瑰,奇也";卷十七《賦壬·音樂上》傅毅《舞賦》:"瑰姿譎起",善《注》:"瑰,美也";卷二六《詩丁·行旅上》謝靈運《初去郡》:"或可優貪競,豈足稱達生",善《注》:"《莊子》卷十上《列禦寇》:'達生之情者傀,達於知者肖(肖)'(36),司馬彪曰:'傀讀曰瑰,瑰,大也'"。此句意謂:認為該首("彼")《行露》詩中所描述之堅貞女子行徑為美,而崇尚之。《毛詩》卷三之三《衛·伯兮》:"甘心首疾",毛《傳》:"甘,厭也";《呂覽》卷七《懷寵》:"求索無厭",高《注》:"厭,足";《漢書》卷五九《張湯傳附孫延壽傳》:"厭海內之心",顏

《注》:"厭,滿也"。後世多寫作"饜",相假例證詳參《古字通假會典·談部第八·猒字聲系》。之,往也。《釋水》郭《注》:"(氿,)水出去復還。"劉履:"與其含污而苟生,能不有愧於《行露》之詩",張玉穀:"我豈可愧於《行露》詩之貞女,而為失義之人之所汙",均因不解"愧"之訓解,方添字解經,將"愧"扭曲為"不愧"。

此章押劉宋時期之部上聲韻。

【補述】

(1)《宋書》卷六七《謝靈運傳》:"靈運既東歸,與族弟惠連、東海何長瑜、潁川荀雍、泰山羊璿之以文章賞會,共為山澤之游","荀雍字道雍,官至員外散騎郎"。

(2)《偽大禹謨》偽孔《傳》:"迪,道也,順道吉。""惠"訓"順",已詳《應詔讌曲水作》補述,正可與下句"從逆凶"之"從"對仗。

(3)"《鶡冠子》曰",奎章閣六家本脫且訛為"《鶡冠》言"。

(4)明州六家本、六臣本"貌"作"皃",乃用原本字體也,商代晚期《皃罍》(09111)即作" 𠑹 ",根本無別。《說文》八篇下:"皃,頌(容)儀也,从人,白象面形……貌,籀文皃从豸。"

(5)《廣雅》卷六下《釋親》:"妻,齊也",《毛詩》卷十二之二《小雅·節南山之什·十月之交》:"豔妻煽方熾",鄭《箋》:"敵夫曰妻"。

(6)朱《注》:"諟,古是字","諟猶此也"。

(7)尤刻本、明州六家本、六臣本"官"作"宦",是也,今本乃形近而訛。

(8)六臣本無"也"字,而多"故曰王畿",明顯為蹈襲善《注》之曲解。

(9)《御覽》卷六百八《學部二·敘經典》所錄桓譚《新論》:"《連

山》八萬言，《歸藏》四千三百言"；《書鈔》卷一百一《藝文部七·藏書》所錄桓子《新論》："《厲山》藏於蘭臺，《歸藏》藏於太卜也"。連、烈、厲通假例證詳參《古字通假會典·寒部第六（下）·連字聲系》、《泰部第十四·列字聲系》。《隋書》卷三二《經籍志·經·易》著錄"《歸藏》十三卷"，自注："晉太尉參軍薛貞注"，《敘論》："案：晉中經有之，唯載卜筮，不似聖人之旨。以本卦尚存，故取貫於《周易》之首，以備殷《易》之缺"。郭璞注《山海經》，不時引《歸藏》。《金樓子》卷四《立言第九下》："按《禮記》卷二一《禮運》曰：'我欲觀殷道……得坤、乾焉'，今《歸藏》先以坤，後乾，則知是殷，明矣。"1993年3月，湖北江陵王家臺15號秦墓出土一筮書，學者多以為即《歸藏》，然此《歸藏》是否即《周禮》卷二四《春官·太卜》所言"三《易》"中之《歸藏》，則不敢必。

（10）所舉三例从"喪"之部分於甲文皆从"口""桑"："🌿"（合58）、"🌿"（合20676）聲，假借為"喪"，因"桑"、"喪"均為上古心母(s)陽部字。金文加"亡"："🌿"，如西周早期《旅鼎》（02555），或作"🌿"《量侯鼎》（03908），轉為形聲字，方使原本假借之亡失義明顯。

（11）《南史》卷二十《謝弘微傳附子莊傳》："孝建元年（454），遷左將軍。莊有口辯。孝武嘗問顏延之曰：'謝希逸《月賦》何如？'答曰：'美則美矣，但莊始知"千里兮共明月"。'帝召莊，以延之答語語之，莊應聲曰：'延之作《秋胡詩》，始知"生為久離別，沒（歿）為長不歸"。'帝撫掌竟日。"

（12）《卷耳》毛《傳》："崔嵬，土山之戴石者；虺隤，病也"，"石山戴土曰砠；瘏，病也"。《經義述聞》卷五《毛詩上》："《爾雅》卷二《釋詁》：'元（玄）黃，病也。'""崔嵬"、"虺隤"均為上古微部疊韻詞，前者本狀山之崎嶇，此處則將形容詞轉為名詞，為"山"之代詞。

（13）《禮記》卷十《檀弓下》："天子龍輴而槨（椁音果）幬（音仇）"，鄭

《注》:"輀,殯車也;畫轅為龍;幬,覆也","輀"即載柩之車也。《周禮》卷十三《地官·閭師》:"不樹者無椁",鄭《注》:"椁,周棺也",即一般所説之外棺。内城曰城,外城曰郭。為表示乃棺柩之在外者,乃加"木"而成"槨";為避免字形過寬,乃省卻"阝(邑)"為"椁"。

(14)"亡",明州六家本誤作"中",茶陵六臣本誤作"今",後者蓋因"亡"寫作"亾",致淺人不識,妄臆而訛。

(15)"薄"當改讀為"泊",詳參《北使洛》"飛薄殊亦然"注,故張銑:"薄,止也"。

(16)程曉乃曹魏汝南太守。《隋書》卷三五《經籍志·集·别集》僅著録其集二卷,與兩《唐書》均未單獨著録《女典》。

(17)王逸於"華"下有"予",李善將"予"改連下文讀,是也。

(18)《論衡》卷十八《齊世第五十六》:"蜎蜚（飛）蠕動",玄應《一切經音義》卷五《太子須大挐經》"蜎蜚":"《字林》:'（蜎,）蟲貌也,動也'"。《東山》毛《傳》:"蠋,桑蟲也。"《尚書》卷二《堯典》:"烝烝乂",偽孔《傳》:"烝,進也"。此聯意謂桑蟲畏寒,向較暖處蠕動。

(19)《漢書》卷七七《何並傳》:"陽翟輕俠趙季、李款多畜賓客,以氣力漁食閭里,至姦人婦女,持吏長短,從（縱）橫郡中。"此句乃言自身既至京師,乃與當地游俠相過從。

(20)茶陵六臣本"貌"作"皃",無别,已詳上文"婉彼幽閑女"補述。

(21)《離騷》王《注》:"崦嵫,日所入山也,下有蒙水,水中有虞淵。"

(22)六家本、六臣本均作"音聲",未因日常措辭習慣而乙誤。

(23)奎章閣六家本"感"作"咸"。據"蒐蓃"之意,作"咸"恐是。

(24)奎章閣六家本"元"作"黿",非是,蓋緣下文之"鼉"趨同而誤。

(25)奎章閣六家本"礪"作"厲",無别。二字相假例證詳參《古字通假會典·泰部第十四·萬字聲系》。

（26）《後漢書》卷二七《趙典傳》"時（桓）帝欲廣開鴻池"章懷《注》所引《墨子》。

（27）《公羊傳》卷九《莊公三十二年》："路寢者何？正寢也。"出入路寢之門曰路門，乃天子皇城、諸侯國都中最後一道門。

（28）善《注》："鏫鉦，聲不進貌。穌囉，聲迭蕩相雜貌。""鏫鉦"乃上古侵部疊韻詞，"穌囉"乃上古歌部疊韻詞。

（29）《大招》王《注》："嫭、姱，好貌"，《漢書》卷八七上《揚雄傳·反離騷》："知眾嫭之嫉妒兮"，顏《注》："嫭，美貌也"。

（30）五臣本、明州六家本、贛州六臣本、奎章閣六家本、茶陵六臣本正文"絕弦"之"弦"均作"絃"，無別。唯贛州六臣本缺末筆。尤刻本竟亦然。

（31）六家本、六臣本"侍"因形近而訛為"待"，因三本中此牋此句此字亦作"侍"。

（32）《離騷》王《注》："纕，佩帶也。""結言"，約定之詞，恐或忘，或無憑證，乃以佩帶為信物。謇脩，蓋遠古傳說或神話中人。"理"當改讀為"李"，相假例證詳參《古字通假會典·之部第十一（上）·里字聲系》。《左傳》卷十七《僖公三十年》："若舍（捨）鄭以為東道主，行李之往來，共（供）其乏困，君亦無所害"，杜《注》："行李，使人"；卷三十《襄公八年》："君有楚命，亦不使一介行李告于寡君"，杜《注》："行李，行人也"。

（33）《論語》卷七《述而》："飯疏食飲水，曲肱而枕之，樂亦在其中矣"，《集解》："孔曰：'疏食，菜食'"，欠精允。《論語義疏》卷四"疏"雖作"蔬"，然皇侃訓讀為"麤食"，是也。疏，粗也。粗糧本指稷或糙米，稻、粱為細糧。窮困者自種菜蔬，或於自然界採擷草葉、木果，因而引申，廣義之粗食包括菜食。詳參程瑤田《九穀考·黍》。《儀禮》卷二八

《喪服·斬衰》:"既虞……寢有席,食疏食,水飲",《史記》卷一二四《游俠列傳·序》:"褐衣疏食不厭(饜)",《漢書》卷一百《敘傳·述》:"平津(侯公孫述)……布衾疏食,用儉飭身",是"疏食"乃無財力或無心食肉,與因宗教誡律等不准食肉之"茹素"迥別。

(34)人有功德嘉言,君上褒揚擢拔之,使其顯著於眾民中,曰明,故《國語》卷十《晉語四·文公修內政納襄王》:"明賢良",韋《解》:"明,顯也",與《尚書》卷二《堯典》"明明揚側陋"中第一個動詞用法的"明"意義一致。《尚書》卷四《皋陶謨》:"天明畏(威),自我民明威",明,獎賞也;威,懲罰也。至於《禮記》卷六十《大學》:"大學之道在明明德",鄭《注》雖以"顯明"訓讀之,然終不如朱《注》"學者當因其所發而遂明之"清晰明確,因此篇後文引《堯典》"克明俊德"申之。換言之,前舉各"明"字的主詞皆為他人,《大學》"明明德"的主詞則為自身。

(35)《行露》鄭《箋》:"二月中,嫁娶時也",孔《疏》申之:"卷四之四《鄭·野有蔓草》鄭《箋》云:'仲春之時,草始生,霜為露也'……言多露者,謂三月、四月也"。《家語》卷六《本命第二十六》:"霜降而婦功成,嫁娶者行焉;冰泮而農桑起,婚禮而殺於此",據《禮記》卷十七《月令》:季秋,"霜始降,則百工休",卷十四《月令》:孟春,"東風解凍","魚上冰"。宜婚娶之時雖有寬窄之別,然俱屬建構之家人言,於經、傳無據。詳參《通典》卷五九《禮十九·嘉四》所錄束皙所云。

(36)"情"當改讀為"誠",本質也。《說文》四篇下:"肖……從肉小聲",此處之"肖"當改讀為"小",與訓為"大"之"傀"正相反對。莊學中,"知(智)"為"心"之發用,非"性"之本能,乃負面之詞,指狡詐巧佞。詳參王念孫《讀書雜志·墨子第一·情》、《荀子第二·知而險賊而神》。此聯義譯之,乃言:洞曉生命本質者偉大,精通巧詐者低劣。

附錄一:

論顔延之

前　　言

孟子認爲:

> 頌其詩,讀其書,不知其人,可乎?是以論其世也,是尚友也①。

然而"知人則哲","惟帝其難之"②。如果持某人與時代相先後,又有某些交集的人相比較,雖不敢説緇、白立判,全然顯影,但或許不失爲一可取的法門。

顔延之乃南朝的重要文人,無庸贅言,則瞭解斯人當然是一不容或缺的課題。自古已降,研究者想必如過江之鯽,庶幾本文不落入謝靈運對張華詩作的評論:"雖復千篇,猶一體耳"③,則幸甚矣。

一

從陸雲給陸機的信中:

> 一日視伯喈《祖德頌》,亦以述作宜褒揚祖、考爲先。聊復作此

---

① 朱熹:《四書集注・孟子集注》(臺北:世界書局,1985),卷五《萬章下》,頁154。
② 孔穎達:《尚書注疏》(臺北:藝文印書館,1977),卷四《皋陶謨》,頁60。
③ 曹旭:《詩品集注(增訂本)》(上海:上海古籍出版社,2011),中《晉司空張華詩》,頁275。

頌,今送之,願兄為損益之④。

以見存的史料而言,蔡邕大概是首先開創此題材者,接著就是卒於西晉武帝泰始九年(273)⑤的庾峻《祖德頌》⑥,然後即陸機、陸雲兄弟之作⑦。承續六朝"其源出於陳思"那道主流紅線,又確實出身名門望族的謝靈運當然不會缺漏這一類的作品,只是由於他總喜歡別出心裁、不屑踵人步武的個性,改以詩的文體,先後寫了兩篇《述祖德》⑧。顏"延之與陳郡謝靈運俱以詞彩齊名,自潘岳、陸機之後,文士莫及也"⑨。不清楚顏延之是不甘示弱,還是從眾,也硬湊出一篇《右光祿大夫西平靖侯顏府君傳銘》⑩。此銘文以及後世顏真卿的《顏氏家廟碑銘》,不論是述先德,或者為了增己光,都花工夫牽扯先秦、兩漢以顏為姓氏的人,如"洙上道奧",為孔門首席的顏回,顏"闔則遁(魯)哀"公⑪,顏"歜亦抗

---

④ 黃葵點校:《陸雲集》(北京:中華書局,1988),卷八《書·與兄平原書》,第三五首,頁145。

⑤ 吳士鑑、劉承幹:《晉書斠注》(臺北:藝文印書館,1972),卷五十《庾峻傳》,頁954。

⑥ 其文見歐陽詢:《藝文類聚》(臺北:文光出版社,1977),以下簡稱《類聚》,卷二十《人部四·孝》,頁375。

⑦ 陸雲:《祖考頌》見《陸雲集》,卷六《頌讚嘲》,頁115—116;陸機:《祖德賦》、《述先賦》見《類聚》,卷二十《人部四·孝》,頁372—373。

⑧ 李善注:《文選》(臺北:藝文印書館,1998),卷十九《詩甲·述德》,頁279—280。

⑨ 沈約:《宋書》(臺北:藝文印書館,1972),卷七三《顏延之傳》,頁918。以下引文凡出自此傳者,俱見此書頁912—918,節省篇幅計,不復一一標舉出處、頁碼。

⑩ 以下引文凡出自此銘者,並見馬光祖修、周應合撰:《景定建康志》,《景印文淵閣四庫全書》(臺北:臺灣商務印書館,1983),第489冊,卷四三《風土志二·古陵》,頁537—538。

⑪ 郭慶藩:《校正莊子集釋》(臺北:世界書局,1971),卷九下《讓王》,頁971。

（齊）宣"王⑫，戰國末的顏率⑬，秦末漢初藏、獻《孝經》的顏芝、顏貞父子⑭，武帝時的顏駟⑮，在大司農任上被誅的顏异（異）⑯，正式於博士官學博得一席、傳授《公羊》學的顏安樂⑰。最可笑的莫過於：家傳、墓碑慣例要述及得姓之始，而且都是古史、傳說中的風光人物，顏真卿居然將醜行百出的小邾婁顏公⑱作為"遂以顏為氏"的始祖。這些人全與顏延之這房無涉，頂多只能說一筆寫不出兩個顏字，徒然反顯顏家乃庶族，亂拾墜地翠羽以妝點門面的可憐樣，以致顏真卿不能不坦承"譜牒淪亡"，西漢昭、宣時期的顏安樂以後，就沒有一位姓顏的見諸史乘雜說。真正可追溯而且可確信有血統淵源的不過從東漢末至曹魏初的顏盛⑲

---

⑫ 劉向集錄：《戰國策》（臺北：里仁書局，1982），卷十一《齊策四·齊宣王見顏斶》，頁407—413。李昉等：《太平御覽》（臺北：臺灣商務印書館，1997），卷五百十《逸民部十·逸民十》所錄嵇康：《高士傳》，頁2450，作"顏歜"。燭、斶、歜必有二者乃別字，即一般所謂的通假字。

⑬ 《戰國策》，卷一《東周策·秦興師臨周而求九鼎》，頁1—3。

⑭ 長孫無忌等：《隋書》（臺北：藝文印書館，1972），卷三二《經籍志一·經·孝經類·敘論》，頁481。

⑮ 《文選》，卷十五《賦辛·志中》張衡：《思玄賦》，頁222，善《注》所引《漢武故事》。善《注》作"駟"，顏《碑》作"肆"，也是古人習以口耳相傳，因同音而寫別字所致。

⑯ 瀧川龜太郎：《史記會注考證》（臺北：藝文印書館，1972），卷三十《平準書》，頁517。

⑰ 王先謙：《漢書補注》（臺北：藝文印書館，1972），卷八八《儒林列傳·嚴彭祖傳》，頁1553；王先謙：《後漢書集解》（臺北：藝文印書館，1972），卷七九上《儒林列傳·敘論》，頁908。

⑱ 徐彥：《公羊傳注疏》（臺北：藝文印書館，1972），卷二四《昭公三十一年》，頁307。

⑲ 《右光祿大夫西平靖侯顏府君傳銘》："誰其來遷？時聞遠祖，青州隱秀，爰始貞居"，"建節（東漢靈帝）中平，分竹（曹魏文帝）黃初，刑清齊右，政偃營區"。據顏真卿的《顏氏家廟碑銘》，"魏有斐、盛"。顏斐曾任京兆太守，見盧弼：《三國志集解》（臺北：藝文印書館，1972），卷十六《倉慈傳》，頁471，但其籍貫乃濟北，與原居於魯的顏盛乃兩支。

開始：

> 盛字叔臺⑳,青、徐二州刺史、關内侯,始自魯居于琅琊臨沂孝悌里。生廣陵太守、給事中、葛繹貞子諱欽,字公若……生汝陰太守、護軍、襲葛繹子默,字靜伯。生晉侍中、右光禄大夫、西平靖侯諱含,字弘都,隨元帝過江。已下七葉,葬在上元幕府山西。生侍中、光禄勳、西平定侯諱髦,字君道,事具《孝行傳》㉑。

顏欽有爵稱,純屬因緣際會,蓋事當司馬昭為篡魏鋪路,籠絡群臣,於魏元帝咸熙元年(264)"奏復五等爵"㉒,顏欽這才封了個葛繹子。顏盛、顏欽、顏默最後官銜均為地方首長。不論是實際擔任過,或死後追贈,

---

⑳ 自東漢初、中葉之交已降,百分之九十二以上,某人的名與字必有意義上的關連。段玉裁:《說文解字注》(臺北:黎明文化事業股份有限公司,1991),十二篇上,頁591:"臺,觀四方而高者也",必然挺拔、宏偉,與"盛"意義相應。承學弟王楚提示這點,特此誌謝。其子欽字公若,根據的是孔穎達:《尚書注疏》,卷二《堯典》,頁21:"乃命羲、和欽若昊天"。偽孔《傳》訓讀"欽若"為"敬順",凡敬上必順從,順從所以示敬。其孫默字靜伯,不勞贅言。其曾孫含字弘都,根據的是孔穎達:《周易注疏》(臺北:藝文印書館,1977),卷一《坤·彖》,頁18:"德合無疆,含弘光(廣)大"。《公羊傳注疏》,卷十一《僖公十六年》,頁139,何《解詁》:"人所聚曰都";王先謙校:《水經注》(成都:巴蜀書社,1985),卷六《涑水》,頁158:"水澤所聚謂之都,亦曰瀦"。其實,其取義均來自後世專用的"儲"。能儲聚眾人、眾水,自然引伸出廣大的意思,故王念孫:《廣雅疏證》(上海:上海古籍出版社,1989),卷一上《釋詁》,頁342:"都,大也"。

㉑ 以上引文凡出自顏真卿家廟碑銘者並見顏真卿:《顏魯公集》(上海:上海古籍出版社,1992),卷十六《補遺·唐故通議大夫行薛王友柱國贈秘書少監國子祭酒太子少保顏君廟碑銘并序》,頁102—103,並參顏真卿:《顏氏家廟碑(上)》,《書跡名品叢刊》(東京:二玄社,1962),第八九冊,頁18—30。

㉒ 《三國志集解》,卷四《陳留王紀》,頁188。內容詳見《太平御覽》,卷一九九《封建部二·公封》、《侯封》、《伯封》、《子封》、《男封》所引《魏志》,頁1087—1088。

都可稱得上"世吏二千石"㉓,但這個成詞並不必然意謂就是地方望族,政治地位確實會影響社會地位,不過,是否為望族的真正關鍵還是來自社會的認定。從顏真卿的措辭上,看不出任何祖上乃郡、縣右姓的跡象。

《晉書》卷八八《孝友列傳·顏含傳》:

> 祖欽,給事中;父默,汝陰太守……二親既終,兩兄繼沒……元帝……過江,以含為上虞令,轉主【王】國郎中、丞相東閤祭酒,出為東陽太守。東宮初建,含以儒素篤行,補太子中庶子,遷黃門侍郎、本州大中正,歷散騎常侍、大司農。豫討蘇峻功,封西平縣侯,拜侍中,除吳郡太守……未之官,復為侍中,尋除國子祭酒,加散騎常侍,遷光祿勳,以年老遜位,成帝美其素行,就加右光祿大夫……三子:髦、謙、約。髦歷黃門郎、侍中、光祿勳,謙至安成太守,約零陵太守。

可知:延之的曾祖顏含因非長子,既未襲葛繹子的爵位,而他起家入仕,也純粹因為適逢元帝要籠絡渡江北人,以加強自己稱帝的氣勢,所謂顏

㉓ 《後漢書集解》,卷十五《鄧晨傳》,頁220:"南陽新野人也,世吏二千石";卷五五《章帝八王列傳·濟北惠王壽傳》,頁643—644:"母申貴人,潁川人也,世吏二千石。貴人年十三,入掖庭"。《三國志集解》,卷五《后妃列傳·文昭甄皇后傳》,頁197—198:"中山無極人","世吏二千石","袁紹為中子熙納之"。《晉書斠注》,卷三四《羊祜傳》,頁709:"泰山南城人也,世吏二千石,至祜九世,並以清德聞";卷六二《祖逖傳》,頁1135:"范陽遒【逎】人也,世吏二千石,為北州舊姓"。顏盛所任蓋單純的民政首長,即"單車刺史",不"領兵",即不持節監某方軍事或擔任某將軍,因此,仍是五品官。詳參杜佑:《通典》(北京:中華書局,2007),卷三六《職官十八·秩品一·魏官品》,頁992。

含"隨難蕃霸","扶元陟帝",但起家官不過是個七品的縣官㉔,這豈是勢家豪門子弟的慣例?"顏含在叔父喪嫁女"㉕,全然不是具有故家舊族教養的行徑。延之的祖父顏約因屬幼子,故未襲爵,最高的職銜不過為五品的"零陵太守";延之的父親顏顯最高的職銜乃六品的"(中)護軍司馬"㉖,而且應該過世得相當早,所以才導致延之:

少孤貧,居負郭,室巷甚陋……年三十,猶未婚。

顏延之於劉宋孝武帝"孝建三年(456)卒,時年七十三",是生於東晉孝武帝太元九年(384)。劉穆之"聞其美",又是自己媳婦的兄長,"將仕之",而劉穆之得勢始於東晉安帝義熙三年(407)㉗末。顏延之當時不願靠裙帶關係,以"後將軍、吳國內史劉柳"㉘的"行參軍"起家,當時應該已經二十五了,而後"轉主簿",幾年薄俸仍舊無力支應婚配之貲。由此可見:他這一房的家世早已跌回原形,而且原形畢露,要攀附到曾祖

㉔ 《通典》,卷三七《職官十九·秩品二·晉》,頁1005。《漢書補注》,卷十九上《百官公卿表》,頁312:"萬戶以上為令,秩千石至六百石;減萬戶為長,秩五百石至三百石。"《後漢書集解》,卷三八《度尚傳》,頁462:"除上虞長。"據《晉書斠注》,卷十五《地理志下·揚州》,頁371,會稽郡"統縣十",總共才"戶三萬",郡治在山陰縣,則上虞乃小縣蓋無疑。

㉕ 《晉書斠注》,卷六九《劉隗傳》,頁1224。

㉖ 《通典》,卷三七《職官十九·秩品二·晉官品》,頁1004。

㉗ 《宋書》,卷一《高祖紀上》,頁19—20:"(義熙)四年(408)正月,徵公入輔……錄尚書……錄事參軍劉穆之有經略才具,公以為謀主,動止必諮焉";卷四二《劉穆之傳》,頁636:"高祖從其言,由是入輔。從征廣固,還拒盧循,常居幃中畫策,決斷眾事"。劉裕攻破廣固在義熙四年六月,逐走盧循在同年十二月。

㉘ 《晉書斠注》,卷十《安帝紀·義熙十二年》,頁185:"夏六月……己酉,新除尚書令、都鄉亭侯劉柳卒。"據《通典》,卷三七《職官十九·秩品二·晉官品》,頁1003—1004,國內史五品,後將軍四品,尚書令三品。從義熙四年至十二年(416),八年間升遷至尚書令,合乎常情。至於《宋書》,卷六九《劉湛傳》,頁875,說他父親劉柳為"晉左光祿大夫、開府儀同三司",蓋死後贈官。

身上,才有位榮秩三品㉙的祖先。

相較之下,還是顏之推老實些,論到家族歷史時,斬斷那些無謂的數典攀附,直接從江左建始:

> 吾王所以東運,我祖於是南翔,去琅邪之遷越,宅金陵之舊章,作羽儀於新邑,樹杞梓於水鄉㉚。

縱使顏延之表彰這位尚未出五服的曾祖顏含,除了"仁親之寶,大孝之榮","忌滿裁婚,鑒沖貶石"這點私德之外,盡屬浮泛的話:

> 言則側【測】㉛幽,歎寔聾靈……官必凝績,學乃敦經……望年靜駕,樂恬延厤。

既無微管之勳,又無勢傾當朝的名位,所以《晉書》沒有為他單獨立傳,而是放在《孝友列傳》中。由此可知:顏延之斷非世家大族出身。

舊史中有條旁證。顏延之的摯交王球過世,"無子,從孫奐為後"㉜。他本生父家中"諸兄出身諸王國常侍,而奐起家著作佐郎",顏延之當時

㉙ 《通典》,卷三七《職官十九‧秩品二‧晉官品》,頁1003。

㉚ 李百藥:《北齊書》(臺北:藝文印書館,1972),卷四五《文苑列傳‧顏之推傳‧觀我生賦》,頁289。頁288:"九世祖含",顏之推的八世祖乃顏含長子髦,他的六世祖靖之與顏延之乃共曾祖的從兄弟,所以他與顏延之乃早已絕服的族人了。至於王利器:《顏氏家訓集解(增訂本)》,(北京:中華書局,1993),卷五《誡兵》,頁348,所舉春秋已降以顏為姓、氏者,都是作為"未有用兵以取達者"的負面例子,並非為自家妝點門面。

㉛ 《文選》,卷十八《賦壬‧音樂下》成公綏:《嘯賦》,頁268:"足以窮幽測深";《類聚》,卷十三《帝王部三‧宋武帝》謝靈運:《武帝誄》,頁256:"窮幽測昧",均本自《周易注疏》,卷七《繫辭上》,頁157:"探賾索隱,鉤深致遠"。"側"無疑乃"測"形近之訛。

㉜ 《宋書》,卷五八《王球傳》,頁775。

"撫奐背曰：'阿奴始免寒士'"③，因為著作郎、秘書郎、散騎常侍、黃門侍郎等乃膏腴子弟慣例的起家官。顏延之所以發此感慨，除了愛屋及烏㉞，為對方慶幸，又何嘗不是因自身經歷而發？

眾所周知，顏延之寫了篇絮絮叨叨的《庭誥》㉟。沈約"刪其繁辭"，尚可劃分為三十二小節。其中有五節都談到貧富課題：

> 夫有富厚，必有貧薄，豈其證然，時（實）乃天道。若人皆厚富，是理無貧薄，然乎？必不然也。若謂富厚在我，則宜貧薄在人，可乎？又不可矣。必不然也。道在不然，義在不可，而橫意去就，謬生希幸，以為未達至分。

> 嗟曰："富則盛，貧則病矣。"貧之病也，不惟形色粗厲，或亦神心沮廢，豈但交友疎棄，必有家人誚讓。非廉深識遠者何能不移其植㊱？故欲躅憂患，莫若懷古。懷古之志，當自同古人。見通則憂淺，意遠則怨浮。昔琴歌於編蓬之中者，用此道也。

> 祿利者，受之易，易則人之所榮；蠱稼者，就之艱，艱則物之所

㉝ 李延壽：《南史》（臺北：藝文印書館，1972），卷二三《王彧傳附侁奐傳》，頁300。據《通典》，卷三七《職官十九・秩品二・晉官品》，頁1005、1006，著作郎乃六品，國侍郎乃八品，《宋官品》未詳國侍郎幾品，當沿晉舊，這可以從《梁官品》，頁1013，國常侍乃二班看出。

㉞《南史》，卷二三《王彧傳附侁奐傳》，頁300："（王）球許甚見愛。"

㉟ 這個詞彙取義自朱熹：《四書集注・論語集注》（臺北：世界書局，1985），卷八《季氏》，頁117："鯉趨而過庭"，庭誥猶言庭訓、家訓。其字面則本自《晉書斠注》，卷五五《夏侯湛傳》，頁1017，所載的《昆弟誥》。乃顏氏避熟就生、刻意古雅的慣技。

㊱ 陳奇猷：《呂氏春秋校釋》（上海：學林出版社，1995），卷十七《知度》，頁1092："相與植法則也"，高《注》："植，立"；《漢書補注》，卷四八《賈誼傳・弔屈原文》，頁1064："方正倒植"，師古曰："植，立也"。由於漢語名、動二詞性必同時互存，故"植"作為名詞，猶言立場。由此引伸出"志"之義，如戴望：《管子校正》（臺北：世界書局，1990），卷六《法法》，頁88："上無固植"，尹《注》："植，志"。

鄙。艱、易既有勤、倦之情，榮、鄙又間向、背之意，此二塗所為反也。以勞定國，以功施人，則役徒屬而擅豐麗；自理於民，自事其生，則督妻子而趨耕織，必使陵侮不作，懸企不萌，所謂賢、鄙處宜，華、野同泰。

道可懷而理可從，則不議貧，議所樂爾。或云："貧何由樂？"此未求道意。道者，贍富貴同貧賤，理固得而齊，自我喪之，未為通議。苟議【我】不喪，夫何不樂？

或曰："溫飽之貴，所以榮生；饑寒在躬，空曰從道。"取諸其身，將非篤論，此又通理所用。凡生之具豈間定實？或以膏腴夭性，有以菽藿登年。中散云："所足在內，不由於外㊲。"是以稱體而食，貧歲愈嗛；量腹而炊，豐家餘飱，非粒實息、耗，意有盈、虛爾。況心得復劣【常】，身獲仁富，明白入素，氣志如神，雖十旬九飯，不能令饑；業席三屬㊳，不能為寒，豈不信然？

他是否真做到自己所說的，可置不論，但至少是在切身之感，所謂"取諸其身"下的省思與自勉。

二

江左論詩，顏、謝並稱。除了就詩論詩的成就，兩人某些經歷確實有近似之處——

㊲ 戴明揚：《嵇康集校注》（臺北：河洛圖書出版社，1978），卷四《答難養生論》，頁173："世之難得者，非財也，非榮也，患意之不足耳。意足者，雖耦耕畎畝，被褐啜菽，豈不自得？不足者雖養以天下，委以萬物，猶未愜然，則足者不須外，不足者無外之不須也。"顏延之蓋撮取其意，用自己的文字重新表述。

㊳ 王先謙：《荀子集解》（臺北：世界書局，1981），卷十《議兵》，頁180："衣三屬之甲"，楊《注》："如淳曰：'上身一，髀禪一，踁繳一'"。屬，連也，此處指讀書時，坐下沒有完整的蓆藉，需以三片敝蓆連接。

東晉安帝"義熙十二年(416),高祖(劉裕)北伐,有宋公之授,府遣一使,慶殊命,參起居,(豫章公世子中軍行參軍)延之與同府王參軍俱奉使,至洛陽"。"義熙十有二年五月丁酉,敬成九伐,申命六軍","曾不踰月,二方獻捷",謝靈運以黃門侍郎的身份,"奉使慰勞高祖(劉裕)於彭城"㊙。前者乃宋公府所遣,後者乃皇家所遣,一私一公,也可由此一覘二人身份、門第高下。

這次北使,顏延之"道中作詩二首",謝靈運"寫集"來往途中"聞見,作賦《撰征》"㊵。

晉、宋鼎革之際,二人都在劉裕手下擔任過僚屬。顏延之先任豫章公世子中軍行參軍,後任宋公"世子舍人"。謝靈運先任"太尉參軍","又為(豫章公)世子中軍咨議","仍除宋國黃門侍郎,遷相國從事中郎、世子左衛率"。等到劉裕踐阼後,顏"補"七品的"太子舍人",謝"起為"五品的"散騎常侍,轉太子左衛率"㊶。

廬陵王義真"愛文義","與陳郡謝靈運、琅邪顏延之、慧琳道人竝周旋異常","暱狎過甚",甚至戲言:"得志之日,以靈運、延之為宰相",為少帝顧命大臣徐羨之等猜嫌,於是將兩人外放。

文帝即位,"元嘉三年,(徐)羨之等誅",顏延之才被"徵為"五品的"中書侍郎",謝靈運被"徵為"三品的"秘書監"㊷。換言之,在少帝至文帝初期,倒不是說顏、謝二人都政治選擇精明,站對了邊,而是恰巧與皇

㊙ 《宋書》,卷六七《謝靈運傳》及所載《撰征賦·序》,頁845。
㊵ 《宋書》,卷六七《謝靈運傳·撰征賦·序》,頁845。
㊶ 以上引文分見《宋書》,卷六七《謝靈運傳》,頁845、850,並參《通典》,卷三七《職官十九·秩品二·宋官品》,頁1007—1008。
㊷ 《宋書》,卷六七《謝靈運傳》,頁858,並參《通典》,卷三七《職官十九·秩品二·宋官品》,頁1007。

帝同一組對頭,成為文帝統一陣線的聯合對象。

　　顏延之看不慣劉湛專權跋扈的樣子,居然還"謂湛曰:'吾名器不升,當由作卿家吏'㊸,湛深恨焉,言於彭城王義康,出為永嘉太守。延之甚怨憤,乃作《五君詠》","湛及義康以其辭旨不遜,大怒,時延之已拜㊹,欲黜為遠郡",文帝乾脆將他免官。官都罷了,還能再怎麼洩憤?頂多找個與顏延之"世素不協"的車仲遠接任,嘔嘔他。謝靈運"自以名輩才能應參時政",可是"文帝唯以文義見接,每侍上宴,談賞而已。王曇首、王華、殷景仁等名位素不踰之,並見任遇,靈運意不平,多稱疾不朝","上賜假東歸",未幾,"為御史中丞傅隆所奏,坐以免官"㊺。由此顯示:顏、謝二人都沒有一點政治眼光,不理解文帝正在布置朝中權勢的危險平衡,既倚仗近親皇室,又利用王、謝、殷等高門制約㊻,這兩個糊塗蛋居然瞎攪局,兩陣營一起觸犯。文帝將顏、謝二人免官,實際是在保全他們。

　　雖然《宋書》對顏、謝兩人的個性都以"褊激"㊼目之,但二人的性行又明顯有別——

　　顏延之的妹夫是劉穆之之子憲之。穆之乃劉裕最倚仗、寵信的人,以致死後,劉裕先上奏,"追贈穆之散騎常侍、衛將軍、開府儀同三司",

---

㊸ 《宋書》,卷六九《劉湛傳》,頁875:"父柳"。
㊹ 在外放之前,他擔任的是"太子中庶子","領步兵校尉"。因為"已拜"新職,所以《類聚》卷五十《職官部六·太守》,頁906,才會節錄他《拜永嘉太守辭東宮表》中的四句。
㊺ 《宋書》,卷六七《謝靈運傳》,頁858、859。
㊻ 詳參拙作:《平章范曄謀反案》,《中國文學研究》第25輯(2015年3月),頁22—29。
㊼ 《宋書》,卷六七《謝靈運傳》,頁850。

再上奏,“重贈侍中、司徒,封南昌縣侯,食邑千五百户”㊽。在那般貧困的狀況下,結上如此得勢的人為姻親,對方“又聞其美,將仕之”,只要上門謁見,讓劉穆之見個面,確認無大誤即可,延之竟“不往也”。從好的方面説,有風骨;從不好的方面説,還真有點臭脾氣。謝靈運“以國公例”,起家“散騎侍郎。不就,為琅邪王、大司馬行參軍”㊾。東晉安帝“不惠,自少及長,口不能言”,又無子嗣,乃眾所周知的事。按司馬家從中朝已降的慣例,將來勢必由“安帝母弟”㊿、琅邪王、大司馬司馬德文繼位。與其在一位智障、啞巴皇帝身邊作侍郎,還有什麼比作為未來皇帝的故吏更利於仕途的?從好的方面講,有盱衡大局的眼光;從不好的方面講,從青少年時期,就野心勃勃。

顏在“道中作詩二首”,著墨的就是行旅之苦及目睹的荒涼景象。謝作的《撰征賦》就不同了,他固然延續班彪《北征賦》已降的模式:將歷史(時間)與地點(空間)交織,藉由發生於後者的人、事陳跡,抒發感慨與議論,固然多少也會論及行旅之苦,但透露了他的大志。雖然恭維“上相”:

> 法奇於《三略》,義秘於《六韜》,所以鉤棘未曜,殞前禽於金墉,威弧始彀,走鈒隼(51)於滑臺,曾不踰月,二方獻捷,宏功懋德,獨絶古今。

㊽ 《宋書》,卷四二《劉穆之傳》,頁637。據《通典》,卷三七《職官十九·秩品二·宋官品》,頁1007,衛將軍二品,司徒一品。

㊾ 《宋書》,卷六七《謝靈運傳》,頁845。

㊿ 《晉書斠注》,卷十《安帝紀》,頁186;《恭帝紀》,頁186。

(51) 《説文解字注》,十四篇上,頁717:“鈒,鋋也”,“鋋,小矛也”。相應於上文的“威弧”,可知此處乃指極粗的箭。分别脱胎自《周易注疏》,卷八《繫辭下》,頁168:“弦木為弧,剡木為矢,弧矢之利以威天下”;卷四《解·上六》,頁94:“公用射隼于高墉之上”。“鈒隼”比喻敵方中箭的驃兵悍將。

> 時來之機,悟先於介石;納隍之誠,一援於生民……陣未列於都甸,威已振於秦、薊……就終言【古】以比猷,考墳册而莫契。

然而引發的感慨與欽羨則表現在:

> 昔皇祖作藩,受命淮、徐,道固苞桑,勳由仁積……永為洪業,纏懷清歷。

花上比前面引文多出數倍的篇幅來歌頌他的"皇祖"功、德,使"中華免夫左袵","震天威於河外"。《撰征賦》就像綿裡藏針的另一篇《述祖德》。結合他在秘書監任內玩忽職守,告假返鄉前,居然上疏請求朝廷北伐,就可知:他為何不滿文帝"唯以文義見接",因為謝心中一直在追隨著一個偶像,他期盼的是掃定中原,就算寫詩,那也是英雄式的臨淮橫槊賦詩,或俯闕仗劍浩歌。綜觀顏一生,雖然曾因看著別人在政壇炙手可熱而眼紅、發牢騷,但毫無立功不朽的傾向,乃自古至今官場中習見的庸碌之輩,隨列趨退,循年資遷轉。

上文已講過:晉、宋鼎革之際,顏、謝二人都在劉裕手下擔任過僚屬,因此,他們都別妄圖自許為大晉之"純臣"[52]。顏延之還有點自覺:

> 晉恭思皇后葬,應須百官。(徐)湛之取義熙元年(405)除身,

---

[52] 《晉書斠注》,卷三七《安平獻王孚傳》,頁761。"純臣"本出自孔穎達:《左傳注疏》(臺北:藝文印書館,1977),卷三《隱公四年》,頁57,指能"大義滅親"者,引申為忠臣。

以延之兼持(53)。邑吏送札,延之醉,投札於地,曰:"顏延之未能事生,焉能事死?"

謝靈運後來起兵拒捕時,竟然賦詩説:

韓亡子房奮,秦帝魯連恥,本自江海人,忠義感君子(54)。

乃道地地欺天罔人。他前三十年良心都餵狗,所以一直都麻木無"感"啦?

顏延之"居身清約,不營財利,布衣蔬食"。因為長子顏竣為孝武帝的佐命元勳,"權傾一朝,凡所資供,延之一無所受,器服不改,宅宇如舊。常乘羸牛笨軍【車】,逢竣鹵簿,即屏往道側"。在《庭誥》中曾提到:

浮華怪飾,滅質之具;奇服麗食,棄素之方。動人勸慕,傾人顧眄,可以遠識奪。

謝靈運則"性奢豪,車服鮮麗。衣裳、器物多改舊制,世共宗之",以致打造出今人所説的著名品牌:"謝康樂"。仗著祖產已有的"故宅及墅","修營別業,傍山帶江,盡幽居之美"(55)。

---

(53) 《後漢書集解》,卷二《明帝紀·永平元年》,頁66:"東海王彊薨,遣司空馮魴持節視喪事";卷十下《皇后本紀·孝崇匽皇后紀》,頁169:"使司徒持節,大長秋奉弔祠"。《三國志集解》,卷五《后妃列傳·文昭甄皇后傳》,頁199:"使司空王朗持節奉策,以太牢告祀于陵。""兼"原本表示有其本職,但據《晉書斠注》,卷三二《后妃列傳下·恭思褚皇后傳》,頁690:"宋元嘉十三年(436)崩",顏延之他當時仍在免官狀態中;"持"即"持節"的省稱,以示隆重。據《晉書斠注》,卷十《恭帝紀·元熙二年》,頁187—188,東晉末代皇帝遜位之後,被封為零陵王,其元配自然成為零陵王妃。零陵王過世,追謚恭皇帝,以帝禮葬之,故蕭子顯:《南齊書》(臺北:藝文印書館,1972),卷二《高帝紀下·建元元年》,頁25,記載:五月己未,劉宋遜帝"汝陰王薨,追謚為宋順帝,終禮依魏元、晉恭帝故事"。零陵王妃薨,當然也就依皇后禮節舉行喪事。

(54) 《宋書》,卷六七《謝靈運傳》,頁860。

(55) 《宋書》,卷六七《謝靈運傳》,頁845、850。

廬陵王義真雖然與謝、顏二人交往密切,實際上,"義真聰明",非常清楚:"靈運空疏,延之隘薄,魏文帝云'鮮能以名節自立'㊶者,但性情所得,未能忘言於悟賞,故與之遊耳"㊷。謝靈運頗缺乏自覺,還真以為自己有宰相的才能;顏延之倒無此想,只"干祿祈遷",減輕些家庭經濟負擔。

因為被少帝的顧命大臣猜嫌,顏延之被"出為始安太守",謝靈運被"出為永嘉太守"。只是前者大概因為困於養家,安分地做完任期;後者"因父、祖之資,生業甚厚",不顧家族眾人的規勸,"在郡一周,稱疾去職"㊸。

顏延之在朝或外放時,雖然都沒有什麼官聲,但至少安分。謝靈運在永嘉太守任上,"肆意游遨,徧歷諸縣,動踰旬朔,民間聽訟不復關懷";在臨川內史任上,"在郡遊放,不異永嘉";在朝任秘書監,"出郭游行,或一日百六七十里,經旬不歸,既無表聞,又不請急"㊹,公然視官僚規制如無物。

按照劉知幾所知的舊聞,"顏延之罷官後,好騎馬出入閭里,當代稱其放誕"㊺,不過是嫌他不顧威儀,並沒有任何囂張或怨懟的言行,更沒有因"褊激"與地方首長衝突。事實上,他放低姿態,"屏居里巷,不豫人間者七載",還特別交代子孫:

> 務前公稅,以遠吏讓,無急傍費,以息流議。

㊶ 《三國志集解》,卷二一《王粲傳‧魏文帝與元城令吳質書》,頁537。
㊷ 以上引文並見《宋書》,卷六一《武三王列傳‧廬陵孝獻王傳》,頁793。
㊸ 以上引文並見《宋書》,卷六七《謝靈運傳》,頁850、860。
㊹ 《宋書》,卷六七《謝靈運傳》,頁850、860、858。
㊺ 劉昫:《舊唐書》(臺北:藝文印書館,1972),卷四五《輿服志‧侍臣服》,頁940。

謝靈運"稱疾去"永嘉郡之後，不但"與隱士王弘之、孔淳之等縱放為娛"，還動輒刻意讓新寫的詩流傳"至都邑，貴賤莫不競寫，宿昔之間，士庶皆徧"，維持高調，唯恐金粉京華忘了還有他這豔陽。後來在秘書監任上，因曠職得實在太不像話，"乃上表陳疾，上賜假東歸"，且不說裝裝羸弱的樣子，居然活蹦亂跳，"遊娛宴集，以夜續晝"，等於當著朝野，打皇帝的臉。居於會稽別業時，經常帶著一大群"徒眾，驚動縣邑"，還公然羞辱居處所在"事佛精懇"的父母官孟顗：

> 得道應須慧業。文【丈】人生天，當在靈運前；成佛，必在靈運後。

弄得雙方"讐隙"深似海，孟顗恨得不惜"露板上言"，"表其異志"。由上述可知：謝靈運辯解時，所說"事乖人間，幽棲窮巖，外緣兩絕"[61]乃徹底的謊言。

顏延之於《庭誥》中囑咐子孫：

> 躬稼難就，止以僕役為資，當施其情願，庇其衣食，定其當治，遞其優劇，出之休饗，後之捶責，雖有勸恤之勤，而無霑曝之苦。

> 含生之氓同祖一氣，等級相傾，遂成差品……至夫願欲情嗜，宜無間殊，或役人而給養，然是非大意，不可侮也。隩奧有竈，齊侯莨寒；犬馬有秩，管、燕（晏）[62]輕饑。若能服溫厚而知穿弊之苦，明周之德；厭滋旨而識寡噍之急，仁恕之功……雖爾眇末，由（猶）[63]扁

---

[61] 以上引文分見《宋書》，卷六七《謝靈運傳》，頁859、858、860。

[62] 兩字相假例證詳參高亨、董治安：《古字通假會典》（濟南：齊魯書社，1997），《寒部第六（上）·安字聲系》，頁174。

[63] 兩字相假例證詳參《古字通假會典》，《幽部第十七（上）·由字聲系》，頁718。

(編)⑭庸保之上,事思反己,動類念【念類】物,則其情得,而人心塞矣。

這當與顏延之而立之前的貧困生活有關,雖不敢必:他是否果真言、行合一,但若說躬行實踐到一半,大概不盡溢美。反觀謝靈運,在秘書監任上,尚且"穿池植援,種竹樹堇,驅課公役,無復期度",則命令他家的眾多"奴僮","鑿山浚湖,功役無已"⑮,極盡壓榨之能事,更不待言⑯。

顏延之擔任"御史中丞,在任縱容,無所舉奏"。謝靈運擔任秘書監時,文帝"令靈運撰《晉書》,粗立條流,書竟不就"⑰。兩者看似都可謂有虧職守,但前者是世故老練,不願被文帝當槍使,否則,怎麼又會說他"肆意直言,曾無遏隱"呢?後者則是志不在此,權力野心勃勃,非入參機要,出凌百僚,不足饜其心。

顏延之曾"啟買人田,不肯還直","垂及周年,猶不畢了"。謝靈運要"決""會稽東郭"的"回踵湖","以為田",沒弄到手,"又求始寧岯崲湖為田"。從"啟"、"依傍恩詔"、"太祖令州郡履行",可知:二人求田之舉都獲得朝廷正式許可。顏延之至多只能說是想佔便宜,田地也頂多易主。謝靈運企圖作的則不僅破壞生態,"多害生命",而且由於兩湖乃"水物所出"⑱,決湖後,將重創當地百姓的生計。顏延之此舉,或許還可用自幼窮怕了,中年又連著七年沒俸祿,來替他掩飾;謝靈運從曾祖輩

---

⑭ 兩字相假例證詳參《古字通假會典》,《真部第四・扁字聲系》,頁104。
⑮ 《宋書》,卷六七《謝靈運傳》,頁858、860。
⑯ 《宋書》,卷四二《王弘傳・奏彈謝靈運》,頁640:"謝靈運力人桂興淫其嬖妾,殺興江涘,棄尸洪流。"即使現代,也沒有多少男性會容忍此事,只是格於法律,不會采取如此激烈的報復手段。謝仗恃著家世背景,彼此又是主、奴關係,所以肆無忌憚地取人性命。這與苦待僕役並非同類。
⑰ 《宋書》,卷六七《謝靈運傳》,頁858。
⑱ 以上引文並見《宋書》,卷六七《謝靈運傳》,頁860。

就佔田無數,"生業甚厚"⑥,卻貪踰淵壑,不知止足。

附帶一提,根據李延壽的記載:

>(何尚之)與太常顏延之少相好狎,二人並短小,尚之常謂延之為㺑,延之目尚之為猴。同游太子西池,延之問路人云:"吾二人誰似猴?"路人指尚之為似,延之喜笑。路人曰:"彼似猴耳,君乃真猴。"⑦

可見其貌甚寢。雖然沒有任何地方稱許謝靈運美姿容,根據劉餗的記載:

>謝靈運鬚美。臨刑,施為南海祇洹寺維摩詰鬚。寺人寶惜⑦。

他的外型至少還有一項足以傲人之處。

兩人若無近似處,不可能於廬陵王義真的文藝小沙龍中相盤桓,而以兩人的個性,也不可能此後沒有背後惡言相訾的少許情況,但是再如何投契,也是兩個獨立、無法相互取代的存有。出身、成長過程、個性等不同,彼此的心態、言行表現當然會有差異。浪費上述筆墨,都不過是要指出:從顏、謝同的方面講,都為官場、社會側目;從異的方面講,謝當然比顏更讓人受不了,但這並非二人下場迥別的原委。謝靈運與本郡太守孟顗成了死對頭,文帝免得再生事端,所以"不欲使東歸,以為臨川內史"。由於內史是五品官,而他卸任前的秘書監乃三品,唯恐謝某又覺得委屈,格外"賜秩中二千石",等於是以三品的卿、尹兼領,迴護之意

---

⑥ 《宋書》,卷六七《謝靈運傳》,頁860。
⑦ 《南史》,卷三十《何尚之傳》,頁366。
⑦ 劉餗:《隋唐嘉話》,《百部叢書集成·陽山顧氏文房》(臺北:藝文印書館,1966),卷下,頁33a。至於謝肇淛:《五雜俎》,《歷代筆記小說集成·明代筆記小說》(石家莊:河北教育出版社,1995),23冊,卷五《人部一》,頁376—377:"崔琰鬚長四尺……(劉)淵子曜長五尺,謝靈運鬚垂至地",恐怕就有齊東野語之嫌了。

極明確。他卻毫不領情,繼續"橫恣",以致"為有司所糾,司徒遣使隨州從事鄭望之收靈運,靈運執錄望生,興兵逸叛",這才是他致命的原因,而且是唯一的原因。認為他出身膏腴,執政當局意圖藉此多少削弱世家華族的勢焰;對於單家寒門的顏延之,則無此猜忌及耍手段的必要,乃道地臆説。文帝從開始就"唯以文義見接",並非防範他,而是與廬陵王義真一樣,看透了他"空疏",無幹事之能。否則,就不能解釋文帝何以重用王弘、王曇首、殷景仁等高門。尤其可資注意者,謝述的祖父謝據與靈運的曾祖謝奕乃兄弟,謝述與靈運乃共高祖的從叔、侄關係。前者長年擔任彭城王的僚佐,"義康遇之甚厚",入相後,還讓謝述"轉"四品的"左衛將軍";義康的股肱劉湛"與述為異常之交";謝述之子謝緯還"尚太祖第五女長城公主"⑫。謝靈運扣押中央使者,"率部眾反叛",依法論法,絕對該"論正斬刑"。略通劉宋歷史者應該都有常識:元嘉十年(433)前後,乃文帝與彭城王義康的蜜月期,"内、外眾務一斷之義康","凡所陳奏,入無不可"⑬,前者竟不顧"彭城王義康堅執,謂不宜赦",以"謝玄勳參微管,宜宥及後嗣"為由,"減死一等,徙付廣州"。文帝與彭城王義康意見相左,並不存在一個扮白臉、一個扮黑臉的疑點,因為後者與謝靈運並沒有私怨,乃是他文法吏的辦事心態、素行所致⑭,而文帝在已經放手,讓義康"總攬朝權,事決自己,生殺大事,以錄命斷之"⑮的情況下,居然出面干預,起先僅"欲免官而已"⑯,倒像是知道自己這位老

---

⑫ 《宋書》,卷五二《謝景仁傳附弟述傳》,頁727、728。
⑬ 《宋書》,卷六八《武二王列傳·彭城王義康傳》,頁863。
⑭ 《宋書》,卷六八《武二王列傳·彭城王義康傳》,頁863;"義康性好吏職,鋭意文案,糾剔是非,莫不精盡。"
⑮ 《宋書》,卷六八《武二王列傳·彭城王義康傳》,頁863。
⑯ 以上其他引文並見《宋書》,卷六七《謝靈運傳》,頁860—861。

弟的脾氣,先喊高價錢,再讓對方大殺價,而後取得妥協處置,流露出的乃盡量保全的味道,並非整肅的迂曲手腕。簡言之,謝靈運乃愚蠢、魯莽至道地取死,毫不足憐,斷無迫害可言。反觀顏延之,"元凶(太子邵)弒立",延之"子竣為世祖南中郎諮議參軍,及義師入討,竣參定密謀,兼造書檄",太子邵將滿紙數罪醜言"乃爾"的檄文出示延之,這可真是"垂之虎吻"之際。若按照前述臆說推論,將出身寒微的顏延之連坐極刑,就像殺隻雞一樣,但他竟安然無事。顏延之"竣尚不顧老父,何能為陛下"的解釋固然誠實、得體,是他倖免的原因之一,但太子邵要籠絡人心,才是關鍵。年逾七十的顏延之所以在統戰對象之列,將已從三品"首卿"太常"致事"的他又拉出來,"以為"三品的榮秩散官"光祿大夫"⑦,與他出身背景了無關涉,乃是他的文壇士林聲望。

三

既有史料無一處顯示陶潛善書法,顏延之亦然,而謝靈運"詩、書皆兼獨絶,每文竟,手自寫之,文帝稱為二寶"⑱。陶潛"不解音聲,而畜素琴一張,無絃,每有酒適,輒撫弄以寄其意"⑲;顏延之文、筆都在行,卻從無史料顯示他會撫琴;謝靈運固然也未必擅此道,但從《晚出西射堂》:

  含情尚勞愛,如何離賞心……安排徒空言,幽獨賴鳴琴。

《道路憶山中》:

---

⑦ 《通典》,卷三七《職官十九·秩品二·宋官品》,頁1007。
⑱ 《宋書》,卷六七《謝靈運傳》,頁858。庾肩吾:《書品論》,頁4b,將之列於下之上二十人中;張懷瓘:《書估》,頁27b,將之列於"可敵右軍草書三分之一"的第四等;《書斷》,《中》,頁3b,將謝靈運列在"妙品"的隸書部分,稱許他的"真、草俱美,石蘊千年之色,松低百尺之美"。俱見張彥遠:《法書要錄》,《百部叢書集成初編·學津討原》(臺北:藝文印書館,1966)。
⑲ 《宋書》,卷九三《隱逸列傳·陶潛傳》,頁1104。

悽悽《明月》吹,惻惻《廣陵散》,殷勤訴危柱,慷慨命促管⑧。
可見至少受過世家子弟的基本雜藝訓練⑧。顏延之乃南朝意義的寒門
出身,已如上述。陶潛不論怎麼數典,陶侃"本鄱陽人也,吳平,徙居廬
江之尋陽。父丹,吳揚武將軍"。原本就是論出身,令當事人有"慚色"
的"將種"⑧,非"士大夫"⑧出身,何況早已落魄"酷窮"⑧到需要其母"截
髮得雙髲,以易酒肴",方能巴結同鄉孝廉及其隨從、"欲仕郡",卻"困於
無津"⑧的地步。當時為餬口而作的"縣吏"必然是動輒被鞭笞,成天討
好功曹、別駕、治中等大吏的小吏⑧。南朝數"過江"第一流的僑姓"高
者"⑧,陶侃自然不在列;論廣義的吳姓望族,也從沒將陶氏計入。簡言
之,陶潛乃道地的"小人""寒俊"⑧也。近人甚至懷疑陶氏乃少數民
族⑧。謝靈運則與陶、顏二人有雲、泥之別。只看起家官乃五品的"員外
散騎侍郎"⑨,就可知乃依循高門子弟的舊貫。東晉五大門閥,潁川庾氏

---

⑧　以上引文分見《文選》,卷二二《詩乙‧遊覽》,頁320;卷二六《詩丁‧行旅上》,頁388。

⑧　孔穎達:《禮記注疏》(臺北:藝文印書館,1977),卷四《曲禮下》,頁77:"士無故不徹琴瑟。"

⑧　《晉書斠注》,卷三一《后妃列傳上‧胡貴嬪傳》,頁676。

⑧　詳參《南史》,卷三六《江夷傳附曾孫敩傳》,頁438。

⑧　楊勇:《世說新語校箋(修訂本)》(臺北:正文書局有限公司,2000),下卷《賢媛》,條19,頁621。

⑧　以上引文並見《晉書斠注》,卷六六《陶侃傳》,頁1182。

⑧　詳參《三國志集解》,卷十五《張既傳》,頁444、448,裴《注》所引《魏略》。

⑧　《世說新語校箋(修訂本)》,中卷《品藻》,條25,頁460。

⑧　《世說新語校箋(修訂本)》,下卷《賢媛》,條19,頁622,劉《注》所引《晉陽秋》。

⑧　陳寅恪:《魏書司馬叡傳江東民族條釋證及推論》,《陳寅恪先生論文集(上)》(臺北:九思出版社,1977),頁541—543。

⑨　《宋書》,卷六七《謝靈運傳》,頁845,並參《通典》,卷三七《職官十九‧秩品二‧晉官品》,頁1004。

因為與譙國桓氏鬥爭失敗,加上琅琊王氏的掣肘,勢力已瓦解;譙國桓氏、太原王氏因為先後造反而夷滅,五大門閥就只剩下琅琊王氏與陳郡謝氏,這也就是何以世俗論到南朝世家時,每每以王、謝為代稱的實際原委。

陶潛好酒,以致後人說他的詩中篇篇有酒㉑。舊史記載:

> (文)帝嘗問以諸子才能。延之曰:"竣得臣筆,測得臣文,㚟得臣義,躍得臣酒。"㉒

酒已經成為顏延之自鑄並予人的印象標誌之一,連因買田事件被彈劾時,都提到他"沈迷酒蘗"。陶潛好酒始於何時,難以斷定,顏延之自年輕即"飲酒,不護細行"。中歲時:

> 文帝嘗召延之,傳詔,頻不見。常日,但酒店裸飲袒、挽歌,了不應對。

直到晚年,若非:

> 獨酌郊野,當其為適,傍若無人。

就是:

> 遂游里巷,遇知舊,輒據鞍索酒,得酒必頹然自得。

若從嗜酒的資歷來論,恐怕比陶潛還早;若從縱酒的程度,陶潛萬萬不及,顏延之也藉此"酒過,肆意直言,曾無回隱",被人"謂之顏彪"。相較於陶潛,以平淺的詞句誠實道出自己的種種困境,不是一個模子嗎?

陶潛有《詠二疏》、《詠三良》、《詠荊軻》、《五柳先生傳》。顏延之寫《祭屈原文》、《秋胡詩》、《五君詠》、《陽給事誄》。不論按照兩漢已降或

㉑ 俞紹初:《昭明太子集校注》(鄭州:中州古籍出版社,2001),《文·〈陶淵明集〉序》,頁200。

㉒ 《南史》,卷三四《顏延之傳》,頁411。

近現代的人物歸類品目，他們撰寫的對象乃忠臣、高士、烈夫、俠客或奇人、節婦、逸民，都是風骨凜凜、俶儻不羣者。也不論各自撰寫時的動機及背景有何差異，能激發陶、顏二人詠歎的感知都落在同一取捨範疇裡。不像謝靈運，一輩子就沈溺在祖父謝玄功業的光輝中。舉例而言，顏延之外放始平太守，途經湘州州治臨湘汨潭，適逢刺史張邵"遣戶曹掾某敬祭故楚三閭大夫屈君之靈"[93]。以既有史料而言，只知道"為湘州刺史張邵作《祭屈原文》"，全然無法確定：這篇祭文是否出自張邵的請託。只曉得他確實應張邵之請，寫了《祭虞帝文》[94]。縱使是身為自己上司請託，按照顏延之的個性，若非他樂意，會毫不假詞色地峻拒。試問若要入境隨俗，他為何不寫祭江妃二女，甚至湘妃文？尤其後者，按照傳說，娥皇、女英還有夫妻情感深摯、至死不渝的一面可歌可泣呢。簡言之，那些題目都是陶、顏二位作者自由意志的抉擇，反映他們內心所欽慕的。

沈約當初說陶潛：

> 自以曾祖晉世宰輔，恥復屈身後代。自高祖王業漸隆，不復肯仕。所著文章皆題其年月，義熙以前，則書晉氏年號；自永初以來，唯云甲子而已[95]。

關於這點，學界爭執不下[96]，要點在：如此敘事，就將陶潛塑造為一貞節之士，影響到唐代重修《晉書》時，雖未採用這段文字，卻將卒於劉宋文帝元嘉四年（427）的陶潛納入卷九四《隱逸列傳》中。簡言之，只能視陶

---

[93] 《文選》，卷六十《祭文》顏延之：《祭屈原文》，頁853。
[94] 《類聚》，卷十一《帝王部一・帝舜有虞氏》，頁217。
[95] 《宋書》，卷九三《隱逸列傳・陶潛傳》，頁1104。
[96] 詳參陶澍：《靖節先生集》（臺北：臺灣中華書局，1979），卷三《詩五言》，頁1—7，《集注》。

潛為典午政權的遺老。就像沒有人會將1916年過世的王闓運、1917年過世的王先謙,甚至1926年過世的況周頤不歸入清朝學人之列。其實,最早突出陶潛這造像的就是顏延之。陶潛明明在晉朝擔任過鎮軍主簿、建威參軍、彭澤令,只是賦《歸去來辭》之後,不應著作佐郎之徵⑨⑦,但顏延之居然稱他為"有晉徵士",這不明擺著:對於陶潛的認定,他認為當採取不知有宦,遑言劉宋的視角。採用上述沈約之說的李延壽⑨⑧有另一段記載:

> (袁)廓之父景儁,宋世為淮南太守,以非罪見誅。廓之終身不聽音樂,布衣蔬食,足不出門,示不臣於宋。時人以比晉之王裒⑨⑨。
> 顏延之見其幼時,歎曰:"有子如袁廓,足矣!"齊國建,方出仕⑩⓪。

顏延之的感歎固然是出於誰不希望有個孝順兒子的想法,但這孝順是夾帶著硬氣、節操在內的,不因個人及本房榮枯而向君權俯首,也就是堅決否認其先父有罪,乃朝廷顛倒是非大義。君不君,臣當然不臣。配合第二小節所述:顏延之不肯替劉宋當局惺惺作態,參與東晉末代皇后葬禮,是否可說:如果文、史賦予陶潛的形象是"高山""景行",那麼顏延之就是"雖不能至,然心嚮往之"⑩⓵的人呢?

陶潛既退居田園,無意再出仕,不願見達官貴人,實屬自然。舊史

---

⑨⑦ 《宋書》,卷九三《隱逸列傳·陶潛傳》,頁1103—1104。

⑨⑧ 《南史》,卷七五《隱逸列傳·陶潛傳》,頁855。

⑨⑨ 《晉書斠注》,卷八八《孝友列傳·王裒傳》,頁1497—1498:"父儀……為文帝(司馬昭)司馬。東關之役,帝問於眾曰:'近日之事,誰任其咎?'儀對曰:'責在元帥。'帝怒曰:'司馬欲委罪於孤邪?'遂引出斬之……(裒)痛父非命,未嘗西向而坐,示不臣朝廷也。"

⑩⓪ 《南史》,卷二六《袁湛傳附從孫象傳》,頁332。

⑩⓵ 《史記會注考證》,卷四七《孔子世家·太史公曰》,頁748。所引《詩》原文見孔穎達:《毛詩注疏》(臺北:藝文印書館,1977),卷十四之二《小雅·甫田之什·車舝》,頁485。

記載:

> 刺史王弘以(安帝)元興(402—404)中臨州,甚欽遲之。後自造焉,潛稱疾不見……弘每令人候之,密知當往廬山,乃遣其故人龐通之等齎酒,先於半道要之。潛既遇酒,便引酌野亭,欣然忘進。弘乃出與相見,遂歡宴窮日……弘要之還州……至州而言笑賞適……弘後欲見,輒於林澤間候之[102]。

顏延之年輕時,不肯去見身為劉裕股肱的姻親劉穆之;晚年時,對自己的長子、孝武帝身邊的紅人顏竣照樣毫不客氣地表示:

> 平生不喜見要人,今不幸見汝。

而這類"要人"不止於當代,連歷史上的權貴也鄙棄,所以在藉所謂的竹林七賢,以抒己懷時,"山濤、王戎以貴顯被黜",然而他與王球、王僧達相善。《文選》收錄的最後一篇,也就是卷六十《祭文·祭顏光祿文》就是王僧達寫的。文中敘述兩人的交往乃:

> 清交素友,比景共波……遊顧移年,契闊燕處。

王弘"曾祖導,晉丞相;祖洽,中領軍;父珣,司徒"[103],是王僧達的父親[104],王球的從祖[105]。換言之,陶、顏交往圈中有一等高門中的人物。如果王弘那般處心積慮地想見陶潛,絲毫不間接顯示:陶潛乃華族之裔,則王球、王僧達獨與顏延之相善,也不意謂顏的家世乃高門。尤其從舊史對王球的描述:

> 公子簡貴,素不交遊……尚書僕射殷景仁、領軍劉湛……雖通

---

[102] 《晉書》,卷九四《隱逸列傳·陶潛傳》,頁1609—1610。
[103] 《宋書》,卷四二《王弘傳》,頁639。
[104] 《宋書》,卷七五《王僧達傳》,頁940。
[105] 《宋書》,卷五八《王惠傳》,頁772:"太保弘,從祖也","叔父司徒謐";《王球傳》,頁774:"父謐,司徒"。

家姻戚,未嘗往來⑩。

殷、劉二家都是有"冢中枯骨"⑩的舊族,否則,文帝在收劉湛詔中不會說:"階藉門蔭,少叨榮位"⑩,而王謐也不可能主動將女兒嫁給殷景仁⑩。豈止"姻戚"?王球連王弘兄弟都"未嘗相往來"⑩。由此可見:他是否與某人往來,與家世背景無關。王弘一方面固然"造次必存禮法",以致有"王太保家法"為人倣效,但貴族的特性之一就在:講究禮法的同時,經常蔑棄禮法,放蕩不羈世故,所以舊史才會說他"輕率,少威儀,性又褊隘,人忤意者,輒面加責辱"⑪。少時樗蒲被得罪的事一直記恨在心。他少子王僧達更是放肆張狂,不但"與閭里少年相馳逐,又躬自屠牛";與"美姿容"的族子王確有"私歟",對方將外放,他留不住,竟"潛於所住屋後作大坑,欲誘確來別,因殺而埋之"⑫;向吳郭西臺寺富有的沙門強行索錢,只因嫌數目沒饜足他胃口,公然"遣主簿顧曠,率門義"劫持人質以勒索;坐事免官後,"孝武獨召見,憒然了不陳遜,唯張目而視",因為他認為:"大丈夫寧當玉碎,安可以没没求活?"⑬王球"居選職",既"接客甚稀",還"不視求官書疏";擔任事務官最高首長"尚書僕射",竟然"朝、直甚少";更不賣皇帝面子,對於劉宋孝武身邊的紅人徐

---

⑩ 《宋書》,《王球傳》,頁 774。
⑩ 《三國志集解》,卷三二《先主傳》,頁 751。《南史》,卷六二《朱异傳》,頁 702:"諸貴皆恃枯骨見輕,我下之,則為蔑尤甚。"
⑩ 《宋書》,卷六九《劉湛傳》,頁 876。
⑩ 《宋書》,卷六三《殷景仁傳》,頁 814。
⑩ 《南史》,卷二一《王惠傳附從弟球傳》,頁 296。
⑪ 以上引文並見《宋書》,卷四二《王弘傳》,頁 645。
⑫ 以上引文並見《宋書》,卷七五《王僧達傳》,頁 940、941—942。
⑬ 以上引文並見《南史》,卷二一《王弘傳附子僧達傳》,頁 270。

爰"稱旨就席",公然表示"不敢奉詔"⑭。這與孝武生母路太后兄路瓊之盛裝造謁,王僧達"了不與語",還當面"焚瓊之所坐牀"⑮,以示嫌對方齷齪,不過五十步與百步耳。在這樣的脈絡下,折返省視:

>(陶)潛無履,(王)弘顧左右為之造履。左右請履度,潛便於坐申腳,令度焉⑯。

王弘一點沒有覺得對方傲慢不遜,就可以理解了。而兩人見面,就是對飲,雖然不會"但道桑、麻長",但兩下"相見",應該確實"無雜言"⑰。"文帝嘗召延之,傳詔,頻不見"⑱;對於劉宋文帝賞愛的沙門慧琳陛見時,"常升獨榻⑲",顏延之不顧一般講究的恭敬,或憚於龍威,公然指責皇帝清濁失倫,緇白弗辨。王僧達、王球若風聞,當許以我輩中人。難怪陶潛"至於酒米乏絕,(王弘)亦時相贍";"延之居常罄匱,(王)球輒贍之"⑳。財物算不得什麼,要緊的某些方面投合。前賢指出:魏、晉已降,學術上,士大夫大多"禮、玄雙修"㉑。其實,這項特質在士大夫的教養、處世方面,也是主流。對於"玄"這部分,那些人究竟有多少能"達其

---

⑭ 以上引文並見《南史》,卷二一《王惠傳附從弟球傳》,頁296、297。
⑮ 《南史》,卷二一《王弘傳附子僧達傳》,頁270。
⑯ 《晉書》,卷九四《隱逸列傳·陶潛傳》,頁1610。
⑰ 《靖節先生集》,卷二《詩五言·歸園田居之二》,頁4b。
⑱ 《南史》,卷三四《顏延之傳》,頁411。
⑲ "獨榻"即《後漢書集解》,卷十五《王常傳》,頁219,所說的與其他官員"絕席",亦即章懷《注》所引《漢官儀》所說的"專席""獨坐",以示位份或執掌特殊。顏延之既然將慧琳比為刑餘之人,則此處的意思猶卷七八《宦者列傳·單超傳》,頁900,章懷《注》所云:"獨坐言驕貴無偶也"。
⑳ 分見《晉書》,卷九四《隱逸列傳·陶潛傳》,頁1610;《宋書》,卷七三《顏延之傳》,頁913。
㉑ 唐長孺:《魏晉玄學之形成及其發展》,《魏晉南北朝史論叢》(北京:三聯書局,1955),頁338。

旨,故不惑其迹"的,難講,"捐本徇末","有越檢之行"者則不乏其人。東晉末的戴逵以竹林與元康名士對比,從表面上看,雙方都有任性、放誕、簡傲的言行,但前者是"有疾而為顰者",後者則是"所以為慕者,非其所以為美,徒貴貌似而已矣"⑫。王弘等對待陶、顏,大概就像元康名士企羨竹林風度。王弘邀陶潛共赴他官邸時,"問其所乘",陶潛表示:

　　素有腳疾,向乘籃舆,亦足自反。

"乃令一門生、二兒共舉之",絲毫"不覺其有羡於華軒也"⑬。顏延之"居身清約","布衣蔬食","常乘羸牛笨軍【車】",與王球、王僧達這些"衣狐貉者立,而不恥"⑭。試問:這是何等的器量灑脱,姿度廣大,焉能不令對方頷首⑮?

論陶潛與其詩、文的發跡史,王僧達、鮑照首先以陶彭澤體為擬作對象,後者將陶潛與他所擬的其他古詩作者:東漢的無名氏、劉楨、曹植、阮籍、陸機並列⑯。這些都是鍾嶸《詩品》中居於上品的人物。接著江淹撰《雜體詩》三十首,就將陶潛與漢、魏、晉士林、文壇盡知的名流大家一同計入,認為若缺乏"陶徵君田園"這一輻⑰,詩國眾美的圓滿性就無法達到。再來,永明體大扇文壇,盟主沈約就襲用遭後世某些人訾議

---

⑫　以上引文並見《晉書》,卷九四《隱逸列傳·戴逵傳·放達非道論》,頁1605。

⑬　以上引文並見《晉書》,卷九四《隱逸列傳·陶潛傳》,頁1610。

⑭　《四書集注·論語集注》,卷五《子罕》,頁61。

⑮　沈約說:"球亦愛其材",所以兩人"情好甚歡"。材,質也,指顏延之的人品材質,非學問、創作方面的才能。李延壽大概就擔心讀者誤會,故《南史》,卷三四《顏延之傳》,頁411,將前者刪去。

⑯　分見黃節:《鮑參軍詩注》(臺北:藝文印書館,1971),卷四《學陶彭澤體奉和王義興》,頁217,《擬青青陵柏》,頁212;卷四《學劉公幹體五首》,頁213—216;卷一《代陳思王京洛篇》,頁43—44,《代陳思王白馬篇》,頁61—62,《代陸平原君子有所思行》;卷四《擬阮公夜中不能寐》,頁216。

⑰　《文選》,卷三一《詩庚·雜擬下》,頁460。

的陶潛《閒情賦》,寫下《八詠・詠領邊繡》⑫,更在《宋書》卷九三《隱逸列傳》中,為他立傳,使他在後來的歷代士人集體記憶中可能永遠擁有一席地位。由於這些父執輩發潛德之幽光,這才有蕭統對陶潛的鍾愛,為之編輯、撰序、作傳。然而眾所周知,首先表彰陶潛的乃長鮑照一輩的顏延之所寫的《陶徵士誄》,而且寫得入骨,全然掌握逝者神髓。陶潛過世時,顏延之在建康,屬於"遠士傷情"的行列,卻如此主動揮毫紀念,而且從《誄・序》之末:

> 夫實以誄華,名由謚高,苟允德義,貴、賤何算焉?若其寬樂令終之美,好廉克己之操,有合謚典,無愆前志,故詢諸友好,宜謚曰靖節徵士。

可推知:名聞千古的"靖節"正是出於顏延之的倡議。

最令人深感雋永的莫過於《誄》末"念昔宴私,舉觴相誨"的一段:

> "獨正者危,至方則礙,哲人卷舒,布在前載,取鑒不遠,吾規子佩。"爾實愀然,中言而發:"違眾速尤,迕風先蹶,身才非實,榮聲有歇。"叡音永矣,誰箴余闕?嗚呼哀哉⑫!

酒後本來就易吐真言,何況兩人友情深厚,住得既近,來往又密,所謂"接閻鄰舍,宵盤晝憩"。陶潛後半的規箴可能戳到顏延之的"闕"失,但前半則可謂難兄難弟。在當時世俗的眼光中,顏延之可能不會被歸為"方"、"正"一類,只是狂夫、任誕者、龍性難馴的傢伙,但陶潛自己何嘗不是"違眾"、"迕風",不隨俗"卷舒"之流?陶潛唯一能自我辯解的不過是:他肥遁在野,怎麼隨性、非常,都不會因令人側目而惹來"蹶"、

---

⑫ 吳兆宜箋:《玉臺新詠》(臺北:臺灣中華書局,1969),卷五《十詠二首》之一,頁7a。

⑫ 以上引文並見《文選》,卷五七《誄下》顏延之:《陶徵士誄》,頁806—808。

"危",而且他與鄰里農家、外來者相處和諧。撇開這點,以"前載"為"鑒",兩人誰都別勸誰。只是人總缺乏自知之明。由此也可見:陶、顏二人所以能成為摯交,因為都是中、上層人士人眼中"孤生""介立"的狷者。

四

鍾嶸《詩品》記載:

> 湯惠休曰:"謝詩如芙蓉出水,顏詩如錯彩鏤金。"顏終身病之。

> 惠休淫靡,情過其才,世遂匹之鮑照,恐商、周矣!羊曜璠云:"是顏公忌照之文,故立休、鮑之論。"[130]

李延壽大概為了配合後段引文,將前段引文改為:

> 延之嘗問鮑照己與靈運優劣,照曰:"謝五言如初發芙蓉,自然可愛;君詩若鋪錦列繡,亦雕繢滿眼。"[131]

人為不如自然,乃曹魏正始已降通義,故有"絲不如竹,竹不如肉"乃因"漸近自然"[132]的品第名言。顏氏若因為傳聞中有上述引文一類品評,而有心結,完全可理解。然而若因此將"忌照之文"的"忌"理解為妒忌以致忌恨,進而將鍾嶸那兩段傳聞記載貫穿為因果關係,則大謬。

江淹早指出:顏詩的最大長處並特色在"侍宴"[133],也就是近乎後世

---

[130] 分見《詩品集注(增訂本)》,中《宋光祿大夫顏延之詩》,頁351;下《齊惠休上人 齊道猷上人 齊釋寶月》,頁560。

[131] 《南史》,卷三四《顏延之傳》,頁412。

[132] 《世說新語校箋(修訂本)》,中卷《識鑒》,條16,頁360,劉《注》所引《(孟)嘉別傳》。

[133] 《文選》,卷三一《詩庚·雜擬下》江淹:《雜體詩三十首》,頁460。

所說的臺閣體。蕭統及劉孝綽等學士全然認同這點,所以在《文選》卷二十《詩甲‧公讌》這子目下,收錄十三家的詩作,其他十二家僅各取一首,唯有顏延之收錄兩首。不要小看僅多一首。這形同分祖產,唯有嫡長孫可以得兩份。又如同皇帝與貴族、重臣聯姻,唯有一家,既娶對方女兒為太子妃,又讓對方兒子尚公主,親上加親。

鍾嶸曾批評顏氏這系的作品:

> 若乃經國文符,應資博古;撰德駁奏,宜窮往烈。至乎吟詠情性,亦何貴於用事……顏延、謝莊尤為繁密,於時化之,故(劉宋孝武帝)大明、(明帝)泰始中,文章殆同書抄……爾來作者寖以成俗,遂乃句無虛語,語無虛字,拘攣補衲,蠹文已甚[134]。

這是鍾嶸崇尚"自然英旨",以"直尋""勝語"為上的偏見。他完全沒有考慮到:一篇作品的優劣不能單就作品本身來衡量,必須考慮到讀者是誰,在哪種環境下寫作及閱讀,除了"吟詠性情"外,還有許多其他的寫作目的。舊史記載:

> (東晉安帝)義熙十二年,高祖(劉裕)北伐,有宋公之授,府遣一使慶殊命,參起居。延之與同府王參軍俱奉使,至洛陽。道中作詩二首,文辭藻麗,為謝晦、傅亮所賞。

這兩首入《選》於卷二七《詩戊‧行旅下》。以回程所寫的《還至梁城作》:

> 眇默軌路長,憔悴征戍勤,昔邁先祖師,今來後歸軍,振策睇東路,傾側不及羣。息徒顧將夕,極望梁、陳分:故國多喬木,空城凝寒雲,丘壟填郛郭,銘誌滅無文,木、石扃幽闥,黍苗延高墳。惟彼雍門子,吁嗟孟嘗君,愚賤同堙滅,尊貴誰獨聞?曷為久遊客?憂

---

[134] 《詩品集注(增訂本)》,中《序》,頁220、228。

念坐自殷。

筆者頗欲起鍾記室於地下,當面請問他:當時的士子是否鄙陋到連雍門周令孟嘗君墜淚的故事都沒學過,否則,請問全首有哪個地方"拘攣補衲",像"書抄"了?鍾嶸在例舉"五言之警策"時,果然就將顏延之的"《入洛》"[135]納入,可是難道《五君詠》中:

> 韜精日沈飲,誰知非荒宴?頌酒雖短章,深衷自此見。

> 達音何用深?識微在金奏,郭弈【奕】已心醉,山公非虛覯,屢薦不入官,一麾乃出守。

> 探道好淵玄,觀書鄙章句。交呂既鴻軒,攀嵇亦鳳舉,流連河裏遊,惻愴山陽賦[136]。

這些挾帶評論的生平敘述,也算"用事"?竹林故事乃渡江眾賢達津津樂道者,無論史實或逸聞部分,都屬常識,不"資博古",也明瞭顏氏所謂,有何"學問"可"表"[137]?或人可能辯稱:"顏延《入洛》"僅當視為例舉,非列舉,而且上文有"太沖《詠史》"[138],需免重出,理解鍾嶸那段文字時,不當泥於字面。然而這是迴避癥結,為何非要"思君如流水"、"明月照積雪"這類"即目""所見","詎出經、史"[139]的詩才算佳作?日後李延壽的評論:

> 靈運……文章之美,與顏延之為江左第一。縱橫俊發過於延之,深密則不如也[140]。

---

[135] 以上引文並見《詩品集注(增訂本)》,下《序》,頁459。
[136] 以上引文並見《文選》,卷二一《詩乙·詠史》所收顏延之:《五君詠·劉參軍》、《阮始平》、《向常侍》,頁310。
[137] 《詩品集注(增訂本)》,中《序》,頁228。
[138] 《詩品集注(增訂本)》,下《序》,頁459。
[139] 《詩品集注(增訂本)》,中《序》,頁220。
[140] 《南史》,卷十九《謝靈運傳》,頁253。

仍然沒有搔著癢處。

在顏延之的詩、文寫作過程中，以既有史料來看，從劉宋武帝永初三年（422）開始，他經常陪侍皇帝出遊、飲宴，也就經常應詔寫作，包括武帝永初三年的《三月三日詔宴西池》；元嘉十年（433），文帝觀北湖田收，他奉旨頌德[141]；元嘉十一年（434），文帝率領文武大員"禊飲於樂遊苑，且祖道江夏王義恭、衡陽王義季"[142]，命他撰寫《三月三日曲水詩序》；元嘉十七年（440），"奉述中旨"[143]，撰寫《赭白馬賦》；元嘉二十六年（449），文帝兩度幸京口，分別遊蒜山、曲阿後湖，顏延之都應詔記盛[144]。元嘉十七年（440）袁皇后薨逝，顏延之還在罷官家居期間，照樣命他執筆，撰寫哀策文[145]；元嘉十八年（441），受詔撰寫王球的石誌[146]；元嘉"二

---

[141] 《文選》，卷二二《詩乙·遊覽》，頁323，題下善《注》所引《（顏延之）集》。

[142] 《文選》，卷四六《序下》，頁657，題下善《注》所引裴子野：《宋略》。

[143] 《文選》，卷十四《賦庚·鳥獸下》所收顏延之：《赭白馬賦·序》，頁208。從上文"我高祖之造宋也"，"四隩入貢"，"乃有乘輿赭白"，可見：武帝擁有這匹馬時，乃在東晉安帝年間。從正文，頁209："信聖祖之蕃錫，留皇情而驟進"，善《注》："祖，高祖也；皇，文帝也"，可知：乃文帝尚為宜都王時，其父皇所賜。《序》接著既說"襲養兼年"，"斃于内棧"，以赭白馬的壽命而言，則《賦》正文首句"惟宋二十有二【一】載"，即善《注》所說的"宋文帝十七年"，應當就是馬卒之時。詳參拙稿：《論〈赭白馬賦〉》。

[144] 《文選》，卷二二《詩乙·遊覽》，頁324，題下善《注》所引《（顏延之）集》。

[145] 《文選》，卷五八《哀下》，頁812—814，並參《宋書》，卷四一《后妃列傳·文帝袁皇后傳》，頁627。由哀策文知：袁皇后薨於七月，下葬在九月，當時彭城王義康、劉湛尚未倒臺，故《文帝袁皇后傳》稱撰文者顏延之為"前永嘉太守"。

[146] 《南齊書》，卷十《禮志下》，頁82："有司奏：大明故事，太子妃（何氏）玄宫中有石誌。參議：墓銘不出禮典，近宋元嘉中，顏延作王球石誌。素族無碑策，故以紀德。"從"玄宫中"，可知：石誌即墓誌銘。《南史》，卷十一《后妃列傳上·武穆裴皇后傳》，頁154，引此段文字時，將"近"易作"起"。按：東漢已降，墓誌銘就極普遍，不待顏延之始創。據《宋書》，卷五八《王球傳》，頁775："（元嘉）十八年卒"，十七年十月，劉湛誅，彭城王義康被褫去中央大權，外放，"屏居里巷，不豫人間"狀況中的顏延之復起。獻妃何氏的石誌必出自朝命，則與之對照的"王球石誌"當也由官方授命顏氏撰寫。

十二年(445),南郊,始設登哥,詔御史中丞顔延之造哥詩"⑭⑦。這種情形到孝武帝時,猶見其跡。孝武帝起兵時,"檄書"都出自顔竣之手⑭⑧,顔延之也首肯"竣得臣筆",但一碰到隆重褒揚追贈袁淑的詔書時,還是由顔延之代筆⑭⑨。既然第一位讀者是皇帝,背景不是皇帝遊覽或巡狩,就涉及國家"大手筆事"⑮⓪,當然得富麗堂皇,莊嚴典雅。而要達到這效應,非得"錯彩鏤金",句句"博古",語語資"往烈"。這不是鍾嶸以譏諷口氣所說的"雖謝天才,且表學問"——當然要表,皇帝要你這位"言語侍從之臣"伴駕,不就是因為你的學養足以"潤色鴻業"⑮①——而是這類詩的本質要求就得如此,不能像一般寫作但講求"秀逸",因為在那種場合下,"秀逸"就成了有悖皇威的輕薄。好在,總算鍾嶸學術良心未泯,一方面承認:顔延之如此寫作"固是經綸文雅"⑮②;另方面終究還是肯定:在這般"彌見拘束"中,仍能"情喻淵深","才減若人,則陷於困躓矣"⑮③。

李延壽曾記載:

> 延之每薄湯惠休詩,謂人曰:"惠休制作,委巷中歌謠耳,方當誤後事。"⑮④

---

⑭⑦ 《宋書》,卷十九《樂志一》,頁271。

⑭⑧ 《宋書》,卷七五《顔竣傳》,頁944。

⑭⑨ 《宋書》,卷七十《袁淑傳》,頁887。

⑮⓪ 《晉書斠注》,卷六五《王導傳附孫珣傳》,頁1173:"夢人以大筆如椽與之。既覺,語人云:'此當有大手筆事。'俄而(孝武)帝崩,哀冊謚議皆珣所草。"

⑮① 《文選》,卷一《賦甲·京都上》班固:《兩都賦·序》,頁21。

⑮② 《周易注疏》,卷一《屯·大象》,頁22:"君子以經綸",孔《疏》:"姚信云:'綸謂綱【緯】也。'"經綸猶言治理得中規中矩。襲用《文選》,卷一《賦甲·京都上》班固:《兩都賦·序》,頁21—22的話,顔延之努力使得詩作"雍容揄揚","抑亦《雅》、《頌》之亞也","而後大宋之文章炳焉與三代同風"。

⑮③ 《詩品集注(增訂本)》,中《宋光祿大夫顔延之詩》,頁351。

⑮④ 《南史》,卷三四《顔延之傳》,頁412。

鮑照的詩正是以此為擅場,此所以為蕭齊文惠太子蒐羅鮑作的虞炎說他"乏精典"⑮。蕭梁的蕭子顯更直言:

> 發唱驚挺,操調險急,雕藻淫豔,傾炫心魂,亦猶五色之有紅、紫,八音之有鄭、衛⑯。

連鍾嶸都批評鮑照的詩:

> 不避危仄,頗傷清雅之調,故言險俗者多以附照⑰。

以現代通俗的話來說,鮑照是能作怪,就盡量作怪,專以"險急"、"淫豔"吸睛,所以將他的詩比擬為傾奪正色的"紅、紫"間色、為雅樂極力所擯斥的"鄭、衛"俗樂。置於詩人羣體中,站在鮑照對立面的正是顏延之。一俗一雅,試問怎麼可能和平共存,甚至相互激賞?這才是"忌"的真詣,忌諱、厭惡、嚴厲閑防。由此可知:"顏公""立休、鮑之論",一點沒錯。休、鮑的差異只是成就高下有別,本質則是一個路數,與傳說中鮑照對顏延之的貶抑評價無關。而王僧達一方面稱讚顏延之"才通漢、

---

⑮ 虞炎:《序》,《鮑參軍詩注》,頁1。與"精"相對的是"粗",粗,俗也。《類聚》,卷五七《雜文部三·連珠》,頁1036,所錄傅玄:《敘連珠》:"賈逵儒而不豔,傅毅有文而不典",這是為了避免重出而改換字面,"典"就是"儒",規規矩矩。粗俗不雅、欠缺莊重正是委巷歌謠的特點,所以下文說他的詩"而有超麗"。超,逸也,從負面說,出格;從正面說,不凡。從上引傅玄的那段話,即可知:凡"儒""典",往往就會不夠"文""豔",反之亦然。此乃六朝通識。《昭明太子集校注》,《文·答湘東王求文集及〈詩苑英華〉書》,頁155:"夫文典則累野,麗亦傷浮",可為明證。出格或不凡,不必然就美,所以"麗"並非贅詞。

⑯ 《南齊書》,卷五二《文學列傳·史臣曰》,頁420。

⑰ 《詩品集注(增訂本)》,中《宋參軍鮑照詩》,頁381。

魏","文蔽班、楊",平時往來,"爰談爰賦"⑱;另方面又不時與鮑照唱和⑲。雖然寫祭文,難免有恭維之詞,與人同題共作或唱和,也不意謂對對方的作品沒有微詞,但總在能認可而且欣賞的範圍。顏、鮑,以至鍾嶸持之相較,都明顯罹患了文學美感偏食症。

見存鮑照詩二百零一首⑩。在既有的四卷中,包括《代白紵舞》四首、《代白紵曲》兩首,共六首能絃歌的舞曲歌辭在內,採託樂府舊題所作不入樂的樂府詩⑯佔了整整兩卷。難怪沈約介紹鮑照時,除了紀錄對他各類作品整體性的評價"文辭贍逸",特別點出:

> 嘗為古樂府,文甚遒麗⑫。

反觀顏延之,見存的作品僅有《從軍行》一首是樂府詩⑯。據李延壽記載:

---

⑱ 《文選》,卷六十《祭文》所收王僧達:《祭顏光祿文》,頁854。

⑲ 《鮑參軍詩注》,卷三《送別王宣城》,頁162;卷四《學陶彭澤體奉和王義興》,頁217;《和王護軍秋夕》,頁251—252;《和王義興七夕》,頁252—253。《宋書》,卷七五《王僧達傳》,頁940:"元嘉二十八年(451)……除宣城太守,頃之,徙任義興","上(孝武帝)即位,以為尚書右僕射,尋出為使持節、南蠻校尉,加征虜將軍……不成行,仍補護軍將軍"。

⑩ 這是按照《玉臺新詠》,卷九《代淮南王》,頁12a—13a,將之視為兩首。如果合併為一首計,則見存鮑照詩為兩百首。

⑯ 樂府辭與樂府詩的區別,詳參拙作:《〈文選〉所收樂府辭外圍尺度探微》,《〈文選〉與中國文學傳統——第九屆〈文選〉學國際學術研討會論文集》(北京:中華書局,2014),頁100—110。

⑫ 《宋書》,卷五一《宗室列傳·臨川烈武王傳附鮑照傳》,頁720。

⑯ 郭茂倩:《樂府詩集》(臺北:里仁書局,1981),卷三二《相和歌辭七·平調曲三》,頁477—478。

文帝嘗各勑擬樂府《北上篇》[164]。延之受詔便成,靈運久之乃就[165]。

該篇旋律早已不傳的樂府詩隻句不傳,而且還是因為應詔,不得不寫。或人不能以文集散落,作品流失嚴重來圓解。從理論上說,一篇作品能否流傳下來,這本身就顯示:它的分量與成就是否經得起歷史的沙汰。從實際狀況說,《隋書》著錄"宋特進顏延之集二十五卷",自注:"梁有三十卷"[166];《新唐書》仍著錄為"顏延之集三十卷"[167]。未悉這是後世重新蒐羅到隋、唐人以為遺佚的五卷,還是編輯者分卷不同。不論那種狀況,北宋末葉的郭茂倩應該能看到這三十卷本。以買菜求益為編輯原則的郭氏竟然沒有收錄顏延之其他的樂府詩,可覘:顏氏這類作品確實極少。從這個鮮明的對比,就可看出:顏延之的確不欣賞委巷之詞,所以這方面的作品幾乎沒有,也因為不用力於此,遑言佳作?無怪乎《文選》卷二七、二八《詩戊·樂府》這子目下,入《選》者以陸機居冠,共十七首,亞軍就是鮑照,共八首,與三曹父子(曹操、曹丕各二首,曹植四首)總共才八首相埒;連與顏延之齊名,又相較勁的謝靈運還有一首《會吟行》蒙青睞,顏延之則無一首得以附驥。

---

[164] 《樂府詩集》,卷三十《相和歌辭五·平調曲一·敘論》,頁441,所引陳釋智匠《古今樂錄》:"平調曲……七曲今不傳",其中包括"左延年'苦哉'《從軍行》"。《北上篇》則屬於清調曲,即《苦寒行》,見卷三三《相和歌辭八·清調曲一·敘論》,頁495。謝靈運的《北上篇》殘句尚見諸該卷頁498。

[165] 《南史》,卷三四《顏延之傳》,頁412。

[166] 《隋書》,卷三五《經籍志四·集·別集》,頁527。

[167] 宋祁、歐陽脩:《新唐書》(臺北:藝文印書館,1972),卷六十《藝文志四·丁部集錄·別集類》,頁700。

五

　　南朝當時就以顏、謝並稱。經由以上論述,陶、顏或顏、鮑相提並論,也都合情合理,前者重在其性行近似,後者重在其寫作好尚相反。唯獨世俗的陶、謝連言最待斟酌。如果從詩的表述手法以及形成的風格來說,陶、謝確實對比鮮明,但陶、顏的對比更為兩極化。尤其前者的擅場在野,後者的擅場在朝。如果從詩的內容特質來說,謝靈運入《選》的佳作泰半歸在《遊覽》(9)、《行旅》(10)、《雜詩》(4)三個子目之下,對周邊景物的描寫往往在每篇中佔了相當篇幅,以致近、現代學界以山水詩名之。陶潛入《選》之作僅八首,四首都在《雜詩》這子目下。後世推許的名作主要不出農家生活與感受,近、現代學界以田園詩概括。山水是大自然最主要的成分之一,田園是人文界最貼近大自然的部分,對於在滾滾紅塵中頭出頭沒者而言,兩者都是欣羨的歸宿對象,何況田園周邊常有林木、溪流、小丘、禽鳥,以致山水、田園的界線很容易模糊,或許因此,這兩個詩系的宗師被相提並論了。雖然,且不說陶、謝二人毫無往來的任何線索,陶無愧於"隱逸詩人之宗"[168];謝則出仕,因不能意氣風發而思隱,返鄉又不安分地山居作寓公[169],成天折騰,簡直不知道說他是隱非隱。以為人個性來說,陶雖然不時流露林下遺風,但淳和是他主要的造型;謝那般講究衣食、器物、居處,言行上的放肆、傲慢只是仗恃家世的幼稚表現,與元康名士都無干。以詩的措辭而言,陶平易清暢,

---

[168] 《詩品集注(增訂本)》,中《宋徵士陶潛詩》,頁337。
[169] 從《宋書》,卷六七《謝靈運傳・山居賦・序》,頁850,他倒也清楚:自己並非"巢居穴處"的"巖棲",也非"在林野"的"丘園"之士,當然更談不上是躬耕田畝的農夫。

所以"世歎其質直"⑩;劉宋文壇以奇變為尚,鮑照最極端,顏延之次之,謝靈運算是相當中庸的,真要標舉一強烈對比,也該是陶、鮑並稱,雖然二人也毫無私人交往的紀錄。總之,陶、謝並稱的現象似乎只有以近年流行的詩的接受史,來圓解了。

顏延之自年輕就以"文章之美冠絕當時",也給了時人"飲酒,不護細行"這個造像。他也頗有自覺,所以當文帝問起"諸子才能",誰能承襲他的衣鉢時,文、筆、酒幾乎概括了他開列出的四項。

終其一生,他都以文章名世。如上所述,文帝元嘉六年(429)起,更成了首席御用文人,以致針對他"買人田,不肯還直"的彈劾文中都說:文帝對他"山海含容,每存遵養,愛兼雕蟲,未忍遐棄",以致顏延之"私恃顧盼","驕放不節"。劉宋孝武帝孝建三年(456),顏延之過世後七十多年⑪,皇家出面編撰的《文選》正式確認他的成就。若將東漢那些無名氏的作者剔除,共六十五家入《選》。以入《選》的詩篇數量而言,他以21篇居第五,次於陸機(52)、謝靈運(40)、江淹(32)、曹植(25);以入《選》類別而言,他以7類居第四,次於謝靈運(10)、陸機(8)、曹植(8)⑫。通貫六朝詩壇的那道主流紅線赫然在目,以致連專門與蕭統對峙的蕭綱都不得不承認:

> 以當世之作,歷方古之才人,遠則楊、馬、曹、王,近則潘、陸、顏、謝,而觀其遣辭用心,了不相似。若以今文為是,則古文為非;

---

⑩ 《詩品集注(增訂本)》,中《宋徵士陶潛詩》,頁337。

⑪ 《文選》成書大概在蕭梁武帝中大通元年(529),詳參《昭明太子集校注》,附錄三《蕭統年譜》,頁318。

⑫ 詳參羅志仲:《〈文選〉詩收錄尺度探微》(新竹:臺灣清華大學中國文學系博士論文,2008年9月),《附錄·表三·甲》,頁261;《乙》,頁264。

若昔賢可稱,則今體宜棄,俱為盍各[173],則未之敢許[174]。

可是與之並稱的謝靈運沒有一篇筆類之作入《選》,顏延之則有五篇,而他在筆這範疇內的大作甚至流傳到北魏,連當地漢族士人都要拜讀[175],所以他以筆為個人的專長之一,並非自我陶醉。他雖然是首席御用文人,但是從他固然樂意受命為摯交王球寫石誌,又主動為在劉宋了無功名的陶潛撰誄,而且據沈約所說:

  (王)弘之,(元嘉)四年卒,時年六十三。顏延之欲為作誄。書與弘之子曇生曰:"君家高世之節,有識歸重,豫染豪翰,所應載述。況僕託慕末風,竊以敘德為事,但恨短筆不足書美。"[176]

可見:在他眼中,高門或寒素乃不相干的外物,有無"高世之節"、真實之"德"才是重要的。而這兩點當然有賴相當的交往,才能核驗,這又間接透露他對知交的念舊深情,不因人死燈滅,即不復傷懷。

  東晉中葉,文、筆的區分已確立[177]。詩當然是文中之文。他五十多歲,所謂"年居秋方[178]"的時候,曾表示:

---

[173] 《四書集注·論語集注》,卷三《公冶長》,頁31—32:"顏淵、季路侍。子曰:'盍各言爾志。'"此處採取的是藏詞格,"俱為盍各"即"俱為爾志",意謂"今文"、"古文""遣辭用心"的方式僅是各有好尚,沒有孰"是"孰"非"。

[174] 姚思廉:《梁書》(臺北:藝文印書館,1972),卷四九《文學列傳上·庾於陵傳附弟肩吾傳·太子與湘東王書》,頁338。

[175] 《南齊書》,卷四七《王融傳》,頁383。

[176] 《宋書》,卷九三《隱逸列傳·王弘之傳》,頁1101。

[177] 逯欽立:《說文筆》,《漢魏六朝文學論集》(西安:陝西人民出版社,1984),第三編,頁320—339。

[178] 按照五行間架的搭配,金德空間配西,時間配秋,故秋方猶言如日運行至申、西之際,漸將西沈,喻人進入暮年。趙超:《漢魏南北朝墓誌彙編》(天津:天津古籍出版社,1992),《北魏·侍中尚書令太保使持節都督冀相殷三州諸軍事大將軍冀州刺史司空穆(紹)公墓誌銘》,頁283:"公以太夫人年在秋方,情存就養,雖降朝旨,固辭不行。"

荀爽云："詩者,古之歌章",然則《雅》、《誦(頌)》之樂篇全矣,是以後之詩者率以歌為名。

詠歌之書取其連類合章,比物集句,採風謠以達民志,《詩》為之祖⑰。

然而劉勰曾指出:

今之常言:有文有筆,以為無韻者,筆也;有韻者,文也……顏延年以為:筆之為體,言之文也,經典則言而非筆⑱。

明確地將《詩》排除在文之外,而且連筆都夠不上。這種觀點究竟是他早歲大放厥詞,還是晚年定論,不得而詳。無論如何,他是《文選》將今之詩從古之詩中抽離,表示"炎漢中葉,厥途漸異"的開路先鋒。《詩》既然被"尊奉"到負責教化,所謂"孝敬之准式,人倫之師友"⑱的聖祐裏,它就再也不能在世間文學創作時,跑出來指點江山了。從文學觀的發展角度來說,厥功至偉。

他雖然認為:"五言流靡,則劉楨、張華;四言側密,則張衡、王粲;若夫陳思王,可謂兼之矣"⑱,但從他表示:

秦勒望岱,漢祀郊宮,辭著前史者,文變之高制也。雖雅聲未至,弘麗難追矣⑱。

---

⑰ 以上引文分見《太平御覽》,卷五八六《文部·詩》,頁 2769;卷六百八《學部二·敘經典》,頁 2866,所錄《庭誥》。
⑱ 范文瀾:《文心雕龍注》(臺北:臺灣開明書店,1970),卷九《總術》,頁 12a。
⑱ 以上引文俱見蕭統:《〈文選〉序》,《文選》,頁 1。
⑱ 《文心雕龍注》,卷二《明詩》,頁 2b:"四言正體,則雅潤為本;五言流調,則清麗居宗","平子得其雅,叔夜含其潤,茂先凝其清,景陽振其麗,兼善則子建、仲宣,偏美則太沖、公幹",即脫胎於此。
⑱ 以上引文並見《太平御覽》,卷五八六《文部·詩》,頁 2769—2770,所錄《庭誥》。

則顏延之喜好富麗堂皇、莊嚴典雅的風格,擅長頌聖、述德、公讌、應詔唱和或代筆一類詩作,可謂非止心嚮往之,實企及之。而《文選》學士在詩這大類中"郊廟"子目下,獨選顏氏二首歌辭[184],亦可謂深心巨眼也。

然而學人不應或忘:他是第一位注解阮籍《詠懷》的人。雖然"顏延注解怯言其志"[185],還要注,則其中原委就頗堪翫味了。筆者曾指出:哪一首詩不是抒情言志?若就此而言,豈非每一首都可以《詠懷》為題?《文選》開列"詠懷"此一子目,乃有其特別認定,即:處在死亡陰影,尤其是政治白色恐怖下的抒情言志。放在阮籍之作的脈絡下,就如顏延之所說:

    阮籍在晉文代,常慮禍患,故發此詠。

李善補充的:

    嗣宗身仕亂朝,常恐罹謗遇禍,因茲發詠,故每有憂生之嗟[186]。

綜觀顏延之而立至不惑之年,先後遭逢晉、宋鼎革之際,劉裕一一剪滅對手;徐羨之、傅亮等顧命大臣貪權,廢弒少帝;繼位者文帝剷除徐、傅等挾制威脅,幾乎隨時都可能因府主的牽涉,或厭惡他的人構陷,大赤家門。在這種情況下,他對阮籍心有戚戚焉,乃是再自然不過的事了。顏延之曾假借"友人有請決遊宦務志",替自己算過命運:

    卦遭《同人》,變而之《豫》,先號後笑,初睽末遇,時至運來,當在三五,功畢官成,幾乎衍數。慶在坤宮,災在坎路,不出戶庭,獨

---

[184] 《文選》,卷二七《詩戊·郊廟》,頁396—397。

[185] 《詩品集注(增訂本)》,上《晉步兵阮籍詩》,頁151。

[186] 《文選》,卷二三《詩·詠懷》阮籍:《詠懷詩十七首》,頁329,題下善《注》所引;第一首,善《注》。按:"代"當作"世",乃後人按照五臣體例妄改。善《注》從不避唐諱。

立無懼,違此而動,投足失步⑱⁷。

他筮得的《同人》卦䷌,初、三、五、上四爻揲蓍的餘數大概都是九或六。當以符號表示時,老陽的九得"變"為六(- -),老陰的六得"變"為九(—),所以"之"卦是《豫》卦䷏。然後以"天數二十有五,地數三十"⑱⁸合計的五十五,減去揲蓍以得《同人》卦各爻時餘數的總和,所剩者自初爻數算,止於《同人·九五》:"先號咷而後笑"⑱⁹。因此,他認為:這象徵著自己這一生"初暌末遇",要苦等三十五年⑲⁰,才會"時至運來",至於

---

⑱⁷ 以上引文並見《類聚》,卷七五《方術部·卜筮》,頁1286,所錄顏延之:《大筮箴》。豫、遇、五、數、路、懼、步均為魚部韻。詳見周祖謨:《魏晉南北朝韻部之演變》(臺北:東大圖書股份有限公司,1996),上篇,第五章,第一節,頁229—230。

⑱⁸ 《周易注疏》,卷七《繫辭上》,頁153。

⑱⁹ 歷代、不同地區採取的筮法恐怕都不一致,顏氏採取的是哪套筮法,不得而詳,正文所言姑據高亨:《周易古經通說》(臺北:洪氏出版社,1977),第七篇《周易筮法新考》,頁112—121。

⑲⁰ 一般對"三五"這類詞彙的解釋乃十五,但從上文:顏延之於東晉安帝義熙四年(408)起家,十五年後,乃劉宋少帝景平元年(423),這正是他仕途進入迍邅之始,故不取之。按字面,則三十五年後,乃劉宋文帝元嘉二十年(443),"起延之為始興王濬諮議參軍"。《南史》,卷十四《文帝諸子列傳·始興王濬傳》,頁184:"多有過失,屢為上所讓",大概因此導致《宋書》,卷九九《二凶傳》,頁1173,所說的:"(元嘉)十九年(442),罷府",顏延之當即從府僚轉為御史中丞。以他入劉宋以來的仕宦履歷而言,武帝年間的太子舍人是七品、太子中舍人是六品,少帝時的中書郎、始安太守及文帝初期的太子中庶子五品,步兵校尉倒是四品,但那屬於暫"領"的性質。四品的御史中丞則是實授,至此可謂雲開見日了。因為此後遷轉的國子祭酒於梁為十三班,司徒左長史為十二班,相當於從三品、正四品。接下來的秘書監、光祿勳、太常都是三品。詳參《通典》,卷十九《職官十九·秩品二·晉官品》,頁1004—1005;《宋官品》,頁1007—1008;《梁官品》,頁1010。

"功畢官成",則"幾乎"快要五十年[191],所謂"衍數"[192]了。從《同人》卦整體而言,所以會"亨",就在於處於下卦之中的六二,爻質是陰,爻位亦為偶數;所以說"柔得位得中",與上卦之中的九五這爻陰、陽相應;所謂"而應乎乾"[193],用於人世,就是為臣者恰當地謹守其位,呼應九五之尊的君主。從做為參考架構的《豫》卦來說,乃坤下震上,強調要"順以動",它之所以能"豫",還是因為"剛應而志行",即下卦的初九呼應上卦的九四[194]。用於人世,坤道乃"臣道也","雖有美含之,以從王事","不為事主,順命而終",因此"元亨"[195],所以他說:"慶在坤宮"。按照虞翻互體之說,《豫》卦第三至第五爻隱藏著坎卦。坎象徵困頓、危險。換言之,他會遇到"災"殃。不過,他相信:只要靜退安分,"不出戶庭",就會"無咎"[196];守正獨立,則無所懼。且不論這次筮算的神諭是否應驗,或者根本是他假借筮算,回顧一生的說明,他確實相當配合文帝對他文學方面的賞識,而在免官七載那段期間,也果真做到"屏居里巷,不豫人間"事。雖然他的臭脾氣始終未變,"肆意直言",卻從未像謝靈運那樣"構扇異同,非毀執政"[197]。換言之,前者是說話很衝,後者則是挑撥是非,兼帶誣

---

[191] 顏延之雖然於劉宋文帝元嘉三十年(453)二月前致仕,但篡位的太子卻再度頒予他榮秩:光祿大夫。劉宋孝武帝即位後,更尊為金紫光祿大夫。如《通典》,卷三四《職官十六‧文散官‧光祿大夫》,頁935,所言:"左、右光祿大夫、光祿三大夫皆銀章青綬,其重者詔加金章紫綬,則謂之金紫光祿大夫。"既以此官卒於劉宋孝武帝孝建三年(456),上去其起家,四十九年矣。

[192] 《周易注疏》,卷七《繫辭上》,頁152:"大衍之數五十。"

[193] 《周易注疏》,卷二《同人‧彖》,頁44。

[194] 以上引文並見《周易注疏》,卷二《豫‧彖》,頁48。

[195] 以上引文分見《周易注疏》,卷一《坤‧文言》,頁21;《坤‧六三》,頁19;王《注》、《坤》,頁18。

[196] 《周易注疏》,卷二《節‧九二》,頁132。

[197] 《宋書》,卷六七《謝靈運傳》,頁830。

謗。

"魏、晉之際,天下多故,名士少有全者",阮籍"遂酣飲為常",既藉此推辭掉司馬昭"為(晉)武帝"的"求婚",也閃躲掉"鍾會數以時事問之,欲因其可否而致之罪"[198]的陷阱,甚至最後還逃到袁準家中酣飲,免得佐吏上門找到他,想推卻掉公卿請他代筆勸司馬昭接受九錫的任務[199]。顏延之本來就好"飲酒,不護細行",在上述那段"多故""之際",當然愈發如此。沈約說他所詠的《嵇中散》:"鸞翮有時鎩,龍性誰能馴",《劉參軍》:"韜精日沈飲,誰知非荒宴""蓋自序也",一點沒錯。其實,他所詠的《阮步兵》:

> 阮公雖淪跡,識密鑒亦洞,沈醉似埋照,寓辭類託諷,長嘯若懷人,越禮自驚眾,物故不可論,途窮能無慟[200]?

除了最後一聯,其餘簡直就是自己的寫照。

上文曾述及文帝問顏延之四子才能誰能傳其衣缽,顏氏分別品目之。舊史記載當時在側的好友接下話頭:

> 何尚之嘲曰:"誰得卿狂?"答曰:"其狂不可及。"[201]

然後稱引事例以坐實之:

> 尚之為侍中,在直,延之以醉詣焉。尚之望見,便陽眠。延之發簾,熟視曰:"朽木難彫。"

等顏延之走後,何尚之向左右解釋:"此人醉甚可畏。"對照另一次他伴

---

[198] 《晉書斠注》,卷四九《阮籍傳》,頁930—931。
[199] 《世說新語校箋(修訂本)》,上卷《文學》,條67,頁229。
[200] 《文選》,卷二一《詩乙‧詠史》顏延之:《五君詠》,頁309。
[201] 劉宋孝武帝對他的知交王僧達也深感無奈,"歎曰:'王僧達非狂如何?乃戴面向天子'"。見《南史》,卷二一《王弘傳附子僧達傳》,頁270。顏、王二人可謂臭味相投。

侍文帝時的表現：

> 時沙門釋慧琳以才學為文帝所賞，朝廷政事多與之謀，遂士庶歸仰。上每引見，常升獨榻。延之甚疾焉，因醉白上曰："'昔同子參乘，袁絲正色'[202]，此三台之座，豈可使刑餘居之？"上變色。[203]

可知：顏延之"此人"酒"醉"之後，所以"甚可畏"，乃因他縱使"預讌班觴"，甚至藉醉使氣，"肆罵上席"。不管對方是舊識或皇帝身邊的紅人，只要他看不順眼，照樣狠批。難怪廬陵王會說他"薄"。在這點上，他與阮籍相去甚遠。筆者曾指出：阮籍好酒，而且經常喝醉，但奇特的是：在他內心獨白、不給別人看的《詠懷》八十二首中，僅有兩次提到酒。那是因為阮籍的飲酒有多重用意，一則如前所述，迴避他不願意做的事、說出可能招禍的話；再則不面對殘忍、痛苦的現實；三則麻痺自己良心的控訴。因此，他在沈醉的同時，卻又保持高度的清醒。對於阮籍而言，喝酒完全沒有達到放鬆、渾渾噩噩的效果，這才導致必須以全然私下的文字書寫來宣洩，讓自己不發瘋。然而正如司馬昭洞悉的，阮籍乃"天下之至慎"[204]者，他連不予人觀地詠懷時，都依舊在白色恐怖的陰影下，顧慮到萬一露餡兒，而表述有所保留，這才形成"歸趣難求"[205]的千古詩謎[206]。顏延之則恰與之相反，藉醉縱意放言。這種沒有心理壓抑的狀

---

[202] 這應該是在引用《漢書補注》，卷六二《司馬遷傳·報任少卿書》，頁1254："昔……同子參乘，袁絲變色"的話。《集解》引蘇林曰："趙談也。與遷父同諱，故曰同子。"事件原始出處見《史記會注考證》，卷一百一《袁盎鼂錯列傳》，頁1093。

[203] 以上引文並見《南史》，卷三四《顏延之傳》，頁411。

[204] 《三國志集解》，卷十八《李通傳》，頁486，裴《注》所引王隱：《晉書》。

[205] 《詩品集注（增訂本）》，上《晉步兵阮籍詩》，頁151。

[206] 詳參拙作：《阮籍〈詠懷〉詩謎解》（《燕京學報》新20期，2006年5月），頁10—11、35—36。

況,或許是他能活到七十三歲,不像阮籍五十四歲就過世[207]的原因之一。

顏延之自詡在"義"這方面也傑出,所以經常趁著酒興"談義","喧呼不絕",這不僅吵得隔壁鄰居張鏡耳根不得清靜,也顯得顏延之目中無人,可是張鏡"默無言聲"。孰料:

> 後鏡與客談,延之從籬邊聞之,取胡牀坐聽,辭義清玄,延之心服,謂客曰:"彼有人焉。"由是不復酣叫[208]。

讓人不禁想起:

> (向)秀將注《莊子》,先以告(嵇)康、(呂)安,康、安咸曰:"此書詎[209]復須注,徒棄人作樂事耳。"及成,以示二子,曰:"爾故復勝不?"康、安乃驚曰:"莊周不死矣!"[210]

嵇、顏二人皆有服善之心,並沒有因對方有勝義而心生嫉恨。李延壽還記載了一件事:

> 特進顏延之等當時名士十許入山候之,見其(關康之)散髮……枕一塊白石而臥,了不相盼。延之等咨嗟而退,不敢干也[211]。

對照另一幅畫面:

> 鍾(會)要于時賢儁之士,俱往尋(嵇)康。康方大樹下鍛……揚槌不輟,傍若無人,移時不發一言。鍾起去,康曰:"何所聞而來?

---

[207] 《晉書斠注》,卷四九《阮籍傳》,頁932。

[208] 《南史》,卷三一《張裕傳》,頁375。

[209] 《晉書斠注》,卷四九《向秀傳》,頁942,作"詎"。按:距、詎均從巨得聲,本可通假,作"距"並非誤字,僅需按後世用字習慣,改讀而已。

[210] 《世說新語校箋(修訂本)》,上卷《文學》,條17,頁183,劉《注》所引《(向)秀別傳》。

[211] 《南史》,卷七五《隱逸列傳上·關康之傳》,頁861。

何所見而去？"

鍾會因而"深銜之"⑫，何等天、淵之別？假設角色換過來，以嵇康"見隱者孫登，欲與之言，登默然不對"，"踰時不言"⑬，等最終開了口，又沒好話，他並未因此銜恨，相信嵇康跨越時空，碰到關康之的這種態度，大概與顔延之的反應無二。否則，嵇康臨終在獄中時，怎麼會説："今愧孫登"⑭？既然因為風聞對方為逸民而前往，逸民之為逸民，正在無視世間價值系統，豈能以自己的貴重身份被忽視而感覺受羞辱，那不是自我背反嗎？倒過來説，嵇康這種無視權貴的作風在顔延之身上也可見到。武帝最重要的文膽及心腹之一"尚書令傅亮自以文義之美一時莫及"，顔延之卻"不為之下"，導致"亮甚疾焉"。文帝初期，劉湛"委任甚重"⑮，勢焰熏天，顔延之看不過去，所謂"意有不平"，居然經常對人非議："天下之務當與天下共之，豈一人之智能獨了？"還對劉湛人身攻擊，使得"湛深恨焉"⑯。

袁宏當年將自己撰寫的《名士傳》分為正始、竹林、中朝三部分⑰。江左諸人，周顗等承襲的是中朝那種恣誕放達之風。少數則以曾預其流來自抬身價，如王導：

> 王丞相輕蔡公，曰："我與（王承）安期、（阮瞻）千里共遊洛水

---

⑫ 《世説新語校箋（修訂本）》，下卷《簡傲》，條3，頁688，及劉《注》所引《魏氏春秋》。

⑬ 《三國志集解》，卷二一《王粲傳》，頁543—544，裴《注》所引《魏氏春秋》、《晉陽秋》。

⑭ 《文選》，卷二三《詩丙·哀傷》所收嵇康：《幽憤詩》，頁335。

⑮ 《宋書》，卷六九《劉湛傳》，頁876。

⑯ 《顔氏家訓集解（增訂本）》，卷四《文學》，頁237—238："自古文人多陷輕薄……顔延年負氣摧黜"，以成敗論節士，完全不懂顔延之。

⑰ 以上引文分見《世説新語校箋（修訂本）》，上卷《文學》，條94，及劉《注》，頁251。

邊,何處聞有蔡充兒?"[218]

對於竹林諸人,大多都只在那裡想象、欣慕、傳説,將之偶像化到"先輩初不臧貶諸賢"[219]的地步,所以才會出現連影兒都没見著的謝安得以編故事[220]。顔延之"寄酒爲迹"[221],否則《庭誥》怎麼會叮囑他子孫:

  酒酌之設,可樂而不可嗜。嗜而非病者希,病而遂眚者幾,既眚既病,將蔑其正。

以狂爲裴,否則,當他去長子家,"遇賓客盈門,竣方卧不起",何至於怒斥對方:

  恭敬撙節,福之基也;驕佷傲慢,禍之始也,況出糞土之中,而升雲霞之上?傲不可長,其能久乎[222]?

沈約説他個性"褊激"。在一般用詞中,"褊"或"褊隘"都是負面的意義,指心胸狹窄,但如果换個角度,這正反映了他眼睛裏揉不得沙子,不肯世故地同塵容垢,以便給人寬和雅量的印象,否則,沈約怎麼會接著就説:

  故論者多不知云。

這樣看來,真正能以骨氣、率直[223]、清簡、深情、鄙棄世俗僞善,遥繼林下遺風的,恐怕就屬顔延之一人了。

---

[218] 《世説新語校箋(修訂本)》,下卷《輕詆》,條6,頁741。
[219] 《世説新語校箋(修訂本)》,中卷《品藻》,條71,頁481。
[220] 《世説新語校箋(修訂本)》,上卷《文學》,條94,頁251。
[221] 《昭明太子集校注》,《文·〈陶淵明〉序》,頁200。
[222] 以上引文並見《南史》,卷三四《顔延之傳》,頁412。
[223] 《四書集注·論語集注》,卷四《泰伯》,頁53:"子曰:'狂而不直,侗而不愿,悾悾而不信,吾不知之矣。'"

結　語

　　兒童透過模仿、學習大人、同儕的觀點、作法,而被所隸屬的大、小團體認同、接納,成為內團體的成員之一,因而產生許多刻板印象,乃是常態。處在這大千世界中,基於知覺顯著性(如膚色、體型、服飾、口音等),將接觸到的人、事、物歸類,而記憶中對於這類別的刻板印象就會在認知主體未必意識下,自動替所面對者加工,貼上標籤。這種過程乃人迅速掌握狀況以便應對、生存的條件之一,也無可厚非。事實上,任何人終其一生的努力,都不可能全然擺落所有的刻板印象。

　　社會學者共同強調破除刻板印象的管道之一就是頻繁、深入接觸對方。這點在學術研究上尤其應該被高舉,也或許可以獲得相當程度的果效,然而包括學者在內,任何人都是以既有的認知、情緒結構來認知、解釋、品評外在的人、事、物,放下成見、客觀對待、讓材料自己說話乃道地無知的謬言。以本文討論的顏延之為例。縱使細讀他見存的所有作品,將有關他的傳記,往來人物,所處的政治、社會、包括文學在內的文化背景等資料悉數掌握,照理來說,刻板印象會因此被撐破、解體,導致顏延之的形象會被更動重塑,然而事實上,研究者的刻板印象受到異質衝擊時,會出現各種的病態方式來捍衛應對[224]。此際,學術倫理就應該挺身而出。"知之為知之,不知為不知"[225],不知即緘口,真是迴盪千古的暮鼓晨鐘。可惜它必須以自知不知為前提,因為"夫唯病病,是以

---

[224] 詳參拙作:《論庾信〈擬詠懷〉二十七首》〔《臺灣學術新視野——中國文學之部(一)》,臺北:五南書局,2007〕,頁159—160。

[225] 《四書集注‧論語集注》,卷一《為政》,頁10。

不病"㉖,可是精神、心理有病的有幾人自覺到本身有病呢？這不禁讓筆者想到魯迅《狂人日記》所欲傳達的悲哀、無奈的訊息。

原載於北京大學中國語言文學系杜曉勤主編:《中國古典學(第1卷)》(北京:中華書局,2020)。今略有修訂。

㉖ 樓宇烈:《王弼集校釋・老子道德經注》(臺北:華正書局有限公司,1982),第七一章,頁179。

附録二：

論《赭白馬賦》

前　言

劉宋文帝曾問顏延之："卿諸子誰有卿風？"顏延之對曰："竣得臣筆，測得臣文。"①"文"包括詩、賦兩大類。顏氏以詩名世，故"江左稱顏、謝焉"②。顏詩凡二十一首入《選》。若無名氏所作不計，於"集其清英"③的六十五人中高居第五④，堪相印證。固然賦唯獨《赭白馬賦》⑤一篇見青睞，但比類而觀，傅毅、曹植、嵇康、郭璞以及較顏氏晚一輩的鮑照、謝莊、謝惠連也均僅一篇入《選》，則此賦應有獨到可取之處，值得探究。

一

首先，釋題中名物。善《注》：

---

① 沈約：《宋書》（臺北：藝文印書館，1977），卷七五《顏竣傳》，頁944。
② 沈約：《宋書》，卷七三《顏延之傳》，頁918。
③ 蕭統：《〈文選〉序》，李善注：《文選》（臺北：藝文印書館，1998），頁1。
④ 詳參羅志仲：《〈文選〉詩收錄尺度探微》（新竹：臺灣清華大學中國文學系博士論文，2008年9月），《附錄・表三》，頁261。
⑤ 以下引文凡出自此賦者，率見李善注：《文選》，卷十四《賦庚・鳥獸下》，頁208—211。節省篇幅計，不復一一標舉頁碼。

劉芳《毛詩義證》⑥曰："彤、白雜毛曰駁。"彤,赤也,即赭白也。按:任何一類顏色均有深/淺、亮/黯、正/間的色度差異。以今日所言紅色系的深淺度而言,因染色的次數多寡、浸潤時間長短⑦,先秦兩漢乃以朱、絳、赤、纁、彤、赬、縓、紅遞降。許慎說:"絳,大赤也","纁,淺絳也","紅,帛赤白色也"⑧,則"紅"猶今日所說的粉紅,由赤與白混合而成,是以古人將之列為間色之一⑨。唯明訓詁,當切記:詞義範圍及實際意義隨時代而異,不容泥於禮書、詞書所言本旨。《尚書》卷十八《顧命》:"太保、太史、太宗皆麻冕彤裳",卷二十《文侯之命》:"彤弓一,彤矢百;盧弓一,盧矢百",偽孔《傳》於前者訓"彤,纁也",於後者訓"彤,赤",是以孔《疏》不得不被迫於《顧命》該處申明:"彤,赤也"。今人引《爾雅》卷十九《釋畜》:"彤、白雜毛,騢",郭《注》:"即今之赭白馬,彤,赤",以證劉芳之說⑩,是也。因其飛奔時,馬毛張揚,望似雲間噴火一般,是以此賦於其放足馳騁時,狀之曰"膺門沫赭,汗溝走血"。

---

⑥ 長孫無忌等:《隋書》(臺北:藝文印書館,1972),卷三二《經籍志·經·詩類》,頁474,著錄"後魏太常卿劉芳撰""《毛詩箋音證》二十四卷"。按:李善注:《文選》,卷三《賦乙·京都中》張衡《東京賦》,頁65:"擾澤馬與騰黃",善《注》引作劉芳《詩義疏》,蓋同一書,只因胡刻本(即尤刻本)《文選》善《注》乃一大雜燴,故稱謂不一。詳參拙作:《從〈唐鈔文選集注〉詩的部分略窺〈文選〉李善注的問題》,《國學》第3期(2016年6月),頁225—249。劉芳所言應針對孔穎達:《毛詩注疏》(臺北:藝文印書館,1977),卷六之四《秦·晨風》,頁244"隰有六駁"而發,因後魏時,陸璣《毛詩草木蟲魚疏》乃完本,據《釋文》,知陸氏認為:"駁馬,木名"。

⑦ 邢昺:《爾雅義疏》(臺北:藝文印書館,1972),卷五《釋器》,頁80:"一染謂之縓,再染謂之赬,三染謂之纁。"

⑧ 段玉裁:《說文解字注》(臺北:黎明文化事業股份有限公司,1991),十三篇上,頁656、657。

⑨ 李善注:《文選》,卷十六《賦辛·哀傷》江淹《別賦》,頁243:"晞高臺之流黃",善《注》:"環濟《(帝王)要略》:'間色有五:紺、紅、縹、紫、流黃'"。

⑩ 李佳校注:《顏延之詩文選注》(合肥:黃山書社,2012),頁8。

其次,應說明這匹駿馬的來歷。《晉書》卷一百十《慕容儁載記》曾記載:

> 初,(慕容)廆有駿馬,曰赭白,有奇相逸力。石季龍之伐棘城也,(廆之第三子)皝將出避難,欲乘之,馬悲鳴踶齧,人莫能近。皝曰:"此馬見異先朝,孤常仗之濟難,今不欲者,蓋先君之意乎?"乃止。季龍尋退,皝益奇之。至是,四十九歲矣,而駿逸不虧,(皝之次子)儁比之於鮑氏驄⑪,命鑄銅以圖其象,親為銘贊,鐫勒其旁,置之薊城東掖門。是歲,象成而馬死。

《宋書》卷九七《夷蠻列傳·東夷·高句驪傳》:

> 高句驪王高璉,晉安帝義熙九年(413),遣長史高翼奉表,獻赭白馬⑫。

西晉惠帝元康四年(294),慕容廆立國於棘城。東晉成帝咸康七年(341),遷都龍城。東晉穆帝永和六年(350),慕容儁正式入長城内,遷都幽州的薊城,進而拓展,擁有整個冀州,東晉穆帝升平元年(357),遷都至西晉時期司州的鄴城⑬。棘城、龍城均屬於平州,相當於今遼寧省,而平州乃西晉武帝咸寧二年(276)十月正式自幽州分出⑭。高句麗在平

---

⑪ 郭茂倩:《樂府詩集》(臺北:里仁書局,1981),卷八五《雜歌謠辭三·鮑司隸歌》,頁1193:"鮑氏驄,三人司隸再入公。馬雖瘦,行步工。"《叙錄》引《樂府廣題》:"《列異傳》云:'鮑宣,宣子永,永子昱,三世皆為司隸,而乘一驄馬,京師人歌之。'"

⑫ 桂馥:《札樸》(臺北:世界書局,1964),卷三《赭白馬》,頁28,已言及這條材料,然以"宋高祖踐阼,(高句驪)又遣長史馬婁等詣闕,獻方物",則非。沈約:《宋書》,卷九七《夷蠻列傳·東夷·高句驪傳》,頁1153,馬婁來乃宋少帝景平二年(424)事,且必在是年五月乙酉前,因少帝見廢於此時。

⑬ 分見吳士鑑、劉承幹:《晉書斠注》(臺北:藝文印書館,1972),卷一百八《慕容廆載記》,頁1825;卷一百九《慕容皝載記》,頁1835;卷一百十《慕容儁載記》,頁1841、1845。

⑭ 吳士鑑、劉承幹:《晉書斠注》,卷十四中《地理志上》,頁308。

州東,位於今吉林省中部以南地區。平、幽及冀州東北乃七雄燕國疆域,是以慕容皝稱燕王,慕容儁稱燕帝⑮。由此可知:赭白馬乃東北地區南方一帶的土產。無怪乎顏《賦》說牠出自"幽、燕""塞門"與《左傳》卷四二《昭公四年》"冀之北土,馬之所生"吻合。

第三,當說明此馬與當時皇帝的關係。從《序》文:

> 我高祖之造宋也,五方率職,四隩入貢……乃有乘輿赭白特稟逸異之姿,妙簡帝心,用錫聖皁。

及《賦》文:

> 信聖祖之蕃錫,留皇情而驟進。

既然使用《周易》卦辭:"康侯用錫馬蕃庶,晝日三接"⑯,則此馬本為宋武帝劉裕所有,轉賜給當時尚為諸侯的第三子文帝。問題在如何理解"造宋"。假使這匹赭白馬於武帝永初元年(420)入貢,時屆成年的五

---

⑮ 吳士鑑、劉承幹:《晉書斠注》,卷一百九《慕容皝載記》,頁1832;卷一百十《慕容儁載記》,頁1842—1843。

⑯ 孔穎達:《周易注疏》(臺北:藝文印書館,1977),卷四《晉》,頁87,孔《疏》:"天子美之,賜以車馬,蕃多而眾庶。"按:後世上對下曰賜,下對上曰貢,上古二詞同義,故孔穎達:《尚書注疏》(臺北:藝文印書館,1977),卷六《禹貢·揚州》,頁82:"厥包橘、柚錫貢";《荊州》,頁85:"九江納錫大龜","錫貢"、"納錫"均為同義複詞。此所以孔門高弟端木賜字子貢。此處自然沿用傳統的誤訓,指"聖祖"所"錫""蕃"多。

論《赭白馬賦》 625

歲,至文帝元嘉十七年(440)⑰,時年二十七歲。不同品種的馬壽命不同。從前引《慕容儁載記》的記述來看,對於赭白馬而言,二十七歲未必能算"齒歷雖衰"。如果根據"《周書》曰:'明德慎罰',文王所以造周也","惟乃丕顯考文王……肇造我區夏"⑱,姬昌乃在商朝共主地位未傾覆前,已及身受命,所謂"文王受命惟中身"⑲,那麼,劉裕獲得這匹赭白馬乃在東晉末。從桓玄篡位敗滅,安帝復辟,義熙二年(406)十月,封劉裕為豫章郡公⑳,九鼎大勢已傾。義熙六年(410)七月,剷除桓謙;七年(411)二月,先後剿滅徐道覆、盧循;八年(412),剷除劉毅、謝混;九年(413)二月,剷除諸葛長民;十一年(415)三月,敗逐司馬休之㉑,至此,已經再無任何足以動搖他的勢力了。加以義熙六年(410)二月滅南燕

---

⑰ 《赭白馬賦》曰:"惟宋二十有二載",善《注》:"宋文帝十七年也"。許巽行:《文選筆記》(臺北:廣文書局,1966),卷三,頁19b;張雲璈:《選學膠言》(臺北:廣文書局,1966年),卷八,頁6a—b,均以為當作"宋文帝十八年",唯梁章鉅:《文選旁證》(臺北:廣文書局,1966),卷十五,頁13a—b,以為當作"二十有一載"。按:不論字形或字音,"七"與"八"均懸隔,無由致誤,而"一"與"二"則形近易訛,梁說是。呂延濟等:《景印宋本五臣集注文選》(臺北:"國立中央"圖書館,1981),卷七《赭白馬賦》,葉12a,作"維宋十有四載"。繆鉞:《繆鉞全集》(石家莊:河北教育出版社,2004),第一卷(下)《顏延之年譜》,頁476,不從之,然未論辨,蓋因並無線索可判斷孰是孰非。若依五臣本,則此賦作於文帝元嘉十年(433)。據沈約:《宋書》,卷七三《顏延之傳》,頁912;《文選》,卷四六《序下》顏延之《三月三日曲水詩序》,頁657,題下善《注》所引裴子野:《宋略》,此時,顏氏已由每日省署奏章的中書侍郎,轉為清顯卻脫離政治權力核心的太子中庶子,文帝對他雖"賞遇甚厚",然顏氏"意有不平",故常對當權者發激揚之論:"天下之務當與天下共之,豈一人之智所能獨了",與筆者對作者在這篇賦中蘊含之心曲的揣測仍然相合。

⑱ 以上引文分見孔穎達:《左傳注疏》(臺北:藝文印書館,1977),卷二五《成公二年》,頁428;孔穎達:《尚書注疏》,卷十四《康誥》,頁201。

⑲ 孔穎達:《尚書注疏》,卷十六《無逸》,頁242。

⑳ 沈約:《宋書》,卷一《武帝紀上》,頁18。

㉑ 分見沈約:《宋書》,卷一《武帝紀上》,頁22;卷二《武帝紀中》,頁25、26、28。

慕容氏,九年七月滅西蜀譙氏,十三年(417)八月滅後秦姚氏,收復兩京㉒,此等曠世功勳,無怪乎義熙十二年(416)十月,封宋公,十三年十月進爵為宋王㉓。連東晉末代君主恭帝都說:"桓玄之時,天命已改,重為劉公所延,將二十載","晉氏久已失之"㉔。根據舊史安帝義熙年間外邦來朝,貢獻方物的記載㉕,赭白馬非林邑、西南夷等南方邊區所產,而高句麗僅於上述義熙九年遣使入京,則以這匹赭白馬乃此時至"荊、越",當屬合理的推斷。獻給安帝的,卻由劉裕所納,蓋根據"唐叔得禾,異畝同穎,獻諸天子。王命唐叔歸周公于東"㉖的故事,以彰顯賢輔的盛德殊勳。

依禮制,皇帝賜與之物不得轉贈他人,則文帝獲得"聖祖之蕃錫",當在劉裕踐阼之後了。

二

上一節已說明:按照授命顏氏撰寫此賦者的觀點,這匹馬乃外邦為表服膺王道而貢獻的駿馬,既以此馬為篇題,當然屬於詠物的類別,依常理,當從各個向面描寫牠,其中馳騁迅捷乃不可或缺的部分。因此,

---

㉒ 分見沈約:《宋書》,卷一《武帝紀上》,頁20;卷二《武帝紀中》,頁26、32。

㉓ 分見沈約:《宋書》,卷二《武帝紀中》,頁30、32,然而從頁33、34,可知:劉裕實際接受宋公之封乃於安帝義熙十四年(418)六月,同意進爵為王乃於恭帝元熙元年(419)七月。

㉔ 分見沈約:《宋書》,卷二《武帝紀中》,頁34;吳士鑑、劉承幹:《晉書斠注》,卷十《恭帝記‧元熙二年》,頁187。

㉕ 吳士鑑、劉承幹:《晉書斠注》,卷十《安帝紀‧隆安三年》,頁177:"二月……仇池公楊盛遣使稱藩,獻方物";《義熙九年》,頁185:"是歲高句麗、倭國及西南夷銅頭大師並獻方物";《義熙十年》,頁185:"林邑遣使來獻方物";《義熙十二年》,頁186:"六月癸亥,林邑獻馴象、白鸚鵡"。

㉖ 孔穎達:《尚書注疏》,卷十三《歸禾‧序》,頁196。

本節將回歸這篇賦的實際文本,以期看出它的特點。

第一段落乃道地的頌聖。頌聖中的一不可或缺的項目乃天降祥瑞這方面。這乃是《京都》、《符命》這兩類的能事。以前者為例:

總集瑞命,備致嘉祥:囿林氏之騶虞,擾澤馬與騰黃,鳴女牀之鸞鳥,舞丹穴之鳳皇,植華平於春圃,豐朱草於中唐。

德連木理,仁挺芝草,皓獸為之育藪,丹魚為之生沼,裔雲翔龍,澤馬于阜,山圖其石,川形其寶,莫黑匪烏三趾而來儀,莫赤匪狐九尾而自擾,嘉穎離合以薿薿,醴泉涌流而浩浩,顯禎祥以曲成,固觸物而兼造,蓋亦明靈之所酬酢,休徵之所偉兆㉗。

以後者為例:

囿騶虞之珍群,徼麋鹿之怪獸,導一莖六穗於庖,犧雙觡共柢之獸,獲周餘珍放龜于岐,招翠黃乘龍於沼……欽哉!符瑞臻茲。

來儀集羽族於觀魏,肉角馴毛宗於外囿,擾緇文皓質於郊,升黃輝采鱗於沼,甘露宵零於豐草,三足軒翥於茂樹,若乃嘉穀、靈草、奇獸、神禽應圖合諜,窮祥極瑞者,朝夕坰牧,日月邦畿㉘。

對於善於頌聖的顏延之而言,毫無難事,然而這篇既以赭白馬為題,勢必調整。以他於元嘉十一年所寫《三月三日曲水詩序》中的"赬莖、素毳、並柯、共穗之瑞,史不絕書;棧山、航海、踰沙、軼漠之貢,府無虛月"㉙為準,一方面,他拓展後一句:

五方率職,四隩入貢……有肆險以稟朔,或踰遠而納賮,聞王

㉗ 以上引文分見李善注:《文選》,卷三《賦乙·京都中》張衡《東京賦》,頁65;卷六《賦丙·京都下》左思《魏都賦》,頁108。

㉘ 以上引文分見李善注:《文選》,卷四八《符命》司馬相如《封禪文》,頁690;班固《典引》,頁697—698。

㉙ 李善注:《文選》,卷四六《序下》,頁658。

會之阜昌,知函夏之充牣。

另方面,他壓縮神話、傳說的項目,將植物、神禽、器物悉數刪除,僅聚焦於奇獸,而且限於寶馬:

> 秘寶盈於玉府,文駟列乎華廐……摠六服㉚以收賢,掩七戎而得駿。

並且引古為例:

> 昔帝軒陟位,飛黃服皁,后唐膺籙,赤文候日。漢道亨,而天驥呈才;魏德楙,而澤馬効質。伊逸倫之妙足,自前代而間出,並榮光於瑞典,登郊歌乎司律。

以證實劉宋"實有騰光吐圖,疇德瑞聖之符焉"。象徵符瑞的寶馬當然與作為"瑞應車"的"象輿"㉛相配,與天帝紫宮外圍的"鉤陳"㉜上下呼應,這就轉入第二段"代驂"的主題。

皇甫謐早已道破:

㉚ 善《注》:"《周禮》曰:王畿外侯服、甸服、男服、采服、衛服、蠻服。"孔穎達:《毛詩注疏》,卷十八之一《大雅‧蕩之什‧抑》,頁646,孔《疏》:"《周礼》九服,六服之內為中國,七服以外(夷服、鎮服、蕃服)為夷狄",故下句以"七戎"與之對仗。若論其詞源,孔穎達:《尚書注疏》,卷十八《(偽)周官》,頁269:"六服羣辟罔不承德。"

㉛ 瀧川龜太郎:《史記會注考證》(臺北:藝文印書館,1972),卷一一七《司馬相如列傳‧上林賦》,頁1216:"象輿婉僤於西清",《集解》引《漢書音義》:"山出象輿,瑞應車也"。洪興祖:《楚辭補注》(臺北:臺灣中華書局,1980),卷十一《惜誓》,頁1b—2a:"駕太一之象輿",王《注》:"神象之轝"。換言之,象輿非賈公彥:《周禮注疏》(臺北:藝文印書館,1977),卷二七《春官‧巾車》,頁414,所掌天子五路中,以象牙裝飾車上器件末端的象路。

㉜ 王先謙:《漢書補注》(臺北:藝文印書館,1972),卷八七上《揚雄傳‧甘泉賦》,頁1518:"伏鉤陳使當兵,屬堪輿以壁壘兮";王先謙:《後漢書集解》(臺北:藝文印書館,1972年),卷四十上《班彪傳附子固傳‧西都賦》,頁483:"周以鉤陳之位,衛以嚴更之署";《文選》,卷五六《銘》陸倕《石闕銘》,頁786,善《注》:"鉤陳,兵衛之象"。

> 賦也者，所以因物造端，敷弘體理，欲人不能加也，引而申之……觸類而長之㉝。

劉勰更指出：

> 至於草區禽旅……擬諸形容，則言務纖密，象其物宜，則理貴側附。

> 自近代以來，文貴形似……體物為妙，功在密附，故巧言切狀，如印之印泥，不加雕削，而曲寫毫芥㉞。

可是顏氏此賦對赭白馬就止於"雙瞳夾鏡，兩權協月"簡單兩句，然後就以一句"殊相逸發"概括了牠的形容。至於牠的"筋"、"骨"、"梢"、"髮"，無一觸及。較之類書節錄的劉琬《馬賦》：

> 吾有駿馬，名曰騏雄，龍頭鳥目，鱗腹虎胸，尾如雲彗，耳如插筒㉟。

還簡略。奔跑的速度當然是論馬優劣的一大指標，但同樣就止於"超攄絕夫塵轍，驅騖迅於滅沒"。竊以為這是因為《序》文一開始就指出：如果只強調"趨迅而已"，自古已降的識馬名家就不會認為"驥不稱力"，而將某些特殊的"馬以龍名"，所以這段詠物對此馬本身的刻畫退到邊緣，一方面上承此馬足以彰顯宋德這點，被東北的外邦"簡"選貢"獻"至

㉝ 李善注：《文選》，卷四五《序上》皇甫謐《三都賦·序》，頁 652。

㉞ 范文瀾：《文心雕龍注》（臺北：臺灣開明書店，1970），卷二《詮賦》，頁 47a、卷十《物色》，頁 1b。

㉟ 李昉：《太平御覽》（臺北：臺灣商務印書館，1997），卷八九七《獸部九·馬五》，頁 4116。盧弼：《三國志集解》（臺北：藝文印書館，1977），卷四七《吳主傳》，頁 926："漢以(孫)策遠修職貢，遣使者劉琬加錫命。琬語人曰：'吾觀孫氏兄弟，雖各才秀明達，然皆禄祚不終。唯中弟孝廉形貌奇偉，骨體不恆，有大貴之表，年又最壽'"，然歐陽詢：《藝文類聚》（臺北：文光出版社，1977），卷九六《鱗介部上·龍》，頁 1663，嘗引劉琬《神龍賦》，署為晉人。"琬"乃習用之名，如東漢黃琬、蜀漢蔣琬、曹魏曹琬、西晉夏侯琬、劉宋鄧琬，實難以確定這篇《馬賦》的作者時代。

"絳闕";另方面則著重描述牠在人間的功能。"用錫聖皁"之後,加以訓練,編入皇家馬隊中服役:

  飛輶軒以戒道,環轂騎而清路,勒五營使按部,聲八鸞以節步。

既為禁衛軍或鑾駕的馬匹,配件當然輝煌:

  具服金組,兼飾丹膚,寶鉸星纏,鏤章霞布。

平心而論,對於任何一匹供皇家役使的馬,這八句都適用,然而這與其說顏氏昧於鋪敘,或筆拙詞窮,倒不如說他刻意軒輊於詠物賦的窠臼之外,為真正的重心鋪墊。換言之,這一段若是抑,下一段就是揚。果然,在第二段結尾點出:雖然牠"弭雄姿以奉引,婉柔心而待御",但本質畢竟是"殊""異"的龍種,所以不時會"欻聳擢以鴻驚,時濩略㊱而龍矯"。

就在這先天本性與後天馴教的緊張關係下,開始了以畋獵賦為原型的第三段:

  王于興言,闢肆戒稜,臨廣望,坐百層,料武藝,品驍騰。

顏氏不僅將時間設置在傳統的秋狩之時:"露滋月肅,霜戾秋登",如同漢賦巨擘所言:

  於是乎背秋涉冬,天子校獵。

  於是玄冬季月,天地隆烈……帝將惟田于靈之囿……以奉終
  始顓頊玄冥之統。

㊱ "濩略"乃上古魚部疊韻詞,不羈於字形,如郭慶藩:《校正莊子集釋》(臺北:世界書局,1971),卷一上《逍遙遊》,頁36:"魏王貽我大瓠之種,我樹之成而實五石……瓠落無所容",李昉:《太平御覽》,卷七六二《器物部七・瓢》,頁3513,引作"濩落",《釋文》引簡文云:"猶廓落也";邢昺:《爾雅注疏》,卷一《釋詁》,頁7,郭《注》:"廓落……大也";王先謙:《漢書補注》,卷八七上《揚雄傳・甘泉賦》,頁1519:"蠖略蕤綏";洪興祖:《楚辭補注》,卷十七《九思》,頁6b:"望江、漢兮濩渃",王《注》:"濩渃,大貌也"。此處形容此龍種之馬由於天生卓絕難自棄,不時嫌空間狹隘,欲伸展四肢,躍躍欲飛騰在天。

> 歲惟仲冬,大閱西園。
>
> 方涉冬節……宜幸廣成……講武校獵㊲。

還遵循畋獵賦曲終奏雅這點:

> 然而般于遊畋,作鏡前王,肆於人上,取悔義方,天子乃輟駕迴慮,息徒解裝,鑒武、穆,憲文、光,振民隱,脩國章。

將一時興起,甚至僅是依儀節而畋獵的宋文帝弄得好像是位"禽荒"㊳的皇帝。話雖如此,顏氏將一般畋獵賦中必有的一些描述,好比御駕隊伍的排場:

> 蚩尤並轂,蒙公先驅,立歷天之旂,曳捎星之旃,霹靂烈缺,吐火施鞭……飛廉雲師吸嚊潚率,鱗羅布烈。
>
> 蚩尤先驅,雨師清路,山靈護陣,方神蹕御……翠蓋葳蕤,驚鳴礲硞,山谷為之澹淡,丘陵為之簸傾㊴。

又好比獵殺捕獲禽獸的猛烈:

> 箭不苟害,解胆陷腦;弓不虛發,應聲而倒……徒車之所轔轢,步騎之所蹂若,人臣之所蹈籍,與其窮極倦𩴘、驚憚讋伏,不被創刃而死者……填阬滿谷,掩平彌澤。
>
> 禽獸振駭,魂亡氣奪,興頭觸系,搖足遇榰,陷心裂胃,潰腦破

㊲ 以上引文分見李善注:《文選》,卷八《賦丁·畋獵中》司馬相如《上林賦》,頁130;揚雄《羽獵賦》,頁134;卷三《賦乙·京都中》張衡《東京賦》,頁63;王先謙:《後漢書集解》,卷六十上《馬融傳·廣成頌》,頁694。

㊳ 孔穎達:《左傳注疏》,卷六《桓公六年》,頁109:"秋八月壬午,大閱",孔《疏》曰:"大蒐、大閱不書公者,周禮雖四時教戰而遂以田獵,但……田獵從禽未必皆閱車馬,何則?怠慢之主外作禽荒,豈待教戰,方始獵也?"

㊴ 分見李善注:《文選》,卷八《賦丁·畋獵中》揚雄《羽獵賦》,頁135;歐陽詢:《藝文類聚》,卷六六《產業部下·田獵》,頁1176,所錄張衡《羽獵賦》。

頴,鷹犬競逐……墜者若坻,清野滌原,莫不殲夷⑩。

悉數刊落,將焦點集中至赭白馬在獵場一展本能長才這方面:

> 睨影高鳴,將超中折㊶,分馳迴場,角壯永埒,別輩越群,絢練夐絕,捷趫夫之敏手,促華鼓之繁節,經玄蹄而電散,歷素支而冰裂,膺門沫赭,汗溝走血。

不僅"別輩越群"而且已經脫離騎者的駕馭,快到鼓者的頻頻節奏都跟不上。對於這匹絕世駿馬而言,"沫""汗"根本不意謂疲倦,乃是卓越本質的流露,所以說:

> 凌遽之氣方厲,踠鑣礐之牽制,隘通都之圈束,春西極而驤首,望朔雲而踱足。

牠希望能與傳説中自己的同類(紫燕、綠虯、纖驪、秀騏)並馳齊奔,"覲王母於崑墟,要帝臺於宣嶽,跨中州之轍迹,窮神行之軌躅"。

結合上文所說人、馬的兩種狀況,進入尾聲。赭白馬主觀的願望固然要一騁中原,遠及四裔;客觀的事實則是天子"戒出豕之敗御,惕飛鳥之時衡,故祇慎乎所常忽,敬備乎所未防",而一切主君說了算,於是"處以濯龍之奧,委以紅粟之秩",就這麼優厚豢養,"從老得卒"。

綜上所述,顔延之使用頌聖、詠物、畋獵三種賦的項目,卻又都擺落這三種賦傳統的寫作模式。不但如此,而且以巧妙的啟承——因為聖

---

⑩ 分見李善注:《文選》,卷八《賦丁·畋獵中》司馬相如《上林賦》,頁130—131;歐陽詢:《藝文類聚》,卷六六《產業部下·田獵》,頁1176—1177,所錄王粲《羽獵賦》。

㊶ 瀧川龜太郎:《史記會注考證》,卷四七《孔子世家·太史公曰》,頁748:"中國言六藝者折中於夫子",《索隱》引宋均云:"折,斷也;中,當也"。"當"則無過或不及。"中折"即"折中",於此處訓解為標準。所以倒言之,乃為了與後文"埒"、"絕"等入聲屑部字協韻。

德巍巍,故致此祥瑞寶馬。為了達到天人符應,於是將其馴養,得以於平素"按部""節步"地服御。可惜如此一來,無從展現其"乘風""先景"之姿,唯於畋獵中方能顯其卓絕本性——使得三種題材緊密銜接,逐步上升至高潮。最後利用畋獵賦曲終奏雅的習套,帝王以禽荒為戒,令此寶馬伏櫪,"惠養"至死。

三

上面第二節已將本賦的特點闡明,而由《赭白馬賦・序》可知:此賦之撰乃文帝"詔陪侍㊷奉述中旨",蓋欲假手顏氏,用申"天情",現在面臨的問題是:顏延之真的擔任了一位稱職的代筆人,"正得"帝"意","如"帝"腹中之所欲言"㊸嗎?從頌聖一段留下的線索:

揔六服以收賢,掩七戎而得駿。

他恐怕在利用"駿"為雙關語,明指"充階衝"的"駔駿",暗喻才能倍出的"俊"傑。

當年西漢王褒論述工欲善其事,必先利其器,而"賢者,國家之器用也"之時,曾舉人、馬品質的差異為喻:

庸人之御駑馬,亦傷吻弊筴,而不進於行,胸喘膚汗,人極馬

㊷ 沈約:《宋書》,卷五《文帝紀・元嘉十七年》,頁52:"十月戊午,前丹陽尹劉湛有罪,及同黨伏誅",卷七三《顏延之傳》,頁917:"劉湛誅,起延之為始興王濬後軍諮議參軍",則當時顏延之的直屬君長乃始興王,對文帝而言,乃臣子之臣,是"陪侍"猶言"陪臣"。"陪"不得如字讀,訓為陪伴,當改字讀為"倍"。"陪"、"倍"二字通假例證詳參高亨、董治安:《古字通假會典・之部第十一(下)・音字聲系》,頁435。因此,《赭白馬賦・序》最末一句"敢同獻賦",並非如呂延濟等:《景印宋本五臣集注文選》,葉12a,呂延濟所言:"同獻謂同諸侍臣",而是謙稱自己斗膽將此篇塗鴉等同於"獻賦"。

㊸ 王先謙:《後漢書集解》,卷八十下《文苑列傳・禰衡傳》,頁946。

倦。及至駕齧膝,驂乘旦,王良執靶,韓哀附輿,縱騁馳騖,忽如影靡,過都越國,蹳如歷塊,追奔電,逐遺風,周流八極,萬里一息,何其遼哉?人、馬相得也……懽然交欣,千載一會㊹。

聖王應命出世,天降下奇珍的祥瑞以為印證,同時,令諸星精下世,擔任受命天子的良佐。如劉邦以赤帝子而興,"蕭何感昴精,樊噲感狼精,周勃感亢精"㊺而降生。顏氏認為赭白馬乃"稟靈月駟"。"地道……臣道也"㊻,"地主月,月精為馬"㊼,是以赭白馬作為祥瑞,只是寓意的外衣,實際乃賢臣良佐的隱喻。可惜牠(他)雖然"雄志倜儻",意在千里,卻只能伏櫪而終。"始終者,萬物之大歸;死生者,性命之區域"㊽。因此,表面上看,赭白馬"長委離",乃再自然不過的事,但若結合賦的正文一開頭所說:

> 盛烈光乎重葉,武義粵㊾其肅陳,文教迄已優洽,泰階之平可昇,興王之軌可接。

正當"可昇"太平盛世的時候,象徵它的奇珍卻逝去,荒謬、諷刺的意味不言可喻。簡言之,這很可能是一篇包裝甚好的"賢人失志之賦"㊿,去

㊹ 李善注:《文選》,卷四七《頌》王褒《聖主得賢臣頌》,頁671—673。
㊺ 安居香山、中村璋八:《緯書集成》(石家莊:河北人民出版社,1994),《春秋演孔圖》注,頁573。
㊻ 孔穎達:《周易注疏》,卷一《坤‧文言》,頁21。
㊼ 安居香山、中村璋八:《緯書集成》,《春秋考異郵》,頁785—786。
㊽ 李善注:《文選》,卷六十《弔》陸機《弔魏武帝文‧序》,頁849。
㊾ "粵"當改讀為"越",超過之意。二字相假例證,詳參高亨、董治安:《古字通假會典‧泰部第十四‧粵字聲系》,頁612。
㊿ 王先謙:《漢書補注》,卷三十《藝文志‧詩賦略‧敘論》,頁902。

帝心恐怕甚遠(51)。

將這篇《赭白馬賦》放在賦史縱切面的脈絡中。見存撰著時代可確定最早以馬為賦寫對象的乃應瑒《慜驥賦》。文如其題,直訴怨懟與渴望:

> 慜良驥之不遇兮,何屯否之弘多,抱天飛之神號兮,悲當世之莫知……抱精誠而不暢兮,鬱神足而不攄,思薛翁於西土兮(52),望伯氏於東隅……展心力於知己兮,甘邁遠而忘劬……制銜轡於常御兮,安獲騁于遐道(53)?

這不過是將負鹽車上坂的騏驥思善相馬的伯樂故事,抽空情節,以韻文寫出其心聲。真可謂"慷慨以任氣","造懷指事,不求纖密之巧","唯取昭晰之能"(54)。去《赭白馬賦》這般隱曲反諷,精心結構,實不可以道里計。若與晚於此賦宋孝武帝大明五年(461)、梁武帝天監四年(505)

(51) 楊勇:《世説新語校箋(修訂本)》,下卷《排調》,條5,頁701:"晉武帝問孫皓:'聞南人好作《汝歌》,頗能為不?'皓正飲酒,因舉觴勸帝而言曰:'昔與汝為鄰,今與汝作臣,上汝一桮酒,令汝壽萬春。'帝悔之。"孫皓雖為亡國之虜,但恩赦後,身份畢竟是列侯,司馬炎竟欲其演唱委巷歌謠。從最後説"帝悔之",可見其用意在羞辱對方,以倡優視之。孰料被孫皓藉機措辭僭越,反受其辱。與此頗有部分近似之處。

(52) 歐陽詢:《藝文類聚》,卷九三《獸部上·馬》,頁1817,所録桓譚《新論》:"薛翁者,長安善相馬者也。於邊郡求得駿馬,騎以入市,去來人不見也。後勞問之,因請觀馬。翁曰:'諸卿無目,不足示也。'"

(53) 歐陽詢:《藝文類聚》,卷九三《獸部上·馬》,頁1621。

(54) 范文瀾:《文心雕龍注》,卷二《明詩》,頁2a。

三月因河南國獻舞馬，謝莊、張率等分別應詔所撰寫的《舞馬賦》[55]對照，格外值得翫味。舞馬即"善舞"之馬：

> 始徘徊而龍俛，終沃若[56]而鷩眄，迎《調露》[57]於飛鍾，赴《承雲》[58]

[55] 沈約：《宋書》，卷八五《謝莊傳》，頁 1050；姚思廉：《梁書》（臺北：藝文印書館，1977 年），卷三三《張率傳》，頁 233。《謝莊傳》並未明言寫作時期，僅置於"遷右衛將軍"下。對照沈約：《宋書》，卷二九《符瑞志下》，頁 446："大明五年正月戊午元日，花雪降殿庭。時右衛將軍謝莊下殿，雪集衣，還白上，以為瑞，於是公卿並作花雪詩"，可推知。又，沈約：《宋書》，卷九六《鮮卑吐谷渾傳》，頁 1144："大明五年，拾寅遣使，獻善舞馬、四角羊。"吐谷渾與劉宋益州西、北接壤，黃河末段在其境內，故曰河南國。

[56] 孔穎達：《毛詩注疏》，卷九之二《小雅‧鹿鳴之什‧皇皇者華》，頁 319："我馬維駱，六轡沃若。"對照前兩章"六轡如濡"、"六轡如絲"，"沃若"蓋柔韌貌。

[57] 李善注：《文選》，卷三九《啟》任昉《奉答敕示七夕詩啟》，頁 565："繼想《南風》，克諧《調露》"，善《注》引《樂（緯‧）動聲儀》："四時之節，動靜各有分職，不得相越，謂《調露》之樂也"，宋均《注》："調和致甘露也，使物茂長之樂也"。

[58] 洪興祖：《楚辭補注》，卷五《遠遊》，頁 9b："張《咸池》奏《承雲》兮"；魏收：《魏書》（臺北：藝文印書館，1977），卷一百九《樂志》，頁 1361："顓頊作《承雲》之舞"。

於驚箭，寫秦坰之彌【弭】⑤塵⑥，狀吳門之曳練⑥，窮虞庭之蹈躞⑥，

---

⑤　據歐陽詢：《藝文類聚》，卷九三《獸部三·馬》，頁 1622，所引，及下一注解引文而校改。

⑥　劉文典：《淮南鴻烈集解》（臺北：臺灣商務印書館，1969），卷八《本經》，頁 5b：“雷霆之聲可以鐘鼓寫也”，高《注》：“寫猶放敷也”。瀧川龜太郎：《史記會注考證》，卷五《秦本紀》，頁 84—85：“（造父嫡裔）非子居犬丘，好馬及畜，善養息之”，“周孝王召使主馬于汧、渭之閒，馬大蕃息”，“故有土，賜姓嬴”，“邑之秦”。孔穎達：《毛詩注疏》，卷二一之一《魯頌·駉》，頁 763：“駉駉牡馬，在坰之野”，毛《傳》：“坰，遠野也”。楊伯峻：《列子集釋》（北京：中華書局，1996），卷八《說符》，頁 255—258：“秦穆公謂伯樂曰：‘子之年長矣，子姓有可使求馬者乎？’伯樂對曰：‘良馬，可形容筋骨相也；天下之馬者，若滅若没，若亡若失，若此者，絶塵弭轍……臣有所與共擔纆薪菜者，有九方皋，此其於馬非臣之下也……’三月而反報……馬至，果天下之馬也。”趙超：《漢魏南北朝墓誌彙編》（天津：天津古籍出版社，1992），《東魏·魏故使持節假黄鉞侍中太傅大司馬尚書令定州刺史廣陽文獻王（元湛）銘》，頁 356：“驥、駼初騁，自懷弭塵之氣。”駿馬奔馳若飛騰，四蹄若未踏地，故無揚塵及轍跡。

⑥　周生春：《吳越春秋輯校匯考》（上海：上海古籍出版社，1997），卷四《闔閭内傳·三年》，頁 53：“吳王有女滕玉……自殺，闔閭痛之，葬於國西閭門外……舞白鶴於吳市中，令萬民隨而觀之。”賈公彦：《周禮注疏》，卷四十《考工記·慌氏》，頁 624：“涷絲，以涚水漚其絲七日，去地尺暴之”，鄭《注》：“涚水，以灰所沸水也。漚，漸也”。所成的素色者曰練，然後依需求而染色。賈公彦：《周禮注疏》，卷八《天官·染人》，頁 128：“春暴練”，“秋染夏”；頁 129，賈《疏》：“染五色者謂夏，即與五色雉同名夏……擬以為深淺之度”。劉文典：《淮南鴻烈集解》，卷十七《説林》，頁 19b：“墨子見練絲而泣之，為其可以黄，可以黑”，高《注》：“練，白也”。曳練本指白鶴自頸端至尾羽一色之狀，後也形容白馬電馳予人的錯覺。歐陽詢：《藝文類聚》，卷三三《人部十七·遊俠》陽縉《俠客控絶影》，頁 581：“影入吳門疑曳練”；倪璠：《庾子山集注》（臺北：臺灣中華書局，1968），卷八《啟·謝趙王賚絲布等啟》，頁 5b：“曳練且觀，無勞白馬之望”。

⑥　孔穎達：《尚書注疏》，卷五《益稷【皋陶謨】》，頁 72—73：“笙、鏞以間，鳥獸蹌蹌……夔曰：‘於！予擊石拊石，百獸率舞。’”

究遺野之環袨⑬。

　　既傾首於律同，又蹀足於鼓振。攉龍首，回鹿軀，睒兩鏡，麿雙㑞⑭，既就場而雅拜，時赴曲而徐趨，敏蹀中於促節，捷繁外於驚桴。騏行驥動，虎發龍驤，雀躍鷖集，鵠引㑞翔，妍《七盤》⑮之綽約，陵九

---

⑬　"環袨"乃晉、宋時期先、寒兩部相叶的疊韻詞，以聲傳義，不重寄寓的字形，故姚思廉：《梁書》，卷三三《張率傳·舞馬賦》，頁233，曰："善環旋於《薺夏》，知蹈躍於今【金】奏"；魏收：《魏書》，卷九一《術藝列傳·張淵傳·觀象賦》，頁967，曰："還旋辰極"，皆即盤旋。"蹈"、"蹀"雖均為中古定母，但並非雙聲詞，但此聯表面上則看似疊韻詞與雙聲詞妃儷，此乃南朝人賣弄的慣技。

⑭　戴望：《管子校正》（臺北：世界書局，1990），卷十四《水地》，頁236："堅而不蹙，義也"，尹《注》："蹙，屈聚也"。繆啟愉：《齊民要術校釋》（臺北：明文書局，1986），卷六《養牛馬驢騾第五十六》，頁279："㑞間欲開，望視之如雙㑞"，後文自注，頁283："胸兩邊肉如㑞"，注43，頁303，繆氏申釋："指胸前兩側上端富於肌肉部，要隆起如雙㑞"，"此部為頸動、静脈的徑路"。

⑮　沈約：《宋書》，卷十九《樂志一》，頁276："張衡《舞賦》云：'歷七槃而縱躡'，王粲《七釋》云：'七槃陳於廣庭'，近世文士……鮑昭【照】云：'七槃起長袖'，皆以七槃為舞也。《搜神記》云：'晉太康中……矜手以接梧桴反覆之'"，則此舞早先將盤底部朝上，反扣置於地面，且盤的數量不限於七，舞者以足尖輕躡於盤上，再躍至另一盤上，以既不能腳著地，又不能踩碎，輕盈曼妙為巧。舞容詳見李林、康蘭英、趙力光：《陝北漢代畫像石》（西安：陝西人民出版社，1995），圖455，頁149。至晚，西晉時已改以手托盤，上置杯，迴環、高低挪移而不墜為上。

劍⑥之抑揚⑥⑦。

這種馬如同馬戲團所訓練會騎車的猩猩、跳火圈的老虎、推移滾桶的狗，乃以末道小技娛樂君王的玩物。這也是何以這兩篇賦都沒有畋獵場合中駿馬飛馳的身影。假使放在王褒那篇《頌》的框架中，這種舞馬是弄臣，非賢臣。以綜輯辭采、鍊字鍛句而論，這兩篇《舞馬賦》較《赭白馬賦》恐怕只有過之，而無不及，否則，時主、史家不會以"為工""甚美"⑥⑧許之。以主旨而言，舞馬本身不過是一引子，全篇以頌聖為主，所以最後都諛請封禪，好徹底滿足皇帝自我膨脹的虛榮心。這類應詔潤色鴻業之作世不乏匹，有之，實嫌多；無之，不嫌少。真要論鳥獸的舞姿，自有空前絕後的鮑照《舞鶴賦》足以擔綱。

假如上文對《赭白馬賦》的論述無大謬，則可進而置於《文選·鳥獸》此一橫切面中觀察。禰衡《鸚鵡賦》所描述的對象乃"性辯慧而能言兮，才聰明以識機"，"采采麗容，咬咬好音"，這才被"虞人"捕獲，"閉以

---

⑥ 百戲中，有一種表演者或坐，或半跪，或立，以雙手反覆拋擲數球或數劍於空中，令球、劍不墜地的技藝，即歐陽詢：《藝文類聚》，卷六三《居處部三·觀》李尤《平樂觀賦》，頁1134，所言："飛丸跳劍，沸渭回擾"。技容詳參《陝北漢代畫像石》，圖378，頁120；龔廷萬、龔玉、戴嘉陵：《巴蜀漢代畫像集》（北京：文物出版社，1998），圖116、118。江少虞：《宋朝事實類苑》（上海：上海古籍出版社，1981），卷二《祖宗聖訓·太宗皇帝》，頁18："選軍中驍勇趫捷者數百人，教以舞劍，皆能擲劍高丈餘，袒裼跳躍，以身左右承之"，"劍舞者數百人，科頭露股，揮劍而入，跳擲承接，霜鋒雪刃，飛舞滿空"，猶可想像純為劍舞的姿容。東漢以後，蓋將馬戲的訓練融入其中，讓馬隨劍的上下而蹲躍"抑揚"。李昉：《文苑英華》（臺北：新文豐出版股份有限公司，1979），卷三四四《諺行十四》薛曜《舞馬篇》，頁1777："隨歌皷而電驚，逐九劍而颷馳。""七盤"舞者乃女性，"九劍"舞者乃男性，對仗工巧。

⑥⑦ 以上引文分見沈約：《宋書》，卷八五《謝莊傳》，頁1050；姚思廉：《梁書》，卷三三《張率傳》，頁234。

⑥⑧ 以上引文分見姚思廉：《梁書》，卷三三《張率傳》，頁234；李延壽：《南史》（臺北：藝文印書館，1972），卷二十《謝弘微傳附子莊傳》，頁262。

雕籠",獻於當朝。從作者以鸚鵡遠離原本"栖遲"的"崑山""鄧林",類比為"臣出身而事主",而鸚鵡也表示會"竭心於所事",這篇賦明顯是人、鳥雙寫。從牠(他)自認"彼賢哲之逢患,猶棲遲以羈旅,矧禽鳥之微物",而對自我的期勉乃是"甘盡辭以效愚",僅希望豢養者"彌久而不渝"⑥,則可推斷:鸚鵡比喻的不是"公卿大臣",而是"言語侍從之臣"⑦,若司馬相如、王褒之屬。張華賦鷦鷯,是因為"茲禽""何處身之似智","言有淺而可以託深,類有微而可以喻大",公然披露這篇作品有"複意"⑦。對比的兩極,一端是"色淺體陋","毛弗施於器用,肉弗登於俎味"的鷦鷯,因為"不懷寶以賈害,不飾表以招累",故"物莫之害"。另一端或是"美羽而豐肌"的"孔雀、翡翠",或是"介其觜距"的"雕、鶚""蒼鷹",結果上不免"受繳""入籠","變音聲以順旨";下則"無罪而皆斃","終為戮於此世"。兩端下場所以有雲、泥之別,關鍵就在前者"不為人用",後者"有用於人"。如果將朝廷視為世界的縮影,作者的志向是:既不"上方""彌乎天隅"者,也不"下比""巢於蚊睫"⑦者,擔任群臣眼中庸庸碌碌的六、七品官員。名望、權力都不會對他人構成威脅,而薄俸也足以自養,貴生全生之旨達矣。

綜上所述,禰衡《鸚鵡賦》、張華《鷦鷯賦》、顏延之《赭白馬賦》分別代表了六朝時期三種士人及其心態:有的以文筆篇翰,事奉君主。有的在宦海隨眾浮沈,下焉者但求代耕苟全,上焉者"鄰亞宗極",然因"降夷

---

⑥ 以上引文並見李善注:《文選》,卷十三《賦庚·鳥獸上》禰衡《鸚鵡賦》,頁205—206。
⑦ 李善注:《文選》,卷一《賦甲·京都上》班固《兩都賦·序》,頁21。
⑦ 范文瀾:《文心雕龍注》,卷八《隱秀》,頁20a。
⑦ 以上引文並見李善注:《文選》,卷十三《賦庚·鳥獸上》張華《鷦鷯賦》,頁206—207。

凡品”,“義惟晦道”,故“舉世莫窺”,所謂“道隱”的“賢人”(73)。有的才能卓犖,欲建功立業,卻被拱諸高閣,“惠養”“周渥”,無從實踐自我。其實,在吴質那封回顧過往的信中:

往者孝武之世,文章為盛,若東方朔、枚皋之徒,不能持論,即阮、陳之儔也。

其唯嚴助、壽王與聞政事,然皆不慎其身,善謀於國,卒以敗亡,臣竊恥之。

至於司馬長卿,稱疾避事,以著書為務,則徐生庶幾焉。……

臣幸得下愚之才,值風雲之會,時邁齒載,猶欲觸匈奮首,展其割裂之用也(74)。

已經與這三篇所欲象徵者大致相合了。

賸　語

《文選》編撰者分別各類文體,乃恰當之舉,因為作者身份、寫作背景、寫作目的、閱讀對象等有別,勢須選取不同文體,所謂“因情立體,即體成勢”,“功在銓別,宫商朱紫,隨勢各配”(75)。總不能將篇詩寫得像押韻的駢文,也不能將一道章表寫得與書信無别。可惜《選》學研究者經常被這文體區分蔽障了,以致無法探索到《文選》更深的層面。以本文所論為例,六朝時期士人的類型豈止於那三種,難道没有因風雲之際而建功立業者,或避地避世,甘於畎畝中人?前者自有袁宏《三國名臣序贊》來負責,後者則有顔延之《陶徵士誄》為典型。固然有與名教齟齬、

(73) 以上引文並見沈約:《宋書》,卷九三《隱逸列傳·敘論》,頁1098。

(74) 李善注:《文選》,卷四十《牋》吴質《答魏太子牋》,頁576—577。

(75) 范文瀾:《文心雕龍注》,卷六《定勢》,頁24a。

俶儻動俗的,如顏延之《五君詠》所詠者,也有盡忠職守,殉國不悔,如顏延之《陽給事誄》所代表的。單以賢人失志這部分,《文選》對於欲進者,開列"設論",來面對世俗的譏嘲,安身玄居,自我寬慰;對於欲退者,開列"七",以應世濟民,方足以饜心,重振頹志⑯。誠能如王弼理解《易》象與卦、爻辭時,得會通之道:

  義苟在健,何必馬乎?類苟在順,何必牛乎⑰?

忘文體以求其意,《選》義斯見矣。若折回本文原點,縱然撇開顏延之在文學上的成就,從士林文化史的角度來看,他也居於不容忽略的地位。

  原載於北京大學傅剛主編:《百年選學:回顧與展望(上)》(北京:北京大學出版社,2022年6月),後略事修訂,刊於香港浸會大學張宏生主編:《人文中國學報》第33期(上海:上海古籍出版社,2021年5月)。

---

⑯ 詳參拙作:《"靈均餘影"覆議》,《漢賦史略新證》(西安:陝西人民出版社,2004),頁137。

⑰ 樓宇烈:《王弼集校釋‧周易略例》(臺北:華正書局有限公司,1992),《明象》,頁609。

附錄三：

《文選》三峯並峙的后妃哀誄文

前　言

《漢書》卷五《景帝紀·中元二年（前148）》："春二月，令：諸侯王薨、列侯初封及之國，大鴻臚奏謚、誄策①"，《集解》引應劭曰："其薨，奏其行迹，賜與謚及哀策誄文【之】②也"，此所以《太平御覽》卷五九六《文部十二·誄》自注引如淳曰："三公薨，以策書誄其行"，則哀策文與誄名異實同。後世蓋因哀策文僅施於地位尊崇者，而誄則無此階層限制，故分為二。無怪乎同卷《文部十二·哀策》所引摯虞《文章流別傳論》會説："今所哀策者，古誄之義。"

《文選》收錄了三篇后妃哀誄文。按照撰寫時序，乃顔延之的《宋文皇帝元皇后（袁氏齊媯）哀策文》、謝莊的《宋孝武宣貴妃（殷氏）誄》、謝朓的《齊敬皇后（劉氏惠端）哀策文》③。

---

① 王先謙：《漢書補注》（臺北：藝文印書館，1977），頁81，將"誄策"斷句為"誄、策"，忽略了這乃承接"奏謚"而言。換言之，此處的"策"與"列侯初封及之國"時的册（策）命無關，而是與"薨"相關的。

② 杜佑：《通典》（北京：中華書局，1996），卷二六《職官八·諸卿中·鴻臚卿》自注，頁724。點校者據傳世本《漢書集解》及明抄、刻本，將原本所引應劭曰云云其中的"之"改為"文"，乃因不明文體流變、文義，反而以訛為正，故愈校愈錯。

③ 分見李善注：《文選》（臺北：藝文印書館，1998），卷五八《哀下》，頁812—814；卷五七《誄下》，頁808—810；卷五八《哀下》，頁814—816。節省篇幅計，以下引文凡出自此三篇者，概不標頁碼，唯引文末綴以作者名為之區别。

洵如李善所言：編撰《文選》的主要目的在讓"後進英髦咸資準的"④，然準的的設定決不能僵固單一，必須考慮到作者身份，作品現世的場合，被描述的人、事、物孰何，閱讀對象孰何，寫作目的的差異。這三篇正好是一上佳例證。

袁齊媯乃宜都王劉義隆元配王妃，待義隆以小宗入嗣大統，即日後的劉宋文帝，袁氏自然進封為皇后，卒於"元嘉十七年（440）七月二十六日"，換言之，她擔任正式的皇后達十七年之久。劉惠端雖然是日後蕭齊明帝蕭鸞的元配，但當時蕭鸞僅是西昌縣侯，她自然也止於縣侯夫人，卒於齊武帝永明七年（489），待她丈夫蕭鸞篡位之後，追贈為皇后⑤，以致劉氏雖有皇后之名，卻未嘗一日有皇后之實。換言之，袁、劉二氏雖然均先配偶而亡，但死時彼此配偶的身份迥別。殷淑儀縱使因極得宋孝武帝寵愛，"大明六年（462）夏四月壬子"卒後，孝武帝為她特別新置班亞皇后的貴妃這一名位，追贈之，但說到底，"班亞皇后"⑥畢究非皇后，按古代禮制，仍然是妾，非妻。三者的身份、背景截然不同，卻又是自古以來皇帝後宮頂端女性履歷的典型，是以單從這方面講，《文選》撰者就必須針對它分別挑出範文。

其次，正因上述三位的身份、背景不同，顏延之等代筆人採用的聲口也隨之而異。袁皇后是在"皇帝親臨"，"旋詔左言光敷聖善"，用的是皇帝的立場。表面上看，殷貴妃亦與之同，然參閱史料：

---

④ 李善：《上〈文選注〉表》，《文選》，頁2。

⑤ 蕭子顯：《南齊書》，卷二十《皇后列傳·明敬劉皇后傳》（臺北：藝文印書館，1977），頁193。

⑥ 沈約：《宋書》（臺北：藝文印書館，1977），卷八十《孝武十四王列傳·始平孝敬王子鸞傳》，頁993。

母殷淑儀寵傾後宮,子鸞愛冠諸子⑦。

身為生者的皇帝與逝者的關係極親密。若顏氏之作可謂"禮也",謝氏之作則不僅是情、禮兼具,情更居主要成分,否則孝武帝怎麼會仿效漢武帝寫《擬李夫人賦》？但既身為皇帝,若因寵愛而溺於情,"痛愛不已"⑧,是悖乎人君形象的,所以這篇哀策文得以第三者的立場撰寫。劉皇后所以會有哀策文,乃因為此時齊明帝駕崩,原先葬於"江乘縣張山"的劉氏必須遷祔興安陵⑨,以符合傳統帝、后同葬的規矩,所以用的是"哀子嗣皇帝"的聲口。因此,雖然同是皇帝的聲口,配偶與母子間的敘哀豈容一致？對待名分上的妻子與實質上的專寵又豈能採取一樣的寫法？然而另一方面,據《宋書》卷五二《王誕傳》:

> 誕少有才藻。晉孝武帝崩,從叔尚書令珣為哀策文,久而未就,謂誕曰:"猶少序節物一句。"因出本示誕。誕攬筆便益之,接其"秋冬代變"⑩後云:"霜繁廣除,風回高殿。"

可推知:這類哀誄文又有大致的格式,則如何在慣例中別開生面,乃文士顯示其才能之所。

一

下面先從文本具體指出三篇內容的相同處——

哀、誄文原本都以無韻的序與有韻的主體合成,但這三篇都按照新

---

⑦ 《宋書》,卷八十《孝武十四王列傳・始平孝敬王子鸞傳》,頁993。
⑧ 以上引文仝上。
⑨ 《南齊書》,卷三十《皇后列傳・明敬劉皇后傳》,頁193。《景印宋本五臣集注文選》(臺北:"國家中央"圖書館,1981),葉15b,蓋因音近,"江"誤為"相"。
⑩ 歐陽詢:《藝文類聚》(臺北:文光出版社,1977),卷十三《帝王部三・晉孝武帝》,頁255,所錄無此句,蓋類書節引所致。

變,除了必要的人物、事由交代,序一律也押韻。如:

> 親臨祖饋,躬瞻宵載,飾遺儀於組綏,淪祖音乎珩珮,悲鸞箑之移御,痛翬褕之重晦。(延之。劉宋之部入聲)

> 律谷罷煖,龍鄉輟曉,照車去魏,聯城辭趙。(莊。劉宋宵部上聲)

> 翠帟舒阜,玄堂啟扉,俎徹三獻,筵卷六衣。(朓。齊梁微部平聲)

三篇序文都講明撰寫哀誄文的目的一致,正文末也再次表示:

> 累德述懷……來芳可述。(延之)

> 敢撰德於旌旂,庶圖芳於鍾萬……德有遠兮聲無窮。(莊)

> 光敷聖善……託彤管於遺詠。(朓)

既然如此,就替哀誄文定了調:止於褒美,與事實無關。

傳統認為婦人以德為尚,而婦德的培育有賴自幼的家教,所以三篇都會落墨於這點。如:

> 率禮蹈和,稱詩納順,爰自待年,金聲夙振……進思才淑,傍綜圖史。(延之)

> 處麗絺綌,出戀蘋蘩,脩詩貴道,稱圖照言。(莊)

> 光華沼沚,榮曜中谷,敬始紘綖,教先種穉……顧史弘式,陳詩展義。(朓)

百善孝為先。為人婦者尤其以侍奉婆母為重,所以這三篇都不忘提到這點。如:

> 欽若皇姑,允迪前徽。(延之)

> 敬勤顯陽,肅恭崇憲。(莊)

> 思媚諸姑,貽我嬪則。(朓)

由於述及婦德，必然會連帶寫到她們的影響，以及作為賢內助的功能。如：

> 俾我王風，始基嬪德……方江泳漢，載謠南國……發音在詠，動容成紀……坤則順成，星軒潤飾。（延之）

> 化自公宮，遠被南國，軒曜懷光，素舒佇德。（朓）

其中可資注意的是：顏氏將上面的引文分在袁氏身為宜都王妃與皇后兩階段，所以下面論及坤道時，以"成"許之；以象徵女主之"軒"轅星時，直接以光耀外現，僅不耀眼，表現得溫"潤"，但謝朓不論以"軒"轅星"光"或與日相配的月之"德"來比配劉氏的懿行時，都謹慎地用"懷"、"佇"，因為如前文所言，她生前並未為皇后，皇后之名乃蕭鸞奪得帝位後追尊的。至於殷貴妃，因為不是皇后，按照古代父（乾）、母（坤）的二分論式，不能以表示母儀天下這類詞句稱讚她，只能一方面強調她的學養及表現：

> 綢繆史館，容與經闈，陳風緝藻，臨象分微，游藝殫數，撫律窮幾。（莊）

另方面從她個人為人母的成就這點著墨：

> 翼訓姒幄，贊軌堯門……皇胤璿式，帝女金相，聯跗齊穎，接萼均芳，以蕃以牧，燭代輝梁。（莊）

既然已經論及同中之異，下面就開始指出三篇作品敘死者之異處——

既是哀誄文，當然首先要將因對方逝世而悲傷這情緒點明：

> 飾遺儀於組疏，淪徂音乎珩珮，悲鼜筵之移御，痛翬褕之重晦。（延之）

> 痛披殿之既闃，悼泉途之已宮，巡步檐而臨蕙路，集重陽而望

椒風。(莊)

懷屬衛而延首,想鷖輅而撫心,痛椒塗之先廓,哀長信之莫臨。
(朓)

配合上文所述三人生平,即可看出其間差異。袁氏因為是皇后,所以可用皇后的服飾"翬褕"來代指。劉氏以侯夫人的身分卒,既未居住過后妃的宮殿,更未享受奉養太后的居所,因此"哀""痛"的是對方"先廓""莫臨"。殷氏為皇帝寵愛,所以落墨於皇帝對其原先住處的留戀。

出身乃必須交代的:

倫昭儷升,有物有憑,圓精初爍,方祇始凝,昭哉世族,祥發慶膺,祕儀景冑,圖光玉繩,昌暉在陰,柔明將進。(延之)

由於袁氏是正式為皇后的,基於"夫、妻胖合也"[11],所謂"倫"、"儷",所以毫不遲疑地以"圓"天、"方"地喻擬文帝與她,但天尊地卑、男為女所天乃傳統鐵則,是以若以北斗為皇帝在天的表象,袁氏不宜以斗魁四星中的任一顆星比配,顏氏乃選擇斗魁最後的天權與斗杓最上面的玉衡組成的"玉繩"[12],表示出二人既連體,又分上下。又,因為劉義隆是十八歲時[13],才因宮廷政變,以小宗入承大統的,所以在形容袁氏大貴之預表時,又用"在陰"、"將進"來說明她日後的"輝"、"明"。顏氏措辭的謹嚴於焉可見。敘述劉氏背景時,則花大筆墨:

---

[11] 賈公彥:《儀禮注疏》(臺北:藝文印書館,1977),卷三十《喪服·齊衰》,頁356,賈《疏》:"半合為一體也。"孔穎達:《禮記注疏》(臺北:藝文印書館,1977),卷六一《昏義》,頁1000:"合巹而酳",孔《疏》:"以一瓠分為兩瓢,謂之巹。壻之與婦各執一片以酳",即以此為象徵。

[12] 《文選》,卷二《賦甲·京都上》張衡《西京賦》,頁41:"正睹瑤光與玉繩",善《注》所引《春秋·元命苞》。

[13] 《宋書》,卷五《文帝紀》,頁46:"晉安帝義熙三年(407)生於京口",至元嘉元年(424),適為十八載。

> 帝唐遠冑,御龍遙緒,在秦作劉,在漢開楚,肇惟淑聖,克柔克令,清漢表靈,曾沙膺慶。(朓)

再怎麼品目,彭城劉氏也至多是次等士族,所以不得不大加誇飾。衡以蕭齊開國者乃行伍出身,而且甚晚才發跡,舊家華族就算願意與有軍事實力者聯姻,也還輪不到蕭鸞的父親、蕭道成的二哥蕭道生。相較之下,陳郡袁氏乃第一高門,政壇、社會、士林盡知,所以單以一句"昭哉世族"就夠了。汝南殷氏確實是望族,但並非同姓殷者都清貴,甚至出自汝南的殷氏,"衰宗"⑭多的是,何況按照《南史》卷十一《后妃列傳上·殷淑儀傳》的記載,她乃是孝武帝六叔南郡王義宣之女,孝武帝的堂姊妹,為了掩飾這種近親亂倫的醜事,才"假姓殷氏",所以謝莊乾脆不提殷貴妃的出身,只以非常情色曖昧、不避褻瀆的典故,說她是下凡的女仙:

> 玄丘烟熅,瑤臺降芬,高唐渫雨,巫山鬱雲,誕發蘭儀,光啟玉度。(莊)

無怪乎下一聯專論其姿色:"望月方娥,瞻星比婺",而這是其他兩篇皇后的哀策文決不提及的,因為中宮非以色事君。

袁氏身為正式皇后、統帥六宮十七年,因此可恭維她:

> 孝達寧親,敬行宗祀……壺政穆宣,房樂韶理……德之所屆,惟深必測,下節震騰,上清朓側。(延之)

劉氏終身止於侯夫人,所以僅能說在蕭鸞還龍潛於邸時的貢獻:

> 先德韜光,君道方被,于佐求賢,在諜無詖……十亂斯侔。(朓)

---

⑭ 盧弼:《三國志集解》(臺北:藝文印書館,1972),卷四一《張裔傳》,頁856;楊勇:《世說新語校箋(修訂本)》(臺北:正文書局有限公司,2000),中卷《夙慧》,條4,頁536。

代筆人至多藉由東昏侯其父皇的遺憾,認為對方乃一賢后:

> 帝遷明命……乾景外臨,陰儀內缺……璋瓚奚獻?褘褕罔設。
>(朓)

若夫殷氏,則只能說"展如之華,寔邦之媛",故能令孝武帝"躊躇冬愛,怊悵秋暉"。

袁氏過世後即下葬,所以僅須要敘及儀制:

> 八神警引,五輅遷迹……南背國門,北首山園,僕人按節,服馬顧轅。(延之)

殷氏亦然,只是為了表現孝武帝的不捨,將送殯的路線裊裊道來:

> 階撤兩奠,庭引雙輀……崇徽章而出寰甸,照殊策而去城闉……經建春而右轉,循閶闔而逕渡……涉姑縣而環迴,望樂池而顧慕。(莊)

劉氏因為是遷葬,固然會略微提到移靈的路線與方式:

> 望承明而不入兮,度清洛而南遊,繼池綍於通軌兮,接龍帷於造舟。(朓)

更看重的是要表明這乃因先皇伉儷情深,始終念舊,所謂"空悲故劍",而有的遺命:

> 貽厥遠圖,末命是獎:懷豐、沛之綢繆兮,背神京之弘敞,陋蒼梧之不從兮,遵鮒隅以同壤。(朓)

這部分是其他兩篇不需交代,也就不煩見諸文字的。

既是哀誄文,自然須要流露一些悲情。文學寫作往往將主觀的情投射到客觀的景上,再藉由這類的景來營造氛圍。袁氏是"七月二十六日"逝世、"九月二十七日"出殯,正值秋季,本可以悲秋的傳統大加渲染,但實際上則僅敘述事實:

> 戒涼在辰,杪秋即穸,霜夜流唱,曉月升魄。(延之)

這是相當高明的手法,愈是如此矜持、壓抑,隱形筆墨中的寂冷悽愴反而愈發濃烈。由於孝武帝對殷貴妃情感濃厚,作為代筆人當然要善體上意,以文字表露内心的悲慟,是故以景傳情的文字雖然也是事實,但篇幅相當多:

> 靈衣虛襲,組帳空煙,巾見餘軸,匣有遺絃……移氣朔兮變羅紈,白露凝兮歲將闌,庭樹驚兮中帷響,金釭曖兮玉座寒……旌委鬱於飛飛,龍逶遲於步步,鏘楚挽於槐風,喝邊簫於松霧。(莊)

謝朓則採取直接移情的筆法:

> 迴塘寂其已暮兮,東川澹而不流。(朓)

上文既說移靈要經過水路,以致須"造舟"為梁,則所經過或未經過的"塘"、"川"都不可能波漪不興、悄然無聲,所以這一聯當如呂延濟所言:"言景物,助其哀也。"⑮

喪禮不可缺的一環當然是親屬悲傷、懷念的表露:

> 嗷嗷儲嗣,哀哀列辟,灑零玉墀,雨泗丹掖,撫存悼亡,感今懷昔。(延之)

> 純孝辦其俱毀,共氣摧其同蘖,仰昊天之莫報,怨凱風之徒攀……喪過乎哀,棘實滅性……維慕維愛,曰子曰身,慟皇情於容物,崩列辟於上旻。(莊)

據舊史,"撫存"一聯乃文帝所加⑯,可是由於上文的主詞乃"儲嗣"、"列辟",按照漢語語法,"撫"、"悼"、"感"、"懷"的主詞既蒙上文而省,也應該是"儲嗣"、"列辟",這就將今上的懷念韜藏起來,維繫住天子臨事淵

---

⑮ 《景印宋本五臣集注文選》,葉 17a。
⑯ 《宋書》,卷四一《后妃列傳・文帝袁皇后傳》,頁 627。

嘿的威儀。謝莊既知孝武帝與殷貴妃間的感情非比尋常,所以直書不諱:"維愛""曰身,慟皇情於容物",否則,怎麼能算盡到代筆人表達託付者"腹中之所欲言"⑰的職責?齊敬皇后這篇哀策文不同於另兩篇,生者與死者非配偶,乃母子關係。代筆人敘悲時,著重孺慕之思:

> 閔予不祐,慈訓早違,方年沖藐,懷袖靡依……慕方纏於賜衣兮,哀日隆於撫鏡,思寒泉之罔極。(朓)

論到入地宮,袁后的哀策文很簡略,只說:

> 滅綵清都,夷體壽原。(延之)

雖然皇帝哀策文敘及入地宮時,偶爾也會說:

> 大隧既通,漫漫長夜,窈窈玄宮,有晦無明⑱。

但絕大多數都不會將帝陵形容得幽闇陰森。既然帝、后同穴,為了免得還活著的皇帝嫌晦氣,好似間接表示朕將來也將淪入黑暗虛無,乾脆從略。按禮制,殷貴妃雖極可能也葬於皇家墓葬區,但乃別立一墓,因此可以放開手來描繪:

> 晨輴解鳳,曉蓋俄金,山庭寢日,隧路抽陰,重扃闃兮燈已黯,中泉寂兮此夜深,銷神躬于壤末,散靈魄於天潯。(莊)

劉后的狀況不同,"九月朔日","至尊親奉奠某皇帝",因此才將原本葬於江乘縣張山的劉后靈柩移出,使其母"終配祀而表命",這就令嗣皇帝"身隔兩赴,時無二展",只能"使兼太尉某設祖於行宮"及一路護送。換言之,東昏侯根本不在現場,等待劉后靈柩於卜算出的時辰內抵達興安陵,所以序文才會說"哀子嗣皇帝""延首"。抵達後,帝、后靈柩一起入

---

⑰ 王先謙:《後漢書集解》(臺北:藝文印書館,1972),卷八十下《文苑列傳·禰衡傳》,頁946。

⑱ 《藝文類聚》,卷十三《帝王部三·魏武帝》,曹丕《哀策文》,頁242。

地宫,那已是後事,所以全然沒有提到入地宫前後的情況。

二

三篇內容的異同已詳,下面就可論及行文句式。"四言正體"⑲,顏延之通篇正文用四言,以符合典雅莊重的要求。謝莊除了上揭"純孝"四句、"慟皇情於容物"以下十二句,及"銷神躬于壤末"一聯用六言,更於"移氣朔兮變羅紈"以下四句與正文末尾"響乘氣兮蘭馭風"一聯採騷體式的七言,將它們分別間置於正文各處。謝朓則於正文後約三分之一處:"懷豐、沛之綢繆兮",開始全用騷體七言,直至終了,較諸謝莊,整齊得多。

通篇或部分章節以騷體式的句型寫必須押韻的賦,再正常不過。受到駢文發展的影響,開始改以四言、六言句式寫賦,也是大勢所趨。在這樣的脈絡下,試觀謝惠連《雪賦》:

> 歲將暮,時既昏,寒風積,愁雲繁……置旨酒,命賓友,召鄒生,延枚叟……玄律窮,嚴氣升,焦溪涸,湯谷凝,火井滅,溫泉冰……

鮑照《蕪城賦》:

> 侈秦法,佚周令,劃崇墉,刳濬洫……

謝莊《月賦》:

> 清蘭路,肅桂苑……厭晨懽,樂宵宴,收妙舞,弛清縣,去燭房,即月殿,芳酒登,鳴琴薦……

立刻顯示這種三言句乃"厭黷"四、六"舊式"⑳而刻意變化句型的現象,那麼,在這三篇賦末出現的:

---

⑲ 范文瀾:《文心雕龍注》(臺北:臺灣開明書店,1970),卷二《明詩》,頁 2b。
⑳ 《文心雕龍注》,卷六《定勢》,頁 24b。

> 歌曰:"攜佳人兮披重幄,援綺衾兮坐芳縟,燎薰鑪兮炳明燭,酌桂酒兮揚清曲。"
>
> 歌曰:"曲既揚兮酒既陳,朱顏酡兮思自親……"
>
> 歌曰:"邊風急兮城上寒,井徑滅兮丘隴殘,千齡兮萬代,共盡兮何言。"
>
> 歌曰:"美人邁兮音塵闕,隔千里兮共明月,臨風歎兮將焉歇,川路長兮不可越。"
>
> 歌曰:"月既沒兮露欲晞,歲方晏兮無與歸……"㉑

就不能視為單純的返祖現象,而是劉宋時期風行以舊為新的表現。

這股新變的風尚不僅表現於賦中,也浸入到哀策文裏。從見存完整或節錄的哀策文,正文若非通篇是四言,如張華《(西晉)武帝哀策文》、郭璞《(東晉)元皇帝哀策文》㉒。若有六言的,也多止於篇末,如王珣《(東晉)孝武帝哀策文》:

> 龍輿肅以引邁,前驪紛以抗旒,城闕儼以整列,馳道亘以通脩……訴穹蒼以叫踊,洞五內其若抽,儻性命之可贖,甘人百於山丘。

然結尾時仍回到四言:

> 茫茫大運,靡始不終。哲王遺世,貴在道融。昭哉我皇,萬代流風,良史式述,德音永隆㉓。

又如沈約《齊明帝哀策文》:

㉑ 以上引文分見《文選》,卷十一《賦己‧遊覽》,頁170—172;卷十三《賦庚‧物色》,頁198—202。

㉒ 出處分見《類聚》,卷十三《帝王部三‧晉武帝》,頁247、《晉元帝》,頁248—249。

㉓ 《類聚》,卷十三《帝王部三‧晉孝武帝》,頁255。

>　　背朱闕以南轉,乘翠龍而東度,經原野之荒涼,屬西成之云暮。
>　　伐金鼓以清道,揚悲笳而啟路。極厚地而不追,終蒼天而永慕。

收束全篇時,仍以四言:

>　　蒼梧晦遠,睿徽不泯,紀事寂寞,龜書可循。哲王違世,克播遺塵,猗歟萬古,暉光日新㉔。

以離《文選》編撰時代最近,且與蕭統關係最密切的張纘《丁貴嬪哀策文》亦然:

>　　啟丹旗之星斾,振容車之䌽裳。擬靈金而鬱楚,泛悽管而凝傷。遺備物乎營寢,掩重闈于室皇。椒風暖兮猶昔,蘭殿幽而不陽。嗚呼哀哉!側闈高義,彤管有懌,道變虞風,功參唐跡,婉如之人,休光赤舄,施諸天地,而無朝夕。嗚呼哀哉㉕!

從謝莊日後撰寫的《劉宋孝武帝哀策文》:

>　　出國門,分天地,向幽途,異身世。龍旐鬱而青槐遠,鷖葭亂而白楊翳,觀初霜之變條,聽秋風之下蔕,橋山絚雲,穀林虧日,輦道結寒,松庭盡密。芝蓋迫輪,上驥眷彎。萬寓肅其北軨,靈阿聞其深隘。南維有時傾,離光不常鏡。騰英聲與茂實,方流華於舞詠㉖。

將引文中第三聯的兩個"而"換成"兮",則這段就成了四、六文中夾雜三、五、騷體七言的模樣,堪為上文所説劉宋哀策文新變的佐證。蕭統於《哀策》這子目下所收兩篇,顏延之那篇代表傳統的範文;謝朓那篇代表新變的範文,誠可謂照顧周全。《誄》亦然,且不説曹植給賓友的《王仲宣誄》,潘岳給姻親長輩、晚輩的《楊荊州誄》、《楊仲武誄》,入仕的知

㉔ 《類聚》,卷十四《帝王部四‧齊明帝》,頁262。
㉕ 姚思廉:《梁書》(臺北:藝文印書館,1972),卷七《后妃列傳‧高祖丁貴嬪傳》,頁81。
㉖ 《類聚》,卷十三《帝王部三‧宋孝武帝》,頁259。

交《夏侯常侍誄》,冤死獄中的賢能軍官《馬汧督誄》,正文全為四言句,顏延之入《選》的兩篇誄文:退耕的知交《陶徵士誄》、於戰場忠烈殉職的《陽給事誄》,尤為傳統誄文以四言為宗之明證。蕭統卻於《誄》這文類末收錄代替皇帝褒揚、眷念愛姬的《宣貴妃誄》,這固然是為"後進英髦"考慮到不同的對象身份等狀況,下筆時該如何拿捏分寸,單從行文句式而言,同樣可以看到蕭統新、舊兼納。

最後須嘗試解釋一個疑問:以見存的哀策文而言,泰半是皇帝哀策文,蕭統為何選錄的是皇后哀策文?最簡單的解釋莫過於那些皇帝哀策文寫得都不入他的法眼。雖然皇帝哀策文屬於"大手筆",往往都由文壇宗匠擔綱,然而一流作家照樣會有平凡之作。就像老字號可以保證出品不失應有的起碼水準,卻未必個個都是精品。這種解釋並非不可能,但恐怕蕭統另有顧忌。老嫗皆知:皇帝素來是被恭維為聖壽無疆的。雖然事實上,皇帝自己都心知不然,否則,何必才即位,就開始修建陵寢?但公然將某皇帝哀策文選入,對於性格猜忌的蕭梁武帝而言,極可能會招致對方懷疑:身為"監、撫","實副皇帝"[27]的太子是否等不及了,巴不得他早些龍馭賓天,所以才選某篇或某些篇皇帝哀策文,以便讓後進英髦屆時可資準的?縱使蕭衍不這般猜忌,今人不當或忘:《文選》是由皇家出面編撰的,先天就站在皇家的立場,所以"賦"這大的範疇由《京都》始,"筆"這大的範疇由"詔"始。既然如此,自然就要維繫今上始終乃萬歲的形象,而不會犯大不敬之忌。

---

[27] 以上引文分見蕭統:《〈文選〉序》,《文選》,頁1;劉孝綽:《〈昭明太子集〉序》,俞紹初:《昭明太子集校注》(鄭州:中州古籍出版社,2001),《附錄一》,頁244。

結　論

　　見存最早的哀誄文正文部分就已經是韻文了。如《列女傳》卷二《賢明傳·柳下惠妻·誄》：

　　　　夫子之不伐兮，夫子之不竭兮，夫子之信誠，而與人無害兮。屈柔從俗，不強察兮。蒙恥救民，德彌大兮。雖遇三黜，終不蔽兮，愷悌君子，永能厲兮。嗟乎惜哉，乃下世兮，庶幾遐年，今遂逝兮（西漢祭部韻）。

《古文苑》卷二十《誄》揚雄《元后誄》：

　　　　實生高陽，純德虞帝，孝聞四方，登陟帝位，禪受伊唐。爰初胙土，陳田至王，營相厥宇，度河濟旁（西漢陽部平聲韻）……德被海表，彌流魂精。去此昭昭，就彼冥冥，忽兮不見，超兮西征，既作下宫，不復故庭（西漢耕部平聲韻）。

《文心雕龍》卷九《總術》：

　　　　今之常言，有文有筆，以為無韻者筆也，有韻者文也。

前賢曾據"今之常言"與下文顏延之對經、傳當歸屬於文或筆，認為：這種文、筆劃分的標準起於東晉中、末葉之交，並指出：文、筆的劃分標準日後尚有變化[28]。"册"乃原本的象形寫法，"策"乃後起的形聲字，"策"即"册"[29]。任、免三公、諸侯王，均用册，哀策不過是"册"用於死亡一事者。漢制度曰：

---

　　[28]　逯欽立：《説文筆》，《漢魏六朝文學論集》（西安：陝西人民出版社，1984），第三編，頁339、353—368。

　　[29]　二字通假例證詳參高亨、董治安：《古字通假會典·支部第十二·册字聲系》，頁473。

帝之下書有四：一曰策書，二曰制書，三曰詔書，四曰戒勑㉚。《文選》既將"册"歸於筆類，次於"詔"之後，足見：《文選》不以有韻與否為劃分文、筆的尺度。凡公文應用性的文類均歸屬"筆"。

原載於南京大學程章燦主編：《古典文獻研究》第二十六輯下（南京：鳳凰出版社，2023年12月）。

㉚ 《太平御覽》，卷五九三《文部九·詔》，頁2799，所引。

後　　記

　　猶憶某次紀念性學術會議上，在開幕的主題發言階段，大家都很節制，没有開口不能自休。最後一位發言的平原兄宣讀完他從學術史角度，精闢撰寫的文字稿之後，出現了剩下整整二十多分鐘的尷尬狀況。我正慶幸可以早些下臺，不必再正襟危坐了。孰料主持人居然點名要我談談兩岸學風差異，差點哭出來，可是總不能不知好歹，將此"殊榮"當成大禍。俗諺説：債多不愁。我也只好抱著仇多不懼，横豎一個死的心態。首先指出：大陸高校將《尚書》、《左傳》、《史》、《漢》等送進歷史學門，《周易》、先秦諸子歸入哲學類，與中國傳統士子以經、史、子為根柢，而後方治詩、文等的為學途徑全然相左。基礎崩解，上面的建築怎麼可能穩固、像樣？遑言見宗廟之美、百官之富①？學生誠然可以跨系選讀上述那些被流放的課程，但歷史、哲學系教這些科目時，可不是緊貼文本，冰釋古典語文障礙，逐句解説，打下的基礎乃"抽象"的沙堆。

　　其次，推行簡體字時，將楷定後的甲、金文納入，相當可取，但將書藝的寫法、基層的錯别字與通行多年的簡寫、俗寫字樣混為一談，還生造一堆簡寫"字"，則大不當，導致從殷商已降整體而言一路斑斑可辨的文字演變驟然斷裂，因為包括文字在内的文化變遷只能讓其自然演化(evolution)，不能以人爲革命(revolution)。雖然文、史學門有繁簡對照

---

①　2020年1月，教育部指令：在部分大學實行"強基計畫"。目前尚未見到各校具體課程設計，是否試圖讓文學院學生文、史、哲兼通，而計畫實施後的首批成效檢驗更在數年之後，因此，筆者眼下無從置喙。

以識正體字、文字學這幾門課,結果卻像上蘇美文一樣,學了等於没學,因為日常生活、排印的古籍照樣使用簡體字,兩下根本無從接軌。此外教員自身"末學膚受"②,完全無法將師、生曾學過的正體字落實,於講解文本時,寫出某些字的甲、金文,原原本本地説明它們何以會有某義及其字形流變。戰國時期,各國確實"文字異形"③,試看從1965至1966年《望山楚簡》已降紛紛出土的楚系文字,誇張點説,乍看之下,簡直近乎面對西夏文一樣。秦國於入蜀、破郢之後,已經先、後開始"書同文字"④的工作,以秦國文字的寫法取代當地原本通行的寫法。統一六國之後,自然延續既有的社會文化政策,"罷其不與秦文合者"⑤。秦篆是上承西周末葉舊有的統緒,在文字内部要求簡化、形聲化、規整化的過程中,由春秋時期形構較複雜而較通行的籀文,發展出來的。既説"不與秦文合者",也就反映:在自然演化中,六國文字依然有與秦文合轍者。至於關西、關東同時演化出的隸書寫法,秦朝將之畫一。總之,不論篆、隸,秦都將六國走"歪"路的部分文字導"正"。換言之,不論戰國時期的秦或六國文字,都是順著春秋時期的文字書體自然演化而來,只是在演化過程中,由於分流而趨異、趨詭、趨訛。因此,從西周金文,秦朝篆、隸,至西漢篆、隸逐步啓承轉合的脈絡依然清晰可見⑥,斷乎不能將秦國並秦朝此舉與硬生生製作、推行簡體字妄相比附。

　　文字學既然跟泡沫似的,聲韻學根本不能開設,因為不論中古,或

---

② 《文選》,卷三《賦乙・京都中》張衡《東京賦》,頁52。
③ 許慎:《〈説文〉敘》,段玉裁:《説文解字注》,頁765。
④ 《史記》,卷六《秦始皇本紀》,頁112。
⑤ 仝注③。
⑥ 詳參陳昭容:《秦系文字研究——從漢字史的角度考察》(臺北:"中研院"史語所,2003),《結論》,頁269—271。

上古聲母、韻母部類的建立與說明一半得靠形聲字。試問："兰"的"三"是義符，還是聲符？從何處看得出這個字的形構與花草，甚至植物有關？因為它上面的一點一短撇並不貫穿第一橫，形成一般辨識這類物件的義符："艹"或"艹"。"卫"是从"卩（音結）"聲嗎？"风"是从"几（音肌）"，還是从"乂（音亦）"聲，甚至从《说文》十四篇下所說的"乂，古文五"聲呢？將"賓"簡寫為"宾"，則韻尾變為"n"與"ŋ"混淆不分。假設光以此推到中古、上古，則成了真部、庚（陽）部一鍋炒。將"還"簡寫為"还"，則耕（元）部的"睘（音穹）"居然可以穿越蟲洞，然後與咍（之）部的"不"對轉了，創千古未有之奇蹟！這也就是四九年之前中國大陸地區，與四九年之後臺灣地區各大學中文系規劃必修課程時，文字學一定安排在聲韻學之前的原因⑦。筆者上這門課時，《廣韻》兩百零六個韻部、中古三十六聲部所轄的四百六十多個反切上字、上古二十二韻部所轄的數百聲符，全得背得滾瓜爛熟，否則，就等著被當、重修。這導致筆者坐公車或步行時，看到任何商標、廣告、對聯、站牌名稱，當下就自我訓練兼測試：甲字屬於上古哪一韻部、乙字哪一部……；某字的聲符雖不明，但因為它與另一字慣相假借，所以應該也屬於某部。不確定的，到家後，立刻查。

第三，以文字學、聲韻學為必要條件的訓詁學勢必流於浮陂。凡是略知字詞的本末、認真唸過古籍及古注的，就會發現：古代的傳、注、訓、解經常只下結論，至於某字詞為何就有某個意思的論證過程幾乎都省略，而且那個結論僅適用於那個文本脈絡中，乃是兩、三度引申，為了使

---

⑦ 筆者在臺大中文系唸書的那個年代，文字學是大二的必修課；《說文》是必選專書之一；大三、大四開設甲骨文研究、金文選讀兩門選修課。它們都要上整整一學年。島內其他各大學中文系前二者從同，後二者若缺乏師資，則未必開設。至於中文系兼括四部，則各校皆然。課程設計形式上雖然合宜，實際效果則怎一個慘字了得？

所訓釋的部分於上下文義中順暢而生。正常使用狀態下,根本沒有這種詞義。因此,非得從有對應的甲、金文入手,方能確認或推定某字本義為何,從而得悉:甲、乙、丙等那些引申義是如何逐步衍生而來;或者由此確定某些通行的詞義其濫觴純屬假借標音使然,只是假借義喧賓奪主之後,再經由一度或多次引申,才有如今習知的某義。如果是形聲字,得追索義符是否"亦聲"符,或者義符乃因專字化而增。且不說古人照樣會犯錯,絕不能只因古籍中某詞曾經有此訓釋,即採用,縱使古注無誤,也得留心是否與當前要注解的對象相稱。例如:《文選》卷五八《哀下》謝朓《齊敬皇后哀策文》:"家臻寶業,身嗣昌暉",李善引同卷顏延之《宋文皇帝元皇后哀策文》:"昌暉在陰,柔明將進"為注。前者乃以東昏侯的聲口,講自己繼承("嗣")他的若大明("昌暉")之父明帝為帝,所謂"明兩作離,大人以繼明照于四方"⑧。後者以第三人稱的聲口,講述未出閣的袁皇后("在陰")具有女性懿德之盛光("昌暉"),即次句所言之"柔明",因而"金聲夙振",不久地位"將"上昇"進",作嬪皇室,成為當時尚為宜都王的文帝元配,所謂"地道卑而上行"⑨。善《注》除了指出"昌暉"目前所見的最早出處這點不誤,其餘,身份錯,性別錯,意義錯,顢頇透頂。一般的注釋經常頗不負責,僅標舉書名,好比"《一切經音義》曰",你(妳)要覆按的讀者找到猴年馬月啊?當然,現代有不老老實實讀書、可偷懶的檢索工具,但真不知這該算託天之幸,還是不幸。那些註釋者就算指出了篇名,好比"《文選·吳都賦》劉《注》",姑不論絕大多數治文學者沒讀過,縱使讀過,《賦》本身就老長,劉《注》、善

---

⑧ 孔穎達:《周易注疏》,卷三《離·象》,頁74。
⑨ 《周易注疏》,卷二《謙·象》,頁47。卷一《坤·文言》,頁21:"陰雖有美,含之以從王事……地道也、妻道也、臣道也。"

《注》又縟密滿眼,篇幅詫人,要浪費多少工夫去尋尋覓覓?再者,那些撰者下注時,一無論證。某詞多義,哪個才貼切?廣義的以經解經:稱引作者在他篇,至少同時代別的作者同樣的措辭用法,方穩當,而這也是筆者遇到成詞時,總會舉出在作者之前、與作者同時代、後於作者使用的相同意義的例子,這與逗博了無干涉,而是要藉此證實:上自漢、魏,中經晉、宋,下至齊、梁,都有此詞例,它確實是成詞,因此,非要如此訓釋。讀者不求甚解,注者大而化之,兩下正好印合。

最後,以文字學、聲韻學、訓詁學為根柢的校勘學自然就滑至谷底。筆者當時,而且前後多次公然表示:某些龍頭書局出版的古籍校注、校箋,我頂多以餘光瞟幾眼,因為所謂的"校"往往僅列異同,不斷是非⑩。這種不入流的工作,找位認真、細心、有耐性的高中生來,將幾本相關的書扔給他(她),就可做到,何需勞煩那些資深教授、系院領導來動手?當然,那些大人先生很多僅僅掛名,由門下的研究生或青年教師來執行。尤其令人扶額的是:大陸古本多,觀念上,那些點校者應該知道古本並不等於善本;實際操作時,則懵然,以致不時愈校愈錯。縱使校訂正確了,卻說不出為何會錯。就像一道數學題,答案矇對了,論證過程則闕如。這莫非意謂:王叔岷先生承襲有清學人而發揚剔理的煌煌大

---

⑩ 以最善意的態度解釋,乃没有能力斷是非,所以與其胡亂擇定,不如保留,以待學養深厚者的深心巨眼判斷。同時,替使用該書者省卻了旁搜遍檢的時間、精力,可從已蒐羅到的眾多異文中,自行擇善而用之。按:這種説詞只反映了全然没讀過章學誠:《文史通義》,卷二《内篇·博約中》,頁49,才會誤將纂輯工夫當成學問,甚至著述本身。如同以為廣聚一堆銅、錫、鉛等原料,就是歷經塑模、翻範、雕刻、鎔煉、打磨等艱繁過程方形成的兼具實用、藝術價值的青銅器。爾等不聞乎?孫奭:《孟子注疏》,卷十三下《盡心上》,頁:"有為者辟(譬)若掘井,掘井九軔(仞),而不及泉,猶為棄井也",何況只是準備了掘井工具、畫好打井點,就能讓人汲水止渴嗎?而且這是推諉責任的惡劣作法,因為讀者很可能擇錯了,屆時算誰的賬?你(妳)不蝶、蛺、蛾滿天飛,觀看者從何會迷了眼?

作《斠讎學》(臺北：臺聯國風出版社,1972),書中百多條致訛原委的綱目盡屬廢話？是否還要譴責他,晚年居然猶不嫌禍棗災梨,出版補訂本(臺北："中研院"歷史語言研究所,1995)？

促使我如此幹這活兒的近因來自這幾年內的數次震驚——

一位望重士林的大師講到謝朓的"玉繩低建章",對學生表示："玉繩"這個詞很難講。北斗七星,瑤光、開陽、玉衡三星依序以類似"く"字形往上排列；玉衡之上,天權、天璇、天樞、天璣四星分據一角,呈器口較寬的梯形排列,前者稱斗杓或斗柄,後者稱斗魁。除了謝朓這首之外,張衡《西京賦》"正睹瑤光與玉繩",更早提到這個詞。李善在兩處都指出："《春秋·元命苞》曰：'玉衡北兩星為玉繩。'"換言之,即玉衡星上面天權、天樞兩顆右邊的星合稱玉衡。如蒼龍此東方象的房、心、尾三星座合稱大辰；阮籍《詠懷八十二首》之十六將朱雀此南方象的柳宿三度,經過星這座宿,至張宿十二度之間稱為鶉火⑪。"瑤光"代表斗杓,"玉繩"代表斗魁,二者合起來,意謂整個北斗,與《堯典》"在璿（璇）、璣、玉衡"乃同一類的表述方式。不時在六朝詩這領域指點江山的您怎麼連善《注》《文選》都沒有用心全部讀過呢？

某位頂級高校的教授在課堂上將"玄酒"解為黑的酒。以往的一位從遊告知：幸好聽過筆者的課,這才沒被誤導,我則幾乎蹶過去。《禮記》卷五《曲禮下》："水曰清滌",孔《疏》："古祭用水當酒,謂之玄酒也",《荀子》卷十三《禮論》："大饗尚玄尊……貴食、飲之本也",楊《注》："玄酒,水也"。《周禮》卷三六《秋官·司烜(音選)氏》："以鑒取明水於月,以共祭祀之明齍(粢)",鄭《注》："陳明水以為玄酒",或許這是

---

⑪ 《漢書補注》,卷二八下《地理志·周地》,頁856。

那位教授聊可自慰之處,因為連"經神"⑫都已經在胡説。能用銅鏡("鑒"),那已經進入青銅時代的成熟期了,遠古哪曾奢夢得到?由於疏不破注的慣例,賈公彥無奈,只好説:"玄酒與明水别,而云'明水以為玄酒'者,對,則異;散文,通。"玄酒乃水本是有關古代文化的常識,好咧,現在變成瀕臨絶種的珍聞了。

　　有年暑假,某著名高校替博士生、年輕學人舉辦了學術研修密集班,請來一堆宗師發表論文以示範,主辦人失察,筆者居然得附驥尾。一場牡丹、芍藥並峙的論文宣讀後,開放給學員們請教、問疑,孰知:臺下居然静如一潭死水。身為主持人的筆者為了不浪費難得剩下的十幾分鐘,只好逾矩多嘴,請教一位頂級高校的發表人:您論文中稱引的"八座"什麽意思?希望藉此讓學員們受益。對方磊落地表示:不知道唉。按:《文選》卷六十《行狀》任昉《齊竟陵文宣王行狀》:"八座初啟",善《注》:"《晉百官名》曰:'尚書令、尚書僕射、六尚書,古為八座尚書'"⑬。以現代狀況譬擬,開國務院院會。"下八座"、"八座議"、"八座奏"、"付八座"乃東漢已降至南、北朝末隨時可見的成詞。前人説:文、史不分家,現在詔書、奏議等不但自立門户,而且與本家斷絶關係,不相往來了。已在大學任教多年的從遊風聞後,露出一副難以思議狀,説:這不是入門知識嗎?被筆者狠摳,邊罵:你要不是跟著我唸書,照樣牆

---

⑫　齊治平校注:《拾遺記》,卷六《後漢》,頁155。
⑬　另詳杜佑:《通典》,卷二二《職官四·尚書上·歷代尚書八座附》,頁601—603。實際情形:一則,參與的主管人數不拘於八,八僅意謂全部、完備。其次,尚書丞、郎等躬親庶務者必列席,因為只有他們才最熟悉經義、律令、故事以及當下的具體狀況。第三,尚書省最高主管人士安排頗複雜,或無尚書令,而以尚書僕射領之,如代總理;或尚書令姑從缺,逕以尚書左僕射為首,如第一副總理;或設尚書左、右僕射,但右僕射兼任某曹尚書。唯一必有的乃尚書左僕射或尚書僕射。

面而立。

有屆《文選》盛會,小徒弟報告了一篇關於班固《典引》的論文。報告完之後,全場鴉雀無聲。我也就倚老賣老,當場訓人:四史八書都沒唸過,從何指摘點評?某單位的領導大概講慣話了,但又沒實質的可挑眼兒,只好打些擦邊球:奇怪,李善注《文選》時,照例會稱引《漢書》註解,怎麼這次用的卻是蔡邕注?我傻眼了。班固是東漢人,《漢書》記載的是西漢事。誠然,班固在《漢書》卷一百《敘傳》中也藉機敘述到自己,但僅收錄了表示其仕不遇的《幽通賦》、《答賓戲》,《後漢書》卷四十《班彪傳附子固傳》才收錄了《兩都賦》、《典引》,范曄此舉不是為了互補,而是要藉此揭示班固的另一面目,乃"飾主闕"、"貴取容"⑭的佞才。大人你要崇賢學士怎麼轉錄《漢書音義》、顏師古的《前漢書集解》呀?這不自曝沒通覽過兩《漢書》嘛。因為對方是舊識,總不好揭其短,筆者只好瞎掰幾句,替他圓解這大紕漏。

某次上古文獻與出土文物的學術會議上,一位研究生報告結尾時,說《清華簡·周公之琴舞》中的"視辰"意味"視月"。筆者當下指出:"辰"一般指的是"日、月交會之所",其次就指北辰。替對方跨刀合撰的師父立即擺出一貫的惡霸嘴臉護短。本來不搭理就是了。外行就要懂得藏拙,少掉書袋,偏偏還要舉文稿中稱引的《堯典》"歷象日、月、星、辰"為例,來維護"辰"乃星球之謂。立刻露餡:他不但連偽孔《傳》也沒看過,連《經籍籑詁》都沒籀檢一下。還唯恐別人不洞悉他沒唸過幾本書,搬出《論語》卷二《為政》"譬如北辰",認為北辰沒有簡稱"辰"之理,否則孔聖人為何非要說"北辰"不可?班固《典引》:"高、光二聖,辰居其域"、《文選》卷五三《論三》李康《運命論》:"天動星迴,而辰極猶居其

---

⑭ 浦起龍:《史通通釋》,卷八《內篇·書事》,頁110,所述傅玄之評。

所"、顏延之《應詔讌曲水作》:"儀辰作貳",都是怎麼措辭的? 學術是非可不靠嗓門大小來決定,倒是愈會耍流氓的,愈發自證不是秀才。

因此,頗憂心對文學有些許興趣的後進英髦繼續被糟蹋,這才形成這本注釋會以如此的面目呈現,連某些原本實在不煩注解的也注解。話又要說回來,以有限聞見,筆者要花兩個多小時才講得完的一首十句的詩,高校高人十分鐘內就交代了,然後就扯些有的沒的,什麼反映社會現象、階級意識、作者三觀。要不就亂用某些假說(theory)強姦文本,反正按照走火入魔的閱讀理論,作者已死,詮釋權在我,愛怎麼遊談無根,就怎麼玄幻嘛。有本事,從根柢中來,摳緊字詞,有甲、金文可據,且已有主流共識的,說明某字詞何以會有某義及其引申義,按音理,為何能假借、改讀為某字詞,俱以經、史為佐證,一個個地落實講。作者使用某個詞有沒原因,說明句法,如果出現對仗,是哪種模式的對仗。一聯或數句逐字解說畢,然後串講,點破其中的隱形筆墨,闡明作者藉此欲顯示的意象、氛圍。之後,指點出作者的思路、情緒如何連接、轉折到下文的。若説:這或那還用解釋。就煩請大人先生當我是哪個犄角旮旯裏的學校畢業的,當然沒程度,無奈資質差,自學不辨蘭艾,很可能一路走到黑,就請您手把手,為我解惑吧!

或譏:注詩又不是講古文字。對曰:戴東原說:"經之至者,道也,所以明道者,其詞也,所以成詞者,字也。由字以通其詞,由詞以通其道"[15];錢曉徵説:"有文字而後有詁訓,有詁訓而後有義理,詁訓者,義理之所由出,非別有義理出乎訓詁之外者也"[16],這兩節名言固然是沒有理

---

[15] 戴震:《戴震集》,卷九《與是仲明論學書》(上海:上海古籍出版社,1980),頁182。

[16] 錢大昕:《序》,阮元主編:《經籍籑詁》(臺北:宏業書局,1993),卷首第2頁。

論思辨力的陋見妄語,但就像《文心雕龍》卷七《章句》所說:"因字而生句,積句而成章,積章而成篇",字詞都講不清,還談什麼論句品篇？相傳當年章太炎在身份證上學歷那欄填的是"識字"。表面上看,老先生又在以假謙虛來作怪了,事實上,這乃是睥睨眾生、無比自負之言,因為他道出一椿冰冷的事實:識字談何容易。"流行"的"流"右上半按理得寫成"㐬",不能點斷成"云"。"肝炎"的"肝"左邊的部首一定得寫成"月",至少最後一筆得由下往上挑,不能寫作"月",而"謝朓"的"朓"左偏旁絕對不可寫作"月",它與"脁(音挑)"是兩個字⑰。假如連這些地方都不明原委,遑言其餘？

若有人反詰:既然如此,為何不每個字都從根本來解析？那就充分顯示對方的無知。筆者所以甘冒古文字學者嗤笑,花筆墨在早為該領域入門之常識處,乃因此等往往是日用而不察焉者,為的就是期望提醒讀者、後學:看似尋常者反而有待探究。縱有遺漏,《甲骨文字詁林》、《金文詁林》等書行世多歷年所,有心紮好幼工的讀者翻檢可得。真正的癥結在:後世許多字根本沒有相應的甲、金文對照,如飛、尼、弱、乾、柔、壇、沒、答、普、希、卧、卷、座、耶等,此其一。有可對照的,雖然從上下文可確知其為何義,其演變發展也歷歷在目,然早先字形如何會意,不明。如"師",甲文作"𠂤"(合5566)、"𠂤"(合7361);金文或延續此形:"𠂤",如西周早期《靜簋》(04273),或加"帀":"𠂤帀",如西周早期《令鼎》(02803),"師"的字形已畢見,然而"𠂤"斷非"𠂤":"𠂤"(合7860)、"𠂤"(合10405)、"𠂤"(合20600);甲文中的"帀(匝)":"𠂤"(合27736),金文中的"𠂤",如西周晚期《師袁簋》(04313),也看不出後

---

⑰ 段玉裁:《說文解字注》,四篇,頁174:"朓,祭也,从肉兆聲",七篇,頁316:"脁,晦而月見西方謂之脁,从月兆聲",所以謝朓才會以"玄暉"為字。

後 記 669

世習知的圍繞之義。如果從《說文》六篇下,將"師"視為會意字,從何處領悟"𠂤"所象乃軍隊駐紮處?難道不知道:春秋中葉以前,戰爭以車戰為主體,怎麼會捨平原而屯於丘堆呢?如果將"𠂤"釋為"坻"的原形,將之視為"師"的聲符,那就又得玄想殷商、西周時期與此後的讀音有別,因為"師"、"坻"雖然同屬上古脂部,前者乃上古生母,後者乃上古端母,發音部位與方式迥別。這種狀況甚多,姑再舉一例:"家"。甲文作"𠈇"(合3522),金文從同:"𠈇",如西周早期《枚家作父戊卣》(05310),均為從"宀"從"豕","家"的字形已定。唯甲文中有"圂":"𡇉"(合11274);西周晚期《毛公鼎》(02841)作"𡇉",可見豕亦待圈養,加以"𡇉(牢)"(合33314)、"𡇉(宰)"(合903),牛、羊均飼養於欄圈內,憑什麼公豬(注意摹象豬身體中間部位的一短橫)獨特,可自由出入人的居處,從而以這種狀況象徵家?此其二。有可對照的,但對該字本義,如何解析、會意,該領域專家尚未達成主流共識,必須矜慎保留。如甲文中的"方":"𠂇"(合6060)、"𠂇"(合27983)、"𠂇"(合15756),金文從同。雖然稍涉此領域者皆知:卜辭中,此字多用為方向、部族稱謂,但目前無一家能提出具有足夠說服力的解析。因為連主體部分是否象"刀"都難以鑿言,上揭第三例中的最上一短橫或可以裝飾筆畫釋之,至於那一長橫雖然斷乎不是指示鋒芒所在,卻也無從確定"𠂇"乃擬象懸掛刀的木桿或木架。又好比"早",已見諸西周晚期《敔簋》(04323):"賜田于敔五十田、于𠂇五十田",但無疑係地名。當作時間意義之詞使用,目前首見於戰國晚期《中山王譽鼎》(02840)的"先考成王𠂇棄羣臣",以"棗"為聲符。究竟應將"𠂇"整體視為象形,還是可解析的會意字呢?如採後一觀點,上半是"日"與否都無法確定,因楚系文字明顯不從日:"𠂇"(郭・老乙・1)、"𠂇"(郭・語3・19)。隸書、楷書的"早"乃從秦系文字"㞋"(睡·秦5)而來。像這類字,舉出其原形,有何意義?此其三。
前修今賢都已指出:漢字基本可分為象形、假借、形聲有重疊關係的三階段。遠在甲文中,形聲字業經見不鮮,戰國、秦、漢這段期間,形聲字蓬勃發展,在既有漢字中,高達百分之八十多的比例⑱。一個字的字形只有義類歸屬,不再以概略圖形象徵,或藉部件搭配為會意字,這一大批形聲字毋庸解析。金文中,有一"𠂢",如商代晚期《采𠂢父丁卣》(05075),其直筆亦有向右撇者:"𠂢",如商代晚期《天舟作父乙卣》(05205)。《說文》二篇:"釆,辨別也,象獸指爪分別也,讀若辨。𠂢,古文釆",兩漢經生猶識其音、其義⑲,然終因簡化後的"𠂢"與"平"過於相近,乃至《尚書》卷二《堯典》"𠂢章百姓"的"𠂢"一律誤寫為"平";唐、宋時宰執頭銜成為"同中書、門下省平章事";某些學人寫到"𠂢章源流"時,縱使知其底細,也只能跟"從"眼睛一點也不雪亮的羣"眾"⑳走,寫作"平",否則,愚陋的井底之蛙還以為你寫錯字呢!因此,世俗盡以"瓶"讀其音。無論"釆"或"𠂢",早已成死字,一般人所用均為同義的形聲字:"辨"。又好比西周金文中有一"𤰔"字,如西周晚期《克鼎》

---

⑱　詳參陳夢家:《中國文字學(修訂本)》(北京:中華書局,2011)第二章,第五節,頁18—21,及第三章,第四節,頁46—60;李孝定:《從六書的觀點看甲骨文字》,《漢字的起源與演變論叢》(臺北:聯經出版事業公司,1986),頁10—39;陳昭容:《從記音到專義——從簡牘及識字教材看戰國秦漢時期漢字發展的大趨勢》,《中國文字》新44期(2019年3月),頁1—21。

⑲　詳參孫星衍:《尚書今古文注疏》,卷一上《堯典》,頁4b;卷十二下《洪範》"王道平平",頁2b。《文選》,卷四八《符命》班固《典引》,頁697:"惇睦辨章之化洽",蔡《注》:"《尚書》曰:'……平章百姓','辨'與'平'古字通",是直到東漢末,猶知"平"正確的音、義。魏、晉時偽造古文《尚書》諸篇者已不識,故偽孔《傳》,頁20,將誤寫為"平"的"𠂢"訓解為"平和"。蔡沈:《書集傳》(臺北:世界書局,1972),頁1,同樣荒謬,曰:"平,均"。

⑳　刑昺:《論語注疏》,卷九《子罕》,頁77。

(02836),楷定為"犾"。頗多學人認為當解析為从"犬""𢍱(𦎒,省變為執)"省聲。將銘文,如西周晚期《逨鼎》(NA0757)的"󰀀(頤,擾)遠能犾",與古籍中,如《尚書》卷三《舜【堯】典》、《毛詩》卷十七之四《大雅・生民之什・民勞》等處之"柔遠能邇"㉑對照,可推知:"犾"與"邇"所表之義應當相近㉒。姑不論"犾"的本義不知該如何領會,入西漢以後,只見到形聲結構的"邇"或訓為秋狩的"獮","犾"全然被淘汰,從士人的

㉑ "擾"、"柔"均為上古日母(n)幽部字,二者相假例證詳參《古字通假會典・幽部第十七(上)・憂部聲系》。對照《尚書》卷四《皋陶謨》,頁60—61:"九德⋯⋯擾而毅,直而溫",賈公彥《周禮注疏》卷十《地官・大司徒》,頁149:"佐王安擾邦國",王先謙《荀子集解》卷十七《性惡》,頁289—290:"古者聖人⋯⋯是以為之起禮義,制法度⋯⋯以擾化人之情性",可知:"擾"不能如字讀,乃"柔"的假借字。偽孔、毛《傳》均以"安"訓"柔遠"之"柔",然此乃便於理解之引申義。從《大司徒》鄭《注》、《性惡》楊《注》均以"馴"訓"擾",如同孔穎達《左傳注疏》卷五三《昭公二十九年》"乃擾畜龍以服事帝舜",頁922,杜氏對"擾"之訓解,可知:此等處之"柔"乃使役動詞,使對方柔順,即馴化之謂。因為被馴化,故安分順從。"能"改讀為"寧",已詳《五君詠・嵇中散》補述。

㉒ 所以僅說所表之義相近,因為從音理而論,"埶"是上古疑母(ŋ)祭部字,"爾"與从"爾"得聲的"邇"乃上古日母(n)脂部字,韻母尚可由人不顧二字主要元音的差異,依主觀意願,強行旁轉,聲母則懸隔,無論怎麼胡說,二字都難以通假。"犾"當解析為从上古疑母祭部字的"槷(音臬)"省聲。《孔叢子》卷三《小爾雅・廣器》,頁10a:"射有張布謂之侯⋯⋯正中者謂之槷"。測日影長短之柱亦謂之槷,詳《周禮注疏》卷四一《考工記・匠人》及鄭《注》,頁642。"槷"猶"臬",通假例證詳參《古字通假會典・泰部第十四・臬字聲系》,頁628。槷(臬)必當中,否則日影長短無從正確展現。西周選定洛邑,"自服于土中","其自時(是)中乂","中"與"遠"在四裔者正相對。賈公彥《儀禮注疏》卷四五《特牲饋食禮》,頁531:"祝命爾敦,佐食爾黍稷于席上"、《荀子集解》卷十一《天論》,頁210:"其說甚爾,其菑(災)甚慘",鄭《注》、楊《注》均曰:"爾,近也",此乃上古泥母(n)脂部的"暱"或"昵"的假借字。泥、日二母確有相諧之例,"暱"或"昵"之於"槷",猶"撚"之於"然"、"乃"之於"仍"、"溺"之於"弱"。《尚書注疏》卷十《高宗肜日》,頁144:"典祀無豐于昵",《左傳注疏》卷十一《閔公元年》,頁187:"諸夏親暱,不可棄也",偽孔《傳》、杜《注》皆以"近也"訓之。"爾"與"邇"通假例證詳參《古字通假會典・齊部第十三(中)・爾字聲系》。綜言之,"犾"與"邇"乃兩個不同來源的字,而且不存在通假關係。

識字範圍中消失。研讀六朝詩，除非真遇到上揭訛誤千載或不明表義部件意義的那些字詞，實在沒必要在如同"俛拾地芥"㉓般的形聲字上浪費筆墨説明，此其四。若有人覺得委屈，辨識不出一個字的聲符，或者認錯聲符，表面上是由於欠缺聲韻學的常識，實際上則又回到強行建構簡體字系統此癥結。試問：將"廣"、"導"簡化成"广"、"导"這副德性，要人怎麼看得出它們分别是从"黄"與"道"聲的形聲字呢？欲知今日果，且看他日因，古人誠不我欺。

某年有幸蒙舊識垂愛，命筆者前去他的服務單位簡述自己的讀書狀況，筆者也期盼藉機請益，於是就以謝朓的一首詩為報告內容。在講解過程中，以《唐鈔文選集注彙存》、南宋陳八郎五臣集注《文選》等為據，指出：今本善《注》有羼入現象。那位舊識在陪筆者等電梯下樓時説：歷來在這白虎觀敷納以言的，沒見過比我的發言與氣勢這般強的，以致開放討論時，一個個俯首斂氣。大概就因為在下這外來者沒遵守一般作客的謙遜之禮，該單位的一位資深成員唯恐聽講的年輕人中"毒"，打破當時凍凝的氣氛，嚴詞厲聲規勸聽眾要精研、追隨善《注》。其實，對方應該擔心的是自己。一則筆者並沒有昌言要捨棄善《注》，只説今本善《注》非善《注》原貌，怎麼會理解得這般偏差？再則對方要迷信偶像，也該先掂量下那尊偶像法力如何。真花過工夫研究過善《注》的，就會發現：通行的胡刻本即尤刻本，而尤刻本善《注》乃是一大雜燴，既有四度注解兼納的現象，還有包括書傭在內的後人將五臣等羼入，或妄删、妄改善《注》的，更有後學補充的㉔。《前言》已説過：相較於唐代

㉓ 《漢書補注》卷七五《夏侯勝傳》，頁1397。

㉔ 詳參拙作《從〈唐鈔文選集注彙存〉詩的部分略窺〈文選〉李善注的問題》，《中國古典文學與東亞文明——第一屆中國古典文學高端論壇論文集》，《國學》第三集（成都：四川人民出版社，2016），頁677—693。

其他家注解,善《注》確實居上,但這絲毫不意謂善《注》本身高明。偏偏百年來注解六朝詩、文者大多踵武"注了等於沒注"及"拙劣"的那兩部分。真不知李善該額手稱慶,還是學林的悲哀。

至於那些昌言"《文選》學就是善《注》學"的,筆者只能為他們默哀,怎麼連侍婢與主母的位分都分不清?《文選》及善《注》各鈔本、刻本異文比對,及彼此間的源流,乃最初階且外圍的文獻學工作,與《文選》本身的研究相去不啻千里。套用章學誠在《文史通義》卷二《內篇·博約中》的話:這些人不知該多慶幸唐高宗顯慶三年(658)敬呈御覽的李善《文選注》及其所據《文選》亡失了,如果原本具存,他們可就失業,無所事事囉。大陸中文學界最大的盲點之一就是將文獻學,甚至文獻學中的某一部分等同文學研究本身。這些人真該花個一兩分鐘,讀讀《北齊書》卷三六《邢卲傳》:有書甚多,而不甚讐校。見人校書,常笑曰:"何愚之甚?天下書至死讀不可遍,焉能始復校此?且誤書思之,更是一適。"這才是真正明學、會讀書的通人,豈"愚""甚"㉕者這一生所曾夢悟?

有次《文選》會上,筆者在主題發言時,又提到上述的異化變態現象,並且表示:若是所有的《文選》鈔本、刻本全被焚滅,反而有利於《文選》本身的研究。難道沒有包括善《注》在內的注解,就看不懂入《選》之作啦?學養未免太差,也太不肯上窮碧落下黃泉地花索解工夫了。某位博導大概像"蓼蟲避葵堇,習苦不言非,小人自齷齪"㉖,安知璧、礫睽?居然信口雌黃,舉《移太常博士書》"以《尚書》為不備"為例,認為

㉕ 李百藥:《北齊書》,卷四四《儒林列傳·劉晝傳》,頁274:"制一首賦,以《六合》為名……曾以此賦呈魏收。收謂人曰:'賦名《六合》,其愚已甚,及見其賦,又愚於名。'"

㉖ 《文選》,卷二八《詩庚·樂府下》鮑照《放歌行》,頁412。

若不靠其他版本,如何得悉"不"為衍文。首先,讀《文選》善《注》,竟敢不諳《漢書》,《漢書》卷三六《楚元王傳附來孫歆傳·移太常博士書》原即無"不"字。其次,胡克家《考異》早已指出"不"乃衍文,靠的就是上揭史文,可見對方連基本該參讀的材料都未過目。第三,以鄙陋所見,唯有外雙溪故宮所藏楊守敬手抄室町初抄本《文選》不衍,而那位博導是否寓目過,一稽可明,因為任何一次調閱這類珍本的任何一冊,悉數記錄在檔。說什麼端賴版本可據,豈非公然嚮壁虛構?第四,從上下文"往者綴學之士""保殘守缺","挾恐見破之私意","抑此三學","謂左氏為不傳《春秋》",拒絕接納整理孔壁《尚書》而多出的十六篇,當然是以伏生傳下來的二十九篇為"備",而非"不備"。一篇淺顯文言文的文義都看不懂,而且他到底知不知道前修所說的"理校"?最後,這位先生鐵定沒讀過《論衡》卷二八《正說第八十一》。官學的《尚書》博士認為:"孔子更選二十九篇,二十九篇獨有法也","法曰斗七宿也。四(象,每象)七(宿)二十八篇,其一曰斗矣,故二十九",是以鄭玄以《尚書》為"天書"[27]。腹笥怎麼會這般貧瘠?

當年濫竽一位博士生的指導教授,研究《選》詩的去取尺度。對方曾表困惑:唯獨顏延之的詩怎麼靦味,也不覺得有何值得擊節之處。因此,花了十多年的工夫,終於探得驪珠,深感必須發潛德之幽光。除了在新竹清華、臺北師大研究所四度講授顏詩,而為了備課及此度刊行,注稿十數易。雖然不屑那些異文比對,但慮及《選》學界某些假內行謂不為乃不能,所以才涉足此行潦。

當年傅孟真(斯年)先生返臺,出掌臺大,為了確保、提升戰後凋零的文學院的學術水準,大量調派史語所的人員來院,使筆者這後生小子

---

[27] 《尚書注疏》,卷一《序》"以其上古之書,謂之《尚書》"孔《疏》所引,頁10。

得蒙沾溉，實在要敬謝當年某些師長們認真、精要的教導，且奠定為學正途，使個人能粗略摹得幼稚園階段的五、六成把式，終身受惠。只是學尚顓門，承蒙臺灣古文字學權威、史語所陳昭容研究員篤念多年交誼，不惜目力，猶為筆者審訂、指教拙作中古文字形構解析、釋義部分，諟正良多，裨益誠可車載，此份光寵厚澤浸被五內。拙作中若有任何誤臆不經之處，均屬筆者剛愎自用，與陳女史無關。中州古籍出版社盧總編欣欣女史不惜浪費公帑，力邀付梓，只能對之揖拜。責任編輯石女史丹校閱時之認真、細心，糾正我多少筆誤；磋商時之耐心、寬容，令拙稿得以進入排印，均生平罕見，豈是感激、佩服足以表達衷懷？學弟中大郭永吉副教授於罹疾治療期間，猶竭力校閱。學妹卜興蕾博士拔刀相助，費時、費力校閱拙稿前半，核對引文。學弟周建邦博士教導筆者這山頂洞人剪貼拓片、摹本，並代為撿得古文字字典及多篇今賢論著，相互析疑。此般念舊，何德堪當？學弟王楚博士坐困武漢疫區，猶為封面書題，自漢碑中集字，情義可風。至於前修今賢於古文字字形、釋義的各種資料彙編，更令筆者於解說某些字詞時，通覽、斟酌便利無比。在此一併致謝。

齒屆逾矩，以後是否還有心力、體力焚膏含毫，實不敢必，姑且就將這本塗鴉當成生前就備好的遺作吧！